EL JINETE POLACO

Antonio
Muñoz Molina

EL JINETE POLACO

ESENCIALES

Los libros de HarperCollins pueden ser adquiridos para uso educacional, comercial o promocional. Para recibir más información, diríjase a: Special Markets Department, HarperCollins Publishers, 10 East 53rd Street, New York, NY 10022.

Diseño del libro por Leah Carlson-Stanisic

Este libro fue publicado originalmente en el año 1991 en España por Editorial Planeta, S.A.

PRIMERA EDICIÓN RAYO, 2009

ISBN: 978-0-06-171183-1

09 10 11 12 13 DIX/RRD 10 9 8 7 6 5 4 3 2 1

Para Antonia Molina Expósito
y Francisco Muñoz Valenzuela

〰〰〰〰〰〰〰〰〰〰〰〰〰〰〰〰〰〰〰〰〰〰〰〰〰

Para Leonor Expósito Medina,
in memoriam

〰〰〰〰〰〰〰〰〰〰〰〰〰〰〰〰〰〰〰〰〰〰〰〰〰

Contenido

I
EL REINO DE LAS VOCES

Sin que se dieran cuenta se les hizo de noche en la habitación de donde no habían salido en muchas horas, donde habían estado abrazándose y conversando en una voz cada vez más baja, como si la penumbra y luego la oscuridad que no notaban hubieran ido apaciguando el tono de sus voces pero no la avidez mutua de palabras, igual que se había apaciguado el modo al principio perentorio en que satisfacían y simultáneamente alimentaban su deseo, cuando regresaban caminando bajo la nieve y el frío de la taberna irlandesa donde habían almorzado, el pie descalzo de ella buscándolo con desvergüenza y sigilo bajo el amparo insuficiente del mantel, la casi persecución en el ascensor, ante la puerta, en el pasillo, en el cuarto de baño, la ropa arrancada con una delicada furia de impaciencia y las bocas mordiéndose mientras su doble respiración crecía en el calor de la habitación a media tarde, en la luz listada de las persianas que dejaban entrever al otro lado de la calle una hilera de árboles con las ramas peladas cuyo nombre ella no supo decirle y una fila de casas de ladrillo rojo con dinteles de piedra, con llamadores dorados y puertas pintadas de un negro brillante que a él le daban la tranquilizadora sensación de estar en Londres o en cualquier otra ciudad anglosajona y silenciosa, a pesar del ruido del tráfico que llegaba desde las avenidas, de las sirenas de los coches de la policía y de los camiones de bomberos, un pesado rumor que envolvía el núcleo de silencio en que los dos respiraban igual que la ciudad ilimitada y temible envolvía el espacio breve del apartamento, la cámara segura como un submarino en la que si se paraban a pensarlo era casi imposible que se hubieran encontrado, entre tantos millones de hombres y mujeres, de caras, de nombres, de gritos, de idiomas, de conversaciones telefónicas.

Vivían con naturalidad en el interior de una especie de milagro que ni siquiera habían solicitado ni esperado, casi desconocidos hasta unos días antes y ahora reconociéndose cada uno en la mirada, en la voz y en el cuerpo del otro, vinculados no sólo por la costumbre tranquila y candente del amor sino también por las voces y los testimonios de un mundo que irrumpía en ellos viniendo del pasado tan tumultuosamente como vuelve la savia a una rama que pareció muerta y seca durante todo el invierno, por la figura del jinete que cabalga a través de un paisaje nocturno, por las pupilas fijas en la oscuridad y en el vacío de una mujer emparedada que permaneció incorrupta durante setenta años, por el baúl de las fotografías de Ramiro Retratista y una Biblia protestante escrita en un inconcebible español del siglo XVI cuyas páginas recorrían ahora sus manos igual que las habían recorrido desde hacía más de cien años las manos de los muertos extraviados en la distancia y en el tiempo, sepultados al otro lado del mar, en una ciudad cuyo nombre les resultaba tan extraño decirse en aquel apartamento que les parecía situado en ninguna parte, Mágina, sus vocales rotundas como una luz de mediodía, sus duras consonantes tan cortadas en ángulos como las piedras en las esquinas de los palacios de piedra color arena, amarilla en el sol de la mañana, cobriza en los atardeceres, casi gris en los días de lluvia, en aquel invierno de su adolescencia que compartieron sin saberlo hasta el final, ella medio extranjera y recién llegada de América, con su pelo rojizo y su barbilla irlandesa, él hosco y callado y deseando marcharse a cualquier parte del mundo a condición de que no fuera Mágina, imaginando que su destino y la mujer de su vida estaban esperándolo en una ciudad a la que tal vez no iría nunca: ella nacida en un suburbio con casas de ladrillo rojo o de madera pintada de blanco adonde llegaban a veces las gaviotas y el viento húmedo de la bahía y el olor a muelle y a limo y educada en un inglés con acento de Irlanda y en el límpido español que se hablaba en Madrid antes de la guerra y le fue transmitido tan involuntariamente por su padre como la expresión obstinada y atenta de los ojos: él venido al mundo en una noche tempestuosa de invierno y a la luz de una vela, crecido en las huertas y en los olivares de Mágina, destinado a dejar la escuela a los catorce o a los quince años y a trabajar en la tierra al lado de su padre y de sus abuelos y llegada una cierta edad a buscarse una novia a quien sin duda habría conocido desde la infancia y a llevarla al altar vestida de blanco después de un noviazgo extenuador de siete u ocho años, él torpe, enconado, silencioso, rebelde, escribiendo diarios de furiosa desdicha en cuadernos de apuntes y odiando la ciudad donde vivía y la única clase de vida que había conocido y que legítimamente tenía derecho a esperar en nombre de otras vidas que le fueron anunciadas por las canciones, los libros y las películas: buscando siempre voces y canciones extranjeras en la radio, imaginando que se iba con una bolsa al hombro y que la carretera de Madrid se prolongaba infinitamente hacia el norte, hacia lugares donde él vivía de cualquier modo y se cambiaba de nombre y hablaba sólo en inglés y se dejaba crecer el pelo hasta los hombros, como cualquiera de los héroes a quienes reverenciaba, Edgar Allan Poe, Jim Morrison, Eric Burdon, tan desesperado por marcharse y no volver que no le importaría no ver nunca más ni a sus amigos ni a la muchacha de la que estaba enamorado entonces, con un amor hecho más de cobardía y literatura que de entusiasmo y deseo, tan legendario, doloroso y ridículo, como su propia vida y sus sueños de huida y los versos y las confesiones que escribía en los cuadernos de apuntes, en las horas muertas de clase en aquel instituto donde daba clases de literatura con una pesadumbre de vejación y destierro un profesor de Madrid al que rápidamente apodó el Praxis el más réprobo de todos los alumnos, un futuro teniente de la Guardia Civil que ya entonces fumaba grifa, aspiraba a decorarse los brazos con tatuajes legionarios y se llamaba Patricio Pavón Pacheco. Desconocidos, cruzándose en las calles de Mágina y tan extraños como si hubieran vivido a una distancia de siglos, habitados hasta la médula de su conciencia por las voces de sus mayores, herederos de un valor fracasado mucho antes de que ellos nacieran y modelados sin saberlo por hechos memorables o atroces de los que nada sabían, herederos involuntarios de la soledad, del sufrimiento y del amor de quienes los habían engendrado.

Se incorporó para buscar un cigarrillo en la mesa de noche y sólo entonces se dio cuenta de lo tarde que era al ver la hora en el despertador, y calculó instintivamente la hora que sería en Mágina. Ya habría amanecido, su padre estaría en el mercado ordenando la hortaliza húmeda y brillante sobre el mostrador de mármol, y tal vez se preguntaría de vez en cuando dónde estaba él, a cuál de esas ciudades a las que quería irse en la adolescencia lo habría llevado su oficio errabundo de intérprete. Miró el teléfono y se acordó con remordimiento de todo el tiempo que había pasado desde la última vez que habló con sus padres, encendió un cigarrillo y se lo puso a Nadia en los labios, acariciándole fugazmente la cara y el pelo, no quiso dar todavía la luz, aunque ya era medianoche, no tenía la sensación del paso de las horas ni la premura de hacer algo o de llegar a alguna parte. Por qué no nos encontramos entonces, le dijo, inclinándose sobre ella casi en la oscuridad, no hace unos meses sino dieciocho años, por qué nos faltó coraje, inteligencia, ironía y astucia, o al menos me faltaron a mí, qué niebla había en mis ojos que no me dejaba verte cuando te tenía delante, media vida más joven pero no más deseable que ahora, idéntica a sí misma, la imaginó queriendo imposiblemente recordarla, su cara irlandesa y sus ojos españoles y su melena castaña que se volvía roja cuando la deslumbraba el sol, su manera tan desahogada y vagabunda de andar, no sólo entonces, cuando sólo vestía zapatillas deportivas y pantalones vaqueros, sino también ahora, cuando se pone vestidos cortos y ceñidos y zapatos de tacón para que él la mire y la desee buscándola en el espacio cerrado del apartamento, porque si saliera vestida así a la calle se quedaría congelada, un vestido amarillo debajo del cual no había nada más que su piel y un tenue olor a espuma de baño, a perfume y a cuerpo femenino, pero también, al cabo de unos días, olía a él mismo, a su saliva y a su semen, los olores tan mezclados como los recuerdos y las identidades, como sus dos voces que enumeraban y celebraban en la penumbra de un tiempo sin horarios ni fechas: mañanas, atardeceres, noches y madrugadas en las que una luz incolora y luego azul se iba estableciendo en la habitación mientras él la miraba dormir, eligiendo en varios idiomas palabras para nombrarla igual que elegía las caricias que la condujeran gradualmente hacia el despertar, con un instinto tranquilo no de poseerla —porque nunca había sabido ni querido poseer lo que más le importaba— sino de halagarla y cuidarla, de borrar con el influjo de su paciencia y su asidua ternura todos los infortunios de su vida y hacer posible esa sonrisa perezosa que le brillaba en los ojos y en los labios cuando le rebosaba el gusto cumplido del amor, de verla dormirse otra vez en sus brazos y apartarse de ella con la precaución de que no se despertara para ir a la cocina y prepararle café, zumo de naranja, pan tostado y huevos revueltos, con la misma naturalidad que si hubieran vivido siempre juntos en ese apartamento que ella había compartido hasta unos meses antes con otro, con el ex marido cuyas fotos desaparecieron de la casa —él las buscaba, en accesos de celos, lacerado por el pensamiento de los hombres con los que ella había estado, como si le hubiera sido infiel antes de conocerlo— y con el hijo rubio que le sonreía, también a él, que al mirar sus fotos se sentía un intruso, en la mesa de noche, en el armario de los libros, junto a la máquina de escribir donde ella trabajaba, pero que se le hacía más presente cuando se asomaba con un poco de aprensión y pudor a su dormitorio vacío y miraba la cama con sábanas de colores y los juguetes alineados en las estanterías, superhéroes de los dibujos animados y barcos y motoristas y tiovivos de lata que ella había recibido de su padre y entregado a su hijo con un sentimiento de nostalgia sin pérdida y de perduración que a él le estaba vedado, porque no tenía hijos ni había considerado nunca la posibilidad de tenerlos y sólo ahora, cuando estaba enamorado de una mujer que había parido a uno, comprendía o sospechaba el orgullo de reconocerse en su existencia. Qué raro, pensaba, que alguien haya nacido de ella y la necesite más que yo. La dejó dormida, le apartó el pelo húmedo de la cara para besarle los labios, los pómulos y las sienes, bajó del todo la persiana del dormitorio y echó las cortinas para que no volviera a despertarla la luz de la mañana de invierno, y en el grabado del jinete que estaba colgado enfrente de la cama fue como si también cayera otra vez la noche y se avivara el fuego que alguien había encendido junto a un río y en el que unos tártaros sublevados contra el zar calentaban hasta el rojo vivo el filo del sable que en apariencia cegaría a Miguel Strogoff.

Quién es, se preguntó de nuevo, hacia dónde cabalga, desde cuándo, durante cuántos años y en cuántos lugares miró el comandante Galaz ese grabado oscuro del jinete con el gorro tártaro y el carcaj y el arco sujetos a la grupa, con la mano derecha casi vanidosamente apoyada en la cintura mientras la izquierda sostenía la brida del caballo, mirando no hacia el camino que apenas se distinguiría en la noche sino más allá de los ojos del espectador, desafiándolo a averiguar su misterio y su nombre. Recogió del suelo la bata de seda que ella se ponía al salir de la ducha y que se le deslizaba luego sobre la piel fresca y perfumada como los hilos del agua y estuvo oliéndola hasta que su respiración la humedeció, se preparó un café, miró el reloj de la cocina, que marcaba una hora inexacta, porque ella no se había molestado en cambiarla cuando los periódicos y las autoridades dieron el aviso, volvió al salón con la taza en la mano, puso muy bajo un disco de Bola de Nieve que habían estado escuchando la noche anterior, volvió a mirarla, quieto en el umbral del dormitorio, murmurando la letra de un bolero, con una atenta ternura que le reavivaba solitariamente el deseo y le desfallecía las rodillas, como si tuviera dieciséis años y estuviera viendo por primera vez a una mujer desnuda, dormida, con las piernas abiertas, con el edredón entre los muslos, cubriendo a medias el vello denso y rizado, afeitado justo en la orilla de las ingles, agradecido por la impunidad con que se le concedía el derecho a admirarla, a hundir golosamente en ella, para que despertara, la lengua o los dedos, blasfemo y devoto, Dog, Soid, Brausen, Elohim, pensaba, *a una yegua del carro de faraón te he comparado, amiga mía*, repitiendo en voz baja su nombre, Nadia, Nadia Allison, Nadia Galaz, cada vez con la inflexión de cada uno de los idiomas con los que se ganaba la vida, y luego, bajando los ojos, miró con ironía y orgullo y casi vanidad la consecuencia inmediata y arrogante de lo que estaba viendo, *trújome a la cámara del vino y su bandera de amor puso sobre mí*, leía ella en la Biblia que perteneció a don Mercurio, y para no caer en la tentación de volver a despertarla se puso los pantalones y volvió al lugar donde estaban el baúl de Ramiro Retratista y el resumen de todas las fotografías que había tomado en Mágina a lo largo de cuarenta años, desordenadas en el suelo, sobre los cojines del sofá, algunas de ellas apoyadas verticalmente sobre los lomos de los libros, en la estantería, junto a las fotos en color del hijo deNadia. Se acordó de un baúl siempre cerrado que estaba en el desván de la casa de sus padres y en el que él se escondió una vez cuando tenía siete u ocho años, de los baúles providenciales que encontraban los náufragos de las novelas en las playas de sus islas desiertas: no percibía hechos ni objetos singulares, sensaciones irrepetibles, palabras sin resonancia, lugares aislados: a su alrededor, en su conciencia, en su mirada, hasta en la superficie de su piel, todas las cosas irradiaban vínculos en el espacio y en el tiempo, todo pertenecía a una secuencia nunca interrumpida entre el pasado y el presente, entre Mágina y todas las ciudades del mundo donde había estado o soñado que iba, entre él mismo y Nadia y esas caras en blanco y negro de las fotografías en las que era posible distinguir y enlazar no sólo los hechos sino también los orígenes más distantes de sus vidas. Con incredulidad volvió a verse sentado sobre un caballo de cartón, cuando tenía tres años, en la feria de Mágina, con un sombrero cordobés, con una camiseta de rayas, con pantalón corto, calcetines blancos y zapatos de charol, y le pareció mentira que fuese aquí, en otro mundo, tan lejos, donde recuperaba esa foto perdida y olvidada durante tanto tiempo. Vio a sus padres el día en que se casaron, vio a su bisabuelo Pedro sentado en el escalón de su casa, vio al inspector Florencio Pérez en su despacho de la plaza del General Orduña y al médico don Mercurio inclinando su cabeza decrépita sobre las grandes hojas de la Biblia, vio de nuevo la cara de la mujer emparedada en la Casa de las Torres y sus ojos alucinados por la oscuridad y la muerte, vio a su abuelo Manuel vestido con el uniforme de la Guardia de Asalto y pensó que ya era tiempo de ir regresando hacia Mágina, ahora que la ciudad no podía herirlo ni atraparlo, de regresar con Nadia para mostrarle los lugares que ella apenas recordaba y caminar abrazado a ella bajo los soportales de la plaza del General Orduña, por la calle Nueva, por el paseo de Santa María, por las calles empedradas que conducían a la plaza de San Lorenzo y a la Casa de las Torres, hablándole al oído, rozándole el pelo con los labios, estrechándola con una pasión y una certidumbre de pertenecerle que a los dieciséis años le había parecido imposible encontrar. Recordó el sonido del llamador en la casa de sus padres y sólo entonces tuvo conciencia exacta del gran abismo de lejanía que lo separaba de la ciudad donde había nacido: rascacielos, puentes de metal, paisajes industriales, aeropuertos, océanos, continentes nocturnos donde los ríos brillaban bajo la luna y las ciudades parecían estrellas de hielo, días y meses de viajes oblicuos sobre las manchas de colores puros de los mapamundis que él interrogaba de niño como asomándose desde un acantilado de vértigo a la extensión de la Tierra. Pero no sentía angustia, ni premura, ni miedo, como tantas veces, como casi siempre en su vida, ni el remordimiento sin motivo que lo había trastornado desde que tuvo uso de razón y que le hacía vivir pendiente de un posible castigo llegado a él bajo una forma casual de desgracia: había dormido pocas horas y notaba en sus miembros una fatiga sin peso, una disposición de indolencia que lo empujaba a volver a la penumbra y a los olores cálidos del dormitorio.

Cerró la puerta con cuidado, para que no entrara la luz del pasillo, escuchó la respiración de Nadia, que dormía con la boca entreabierta, se quitó los pantalones, se tendió de costado junto a ella, adhiriéndose a sus caderas y a la longitud de sus piernas flexionadas sobre el vientre, y cuando terminó de acomodarse y se quedó inmóvil, con los ojos cerrados, le pareció de nuevo que volvía a un refugio inviolable y que los sonidos de la ciudad y la luz de la mañana se apaciguaban en una quietud de media tarde o de anochecer perezoso y estático, igual que cuando se acostaban después de comer y les oscurecía sin que se dieran cuenta, conversando y acariciándose durante horas más anchas y serenas que las horas comunes, procaces, estremecidos, inocentes, con una mutua desvergüenza que les fortalecía la ternura, cómplices en el delirio y en la risa, callados de pronto, mirándose tensamente a los ojos, con asombro y pavor, como testigos de un prodigio simultáneo que los traspasaba, vencidos luego el uno sobre el otro, bruñidos de sudor, gastados de caricias. Entonces se oían respirar en silencio y las manos y los labios volvían a buscar, ya sin urgencia, los pies rozándose bajo las sábanas, como para comprobar y percibir toda la extensión del cuerpo todavía y siempre deseado, y las voces adquirían un tono de rememoración y secreto, el tiempo dilatándose en ellas como la corriente demorada de un río que desborda sus orillas en un delta de limo, y ellos tendidos, dejándose llevar, abandonados a un lento flujo de palabras, hablando siempre, repitiendo palabras impresas en una Biblia polvorienta que tal vez excitaron un siglo antes los deseos de otros, *las noches busqué en mi cama al que ama mi alma, busquélo y no lo hallé*, enumerando nombres y canciones, oyéndolas de nuevo al cabo de muchos años con la repetida sorpresa de haber amado exactamente la misma música a la misma edad y de poseer de pronto un pasado común en el que sin conocerse ya estaban juntos. Fuera del día y de la noche, del calendario y el reloj, como supervivientes en una isla desierta, la isla de las voces, no sólo las suyas, sino también las que congregaban con la imaginación y la memoria. Al dormirse soñaban que seguían conversando y que miraban de nuevo las fotos innumerables de Ramiro Retratista, y al abrir los ojos lo primero que veían era la penumbra de la habitación y la figura del jinete que cabalga por un paisaje donde muy pronto amanecerá o acaba de hacerse de noche, un viajero solitario y tranquilo, alerta, orgulloso, casi sonriente, que da la espalda a una colina donde se distingue la sombra de un castillo y parece cabalgar sin propósito hacia algún lugar que no puede verse en el cuadro y cuyo nombre nadie sabe, igual que tampoco sabe nadie el nombre del jinete ni la longitud y latitud del país por donde está cabalgando.

Veo encenderse una a una las luces en los miradores de Mágina bajo un cielo liso y violeta en el que todavía no es de noche, las bombillas que parpadean y tiemblan en las esquinas de las últimas casas como llamas de gas y las lámparas que penden sobre las plazas y cuyos círculos de claridad oscilan cuando el viento zarandea los cables tendidos entre los tejados desplazando las sombras de las mujeres solitarias que caminan con la cabeza baja y la barbilla hundida en la toca de lana llevando una lechera de estaño o un badil de ascuas rojas tapadas con ceniza. Se abrigan con medias de lana, con zapatillas de paño negro, con rebecas abrochadas hasta el cuello sobre los delantales, avanzando inclinadas contra la noche o el viento, llegan a casa y todavía no encienden las luces y dejan en el portal el badil con las ascuas mientras buscan el brasero y lo llenan hasta la mitad de candela, y luego, esparciendo las ascuas sobre él, lo sacan al quicio de la puerta para que el viento del anochecer, tenue como una brisa marítima, lo encienda más rápido. No cuenta la memoria sino la mirada, veo en la penumbra fría ese resplandor que se hace más vivo a medida que la oscuridad va ganando la calle, huelo a humo y a frío, humo de ascuas doradas y rojas en el anochecer azul y de resina hirviente y leña mojada de olivo, huelo a invierno, a una noche de noviembre o diciembre en cuya quietud un poco desolada hay algo de tregua, porque hace días que terminaron las matanzas y aún no ha comenzado la aceituna, me acuerdo de una mujer de toquilla negra y pelo blanco recogido en un moño que se había vuelto loca y todas las tardes, al filo del anochecer, bajaba por la calle del Pozo caminando a pasos cortos muy cerca de la pared y robaba un adoquín de la obra que estaban haciendo en la Casa de las Torres y se volvía llevándolo escondido bajo la toquilla como si cobijara un gato, sonriendo, queriendo disimular, murmurando, como hablándole al adoquín, al gato inventado, al niño que decían que se le murió cuando era joven.

Los hombres han llegado hace rato del campo y han atado las bestias a las rejas mientras las descargaban y las desembardaban, han encendido las luces amarillas de los portales empedrados y de las cuadras calientes y olorosas a estiércol, fatigados y broncos, vencidos por la extenuación del trabajo, pero en las habitaciones donde las mujeres conversan en voz baja o guardan un atareado silencio con rumor de costura todavía permanece una media penumbra apenas iluminada por las bombillas de la calle y por la última claridad declinante del cielo, azulado y rojizo en las lejanías del oeste. Queda en la habitación, junto a la ventana cuyos postigos se cerrarán en cuanto se encienda la luz eléctrica, un residuo de blancura sin origen preciso que resalta como manchas las caras, las manos, los lienzos blancos de los bastidores, el brillo de las pupilas, ausentes en el aire, fijas en la calle donde suenan pasos y fragmentos singularmente claros de conversaciones, en la banda iluminada de la radio donde están los números y los nombres de las emisoras y de las ciudades y remotos países de donde algunas proceden, y una mano mueve despacio el sintonizador y la aguja se desplaza por los lugares de una geografía inaccesible hasta detenerse en una música confundida al principio con pitidos, con voces extranjeras, con un ruido sordo de papeles rasgados, la música de un anuncio o de una canción o de un serial, cómo es posible que haya gente dentro de esa caja tan pequeña, cómo se encogen de tamaño, por dónde logran entrar, por las ranuras, como hormigas, la voz de un locutor resuena solemne y casi amenazadora, «El coche número trece», declama, «novela original de Xavier de Montepin», y se oyen en el interior de la habitación los cascos lentos de un caballo y un chirrido de ruedas metálicas sobre adoquines azotados por la lluvia de un invierno extranjero y de otro siglo, de otra ciudad, no sólo cabe gente, también llueve en la radio y cabalgan caballos, París, dice el locutor, pero ya no sigo escuchando sus palabras, las borra la distancia o el ruido de los cascos de los animales que relinchan en la cuadra, se me alejan como si hubiera perdido la emisora y aún continuara moviendo en vano el sintonizador, mirando esa luz enigmática que procede del interior del aparato, una raya de luz como la que brilla debajo de una puerta, dentro de una casa cerrada en la que sólo habitan voces, todas las voces imposibles del mundo, la luz encendida en una ventana de la Casa de las Torres, donde vivió sola y enajenada la guardesa que encontró una vez la momia incorrupta de una mujer muy joven que según mi abuelo Manuel había sido cautivada y emparedada por un rey moro. Un coche de caballos baja por la calle del Pozo y las ruedas metálicas y los cascos resuenan con escándalo sobre el empedrado, y aunque no se ve a nadie tras las cortinillas los niños le cantan al pasar la canción de don Mercurio, «Tras, tras», «¿Quién es?», «El médico jorobeta, que viene por la peseta de la visita de ayer», desafiando al cochero de librea verde y subiéndose a las rejas para vislumbrar la cara amarillenta del médico tras las cortinillas de gasa negra que cubren los cristales del coche. Desde tan lejos oigo esas voces como si me separaran de ellas las bardas de los corrales y veo la sombra furtiva de la mujer que acuna contra su pecho un adoquín y la del ciego a quien habían disparado dos cartuchos de sal a los ojos cuando era joven y reventaba caballos en galopes furiosos, oigo en la noche de invierno el rumor sordo y estático de la ciudad y lo asocio sin motivo al del tráfico, pero no es posible, en Mágina, en este invierno de un año que no sé calcular y que seguramente es anterior a mi memoria y también a mi vida apenas se escuchan motores de automóviles, y en cualquier caso estoy demasiado lejos para oírlos, como si pasara acodado en la borda de un velero frente a las luces de una capital portuaria que apenas se distinguen en el horizonte brumoso del mar. Lo único que puedo oír son los pasos de los hombres y de las caballerías, las ruedas de los carros, el eco metálico de los llamadores, los ladridos, las voces de las vecinas, las canciones que corean los niños para conjurar el miedo inmemorial a la llegada de la noche, *ay qué miedo me da de pasar por aquí, si la momia estará escuchándome a mí*, todo como enguatado de silencio, las campanas de las iglesias que tocan a oración o a funeral y hacen que las mujeres se persignen en sus habitaciones en penumbra, los mugidos lentos de las vacas que vuelven de beber agua en el pilar de la muralla y suben por la plaza de San Lorenzo, camino de los corrales, guiadas por hoscos vaqueros que les golpean el lomo con sus grandes bastones terminados en porra, y cuando enfilan la calle del Pozo se hace más fuerte el eco de sus pezuñas y los últimos niños que no han hecho caso de las llamadas de sus madres y todavía jugaban o se contaban historias bajo la luz de las esquinas se apartan por miedo a ser embestidos, se suben a las rejas, se esconden en los portales y cantan una canción para ahuyentar el peligro, *Bao Bao, tírate a lo negro y a lo colorao, a lo blanco no, que está salao.*

Cuando han pasado las vacas queda en la calle un olor caliente de vaho y de estiércol, una desolación nocturna que agravan las luces en las ventanas de las oficinas, en las sombrías tabernas donde los hombres beben acodados en toneles de vino, más arriba, hacia el norte, más allá del ámbito vacío de la plaza del General Orduña, donde la esfera del reloj se ha iluminado al mismo tiempo y con la misma tonalidad aceitosa que los balcones de la comisaría, en los escaparates de los comercios vacíos donde los dependientes, que tienen las manos tan blancas y suaves como los curas y se las frotan igual, recogen las telas sobre los mostradores de madera bruñida antes de cerrar y despedirse bromeando mientras se suben los cuellos de piel vuelta de sus chaquetones y se frotan con más ahínco las manos, ateridas por un frío suave de iglesia, los dependientes dóciles como sacristanes de El Sistema Métrico, que es la tienda de género y confección más grande de Mágina y está enfrente de la parroquia de la Trinidad, y donde ocupa un empleo ínfimo de recadero y chico para todo Lorencito Quesada, futuro periodista local con vehemencias de repórter, corresponsal en la ciudad del periódico de la provincia, *Singladura*, que se vende muy cerca, en el quiosco de la plaza, al que mi padre me mandaba todos los viernes para comprarle el *Siete Fechas*, que traía en la doble página central el relato ilustrado de un crimen. Pero no quiero alejarme tanto, vuelvo porque no me guía la mano caliente de mi madre y tengo miedo de perderme en esas calles desconocidas y abiertas por las que circulan automóviles negros, algunos de los cuales son conducidos por tísicos de bata blanca que secuestran a los niños para extraerles la sangre, veo de nuevo la calle del Pozo, empedrada y oscura, con largas bardas de corrales y dinteles de piedra, con zaguanes donde brillan mariposas de aceite bajo estampas de Nuestro Padre Jesús o del Sagrado Corazón, luego la plaza del Altozano, muy grande, veo la fuente junto a la que se reúnen todas las mañanas las mujeres locuaces con sus cántaros, conversando a gritos mientras esperan turno, dicen que en la Casa de las Torres ha aparecido el cuerpo incorrupto de una santa en una urna de cristal y que huele a agua de rosas o a perfume de iglesia. De noche la plaza del

Altozano tiene algo de frontera y de abismo, batida por el viento frío, que sacude el círculo de luz de la única lámpara que la alumbra y trae desde los descampados del otro extremo de Mágina el sonido del cornetín que toca a oración en la puerta del cuartel de Infantería, cuyas ventanas horizontales y recién iluminadas le dan un aire de nave industrial erigida en el filo de los terraplenes, en el límite de la ciudad, contra el cielo cárdeno y rojo del oeste, frente al valle del Guadalquivir, cruzado por el último rescoldo blanco de los caminos que llevan al otro lado del río y a los pueblos de las laderas de la Sierra, manchas blancas en la azulada oscuridad: un hombre, el comandante Galaz, recién ascendido, recién llegado a Mágina, las mira desde la ventana de su dormitorio en el pabellón de oficiales cuando alza sus ojos fatigados del libro que ya no podrá seguir leyendo si no enciende la luz, mira sobre la mesa el libro cerrado y la pistola en su funda negra y aprieta las mandíbulas y cierra los ojos preguntándose cómo será la sensación exacta de morir, cuántos minutos o segundos dura el miedo absoluto. En la huerta de mi padre el tío Rafael, el tío Pepe y el teniente Chamorro hablaban muchas veces de él, me impresionaba ese nombre tan rotundo y tan raro que sólo era posible atribuir a un hombre imaginario, a un héroe tan inexistente como el Cosaco Verde o Miguel Strogoff o el general Miaja, el comandante Galaz, que desbarató él solo la conspiración de los facciosos, contaba el tío Rafael, mirándonos con sus pequeños ojos húmedos, que levantó la pistola en medio del patio, delante de todo el regimiento formado en la noche irrespirable de julio, y le disparó un tiro en el centro del pecho al teniente Mestalla y luego dijo, sin gritar, porque nunca levantaba la voz: «Si queda algún otro traidor que dé un paso al frente.»

Más que nunca me conmueve ahora ese nombre que no había vuelto a oír ni a decir desde la infancia, y lo veo a él, al ex comandante Galaz, muchos años más tarde, pero todavía sumergido en ese mismo tiempo estático por donde los vivos y los muertos se mueven como sombras iguales, alto, un poco encorvado, con abrigo y sombrero, con un lazo en lugar de corbata, bajando por la calle ancha y desolada que ahora se llama avenida Dieciocho de Julio y en la que hace mucho que cortaron los grandes castaños que la poblaban en las mañanas de abril de un escándalo de pájaros. Lo veo aproximarse despacio y sin voluntad ni nostalgia hacia el cuartel y detenerse al oír ya muy cerca el toque de oración en un anochecer de noviembre o diciembre. Se da cuenta de que se ha detenido por un impulso automático de su juventud, que ha estado a punto de ponerse firmes y de llevarse la mano derecha a la sien, como si no hubieran pasado treinta y siete años desde entonces, como si no hiciera media vida que no viste un uniforme y que no tiene una patria y una República a las que mantenerse leal, y cuando vuelve a caminar ya no sigue avanzando, por miedo no a la abstracta melancolía sino al llanto sin explicación ni consuelo, se da la vuelta y el viento frío le golpea la cara y le hace saber que tenía humedecidos los ojos, y lo veo subir lentamente hacia las calles más iluminadas del centro, adonde ya no llega el olor denso y fértil de la tierra invernal ni el ruido de las acequias que discurren junto a los caminos ocultas bajo malezas y cañaverales, tan hondas que da miedo aproximarse a su filo, a la espesura sin fondo en la que algunas veces se agitaban invisibles ratas o culebras que la imaginación convertía, sobre todo de noche, en caimanes y tigres, en serpientes pitón, en juancaballos voraces. Pero en los caminos del campo ya casi no queda nadie, salvo algún hortelano rezagado que lleva de la brida a un mulo con una carga de hortaliza, o un niño que se alivia las cuestas agarrándose a la cola del animal y se muere de sueño, de fatiga y de frío, o un hombre muy joven, mi padre, que calcula el tiempo que aún debe esperar para casarse y el dinero que le falta para poder comprar una becerra, mi padre adolescente, con la cara tan seria y la boca todavía infantil, con el pelo ondulado de hombre, aplastado con brillantina, sonriendo asustado a la cámara de Ramiro Retratista. Casi lo reconozco desde lejos, igual que de niño lo reconocía entre la gente del mercado por su manera de andar con un arrebato de admiración y ternura, aunque no viera su cara, pero no sé calcular su edad porque no distingo sus rasgos exactos ni tampoco las subdivisiones y enumeraciones abstractas de los años, y el tiempo de este anochecer no se parece al de mi vida de ahora, no fluye y se escapa como las horas y las semanas y los días de los relojes digitales y de los calendarios automáticos, gira huyendo y regresa en una tenue perennidad de linterna de sombras en la que algunas veces el pasado ocurre mucho después que el porvenir y todas las voces, los rostros, las canciones, los sueños, los nombres, relumbran sin confusión en un presente simultáneo.

Me acerco a la ciudad desde muy lejos, desde arriba, como si soñara que viajo silenciosamente en un planeador, y el tiempo retrocede ante mí en ondulaciones circulares, cambia a la misma velocidad que un paisaje tras la ventanilla del tren, y esa figura rezagada a la que he visto subir por el camino de Mágina es ahora mi abuelo Manuel que vuelve después de un año de cautiverio en un campo de concentración. Lo veo de espaldas, anhelante, rendido, ha caminado durante dos días sin parar y ahora teme caer al suelo como un caballo reventado cuando está a punto de llegar a su casa, voy más aprisa, asciendo, lo adelanto, llego a la plaza de San Lorenzo mucho antes de que él aparezca junto a la primera esquina iluminada, veo el rectángulo de la plaza, más íntima de noche, los tres álamos que todavía no han cortado para hacer sitio a los automóviles, oigo una voz de mujer que llama a gritos a un niño, mi abuela Leonor, que llama desde el balcón a mi tío Luis, que no tiene miedo de las vacas ni de los ciegos ni de los aparecidos y se queda jugando en la calle aun después de que se haga de noche, veo la puerta entornada y la raya de luz que se extiende sobre el suelo de tierra apisonada y fría de humedad, y la mirada desciende y progresa sin obstáculo hasta el portal donde hay un arco encalado y sobre él una rueda de espigas secas cuya mágica finalidad de propiciar una buena cosecha me hace acordarme de las palmas amarillas que se cuelgan el domingo de ramos en los balcones para preservar a la casa del rayo. Pero sigo avanzando, nadie, ni yo mismo, me ve, reconozco en la sombra la disposición del segundo portal, la puerta de la cuadra, la puerta, muy pequeña, de la alacena con celosía que hay bajo el hueco de la escalera, y a la que tanto miedo me daba entrar, porque una vez vimos allí una culebra deslizándose alrededor de la gran tinaja hundida hasta la mitad en el suelo cuya boca se abría a una hondura de pozo donde brillaba y olía densamente el aceite. Empujo con suavidad y sigilo la tercera puerta, pero tal vez no es necesario, sin que yo la toque retrocede ante mí y el tiempo se bifurca como el agua de un lago, como en cortinajes sucesivos de niebla, veo la cocina, empedrada, con las paredes desnudas, tal vez con fotografías enmarcadas de muertos que sonríen tan rígidos como muertos etruscos, con las vigas pintadas de negro de las que penden racimos de uvas secas, y a un lado, casi de espaldas a mí, frente al fuego, hay un hombre de pelo blanco que acaricia el lomo de un perro cobijado entre sus piernas, mi bisabuelo Pedro Expósito, que murió antes de que yo naciera, que fue recogido de la inclusa por un hortelano muy pobre y se negó siempre a conocer a la familia que lo había abandonado cuando nació, que combatió en la guerra de Cuba y sobrevivió al naufragio en el Caribe del vapor donde volvía a España, que sólo fue fotografiado una vez, sin que él lo supiera, desde lejos, mientras estaba sentado en el escalón de la puerta, desde la ventana de la casa de enfrente, donde Ramiro Retratista había ocultado su cámara, a regañadientes, inducido, casi obligado por mi abuelo Manuel, que necesitaba una foto de todos los suyos para que le concedieran el carnet de familia numerosa y no

podía obtenerla porque a mi bisabuelo, su suegro, no le daba la gana
que lo retrataran.

Oigo las voces que cuentan, las palabras que invocan y nombran no
en mi conciencia sino en una memoria que ni siquiera es mía, oigo la
voz desconocida de mi bisabuelo Pedro Expósito Expósito que le
habla a su perro y le acaricia la cabeza mientras los dos miran el
fulgor de la lumbre con una expresión parecida en los ojos, oigo
contar que lo trajo de Cuba y que el perro era casi tan viejo como él:
ya sé que no es posible, pero que una cosa fuera imposible no le parecía a mi abuelo Manuel motivo suficiente para dejar de contarla, más
aún, le hacía preferirla, de modo que decía que el perro sin nombre de
su suegro había vivido hasta los setenta y cinco años con la misma
naturalidad con que explicaba que el rey Alfonso XIII le había pedido
fuego una noche muy oscura en una callejuela del suburbio y que en
la Sierra vivían unas criaturas mitad hombre y mitad caballo que
eran feroces y misántropas y que en los inviernos de mucha nieve
bajaban al valle del Guadalquivir exasperadas por el hambre y no
sólo pisaban con sus cascos equinos las coliflores y las lechugas de las
huertas, sino que llegaban al extremo de comer carne humana. La
prueba de que los juancaballos existían, aparte del relato de algunos
hombres aterrados que sobrevivieron a su ataque, estaba, labrada en
piedra, en la fachada de la iglesia del Salvador, donde es verdad que
hay un friso de centauros, de modo que si los habían esculpido en un
lugar tan sagrado, junto a las estatuas de los santos y bajo el relieve de
la Transfiguración del Señor, argumentaba sonriendo mi abuelo,
muy hereje hacía falta ser para no creer en ellos. Oigo, tan lejos, en
un lugar que él no sabe que existe, la voz de mi abuelo Manuel, incesante, engolada, barroca, su risa, que ya no volveré a oír aunque él
todavía no esté muerto, su silencio de ahora, su corpulencia abru-
mada por la vejez, su inmovilidad junto a la mesa camilla y el brasero

en la misma cocina, ahora con cielo raso, embaldosada, con un televisor en un rincón, con fotos en color enmarcadas que ya no llevan la firma en cursiva de Ramiro Retratista, la cocina iluminada por el fuego o por la llama de un candil donde mi bisabuelo Pedro habita otra estancia del tiempo, donde mi madre, que tiene diez años y no sabe que antes de una hora llamarán a la puerta y que cuando la abra se encontrará frente a un hombre desconocido y barbudo en quien al principio no podrá reconocer a su padre, se aproxima a él buscando el cobijo cálido y seguro de su cercanía para defenderse del frío, del desamparo, del miedo, para no oír esas voces infantiles que cantan en la calle la canción de la Tía Tragantía, hija del rey Baltasar, o cuentan en los corros la historia de la mujer fantasma que fue enterrada viva en un sótano de la Casa de las Torres y que a esa hora de la noche empieza a recorrer como una alma en pena sus salones con pavimento de mármol y sus galerías en ruinas y la cornisa de las gárgolas llevando un hachón encendido, muy cerca, ahí mismo, señalan, en el otro extremo de la plaza, y algunas noches que no puede dormir ella se asoma a la ventana de su habitación y cree ver esa luz moviéndose tras los cristales de los torreones, la cara del espectro, blanca y aplastada contra el vidrio, redonda, la imagina, con una blancura lunar, las facciones que nunca vio sino en los malos sueños y en los espejismos del insomnio y que desde su memoria se transmitieron intactas a la mía a través no sólo de su voz sino de la silenciosa intuición del terror que tantas veces percibí en sus ojos y en su manera cálida y desesperada de abrazarme, no sé cuándo, mucho antes de la edad en que se fijan los primeros recuerdos, cuando vivíamos en aquel desván al que llamaban el cuarto de la viga y ella miraba anochecer tras el balcón y oía el toque de corneta en el cuartel cercano mientras esperaba que llegara mi padre, tan afanado en el trabajo que siempre se le hacía de noche en los caminos de las huertas.

· · ·

Ellos me hicieron, me engendraron, me lo legaron todo, lo que poseían y lo que nunca tuvieron, las palabras, el miedo, la ternura, los nombres, el dolor, la forma de mi cara, el color de mis ojos, la sensación de no haberme ido nunca de Mágina y de verla perderse muy lejos y muy al fondo de la extensión de la noche, contra un cielo que todavía es rojizo y morado en sus límites, no una ciudad y ni siquiera una patética conmoción de nostalgia que se dispersará tan rápidamente como el humo de una hoguera encendida una ventosa mañana de lluvia entre los olivos, sino una geografía de luces que tiemblan en la distancia como mariposas de aceite y se van quedando rezagadas en el horizonte del sur a medida que avanzo sin poder detenerme hacia la serranía horadada de túneles y de barrancos por donde cruza un expreso en dirección a Madrid. Algunas veces, de pronto, ya no estoy en Mágina ni sé dónde encontrarla, pienso en mi abuelo Manuel y en mi abuela Leonor y sólo sé imaginarlos aniquilados por la vejez y derribados el uno contra el otro en un sofá tapizado de plástico y dormitando sin dignidad ni recuerdos frente a un televisor, se extinguen los nombres que fueron la savia de mi vida, se convierten en palabras inertes, sin sonoridad ni volumen, como trozos de plomo, y me invaden y me poseen las otras palabras, las mentirosas, las triviales, las palabras tortuosas y enfáticas que escucho en otro idioma por los auriculares de una cabina de traducción simultánea y repito tan velozmente en el mío que un instante después no me acuerdo de haberlas pronunciado.

Sigo acordándome pero ya no es lo mismo, ahora no cuenta la mirada, sino la memoria impotente, no huelo a invierno y a lluvia próxima y a hojas empapadas pudriéndose entre los grumos oscuros de tierra, no me estremecen ni la felicidad ni el terror, no veo la plaza del General Orduña ni la estatua ni el reloj en la torre ni adivino tras las cortinas echadas en el balcón de la comisaría la sombra del inspector

Florencio Pérez, que cuenta sílabas con los dedos mientras examina las fotografías de una mujer emparedada hace setenta años que alguien, Ramiro Retratista, acaba de dejar sobre la mesa de su despacho, las fotos que yo mismo, en otro país y en otro tiempo, he tenido en mis manos, y entonces cierro los ojos y me quedo inmóvil durante unos segundos y quisiera no ver ni oír ni oler ni tocar nada, nada que no me pertenezca y que no haya estado conmigo desde siempre, aunque yo no lo supiera, unos pocos nombres, algunas sensaciones, la cara de mi bisabuelo Pedro y de mi abuela Leonor y de mi madre en esa foto que creí extraviada para siempre y ahora guardo en mi cartera como un trofeo secreto, el olor del armario donde se guardaban una caja de lata con billetes de la República y la guerrera de guardia de asalto de mi abuelo Manuel, el tacto de la sombrilla de seda desgarrada que había en el fondo de un baúl, la sintonía lúgubre de un serial radiofónico, una copla de Antonio Molina, una canción de Jim Morrison que oíamos mis amigos y yo en la sinfonola del bar Martos, la cara de Nadia entonces, en el contraluz de una mañana de octubre, su mirada de ahora, su pelo oscuro con relumbres cobrizos brillando en la penumbra, cuando ha anochecido sin que nos diéramos cuenta y se incorpora para encender la luz y la retengo en mis brazos pidiéndole que espere un poco todavía, imaginándome que ahora mismo, en Mágina, se encienden las bombillas en las esquinas y se oyen en la quietud del aire las campanadas de la plaza del General Orduña y el toque mucho más lejano de la trompeta en el cuartel, imaginándome que oigo las ruedas del coche de don Mercurio y los aldabonazos de hierro en las grandes puertas cerradas de la Casa de las Torres y que me ha oscurecido mientras jugaba en la calle con mi amigo Félix y vuelvo a casa temiendo que aparezca tras una esquina iluminada el fantasma estrafalario y atroz de la Tía Tragantía. Pero no es verdad, descubro al mirar el reloj que brilla sobre la mesa de noche, ésta no es la hora de Mágina, y no sólo porque yo esté en otro continente y al otro lado de un océano, sino porque estos relojes no sirven para medir un tiempo que únicamente ha existido en esa ciudad, no sé cuándo, en todos los pasados y porvenires que fueron necesarios para que ahora yo sea quien soy, para que los rostros y las edades de los vivos y de los muertos se congregaran ante mí como en el baúl insondable de Ramiro Retratista, para que Nadia sucediera en mi vida.

No empujados por una vocación desinteresada de saber, sino por la mutua necesidad de encontrarse en los hechos que los precedieron y los originaron, Manuel y Nadia buscan en el baúl que Ramiro Retratista legó al comandante Galaz y se remontan en el curso de las voces hasta alcanzar la historia del médico joven y recién llegado a Mágina a quien secuestraron unos desconocidos en la medianoche de un martes de carnaval, y se preguntan qué parte de verdad ha podido sobrevivir al cabo de tantos años y de al menos tres narraciones separadas entre sí por espacios larguísimos de secreto y silencio. Lo que ocurrió una sola vez, lo que permaneció inexplicado durante setenta años y siguió actuando sin que lo supiera nadie sobre el orden oculto de los hechos, se degrada primero en la memoria del primer testigo y luego en las palabras escuchadas y atesoradas por Ramiro Retratista y transmitidas al comandante Galaz en un futuro en el que ya no vive nadie a cuyo testimonio sea posible recurrir: queda en los vivos lo que los muertos quisieron entregarles, no sólo palabras, conjeturas y fechas, sino algo que a ellos dos les importa ahora mucho más, una parte de los motivos de sus vidas, de la tarea asidua, colectiva, impremeditada y ciega que ahora es la forma de sus destinos. Y por eso encuentran, agradecen y saben, por eso miran fotografías y restablecen confidencias y actos, y cuanto más aprenden más miedo tienen de que algo de lo que sucedió hubiera ocurrido de otro modo, extinguiendo hace un siglo o treinta años o dos meses la trémula posibilidad de que ellos se encontraran.

Para no perderse en un laberinto de pasados deciden establecer el principio de todo en el testimonio más antiguo que poseen: el médico joven, tal vez hambriento, desvelado en su cama, sobresaltado cuando logra dormirse por el tumulto de la última noche de carnaval, por las broncas y melopeas de borrachos que celebran el entierro de la sardina danzando exasperadamente en torno a un ataúd de cartón y a un guiñapo enmascarado, en una plaza fangosa donde no hay más luces que las de las antorchas y los farolillos de papel y en cuyo centro no se alza todavía la estatua de un general, sino una fuente de tres caños en la que abrevan al amanecer las cabras y las burras de leche. Había llegado de Madrid tan sólo unas semanas atrás, urgido por la conveniencia de huir de una persecución política cuyos motivos nunca explicó, pero que acaso no eran ajenos a la desbandada de internacionales y republicanos que tuvo lugar tras el asesinato del general Prim en la calle del Turco. Había pasado una noche de mal sueño y de frío en el vagón de tercera de un tren que sólo llegaba hasta las primeras quebradas de Despeñaperros, y desde allí vino a la ciudad en un carretón más incómodo y lento que la peor diligencia y al cabo de casi otro día de viaje por desfiladeros y cañadas abiertas entre roquedales fantásticos y luego por un paisaje inhóspito de monte bajo, dehesas baldías y laderas de pizarra que poco a poco se convirtió en una extensión ilimitada de tierra roja y dunas de olivares que se volvían azules al atardecer.

Era de noche cuando el carretón lo dejó en la plaza que se llamaba entonces de Toledo, junto a los soportales sin luces, frente a la torre negra donde ni siquiera estaba todavía el reloj que los milicianos detuvieron a tiros medio siglo después. Dejó en el suelo su maletín de médico y la bolsa de lona donde guardaba el canuto de estaño con el título, los pocos libros que no había malvendido para costearse el viaje y la bata blanca cuyo carácter de novedad higiénica le ganaría, esperaba, junto a la barba, el vocabulario escogido y el fonendoscopio, la confianza de sus pacientes futuros. Se ajustó el hongo negro a las sienes, se echó sobre el hombro izquierdo, con ademán emprendedor, un pliegue de la capa, empezó a andar no sabía hacia dónde con una determinación apenas malograda por la fatiga, el frío y la incertidumbre. Allí mismo, en la plaza de Toledo, alquiló días después a una mujer medio ciega y muy sucia dos habitaciones tan ventiladas como vacías a las que asignó en seguida los títulos respectivos y más bien imaginarios de vivienda particular y consultorio. En la primera instaló una cama con el colchón de bálago y una manta que por su olor debía de proceder de una caballeriza, así como un espejo y una palangana, y en la segunda dispuso tras mucha reflexión una mesa con tarima de brasero, un biombo con dibujos orientales tras el cual imaginaba que se desvestirían rumorosamente las damas enfermas y un sillón de aire frailuno en el que se sentó a esperar vestido con su bata blanca, apoyando el codo en el filo de la mesa y la mano en el mentón, como si posara para una fotografía, fumando pensativamente cigarrillos medicinales mientras miraba la puerta, el biombo, su título enmarcado en la pared, el suelo de ladrillo, las manchas de humedad, volviéndose de vez en cuando hacia el balcón para examinar sin melancolía, porque era muy poco aprensivo, el aspecto arcaico y desconsolador de la plaza de Toledo, casas bajas y feas, como aplastadas o torcidas, soportales insalubres y umbríos, aquella torre oscura que prevalecía como un coloso decrépito sobre los tejados y aquella fuente que era más bien un abrevadero rodeado de barro y de estiércol.

Había publicado un anuncio en un diario que se llamaba *El Fomento del Comercio*, y cada mañana releía su propio nombre y su título, no sin vanidad, mientras apuraba calmosamente un tazón de chocolate que le servía casi a tientas su patrona, una mujer arisca y caritativa que sospechando su necesidad no lo acuciaba con la exigencia del mísero alquiler, y que sin duda había adquirido el arte supremo con que espesaba y endulzaba el cacao en sus años de servicio en casa del párroco de la cercana iglesia de San Isidoro. Concluía el chocolate, se limpiaba los labios con un cernadero remendado, doblaba pulcramente el periódico, meneaba con un badil el mezquino braserillo y se disponía a esperar la llegada de algún enfermo, sin la menor sombra de desaliento o impaciencia y sin dudar nunca de sí mismo ni del éxito inminente de su pericia en la medicina, que en aquellas fechas, le dijo muchos años más tarde a Ramiro Retratista, era exigua, pues no sólo carecía de toda experiencia que no fuera la de asistir distraídamente a la disección de un cadáver amojamado y recosido cien veces, sino que sus conocimientos teóricos no pasaban de algunas máximas y descripciones anatómicas aprendidas de memoria para salir del paso en los exámenes que se celebraban de cualquier manera en las aulas turbulentas de la Universidad Central, más ocupadas en aquellos tiempos por las diatribas políticas y los furiosos motines que precedieron el triunfo de la Gloriosa que por las disertaciones de los catedráticos, muchos de ellos partidarios activos de la revolución o carcamales desconsolados por la ruina de la dinastía.

De modo que aprendió medicina mucho después de colgar en la pared de la habitación que llamaba consultorio su título de médico, cuando por fin se puso a leer en sus días de soledad y penuria los grandes volúmenes intactos que había traído de Madrid, no por afición, sino por aburrimiento, pues los periódicos que llegaban a Mágina de la capital, cuando llegaban, venían con un retraso arqueológico, y los que se publicaban en la ciudad no eran sino unas hojas lastimosas con poemas agropecuarios o patrióticos, anuncios de novenas y esquelas mortuorias. No había telégrafo, ni iluminación de gas, ni cafés, nada más que bodegas sórdidas que hedían a mosto fermentado: no había, por no haber, ni enfermos, o al menos él no tuvo noticia de que hubiera ninguno hasta esa noche de carnaval en que con tanta urgencia y tan malos modos se le requirieron sus servicios. Pero cuando eso ocurrió llevaba ya dos meses en Mágina, seguía sin poder mudarse la camisa con ribetes de mugre y vivía prácticamente de la caridad o la indulgencia de su patrona, que le servía con puntualidad su único alimento diario, el tazón de chocolate tal vez sustraído de la despensa parroquial, y se santiguaba y lo miraba de través con sus ojos cegatos cada vez que él le prometía el pago inmediato de los alquileres atrasados o se ofrecía a auscultarle el pecho, a modo de compensación, con su celebrado fonendoscopio, aparato que hasta entonces no había tenido ocasión de usar sino en el examen siempre satisfactorio de su propio organismo.

De no haber sido por su carácter animoso, por sus imperturbables convicciones higiénicas, se habría sentido rápidamente estafado y desterrado, tan lejos de Madrid, de los cafés con orquestinas y mecheros de gas y de la palpitante actualidad política, pero él ofrecía a la adversidad y al desánimo una resistencia tan orgullosa como al frío, y del mismo modo que se paseaba todas las mañanas, hasta las más crudas y ventosas de aquel primer invierno de su vida en Mágina, sin taparse la boca con el embozo de la capa y respirando a conciencia el aire helado para que se le ventilaran los pulmones y se le oxigenara la sangre, así aguantaba la penuria y se sobreponía al tedio y aceptaba los rigores monacales de su soledad como circunstancias fortalecedoras del organismo y del espíritu, debilitados, se decía, por el desarreglo y la bohemia de la vida en Madrid y por los fervores enfermizos del sectarismo político. Otro en su lugar se habría rendido: incluso él mismo, si hubiera tenido adónde retirarse. Pero aquella falta absoluta de recursos tenía la virtud paradójica de no dejarle otra salida que la tenacidad, así que cada mañana siguió bebiéndose sus tazones de chocolate y poniéndose su bata blanca y mirando las paredes vacías y los dibujos del biombo y la puerta en la que no aparecía otra figura que la muy poco alentadora de la patrona medio ciega, y cada noche se desprendía de la bata antes de pasar a la otra habitación que sólo un optimista tan imbatible como él podía seguir considerando su vivienda particular, y se acostaba sobre el jergón de bálago y se cubría con la manta de mulo y con el levitín y con su chaqueta de viaje y la capa y hasta con la bata doctoral, pues a medida que avanzaba el invierno se hacía más insoportable el frío, sin que por eso hubiera nadie que atrapara un resfriado o un principio de pulmonía o al menos que tuviera la ocurrencia de acudir en busca de remedio a un médico pobre, joven y desconocido en la ciudad.

Pero actuaba como si supiera que al cabo de muy pocos años se habría convertido en médico de cabecera de la mejor sociedad y en confidente y aun en seductor de damas aprensivas, y sólo la llegada del carnaval lo puso algo melancólico, más que nada porque era refractario a todo júbilo colectivo y porque tenía un sentido casi hiriente del ridículo ajeno, y no podía menos que presenciar con desagrado la brutalidad de los excesos alcohólicos, lacra funesta de las clases humildes y obstáculo para su redención. Procuró no salir esos días, y la noche del martes se acostó imaginando con alivio el silencio del miércoles de ceniza. Había cerrado los postigos, pero encajaban mal y no impedían el paso del frío ni de las voces beodas que cantaban coplas indecentes en las que se escarnecía de manera unánime la majestad de don Amadeo de Saboya. Tardó en dormirse, contra su costumbre, y cuando le llegó el sueño vino enturbiado de máscaras de carnaval y tenebrosos callejones por los que andaba muerto de hambre y de ganas de orinar y perseguido por berlinas, postillones embozados y fogonazos de trabucos que tal vez eran la resonancia de los cohetes que estallaban bajo su balcón en la plaza de Toledo.

En el sueño sonaron tres golpes que volvieron a repetirse en la dudosa realidad cuando abrió los ojos y no supo todavía que estaba despierto. Oyó abrirse la puerta del consultorio que daba al corredor: no tenía llave, sino un pestillo que podía alzarse desde fuera con facilidad. Pensó confusamente que aún lo defendía la segunda puerta, la de su alcoba, bajo la cual se insinuaba ahora una raya de luz. Oyó pasos acercándose y quiso saltar de la cama y asegurar un cerrojo inexistente y no se movió. Al otro lado alguien sacudía sin cautela el pomo de la puerta. Empleó desesperadamente su voluntad en desear que no se abriera y en contener las ganas de orinarse. A medida que la puerta de cuarterones oscuros se deslizaba ante él un rectángulo tembloroso de luz y una sombra muy alta se extendieron hasta los pies de la cama. Un hombre con una capa de terciopelo que tenía en la oscuridad un brillo oleoso, con una chistera tan alta que debía inclinarse para no chocar con el dintel, con un antifaz amarillo que se adhería como un pañuelo a su nariz y a sus sienes y una gorguera de encaje blanco, sostenía en la mano izquierda una linterna sorda y esgrimía en la derecha algo que podía ser un bastón o una fusta. Dijo, no preguntó: «usted es médico», y él, incorporado a medias en la cama, sujetando la capa, el levitín, la chaqueta y la manta, para que no cayeran al suelo, con la misma sensación de ignominia con que se sujetaría el pantalón, pensó que esa voz le sonaba de haberla oído en alguna otra parte, tal vez en Madrid, y que quien quiera que fuese el hombre de la máscara había venido para pedirle cuentas de un delito en el que no estaba seguro de no haber participado con su complicidad.

«Vístase. Tiene que acompañarme», dijo la máscara, no en tono amenazador, y ni siquiera imperativo, sino con una seca autoridad no acostumbrada a la desobediencia ni al énfasis. Al ponerse en pie, no sin lamentar que un extraño descubriera que dormía vestido, vio que había alguien más en la otra habitación, una figura, pensó luego, en la que se advertía su condición inferior, tal vez de lacayo o cochero, de sicario sin escrúpulos. No llevaba antifaz, vio antes de que le vendaran los ojos, sino una máscara con greñas y bigotes de estopa y reventones carrillos de cartón. Decidió suponer que estaba siendo víctima de una de esas bromas a las que eran tan proclives en carnaval las imaginaciones pueblerinas. Mientras le ataban en la nuca las cintas de un antifaz que en lugar de aberturas para los ojos tenía dos ojos pintados pensó que iban a matarlo y se acordó con indiferencia de que a los condenados a garrote vil los encapuchaba el verdugo: le vino a la memoria una estampa patriótica del fusilamiento de Torrijos. El hombre de la fusta —ya con los ojos vendados supo que era él porque olía a jabón de lavanda y porque lo rozaba con los pliegues fríos y suaves de su capa— lo tomó del brazo casi con amabilidad y le hizo salir al corredor. Él mantenía la calma espiritual y hasta un residuo de entereza, porque nunca había sido asustadizo, pero las rodillas le temblaban y no notaba los músculos de las piernas: si el otro lo soltaba caería al suelo tan desmadejado como un muñeco de paja. Oyó con desconsuelo los ronquidos de su patrona, tan sonoros que más de una noche lo despertaban. Lamentó sinceramente que si lo mataban ahora no podría satisfacer su deuda con ella. Al bajar por el hueco estrecho de las escaleras su costado rozaba la cal de la pared y sonaban por delante los pasos broncos del hombre de la máscara de cartón: el del antifaz y la gorguera calzaba botines, y su mano derecha, que le tenía atenazado el codo, era a la vez suave, vigorosa y cruel.

Con una voz que a él mismo le pareció desagradablemente débil preguntó a dónde lo llevaban y no obtuvo respuesta. Su conciencia permanecía en un estado de incrédula expectación y casi duermevela, pero su cuerpo se encogía con el automatismo del pavor. Lo matarían en un coche cerrado, en una berlina de capota negra y ruedas rojas como aquella en la que viajaba Prim cuando le dispararon, lo llevarían a un solar de las afueras y sin quitarle el antifaz le pondrían en la sien o en la nuca el cañón de un revólver y él ni siquiera escucharía la detonación. Creyendo que aún faltaban algunos peldaños tropezó al llegar al zaguán, que estaba pavimentado con losas desiguales de piedra y olía a humedad y a bodega. Se descorrieron los cerrojos de la puerta de la calle y entró una bocanada de aire frío con diminutas agujas de agua nieve y un vendaval de matasuegras, carcajadas, tambores redoblando y canciones de borrachos. Con razón le repugnaba tanto el carnaval. Al salir tropezó de nuevo, ahora en el escalón, y el hombre de la capa negra lo sostuvo, y el lacayo o cochero se acercó tanto a él que le echó en la cara su aliento a cebolla y aguardiente. Para cualquiera que lo viese sería un borracho más, tambaleándose, con el antifaz torcido, derribado por el vino, sostenido a duras penas por sus cofrades de parranda. El aire de la noche le tonificó los músculos y le devolvió una lucidez narcotizada hasta entonces por la resignación, tan propia de los sueños, a la fatalidad y al absurdo. Debió de hacer un movimiento instintivo de huida, porque el antifaz de raso y la gorguera le rozaron la cara, y la voz del enmascarado más alto le susurró: «No trate de escaparse, no vamos a hacerle nada. Si hace lo que debe se alegrará de este encuentro.»

Sintió al mismo tiempo una gratitud efusiva y un terror ilimitado. En aquella voz no había amenaza, pero tampoco había piedad. Ahora

caminaban más aprisa, bajando por los soportales, chocando bruscamente con cuerpos que avanzaban en sentido contrario y recibiendo
palmadas y codazos y pisotones. Lo obligaron a torcer a la derecha,
hacia la embocadura de pronto silenciosa y desierta de la calle Gradas.
Entre la multitud se había sentido a salvo, aunque nadie habría reparado en él si de una cuchillada o de un tiro lo hubieran abatido, dejándolo caer como a un borracho sin remedio entre las piernas de las
máscaras. Pero las voces se volvían poco a poco distantes y ya avanzaban sin chocar con nadie. Recordó que no había luz en esa calle tan
estrecha, que iba a dar al claro de San Isidoro, donde había una fuente
cuyo caudal escuchó al mismo tiempo que el chapoteo en el barro de
los cascos de un caballo, que al sacudir la cabeza hizo sonar los arreos
de un coche. «Ahora me harán subir poniéndome en los riñones el
cañón de un revólver o la contera del bastón y el de las manos ásperas
saltará al pescante y el otro se sentará a mi lado y no me soltará.»
Verificaba sin sorpresa su capacidad de vaticinio: oyó abrirse y girar
una portezuela y desplegarse un estribo. Entre los dos enmascarados
lo empujaron hacia el interior del coche como a un paralítico o a un
preso y él no se resistió. Lo hicieron subir casi en volandas y no
notaba el peso de su cuerpo. La tapicería sobre la que lo obligaron
con malos modos a sentarse era de un cuero muy suave y acolchado.
Eso le dio una ligera esperanza de no encontrarse en poder de la secreta. Los coches de la secreta eran siempre innobles simones con el
forro de los asientos reventado y olían a tabaco malo, a sudor antiguo
y algo que se parecía a los orines rancios de gato. Junto a él respiraba
el hombre del antifaz, que había corrido las cortinillas sobre los cristales y removía bajo la capa su poderosa corpulencia, inquieto todavía, vigilante, aliviado. El postillón arreó al caballo e hizo sonar su
látigo en el aire, y el coche, singularmente cómodo, se deslizó con
sigilo por la calle embarrada, oscilando al ritmo pausado de los
cascos, gradualmente más veloces a medida que dejaban atrás la plaza

de Toledo y se acercaban, calculó él, a los descampados del oeste, donde se levantaban más allá de las últimas casas, como gigantes solitarios en la oscuridad, la plaza de toros y el hospital de Santiago, cuyas torres puntiagudas eran lo primero que se veía de Mágina viniendo por el camino de Madrid.

Tragó saliva, respiró hondo, acopió indignación y severas palabras: «Caballero», dijo, «en el caso de que usted lo sea, cosa que a la vista de su comportamiento incalificable me creo autorizado a dudar…». Sin levantar la voz lo interrumpió el otro: «O se calla o lo amordazo. Elija.» A los muertos les ataban las mandíbulas y les ponían monedas de a duro sobre los párpados cerrados. Si lo mataban, si lo dejaban tirado en un muladar, se quedaría con los ojos abiertos y la mandíbula inferior descolgada, como los que mueren de un síncope, con un hilo de sangre o de baba en el mentón. Ecuánime y desesperado, pensó en lo rara que era la vida y en lo extravagante del destino: uno llega por casualidad a una ciudad desconocida, abre un consultorio al que no acude nadie, se acostumbra a estudiar anatomía y a alimentarse de chocolate caliente y cigarrillos de hierbas, se acuesta una noche y al poco rato se lo llevan con los ojos vendados y el lugar de su muerte es esa ciudad que hace unos meses no sabía que existiera; uno muere a los veintitrés años como una mosca o una cucaracha, sacrificado tan vilmente como una gallina, y sólo una mujer vieja y medio idiota, aunque de buen corazón, lo echa de menos, y a los pocos días nadie se acuerda de él y es como si no hubiera pasado por el mundo.

En las afueras los cascos del caballo sonaban sin eco y el viento sacudía el coche y hacía vibrar los cristales de las ventanillas. Muy lejos, a su espalda, petardeaba un castillo de fuegos de artificio, y de vez en cuando venían rachas discordantes de música. Si le quitaban la venda antes de matarlo vería ascender y estallar los cohetes contra un cielo

blanco del que muy pronto descendería en silencio la nieve, sobre la
línea quebrada de los tejados y las torres. Pero era tan joven entonces
que desconocía la fortaleza de su temple. Sin darse cuenta se arrellanaba en el confortable asiento de cuero e iba adquiriendo un cierto
interés objetivo en lo que él mismo llamaría muchos años más tarde
el desarrollo de los acontecimientos. ¿Podía alguien seriamente re-
putarlo de conspirador? Había trasnochado en los cafés escuchando
peroratas ardientes, arrebatadoras y un poco ridículas, como tantos,
había gritado vivas y mueras ante los sables y los morriones de los
guardias y acudido a sótanos y reboticas de donde había que salir
luego de uno en uno y mirando por encima del hombro sin avivar
mucho el paso, pero nadie en su juicio podría suponerle vínculo
alguno con los sospechosos del magnicidio de la calle del Turco. Se
había quitado de en medio, desde luego, pero nada más que por prudencia, o porque en el fondo ya lo aburría aquella vida desordenada
y haragana de Madrid. De modo, decidió, que o se trataba de un
malentendido que rápidamente se esclarecería o de una broma algo
siniestra, y en ambos casos —y aun en el tercero, el de que fueran a
matarlo— no le cabía otra actitud posible que mantener la dignidad,
así como una sobria y ofendida reserva. Así que cuando el otro le
preguntó, como queriendo congraciarse con él, si le había apretado
en exceso el nudo del antifaz, negó con la cabeza y se mantuvo en
silencio, y cuando el coche se paró por fin y se abrió la portezuela
rechazó la mano que tomaba la suya en la oscuridad, y tanteó con el
pie en busca del estribo y permaneció bien erguido e inmóvil hasta
que de nuevo lo tomaron por el brazo y lo guiaron por un lugar empedrado que a juzgar por la resonancia de los pasos debía de ser un
callejón. Pues el coche, en vez de seguir alejándose por los barrizales
de más allá del hospital, había regresado al interior de la ciudad después de dar algunas vueltas sin dirección precisa, calculadas sin duda
para desorientarlo, y el postillón recobró el tiempo perdido azotando

al caballo hasta obligarlo a un galope temerario, urgido por el hombre del antifaz, que daba golpes nerviosos y continuos con el bastón en el cristal de la ventanilla.

Aún le temblaba todo el cuerpo por los sobresaltos de la carrera. Por una puerta muy pequeña lo hicieron pasar a un corredor y luego a una escalera con peldaños de piedra de cuya incomodidad dedujo que correspondía a dependencias de servicio. Después pisó losas de mármol y oyó al otro lado de un ventanal cerrado o de unos cortinajes una orquesta que tocaba valses muy rápidos. «Paciencia», dijo la voz junto a él, «ya estamos llegando». Lo obligaron a detenerse y supo sin vacilación que estaba ante una puerta cerrada. El hombre del antifaz dio tres golpes pausados y la puerta se abrió, dejando pasar un perfume barato y una voz de mujer. Lo guiaron hacia el interior, y al mismo tiempo que la puerta se cerraba tras él oyó una afanosa respiración que parecía la de un animal. Cuando los dedos suaves del hombre le rozaron la nuca al deshacerle el nudo del antifaz notó a lo largo de la espalda un escalofrío. Entonces tuvo miedo de verdad, no a morir, sino a ver algo que dañara sus ojos más irreparablemente que una luz súbita. Estaba en una habitación de techo bajo, alumbrada por dos palmatorias, la habitación de una criada, y frente a él había una cama de hierro bajo cuyas sábanas se agitaba y se hinchaba y retorcía un cuerpo cuya forma precisa tardó en reconocer, aturdido todavía por la oscuridad, asustado, inmóvil, sin darse cuenta de que el hombre del antifaz estaba junto a él y le tendía su maletín de médico. Percibía las cosas tan fragmentariamente como si las viera reflejadas en las esquirlas de un espejo roto, como desenfocadas y desfiguradas por una lente absurda: dos manos pálidas y largas asiéndose a unos barrotes helados, dos muñecas translúcidas, unas piernas con las medias caídas hasta los tobillos que pataleaban y arrojaban al suelo las ropas de la cama, unos ojos azules con un brillo de espanto entre mechones negros, apelmazados y oscuros por el sudor, una cara sin labios, una respiración que henchía y mojaba un pañuelo atado alrededor de la boca, un vientre grande, abombado, obsceno bajo el camisón deshecho en jirones, sin ombligo, agitado y convexo y reluciendo de sudor, pero sobre todo los ojos que lo miraban con un terror más poderoso que un grito, las sienes azules y las dos manos enroscadas en los barrotes, hincándose en las palmas las uñas lívidas y manchadas de una sangre menos oscura que la que manaba entre los muslos y encharcaba las sábanas. Le dijo a Ramiro Retratista que aquélla fue la primera vez en su vida que vio parir a una mujer, y que cuando lo llevaron allí ya era demasiado tarde: una hora después, aterrado, exhausto, con los brazos desnudos y empapados hasta los codos de sangre, como un matarife, logró arrancar de aquel vientre convulso como un lodazal de vísceras el cuerpo violáceo de un niño que se había estrangulado con el cordón umbilical.

Distingo el eco de cada uno de los llamadores de la plaza de San Lorenzo tan exactamente como las voces y las caras de los vecinos, la
distinta sonoridad con que las aldabas golpean en cada una de las
puertas y hasta la manera peculiar con que llaman los hombres o las
mujeres, los parientes o los desconocidos, los mendigos o los lecheros
o los vendedores, y sé también cómo suenan los aldabonazos de la
urgencia o del miedo en la quietud de la noche, cuando los golpes
metálicos provocan en el interior de una casa rumores de despertar y
pasos rápidos en las escaleras o una tensa expectación silenciosa en
los dormitorios donde aún no se ha encendido la luz. No me hace falta
asomarme para saber en casa de quién están llamando: oigo la resonancia poderosa del llamador de Bartolomé, cuyo matiz agudo se me
antoja de oro, porque es el hombre más rico de la plaza y tiene grandes olivares y muleros que le hablan sin levantar la cabeza cuando los
recibe aplastado en un sillón de mimbre en el portal, con los párpados
sin pestañas entornados por una somnolencia de saurio y una colilla
ensalivada de puro colgándole de la boca tan flojamente como le
cuelga la papada. Oigo los golpes débiles de la pequeña aldaba de

Lagunas, que es desmedrada como él y tan chillona, apresurada y confusa como su voz de eunuco, los golpes fuertes y severos del llamador de mi casa, que tienen la dignidad de la estatura y de la voz de mi padre y cuyo eco llega hasta el fondo del corral y se repite nítidamente en la fachada de la Casa de las Torres, el sonido muerto del llamador de la casa del rincón, paredaña a la nuestra, que permanece casi siempre mudo porque nadie vive en ella desde hace años, desde que el ciego Domingo González, que la había usurpado al final de la guerra, se marchó definitivamente enloquecido por la oscuridad y el terror y fue a refugiarse en una de las estaciones abandonadas junto al río.

Imagino que oigo sonar los llamadores en el aire quieto de la plaza, voces singulares y metálicas entre las voces de las niñas que cantan romances saltando a la comba y de los niños que juegan al rongo, a tite y cuarta, al mocho, a pía maisa, según la estación, porque cada época del año trae sus propios juegos y hasta sus narraciones y terrores, el miedo a los tísicos cuando arden en la noche las hogueras de San Antón, la amenaza de los Gorras que se han escapado en parvas feroces del orfelinato y que degüellan a los perros y apedrean a los niños con fulminantes guijarros, la presencia invisible de la Tía Tragantía que canta al otro lado de las esquinas su llamada de muerte la noche de la víspera de San Juan, el fantasma de la Casa de las Torres, cuyo rostro, imaginado tantas veces en los insomnios de la infancia, he visto casi treinta años después en una de las fotografías del baúl que el comandante Galaz se llevó a América y tal vez nunca abrió. No sólo repetíamos las canciones y los juegos de nuestros mayores y estábamos condenados a repetir sus vidas: nuestras imaginaciones y nuestras palabras repetían el miedo que fue suyo y que sin premeditación nos transmitieron desde que nacimos, y los golpes que da el aldabón en forma de argolla sobre las grandes puertas cerradas de la

Casa de las Torres resuenan en mi propia conciencia al mismo tiempo que en la memoria infantil de mi madre, devolviéndola a la mañana de mayo en la que vio bajar por la calle del Pozo primero el carro de los muertos sin dignidad al que llamaban la Macanca y luego el coche negro del médico don Mercurio, tirado por el caballo *Bartolomé* y la yegua *Verónica*, conducido por un joven cochero de guardapolvo verde que se llamaba Julián y a quien yo conocí como un taxista calvo y hercúleo que algunas veces nos llevaba en nuestros viajes a la capital de la provincia, ese lugar donde había edificios muy altos y ciegos con gafas negras en las esquinas y médicos que tenían en la frente espejos atados con correas de cuero.

Mi madre estaba cosiendo en el zaguán, junto a la puerta entornada, en la penumbra que olía como las hojas de los álamos después de la lluvia, oyendo sin envidia, con una inconsciente sensación de lejanía, las voces de las niñas que saltaban a la comba en la plaza, y luego, casi sin advertirlo, oyó que se hacía el silencio, que un ruido metálico abolía las voces o las amortiguaba hasta el murmullo y que se abrían postigos de ventanas en la calle del Pozo. Las ruedas de hierro crudo bajaban rebotando sobre el empedrado, y el látigo del conductor restallaba en el aire sin que se hiciera más veloz el paso de la mula sonámbula que tiraba de aquel carro de augurios, cuyo solo nombre inexplicable, la Macanca, ya era una amenaza, como otros nombres y palabras que ella oía sin entender pero sabiendo instintivamente que deparaban un seguro infortunio. Pensó que la Macanca traería el cuerpo muerto de su padre, que lo habían matado o había fenecido de hambre en ese sitio que su abuelo Pedro Expósito llamaba el campo de concentración, y que ella imaginaba como una llanura desierta y cercada con alambre espinoso que su padre recorría como alma en pena entre olivos estériles, con su capote militar sobre los hombros, con su uniforme desgarrado y azul de la Guardia de Asalto, héroe

solemne de las fotografías y de los embustes que inventaba sin el
menor propósito de mentir y víctima de una incorregible inocencia
que lindó muchas veces con la estupidez y la locura: la noche de un
sábado de finales de marzo las tropas enemigas habían ocupado
Mágina, y a la mañana siguiente, sin hacer caso de nadie, él se puso
su uniforme de gala y echó a andar tranquilamente hacia el hospital
de Santiago, porque le tocaba guardia, y nada más llegar vio que
habían cambiado la bandera que ondeaba sobre la fachada y lo hicieron preso y tardó más de dos años en volver. Él era un hombre de
palabra, él nunca había hecho otra cosa que cumplir con su obligación, y como no había recibido contraorden su deber era presentarse
a las ocho, y con la gorra de plato ligeramente ladeada y los hombros
tranquilos y la botonadura que a mi madre se le antojaba de oro abrochada hasta el cuello salió a la calle y le hizo adiós con la mano a su
hija antes de doblar la esquina de la plaza, una mañana fría y nublada
de marzo que a ella le parecía remota, porque aún no había aprendido
a medir el tiempo, a subdividir en semanas, meses y años la eternidad
estática y sin modificaciones de la infancia. «Manuel, con razón tienes
la cabeza tan grande», le dijo Leonor Expósito al despedirlo en el
umbral, y mi bisabuelo Pedro, que casi nunca hablaba, había acariciado la cara de mi madre humedeciéndose los dedos con sus lágrimas y le había murmurado al oído, en el mismo tono de voz en que le
hablaba a su perro: «Hija mía, tu padre es un imbécil.»

Dejó en la silla la costura y no se atrevió a asomarse a la puerta, no
sólo porque le daba miedo la Macanca, sino porque su madre le tenía
prohibido que la abriera del todo. Ésa había sido su vida de los últimos años, su vida entera, desde que tuvo capacidad de recordar, zaguanes empedrados, cuartos en penumbra y puertas entornadas a las
que le prohibían asomarse, voces irreales en la calle, donde se desplegaba una selva de peligros, los bombardeos, los disparos sueltos, las
furiosas estampidas de hombres y mujeres que gritaban levantando

puños y armas, los desconocidos que ofrecían caramelos a las niñas o llevaban al hombro un saco que tal vez contenía una cabeza cortada, los vagabundos, los soldados fugitivos, los moros que al atardecer bajaban en dirección al manantial de la muralla para lavar sus ropas danzando sobre ellas con sus grandes pies negros y descalzos y luego se arrodillaban sobre una manta extendida y levantaban los brazos y humillaban la cabeza gritando cosas en un idioma que no parecía hecho de palabras y era que estaban rezando. Pero oía tan cerca las ruedas de metal que la venció la tentación de entreabrir los visillos de la ventana que daba a la calle del Pozo justo cuando pasaba el carro en forma de ataúd, que tenía en la parte de atrás un pestillo exactamente igual a los que cierran los hornos. Lo conducía un hombre pálido que tenía cara de tísico o de ahorcado redivivo y daba tumbos asido con la mano derecha a la barra del pescante y esgrimiendo en la izquierda un látigo de cuero que usaba con saña inútil contra las ancas huesudas de la mula. Cuando alguien se quitaba la vida no iba a recoger su cuerpo el coche con crespones de luto de la funeraria, sino el carro vil de la Macanca, que no lo llevaba a los patios cristianos del cementerio, sino al otro lado de los bardales sin cruces del corral de los Matados. También aparecía en tiempos de epidemia, o cuando se había cometido un crimen, o cuando se encontraba en una cuneta el cadáver de alguien y no se sabía quién era ni si había muerto confesado. Así que si ahora entraba en la plaza de San Lorenzo era la señal de una desgracia: en el silencio súbito mi madre oyó las ruedas, los cascos de la mula, los latigazos, como si ya resonaran dentro de su casa, y ahora sí se atrevió a asomarse a la calle, enajenada por el miedo, hipnotizada y temeraria, imaginando que el carro se detenía ante su puerta y que el cochero tensaba la rienda y bajaba del pescante y fijaba en ella sus ojos de enfermo, las pupilas que ni ella ni nadie se atrevía a mirar. Pero no se detuvo, y ahora mi madre la veía desde atrás, un largo catafalco pintado de negro pasando junto a los

álamos y las puertas cerradas, en la plaza vacía, parándose por fin
con crujidos de herrumbre frente al portalón de la Casa de las Torres,
bajo los relieves de gigantes encadenados que sostenían borrosos escudos de armas y las gárgolas que asomaban sobre los aleros un gesto
unánime de voracidad y terror. Vio en la plaza ventanas entreabiertas
y caras de mujeres ávidas que se hacían señales de balcón a balcón.
También su madre, Leonor Expósito, salió de la cocina secándose las
rojas manos en el delantal, la miró con enojo y asiéndola de un brazo
la hizo volver al zaguán y cerró la puerta con la misma terminante
premura que cuando sonaban las sirenas y había que esconderse a
toda prisa en la bodega. Cruzó corriendo los dos portales en busca de
su abuelo Pedro, que estaba, como ella suponía, en el corral, sentado
junto al pozo, acariciando el lomo de su perro, pelado por la vejez, y
contándole tal vez en voz baja historias de la guerra de Cuba o ejem-
plos de la estupidez de su yerno, que en lugar de deshacerse del uniforme y esconderse temporalmente, como tantos, o de ponerse una
camisa azul y vitorear a las tropas de moros y requetés en la calle
Nueva, se había ajustado los guantes blancos y la guerrera de las
guardias de gala para que los recién llegados invasores lo detuvieran
y lo encarcelaran con la debida dignidad.

Cuando vio venir a la niña, Pedro Expósito dejó de conversar con el
perro: eso era lo que hacía, pero únicamente cuando estaba a solas
con él, le decía algo y se quedaba en silencio mirando las pupilas tristes del animal, que parecía atender a sus palabras y darle la razón con
los movimientos del hocico, y si llegaba alguien mi bisabuelo le hacía
una rápida señal de cautela y el perro miraba con indiferencia al intruso, como retándolo a descifrar un secreto que no le pertenecía.
Abuelo, dijo mi madre, tan excitada que se le entrecortaban las palabras, salga usted, que parece que ha pasado algo, que ha venido el
carro de los muertos. El viejo le sonrió sin decir nada, como si no la

entendiera, contemplándola desde la lejanía de su edad con una expresión que era exactamente la misma que había en los ojos del perro, y luego la invitó a acercarse con un gesto de la mano, con hospitalidad y ternura, como si le bastara llamarla para conjurar cualquier maleficio que la amenazara. Pasó su brazo derecho sobre los hombros de mi madre estrechándola suavemente contra él y le acarició la cara sin apenas tocársela, como si fuera ciego y dibujara de memoria sus rasgos. No tengas miedo, le dijo, que no viene por ti.

Entre todas las voces que conocía sólo aquella la rescataba del miedo y le sonaba siempre libre de oscuridad y mentira. La voz de su padre, que ahora sólo podía recordar en sueños de los que su propio llanto la despertaba, se convertía muchas veces en un escándalo de ira. De pronto lo oía gritar sin entender por qué y procuraba ocultarse, y desde su escondrijo —las faldillas de una mesa, la espalda de un sillón, la proximidad acogedora y el olor a pana antigua y a tabaco de su abuelo— seguía escuchando insultos y tremendas blasfemias, patadas y correazos que silbaban en el aire tras una puerta cerrada. La voz de su madre, cuando le hablaba a ella, solía tener la frialdad de una orden o la amargura de una queja, cuando no un matiz de ironía que aún iba a lacerarla muchos años después de que se alejara de la infancia, de la que tal vez le ha quedado no la memoria de un paraíso inexacto que ella no conoció, sino el tormento secreto del miedo y de la incertidumbre que tal vez yo heredé de ella igual que la forma de la cara y el color de los ojos. Pero al menos tenía siempre consigo la voz de su abuelo Pedro, que le hablaba a una parte de su alma anterior a toda posibilidad de recuerdo, porque la había estado oyendo desde que se dormía en la cuna con las habaneras que él le murmuraba. De noche le bastaba oírla en una habitación contigua o tan sólo imaginarla para que se desvanecieran las otras voces de la oscuridad, las salmodias de las brujas y los cuentos atroces del tío Mantequero, los silbidos de las bombas, los motores que se detenían antes del amanecer junto a las puertas de las casas y los golpes violentos en los llamadores, la letanía de la madre y la hija que oyen desde la cama los pasos del asesino que viene a degollarlas. Ay mama mía mía mía quién será, cantaban al anochecer en los corros, bajo las bombillas recién encendidas, cállate hija mía mía mía que ya se irá, y esas palabras, que a nadie parecían atemorizar más que a ella, se las repetía monótonamente su memoria cuando estaba acostada, y era inútil que se tapara la cabeza con las mantas y que rezara para defenderse el Señor mío Jesucristo, porque los crujidos en la escalera eran los pasos de alguien y el ruido de la carcoma en las vigas del techo o de las ratas en el pajar era el aviso de que alguien venía horadando los muros de la casa cerrada, alguien acercándose con la fatalidad del mecanismo de un reloj, ay mama mía mía mía quién será, el hombre que vino a decirles que su padre estaba en la cárcel, cállate hija mía mía mía que ya se irá, los que llamaron a la casa del rincón y se llevaron a Justo Solana en una furgoneta negra, el cochero de la Macanca, con su cara de verdugo o de muerto, el médico jorobado, don Mercurio, que visitaba a sus enfermos en uno de los últimos coches de caballos que se vieron en Mágina y que parecía de antemano enviado por la funeraria.

Dice mi madre que el coche de don Mercurio irrumpió esa mañana en la plaza de San Lorenzo unos minutos después que el carro de los muertos indignos, negro y decrépito como la figura de su dueño, con su capota de cuero gastada por casi todos los soles y los inviernos del siglo, con sus cristales rajados por las ondas de las explosiones, con sus cortinillas de una gasa como de velo de viuda tras las que mi abuelo Manuel dijo haber visto una noche la cara de una joven, lo cual le dio motivo para inventar pormenores legendarios sobre la virilidad de don Mercurio, que según él se mantuvo intacta y batalladora hasta que el médico cumplió un siglo. Pero mi madre no vio el coche todavía, no esperó a descubrir por el sonido de un llamador en casa de quién había anidado la desgracia. Permaneció en el corral, al amparo del brazo de su abuelo, que aún reposaba en sus hombros, tan silenciosa como el perro, compartiendo la misma certeza de protección que les deparaba a los dos la voz de Pedro Expósito, que ahora acariciaba la cabeza del animal y le decía, no te preocupes tú, que tampoco vienen por nosotros.

Venían por alguien que acababa de tener una mala muerte en la Casa de las Torres, oyeron decir, a través del pozo, en el patio de los vecinos. Durante la noche algunos habían oído una sorda explosión que estremeció los cristales de todas las ventanas y que atribuyeron por costumbre a aquellas bombas olvidadas que seguían estallando traidoramente en los descampados y en los solares de ruinas. Venían por un albañil que se había ahorcado, le contó a Leonor Expósito una mujer que se detuvo un instante junto a la ventana y siguió corriendo para unirse al grupo temeroso que ya se estaba formando alrededor de la Macanca y que se abrió para dar paso al coche de don Mercurio tan respetuosamente como si hubiera llegado el trono de una procesión. Alguien dijo que el albañil no se había quitado la vida, sino que se partió el cuello al caer de un andamio, y que al principio lo creyeron muerto y por eso mandaron a llamar a la Macanca, pero que luego notaron que le quedaba un hilo de vida y a toda prisa avisaron a don Mercurio, pues no había otro médico en Mágina que pudiera remediar un caso tan desesperado. Y mi madre y mi bisabuelo supieron que había aparecido el coche de don Mercurio en la plaza de San Lorenzo porque hasta ellos llegó, por encima de los bardales y los emparrados, la canción que le cantaban los niños cuando lo veían acercarse.

—*Tras, tras.* —*¿Quién es?*
—*El médico jorobeta*
que viene por la peseta
de la visita de ayer.

Esa misma canción la había cantado mi abuela Leonor cuando era niña, y ya entonces parecía tan antigua como el romance de doña María de las Mercedes: aún perduraba en mi infancia, veinte años después de la muerte del médico, que ya debía de ser nonagenario cuando se descubrió la momia de la mujer emparedada. Pero me han contado que lo más raro no era la ligereza de simio disecado y mecánico con que se movía ni la precisión infalible de sus diagnósticos, sino su lejanía del presente, sus trajes y sus modales y su capa de principios de siglo, el coche de caballos llamados estrafalariamente *Verónica* y *Bartolomé* con que recorría la ciudad fuera de día o de noche, pues por muy a deshoras que alguien acudiera en su busca siempre lo encontraba como recién vestido y dispuesto, el plastrón negro ceñido al cuello alto de celuloide, la capa de terciopelo con vueltas rojas y el maletín al alcance de la mano, el caballo y la yegua enganchados al tiro y el cochero somnoliento y veloz murmurando por lo bajo acerca de la mala vida que le daba don Mercurio, pero siempre vestido con su guardapolvo verde y su gorra de plato, que se quitaba con respeto de sacristán al entrar en una casa donde yaciera un muerto o un enfermo muy grave. Según mi abuelo Manuel, don Mercurio había inventado una pócima que le garantizaba la inmortalidad. Desde uno de los balcones del primer piso, oculta tras las macetas de geranios, mi madre se acuerda de que pudo ver al fondo de la plaza, junto al portalón de la Casa de las Torres, cómo aquel anciano pulcro, diminuto y torcido, saltaba del coche como un muelle antes de que Julián extendiera el estribo, y le dio miedo, aun tan de lejos, su cara tan pálida y la orografía de su cráneo pelado, que el médico, de quien se decía que fue en su juventud un seductor fulminante de señoras del gran mundo, cubrió en seguida con una chistera, tocándose el ala con una discreta inclinación para saludar al inspector Florencio Pérez, al forense y al escribiente del juzgado, que habían salido del interior de la Casa de las Torres para recibirlo. Amarillo y alto como una estatua que nadie se atrevía a mirar, el conductor de la Macanca fumaba en su pescante, mirando al cochero de don Mercurio desde su insana soledad de verdugo o de reo y sin duda comparándose a él con rencor. Dos guardias de uniforme gris empujaban hacia atrás a las vecinas más audaces o más maledicientes, y entre ellas daba saltos de mono y gritos de papagayo el sabandija Lagunillas, que muchos años después, cumplidos los ochenta, canijo e imberbe como un niño disecado, dio en el antojo de casarse, y puso anuncios en *Singladura* solicitando una novia joven, honesta y hacendosa, y mintiendo tan descaradamente acerca de su propia edad y su buena presencia que cuando una viuda incauta respondió al anuncio, fue a visitarlo y lo vio en el portal mugriento de su casa, echó a correr hacia la calle del Pozo como si huyera de un fantasma. Las vecinas ansiosas de novedad se encararon a los guardias, pero el portalón se cerró con una definitiva resonancia de lápida y nadie pudo averiguar nada hasta varias horas después, cuando la guardesa, desobedeciendo las órdenes de la policía, contó en la cola de la fuente del Altozano que en una cripta de aquel palacio abandonado desde hacía medio siglo había aparecido el cuerpo incorrupto de una muchacha. Guapísima, dijo la guardesa, como una artista de cine, y rápidamente se corrigió, como una estampa de la Virgen, vestida de dama antigua, morena, con tirabuzones, con un vestido de terciopelo negro, con un rosario entre las manos, una santa martirizada en secreto, emparedada en el sótano más hondo de la Casa de las Torres, tras un muro de ladrillo que la explosión de una granada derribó por azar. Y añadió en días sucesivos, en las colas populosas de la fuente y en los lavaderos de la muralla, que ahora se explicaba las voces que algunas veces la sobresaltaron por las noches, susurros y llantos como de ánima del purgatorio que ella atribuía al miedo de vivir sola en aquel caserón con torreones y saeteras de castillo y que no eran sino avisos de la santa que la estaba llamando. Gabriela, ven, le decía la voz, Gabriela, que estoy aquí,

pero ella, cobarde, no quería escuchar y escondía la cabeza debajo de
la almohada, y no se lo contaba a nadie para que no la tomaran por
loca. Una vez, en la fuente del Altozano, mi madre oyó a la guardesa
imitando la voz de la santa, prolongando con una cadencia fúnebre el
final de las palabras, como en los seriales de la radio, y aquella noche,
en su dormitorio, desde cuya ventana podía ver a la luz de la luna la
fachada de la Casa de las Torres y las sombras oblicuas de las gárgolas, le pareció que a ella también le llegaba la queja de aquella voz, y
se imaginó que la oscuridad donde permanecían abiertos sus ojos era
la del sótano donde la muchacha fue emparedada. Recordó que la
explosión había retumbado en el subsuelo de la plaza una hora antes
del amanecer, pero no con un estrépito como el de las bombas que
arrojaban los aviones, sino más bien como la onda expansiva de un
terremoto, y se extinguió tan rápido que muchos que dormían creyeron al despertarse que la habían soñado. La guardesa dijo que fue
derribada violentamente de la cama y que vio estremecerse sobre su
cabeza la bóveda de piedra de la habitación donde dormía, y salió a
los corredores invadidos de escombros temiendo morir sepultada
bajo el caserón que tal vez ahora sí se hundiría definitivamente, después de más de cuarenta años de abandono y tres de bombardeos.
Pero cuando bajó al patio ya se había restablecido el silencio, y no
advirtió ninguna modificación en el aspecto usual de sus ventanas sin
cristales y sus arcos en ruinas, de modo que también habría creído en
la posibilidad de un sueño o de un breve terremoto si no hubiera visto
surgir de la boca de uno de los sótanos una columna de polvo tintado
de violeta por la luz difusa del amanecer.

Era una señal, dijo luego, no a don Mercurio ni a los policías, de cuya
piedad desconfiaba, sino a las vecinas que durante unas semanas volvieron a dar crédito a sus narraciones absurdas, un signo del cielo, un
aviso de la santa que no quería seguir más tiempo oculta a la venera-

ción de los católicos, y al notar con vanidad la expectación de las
mujeres que por escucharla ya ni se cuidaban de vigilar su turno en
la cola de los cántaros revivía aquel amanecer en que vio levantarse
la columna de polvo o de humo y se armó de valor para caminar hacia
el arco que daba paso a los sótanos, adonde nadie, que ella supiera,
había bajado en más de medio siglo, desde que abandonó la casa el
último superviviente de la familia que la había poseído durante cua-
trocientos años y sólo quedó en ella la antigua guardesa, su madre, de
quien heredó no sólo el puesto, sino hasta la condición temprana de
viuda y la tendencia a una solitaria excentricidad gradualmente con-
taminada de beatería y de locura. Pero no era cobarde, no podía serlo
viviendo como vivía en aquel laberinto de corredores con techum-
bres de maderámenes podridos en los que anidaban murciélagos, de
patios con pozos ocultos bajo la maleza y salones de bailes y túneles
frecuentados por gavillas de ratas tan saludables y veloces como co-
nejos, siempre sola, con un racimo de llaves grandes como aldabas
atado a la cintura con una cuerda de cáñamo que parecía un cíngulo
de penitencia, rodeada de gatos feroces y leales, alumbrándose de
noche con un fanal de barco, pues no tenía luz eléctrica más que en las
habitaciones de la torre sur que le servían de vivienda. Antes de bajar
a los sótanos para buscar el origen del humo o de la voz que la llamaba se echó sobre los hombros una especie de tabardo austrohún-
garo exhumado tal vez de un arcón donde se guardaban los disfraces
de carnavales remotos, se enfundó unas grandes botas de agua que
fueron de su difunto y cogió el farol y un cayado de vaquero que más
de una vez le había servido para amenazar a los niños que se colaban
en la casa jugando al castillo de irás y no volverás y a los vagabundos
que saltaban las bardas de los corrales traseros con la intención de
refugiarse de una noche de frío o de lluvia. Tanteando con el cayado
los peldaños desiguales bajó muy cautelosamente hasta adentrarse en
una estancia subterránea que tenía bóvedas como de aljibe y en la que

se oían con precisión siniestra los arañazos y roces de las grandes ratas que escapaban hacia los rincones en sombras. A pesar de su hondura y de las tinieblas, el sótano no olía a humedad, sino a aire seco y rancio, como el interior de un armario cerrado durante mucho tiempo, y cuando la guardesa deshacía las telarañas que le cerraban el paso la sofocaba el polvo cernido y picante que se desprendía de ellas.

Pero a medida que se adentraba en el pasillo central de los sótanos a lo que empezó a oler más intensamente fue a pólvora, y luego, casi en el último recodo, olió a sangre y vio con asco una cosa peluda y sangrienta adherida a la pared y tardó un segundo en darse cuenta de que era la cabeza arrancada de un gato: algo más allá estuvo a punto de pisar una masa de vísceras que todavía palpitaban, y aproximando la luz al muro cóncavo de granito vio manchas dispersas de sangre y jirones de carne trizada y fragmentos de madera y de metal humeante. Entonces se acordó: hacía un par de años, unos soldados vinieron a la Casa de las Torres diciendo que traían órdenes de convertirla en cuartel o almacén, se bajaron de una camioneta mostrándole un papel manchado de aceite y de mugre y empezaron a descargar cajas y a alborotárselo todo. Pero ella los amenazó con su cayado y le dio un golpe tremendo en el lomo a uno de los hombres de uniforme, que se negaba a hacerle caso, y les gritó tales maldiciones que la cara se le descompuso hasta parecerse a las gárgolas de los aleros. Los soldados se reían de ella, pero sólo eran tres y es posible que no supieran manejar las armas que llevaban y que ni siquiera estuviesen cargadas. Recogieron a toda prisa las cajas y se apresuraron a subir a la camioneta, perseguidos por la porra infalible y las maldiciones de la guardesa, y la pusieron en marcha jurándole que volverían para fusilarla. No esperó a verlos irse: cerró el portón con tres vueltas de llave y aseguró los cerrojos y la tranca tan gruesa como un palo mayor, menos feliz por su victoria que irritada por el descaro de aquellos intrusos que ni siquiera se vestían como los militares de verdad. Pero de una de las cajas se les había caído una granada de mano, y ella, después de examinarla con atención y un poco de pavor, la guardó lo más hondo que pudo, en el último sótano, imaginando tal vez que podría usarla para defenderse si regresaban los soldados, encastillándose en la Casa de las Torres como el señor feudal que la edificó, un turbulento condestable Dávalos que se había sublevado contra el emperador Carlos V en tiempos de los comuneros. Y cuando más olvidada tenía el arma de su improbable resistencia, uno de los gatos salvajes que la obedecían como halcones de presa habría pisado o mordido la espoleta de la granada de mano y provocado la explosión que lo desintegró instantáneamente, que conmovió los cimientos de la Casa de las Torres y derribó parte de un muro de argamasa y adobe que tapaba el rincón más oculto del sótano, descubriendo a la luz del farol una cara blanca y polvorienta que parecía flotar en la penumbra, como la cara de un fantasma que surge de noche en un cristal, como una virgen de cera vislumbrada al fondo de una capilla donde arden débilmente los cirios. Me estaba mirando como si se hubiera asomado al hueco de la pared, dijo la guardesa, me miraba y me decía que no me asustara, que ella era muy buena y no iba a hacerme nada. Porque si al principio dijo que le pareció haber oído en sueños la voz de la santa, después fue agregando detalles que magnificaban el milagro, y la voz soñada se convirtió en una voz real que fluía de los labios sellados, muy suave, como el susurro desfallecido de una enferma, no en vano había pasado la santa diez o doce siglos escondida en la oscuridad, sentada en un sillón como una dama de visita, con los ojos azules abiertos y fijos en el muro, inmóviles en un insomnio eterno, deslumbrados unas horas después por el magnesio de Ramiro

Retratista, que perpetuó sus pupilas alucinadas y muertas en las fotografías para que ahora yo pueda mirarlas y viaje como en una secreta
máquina del tiempo a una plaza sombreada de álamos que ya no existen y reconozca y recuerde voces que suenan en la infancia de mis
padres y ecos de llamadores golpeando puertas de casas en las que no
vive nadie desde hace muchos años.

Las voces perdidas de la ciudad, los testigos tenaces, postergados, desconocidos, los que contaron y guardaron silencio, los que dedicaron años al recuerdo o al odio y los que eligieron la apostasía y el olvido: esquelas mortuorias colgadas en los escaparates de los comercios de la plaza del General Orduña y de la calle Nueva, ancianos aburridos que juegan al dominó y conversan bajo el estrépito de un televisor en el hogar del pensionista, que toman el sol en los jardines devastados de la Cava, pisando cristales de botellas rotas y jeringuillas de plástico, o dormitan junto al brasero en comedores con muebles de tapicería sintética o en los pasillos lóbregos del asilo, voces recordadas de muertos y caras impasibles de muertos en vida.

Voces, caras sin nombre, figuras quietas en el tiempo, caras de muertos, de verdugos, de inocentes, de víctimas: el inspector Florencio Pérez, que jamás aclaró ni un solo crimen ni obtuvo una sola confesión ni se atrevió a publicar con su propio nombre los versos que escribía; el teniente Chamorro, diplomado por la Escuela Popular de Guerra de Barcelona, preso durante catorce años por auxilio a la rebelión militar, liberado y preso de nuevo al cabo de veintidós días de libertad porque nada más salir de la cárcel tuvo la delirante ocurrencia de irse a la sierra de Mágina con una cuadrilla de libertarios armados con escopetas de perdigones para ejecutar al Generalísimo, que estaba allí cazando ciervos o asistiendo a un retiro espiritual de capellanes castrenses; Manuel García, gastador de la Guardia de Asalto, convicto de rebelión por haberse presentado reglamentariamente en el hospital de Santiago unos minutos después de que se izara en la fachada la bandera roja y amarilla; el ciego Domingo González, fugitivo de Mágina en mayo de 1937, salvado de morir porque se escondió bajo un montón de paja y porque alguno de los que estaban persiguiéndolo palpó su cuerpo con las puntas de una horca de estiércol y en lugar de atravesarlo o de revelar su presencia dijo a los otros milicianos que ya podían irse, que no había nadie en el pajar: juez togado más tarde, que firmaba con serenidad condenas de muerte y ni siquiera tuvo clemencia con su ex amigo y paisano el teniente Chamorro: juez inflexible y coronel retirado que volvió a Mágina y se fue a vivir a la casa de la plaza de San Lorenzo donde había vivido el viejo Justo Solana, jinete misántropo que recibió un día dos disparos de sal en los ojos y se quedó ciego y pasó el resto de su vida temiendo que el hombre que lo había cegado cumpliera su amenaza y volviera en la oscuridad para matarlo; Ramiro Retratista, fotógrafo y triste y enamorado de una muerta, exiliado voluntario de Mágina, náufrago tardío en Madrid, en la plaza de España, retratista de novios pobres en viaje de bodas, de recién casados de provincias que sonreían tomados del brazo ante las estatuas de don Quijote y Sancho Panza. Y Lorencito Quesada, insigne repórter y veterano dependiente de El Sistema Métrico, decano en Mágina de los corresponsales de prensa, radio y televisión, biógrafo voluntarioso y siempre fracasado de los hombres eminentes de Mágina y su comarca, corresponsal de *Singladura*, investigador de misterios policíacos y sobrenaturales, de los poderes telepáticos y de las visitas al valle del Guadalquivir de mensajeros de otros mundos, autor de un serial en cinco entregas sobre el *Enigma de la mujer emparedada* o *El misterio de la Casa de las Torres*, pues ambos titulares le parecían sugestivos y tardó mucho en decidirse por uno de ellos, decisión en todo caso inútil, ya que después de algunas semanas febriles de trabajo y de insomnio el director de *Singladura* rechazó las treinta páginas que él le había enviado y que nunca se llegaron a publicar.

Fue Lorencito Quesada quien descubrió y quiso revelar al mundo, o a Mágina, las memorias inéditas del inspector y luego subcomisario Florencio Pérez, y quien buscó, sin fruto alguno, dinero y patrocinio para publicarlas, movido por un entusiasmo que jamás conoció el desaliento ni el éxito. Puede que nadie más que él en la ciudad tuviera noticias o sospechas de la vocación literaria del policía jubilado, que se había pasado la vida escribiendo versos y enviándolos, firmados con seudónimo, a casi todos los concursos de la provincia, obteniendo muy de tarde en tarde alguna flor natural que nunca recogió, por falta de valor y exceso de vergüenza, por un temor lacerante al ridículo que se le fue agravando con los años y lo llevó, casi en el lecho de muerte, a la tentación de quemar toda su obra tan laboriosamente mecanografiada en los reversos de los formularios oficiales, igual que había hecho o mandado hacer Virgilio. Hasta la época de su jubilación siempre se había abstenido de la prosa, por considerarla, como le confesó una vez a Lorencito Quesada, un género menor, pero cuando se quedó sin nada que hacer y se supo amenazado por una desidia y una melancolía que proliferaban sombríamente sin la distracción diaria del trabajo tuvo la ocurrencia de emprender la redacción de sus memorias, y entonces, si no las ganas de vivir, se le acentuó el miedo supersticioso a la muerte, pues temió que le llegara antes de que diera fin al relato de su vida. Era viudo, vivía en casa de una hija cuyo marido, un magnate de los videoclubes locales, lo desdeñaba abiertamente, tenía otro hijo inspector en Madrid, y un tercero, el menor, que de muchacho iba para seminarista, pero que inexplicablemente se echó a perder, se dejó el pelo por los hombros y decidió convertirse en vocalista de conjunto moderno. Cuando se jubiló, el subcomisario había esperado en vano que sus antiguos subordinados le rindieran un emotivo homenaje, o al menos que le regalaran una placa conmemorativa. Pero sólo Lorencito Quesada, atento a todo, le dedicó un artículo en *Singladura*, y él le escribió una carta de lacrimosa gratitud, guardó el recorte en una carpeta azul y se encerró en aquella especie de trastero donde su hija y su yerno lo tenían confinado con una máquina de escribir de segunda mano y un paquete de solicitudes en blanco del carnet de identidad que había sacado de la comisaría no sin un cierto sonrojo. Sólo cuando se puso seriamente a escribir se dio cuenta con estupor y desconsuelo de que no le había ocurrido casi nada en la vida. Así que la tarea que había imaginado agotadora se reveló muy pronto liviana y trivial, y en apenas un año de escribir todos los días tuvo contados los setenta de su vida entera, y una mañana, veinte minutos después de sentarse ante la máquina, ya había llegado al momento justo que estaba viviendo, de manera que se quedó un rato pensativo, revisó desganadamente las anotaciones de los últimos días, puso una nueva hoja en el carro y empezó tranquilamente a contar sus recuerdos del día siguiente, con una cierta sensación primero de irrealidad y luego de fraude, como si se permitiera una trampa menor en un solitario, y después siguió escribiendo cada vez con más desenvoltura e incluso alegría, y contó el regreso de su hijo menor, la oveja negra de su casa y la amargura de su vejez, que venía arrepentido, con el pelo cortado, con corbata y pidiéndole perdón, después de vivir durante varios años en una comuna de Ibiza, y luego un viaje a Madrid en el que paraba en la misma pensión donde solía hospedarse antes de la guerra y navegaba en barca por el Retiro y comía gambas a la plancha en la taberna del Abuelo y daba gracias al Cristo de Medinaceli por el regreso de su hijo pródigo: cuando murió, a principios de junio, sus memorias llegaban a los primeros días de la siguiente Navidad, en vísperas del homenaje que el Círculo Cultural y Recreativo de Mágina le ofrecía en el teatro Ideal Cinema con motivo de sus bodas de oro con la policía y la literatura.

A medida que el manuscrito se aventuraba en el porvenir y en la mentira iba volviéndose más lujosamente detallado, a diferencia de la narración de los hechos reales, en la que se advertía una apresurada o desengañada sequedad: el hallazgo de la mujer incorrupta no ocupaba más de media holandesa y carecía de toda revelación sorprendente, ya fuera porque el inspector había olvidado los pormenores o porque, como sospechó literariamente Lorencito, poderosos intereses ocultos lo seguían obligando cuarenta años después a mantener el secreto. Ya entonces, en los primeros tiempos de su carrera, tenía el inspector la cara ensimismada de pena y laboriosa arrogancia que muestra en las fotos de Ramiro Retratista y que se mantuvo invariable hasta su vejez. «Míralo», dice Nadia, acordándose, reconociéndolo, casi con ternura, aunque hace dieciocho años que lo vio por primera y única vez, cuando ya era un viejo policía desolado que se negaba al oprobio de la jubilación. Separa la fotografía de las otras, se la muestra a Manuel, que permanece tras ella en silencio y ha empezado suavemente a abrazarla, sus dos manos buscando bajo la blusa. «No cambió nunca», dice Nadia, tenía la cara como hecha de rudo cartón, el pelo hincado hasta la mitad de la frente, planchado hacia atrás con brillantina y levantándose rebelde en tiesos mechones que no había modo de domar, las cejas como un doble arco negro, las facciones cuadradas y blandas, el labio inferior grueso y caído del que le colgaba siempre una colilla de picadura apagada, el mentón siempre oscuro, aunque se afeitaba dos veces al día, una cara imposi-

ble, pensaba él con dolor, tan imposible como su nombre, Florencio
Pérez Tallante, un nombre tan desastroso para policía como para
poeta, una ruina y una losa de nombre. Ramiro Retratista lo fotografió en el mismo lugar donde lo vería Nadia muchos años más tarde y
casi en la misma actitud, sentado tras la mesa, bajo el crucifijo y la
estampa de Nuestro Padre Jesús y el retrato de Franco, el teléfono a
su derecha y la escribanía a su izquierda, la mano en la barbilla, como
si quisiera parecerse a la efigie de un hombre pensativo. Estaba abu-
rriéndose y contando sílabas con los dedos en su despacho de la plaza
del General Orduña, junto a la torre del reloj, cuando un guardia
entró para decirle que una mujer con aire y maneras de loca había
venido a dar parte de la aparición de un cadáver no identificado, seguramente el de un cautivo del dominio rojo, sepultado tras el martirio en el sótano infame de alguna checa clandestina. Como primera
precaución, y sin haberla visto ni escuchado todavía, el inspector
Florencio Pérez, partidario siempre de medidas enérgicas, ordenó el
arresto inmediato de la mujer delatora, pero cuando el guardia salía
para cumplir la orden, que al propio inspector le había parecido de
una sequedad y decisión admirables, la puerta del despacho se abrió
del todo y la guardesa irrumpió en él, alzando el brazo derecho en un
atrabiliario arriba España y agitando tan ruidosamente como una
cadena de penal el manojo de llaves que traía atado a la cintura. «Iba
a avisarle al párroco de San Lorenzo», dijo tumultuosamente, sin dar
tiempo ni a que el inspector pusiera en práctica un rapto de indignación, «pero me acordé de que ya no hay, y me dije, Gabriela, da parte
en la perrera, que aquello es más autoridad».

Que a la comisaría le llamaran en Mágina la perrera sumía al inspector Florencio Pérez en un estado próximo a la mortificación: que
una mujer desmelenada, con un ruinoso tabardo sobre los hombros,
un manojo de llaves y unas hediondas botas de agua se colara en su
propio despacho a esa hora tranquila de la mañana que él solía consa-

grar dulcemente a no hacer nada y a medir endecasílabos, le hablara
a gritos y no diera muestras de miedo a su autoridad, pronunciando
de paso la palabra perrera, estuvo a punto de producirle un colapso
cardíaco. Un mediocre puñetazo en la mesa tuvo la virtud de volcar
el cenicero sobre las hojas de los expedientes —entre las cuales solía
esconder el inspector borradores de sonetos—, pero no mejoró en
nada su opinión de sí mismo. No servía para ese trabajo, solía confesarle a su amigo de la infancia, el teniente Chamorro, a quien de vez
en cuando se veía en la luctuosa obligación de detener, le faltaba carácter. «Señora», dijo, levantándose, limpiándose la ceniza que le
manchaba el pantalón y las solapas, como a don Antonio Machado,
«compórtese o la encierro por desacato y tiro a un pozo la llave».
«Eso hicieron con ella», dijo la guardesa, cuyo aliento olía fétida-
mente a goma y a alcantarilla, como las botas de agua, «la encerraron
en un calabozo y no tuvieron que echar la llave, porque le tapiaron la
puerta para que no saliera nunca más». «Hombre, eso tampoco es»,
murmuró humanitariamente el guardia, pero no tan bajo que el inspector no lo oyera: «Usted habla cuando se le pregunte, Murciano»,
dijo con severidad, «salga y espere mis órdenes». El guardia tenía
cara de campesino y carecía de porte para llevar un uniforme que le
venía grande, y cuando adoptaba la posición de firmes el tres cuartos
gris le caía a lo largo de su cuerpo mezquino como un lastimoso
faldón. «¿Entonces no me llevo a esta mujer en calidad de detenida?»
«En calidad de nada, Murciano», dijo el inspector, irritado porque un
subalterno se apropiara de las queridas fórmulas del lenguaje oficial,
«salga usted y no me caliente la cabeza, que ya le diré yo lo que hay
que hacer cuando haya procedido al interrogatorio». «¿Así que no
me va a encerrar en la perrera?» La guardesa volvió a acercarse al
inspector, las manos juntas, como si rezara, como si estuviera a punto
de caer de rodillas: «Si ya lo decía yo, si tiene cara de bueno, si parece
un chiquillo.» «¡Señora!» El inspector se puso en pie, comprobando

una vez más que no era tan alto como se imaginaba en momentos pasajeros de euforia, y su segundo puñetazo en la mesa le deparó un agudo dolor en la mano, pues había golpeado el filo metálico de un pisapapeles que representaba la basílica de Montserrat. Lo sopesó mecánicamente, acordándose con inquietud de la facilidad con que cualquier objeto podía ser usado como arma homicida. «Siéntese», volvió a dejar el pisapapeles en la mesa, «cállese, no diga nada mientras yo no le pregunte, y hágame el favor de hablar con el debido respeto».

Pero era inútil, pensaba, nadie le tuvo nunca consideración, ni los delincuentes ni los subordinados, nadie, ni sus hijos, que después de su muerte le entregaron a Lorencito Quesada sus memorias sin mirarlas siquiera, como papel viejo que se regala a un trapero. Para tranquilizarse, el inspector lió un desmañado cigarrillo y mientras pasaba la lengua por el filo engomado del papel se quedó mirando, al otro lado de los cristales del balcón, la estatua del general Orduña, a quien esa misma mañana había empezado a escribirle un soneto. *«El bronce inmortal de tus hazañas»*, murmuró con disgusto, pero sin rendirse, *«el bronce inmemorial de tus hazañas»*. Con los dedos de la mano izquierda tamborileaba en el cristal contando las sílabas, tan absorto, tan desesperado por las dificultades de la rima que tardó en darse cuenta de que la guardesa, a sus espaldas, continuaba hablando sin esperar sus preguntas, sin el menor respeto a su autoridad: «... morena, sí señor, pero con los ojos azules, muy grandes, como si estuviera asustada, como se quedan las personas cuando les da un aire y ya no hablan ni conocen, con la raya en medio, como las damas antiguas, con moñetes y tirabuzones, con un vestido negro de mucho escote, negro o azul marino, o morado, no pude verlo bien porque el hueco está muy oscuro y yo no he querido abrirlo más para no tocar nada hasta que ustedes dispongan, y lleva un escapulario al cuello, en eso sí que me he fijado, yo creo que es un escapulario de Nuestro Padre Jesús…»

«*Atronando de gloria las Españas*», decidió el inspector, sin ver ni oír a la guardesa, «*el fuego del valor en las entrañas*». «Y de cuerpo pues será como usted, poquita cosa, pero muy concertada, aunque tampoco la he visto bien, porque parece que está sentada en un sillón, ni asomarme adentro he querido, por miedo a estropear algo, a los muertos no hay que tocarlos hasta que el juez diga que los levanten, claro que ella no está tendida, y a mí me parece que tampoco está muerta, cómo va a estarlo, si tiene la piel tan suave como un melocotón, pero muy pálida, eso sí, como la cera, será porque esas damas he oído yo decir que tomaban vinagre…» «¡Del olvido las torvas espadañas!», casi gritó de entusiasmo el inspector, y temiendo no acordarse luego de un endecasílabo tan indiscutible volvió a su escritorio y lo anotó en el margen de un oficio, fingiendo que apuntaba algún detalle de la declaración de la guardesa. Una hora después, extenuado por la imposibilidad de no seguir repitiendo en silencio palabras absurdas terminadas en «añas» y de lograr que la guardesa ajustara su narración a un orden cronológico, el inspector Florencio Pérez oprimió enérgicamente varios timbres, sostuvo dos conversaciones telefónicas colgando luego el auricular con la adecuada violencia, se puso la gabardina y el sombrero y dio orden de preparar un automóvil adscrito al parque de la comisaría, al objeto de presenciarse con la mayor prontitud en el lugar de los hechos, según explicó más tarde en un informe cuya redacción le costó más desvelos que la primera estrofa del soneto al general Orduña, a la cual añadió en los sótanos de la Casa de las Torres un verso que terminaba en «telarañas», por las muchas que tuvo que apartar con infinita repugnancia de su cara y sus manos cuando procedió a la detenida inspección ocular de lo que llamó en su informe el escenario del crimen, no tanto porque creyera que se había cometido uno como por el escrúpulo de no repetir al cabo de sólo cuatro líneas «el lugar de los hechos».

En sus memorias constan los nombres de los testigos que bajaron con él al sótano donde había aparecido la mujer incorrupta: el médico don Mercurio y su cochero Julián, el forense Galindo, Medinilla, el escribiente del juzgado, que con los años llegó a regentar una opulenta gestoría y a convertirse en procurador en Cortes por el tercio sindical, el guardia Murciano, la guardesa contumaz, y por último Ramiro Retratista y su ayudante Matías, que era sordomudo desde que pasó un día entero sepultado bajo los escombros de una casa hundida por un obús. Para escarnio del inspector, en cuanto llegó don Mercurio, a quien por cierto nadie había llamado, los otros se inclinaron con reverencia unánime ante su autoridad y a él dejaron de verlo, como si no existiera, como si no fuera él quien ostentaba en ese momento y en la Casa de las Torres la máxima jerarquía. «Se trata de un caso insólito de momificación», dijo el forense cuando la guardesa cerró las puertas de la calle y las voces de las vecinas se escucharon con la lejana confusión de un zureo de palomas. «No creo que sea más insólito que yo mismo», dijo don Mercurio, parado junto al inspector como si no lo viera, admirando distraídamente las columnas de mármol y los arcos inseguros del patio: «A mi edad comprenderán ustedes que de lo que más entiende uno es de momias.» «Por la ropa que lleva yo diría que fue emparedada hará sesenta o setenta años.» En los casos desesperados el inspector Florencio Pérez procuraba restablecer su tambaleante autoridad con un matiz científico. «¡Sesenta años!», la guardesa gritó como si reprobara una blasfemia, haciendo sonar amenazadoramente el manojo de llaves. «Sesenta siglos más bien, desde que hicieron la casa. Sería cautiva de los moros…» «No diga usted disparates, señora», Medinilla, el escribiente del juzgado, que era soplón de la secreta, esgrimió ante la guardesa su cartapacio abierto y la estilográfica con la que hacía como que tomaba notas, «que yo aquí lo apunto todo, y luego consta».

Caminaban sorteando estatuas despedazadas y montones de escombros sobre los que crecían malvas y jaramagos, y al llegar al hueco abovedado bajo la escalinata con peldaños de mármol los pasos y las voces adquirieron una resonancia de cripta. «Cuidado con los escalones», dijo la guardesa, «que son muy traicioneros». Bajó delante el inspector, que llevaba una poderosa linterna con acanaladuras cromadas, y ya nadie habló, ni la guardesa, mientras cruzaban sótanos y corredores que conducían a otros sótanos idénticos, ocupados por muebles grandes como catafalcos y armazones podridos de carruajes barrocos. Cuando la linterna alumbró el nicho que un albañil había descubierto del todo la guardesa se santiguó con un rápido garabateo piadoso y todos, salvo don Mercurio, se mantuvieron a una cierta distancia, mirando las sombras que desplazaba sobre los muros el círculo de luz, en medio de los cuales, como una imagen de cera en una hornacina, con la majestad de una estatua egipcia de advocación desconocida, con las manos cruzadas sobre el regazo de un vestido a la moda del Segundo Imperio y la nuca apoyada en un sillón de respaldo muy alto, la muchacha incorrupta miraba al vacío con sus ojos azules a los que la linterna arrancaba destellos de vidrio. Pero no había en ella nada sobrecogedor, sino más bien una especie de naturalidad imperturbable, como si en vez de llevar setenta años emparedada se acabara de sentar en el sillón de un gabinete para recibir con sosiego a sus amigos más íntimos, que por respeto no se le acercarían hasta no ser llamados uno a uno por ella.

Sin volverse, como un cirujano absorto en la dificultad de una operación, don Mercurio requirió sus gafas, su maletín, la luz. A su lado, muy atento, obedeciendo instantáneamente los gestos de sus manos, Julián se inclinaba para mirar a la muchacha y obligaba a los otros a guardar la distancia que seguía apartándolos de don Mercurio. Era Julián quien sostenía ahora la linterna, pues el inspector Florencio Pérez se la había entregado con una docilidad que él mismo consideró íntimamente imperdonable, y durante más de un minuto, hasta que la guardesa encendió su farol de petróleo, sólo la figura de la muerta, resplandeciente y lívida, con el cabello polvoriento brillando en torno a su cara como una gasa negra, permaneció fuera de la oscuridad que envolvía a los otros, sombras cobardes que se rozaban sin reconocerse y se oían respirar mientras la silueta pequeña y jorobada de don Mercurio se movía despacio ante el nicho iluminado, haciendo rápidos ademanes como de liturgia o de conjuro con sus dedos extendidos, que rozaban sin tocarla la cara de la momia y al enredarse a uno de los bucles de sus sienes levantaron una tenue nube de polvo que hizo toser al médico y a su ayudante.

«Observe, Julián», dijo don Mercurio, «que esta joven no se resistió al emparedamiento. ¿La encerraron aquí después de narcotizarla y cuando despertó fue presa de un colapso que ni siquiera le dio tiempo a un movimiento de pánico? Examine las falanges de sus dedos —y don Mercurio se quitó las gafas de pinza y adhirió al cuévano amarillo de su ojo izquierdo una lupa diminuta, aunque muy potente—: todos los enterrados vivos presentan en la exhumación señales muy parecidas. Uñas gastadas, falanges rotas, torsión antinatural de los miembros. Ojos desorbitados, mandíbulas abiertas, desencajadas por los gritos de terror. Esta señora o señorita no. Observe su posición: tranquilidad perfecta. Las singulares condiciones ambientales de esta cripta obraron el prodigio que a esa pobre mujer le ha parecido un milagro. Un hecho infrecuente, pero no excepcional, como muy bien saben los arqueólogos y las autoridades eclesiásticas. ¿Qué me dice, Julián?». Al cochero la sabiduría de don Mercurio le producía a veces una felicidad muy próxima a la congoja del llanto: «Qué me va a parecer, que es usted una eminencia, don Mercurio.»

«No me dé coba, Julián, que ya tengo un pie en la frontera del gran enigma y me son indiferentes las vanidades del mundo. Hechos, Julián, *facts*, que dicen los ingleses.» «Prudencia, don Mercurio», dijo Julián, mirando de soslayo a los otros, «que hay por aquí mucho partidario de las potencias del Eje». Don Mercurio acercó ahora su lente a una pupila de la muchacha muerta, como un oftalmólogo que le examinara la vista. «Llevo un cuarto de siglo siendo aliadófilo, Julián. No querrá usted que a un paso de la tumba me haga partidario del Káiser.» «Si ya no hay Káiser, don Mercurio», dijo el escribiente, que se les había acercado con su instintiva cautela de soplón, «ahora quien manda en Alemania es el Führer».

«Pues vaya diferencia», el médico ni siquiera se volvió. Requiriendo a Julián para que aproximara más la lámpara había rozado los pómulos de la momia con el dedo índice de la mano derecha y se frotaba su yema lenta y delicadamente con la del pulgar para percibir con exactitud la textura del polvo que lo manchaba, sutil como el de las alas de una mariposa. Parecía que estuviera tocando el mármol de una estatua o la superficie de un lienzo que temiera dañar con el roce de sus dedos, incluso con la cercanía de su aliento. Con la punta de un pañuelo limpió la medalla que relucía en el escote de la muerta y sopló muy suavemente en el pequeño cristal que protegía una imagen color sepia de Cristo coronado de espinas. Luego dio unos pasos atrás, siempre mirando a la muchacha, y al devolver la lupa a Julián, que la guardó escrupulosamente en el maletín, antes de ajustarse de nuevo sobre la corva nariz los lentes de pinza, se frotó los ojos y por un momento pareció mucho más viejo y más débil, como si una fatiga repentina le acentuara la joroba o estuviera a punto de sufrir un desmayo. Julián, que adivinaba en seguida sus estados de ánimo y las vacilaciones alarmantes de su salud, entregó al inspector la linterna y dejó en el suelo el maletín, preparándose para sostener con discreción aquel cuerpo tan liviano como un muñeco de paja, arrimándose a él,

como hacía otras veces, para evitar que se cayera, porque temía que
si dejaba que don Mercurio se deslizara hasta el suelo se le desarmaría
para siempre. Pero el médico sólo tanteó imperceptiblemente el aire
en busca del brazo de su cochero, y al encontrarlo cerró en torno a él
su mano derecha con una fuerza que ya no era más que pura obstinación, y un segundo más tarde, como si al apretarle el brazo hubiera
recibido una parte del vigor de su pulso, volvió a erguir la cabeza, se
puso el sombrero e hizo frente con su irónica gallardía de siempre a
las miradas interrogativas y un poco amedrentadas de los otros.

«En mi opinión», dijo, «y a reservas de lo que tenga que decir mi
docto colega, a quien al fin y al cabo corresponde el dictamen del
foro, lo más prudente sería no mover el cuerpo. Como usted, tan
acertadamente, mi querido inspector, conjeturaba, esta joven fue emparedada aquí hace unos setenta años. Lo sé, para mi desgracia,
porque me acuerdo de que así se vestían las jóvenes de buena familia
en mi primera juventud. ¿Y quién nos asegura que no se deshará en
polvo cuando intentemos trasladarla, por mucho cuidado que pusié-
ramos? Le supongo al tanto, inspector, de los trabajos del llorado
egiptólogo mister Carter, a quien por cierto tuve el honor de ser presentado hace muchos años en Madrid. Momias que se mantuvieron
en perfecto estado de conservación durante cuatro milenios pueden
quedar dañadas irreparablemente por una claridad excesiva, un
cambio brusco de temperatura o un aire ligeramente húmedo».

El inspector Florencio Pérez hubiera querido decir algo, pero un
acceso de gratitud hacia don Mercurio y hacia Howard Carter, de
cuyos trabajos carecía de toda noticia, pero cuya muerte le pareció de
pronto una tragedia irremediable, le atenazaba la garganta, y tuvo
miedo de que si hablaba le saliera aflautada la voz. «Yo vi una película sobre eso», oyó decir a su lado al escribiente Medinilla. «*La maldición de la momia*. Pero quien salía era Boris Karloff.» «Sugiero,
pues —don Mercurio ni miró al escribiente—, que se haga venir a

un fotógrafo, se precinte este sótano y se solicite la ayuda de expertos mejor equipados que nosotros, por el bien de la ciencia, ya que no por el de esta señorita, a quien a estas alturas calculo que le dará igual que hayamos interrumpido su eterno descanso.» «Amén», dijo con reverencia la guardesa. Y el inspector, que llevaba un rato cincelando un endecasílabo («las lívidas facciones de ultratumba») y se sentía rescatado del oprobio por la consideración de don Mercurio, decidió llegado el momento de recobrar la iniciativa que le correspondía. «Murciano», dijo con una voz tan educada como terminante, «hágame el favor de avisar a Ramiro. Y que no se olvide de traer el magnesio». «A la orden. —Murciano se cuadró—. ¿Le digo al de la Macanca que se vaya?» «Y que no vuelva», intervino rápidamente la guardesa. «Si se refiere usted al vehículo del depósito —el inspector agradeció la ocasión de demostrar a don Mercurio su dominio del idioma— puede decirle al conductor que de momento no hay necesidad de sus servicios.» «Bien dicho. Al cementerio, con los muertos, que ésta es una casa cristiana.» La guardesa hablaba tan cerca de la cara del inspector que se la salpicó copiosamente de saliva. «En cuanto a usted, señora —eufórico, tranquilo, casi beodo de autoridad y confianza en sí mismo, el inspector se limpió la barbilla con un pañuelo y miró a la guardesa fijamente a los ojos—, me va a hacer el favor de dejarme a solas con estos caballeros.» «Asunto confidencial», dijo el escribiente, afectando una chulería de zarzuela, *top secret*.

Julián acompañó a la guardesa y a Murciano y volvió en seguida trayéndose el farol. Al alumbrar por sorpresa y antes que ninguna otra la cara de don Mercurio de nuevo le pareció mucho más vieja que unas horas antes, y empezó a pensar que el médico sabía algo que ocultaba a los demás y advirtió en él una pesadumbre que hasta entonces no le había conocido, como una abdicación de su acerada voluntad y un abandono íntimo al desengaño de morir. «Sabe quién es y no lo dirá a nadie, la conoció cuando ella estaba viva y los dos eran jóvenes.» Pero le daba miedo pensar eso, le hacía darse cuenta de lo inconcebiblemente viejo que era don Mercurio y de los abismos de experiencia y de horror que guardaría en su memoria después de tres cuartos de siglo viviendo diariamente junto a la enfermedad, el dolor, la miseria, la agonía, después de haber presenciado varias guerras y asistido al nacimiento y luego a la degradación y a la muerte de tantos hombres y mujeres que ya no existían, caras violáceas rompiendo a llorar entre los turbiones de sangre y las vísceras derramadas de mujeres que gritaban con las rodillas abiertas, caras inmóviles, recién tachadas por la muerte sobre una almohada que todavía huele al sudor del miedo y a los medicamentos ya inútiles. Pensó que para don Mercurio los vivos y los muertos serían sombras semejantes, simulacros de juventud y belleza y vigor gangrenados sordamente por la corrupción y amenazados siempre por la cuchillada del sufrimiento: sin duda él mismo, Julián, y el forense, y el inspector, y el escribiente del juzgado, eran más ajenos para don Mercurio que aquella muerta de hacía setenta años, y el tiempo presente en el que todos ellos respiraban le parecería un espejismo o un teatro de sombras como las que proyectaban la linterna y el farol de petróleo, un futuro tan lejano de su juventud que no podría atribuirle aunque quisiera la consistencia indudable de la realidad.

Así los vio al llegar Ramiro Retratista, fotógrafo oficioso de la policía, cinco sombras inmóviles junto a un nicho alumbrado desde el suelo por un farol de petróleo, menos reales y perdurables en su imaginación que la cara y la mirada de aquella mujer cuyo retrato póstumo mostró al comandante Galaz más de treinta años después como queriendo convencerlo de que él no había inventado la historia de su hallazgo. Le avisaron, dijo, igual que siempre que aparecía un cadáver, él retrataba lo mismo a los vivos que a los muertos, cargó la cámara en el sillín de su motocicleta alemana, le ordenó por señas al

ayudante sordomudo que montara en el sidecar llevando en brazos el
trípode y él se puso sus gafas de aviador y arrancó en dirección a la
Casa de las Torres, y cuando al fin lo guiaron al sótano y preguntó
expeditivamente que dónde estaba el muerto oyó la voz desagradable
del escribiente Medinilla: «No es un muerto. Es un cadáver en estado
de momificación.»

Pero no podía ser una momia, pensó Ramiro Retratista cuando le vio
de cerca la cara, mientras su ayudante desplegaba el trípode y situaba
en los lugares adecuados los focos de magnesio, era una señorita muy
joven aunque un poco antigua, mírela usted, le dijo al comandante
Galaz, sosteniendo la fotografía con sus manos ya temblonas de viejo,
muy tranquila y muy bella, con los pómulos anchos y los ojos abiertos, con el pelo recogido en rodetes y tirabuzones, y hasta le pareció
que tenía algo de color en las mejillas, apenas una pincelada, como en
los retratos coloreados a mano, y que sus ojos de muerta lo estaban
mirando como las mujeres de verdad no lo miraron nunca, porque no
lo veían, las mujeres no se paran a mirar al retratista, explicó, están
pensando en el caballero al que le enviarán su foto con una dedicatoria elegante, cariñosa o apasionada, según. Se fijó en la cara, y pensó
que era lozana y redonda, ya que había leído esos dos adjetivos en
una novela, y luego sus ojos descendieron tímida y respetuosamente
hacia el cuello que parecía de cera y vieron la medalla con la imagen
piadosa en la que por un momento creyó notar una imperceptible
respiración de catalepsia. Fue él, Ramiro, el único que se atrevió a
tomar entre sus dedos la medalla, procurando que los demás no lo
advirtieran, le dio la vuelta y vio que al otro lado no había una estampa religiosa, sino la foto de un hombre muy joven, con bigote y
perilla, como Gustavo Adolfo Bécquer, le dijo al comandante Galaz.
Vio también, justo en el lugar donde el comienzo de los senos ahue-
caba levemente el escote, el filo de algo que parecía una hoja de papel

doblada muchas veces. Se echó hacia atrás, mirando siempre aquellos ojos como de pálido vidrio azul escarchados de polvo e invariablemente fijos en los suyos, corrigió la disposición de los focos, moviendo las manos casi a la misma velocidad que su ayudante, con el que mantenía en silencio copiosas diatribas, escondió la cabeza bajo la cortinilla de felpa negra de la cámara, que se pareció entonces a la joroba de don Mercurio, y cuando iba a pulsar la arcaica pera de goma del disparador, al ver la imagen invertida de la muchacha muerta, creyó que también él se había vuelto ingrávidamente del revés, y deseó sin consuelo que el fogonazo del magnesio le devolviera a ella la vida al relucir en sus pupilas, al menos durante las décimas de segundo que tardaría en extinguirse.

Me acuerdo del invierno y del frío, del azul absoluto en las mañanas de diciembre y el sol helado en la cal de las paredes y en las piedras amarillas de la Casa de las Torres, me acuerdo del vértigo de asomarme a los miradores de la muralla y ver delante de mis ojos toda la hondura de los precipicios y la extensión ilimitada del mundo, las terrazas de las huertas, las lomas de los olivares, el brillo quebrado y distante del río, el azul oscuro de las estribaciones de la Sierra, el perfil de estatua derribada del monte Aznaitín, de cuyas laderas colgaban caseríos blancos y donde por la noche brillan luces como velas de iglesias y faros de automóviles solitarios que cruzan la oscuridad como reflectores antiaéreos y aparecen y desaparecen entre las hileras de olivos y en las curvas de la carretera. En la transparencia delirante del aire las cosas más lejanas adquieren una exactitud de cristales de hielo. Señalaban hacia aquellas montañas y decían que al otro lado estuvo el frente de la guerra, y que el viento del sur traía algunas veces los truenos retardados de una batalla remota. Sobre ese horizonte volaban de vez en cuando aviones enemigos que casi nunca se acercaron a Mágina y apenas eran reflejos metálicos de sol en la claridad del mediodía. De allí, del otro lado de la Sierra, venían los viajeros y los fugitivos, por esas veredas que ascienden desde el valle vino caminando mi abuelo Manuel cuando salió del campo de concentración y en una ladera junto al río recibió Domingo González los dos tiros de sal que lo dejaron ciego: por las camadas de esos olivares subió hacia la ciudad arrastrándose como un perro malherido. Hacia esa única dirección se orientaban todos los caminos posibles, más allá de los terraplenes sin vías del ferrocarril que nunca existió y de la corriente cenagosa del Guadalquivir, en aquellos roquedales que se volvían cárdenos al anochecer habitaban los juancaballos y tenían sus sanatorios los tísicos, que algunas veces venían a Mágina en furgonetas negras cargadas de grandes bidones vacíos de cristal que rebosaban de sangre cuando emprendían el regreso, sangre humana extraída con largas agujas de acero que ellos manejaban con guantes de goma y se limpiaban luego en los faldones de sus batas blancas, sangre de niños que tardaban en volver a casa cuando ya era de noche y veían abrirse la portezuela de un automóvil negro y una mano pálida que los reclamaba ofreciéndoles un caramelo o una onza de chocolate. Luego encontraban sus cuerpos lívidos en un muladar o en el arcén de una carretera y en los brazos o en el cuello les quedaba la señal morada de la aguja que les bebió lentamente la sangre. Veíamos pasar de lejos un ataúd blanco y alguien aseguraba que en su interior yacía, vestido de comunión, con un rosario y un libro con las tapas de nácar entre las manos, un niño atrapado por los tísicos. De vez en cuando se corría la voz por los patios de la escuela o en los corrillos de la plaza de San Lorenzo, han llegado los tísicos, alguien había visto sus largos coches funerarios o escuchado al pasar el ruido con que chocaban entre sí los bidones de vidrio, alguien había estado a punto de que lo atraparan y había huido desprendiéndose de las manos rapaces y frías con guantes de goma y de las caras cubiertas con mascarillas tras las que se oía una respiración sofocada por la avaricia de sangre, y entonces, durante unos días, hasta que el terror se esfumaba igual que había aparecido, nadie se atrevía a quedarse en la calle después del atardecer ni a desviarse del camino hacia la escuela, y mirábamos con espanto los pocos automóviles que circulaban todavía por la ciudad, y se extendía sobre los callejones y las plazuelas de nuestro barrio un silencio prematuro que era como la niebla tenue y violeta que manchaba el aire en cuanto el sol se ponía en las tardes de invierno, un silencio de augurio, poblado por los fantasmas nacidos del miedo de varias generaciones sucesivas, por el eco de los cerrojos y de los llamadores en las puertas, por los pasos de los desconocidos, los borrachos, los asesinos y los locos que perduraban en la memoria acobardada de Mágina y en las palabras siempre clandestinas o ambiguas de nuestros mayores, escoria del miedo y de las desgracias de la guerra.

Me acuerdo de la luz húmeda y dorada tras los días de lluvia y del verde de la hierba recién aparecida en los intersticios de empedrado y de la intensidad con que el sol relucía en ella y me veo a mí mismo desde mi distancia y mi estatura de adulto buscando insectos para guardarlos en una caja de cerillas que me aplicaba luego al oído escuchando el roce mínimo sobre el cartón de sus antenas y sus patas, siempre solo, salvo cuando estaba con mi amigo Félix, siempre mirando de lejos los juegos de los otros, asustado por ellos, que se maltrataban ferozmente entre sí y perseguían con saña a los débiles, a los pequeños y a los tontos, escondiéndome tras la ventana del portal para espiar sin peligro sus juegos y sus conversaciones, imaginándome aventuras que agrandaban el tamaño de los lugares y las cosas, que convertían los mínimos tallos de hierba en árboles de un bosque y los insectos en criaturas prehistóricas como las que había visto en el cine y el portalón cerrado de la Casa de las Torres en la muralla de un castillo, siempre esperando algo que no sabía lo que era, la llegada de

mi padre o de mi abuelo Manuel, que vendrían del campo trayendo
de reata a un mulo cargado de aceituna, de hortaliza o de forraje, y
olerían a barro y a pana y a hierba segada, el regreso de mi madre, de
la que me decían que estaba en un hospital y aparecía de pronto
cuando ya casi me había olvidado de ella, parada en el umbral de una
puerta, desconocida al principio, porque estaba más delgada y más
pálida, inclinándose hacia mí para levantarme del suelo y oprimién-
dome contra su pecho blando y cálido, llorando en silencio, limpián-
dome las lágrimas con un pañuelo que sacaba del mandil y que
también tenía un olor de enfermedad y hospital.

No veo su cara de entonces, me acuerdo de su pelo canoso y de sus
facciones envejecidas de ahora y no quiero imaginarla, igual que no
quiero pensar que mi padre no es invulnerable al tiempo ni acordarme de mi abuelo Manuel y de mi abuela Leonor varados en un
sofá como en la sala de espera de la muerte, pero alguna vez, cuando
la llamo por teléfono desde algún lugar que ella no sabría identificar
en los mapas, desde una lejanía que ella sólo puede concebir si la
asocia a los paisajes de los sueños y de las películas, oigo su voz y es
la misma voz que tenía cuando era mucho más joven, y agradezco su
ternura ofrecida y su acento de Mágina y reconozco en ella la inocencia y la angustia, el tono con que me despertaba en las mañanas de
invierno cantándome romances mientras abría los postigos y barría
las baldosas y tendía las camas. Ésa era la voz que tenía antes de que
yo naciera: no la voz de alguien cuya existencia se resume en el hecho
de que es mi madre sino la de esa muchacha que tiene un lazo en el
pelo y sonríe a la cámara con los labios apretados para que no se le
vean los dientes y la de la mujer que posa en escorzo con un vestido
de novia, con una manera de mirar y sonreír ladeando la cabeza que
quiere parecerse involuntariamente al gesto con que posaban entonces las artistas de cine, apartando con la mano derecha una cortina

tras la que se ve una balaustrada y un lánguido jardín francés que tal vez fue pintado hacia los años veinte por don Otto Zenner, apóstol en Mágina de la fotografía de estudio, antecesor y maestro de Ramiro Retratista.

No me acuerdo de su cara y huyo de la culpabilidad de imaginarme cómo será ahora mismo su vida, el progreso de la vejez, el dolor de las articulaciones, la dificultad de subir las escaleras, de mantener limpia la casa, ella sola, sin la ayuda de nadie, de cargar la leña para encender el fuego antes del amanecer, de cuidar y vestir y lavar a mis abuelos, la ciega obligación del trabajo a la que se ha inmolado desde que tuvo uso de razón, siempre obedeciendo a otros, siempre temiendo su crueldad o lacerada por su indiferencia, no creyendo jamás que merecía algo, que habría sido posible vivir de otro modo. Prefiero oír su voz tan joven en el teléfono y no pensar que tiene una vida exterior a la mía en la que apenas ha conocido algo más que el miedo, el trabajo, la necesidad y el dolor. Me despido, cuelgo el teléfono, me desprendo de la nostalgia y del remordimiento y me quedo mirando la ventana de la habitación del hotel o el vestíbulo del aeropuerto desde donde la he llamado para no imaginar la penumbra triste de mi casa, para no verla a ella, que aún sostiene en la mano el auricular como si no se resignara a no seguir escuchándome, como si el pitido de la línea fuera un valioso indicio de que yo todavía estoy al otro lado. Huyo en secreto, cumplo con una ficticia aplicación mis tareas, converso en dos o tres idiomas igual que si viajara por países o vidas a los que no pertenezco, sin un minuto de retraso entro en la cabina de traducción que me ha sido asignada, compruebo el micrófono, los auriculares, eludo la tentación de encender un cigarrillo, oigo una voz que habla y procuro repetir en español sus palabras sin que me importe lo que dicen, mientras escucho y hablo con un acento cuidadoso y neutral miro por los cristales de la cabina hacia una sala donde hombres y mujeres vestidos con una uniformidad que siempre se me antoja tan irreal o tan futurista como las expresiones de sus caras y el brillo de los tubos fluorescentes gesticulan y mueven los labios en un silencio de peces o dormitan o se aburren con los cables grises de los auriculares colgándoles alrededor de la barbilla como adornos quirúrgicos.

Y mientras escucho palabras que no me importan y busco equivalencias con un automatismo instantáneo oigo detrás de esas voces y de la mía propia otras voces que vuelven y que parecen hablarme al oído como si fueran ellas las que suenan en el interior de los auriculares acolchados, monótonas, escondidas, tan fieles como los latidos de mi sangre, diciéndome que vuelva, anunciándome que no han dejado de existir en el instante en que yo cuelgo con alivio un teléfono, que han seguido sonando en la casa y en la plaza sin álamos y en las calles de donde yo me marché con el propósito enconado de no volver nunca, hace exactamente la mitad de mi vida. Ya hay timbres y no llamadores de metal en las puertas, la Casa de las Torres es ahora una escuela de artes y oficios, ya están vacías casi todas las viviendas de la plaza y el piso de tierra ahora es de cemento y han terminado de derribar la casa del rincón, que fue la primera donde no vivió nadie y estuvo años cayéndose, la que era de aquel hombre que mataron, dice mi madre, te acuerdas, donde vivió después aquel ciego que se volvía cada pocos pasos y levantaba el bastón y sacaba una pistola amenazando al aire. Pero en el interior de la casa que sigo llamando mía al cabo de tantos años sé que reina ahora la misma penumbra de cuando caminaba solo por las habitaciones en las tardes de invierno y buscaba fotografías y objetos misteriosos bajo la ropa blanca guardada en las cómodas y tras los cristales con visillos de las alacenas, cuando pasaba todo el día en la casa desierta con mi abuela Leonor porque mi abuelo y mis padres se habían marchado al amanecer a la aceituna y espiaba los sonidos de la calle esperando oír los cascos de los animales y las ruedas de los carros y los pasos de los aceituneros que vol-

vían al filo de la noche trayendo consigo como un rumor de ejército
fracasado, la puerta abriéndose al aire frío y al escándalo de las voces,
los hombres descargando a los mulos sudorosos y el olor a estiércol,
a tierra, a hierba, a tela de saco y a jugo de aceitunas machacadas, mi
madre despeinada, envuelta en un chal negro con los filos manchados de barro, con las manos ásperas y los dedos desollados de recoger
del suelo las aceitunas, mi abuelo entrando en la plaza de San Lorenzo con aire episcopal sobre un burro aplastado por su corpulencia,
dando órdenes que estremecen la casa, muy alto, infatigable, ira-
cundo, jovial, exigiendo la cena, volcando el agua helada de un cántaro sobre una palangana, lavándose la cara a manotazos en la cocina
donde el puchero de la cena ya hierve junto al fuego. Yo me siento a
su lado, le alcanzo un ascua con el pequeño badil de mover el brasero
para que encienda un cigarrillo, miro sus manos abiertas y posadas
como raíces en las rodilleras de pana de su pantalón, espero su voz, le
pido que me cuente algo, que me hable de la mujer emparedada en la
Casa de las Torres, que imite los aullidos de los lobos en la sierra de
Mágina, cuando él la cruzaba de noche camino del heroísmo y de la
guerra, y me sonríe y fuma despacio y empieza a contar procurando
que lo oiga mi abuela Leonor, que lo interrumpe con ira y le dice que
miente más que ve y duerme con los ojos abiertos, que sólo tiene en
la cabeza pájaros y fantasías, que es mentira que él encontrara aquella
momia en la Casa de las Torres, porque cuando apareció ella se
acuerda de que todavía estaba preso, tanto presumir de buena memoria, le dice, y lo que te conviene se te olvida.

Pero yo he visto sus fotografías escondidas en los cajones y duplica-
das ahora en el baúl que Nadia examina a mi lado pidiéndome que
asigne nombres a las caras que vemos, que calcule fechas y vínculos
y le cuente historias que pueblen únicamente para nosotros dos el
espacio vacío de nuestro pasado común, inventado, imposible, y al

encontrar la foto de mi abuelo Manuel firmada en el último año de la guerra por don Otto Zenner lo veo tal como mi imaginación me lo exaltaba cuando veía su retrato en los cajones prohibidos, como lo recuerda mi madre bajo la luz de su infancia, no una tiesa figura en blanco y negro sino un hombre más alto que ningún otro que ella conociera, rubio y grande con su uniforme azul y su gorra de plato, alzándola vertiginosamente en el aire para darle un beso antes de marcharse como todos los días a ese cuartel de donde una vez no volvió porque lo habían detenido. Yo lo he escuchado contar con una voz caudalosa y dramática el sacrificio de un batallón entero de guardias de asalto en la cuesta de las Perdices y he aprendido de él palabras que resplandecían en mi desconocimiento como hogueras o relámpagos en la oscuridad, guerra, batallón, acabamiento del mundo, ametralladora, ofensiva, escalinata, comunismo, carro de combate, yo he encontrado entre las ropas de su armario una guerrera azul con botones dorados y un correaje y una pistolera negra que olía intensamente a cuero y que me dio tanto miedo como si contuviera todavía un revólver, yo he abierto una caja de lata y he visto en su interior grandes fajos de billetes morados y he pensado con inquietud y orgullo que mi abuelo esconde un tesoro ganado hace mucho tiempo en una guerra, esa de la que se acuerdan siempre los mayores y que yo asocio oscuramente a las guerras de las películas y a las de los tebeos, y cuando mi abuelo nombra ante mí al general Miaja imagino una cara redonda con una blandura como de miga de pan y cuando se refiere a alguien llamado don Manuel Azaña me acuerdo de los tebeos de *Hazañas Bélicas* que alquila en la plaza del General Orduña un hombre con las piernas cortadas.

Cuelgo el teléfono y sé que cuando mi madre vuelva al comedor lo verá sentado en un sillón como un buda voluminoso y decrépito, como un mueble arcaico que nadie se atreve a desplazar, los ojos la-

crimosos y azules absortos en el televisor o en la pared o en el puro
vacío, los hombros montañosos caídos hacia adelante, como si gravi-
tara sobre ellos una pesadumbre geológica, las manos en el regazo o
en el filo curvo de la mesa, nudosas y torcidas como raíces de olivo,
con manchas pardas en el dorso violáceo, inútiles para otra cosa que
no sea levantar las faldillas sobre sus piernas reumáticas para guardar
con avaricia el calor del brasero, que siempre le parece escaso, aunque
mi madre acabe de remover con el badil las ascuas de orujo y arda al
mismo tiempo el fuego en la chimenea, que le enciende el color en su
cara congestionada e impasible pero no llega a vencer el frío alojado
en las médulas de sus huesos y en las articulaciones de sus rodillas,
endurecidas por la inmovilidad, tan frágiles que le parece que van a
quebrarse y que no podrán sostenerlo cuando logra incorporarse
después de varias tentativas gradualmente angustiosas en las que no
permite la ayuda de nadie y avanza palmo a palmo apoyándose en el
bastón, en la mesa, en los espaldares de las sillas, respirando como si
tuviera en los bronquios telarañas o piedras, deslizando con prudencia lentísima las suelas de goma de sus zapatillas sobre las baldosas,
asiéndose luego a la baranda que cruje cuando empieza la tarea agotadora y eterna de subir las escaleras, después de medianoche, cuando
ya han terminado los programas de la televisión y mi madre la apaga
y le dice que a qué espera para acostarse. Con esa voz ahora tan débil
que yo no reconozco en el teléfono murmura buenas noches y mi
madre, que se quedará a tejer punto, o a intentar la lectura difícil-
mente silabeada de un periódico, o a esperar que yo llame desde un
país donde aún es de día, le contesta, si Dios quiere, y lo ve alejarse
por el portal bajo el agobio de la anchura de baúl de sus hombros, le
recuerda que dé la luz, no vaya a caerse, que tenga cuidado en la escalera, que no lo corre nadie, muy pronto ya no podrá subirla sin
ayuda y habrá que ponerle una cama en la planta baja, porque ella es
incapaz de sostener ese cuerpo tan desmadejado y tan grande que

cada día pesa más. No se queda tranquila hasta que no escucha el conmutador de la luz en el piso de arriba y luego la puerta del dormitorio, los pasos que ahora suenan sobre su cabeza y el crujido del somier cuando el cuerpo se desploma en la cama, despertando acaso a mi abuela Leonor, que se acostó más temprano y reniega medio dormida contra él, porque por culpa suya, igual que todas las noches, seguramente va a desvelarse, no como él, que dice que no duerme, pero que en cuanto cae en la cama empieza a roncar como un cetáceo y ya no se despierta hasta muy avanzada la mañana, cuando el brasero de ascuas y la lumbre encendida por mi madre al amanecer hayan caldeado el comedor de donde ni él ni mi abuela se moverán en todo el día, sentados el uno junto al otro en el sofá de plástico marrón, severos e inmóviles como esos muertos de las fotos de principios de siglo, rígidos, agraviados, silenciosos, como si ya no vivieran en este mundo del que les da terror que se los lleve la muerte, atónitos, sumidos en una indiferencia vigilante y tal vez rencorosa, dejándose vencer cada pocos minutos por un sueño intranquilo del que despiertan con el sobresalto de haber podido morir mientras estaban dormidos. Durante el sueño la cabeza de mi abuelo Manuel va cayendo hacia atrás y se le descuelga la quijada inferior, y a través de los párpados entornados se le ve el blanco sin pupila de los ojos, que entonces parecen ojos de muerto o de ciego, y el aire silba entre sus dientes postizos, de los que tan orgulloso estaba hace veinte años, cuando acababan de ponérselos y adquirió una sonrisa feroz de tan desmesurada, como si por error hubieran injertado en su cara de siempre la boca de otro hombre mucho más joven o la carcajada de una máscara. Entonces se quitaba la dentadura para mostrar su maravilla a la admiración de los vecinos o para desconcertarnos a mis primos y a mí, nos sacaba la lengua por debajo del rosa crudo de las falsas encías, haciendo así que pareciera que tenía dos bocas superpuestas, una tensa y cerrada y amenazadora con su doble fila de dientes iguales, la otra blanda y de burla, con la punta de la lengua asomando entre el labio inferior y la ortopedia de la encía.

Pero ya apenas sonríe y casi no habla, tan aletargado en el silencio como en la pantanosa inmovilidad de su cuerpo cada día más pesado y más torpe, hinchado de tanto comer y de no moverse, un día le va a dar algo malo, le decía mi madre la última vez que fui a verlos, en un paréntesis apresurado entre dos viajes, no coma usted tanto pan, no moje esas sopas tan grandes en el aceite de las ensaladillas, pero él no hace caso, le dura todavía el miedo al hambre, como a todos ellos, finge que duerme cuando le regañan, y lo cierto es que muchas veces se queda dormido con el plato delante, la papada caída sobre el cernadero blanco que le atan al cuello para que no lo manche todo, pues le tiemblan mucho las manos y al llevarse la cuchara a la boca derrama la mitad. Él, que para mí fue el héroe de todas las aventuras, que se defendió a tiros cuando unos encapuchados quisieron robarle el sobre con mensajes secretos que le había confiado el comandante Galaz para que lo entregara personalmente y respondiendo con su vida al general Miaja, que aterrorizó con sus gritos y con el silbido de su cinturón la infancia de sus hijos, ahora deja resignadamente que mi madre lo afeite, que le ate al cuello el babero, que le ponga sobre los hombros una toquilla de punto para que la espalda no se le enfríe, pero lo que no permite es que le ayude nadie cuando entra en el cuarto de baño, y así lo deja todo, dice mi madre, le han comprado un recipiente con un tubo de plástico para que orine dentro pero se niega a usarlo o tal vez lo intenta y no puede, por culpa del temblor de las manos, de manera que cada vez que se levanta y cruza la habitación y abre la puerta del retrete pasan minutos larguísimos durante los cuales mi abuela y mi madre prestan una atención angustiada al menor ruido que escuchan, parece que tarda mucho, no se le oye, le habrá dado algo, un ataque, un desvanecimiento, y cuando no está en la casa mi padre se imaginan con terror qué ocurriría si resbalara en las baldosas del baño y se cayera, cómo podrían levantarlo, a quién le pedirían ayuda, si en la plaza de San Lorenzo están vacías la mitad de las casas y no vive nadie que sea joven y fuerte en las que permanecen habitadas. Quién queda todavía: la viuda de Bartolomé, que era en mi infancia una mujer opulenta y con la cara cremosa de pinturas y ahora está ciega y paralítica; Lagunillas, que tiene ochenta y cuatro años y una cara imberbe de niño disecado y vive en compañía de un perro y una cabra y para a los desconocidos por la calle preguntándoles si no conocerán por casualidad a una mujer hacendosa y honrada que esté buscando novio; un hombre triste y de ojos claros que se quedó viudo hace poco y no habla con nadie: ése es ahora el lugar que fue el centro de mi vida, el corazón del barrio de callejones empedrados y casas blancas de cal donde bullían voces de pregoneros y relinchos de caballos y donde las bandas populosas de niños emprendían tremendas guerrillas a pedradas o jugaban a procesiones y a películas y se subían a buscar nidos a las copas de los álamos y se colaban en las escalinatas y en los sótanos de la Casa de las Torres en busca de una momia fantástica y huían perseguidos por los alaridos de la guardesa y por los molinetes que hacía con su porra de vaquero, donde se oían al asomarse a los brocales de los pozos las conversaciones de los vecinos y llegaban en las noches quietas de agosto las voces y las tempestades del cine de verano y el clamor de los aplausos con que eran recibidas al final de las películas las cabalgatas victoriosas de los héroes. Junto a esas puertas clausuradas se reunían en los amaneceres de invierno las cuadrillas de aceituneros, y bajo ese suelo de cemento todavía están las raíces de los álamos cortados y la tierra dura y desnuda donde cavábamos los agujeros para jugar a las bolas y donde hincábamos la lima y trazábamos los cuadros numerados de la rayuela y del rongo, junto a esas esquinas desiertas donde ahora las luces son tan débiles como en el pasado se sentaban a tomar el fresco por las noches los grupos de vecinos y yo permanecía muy atento a sus palabras sin entenderlas casi nunca y miraba las paredes contra las que se aplastaban cabeza abajo salamanquesas inmóviles cuya saliva maléfica tenía la propiedad de dejar calvo a quien bebiera agua de un cántaro en el que ellas hubieran escupido.

Aunque no quiera estoy volviendo, aunque habite en idiomas extraños y me esconda en ellos como en una falsa identidad y camine por ciudades cuyos nombres ellos sólo han leído en las bandas iluminadas de aquella radio donde oíamos las novelas y las canciones de Antonio Molina y de Juanito Valderrama, aunque Nadia no esté tendida a mi lado en la oscuridad y me estreche por la espalda y me diga al oído cuéntame cómo eran, cómo vivían, cómo se imaginaban la forma del mundo, cómo pudieron entender y aceptar que tú te marcharas, de dónde pudieron obtener el coraje y la inocencia necesarios para sobrevivir sin rencor y no ser manchados por el sufrimiento. Entonces mi voz repite para ella lo que me contaron otras voces y me parece que le estoy hablando no de mi propia vida, sino de otro tiempo mucho más lejano del que no es posible que yo haya sido testigo, a no ser que ese pronombre esconda más de una identidad o se dilate más hondo y más lejos que mi conciencia y que mi torpe memoria igual que mi cuerpo algunas veces se pierde y se confunde en el suyo y ya no sé a quién de los dos pertenecen las manos o los labios o la respiración o la saliva. Quién recuerda y quién habla, quién veía al ciego Domingo González bajar por la calle del Pozo tanteando el empedrado y las rejas de las ventanas con la contera del bastón y llevando siempre escondida la mano derecha en el bolsillo del abrigo donde abultaba una pistola o un guijarro, quién escuchaba a medianoche, desvelado en su dormitorio, los pasos de ese hombre que pasaba junto a nuestra puerta rozando las paredes y se detenía ante la suya y sacaba una llave muy grande con la que tardaba unos minutos intolerables en abrir, murmurando mientras tanto en voz baja, volviéndose por miedo a que los pasos que resonaban en su oscuridad fueran los del hombre que lo había dejado ciego y ahora regresaba para matarlo, de quién es el recuerdo o el sueño de haberse extraviado una noche por plazas desconocidas entre hombres que sostenían antorchas y banderas y llevaban camisas blancas y pañuelos rojos al cuello, quién ve la cara de mi abuelo Manuel sucia de barba y amarilla de terror y de hambre y adherida a las rejas de una prisión, quién lo busca una madrugada de lluvia corriendo a lo largo de una fila de camiones que tienen los faros encendidos y los motores en marcha y bajo cuyas lonas chorreantes se agrupan sombras de prisioneros esposados. Una de las primeras noches de la guerra mi madre, que tenía seis años, se perdió en la calle y fue arrastrada por la multitud que corría hacia los descampados del cuartel y mi abuela Leonor pasó varias horas de angustia buscándola por toda la ciudad, chocando con hombres y mujeres que gritaban cosas que ella no atendía, escuchando disparos. Tres años más tarde fue a llevarle a mi abuelo una cesta de comida al convento donde lo tenían encerrado y vio faros de camiones que emprendían la marcha y le dijeron que en alguno de ellos iba su marido. Corrió de uno en uno buscándolo entre las caras que miraban la lluvia bajo las lonas, repitiendo su nombre con la voz rota y ahogada por el estrépito de los motores y los gritos de mando, pero los camiones fueron alejándose y cuando ya no tuvo fuerzas para seguir corriendo vio las luces rojas del último y se figuró que había visto a mi abuelo haciéndole señas con la mano, como si se despidiera o la llamara. Sólo entonces tuvo miedo de verdad, porque hasta esa madrugada nunca creyó que pudieran matarlo, si él no ha hecho nada, se decía, al ver llorar a las otras mujeres, si él nunca se ha metido con nadie, ni ha robado ni matado, lo soltarían cuando se dieran cuenta de su error, no era posible que a un hombre lo encarcelasen por nada, nada más que por cumplidor y un poco charlatán, eso sí, la lengua lo perdía, al contrario de ella, que siempre prefirió callar, como su

padre, que en los últimos años de su vida eligió el silencio como si se
retirara a una casa de paredes inviolables de aire en la que vivía solo
con su perro, hablándole en voz baja, abrumado no por la vejez sino
por la vergüenza inextinguible y secreta de no haber conocido a sus
padres y de llamarse Expósito Expósito: también ella, a los ochenta y
cinco años, más de un siglo después de que mi bisabuelo fuera abandonado en la inclusa, conserva intacto el dolor de la injuria, igual que
se acuerda todos los días de un hijo que se le murió de unas fiebres a
los seis meses de nacer y de la noche en que vinieron a decirle que no
esperara levantada a su marido porque lo habían hecho preso.

Lo guarda todo dentro de sí misma vigilante y callada como si no
hubiera ninguna herida que el tiempo pudiera mitigar. Maldice a los
canallas de los seriales sudamericanos de la televisión con la misma
furia con que maldecía hace treinta años a los malvados de voz oscura
y metálica de las novelas de la radio y a los de aquellos folletines que
mi abuelo nos leía en las noches de invierno. La veo sentada en el
sofá, con su bata azul marino, con su toquilla azul sobre los hombros,
casi ciega, con un ojo escarchado por una catarata, con el pelo blanco
y la cabeza todavía erguida por el mismo orgullo ensimismado que
tiene en las fotografías de su juventud, con los pómulos pronunciados
y anchos que daban a sus facciones una belleza arcaica, extendiendo
la mano para tocarme el pelo y la cara y reconocerme con una precisión que la mirada ya no le permite, diciéndome, te acuerdas cuando
eras chico y me pedías que te leyera por las noches, preguntándome
dónde vivo y con quién, por qué no vienes casi nunca, cómo es posible que te quepan en la memoria tantas palabras y que puedas entender lo que dicen esos extranjeros en la televisión. A quién ve ella
ahora mientras roza el mentón áspero de un hombre y no puede reconocer con la memoria de sus manos una cara infantil, de quién se
acuerda cuando pregunta por mí y no le dicen que tal vez a esas horas
estoy viajando en un avión para que el miedo no le impida dormir, a

quién atribuye la voz que escucha de tarde en tarde en el teléfono, que sostiene rígidamente junto a su cara sin aceptar del todo el hecho inexplicable de que le permita hablar con alguien que está ahora mismo al otro lado del océano. La recuerdo parada en el escalón, junto a la puerta entornada, asomándose a la calle que ya no pisa casi nunca, las manos juntas en el regazo, apoyada en mi madre, mirándome mientras subo a un taxi y diciéndome adiós mientras piensa que ésta puede ser la última vez que me ve. Porque es el miedo lo que más firmemente sigue aliándome a ellos: en cualquier parte, cada vez que me sobresalta el timbre de un teléfono en mitad de la noche me despierto temiendo oír una voz que me diga que uno de ellos acaba de morir.

Vería la cara formándose delante de sus ojos, primero tenues líneas grises y luego manchas todavía indecisas bajo las ondulaciones del líquido del revelado, en la penumbra rojiza del laboratorio, encerrado tras una espesa cortina negra y una puerta que su ayudante sordomudo tenía prohibido abrir, en la cámara oscura, le decía don Otto Zenner, su maestro, que era algo espiritista, en el lugar de los misterios, donde la ciencia de la luz obraba su milagro y de la nada y del agua y de las sales de plata surgían las caras y las miradas de los hombres, perfilándose en el blanco de la cartulina y en la transparencia del líquido como si los dibujara una mano invisible o los convocara una silenciosa llamada inapelable: vio surgir la figura cada segundo más precisa de la muchacha emparedada y se acordó de un grabado o de la fotografía de un cuadro que había visto en el archivo de don Otto, una mujer dormida o ahogada y casi flotando en el agua inmóvil de un lago, tan pálida como ésta y peinada igual y con un vestido semejante, Ofelia, se llamaba, era lo único que había entendido de la leyenda escrita al pie, que estaba en alemán, pero aquélla tenía los ojos cerrados y ésta miraba fijamente, lo miraba desde el fondo del

lavabo que usaba para revelar como si respirara bajo el agua y en el
interior de la muerte, como había mirado durante setenta años y sigue
haciéndolo al cabo de otro medio siglo en la fotografía que le hizo
Ramiro Retratista, la única ampliada y enmarcada de todo su archivo, perdida entre la muchedumbre de las otras, sepultada en ellas
y bajo la tapa del baúl donde permaneció en su nuevo tránsito por la
oscuridad, como una estatua rescatada de un monumento funerario
que yace luego durante décadas en los almacenes de un museo.

Fue al revelar los negativos obtenidos en la Casa de las Torres cuando
Ramiro Retratista comprendió la abrumadora magnitud de la belleza
de la mujer incorrupta, y como no encontraba términos de comparación en la realidad ni estaba familiarizado con la pintura se acordó de
las mujeres retratadas por el insigne Nadar, en cuyo ejemplo lo había
educado don Otto Zenner: esa delicada firmeza de la mirada y de los
rasgos, esa inmutable elegancia que desdeñaba el tiempo y se establecía en él con una majestad irónica y severa. Le pareció que pertenecía
como ellas a un mundo y a un tiempo que no eran ni habían sido
nunca el mundo y el tiempo de los vivos, aunque tampoco de los
muertos, porque los muertos no existen ni tienen cara ni mirada, o al
menos eso decían los detractores del espiritismo, ciencia o supersti-
ción a la que Ramiro Retratista había sido adepto durante algunos
años y que abandonó en parte porque se supo víctima más bien idiota
de impostores que la tergiversaban y en parte por miedo a no poder
dormir y a volverse loco, especialmente desde que encontró entre los
papeles de don Otto Zenner un álbum donde venían supuestos retratos de fantasmas tomados a principios de siglo por un fotógrafo espiritista de Maguncia. Lo que más miedo le daba al mirar aquellas fotos
de muertos era lo exactamente que se parecían a las de los vivos, y eso
agravó en él una tendencia gradual a confundirlos entre sí. Veía a

alguien posando en su estudio y antes de esconder la cabeza bajo la cortinilla ya se imaginaba la cara que tendría en la foto cuando estuviera muerto, y sólo se olvidaba de ese vaticinio lúgubre cuando miraba a través de la lente la figura invertida: entonces el caballero solemne o la dama vanidosa o el jerarca mutilado con boina roja y condecoraciones se convertían en equilibristas absurdos que intentaran mantener cabeza abajo toda su irrisoria dignidad. De tanto ver a la gente del revés tras el objetivo de su cámara acabó perdiendo el respeto por toda autoridad y adquirió una secreta irreverencia, y cuando iba por la calle y se cruzaba con un militar de alta graduación, con un capellán belicoso o una señora de mantilla y abrigo con cuello de astracán, al mismo tiempo que los saludaba con una mansa inclinación de cabeza se los imaginaba automáticamente caminando del revés y contenía con dificultad un ataque de risa. Con los años fue empezando a sentir hacia el género humano un desapego de médico acostumbrado a ver en la pantalla de los rayos X la fosforescencia del esqueleto, y cuando examinaba una foto recién hecha pensaba que a la larga sería, como todas, el retrato de un muerto, de modo que lo intranquilizaba siempre la molesta sospecha de no ser un fotógrafo, sino una especie de enterrador prematuro: eso le pasaba por haber vivido tan solo, le dijo con melancolía al comandante Galaz, por haberse dedicado más a mirar que a vivir y no haber tenido otra compañía que la de aquel sordomudo que era en gran parte un resucitado, pues lo habían dado por muerto cuando lo sacaron de entre los escombros de la casa recién bombardeada donde sucumbieron sus padres y abrió los ojos en el ataúd unos minutos antes de que lo cerraran, y desde entonces no volvió a decir una palabra ni dio muestras de escuchar nada, y vivió en el silencio como en una botella de formol, con un aire eterno de zangolotino cada vez más embobado, servicial, inquietante, apacible, mirando a Ramiro Retratista con ojos de búho,

deambulando por el estudio y por el sótano donde estaban el laboratorio y el archivo con una expresión continua de asombro y pavor,
como si viera en el aire las caras de los muertos de las fotografías.

Vio surgir bajo el líquido tintado levemente de rosa la boca, el pelo,
la sonrisa, la mirada, las manos, el escote, la mancha brillante del
escapulario, como un jugador de billar que admirara pasivamente la
culminación de una casualidad inesperada o de su recién descubierta
maestría, sumergió con reverencia los dedos hasta tocar la cartulina
por sus bordes agudos, temiendo mancharla o borrar con un gesto el
milagro de aquella aparición, la colgó, todavía chorreando, con unas
pinzas de tender, salió ofuscado del laboratorio y en la habitación
contigua el sordomudo estaba mirándolo con su fijeza de vaca o de
mulo, como si hubiera sabido de antemano que él iba a salir y qué
cara tendría cuando apareciera, se dejó caer en el sillón de su mesa de
trabajo, que había sido de don Otto Zenner, como todo en el estudio,
las cámaras y los forillos pintados y los bustos de hombres célebres,
hizo una abatida señal con la mano derecha y el sordomudo, con diligencia sigilosa, puso en marcha el gramófono y trajinó en la alacena
hasta encontrar lo que ya sabía que él estaba esperando, la botella,
una de las últimas, de un licor alemán cuyo nombre impronunciable
sonaba como un salivazo y que tenía la virtud de deparar a quien se
atreviera a probarlo una borrachera fulminante. Cuando don Otto
Zenner abandonó su oficio y su estudio y se marchó de Mágina para
volver a su país y unirse a las divisiones blindadas del Reich aún quedaba en el sótano media docena de garrafas que él había guardado
previendo la escasez que inevitablemente traería consigo la victoria
próxima del bolchevismo. Había sido pintor bohemio y doctrinario
en vísperas de la guerra europea, en la que alcanzó el grado de sargento, y después del armisticio, o de la vergonzosa claudicación,
como él precisaba en los cafés, con gran vehemencia de erres y de

puñetazos sobre las mesas de mármol, abandonó los pinceles por la fotografía y abrió estudio en Berlín, pero al cabo de unos meses de incertidumbre y penuria emprendió un lento viaje hacia el oeste huyendo de la segura invasión de las hordas asiáticas —que habían ejecutado a los Romanov y muy pronto inundarían la Europa desguarnecida tras la ruina de los imperios centrales— para encontrar refugio, aunque nunca sosiego, pues siempre temió que lo alcanzara la riada inminente del Ejército Rojo, en esta pequeña ciudad parcialmente amurallada y como ajena a las turbulencias del mundo en la que muy pronto obtuvo con su arte un reconocimiento, muy cercano a la gloria, que jamás habría alcanzado en la ingrata y humillada Alemania de Weimar.

También la moto con sidecar y las gafas de aviador que se ponía para manejarla Ramiro Retratista pertenecieron a don Otto, y hasta el percherón de madera con crines amarillas y ojos de cristal donde se subían los niños para fotografiarse con un sombrero cordobés. «Todo te lo dejo. Si no vuelvo serás mi heredero y mi apóstol», le había dicho don Otto al despedirse inopinadamente de él, cuando supo que las divisiones Panzer habían invadido Rusia y decidió en un trance de delirio patriótico cruzar de nuevo y en sentido contrario toda la anchura de Europa para unirse a los ejércitos victoriosos del Reich. En la estación, vestido con su uniforme de la guerra del catorce, que había guardado durante más de veinte años en el maletón que trajo de su país, la cabeza cubierta con el casco puntiagudo y recién abrillantado y la máscara antigás colgada reglamentariamente al cuello, se despidió con un abrazo paternal y castrense de Ramiro Retratista, su discípulo, su primer y único aprendiz, casi su hijo adoptivo, le exigió juramento de perseverancia en el arte sublime de la fotografía de estudio y subió al correo de Madrid después de dar un taconazo, perdiéndose luego, mientras saludaba a la romana desde una ventanilla, entre el humo negro de la locomotora, y posiblemente también en la demencia senil y en los vapores ya irreversibles del schnapps, pues aunque nunca volvió a saberse nada cierto de él dijeron que su expedición a las estepas de Rusia había concluido en Alcázar de San Juan, donde estuvo retenido por embriaguez y escándalo en el cuartelillo de la Guardia Civil hasta que unos loqueros a los que embistió con el pincho de su gorro prusiano mugiendo en alemán se lo llevaron al manicomio de Leganés o al de Ciempozuelos.

Hasta que don Otto se marchó, Ramiro sólo les había dado rápidos tientos a escondidas a las botellas de aguardiente. Fue al quedarse solo cuando empezó a imitar sin premeditación los peores hábitos de su maestro, sentándose cada noche en el sótano para mirar las caras de muertos de sus fotos del día, bebiendo schnapps y escuchando discos alemanes en los que sólo había, para su fervor y su desgracia, música de Schubert, canciones tristísimas acompañadas de piano y fragmentos de obras de cámara que se sabía de memoria porque los había estado oyendo desde que entró como aprendiz sin prestarles atención, igual que oiría la lluvia o los ruidos de la calle. La imposibilidad de renovar las provisiones de aguardiente lo salvó del alcoholismo, pero de Schubert ya no pudo curarse, ni siquiera cuando los discos estuvieron tan gastados que más que oír la música la adivinaba o la recordaba entre los saltos y las crepitaciones de la aguja, igual que un ciego recuerda colores cada vez más distorsionados por el olvido y la oscuridad.

Tal vez el efecto de Schubert no habría sido tan pernicioso sin el hallazgo de la muerta incorrupta en la Casa de las Torres, que vino a coincidir con un período particularmente luctuoso en el estado de alma de Ramiro Retratista, hombre de carácter débil y brumoso —saturnal, decía él—, que aun sin el influjo traicionero del licor alemán tendía a la tristeza y a la conmiseración de sí mismo, y que vivió los años posteriores al final de la guerra sumido en una pesadumbre como de perpetuo anochecer de domingo. Dio en imaginarse como un vencido humillado por la cobardía, como un artista solitario, incomprendido, abocado a la vida menesterosa y bohemia, a una muerte aleccionadora y patética en plena juventud, perdido y olvidado en esta mezquina provincia donde no sólo el éxito era imposible, sino también el fracaso, al menos la categoría de fracaso que hubiera querido para sí, grande, sublime, con un énfasis de ópera y de suicidio romántico, sin esa modorra como de brasero y mesa camilla con que la gente fracasaba en Mágina, poetas con nómina del municipio que cincelaban sonetos tras una ventanilla de arbitrios, compositores que escribían penosas suites para banda y coro parroquial, poetas párrocos y sacristanes y hasta poetas policías, como el inspector Florencio Pérez, si era verdad ese rumor insistente que circulaba sobre él, tan ignominioso en ciertas conversaciones de café como si se murmurara de su hombría, artistas con trienios y cartilla de familia numerosa y certificado de adhesión, pintores que administraban droguerías y guardaban como valiosas condecoraciones recortes ínfimos del periódico de la provincia... Él, Ramiro, los retrataba a todos, vanidosos y erguidos ante los focos del estudio, colgando cabeza abajo como murciélagos en el visor de su cámara, apoyando con aire de reflexiva gravedad el codo en el filo de la mesa y el dedo índice en la mejilla, delante de un telón con balaustradas y perspectivas de jardines y junto a una columna con un busto en escayola de algunas de las celebridades germánicas que había venerado don Otto mientras estaba en su juicio. Encapuchado y oculto como un espía bajo la cortinilla de la cámara, tras la impunidad del ojo de vidrio que sorprendía gestos involuntarios y miradas ansiosas, Ramiro Retratista presenciaba con un creciente desengaño la vacua vulgaridad de las celebridades locales que acudían a su estudio, la belleza amañada o idiota de las mujeres, la fatalidad de la gordura, la calvicie, la estupidez, la decadencia, y cuando por la noche se sentaba a escuchar a Schubert y a beber schnapps y repasaba una a una sus últimas fotografías buscando alguna que le pareciera digna de los grandes artistas del siglo pasado que don Otto le había enseñado a admirar, sólo encontraba caras banales o feroces o patéticas que ni siquiera el sublime Nadar habría logrado ennoblecer. Hacía un gesto y el sordomudo, que estaba siempre mirándolo sin parpadear desde una respetuosa distancia, como un monaguillo gordo y obediente, le llenaba el vaso vacío, llegaba el final del disco y le ordenaba que lo devolviera al principio, a la arrasadora pesadumbre de aquel cuarteto titulado *La muerte y la doncella*, que era el que más le gustaba de todos los de Schubert y le hacía acordarse infaliblemente de una foto de bodas tomada varios años atrás, cuando aún era ayudante de don Otto. Se ponía a buscarla, entorpecido por la ofuscación del alcohol y la vehemencia destructiva de la música, pero aunque no la encontrara se acordaría exactamente del hombre vestido de militar y de la novia que se apoyaba en su brazo, muy delgada, con los ojos claros y grandes y la piel casi translúcida en las sienes, con el pelo corto y castaño, don Otto Zenner le había dicho que parecía de perfil una dama del Renacimiento: supieron luego que al día siguiente de su noche de bodas se asomó a un balcón porque había oído un tiroteo en los tejados y una bala perdida la mató. Borracho de aguardiente y de música Ramiro Retratista miraba a aquella mujer que estaba en vísperas de la muerte cuando él mismo le hizo su fotografía de bodas y alcanzaba un paroxismo simultáneo de desdicha y felicidad que se hizo crónico y mucho más virulento desde que vio formarse en la cubeta del revelado la cara de la muchacha incorrupta. El título de su disco preferido se le antojó entonces profético: la muerte y la doncella. Pensó esa noche, comparando la fotografía nupcial y la que tomó por encargo del inspector Florencio Pérez, que las dos mujeres se parecían y que estaban unidas por un destino común. La muerta de 1937, ¿no sería una reencarnación de la otra, no habría repetido casi setenta años después el entusiasmo y luego la expiación de un amor culpable, no se habría levantado sonámbula de la cama y caminado hacia el balcón al escuchar la voz seductora de la muerte, igual que la emparedada de la Casa de las Torres y la doncella de Schubert?

Le temblaban las manos, miraba sucesivamente los dos rostros bajo la lámpara de su mesa de trabajo y los encontraba cada vez más iguales, le dijo con malos modos al sordomudo que se fuera a dormir. Era muy imaginativo y muy tímido y desde los quince o los dieciséis años vivía recluido en una confortable castidad de seminarista laborioso. Su trato íntimo con las mujeres reales era más difícil y mucho menos placentero que el que mantenía con ciertas señoritas de pelo cortado a lo garzón, como decían en Mágina, que fumaban desnudas y adoptaban extravagantes posturas sicalípticas en un juego de postales traídas de Berlín por don Otto Zenner. Les había sido temporalmente infiel cuando conoció la muerte súbita de la novia retratada por él unas horas antes, y las olvidó del todo, como amistades vergonzosas o vanos amores de la adolescencia, cuando las pupilas de la muchacha incorrupta parecieron mirarlo y brillar avivadas por el reconocimiento. Guardó las fotos, se prohibió un último vaso de schnapps, porque al ponerse en pie notó que se tambaleaba, detuvo el gramófono, dio vueltas sin sosiego en la oscuridad del insomnio y cuando logró dormirse en el sueño oía *La muerte y la doncella*, pero no en cuarteto, sino en una versión orquestal que nunca había escuchado, y la muchacha iba cobrando forma ante él a medida que avanzaba la música, con la misma lentitud acuática con que la había visto aparecer en el líquido del revelado. Se despertó cuando la voz le murmuraba al oído su nombre, Ramiro, Ramiro Retratista, en un tono en el que jamás le había hablado una mujer. Dos noches más tarde, exasperado por el insomnio, salió de su casa con la cautela de un ladrón y anduvo sin rumbo por las plazas vacías y los callejones de Mágina, queriendo no acercarse al barrio de San Lorenzo, sabiendo que aunque no quisiera acabaría internándose en él, como si lo empujara la música que seguía sonando en su imaginación o lo llamara la voz que había pronunciado tan dulcemente en el sueño su nombre. Llevaba en el bolsillo interior de la gabardina, oculta como un arma, una linterna eléctrica, e iba provisto de una petaca de aguardiente y de sus gafas de aviador con montura de caucho, tal vez con la intención absurda de usarlas como antifaz si se le presentaba algún apuro. El alcohol y la soledad de la noche le concedían una temeridad irresponsable y arbitraria, una sonámbula disposición de aventura que en las mañanas de resaca solía convertirse luctuosamente en abatimiento y contrición. A la pesadumbre de Schubert se agregaba aquella noche la necrofilia blanda de un bolero del negro Machín titulado *Espérame en el cielo* que había escuchado unas horas antes en la radio. Estaban apagadas las bombillas de las esquinas y no vio ninguna luz en las ventanas de las casas, como en los tiempos todavía no muy lejanos de las alarmas antiaéreas. Sólo la luna alumbraba muy débilmente la ciudad, sólo él, Ramiro Retratista, parecía habitarla. En la plaza del General Orduña ni siquiera estaba iluminado el balcón del inspector Florencio Pérez. Bajó por la calle del Rastro, ahora Queipo de Llano, costeando las casas adheridas a la muralla, dobló, estremeciéndose, con igual nerviosismo y vergüenza que las pocas veces que se había atrevido a visitar un prostíbulo, la esquina de la calle del Pozo, en la encrucijada batida por el viento del Altozano y de los descampados de la Cava, y al volverse veía tras él su larga sombra de Fantomas beodo y oía el eco de sus pasos sobre el empedrado. Pero no, no era el eco lo que oía, eran los pasos lentos de otro hombre cuya sombra apenas se despegaba de las paredes, y Ramiro Retratista se ocultó en el quicio de una puerta y lo vio acercarse con la fatalidad de una aparición, los pasos retumbando en su cerebro encharcado de alcohol y aboliendo la música, los violines de Schubert y la voz ovina del negro

Machín, los pasos y también otro ruido insistente que no alcanzaba a distinguir, un ruido menudo, continuo, seco, mezclado a un roce cada vez más cercano, la punta metálica de un bastón que golpeaba las esquinas y los bordillos de las aceras y se volvía un redoble cuando chocaba contra las rejas de alguna ventana: un hombre caminaba muy despacio y frotaba la tela de su abrigo contra la cal de las paredes y llevaba un bastón, un ciego, sin duda, pero qué hacía un ciego a esas horas por las calles de Mágina, por qué estaba siguiéndolo a él.

Un escalofrío de miedo sacudió a Ramiro Retratista y casi le devolvió la lucidez, pero se hundió aún más en el hueco de la puerta donde se protegía e introdujo la mano en el interior de su abrigo para buscar el consuelo de la petaca de aguardiente, y con un solo trago recobró todo el esplendor de la música y toda la niebla de la borrachera. No debía hacer ruido, ni siquiera respirar, el ciego ya estaba a unos metros de él y si se descuidaba, si se movía aunque fuera un milímetro, sería descubierto, los ciegos tienen un oído sobrenatural y parece que adivinan lo que ocurre cerca de ellos, huelen a los extraños, como los animales. Oirá los latidos de mi corazón, pensó Ramiro Retratista, pero no eran latidos, sino pasos, los que él estaba escuchando, los pasos de aquel hombre, el roce de su abrigo contra la pared, los golpes secos de la contera del bastón, y ese rumor sordo que venía con él, como si estuviera rezando, como si murmurara letanías mientras caminaba. Vio la sombra ante él durante unos segundos, el brillo vago de unas gafas y el de la puntera metálica que tanteó el escalón donde él estaba subido y casi tocó sus zapatos, la masa lenta y opaca del ciego que oscilaba en la acera y se quedó quieto un instante, a un paso de Ramiro Retratista, volviéndose un poco hacia él mientras el bastón se movía en el aire como si tanteara un obstáculo y apartándose luego con una lentitud inhumana y eterna, como una estatua animada con zapatos de bronce. Al llegar a la plaza de San Lorenzo los pasos adquirieron una resonancia más exacta, y Ramiro sólo se movió cuando escuchó una llave girando en una cerradura y luego una puerta que encajaba de golpe. El ciego vivía muy cerca, en alguna casa de la plaza, tras alguno de los tres álamos desnudos cuyas ramas alcanzaban las ventanas más altas. Se concedió otro trago, se frotó las manos ateridas, volvió a oír en su imaginación toda la impetuosa melancolía del cuarteto de Schubert. Sobre el portalón de la Casa de las Torres se proyectaban amenazadoramente las siluetas de las gárgolas. El edificio ocupaba una manzana entera, y Ramiro supuso que no le sería difícil entrar en él escalando las tapias medio derruidas de los corralones traseros.

No tenía miedo de que lo sorprendiera la guardesa. Estaba tan intoxicado por el aguardiente, el insomnio, la música y los espectros de las fotografías que no tenía miedo de nada ni se daba cuenta de su borrachera, y empezó a pensar que la sombra que lo había asustado unos minutos antes habría sido una figuración originada por la oscuridad. Ya no necesitaba recordar la melodía de Schubert ni intentaba silbarla, la sentía circular por su sangre mezclada con el alcohol, caudalosa, inapelable, tensándose en agudos como si estuviera a punto de quebrarse antes de llegar a su límite, apaciguándose luego, cuando casi le había paralizado el corazón, en unos instantes de serenidad que poco a poco anunciaban el regreso de la tormenta del dolor, el luto y la osadía. No recordaba luego cómo descendió simultáneamente a los sótanos de la Casa de las Torres y a las honduras submarinas de su propia alma enajenada por el schnapps y conmovida por la música. Se encontró frente al nicho donde seguía sentada la muchacha, con los ojos abiertos, con las manos juntas en el regazo, como si hubiera velado esperándolo a él. Le pareció un poco más pequeña y como desdibujada por el halo polvoriento de sus tirabuzones, reducida a una escala ligeramente inferior a su tamaño natural, menos hermosa y temible que en las fotografías, casi hogareña, desanimada, aburrida. Ahora que estaba frente a ella no sabía qué hacer y entre las tinieblas de la borrachera empezó a deslizarse un sentimiento todavía muy débil de inutilidad y ridículo. Mirados tan de cerca, sus tirabuzones parecían de estopa deshilachada, como los de las muñecas, y sus pupilas tenían una turbia opacidad, como si padeciera cataratas, y en las comisuras de sus labios había diminutas incisiones o arrugas que le recordaron las de esas mujeres cuyo maquillaje se estropeaba bajo los focos del estudio. Le tocó la cara con un desasosiego de profanación y la notó tan seca y tan fría y con una textura tan arenosa como la de las piedras del sótano. Pero su mirada, ahora visiblemente muerta y ciega, lo seguía atrapando, y el olor a polvo que despedían su ropa y su pelo lo mareaba como esos perfumes de adormideras que según había leído usaban las mujeres fatales.

Le rozó la cara, los labios entreabiertos, el cuello, aproximó los dedos al escote y notó el filo de una hoja de papel. Era preciso extremar el cuidado, tenía que tranquilizarse para evitar que las manos le siguieran temblando. Le dio la espalda, por respeto, y bebió un poco de aguardiente, se frotó los dedos juntos y extendidos, como un ladrón que se dispone a averiguar la combinación de una caja fuerte. El papel podría pulverizarse cuando intentara desdoblarlo. Lo extrajo y lo abrió con la misma delicadeza con que separaría las alas de una mariposa disecada, pero no pudo evitar que se rompiera por los cuatro dobleces. No veía bien, se le juntaban las letras por culpa del schnapps, la luz de la linterna estaba debilitándose, muy pronto se apagaría del todo, y entonces qué, no encontraría la salida, se perdería por los sótanos golpeándose como un ciego contra las esquinas, derrumbaría muebles viejos y armazones de carrozas, lo descubriría la temible guardesa y al cabo de unas horas estaría condenado a la vergüenza pública y tal vez a la cárcel, ya imaginaba la cara impasible y lúgubre del inspector Florencio Pérez, la ruina de su estudio, la mendicidad, el asilo de indigentes. Como tempestades hostiles la

música y el miedo le sacudían la conciencia, la música creciendo hasta
la explosión definitiva del consuelo y el llanto, el miedo asediándolo
como la oscuridad que apenas desvanecía la linterna, y en el centro,
delante de sus ojos, en el recuerdo de un sueño y de una foto perfilándose bajo el líquido brillante y rojizo del revelado, la muchacha inse-
pulta, desamparada y proscrita en el sótano de la Casa de las Torres,
guardando entre sus senos de yeso un mensaje clandestino de amor
que volvía a la luz después de tres cuartos de siglo y que Ramiro Retratista no leyó esa misma noche, sino a la mañana siguiente, después
de despertarse en el jergón del laboratorio oliendo a vómito y a pro-
ductos químicos y escuchando el chirrido de la aguja que giraba en el
gramófono y parecía hendirle con obstinación circular el cerebro.
Había dormido sin quitarse el abrigo ni las gafas de aviador, que no
recordaba haberse puesto, y junto a su cara estaba la petaca vacía de
aguardiente, que arrojó al suelo de un manotazo para evitar las náuseas. Consiguió abrir lentamente su mano derecha agarrotada y encontró en ella cuatro fragmentos iguales de un papel basto y amarillo.
El regreso de la Casa de las Torres se había borrado de su memoria:
eso era lo peor que tenía el aguardiente, le explicó al comandante
Galaz, que lo despojaba a uno de horas enteras de su vida. Lo último
que recordaba era el miedo a quedarse encerrado a oscuras en el
sótano, los maullidos de un gato, la sombra inmóvil de un coche de
caballos. Subió al estudio, donde el sordomudo se lo quedó mirando
con la misma asustada tranquilidad con que veía a un muerto salir de
su tumba, le ordenó por señas que se fuera, y sin quitarse todavía el
abrigo ni las gafas de caucho, que por culpa de la transpiración alcohólica de toda la noche se le adherían pegajosamente a las sienes, se
derrumbó en la silla de la pequeña habitación que usaba como archivo y dispuso ante sí, bajo una lámpara muy potente, los cuatro
pedazos de papel. *Ponme como un sello sobre tu corazón*, leyó al fin,
cuando pudo ordenarlos, y le pareció que mientras leía escuchaba de

nuevo aquel cuarteto de Schubert y que la música de las palabras escritas con una floreada caligrafía masculina reavivaba su sangre y lo sumía en un naufragio de ternura sin explicación y lástima de sí mismo, *como un signo sobre tu brazo; porque fuerte es, como la muerte, el amor; duro, como el sepulcro, el celo; sus brasas, brasas de fuego, llama fuerte. Las muchas aguas no podrán apagar el amor ni los ríos lo cubrirán.* Devastado por la resaca, cegado por las lágrimas, gimiendo como un becerro, Ramiro Retratista comprendió sin contrición ni esperanza que el gran amor de su vida era una mujer que había muerto emparedada treinta años antes de que él naciera. Pero ya no volvió a verla, le dijo al comandante Galaz como si le hablara de una mujer a la que había conocido viva: dos o tres noches después apuró una de las últimas botellas de aquel aguardiente de don Otto y se armó otra vez de valor y regresó a la cripta por los mismos pasadizos, pero su linterna sólo pudo alumbrar un nicho vacío.

Miro sus caras y tengo la sensación de que nunca los he conocido
verdaderamente, de que nunca he sabido cómo eran, quiénes son
fuera y lejos de mí, de qué se acuerdan, qué saben, cómo vivían en las
edades oscuras del hambre y del terror, no hace siglos, sino años, no
muchos, un poco antes de que yo naciera, cuando mi padre y mi
madre se casaron y apenas tenían para pagar el alquiler de la buhardilla donde se fueron a vivir ni las fotografías que les hizo Ramiro
Retratista, sin acordarse tal vez de que ya los había retratado cuando
eran niños y llevaban escrito en la inocencia de sus caras todo el desamparo de su porvenir, mi padre con chaqueta y corbata y pantalón
corto posando junto a una columna sobre la que hay un galgo de escayola, mi madre con alpargatas blancas y calcetines oscuros y un
lazo en el pelo, con doce o trece años, llevando en brazos a uno de sus
hermanos menores, sonriendo a la sombra de mi abuelo Manuel,
junto a su estatura de árbol, ya sin el uniforme de la Guardia de
Asalto, que estaría colgado desde mucho tiempo atrás en el mismo
armario donde yo lo descubrí, calvo, sin el tupé rubio que aún tenía
en su foto de bodas, con pantalones y chaleco de pana y una camisa

sin cuello abrochada bajo la barbilla, solemne, como si al posar hubiera recordado que alguna vez fue gastador y seducía a las mujeres con sólo mirarlas bajo la visera de su gorra de plato, pasando su brazo derecho sobre el hombro de mi abuela Leonor en un gesto inusual de ternura, mirando de soslayo, con un poco de rencor, a mi bisabuelo Pedro, que no sabe que están haciéndole una fotografía, que se ha sentado como todas las mañanas de sol en el escalón y tiene entre las piernas a su perro sin nombre. Las caras de mis tíos, sus cabezas rapadas, sus rodillas de hambrientos y sus calcetines caídos, aquellas chaquetas de adultos que usaban, arregladas por mi abuela en noches sin dormir. No sé imaginar ni inventar y ya casi no puedo acordarme de sus palabras y es posible que no tenga ocasión de pedirles que me sigan contando, cómo era el campo de concentración donde te llevaron, le preguntaba a mi abuelo, qué sentía uno al saber que era fácil que lo condenaran a muerte, cómo es tener entre las manos un fusil y tenderse en una trinchera y mirar hacia el otro lado en busca de una cara o de una rápida silueta sobre la que disparar. «Yo cerraba siempre los ojos», decía el tío Rafael, «y era tan malo disparando que aunque no los hubiera cerrado no habría podido darle a nadie, me temblaban las manos y las rodillas nada más oler la pólvora, se me nublaba la vista y veía doble o triple el punto de mira y pensaba, hay que ver, si a mí no me han hecho nada esos que hay en la otra trinchera, qué iban a hacerme, si ni siquiera los conozco, así que cerraba los ojos y apretaba el gatillo y me decía, que sea lo que Dios quiera, pero me daba rabia cuando me paraba a pensarlo, hombres como castillos jugando al tiro al blanco y marcando el paso en vez de trabajar en lo suyo».

De eso hablaban a veces, del sentimiento del absurdo, de su incapacidad de comprender: les decían, «hay que tomar esa colina», y pensaban que aunque desalojaran al enemigo de ella no iban a tomarla, porque la colina seguiría exactamente en el mismo sitio, más pelada, estéril por las bombas, manchada de sangre, poblada de cadáveres sin rostro con las piernas abiertas y las vísceras derramadas sobre los calzoncillos sucios, pero en el mismo lugar, repetía moviendo la cabeza el tío Rafael, sin que nadie pudiera llevársela ni hacer nada de provecho con ella. Pero no tenían miedo, las cosas ocurrían demasiado aprisa para que lo tuvieran, tenían hambre, cuentan, les picaban los piojos y las chinches, se morían de frío bajo los capotes o los mareaba el calor bajo los cascos de acero, les hacían daño las botas militares, los martirizaban los sabañones, se acordaban de la cosecha que no podrían recoger ese año por culpa de la guerra y escribían a la luz de un candil cartas difíciles y ceremoniosas a sus mujeres o a sus padres, o se las dictaban a otros, apreciable Leonor, espero que al recibo de la presente estés bien, yo sigo bien a Dios gracias, escribía mi abuelo en una carta que encontré en su mesa de noche, y no hablaba de la derrota ni del terror a un juicio sumarísimo sino del tiempo que hacía o de lo que se acordaba de ella y de sus hijos en aquel lugar que yo imaginaba como los campos de concentración de las películas, barracones alineados, literas de tablas desnudas, torretas de vigilancia con reflectores y altavoces, alambradas eléctricas, nada de eso era verdad: cientos, miles de hombres deambulando como sombras por una accidentada extensión de rastrojos y olivos, me dijo cuando aún no había perdido la memoria o el gusto de contar, rodeada por una cerca de tablones y estacas como una dehesa, vigilada por un nido de ametralladoras, sin edificaciones ni campos de instrucción, sin un solo cobertizo donde refugiarse de la lluvia o del frío. Dormían en el suelo, bajo las ramas de los olivos, arrimándose a los troncos o a las protuberancias de las raíces, tirados sobre la tierra en las noches de calor, días y semanas y meses dando vueltas como viajeros perdidos, arracimándose y peleando entre sí cuando volcaban ante ellos los sacos de pan negro, mirando negrear en el suelo y entre las ramas las aceitunas que nadie había cosechado durante cuatro o cinco años, envilecidos por el hacinamiento, por el hambre y el tedio, esperando siempre una carta o un salvoconducto o una sentencia de muerte o de cadena perpetua, escribiendo si sabían hacerlo y si encontraban un lápiz y una hoja de papel: se despide tuyo affmo. este que lo es, tu marido, Manuel, la rúbrica tan fantasiosa como su voz o sus gestos, la letra inclinada, prolija, revelando el esfuerzo que le costaba elegir y transcribir cada palabra, el lápiz tan pequeño que casi desaparecía entre sus dedos, la breve punta humedecida de saliva, las palabras medio borradas después de tanto tiempo, desfiguradas de faltas orto-gráficas, me contarás cómo va por allí la cosecha, aquí ha llovido mucho y están cargados los olivos pero nadie la coge y es una lástima, y ella, mi abuela, en Mágina, tan definitivamente lejos de donde él estaba porque no sabía calcular la distancia, oía los pasos y el silbato del cartero que venía por la calle del Pozo y corría hacia la calle antes de que sonaran al mismo tiempo el llamador y el silbato, sobrecogida de esperanza y de miedo, porque la mayor parte de las veces el car-tero pasaba de largo, y además no era imposible que si se detenía fuese para notificarle una desgracia, que lo habían matado, que no iba a volver, igual que no volvió nunca el viejo de la casa del rincón, la que ocupaba ahora aquel ciego que no hablaba con nadie. Oía los golpes en el llamador y era como si resonaran dolorosamente en su estómago vacío, más arriba, en el centro de su pecho, abría la puerta y se quedaba con el sobre entre las manos que acababa de secarse en el mandil, leía con dificultad su propio nombre, Leonor Expósito, reconociendo con alivio la letra de él, miraba el remite, rasgaba con mucho cuidado el sobre y se quedaba mirando las misteriosas pala-bras, sin descifrar bien la escritura y sin poder entender la mitad de lo que él le decía, leyendo sílaba a sílaba en voz alta, mordiéndose los labios de humillación y de impaciencia, como cuando eran muy jóve-nes y él la pretendía escribiéndole cartas copiadas de un manual de caligrafía y de correspondencia sentimental, comercial y amistosa. Al principio se las devolvía todas sin abrir, porque ésa era la costumbre, pero cuando empezó a aceptárselas muy pocas veces las abría, no sólo porque apenas supiera leer, ya que siempre habría encontrado a alguien que lo hiciera por ella, sino porque no imaginaba que pudiera existir alguna relación entre su propia vida y las palabras escritas, a las que en todo caso atribuía un poder maléfico: por obra de aquel diploma que aún seguía guardado en el armario él había dejado de trabajar en el campo para vestir un uniforme azul con botones dorados y quedarse en poco tiempo tan pálido de cara como un oficinista; los hombres que le avisaron de que él estaba preso le trajeron una carta dentro de un sobre amarillo; para visitarlo en la primera cárcel donde estuvo tenía que mostrar un papel al que llamaban salvoconducto; y ahora le hacía falta otro papel para que lo dejaran salir del campo de concentración. Su padre, Pedro Expósito, que era el único hombre a quien ella admiraba en la vida, no sabía escribir ni leer, y declaraba con huraño orgullo que él jamás había trazado una cruz ni estampado la huella de su dedo pulgar al pie de un documento. Y a su marido, a mi abuelo Manuel, fueron las palabras las que le hicieron perderse, no la lealtad ni el sentido del deber, únicamente el brillo de las sonoras palabras que tanto le gustaban, ruido y aire, murmuraba con desprecio mi bisabuelo hablándole a su perro, al que tal vez lo aliaba sobre todas las cosas el hábito común del silencio.

Dónde habrás aprendido a usar tantas palabras, la he oído decirle cada vez que lo sorprendía contándome alguna historia de cautividad o de heroísmo, riéndose de él, quién le mandaría hablar tanto y meterse tan sin juicio en las vidas de otros en vez de ocuparse de la suya, siempre acuciada de quebrantos y alimentada de palabras y embustes, de credulidad y de soberbia, para acabar luego así como te ves, le dice, medio inválido de tanto trabajar sin fruto ninguno, nada más que la miseria de una pensión que parece de lástima, y menos mal que te reconocieron los años como guardia de asalto, que si no de qué íbamos a comer. Uncidos como siameses el uno al otro por la vejez extrema y el miedo a la muerte y por una mezcla impredecible de rencor y compasión miran pasar las horas y los días frente al televisor y en los últimos tiempos dice mi madre que ya no discuten ni se echan en cara los agravios que a pesar del olvido tal vez los siguen envenenando como sustancias letales que actúan en la sangre sin que lo sepa la conciencia. Cuarenta y nueve años después del día en que salió del campo de concentración sin más hacienda que un capote viejo y un hato en el que llevaba un par de botas, un chusco negro y duro y una longaniza de carne de caballo, mi abuelo Manuel, ahora mismo, en Mágina, logra ponerse en pie con una lentitud mineral y tantea el suelo con la contera de goma del bastón y mira a una distancia inaccesible las puntas de sus pies, que avanzan centímetro a centímetro sobre las baldosas, y el dolor de las plantas le trae la imagen fragmentaria de alguna caminata olvidada, la sensación de que los pies van a abrírsele como si los partiera una cuchilla, de que las piernas y el cuerpo entero y la conciencia se deshacen en légamo porque desde hace muchas horas es de noche y él no ha dejado de caminar desde que amaneció, no sabe cuándo ni hacia dónde, sólo que no ha comido y que el camino no se acaba nunca bajo sus pies ni delante de sus ojos, una vereda perdida en alguna serranía, una carretera recta que el sol parece aplastar contra la llanura, un horizonte de colinas azules donde se extraviará cuando caiga la noche, sin más luz que la brasa del cigarro, sin oír durante muchas leguas nada más que sus pasos y el tintineo del cascabel atado a la jáquima del mulo. Era así como le gustaba contar, le digo a Nadia, explicándolo todo, inventándolo, la oscuridad de la noche, el aullido de los lobos, el brillo de un cigarro encendido, el cascabel que yo oía tan vívidamente como si hubiera ido con él en aquellos viajes a través de la Sierra, circunstancias triviales que adquirían en su voz una cualidad tenebrosa de augurios. Se ha acordado del cascabel porque ha oído moverse una cucharilla en un vaso, el de la medicina que le ha preparado mi madre y que él no sabrá beber sin derramársela casi entera en la barbilla y en el pecho, pero eso le ha pasado siempre, dice mi abuela Leonor, nunca ha sabido beber jarabes ni medicinas ni leche, pero lo que es el vino no se le pierde ni una gota, aunque lo bebiera en porrón, mira tú qué misterio.

En su memoria, como en uno de esos sueños livianos tan fácilmente interferidos por la realidad, la cucharilla que mueve mi madre se transmuta en el sonido monocorde de un cascabel y la fatiga de sus piernas lo devuelve sin que él mismo lo sepa a una de sus expediciones al otro lado de aquella sierra azul que me señalaba con un ademán enfático desde la cima de su estatura, hablándome de aquellos tiempos en que se buscaba furtivamente la vida con el estraperlo, otra palabra indescifrable que aprendí de sus labios, comprando patatas y judías y trigo en aldeas y cortijadas remotas para venderlo todo luego en Mágina, no a lo grande, como su vecino Bartolomé, que disponía de capital y de influencias y en unos años dobló su fortuna, sino con tan pocos medios y tan acobardado por el peligro de que lo atrapara la Guardia Civil que nunca tuvo la menor posibilidad de salir de pobre y ni siquiera de pagar sin agobios los plazos del mulo que había comprado al emprender el negocio, y que una noche de invierno acabó reventado bajo una carga excesiva en el repecho más difícil de un camino al que llamaban la cuesta de los Gallardos, dejándolo a merced de la nieve y de los lobos, que olían desde lejos la sangre vomitada por el animal —en los relatos de mi abuelo Manuel siempre era de noche y llovía o nevaba y se oían los rugidos del viento o de las fieras—. Pero no sabe si está recordando o sueña todavía, da un paso más, se apoya en el bastón y teme que se quiebre, no distingue entre el recuerdo y el sueño, entre las imágenes de su propia conciencia y las que ve moverse en torno suyo o en el televisor: en su memoria se han roto las fronteras y las subdivisiones del tiempo, y este momento en el que vive ahora mismo carece de realidad o de verosimilitud, tal vez porque a los rostros y a las cosas les falta un relieve preciso, surgen sin motivo, desaparecen sin explicación, como los objetos que examina y derriba un niño de meses, como alguna vez llego y me desvanezco yo mismo, su nieto mayor, entro en la habitación y lo beso y le pregunto cómo está y de repente me mira como si se asombrara de no reconocerme, sonríe y se deja besar pero íntimamente desconfía de que yo sea quien le dicen que soy, y cuando quiere mirarme para confirmar su sospecha o vuelve a abrir los ojos después de dormir unos minutos resulta que ya no estoy en la habitación, que han pasado días o semanas en ese instante de sueño, pregunta por mí y mi abuela le dice, pero Manuel, parece mentira, ¿no te acuerdas que se fue de viaje, que has hablado con él hace un rato por teléfono?

No es que no se acuerde, es que no sabe o no quiere regir la disposición de su memoria: ve imágenes detalladas y absurdas como fragmentos de sueños, está mirando a mi madre que limpia el hule ante él con un paño mojado y de pronto quien se inclina sobre una mesa desnuda es otra mujer, mi abuela Leonor cuando era muy joven y acababan de casarse y lo enloquecía de deseo el resplandor blanco de su piel y la caliente suavidad de sus muslos. Sonríe entonces muy tenuemente, con los ojos entornados y húmedos y un gesto amargo de agravio en la boca cerrada, como si vislumbrara durante unos segundos los paraísos de su vida y se diera cuenta de lo lejos que están, el amor de las mujeres, la soberbia y el coraje de su juventud, la música de los desfiles cuando marcaba el paso por una calle soleada y alzaba los ojos hacia los balcones donde aplaudían muchachas acodadas sobre banderas tricolores. Cuarenta y nueve años después de em-

prender el regreso hacia Mágina desde los corralones del campo de
concentración sueña o recuerda que camina de noche y está tan cansado que a veces se duerme sin que sus pasos se detengan, tan vívidamente se sueña a sí mismo caminando que a pesar de la fatiga y del
hambre siente de nuevo el vigor de sus piernas subiendo desde los
talones como un flujo de savia, el gozo del aire limpio en los pulmones, el olor a hinojo y a tomillo y a noche húmeda de octubre. «Veinticuatro horas estuve andando sin parar», me decía: ha decidido que
no se detendrá hasta que llegue a Mágina, y para avivar el paso imagina que desfila, como en las paradas del catorce de abril, la cabeza
alta, el codo en ángulo recto junto al costado izquierdo para sostener
la culata del máuser, me explicaba, usando una azada como fusil, la
mano derecha llegando con energía hasta la altura del hombro, la
respiración acompasada, aspirando el aire por la nariz para matar los
microbios y expulsándolo siempre por la boca: con su uniforme
puesto era más gallardo que nadie, pero lo de marcar el paso nunca se
le dio bien, se distraía mirando a las mujeres con vestidos claros y
escarapelas tricolores que aplaudían el desfile, sobre todo a los gasta-
dores, los más altos, los primeros de todos.

Sonríe y tal vez no sabe por qué, abre los ojos del todo y no recuerda el sueño del que ha despertado, mira a su alrededor y tampoco
reconoce la habitación donde está, se palpa las piernas bajo las faldillas y las nota rígidas de frío, así que no puede ser él ese hombre que
camina infatigablemente de noche y marca el paso con un hatillo al
hombro en lugar de un fusil, pisando la grava de la carretera con unas
alpargatas que no se quitará hasta que las suelas se le hayan gastado,
pues quiere reservar para las veredas de la Sierra las botas que le ha
cambiado un preso por su ración de tabaco. Se muere de sueño, de
cansancio y de hambre y no quiere detenerse ni comer todavía la
poca longaniza que le queda ni el chusco negro que apenas ha mordido dos o tres veces desde que echó a andar, cualquiera sabe lo que

tardará todavía en llegar a Mágina, cuándo verá a lo lejos el perfil de sus torres sobre la colina y la muralla, el Guadalquivir, la llanura, los olivares, el verde reluciente y húmedo de los granados en las huertas. Se quedaba dormido caminando y lo despertaba de pronto el golpe de su cara contra la tierra, se incorpora y no sabe dónde está, en un sueño dentro de otro sueño, en la carretera sin luces que lo llevará más tarde o más temprano a Mágina, en una habitación grande y caldeada donde suena la música de un programa de televisión y una voz que tarda en identificar lo reprende, pero Manuel, será posible, otra vez te has dormido.

Pero no duerme, no quiere dormir, sólo camina y marca el paso y sigue buscando en la negrura del cielo los primeros indicios del amanecer, le parece mentira haber sido tan joven, un día y una noche caminando como si lo empujara la corriente de un río, sin comer apenas, hablando para no dormirse, cantando flamenco por lo bajo con aquella voz que se parecía a la de Pepe Marchena: lo llevaba dentro, en cuanto bebía dos copas de aguardiente y escuchaba palmas animándolo se arrancaba por derecho, entonando bajo, o rompiendo en un grito como Miguel de Molina, y con el cante y el alcohol se le olvidaba todo y volvía a casa borracho y sin un céntimo, pero no iba a ser todo doblarse sobre la tierra desde que Dios amanecía y encerrarse a la caída de la noche como los animales en la cuadra. Eso mi abuela Leonor no quería entenderlo, por muy tarde que llegara lo esperaba despierta y le llamaba golfo, sinvergüenza, borracho, como si él anduviera siempre por ahí y no se matara trabajando por el pan de sus hijos. De haber podido elegir su destino le habría gustado ser cantaor, aunque lo de guardia tampoco estaba mal, colocación para toda la vida y paga del gobierno, cartilla del economato, tarjeta gratis para los tranvías, y luego lo que más le gustaba, el respeto del uniforme, el halago de que las mujeres se lo quedaran mirando por la calle, tan alto como un artista de cine, lo recuerda mi madre, con el mentón ceñido por el barbuquejo y aquella voz de autoridad que ponía, vamos, circulen, abran paso, respeten el orden de la cola o me veré obligado al uso de la fuerza, quién iba a decirle a él que de mozo de mulas llegaría a gastador de la Guardia de Asalto.

Y de repente la catástrofe, como si un rayo lo hubiera partido cuando más a gusto se encontraba en la vida, a pesar de la escasez de los últimos meses de la guerra y de los rumores sobre el desmoronamiento de los frentes. A él eso ni le iba ni le venía, pensaba con su imperturbable suficiencia de siempre: ¿había hecho él algo malo? ¿Se había manchado las manos de sangre? «El que algo teme algo debe, Leonor», le dijo a mi abuela el último domingo de su libertad, «y como yo no he hecho nada de lo que deba avergonzarme no me pienso esconder». Todo en vano, todo perdido para siempre desde aquella mañana en que se lo llevaron esposado como a un criminal, con sus botas limpias, sus guantes blancos y su uniforme de gala, a él, que nunca se metió en nada, que hasta estuvo a punto de que lo fusilaran aquella vez que los milicianos ocuparon el cortijo donde había trabajado hasta el principio de la guerra y la señora, que lo quería mucho, lo llamó a su palacio de Mágina y se le hincó de rodillas y le dijo, llorando con tales veras que en nada estuvo que le contagiara las lágrimas: «Manuel, por lo que más quieras, tú no eres como esos ingratos, ve al cortijo y habla con ellos a ver si puedes salvar algo, que yo te sabré corresponder.» Pero cuando llegó aquellos vándalos ya habían incendiado la casa y no pudo rescatar del incendio más que unos pocos libros y unas cucharillas de plata, así como un busto bendecido de Nuestra Señora del Gavellar, patrona de Mágina, que se llevó oculto bajo la chaqueta, y no faltó mucho para que le dieran un tiro o lo arrojaran a la lumbre, no por lacayo del capital y traidor a su clase, como los milicianos le decían, sino por idiota, dijo mi abuela Leonor al verlo con la ropa chamuscada y la cara negra de tizne, como recién salido de las calderas de Pedro Botero, quién te manda, le gritaba, qué se te había perdido a ti en el cortijo, haberle dicho a la señora que bajara ella misma a defender lo suyo, si tanto aprecio le tenía.

Engolaba la voz y adquiría un pesado aire de afrenta, una sonrisa amarga de desengaño o de desdén que tal vez había aprendido de los galanes del teatro: él, aunque pobre, no tenía más carrera ni patrimonio que su honra, y no podía negarse a la súplica de una mujer. Si él estaba de parte de algo era del orden, y le gustaron siempre los desfiles y las ceremonias y se emocionaba leyendo en *El Debate* los discursos de Gil Robles, aunque también los de Julián Besteiro y los de Azaña. El 15 de abril del treinta y uno se le saltaron las lágrimas leyendo en *ABC* la carta de Alfonso XIII a los españoles, pero lloró igual cuando en el balcón del ayuntamiento vio izarse la bandera tricolor, y hubiera llorado de entusiasmo si hubiera visto entrar en Mágina a los moros y a los requetés. No lo podía remediar, todos los himnos le erizaban el vello, escuchaba un discurso o miraba una bandera o leía un artículo y se le llenaban los ojos de lágrimas, y acababa aplaudiendo con la misma entrega en un mitin anarcosindicalista que en el sermón de un capellán ultramontano. No había fervor que no se le contagiara ni arenga que no le pareciera admirable, y cuando presenciaba una diatriba política en la barbería adoptaba sucesivamente y con igual virulencia el punto de vista de cada uno de los oradores, y si le pedían que leyera en voz alta se mostraba de acuerdo con los artículos de fondo de todos los periódicos. Declamadas o escritas, las palabras ejercían sobre él un efecto euforizante parecido al del vino, así que regresaba tan mareado de la barbería como de la taberna y terminaba la lectura de dos periódicos hostiles entre sí sumido en una confusión semejante a la de una resaca de licores mezclados.

La universalidad de su entusiasmo pobló mi infancia de desconocidos admirables: don Santiago Ramón y Cajal, don Miguel de Unamuno, don Alejandro Lerroux, don Juan de la Cierva, Largo

Caballero, el Lenin español, don Niceto Alcalá Zamora, don Miguel Primo de Rivera, Millán Astray, el general Miaja, el comandante Galaz, Azaña, los héroes del *Plus Ultra*, Madame Curie, a quien le atribuía el invento benéfico de los aparatos de radio, Roosevelt, Stalin, el doctor Fleming, Mussolini, Adolfo Hitler, y hasta el emperador de Abisinia, cuyo exilio le costó a mi abuelo Manuel lágrimas tan sinceras como el heroísmo de los italianos que lo derrocaron, y a quien llamaba Jaime Selassie, o el Negrus, imaginando que el color de su piel era el motivo del apodo que le daban en las crónicas internacionales. Las palabras esdrújulas y los latiguillos verbales relucían como joyas en su imaginación, y llamaba a la Guardia Civil «La Benemérita», aunque algunas veces se le enredaban las sílabas, y «La ciudad condal» a Barcelona, y sabía que las turbas de las que hablaban los periódicos de derechas eran multitudes amotinadas y que la Sociedad de Naciones estaba en Ginebra, si bien nunca logró entender un mapa. Se le confundían las líneas de las fronteras y los ríos tan insolublemente como las cantidades de una suma, y cuando yo quise explicarle en el mapa de mi enciclopedia escolar dónde estaba Mágina se negó a creerme: no podía ser tan pequeña y estar tan perdida y tan lejos del mar, si él lo había visto una mañana desde la cumbre del monte Aznaitín, desde lo más alto de la Sierra, tan cansado de andar que ya creía que iba a morirse, unos minutos antes de volver sus ojos hacia el norte y ver como un espejismo el valle del Guadalquivir cubierto por un océano inmóvil de niebla violeta sobre la que se levantaba como una isla muy distante la colina de Mágina.

Tal vez está acordándose de ese amanecer cuando los ojos se le quedan fijos en el vacío y le brillan de lágrimas y no hace caso o no escucha si le preguntan en qué piensa. Nota demasiado tarde la humedad que le rebosa de los lacrimales, que se desliza luego por las mejillas sin que él pueda detenerla, paralizado en el sofá, como si hubiera perdido la potestad de mover sus manos adormecidas al calor del brasero, de buscar un pañuelo y detener esas dos lágrimas de las que se avergüenza en secreto como de una vejación, como si se hubiera orinado en los pantalones: eso sí que no, pensará, al menos todavía, hasta cuándo, ojalá muera antes. Como un avaro que desconfía más de quien tiene más cerca tal vez guarda para sí mismo sus instantes de lucidez y los aludes de recuerdos parecidos a sueños y a jirones de fábulas que irrumpen en la monotonía del estupor y la amnesia igual que fulgores visuales en la memoria de un ciego. Preferirá que no sepan, que no sospechen que todavía razona y que ha adquirido la potestad de presenciar los menores hechos de su vida con una clarividencia que nunca tuvo mientras le sucedían y que ahora no quiere compartir con nadie por avaricia y orgullo y también por miedo a que las palabras la degraden. Nunca volverán a decirle que ha inventado lo que cuenta, porque ahora sólo se lo cuenta a sí mismo y obtiene una satisfacción sombría al pensar que las cosas que vio y no le fueron creídas cuando las relataba perecerán con él como tesoros tragados por el mar. Nadie oirá nunca más las palabras que aún suenan en su imaginación como débiles ecos de las que tantas veces pronunció en voz alta, a nadie volverá a contarle que una noche muy oscura de invierno un hombre le pidió lumbre y vio a la luz del mechero que era Alfonso XIII, ni que una vez encontró entre la maleza de la orilla del río el esqueleto de un juancaballo, ni que él fue uno de los hombres que acompañaban al difunto don Mercurio cuando se descubrió en la Casa de las Torres aquella momia que unos días después robó alguien, él sabía quién... Y entonces, cuando advertía nuestra expectación, se quedaba callado, muy serio, con la cabeza baja, apretando los labios, como si lo agobiara la posesión de un secreto que a pesar suyo le era imposible revelar y que en cualquier caso no merecían los testigos incrédulos de su narración. Sigue contando, le pedía yo, un poco más, todavía no es hora de acostarse, quién robó la momia, por qué la habían emparedado. Sonreía mirándome con satisfacción y malicia, vigilaba la puerta por miedo a que apareciera en ella mi abuela Leonor y empezara a reñirle, chasqueaba la lengua, se pasaba la mano por la boca. Y añadía luego, cuando ya iba a acostarse, después de haberle dado cuerda al reloj de pared con una llave que guardaba en el bolsillo del chaleco y con la que yo estaba seguro de que regía el curso del tiempo: «No habiendo más asuntos que tratar, se levanta la sesión.»

Ponme como un sello sobre tu corazón, como un signo sobre tu brazo, dice Nadia, recita, con el libro cerrado entre las manos, la gastada Biblia de los protestantes españoles con sus páginas de una densidad arenosa que don Mercurio le dejó a Ramiro Retratista en su testamento sin que él supiera por qué, imaginando una tardía extravagancia del médico, un signo de su improbable conversión en el lecho de muerte, como algunos pertinaces ateos a los que solía referirse en sus conversaciones de mesa camilla y rosario el inspector Florencio Pérez, apocado adalid del perdón evangélico y de la Adoración Nocturna, en una de cuyas sesiones trabó conversación con él aquel joven tan animoso y dócil que tanto prometía, Lorencito Quesada, supervisor de los futbolines de Acción Católica y dependiente inveterado —*inveterano*, decía él— de los almacenes El Sistema Métrico, los primeros que implantaron en Mágina la numeración decimal, corresponsal de *Singladura*, diario provincial del Movimiento, autor del volumen siempre inédito sobre los Hombres y Nombres de Mágina, donde tenía previsto que se reprodujeran las Cien Mejores Fotografías de Ramiro Retratista, entre las cuales no hay ninguna

que alcance la majestad sobrecogedora de la que le hizo al médico
don Mercurio unos meses antes de su muerte, meses o semanas, de
eso Lorencito no estaba seguro, y no pudo estarlo porque cuando fue
a consultar la fecha exacta con Ramiro éste había desaparecido sin
dejar dirección, y el sordomudo, Matías, su ayudante de siempre, que
ahora conducía tan ufano como un auriga un minúsculo isocarro dedicado al transporte de piensos, tampoco pudo darle ningún indicio
de adónde se había marchado su maestro: se encogió de hombros,
sonriendo, con aquella sonrisa idiota de felicidad con la que había
despertado hacía treinta y tantos años de la catalepsia: ni él ni nadie
sabían el paradero del fotógrafo, salvo el comandante Galaz, pero
también éste desapareció entonces por segunda y última vez y casi
nadie lo notó, igual que casi nadie, salvo Ramiro Retratista, el inspector Florencio Pérez y el teniente Chamorro, había notado su regreso a la ciudad, convertido en un extranjero que usaba en lugar de
corbatas anticuadas pajaritas de profesor norteamericano y vivía tan
retirado en su chalet de la colonia del Carmen como habría podido
vivir en el suburbio de Nueva York de donde procedía. Sólo de él se
despidió Ramiro, de él y de su hija, aquella chica pelirroja y callada,
y luego supo Lorencito Quesada que el fotógrafo lo había estado vi-
sitando a lo largo de los últimos meses que los dos pasaron en la
ciudad, contándole sus secretos más escondidos como a un confesor,
sin que el ex comandante —que tal vez era ex coronel en realidad—
lo interrumpiera nunca ni le preguntara el motivo de sus confidencias, siempre callado y atento, con una cortesía lejanamente militar,
ofreciéndole tazas de té que Ramiro no probaba, porque no tenía costumbre, y copas de coñac que apuraba con la misma urgencia con que
había bebido en los últimos años de su juventud el aguardiente alemán
de don Otto Zenner, asintiendo en silencio cuando Ramiro le mostraba fotografías antiguas, aquella que le tomó la noche en que el
comandante formó a las tropas en la explanada del ayuntamiento y se

cuadró ante el alcalde anunciándole la lealtad de la guarnición de Mágina al orden constitucional de la República, y también las otras, las que casi nadie había visto, el retrato de don Mercurio y el de la muchacha emparedada, el de la novia que moriría de un tiro en la frente a las pocas horas de su boda. También le enseñó la Biblia de tapas negras que había heredado del médico, y luego la guardó en el baúl que Matías trasladó en su isocarro a casa del comandante como un legado embarazoso y más bien absurdo que él, por delicadeza, no supo rechazar, aunque no entendiera la razón de que Ramiro Retratista lo hubiera elegido para entregárselo, tal vez porque imaginaba que el comandante Galaz lo guardaría siempre y no tendría la menor tentación de abrirlo y de examinar su contenido, tan inmune a la curiosidad como a la más ínfima deslealtad o traición.

Absuelto, locuaz, educadamente borracho, casi heroico, sin quitarse, por miedo a contraer un enfriamiento, el abrigo y la bufanda azul marino que tanto le consolaba el cogote, Ramiro Retratista se recostaba en el sofá del comandante y miraba sin distraerse el jardín poblado de hojas secas y de gatos sin dueño o el grabado de aquel jinete que cabalgaba de noche y hablaba como no había hablado nunca, como si sólo entonces tuviera la ocasión o el derecho de decir en voz alta todas las palabras que había guardado a lo largo de su vida, bebiendo sorbos tímidos y continuos de coñac y suspirando sin pudor, constituyéndose a sí mismo en el personaje secundario, aunque fundamental, de una historia que no estaba seguro de que le perteneciera, despojándose de ella igual que había decidido desprenderse de su estudio y de todo su archivo para irse más ligero de Mágina, para instalarse definitivamente en un fracaso tan apetecido y confortable como la jubilación, lejos de todo, en una ciudad donde no lo conociera nadie, donde ni él mismo pudiera encontrar en cada rostro y cada esquina informes apremiantes sobre su pasado, sobre la larga estafa de su vida, donde las caras que viera por la calle no fuesen recordatorios o sombras de las que atesoraba en su archivo como una onerosa memoria que lo mantenía desalojado de la suya. Tenía que averiguar quién era la mujer emparedada, le dijo al comandante Galaz, rondó en vano a la guardesa de la Casa de las Torres y a los vecinos desconfiados y hostiles de la plaza de San Lorenzo y luego, como último recurso, porque le daba escalofríos entrar en la perrera, acudió al inspector Florencio Pérez, pero no obtuvo ninguna explicación, probablemente porque el inspector carecía de ella. Lo recibió como alelado en su despacho de la comisaría, asomado a medias al balcón que daba a la plaza del General Orduña, oculto tras los visillos, mirando a los hombres ociosos que se congregaban en los soportales y alrededor de la estatua, con un gesto vigilante y absorto, tamborileando con los dedos de la mano derecha en la pared y en su propio pantalón y en su escritorio, con un ritmo de una monotonía sin sosiego que a Ramiro lo ponía nervioso. El inspector no dejaba quietos los dedos ni atendía a lo que le contaban, como si estuviera en otra parte, como un poeta en busca de una rima difícil o un detective misántropo a punto de descubrir la clave de un misterio. El inspector, dijo Ramiro, habría querido ser como aquel detective gordo de las novelas que lo averiguaba todo sin moverse de su habitación, nada más que cavilando, deduciendo, penetrando en el espíritu de cada uno de los habitantes de Mágina. Como criminólogo y funcionario que era —y por reñida y fehaciente oposición, no como otros que él conocía y que subieron más alto en el escalafón sin más méritos que el color azul de la camisa remangada y el vibrante taconazo con que se presentaban al tribunal—, la delación y la tortura le parecían al inspector Florencio Pérez procedimientos tal vez necesarios, pero en todo caso indignos, de una rusticidad tan lamentable como el arado romano y el calzado de esparto, y hubiera querido suplirlos con los avances de la ciencia, el puro rigor del intelecto deductivo y los prodigios de la telepatía, del hipnotismo y los detectores de mentiras. Pero si en Mágina la agricultura y el comercio padecían un atraso medieval, ¿era extraño, le dijo melancólicamente al fotógrafo, que las fuerzas de orden público debieran recurrir en el cumplimiento de las tareas que la ley les asignaba a métodos tan rudimentarios como los de los tribunales de la Inquisición? ¡Micrófonos camuflados en alfileres de corbata, suspiró, cámaras cinematográficas ocultas en lugar de chivatos mugrientos y de ojos torcidos, suero de la verdad y no bofetadas y amenazas, silla eléctrica en vez de garrote vil!

«Insondables enigmas sin respuesta», anotó velozmente el inspector antes de guardar en un cajón de su escritorio la foto que acababa de entregarle Ramiro Retratista, y se encogió de hombros y su cara larga y quejumbrosa pareció descolgarse como la máscara de una fiesta fracasada: «Pregúntele a don Mercurio», le dijo, «puede que él sepa algo». «¿Le ha preguntado usted?» Ramiro pensaba en la foto que el inspector acababa de guardar, imaginando que el cajón del escritorio era una nueva sepultura, una afrenta añadida a la ocultación y el olvido. «A mí no me dirá nada. Se lo prohíbe su credo masónico.» Desde el balcón de su despacho el inspector podía ver, al otro lado de la plaza, las ventanas del consultorio de don Mercurio, con los visillos siempre echados, y luego su mirada descendía hacia los soportales, adonde los hombres empezaban a llegar cuando el sol transparente y frío del invierno del hambre daba en ellos, de uno en uno al principio, todavía solos y callados, con las cabezas bajas y las gorras caladas, quietos bajo el sol, en el filo de la acera, golpeando el suelo con los pies para quitarse el frío, las caras medio ocultas tras las bufandas y desdibujadas por el vaho espeso de las respiraciones y el humo de los cigarrillos, aguardando siempre, mirando la torre del reloj y la estatua del general Orduña y el edificio lóbrego de la comisaría con una especie de enconada paciencia que los hacía parecer al

mismo tiempo invulnerables y vencidos, vigilantes y dóciles. Conforme se dilataba el espacio iluminado por el sol y retrocedía la sombra de la muralla y de la torre los hombres se iban agrupando en corros de los que ascendía un vaho más espeso y común y una sonoridad amortiguada y poderosa de voces que llegaban al despacho del inspector convertidas en un rumor monótono. Se olvidó de que Ramiro Retratista aún estaba con él y le dio la espalda frotándose las manos ateridas, pues nunca entraba en calor en aquel edificio tenebroso, a pesar de los calcetines de lana y los calzoncillos tobilleros de felpa que usaba en secreto, no sin un sentimiento de vergüenza y ridículo muy semejante al que le producía su invencible afición a los versos, pues no estaba seguro de que la poesía y los calzoncillos largos fueran compatibles con la autoridad.

«Pero tendrá usted que investigar quién se la ha llevado», dijo Ramiro Retratista, «habrá cómplices, seguro que hay testigos, en esa plaza las mujeres siempre están mirando a todo el que pasa por allí». El inspector no lo oía, prefería no oírlo para no sentirse radicalmente imbécil, fumaba examinando las caras mal afeitadas y pálidas de hambre, rígidas de ira, hurañas, embotadas, casi nunca desconocidas para él, caras de presuntos sospechosos, de agitadores, de cobardes, de mutilados sin pensión, de pobres sin remedio, de haraganes, de idiotas, de tísicos, imaginando noveleramente la posibilidad de proveerse de unos prismáticos y de averiguar conversaciones leyendo los movimientos de los labios, como contaban que hacía el ayudante sordomudo de Ramiro Retratista. Desde la atalaya de su balcón, en el primer piso de aquel edificio tan ignominiosamente llamado la perrera —y no sin razón, tuvo el atrevimiento de pensar, frotándose las manos martirizadas por los sabañones—, el inspector cobraba a veces una cálida certidumbre de soberanía, como si al tomar posesión de su cargo lo hubiera tomado también del mundo que abarcaban sus ojos y que se resumía satisfactoriamente para él en la plaza del Gene-

ral Orduña. Vigilaba los grupos que se formaban y se deshacían
como estudiando las corrientes del mar, auscultaba el rumor de las
voces, las expresiones de los rostros, los gestos de las manos, buscando posibles indicios de ira colectiva y de peligro de sublevación, y
si veía espesarse un corro en torno a alguien que hablaba con aspavientos y moviendo muy rápidamente los labios, lo sacudía un reflejo
inmediato de alarma, un recuerdo borroso de muchedumbres amotinadas y vendavales de banderas y puños agitándose en esa misma
plaza donde el murmullo de ahora sonaba como un rescoldo apagado
de los gritos y los himnos de entonces, *rugidos de las turbas rencorosas*,
según había escrito él mismo en aquel soneto al general Orduña que
tantos desvelos y malas noches le dio y que ahora dormía en la carpeta de un expediente, silencioso y cubierto de polvo, como el arpa de
Bécquer, como el cuerpo incorrupto de esa mujer por la que tan ávidamente le seguía preguntando Ramiro Retratista, como todos los
sonetos y octavas reales y redondillas y décimas o espinelas que llevaba escritos en su despacho, en las primeras horas ociosas de la
mañana, y que nunca se decidiría a imprimir, qué dirían sus superiores si le descubrieran esa debilidad, peor aún, qué miedo podría in-
fundirles a los detenidos, qué respeto iba a tenerle el personal a sus
órdenes si un día lo premiaban con una flor natural, ya imaginaba la
risa equina del guardia Murciano y el escarnio de las suposiciones
desviadas, será que el inspector es maricón. Nada más que imaginarse el sofoco, las risas contenidas en el cuerpo de guardia cuando él
pasara escaleras arriba camino de su despacho, se le acentuó el picor
de los sabañones, y para darse ánimos miró con severidad a Ramiro
Retratista, enlazó enérgicamente las dos manos e hizo crujir las articulaciones de los nudillos, gesto que le confería una serenidad instantánea desde que advirtió que asustaba a los presos durante los
interrogatorios, tal vez porque lo oían como un aviso del crujido de
sus propios huesos.

«No le diga a don Mercurio que ha estado conmigo», dijo. «Y será mejor que salga por la puerta trasera, no vaya a ser que él lo vea y piense que va usted de mi parte.» Sintiendo la vejación de compartir el camino sórdido de los delatores Ramiro Retratista salió a un callejón que daba a las espaldas de la torre y volvió muy de prisa a la plaza del General Orduña, fatigado por la amargura de tener que ganarse la vida tratando a aquella gente a la que seguía considerando de manera confusa el enemigo, aunque él, le dijo al comandante Galaz, nunca entendió de política, tan sólo tenía una nostalgia sentimental de otros tiempos en los que había sido más feliz y más joven, antes de que el hambre y los apagones nocturnos y los pesados desfiles de uniformes y sotanas ensombrecieran las calles de Mágina, cuando no faltaba el trabajo en el estudio de don Otto Zenner y él no tenía que hacer fotos como un buhonero entre las barracas de la feria ni que acudir al depósito para retratar caras de muertos, qué diría don Otto si pudiera verlo, si volviera a Mágina con el juicio recobrado y descubriera que su discípulo, casi su ahijado, su apóstol, abandonaba de vez en cuando el sanctasanctórum del estudio para instalarse los domingos en una esquina de la plaza del General Orduña junto a un caballo de cartón a ver si alguien se decidía a pedirle una foto ecuestre de sus hijos pequeños.

Cruzó la plaza mirando caras de supervivientes y de muertos futuros, eludiendo la estatua fusilada del general Orduña, que tenía, sobre su dosel de alegorías militares, un aire de cadáver recién salido de la tumba varios días después del entierro, con un ojo de bronce vacío, horadado por un disparo, con el pecho y el cuello picoteados de balazos y el ademán invencible, la cabeza alta en dirección al sur, a los terraplenes de la Cava y los azules lejanos de la Sierra. Adondequiera que volvía sus ojos no encontraba rasgos invariables y figuras detenidas en ese presente sin tiempo donde creen vivir casi todos los hombres, sino huellas malogradas o pervertidas de un origen en el que tal vez no faltó la inocencia y augurios de una veloz degradación que concluiría no muchos años más tarde en la vejez y en la muerte, en la nada absoluta sin más recuerdo o consuelo que las fotografías y los nombres labrados en el mármol falso de los nichos, los pequeños medallones ovales que se incrustaban en ellos tras un vidrio convexo para que los supervivientes no olvidaran del todo, como aquel retrato que había en el reverso del escapulario de la mujer incorrupta, el de un hombre muy joven, se acordaba, con perilla negra y rígidos bigotes, quién sería, en qué habitación oscura o sótano o armario de la ciudad tenía alguien escondida a la momia, para qué, únicamente ella, a salvo de la corrupción y vencedora del tiempo, más real en la imaginación y en la mirada de Ramiro Retratista que todos esos hombres y mujeres junto a los que pasaba en los soportales, con un brillo de serenidad o ensimismado deseo en sus pupilas que sería inútil buscar ahora en los ojos de los vivos, *ponme como un sello sobre tu corazón*, le había escrito alguien, *como un signo sobre tu brazo*. Cada vez que Ramiro se repetía en voz baja esas palabras sufría un acceso de celos y de desolación, y cuando las dijo ante don Mercurio, en la habitación que había sido el consultorio del médico a lo largo de tres cuartos de siglo, sintió un remordimiento de deslealtad, como si al pronunciarlas se hubiera vuelto repentinamente indigno de aquella cálida fiebre que la aparición del rostro de la muchacha bajo el líquido del revelado despertó en él, reviviéndolo, devolviéndole un simulacro de plenitud y fervor que era del todo ajeno a su experiencia de la realidad y sólo había presentido en la música y en algunos sueños, en algunas miradas de mujeres que lo sobrecogían en su retardada y lejana adolescencia, en la efusión vulgar de las canciones que escuchaba en la radio y que algunas veces interpretaban en Mágina las animadoras que venían al café Royal, en la calle Gradas, donde muchos años después estuvo el salón Maciste, una negra jovial y sudorosa que bailaba claqué y a la que llamaban la Mulata Rizos, una señorita rubia, con falda corta y tacones de corcho que cantaba con una voz muy aguda y muy dulce una canción de Celia Gámez, *si me quieres matar mírame.*

Julián, el cochero de librea verde, el secretario, el ayuda de cámara, lo hizo pasar al consultorio del médico, tan diminuto y encogido al otro lado de su mesa que tardó un poco en verlo, distraído por el desorden de los millares de libros que ocupaban las paredes y el suelo y de los arcaicos aparatos sanitarios que entorpecían el paso como en el almacén de un abandonado Museo del Progreso o en uno de esos laboratorios de doctores lunáticos que se ven en las películas. Julián apartó a un lado un biombo polvoriento con dibujos de pájaros y don Mercurio, que estaba leyendo con ayuda de su lupa en un libro muy grande, hizo un desganado ademán como de bienvenida o de fastidio, su mano derecha alzándose hacia Ramiro Retratista con una especie de trémula bendición eclesiástica, mucho más viejo que unos días antes, cuando se encontraron en la cripta de la Casa de las Torres, más viejo o más desaliñado, sin el cuello duro y la pajarita, sin el colorete que debía de darse en las mejillas antes de salir, con un batín tan fláccido como una cortina desgastada por el sol y un bonete de terciopelo en la cabeza, con los ojos fijos, redondos e impávidos, como los de un gallo de corral, abriéndose y cerrándose con veloces parpadeos mecánicos, magnífico y temible en su decrepitud igual que un mendigo asiático, esculpido por las sombras de la habitación como en un retrato tenebrista.

Lo invitó a sentarse frente a él agitando en el aire su mano amarilla, lo escrutó en silencio durante algunos minutos, tan impasiblemente como atendió luego a sus preguntas, moviendo la cabeza, la nariz húmeda y picuda, que casi le rozaba la barbilla cuando contraía la boca desdentada, más viejo que cualquier otro hombre en este mundo, con una astucia de difunto prematuro y burlesco, mostrando fugazmente entre los labios una lengua aguda y muy roja, como de ave o de reptil: claro que la había conocido, dijo, pero hasta entonces no la había visto más que una sola vez, viva todavía, acaso a punto de morir, en la madrugada remota de un martes de carnaval que en la imaginación de Ramiro, a medida que escuchaba, fue cobrando un torvo romanticismo de litografía y de folletín, el médico joven secuestrado por unos desconocidos con capas negras y máscaras, el brillo bajo la lluvia y las antorchas de la capota de un coche de caballos, los cascos resonando sobre los adoquines, el caserón adonde don Mercurio había vuelto setenta años después y en cuyos sótanos se quedó paralizado al ver la misma cara intacta que sólo vio aquella noche, la mujer joven y aterrada que al cabo de varias horas de agonía dio a luz un niño estrangulado por el cordón umbilical. A él luego volvieron a vendarle los ojos y lo hicieron subir otra vez al coche de caballos y después de darle muchas vueltas por los callejones para que se desorientara lo dejaron con las primeras luces del día en la plaza del General Orduña, que entonces se llamaba de Toledo, ahí atrás, dijo don Mercurio, señalando sin volverse hacia la ventana con los postigos entornados. Él mismo se quitó el antifaz y vio alejarse rápidamente el coche en dirección a la Corredera, los cristales con las cortinillas echadas y un postillón de chistera negra y capa con esclavina haciendo restallar el látigo sobre el lomo del caballo, en el silencio de la plaza desierta. «Y hasta hoy», concluyó don Mercurio: «quién iba a decirme que tardaría setenta años en saber adónde me llevaron».

Pero quién era, repetía Ramiro, por qué fue emparedada, por quién. Juró que el secreto nunca saldría de sus labios, que él no tenía nada que ver con los siniestros chivatos de la perrera: si de vez en cuando trabajaba para el inspector Florencio Pérez era porque no tenía más remedio, para ganarse la vida en esos tiempos en los que si a nadie le

quedaban ganas de mirarse a la cara a quién iba a ocurrírsele el deseo
de perpetuarla en una fotografía. Él siempre estuvo con los leales,
declaró en voz muy baja, él desobedeció las órdenes de don Otto
Zenner y en la noche candente de un sábado de julio corrió al ayuntamiento con gran riesgo de su vida y se abrió paso a codazos entre la
multitud para tomar una instantánea del comandante Galaz cuando
subió la escalinata de mármol dejando formado a su batallón de Infantería en la plaza de Vázquez de Molina y se cuadró delante del alcalde, que no acertaba a decir nada y sonreía y temblaba de miedo,
porque se imaginaba que los militares habían venido a detenerlo.

   «Se oyeron cosas hace muchos años», dijo don Mercurio. Había
escuchado a Ramiro Retratista con el desinterés de un muerto por los
asuntos y las confidencias de los vivos. «Pero no puedo asegurarle
que aquellas murmuraciones se refirieran a la misma mujer, ni que
tuvieran fundamento. Por entonces la gente era muy aficionada al
teatro de verso y a las novelas de don Manuel Fernández y González.
He oído que en estos tiempos luctuosos el cinematógrafo sonoro y los
seriales radiofónicos causan estragos semejantes. Y ahora que lo
pienso, ¿no será usted una de sus víctimas, mi joven amigo?» Las
pupilas de don Mercurio se volvieron más dilatadas y brillantes entre
los rugosos párpados sin pestañas, adquiriendo aquella intensidad
fanática que les hacía parecerse tanto a las de un gallo de corral. Se
inclinó sobre la mesa, indicándole con un gesto de hipnotizador a
Ramiro que se acercara un poco más a él, le apresó la muñeca derecha
con dos dedos tan precisos y helados como pinzas de acero, hundiéndole su pequeño pulgar en el punto exacto donde se notaba con más
viveza el latido de la sangre, tomó de entre las páginas del gran libro
de tapas negras en el que había estado leyendo su lupa con empuña-
dura de plata y sus ojos, mientras examinaba la cara de Ramiro, adquirieron un tamaño desaforado y una expresión monstruosa, como
la de los ojos de esos pulpos que el fotógrafo había visto alguna vez

en las pescaderías del mercado. Él, que a tantos muertos había retratado en el depósito, tenía la sensación de estar asistiendo a su propia autopsia, pasivo y vulnerable como un cadáver ante el examen indiferente del médico. «No se moleste, don Mercurio, si yo me encuentro como nunca», dijo, con la mano todavía aprisionada sobre la mesa, queriendo sonreír. Cuando don Mercurio lo soltó tenía una mancha morada en la muñeca y el corazón le latía mucho más de prisa. Esperó sus palabras tan ávidamente como habría aguardado la sentencia de un juez, o más bien la predicción de un adivino.

«Me lo temía, lo supe en cuanto lo vi. Pulso arrítmico, palidez excesiva e insana, iris dilatados, lacrimales enrojecidos. Falta de luz solar y de ejercicio físico y tendencia exacerbada a los desahogos del espíritu. Inhalación habitual de vapores tóxicos y alimentación desordenada, con dosis insalubres de alcoholes destilados. Sueño intranquilo y tardío, ausencia absoluta de expansiones carnales, a no ser algún esporádico recurso a las artes de Onán, no tan perniciosas como asegura la moral eclesiástica, pero sí insuficientes para el equilibrio de un organismo adulto. *Semen retentum venenum est*, amigo mío. El celibato, se lo digo por experiencia, aunque en mi caso, como usted comprenderá, sea una experiencia arqueológica, requiere para no ser nocivo el contrapeso de un moderado libertinaje. Pero me va pareciendo que usted es más casto que el casto José.» «No crea, don Mercurio, que aquí donde me ve yo también tengo corrido lo mío», dijo Ramiro Retratista, pero a él mismo le pareció inverosímil su embuste, no sólo porque no sabía mentir, sino porque aun en el caso de que supiera hacerlo estaba seguro de que el médico era capaz de adivinarle el pensamiento como un temible quiromante que viera en las líneas de sus manos y en la mirada triste y cobarde de sus ojos todo su pasado y también todo su porvenir, su censurable afición a las postales sicalípticas de don Otto Zenner, el miedo y la desdicha que le deparaba siempre la proximidad de las mujeres, su amor insensato por la fotografía de una momia. «Pero siga contándome, don Mercurio», dijo, temiendo que el médico hubiera empezado a perder la memoria, «me decía usted no sé qué de una leyenda».

Le pareció que el médico tardaba en recordar, o que lo fingía, por desgana. Concluido el examen de la salud de Ramiro Retratista, don Mercurio volvió a encogerse al otro lado de la mesa, jorobado, diminuto, decrépito, con su batín de tela de cortina y aquel bonete como de caricatura de usurero, con los ojos fijos y brillantes bajo la línea hirsuta de las cejas, hundidos en la doble sombra de los cuévanos que ya muestran la forma indudable de la calavera: así lo fotografió Ramiro Retratista unos días o unas semanas después, convencido de que entre todas las caras de Mágina la suya era la única que merecía la inmortalidad de un retrato. Está sonriendo, con su cara de pájaro disecado echada hacia adelante y las dos manos unidas sobre un gran libro con las tapas de cuero negro, tal vez la Biblia que Nadia y Manuel han encontrado en el baúl de Ramiro Retratista, pero tiene la boca un poco torcida como por una apoplejía, y en su mirada hay una fijeza de pavor. «Leyendas», dijo con desprecio, escupiendo la palabra con su pequeña lengua rosada, «novelas por entregas»: un conde viejo y misántropo que vivía en la Casa de las Torres tan aislado como en un castillo medieval, casado con una mujer mucho más joven que él, asistido perpetuamente en sus devociones por un capellán que casi era también su ayuda de cámara, tal vez un pariente suyo de una rama empobrecida a quien él le costeó los estudios eclesiásticos. «De modo que ya tiene usted el decorado y el reparto», dijo don Mercurio con sorna cavernosa, «salones de bóvedas, candelabros encendidos, portalones que crujen, el aristócrata feudal, la dama hermosa y encerrada, el capellán apuesto. Barítono, soprano y tenor, coro de criados viejos y fieles y de vecinas chismosas. La dama muy pálida asomándose como una aparición a la ventana más alta de la torre, el capellán tomando a solas con ella el chocolate cuando el marido tirano se encuentra inspeccionando sus posesiones rurales, baldías, por supuesto, hipotecadas hasta la veleta del último palomar. De pronto el capellán desaparece y no vuelve a saberse nada de él, dicen que era un sinvergüenza y que ha muerto en una riña de tahúres o que ha tenido que ocupar a la fuerza una parroquia en el arzobispado de Filipinas. Al poco tiempo, el viejo aristócrata y su esposa también salen para un viaje muy largo. Dicen que ella ha enfermado de tisis aguda y que el esposo ha malvendido su palacio y sus últimas fincas para pagarle la estancia en un sanatorio de los Alpes. Pero también dicen que no es seguro que fuese ella quien subió al coche de caballos con su marido, porque llevaba cubierta la cara con un velo negro, y hubo a quien le pareció menos alta, o más gorda de lo que recordaban, aunque casi nunca la habían visto. Y aquí termina la historia, amigo mío. No hay último acto, o se ha extraviado el último pliego del folletín. ¿Mató el conde Dávalos a su esposa joven y adúltera y al capellán que había hecho doblemente escarnio de sus votos y de la lealtad debida a su señor? ¿La emparedó en el sótano de la Casa de las Torres y compró el silencio de la criada que se puso su vestido y su capa de viaje y se cubrió la cara con un velo para hacerse pasar por ella? Amigo mío, novelas por entregas, barbas de estopa, mazmorras de cartón». La risa amarga de don Mercurio sonó como una tos muy seca: hundió la barbilla en el pecho, alzó luego los ojos despacio, mirando oblicua y fijamente a Ramiro Retratista, que había empezado a notar en él un olor a polvo tan rancio como el de la momia. Don Mercurio abrió el libro al azar y usó la lupa para leer en voz alta, siguiendo las líneas con un curvado dedo índice: «*Como el que toma la sombra y persigue al viento es aquel que mira en sueños. La visión de los sueños es una cosa que se parece a otra, y como una semejanza de rostro delante de otro rostro. Del inmundo, ¿qué cosa saldrá limpia? Y del falso, ¿qué cosa verdadera?*» «Pero no es un sueño, don Mercurio, esa mujer estaba allí, usted y yo la hemos visto, y ahora la han robado.» El médico no le respondió. Se lo quedó mirando, las dos manos unidas sobre las anchas hojas del libro, le sonrió con un aire fatigado de piedad o de burla, volvió a ponerse la lupa ante el ojo derecho y fue bajando el dedo índice a lo largo de la misma página donde había leído hasta encontrar lo que buscaba: *«Yo muchas cosas he visto en mi peregrinación, y más cosas entiendo de las que puedo decir.»*

Cuando llegaba el buen tiempo, en las tardes de abril, cuando flotaba el polen en el aire dorado y quieto de la plaza y los hombres traían del campo ramas recién florecidas de olivos cuyos brotes amarillos eran examinados como el primer augurio de la cosecha futura, mi bisabuelo Pedro se sentaba a tomar el sol en el escalón, con su perro echado entre las piernas, y los dos presenciaban en un silencio impasible los juegos de los niños y el paso de los hombres y de los animales, el desfile diario de la gente nómada y desconocida que no pertenecía a nuestras calles ni tampoco a Mágina y declamaba sus pregones con acentos extraños, los afiladores gallegos que hacían sonar sus flautas mientras llevaban del manillar una bicicleta que plantaban luego en el suelo en posición invertida para girar la piedra de asperón con el impulso de la rueda, los traperos que pedían a gritos alpargates viejos y pieles de conejo, los hojalateros cetrinos que parecían recién chamuscados en un horno, en las calderas de Pedro Botero, los temibles carboneros de cara negra y brillantes ojos de africanos, los manchegos con blusas negras y romanas al hombro que llevaban quesos en sus blancos sacos de lona, los mendigos solitarios y huraños, los mendigos rezadores, los matrimonios viejos de mendigos que hacían sonar una escudilla de lata cantando al unísono las letanías de la Virgen del Pilar y la canción de Rocío, ay mi Rocío, manojito de claveles, los ciegos que recitaban romances de milagros y crímenes guiados por sus lazarillos, niños de cabeza pelada bajo la boina y chaquetas de adulto con los bolsillos desfondados y un brazal de luto en la manga, los vendedores de tiestos y cántaros con sus burros enjaezados de amarillo y de rojo, los arrieros blasfemos, los gitanos colchoneros y paragüeros, los que cambiaban garbanzos crudos por garbanzos tostados, los cabreros y vaqueros que bajaban con sus manadas al pilar de la muralla dejando a su paso un hedor de estiércol y una polvorienta sequedad de barbecho, los campesinos tan pobres que ni siquiera tenían una bestia y subían del campo doblados bajo una carga de leña o un saco de aceituna rebuscada en los olivares de otros, de hortaliza o de hierba.

Pero no es mi madre ahora, soy yo quien recuerda, quien enumera para Nadia y para mí mismo las figuras de ese tiempo sin fechas que su imaginación tiende a situar en otro siglo, no en la memoria y en la vida de alguien que tiene aproximadamente su misma edad y que se abraza estrechamente a ella para hablarle al oído en la fatigada oscuridad de una noche de amor mientras muy lejos, al otro lado del océano, en la cima de una larga colina que parece mucho más alta si se la mira desde la orilla del Guadalquivir, el sol lleva varias horas brillando sobre los tejados pardos y las torres color arena de Mágina, sobre las fachadas y las tapias blancas del barrio de San Lorenzo y la maleza y el musgo que coronan las bardas y los cobertizos de los corrales abandonados, como una escenografía intacta de la que desertaron hace tiempo los actores y el público dejando sin embargo en el aire el estremecimiento de sus voces, igual que cuando acaba de hacerse de noche y todavía queda en el silencio un rescoldo de los sonidos del día: la flauta monótona del afilador, las esquilas de las ovejas, el pregón agudo del hojalatero, los golpes en los llamadores de las casas, las voces de los niños que aún siguen jugando a la luz de las bombillas a pesar de que hace rato que sus madres los llamaron para que volvieran. Un viejo aparecía todas las tardes a la misma hora doblando la esquina de la Casa de las Torres y avanzaba encorvado hacia la calle del Pozo, porque vivía un poco más arriba, en la de los Hortelanos, y al llegar frente a mi bisabuelo soltaba el saco para tomar un respiro, se limpiaba el sudor y le decía: «Pedro, ya no quedamos más que tres y don Mercurio», y luego se echaba otra vez su carga a la espalda y seguía caminando a pasos breves y lentos, parecía que en cualquier momento iba a caer desfallecido bajo el peso liviano de su saco de hierba, porque era el hombre más viejo que mi madre había visto nunca, con las rodillas curvadas y temblorosas, con las manos moradas, con los ojos húmedos y los párpados tan caídos que mostraban el rojo crudo de los lacrimales, con una expresión de animal abandonado en las pupilas. Le preguntaba a su abuelo por qué aquel hombre le decía todas las tardes lo mismo, pero él no le contestaba, le sonreía y le acariciaba las mejillas y continuaba absorto en algo que ella no podía descubrir, en la contemplación de los tejados de la plaza o de las copas de los árboles o de las caras de los desconocidos que pasaban, siempre callado, pero no hostil hacia ella, mirándola rociar de agua el empedrado frente a la puerta de la casa y barrerlo luego con la misma desenvoltura de mujer adulta con que llevaba en brazos a sus hermanos menores o se arrodillaba con un trapo empapado en la mano para fregar las losas del portal: la miraba, se acuerda ella, con dolor y ternura, la vio crecer mientras él permanecía sentado inmutablemente junto al fuego o en su silla baja del corral o en el escalón de la puerta, y ella nunca pensaba que pudiera morir alguna vez, que se volviera con los años tan frágil y patético como aquel hombre que pasaba todas las tardes junto a su casa con un saco de hierba a la espalda y se detenía jadeando para decirle, unos meses después: «Pedro, ya no quedamos más que dos y don Mercurio.» Le preguntó a su madre, pero Leonor Expósito se encogió de hombros y le dijo que ella tampoco comprendía esas palabras, eran cosas de viejos: no le gustaba hablar de la juventud de su padre, tal vez porque sabía muy poco de ella, pero sobre todo por la vergüenza de acordarse de que no tenía apellidos legítimos, recién nacido lo abandonaron en la inclusa, y le pusieron Pedro por el día en que fue recogido por las monjas y Expósito Expósito como una doble injuria de la que era inocente pero que iría con él, adherida a su nombre, hasta que se muriera, y que ella, mi abuela, transmitiría a sus hijos en el segundo apellido, una mancha que no puede borrarse, le decía teatralmente mi abuelo Manuel cuando quería herirla, cuando llegaba bebido de la taberna y la golpeaba y buscaba a sus hijos por las habitaciones azotando las paredes y los muebles con la hebilla de su cinturón, grande y brutal, desconocido, tan amenazador como los gigantes de los cuentos, sentía mi madre, oyendo sus pasos que hacían temblar las escaleras y las baldosas de los dormitorios mientras se quedaba escondida y sin respiración bajo una cama o bajo las faldillas de una mesa, tapándose los oídos con las manos y apretando los dientes para no escuchar los gritos, los correazos y el llanto, o junto a su abuelo Pedro, cobijada entre sus piernas igual que su perro sin nombre.

Creció así, sometida por el miedo, alimentada por él, temiendo siempre la inminencia de la desgracia y el castigo, conmovida por las canciones de la radio y por las fotografías de galanes en blanco y negro que veía al pasar en las carteleras de los cines, pues hasta mucho tiempo más tarde, cuando tuvo novio formal, no pudo ver ninguna película, y aun entonces sus padres la obligaban a ir escoltada por sus hermanos menores, que la llamaban a gritos desde el gallinero y les tiraban a ella y a su novio, mi padre, cañamones y cáscaras de pipas, y los seguían por la calle Nueva cuando se paseaban, sin tomarse nunca del brazo, casi sin dirigirse la palabra, rígidos con sus ropas de domingo, callados y torpes, inhábiles para decirse las palabras que decían los hombres y las mujeres en las películas y en las novelas de la radio, las que él mismo le escribía en sus cartas de amor cuando la estaba pretendiendo. Tenía ya dieciséis o diecisiete años y el miedo infantil se había trasvasado intacto a las incertidumbres de la adolescencia, el miedo y también el sentimiento de no merecer nada y de vivir para siempre en una perpetua postergación en virtud de la cual le estaban prohibidos los deseos y los modestos privilegios que pertenecían a las otras muchachas, las mismas a las que había visto jugar en la plaza de San Lorenzo tras los visillos de las ventanas o desde la puerta entornada de su casa y que ahora salían los domingos con zapatos de tacón y con los labios pintados y no enrojecían bajando la cabeza cuando un hombre las miraba. Se levantaba antes de amanecer, traía del último corral una brazada de palos para encender la lumbre, temblaba de miedo cuando oía en las escaleras los pasos y la tos de su padre, le preparaba la fiambrera con su comida para el campo, les calentaba la leche a sus hermanos, medio dormidos todavía, obedeciendo al padre con un terror silencioso, resignados a no ir a la escuela y a trabajar hasta la noche con una furia desesperada de adultos, sacando el estiércol de la cuadra, aparejando a los mulos, cargando en ellos las azadas o las varas, ya vestidos para siempre de hombres, con chaquetas viejas y boinas y pantalones de pana. Sacaba agua del pozo, preparaba los cántaros para ir a la fuente antes de que se llenara de mujeres, ponía frente al fuego la silla donde un poco después se sentaría su abuelo, que se levantaba un poco más tarde para no encontrarse con su yerno, y cuando Pedro Expósito bajaba ya le tenía preparado un tazón de leche caliente y un gran pedazo de pan que él compartía con su perro, ofreciéndoselo desmigado en la palma de la mano, sentados los dos al calor de la lumbre, indescifrables y viejos, mirándola moverse sin tregua para fregar los platos sucios o barrer la cocina, para traer otra brazada de leña a la lumbre, muy frágil, la imagino, con su pelo ondulado y su cara redonda, como en las fotografías, frágil y enérgica, debilitada por el hábito del hambre y la crueldad del trabajo, con esa gravedad excesiva que hubo en todos ellos desde el final de la infancia, con alpargatas de lona, con un mandil de su madre atado a la cintura, haciendo las camas demasiado altas para ella y limpiando el polvo y vaciando los orinales, levantando luego a sus hermanos más pequeños, lavándoles las caras y vistiéndolos para ir a la escuela mientras mi abuela Leonor tejía con velocidad incesante esteras de esparto en el portal y mi bisabuelo se quedaba mirando las ascuas de la lumbre como si viera en ellas la extensión infinita de su vida, las catástrofes y los resplandores, la oscuridad de su origen y de las penalidades que pasó en la guerra de Cuba.

Pero él nunca hablaba de eso, y cuando pienso en todas las voces que han modelado mi imaginación noto entre ellas la ausencia de la suya y no soy capaz de intuir cómo sonaba, lenta, supongo, muy suave, dice mi madre, hablaba tan bajo que era muy difícil entenderlo, con el mismo sigilo con que se movía o se quedaba tan quieto durante muchas horas que era posible olvidar que aún estaba allí, sentado en el escalón de la puerta, con las manos enlazadas sobre las rodillas, con una brizna de paja o de hierba entre los labios, y esa mirada lejana que se ve en la foto de Ramiro Retratista y que oculta su memoria tan definitivamente como mientras vivía la ocultó su silencio: dormitorios lóbregos en un orfelinato, amaneceres de desconsuelo infantil, agua fría en la cara, manos frías de monjas y rumores de tocas, hace más de un siglo, en un tiempo sin huellas que sin embargo extiende sus hilos desde la oscuridad para llegar a mí y es una parte en la urdimbre de mi vida, el hombre y la mujer que lo adoptaron cuando tenía cinco o seis años y a los que llamó siempre sus padres, incluso cuando alguien vino a decirle que si quería conocer a su verdadera familia heredaría mucho dinero y no tendría que seguir trabajando a jornal en el campo: imagino la expresión de su cara y el modo en que miraron sus ojos al emisario, primero sin responder nada, sin creer del todo lo que estaba escuchando, luego ladearía un poco la cabeza, miraría al suelo, con un gesto tal vez parecido al que tiene en la única foto que le hicieron en su vida, y diría muy suavemente: «A mi familia ya la conozco. Los que me abandonaron no son nada mío.»

Le digo esas palabras a Nadia y mi voz es una resonancia de la voz nunca escuchada de mi bisabuelo Pedro y de la de mi madre, que tal vez las había aprendido de la suya, o de mi abuelo Manuel, tan aficionado a las frases sonoras. Igual que cuando estoy en una cabina de traducción, mi voz es un eco y una sombra de otras que me hablan al oído: pero ésta, tan remota, no se pierde ni se deshace en el vacío y en la confusión de las palabras, perdura entre ellas con un brillo de metal, con el calor de un ascua todavía ardiendo bajo las cenizas. Eso queda de la vida entera de un hombre, su cara en una foto que él no hubiera permitido que le hicieran y unas pocas palabras dichas en voz baja que decidieron irrevocablemente su porvenir. No sólo eso: también la silenciosa bondad y el tranquilo coraje, el modo en que se quedaba mirando a su nieta y la llamaba con un gesto de la mano y le acariciaba el pelo y la cara, y una fiera determinación de callar cuando se abatió sobre él el doble cataclismo de la vejez y de la guerra. En la casa de al lado, la del rincón, donde vivió el ciego González, había vivido siempre el único amigo de mi bisabuelo Pedro, que combatió en Cuba junto a él y fue fusilado sin explicación a los pocos días de que entraran en Mágina las tropas de Franco, cuando mi abuelo Manuel ya estaba preso. En los demorados atardeceres de abril y de mayo, cuando dejaban de oírse los chillidos de las golondrinas y los vencejos cruzaban como aviadores suicidas entre las gárgolas de la Casa de las Torres, el viejo que venía del campo con su saco de hierba se paraba junto a mi bisabuelo y se limpiaba la frente con un pañuelo sucio antes de decirle: «Pedro, ya sólo quedamos dos y don Mercurio.» Una tarde, cuando ya tenía diecisiete años, mi madre logró entender por fin el significado de esas palabras monótonas, viendo aparecer al viejo en la esquina de la plaza al mismo tiempo que escuchaba el toque de difuntos en las campanas de Santa María. El hombre dejó el saco en el suelo, más fatigado y con los ojos más enrojecidos que nunca, hizo un gesto en la dirección de donde venían las campanadas y dijo: «Pedro, doblan por don Mercurio. Ya no quedamos más que tú y yo. Te acuerdas, si no llega a ser por él nos come la fiebre en aquellos pantanos»: aquel hombre dedicaba los últimos años de su vida a llevar la cuenta de los supervivientes de la guerra de Cuba que iban muriéndose en Mágina, y tal vez cuando supo que don Mercurio, que los había asistido en un hospital de La Habana, acababa de morir, miró a mi bisabuelo Pedro con una insoportable sensación de soledad, porque ya eran dos extraños en el mundo de los vivos y la próxima vez que llegara la muerte para reanudar el exterminio de la quinta del noventa y cuatro tendría que elegir a uno de los dos.

Dice mi madre que una tarde aquel hombre no apareció: desde que comprendió el vínculo que lo unía a la vida de su abuelo ella empezó a espiar en secreto su llegada, temiendo no verlo, y si estaba en las habitaciones altas de la casa se asomaba de vez en cuando a uno de los balcones en busca de su figura encorvada, o bajaba al portal y con cualquier pretexto permanecía cerca de su abuelo mientras el sol aún brillaba en las veletas de la Casa de las Torres y envolvía a las gárgolas en una luz rojiza. Al principio, los primeros días de su desaparición, quiso pensar que aquel hombre tal vez habría variado su camino, o que estaba enfermo, y más de una tarde, en la distancia y en la claridad confusa, lo confundió con otro, pero aunque ni ella ni su abuelo se dijeron nada un día se cruzaron sus ojos cuando él se levantó del escalón y entró despacio en el portal oscurecido y los dos supieron lo que estaban pensando, y desde entonces Pedro Expósito no volvió a salirse a la puerta para tomar el sol y casi dejó de hablar hasta con su perro. Fue entonces cuando mi madre empezó poco a poco a aceptar con lucidez y cobardía la posibilidad inconcebible de que su abuelo no tardaría mucho en morir, que desaparecería imperceptiblemente del mundo, del escalón donde se sentaba, del corral, de su silla de anea junto al fuego, igual que ese hombre había desaparecido sin rastro de una cierta hora de la tarde y de una esquina de la plaza de San Lorenzo. Y notaba con remordimiento que ya había empezado a alejarse de él por una ley despiadada que separa sin remedio a los vivos de los muertos igual que a los enfermos de los sanos y traza entre ellos una frontera invisible que ni el amor ni la compasión ni la culpa pueden quebrantar. Él la miraba ya desde el otro lado de ese límite, con una pudorosa expresión de piedad y renuncia, imaginando tal vez como recuerdo doloroso y futuro el rápido final de su adolescencia y su ingreso en la vida definitivamente cruel de las mujeres y los hombres adultos: adivinaba mirándola su timidez y su terror, el disgusto que le producía verse en los espejos, su incapacidad de no sufrir y de atreverse a desear lo que hubiera merecido. Habría querido protegerla como cuando era una niña y se cobijaba entre sus rodillas, pero tampoco había sabido o podido proteger a su hija Leonor, y había padecido como una lenta humillación el desgaste de su belleza y de su juventud, aniquiladas por los partos continuos, el trabajo sin recompensa ni alivio y la brutalidad y la sinrazón de mi abuelo Manuel, a quien una vez le dijo: «Estás matando a mi hija con

cuchillo de palo.» Ahora miraba a su nieta y veía repetirse en ella la
cara predestinada de una víctima, pero estaba tan fatigado ya de la
monotonía del dolor que sólo deseaba perentoriamente morir.

Cuando mi padre llegara de visita las primeras veces lo examina-
ría en silencio como a un probable enemigo: un muchacho muy serio,
que la había rondado preceptivamente durante varios meses sin diri-
girle la palabra, que se había detenido todas las noches debajo de su
balcón y le enviaba cartas copiadas sin duda del mismo manual de
donde las había copiado treinta años antes mi abuelo, no por falsedad
ni por amor a la literatura sino porque era eso exactamente lo que
había que hacer. Cuándo se conocieron, cuándo detuvo él por primera vez sus ojos en ella, por qué la eligió: grupos de muchachas tomadas del brazo paseando por el Real y por la calle Nueva las tardes
de domingo, yendo con velos blancos a la misa de Santa María, volviendo a casa antes de que se hiciera de noche, desalentadas, con los
pies doloridos por los zapatos de tacón, cubriéndose la boca con la
mano cuando se reían. Para ella, que no salía casi nunca, subir a la
plaza del General Orduña y a la calle Nueva sería como visitar otro
mundo más parecido al cine que a la realidad, un vértigo de aventura
y de promesas relucientes y amargas que no iban a cumplirse. La
melena rizada, con la raya a la izquierda, un lazo o una flor de trapo
en el pelo, la sonrisa insegura de quien aprieta los labios para que no
se le vean los dientes, esa cara a la que dicen que se parece tanto la
mía. Nadia mira la foto y sonríe al compararla en silencio conmigo.
Las cejas, dice, la barbilla, los ojos, la negrura del pelo. Le gusta reconocer los rasgos que ama en alguien que no soy yo: igual que la
memoria y que las palabras que decimos, tampoco nuestras caras nos
pertenecen del todo. Lo entiendo ahora, cuando veo la mirada y los
pómulos de Nadia en una foto de su padre, cuando reconozco una
sombra o un rastro de su identidad en esas fotos de su hijo que hay

repartidas con un cierto aire engañoso de azar por las habitaciones del apartamento.

Pero estoy seguro de que ella nunca había pensado que un hombre pudiera elegirla: el amor era algo que les ocurría a otras mujeres, a las primeras muchachas de la vecindad que encontraron novio y dejaron de salir para siempre con sus amigas, a las mujeres de las canciones y de las novelas de la radio cuyos nombres decía el locutor en los programas de discos dedicados el día de San Valentín. Postales con corazones atravesados por flechas y nubes de color rosa donde se tendían como en un colchón amorcillos que guiñaban un ojo, rimas en cursiva, galanes de pelo planchado y bigote de pincel que se arrodillaban ante señoritas como de otro siglo en pérgolas muy parecidas a las que se veían en los jardines pintados de Ramiro Retratista. Conversaciones en voz baja y risas sofocadas durante las clases de costura, en la cola de la fuente o en las cuadrillas de aceituneras, miedo y vergüenza y deseo humillado en la amenazadora penumbra de los confesonarios, junto a una celosía donde murmura penitencias una voz que no parece del todo masculina. Por la noche, antes de acostarse, cuando ya estaban apagadas todas las luces de la casa y sólo se oía el rumor de los animales en la cuadra, se acercaba temblando al balcón de su dormitorio y entreabría cautelosamente un postigo para ver aquella silueta inmóvil en la plaza, su sombra diagonal bajo la luz de la bombilla de la esquina, la lumbre del cigarro. Había escuchado sus pasos cuando bajaba por la calle del Pozo, había sabido con una temerosa incredulidad que era él, lo conocía de vista, era hijo de un hortelano y vivía cerca de allí, en la calle Chirinos, cerca y lejos a la vez, porque era más allá del Altozano, y esa plaza, tan grande y tan sombría de noche, tan batida por el viento durante los temporales, era como una tierra de nadie que separaba los dos barrios contiguos, el de San Lorenzo y el de la Fuente de las Risas, como si aún perdurara intacta la franja de la muralla medieval en la que hasta hace siglo y medio se abría la puerta gótica de la calle del Pozo. Se llamaba Francisco, lo conocía porque era amigo de su hermano mayor, mi tío Nicolás, algunos domingos los había visto juntos por la calle Nueva, iban siempre con otro un poco más pequeño que ellos, el primo Rafael, que fue el último de los tres en peinarse con el pelo hacia atrás y en usar pantalón largo. He reconocido sin vacilación a mi padre en una foto del archivo de Ramiro Retratista que nunca vi en mi casa, y al encontrar entre tantas caras en blanco y negro de muertos y desconocidos de Mágina sus rasgos tan próximos todavía a la infancia y sin embargo tan inalterablemente destinados a trazar su cara de adulto he sentido la misma íntima certeza de que entre todos los hombres sólo él era mi padre que cuando lo veía de niño conversando con otros o atendiendo a una nube de parroquianas locuaces en su puesto del mercado, alto y joven, con el pelo ya blanco, con una desconcertante jovialidad que no manifestaba casi nunca a los suyos, con una chaqueta blanca que a mí me parecía más limpia que la de todos los demás vendedores, de un blanco que brillaba con la misma blancura recién lavada de los tallos de las acelgas dispuestas sobre el mostrador de mármol.

Están sentados los tres en la moto con sidecar de Ramiro Retratista, seguramente una tarde de la feria, a principios de octubre, mi padre y su primo Rafael y mi tío Nicolás, mi tío en el sillín, fingiendo que conduce, y mi padre y su primo en el sidecar de dos plazas, de espaldas a un paisaje alpino pintado minuciosamente sobre un lienzo de lona por don Otto Zenner. Con las gafas de aviador en la frente y la mandíbula adelantada y ansiosa mi tío Nicolás se inclina sobre el manillar como si de verdad corriera contra el viento, y sus ojos tienen una expresión asustada y fanática. Mi padre y su primo Rafael se aferran a los pasamanos cromados del sidecar como sacudidos por el ímpetu de la carrera, parece que no pueden quedarse quietos ni contener la risa, agárrate, primo, diría Rafael, que vienen curvas, no corras tanto, Nicolás, que nos matamos, y Ramiro Retratista, humillado fotógrafo callejero por necesidad, tendría que sacar la cabeza de la cortinilla y pedirle al ayudante sordomudo que no disparase todavía el flash, desalentado, reprimiendo la ira, que os estéis quietos, hombre, que va a salir movida, eso le pasaba por rebajarse a hacerle fotos a aquella chusma de la feria en lugar de quedarse en el estudio a esperar la visita de gente principal, damas de cuello largo y caballeros de bigote retorcido y chaleco con reloj que habían posado veinte años atrás ante don Otto con la misma dignidad inmóvil con que posarían para un retrato al óleo, no esos zangalitrones de pelo crespo y aceitoso y manos ásperas que olían a estiércol y a sudor y se le reían en la cara, Ramiro, que te miro, decía el primo Rafael, sacando la cabeza y ocultándola en seguida tras el hombro de su primo. De los tres él es quien tiene más cara de niño, peinado con raya todavía, y no con el pelo aplastado hacia atrás, el único que ríe abiertamente y no exhibe un cigarrillo en la mano izquierda —llevarlo en la derecha era costumbre de mujeres y de maricones— con un inseguro ademán de jactancia: le bastaba la felicidad de haberse puesto un pantalón largo y de haber ido a la feria con su primo Francisco, hacia quien sentía esa lealtad apasionada y devota que surge con la adolescencia y se extingue casi al mismo tiempo que ella, y estaba tan contento que ni se acordaba de su padre, el tío Rafael, quien por culpa de una cadena de azares desgraciados llevaba diez años en el servicio militar, pues iba a licenciarse cuando empezó la guerra, combatió en ella en primera línea y al terminar lo alistaron los franquistas otra vez de recluta, ya que la mili con los rojos no valía, con lo orgulloso que él estaba de haber servido a las órdenes del comandante Galaz. «Rafael», le decían los bromistas canallas a su hijo, «¿dónde está tu padre?», y él contestaba: «en el Servicio», previendo resignadamente las carcajadas que vendrían a continuación: «Pues ya que se espere un poco y os licenciáis juntos.»

En la foto mi padre tiene el pelo ondulado y muy corto y sonríe igual que ahora, con la misma reserva de solitario y emboscado: cumpliría muy pronto catorce o quince años y aún no sabía que iba a enamorarse de la hermana de su amigo Nicolás, y su piel ya era casi tan oscura y sus manos tan fuertes como las de sus mayores, pues desde que tuvo diez años había trabajado en las huertas a la par de los hombres, y el orgullo se le nota en la cara, una confianza tranquila en sí mismo, una precoz severidad que el rancio traje de adulto y la sonrisa acentúan y que tal vez no procede de su enviramiento ante la cámara. Tenía prisa por crecer cuanto antes, por buscarse una novia y ahorrar lo suficiente para comprar una vaca y luego un caballo y una huerta que tuviera mucha agua y fuera sólo suya, no como la de su padre, que era arrendada. Lo miro y comprendo que ya entonces lo acuciaba el deseo que tan en vano quiso transmitirme muchos años después, convertirse en un hombre disciplinado y respetable y trabajar para sí mismo, comprar vacas y olivos y tener un hijo varón que le ayudara siempre: pero en la pensativa ambición que noto en su cara de adolescente no hay rastro de desmesura o de soberbia, sólo una certidumbre innata de su voluntad, que no distinguía lo deseable de lo necesario ni albergaba sueños que el tiempo y la constancia no pudieran cumplir.

Porque la infancia había terminado tan prematuramente para ellos que luego casi no recordaban haberla conocido: fueron apartados de la escuela por la llegada de la guerra y un día descubrieron que faltaba el padre en la casa y que para sobrevivir tenían que abandonar los juegos en la calle igual que unos meses atrás habían abandonado las aulas y aprender la disciplina de un trabajo que les rompía los huesos y les desollaba las manos con el trato de las sogas y de las

azadas y les aplastaba los hombros bajo las cargas de leña o de estiércol o de aceituna que los hombres ausentes ya no podían levantar.
Crecieron en la incertidumbre de la guerra y en la penuria del racionamiento y se aclimataron a ellas como si fueran los atributos naturales de la vida, se hicieron fuertes y tenaces antes de que se les
endurecieran los huesos, se les quemó la piel cuando aún no habían
empezado a afeitarse, adquirieron una coriácea gravedad que muy
pronto les hizo parecer mayores de lo que eran y que ya nunca perderían, y sólo muchos años después, cuando han notado que envejecen
antes de tiempo, descubren que no en su memoria, sino en el dolor de
las rodillas y en la desconcertante fragilidad de sus vértebras, ha per-
durado la injuria de una temprana expulsión de la que ni siquiera se
quejaron cuando la sufrían, aletargados en el fatalismo y en la irrealidad de la infancia, como cuando los despertaban antes del amanecer
para que fueran al campo y bajaban medio dormidos por los caminos
de las huertas llevando al hombro una hoz o una azada que apenas
sabían manejar.

Quiero imaginarme los días de su pubertad y saber qué sintió las
primeras veces que miraba a mi madre y comprendo que es una tarea
imposible, que no sólo me la vedan el desconocimiento y el anacronismo, sino también el pudor. Casi nunca hemos tenido una conversación verdadera: casi nunca me ha hablado de sí mismo. Cuando yo
era niño me señalaba la cicatriz de una sangría que tiene en el cogote
y me contaba que se la había hecho el alfanje de un moro en las
guerras de África. Sé de él lo que he visto en sus fotografías, casi lo
mismo que puede saber Nadia mirándolas. Ese aire de orgullo, soledad y decencia, esa manera de inclinarse con solicitud y ceremonia
hacia mi madre en una de sus fotos de bodas. Casi diez años más
joven de lo que yo soy ahora mismo, hermético y seguro, con un
presentimiento de frialdad en su mirada y en sus labios. Se inclina

hacia ella y le sonríe porque Ramiro Retratista le ha dicho que lo haga. Soy incapaz de imaginarlo vencido por una pasión que no sea la de su soledad y la de su trabajo, necesitando a alguien o echándolo de menos, desvelado por el recuerdo de una mujer, acariciando a mi madre y diciéndole una palabra de ternura en aquella habitación donde se mudaron al casarse y donde yo nací, el cuarto de la viga, tan cerca del cuartel que medían las horas según los toques de corneta. Lo que me desconcierta no es saber tan pocas cosas sobre él: es la certeza de que mi ignorancia es de antemano tan irremediable como si ya estuviera muerto. Pero podría marcar un número de teléfono y preguntarle, y sé que no seré capaz de hacerlo ni cuando esté frente a él y nos hayamos quedado solos en la mesa del comedor, solos y callados, mirando la televisión mientras mi madre, en la cocina, friega los platos y me prepara un café. Una vez, por la radio, me oyó traducir un discurso de no sé qué jerifalte extranjero. Oye la radio siempre, tiene un transistor que lleva consigo al campo y que guarda bajo la almohada cuando se acuesta, y lo primero que hace al levantarse, a esas horas inhumanas a las que se levanta para ir al mercado, es encender la radio en la cocina y oír las noticias mientras se prepara un café y disfruta del silencio de la casa donde todos duermen todavía. Aquella vez me dijo: «Nunca te había oído hablar tanto rato seguido.»

Tampoco él sabe casi nada de mí: qué pensaría si viera a Nadia, cómo hablaría con ella, levantaría mucho la voz, porque es extranjera, está convencido que con los extranjeros y por teléfono hay que hablar muy alto para que lo entiendan a uno. Cuando tenía once años, después del final de la guerra, sembraba yerbabuena junto a las acequias de la huerta para vendérsela luego a los moros de las tropas de ocupación, que la usaban para perfumar el té. Ahorraba una parte de su mínimo beneficio con la intención de comprarse alguna vez una vaca

y gastaba el resto en cigarrillos de matalahúva y en entradas de gallinero para las actuaciones de las compañías de revista, que llegaban a
Mágina en la feria de octubre y en las semanas siguientes al final de
la aceituna, cuando había dinero en la ciudad y los hombres no estaban tan cansados que se caían de sueño después de la cena. Lo imagino subiendo a toda prisa de la huerta las tardes de domingo, igual
que yo mismo muchos años después, impaciente por lavarse a manotazos de agua fría en la palangana de la cocina y vestirse con su traje
de adulto y peinarse con brillantina frente a un trozo de espejo, subiendo luego con sus amigos, mi tío Nicolás y su primo Rafael, en
dirección a la plaza del General Orduña, haciendo sonar jactanciosa-
mente en los bolsillos algunas monedas, mirando las piernas de las
muchachas y oliendo el rastro de perfumes intensos y vulgares que
dejaban como una promesa en el aire al pasar junto a ellos. Lo veo
salir de su casa de noche, después de descargar la hortaliza en el mercado, seguro al fin de su hombría, recién afeitado tal vez, deteniéndose en la esquina del Altozano para encender un cigarrillo, menos
nervioso que resuelto, encaminándose hacia la calle del Pozo con las
manos en los bolsillos del pantalón, el cigarro en un ángulo de la boca
y los lentos andares masculinos de los hombres del campo, con las
piernas un poco arqueadas, bajando hacia la plaza de San Lorenzo no
para hablarle a mi madre ni para llamar a su casa, adonde sólo entrará
al cabo de dos o tres años, sino nada más que para hacerle saber, a ella
y a los suyos y a las vigilantes vecinas, que la ha elegido y que seguirá
viniendo cada noche hasta que ella conteste a una de sus cartas, hasta
que acceda a cruzar unas palabras con él cuando se encuentren en la
calle Nueva un domingo, o en el claustro de Santa María, al salir de
misa, sin mirarlo a los ojos, desde luego, sin contestarle nada al principio, procurando no enrojecer, haciendo como que no lo ha visto: él
repite cada noche el mismo camino y ella espera oír sus pasos y no
deja encendida la luz de su dormitorio para que él no vea su silueta

inmóvil tras las cortinas, y los dos saben que han aceptado y emprendido el cumplimiento de un ritual en el que ni la voluntad ni los sentimientos intervienen demasiado al principio, un juego estricto, previsible, de una formalidad tan rancia como la de las cartas que él ha de escribirle y que ella tardará varios meses en contestar, insegura, inclinándose sobre la hoja rayada de papel como un niño en el pupitre de la escuela, apenas sabe escribir porque las clases se interrumpieron al principio de la guerra y cuando ésta terminó ya era demasiado tarde para reanudarlas: usan los dos al escribirse palabras que no entienden y que no pertenecen al mundo en el que viven, polvorientos arrebatos de un romanticismo abolido hace un siglo, estimada srta., ruego encarecidamente a Vd. se sirva otorgarme el favor de una conversación amistosa en la que la pondré al tanto de la honradez de mis sentimientos hacia Vd., que tanto arraigo han encontrado en el fondo de mi corazón. Alguna noche dejaría encendida como una seña la luz del dormitorio, y una o dos semanas después lo esperaría tras la reja de una ventana de la planta baja, y después de la primera conversación, desesperadamente entorpecida por la severidad y el silencio, seguirían hablándose durante meses sin que él se atreviera a rozarle las manos asidas a los barrotes, y luego haría un ademán de tomárselas y ella las retiraría como temiendo quemarse, y los dos fingían que estaban encontrándose a escondidas de todos, y si mi abuelo Manuel llegaba a la plaza a esa hora de la noche él se retiraba rápidamente y mi madre cerraba los postigos, quién era, le preguntaba amenazante su padre, con quién hablabas, con nadie.

Luego, con la misma apariencia de casualidad con que habían empezado a hablarse en la ventana, él llegaba una noche y la encontraba medio asomada al quicio de la puerta, con los brazos cruzados sujetando las mangas de la rebeca echadas sobre los hombros y los pies juntos en el escalón, y desde entonces era allí donde hablaban, noche tras noche, sin que se cerrara del todo la puerta, para que desde el interior pudieran vigilarlos, conversaciones murmuradas y monótonas, tentativas de caricias, silenciosos rechazos, los hermanos menores vigilando desde los balcones o desde el interior del portal y mi abuelo llamándola cuando miraba con un gesto reflexivo el reloj de pared y consideraba que ya estaba haciéndose tarde: un día, puede que al cabo de dos o tres años, él se ponía corbata y se afeitaba más cuidadosamente y solicitaba el privilegio de entrar en la casa. No me cuesta nada imaginarlo, tan serio, sin sonreírle a ella, sentado en la mesa camilla, rehuyendo las miradas inquisitivas de mis abuelos y de mi bisabuelo Pedro y esperando las preguntas rituales, qué intenciones llevaba, de qué medios disponía para casarse con ella. Con el tiempo se fue quedando hasta más tarde, y es posible que alguna vez sus rodillas o sus manos buscaran las de mi madre bajo las faldillas de la mesa, y que escuchara el folletín que mi abuelo leía después de cenar y conversara con él sobre la cosecha de aceituna o sobre la lluvia: ése era el modo en que habían sucedido siempre las cosas, con la lentitud impersonal y la asfixiante etiqueta de una ceremonia, y ni a él ni a ella se les pasaba por la imaginación ninguna otra posibilidad, igual que la siega no podía ocurrir más que en verano y la vendimia en septiembre y la aceituna en invierno, sin que fuera posible alterar el orden de las cosechas o acelerar su llegada. Seis o siete años después del primer encuentro en la ventana de la planta baja, cuando todos sus gestos y todas sus palabras ya habían adquirido una pesadumbre de tedio conyugal y cada uno seguía siendo tan desconocido para el otro como la primera vez que se vieron, se fijaba el día de ir a confesar y el día de la boda y a ella la ganaba de antemano, supongo, un sentimiento confuso de decepción y de pavor. Su madre y ella se quedaban hasta después de medianoche bordando las mantelerías de la dote, preparando las sábanas y las toallas y la ropa blanca con sus iniciales. Él le dijo que después de casarse tendrían que vivir algún

tiempo en una habitación alquilada: seguiría trabajando en la huerta
de su padre, conseguiría un puesto en el mercado, compraría una
vaca de leche con el dinero que había ido guardando desde que les
vendía manojos de hierbabuena a los moros por unos pocos cénti-
mos. Sus padres les compraron muebles ceremoniosos y oscuros que
probablemente nunca iban a usar y que no les cabían en la habitación,
un crucifijo grande, una santa cena en relieve con marco de caoba,
dos pequeñas pilas de agua bendita para colgarlas a los lados de la
cama nupcial, copiosas vajillas que permanecerían siempre guardadas en el aparador, un juego de café cuyas tazas fueron rompiéndose
sin que las usaran nunca, cuchillos y cucharas y tenedores con baño
de plata y con sus iniciales grabadas que perderían rápidamente el
lustre de su brillo. Días antes de la boda todas las piezas de la dote se
exhibieron en la habitación más amplia de la casa y todas las vecinas
de la calle del Pozo y de la plaza de San Lorenzo entraban a admirar-
las y felicitaban a mi madre. Frente a un prisma cóncavo de espejos,
en casa de la modista, se probaba el vestido de novia mirándose a sí
misma de soslayo con recelo y vergüenza, igual que mira en las fotografías nupciales que le hizo Ramiro Retratista en su estudio, delante
de un jardín francés torpemente pintado, con estatuas blancas y setos
de arrayán, bajo un cielo en blanco y negro de atardecer literario.

Acaso intuyó, en sus últimas noches de insomnio en casa de sus
padres, que una vez más iba a ser estafada, y no supo por qué ni imaginó que su vida habría podido ser de otro modo: se iría a vivir al
otro lado de la ciudad, casi del mundo que ella conocía, más allá del
Altozano, de la Fuente de las Risas, de las calles donde había pasado
la infancia. Al lugar donde iba a mudarse, cerca del cuartel y de la
fundición, le llamaban en Mágina el Lejío: pensaba que allí no conocía a nadie, que anochecería antes y que el viento soplaba con más
ímpetu que en los callejones empedrados de San Lorenzo. Tuvo una

nostalgia intolerable y prematura de su madre, de sus hermanos pequeños, de su abuelo y del perro sin nombre, y se juró que iría a verlos sin falta todos los días, que no iba a permitir que se volvieran extraños para ella. Llevaba casada menos de un mes cuando una noche oyó pasos que subían por la escalera del cuarto de la viga y luego golpes en la puerta y la voz de su hermano Luis que la llamaba. Su abuelo Pedro acababa de morir. Murió después de cenar, sentado todavía a la mesa, inclinó la cara sobre el pecho como si fuera a dormirse y se desplomó despacio hacia un lado, con la boca abierta, respirando muy fuerte durante unos segundos. No habrían notado que estaba muerto si el perro no hubiera roto escandalosamente a ladrar, alzando sus patas delanteras hasta tocarle la cara, como si quisiera despertarlo, escondiéndose luego entre sus piernas mientras emitía un gemido que siguió repitiéndose hasta que unos días más tarde el perro también murió, no en la casa, sino en el cementerio, ovillado sobre la tumba de mi bisabuelo Pedro Expósito.

Una emoción inaccesible en el fondo del tiempo y estremeciendo a la vez el instante mismo que ahora vive con ella: eso quiere contarle, no recuerdos ni palabras sino unas pocas imágenes que ahora vuelven a él con un delicado poderío, sin mediación de su voluntad, sin que las traiga la nostalgia, emanadas de su ternura hacia Nadia, como resonancias de nombres y prolongaciones de caricias en dirección al pasado, aunque tampoco le gusta esa palabra, le parece inexacta, probablemente mentirosa, no puede ser pasado lo que está viviendo ahora mismo en él, es el mismo presente que nota latir con una apaciguada suavidad en el pulso de Nadia, cuando la abraza por la espalda y toma entre las dos manos sus pechos, *mi amado es para mí un manojico de mirra que reposará entre mis tetas*, lee ella en la Biblia que perteneció a don Mercurio, cuando desliza los dedos hacia el interior de sus muslos y ese latido íntimo que perciben las yemas humedecidas sube como una tenue descarga eléctrica hasta su corazón y se acompasa a él y les aviva otra vez el deseo, cuando le acaricia las rodillas y se las besa y desciende para tocar sus pies y besárselos y vuelve a encontrar el latido bajo la piel tensa del tobillo, *cuán hermosos son tus pies en los calzados, oh hija de príncipe*, dice, ella o él, se les olvida o no distinguen de quién de los dos son las sensaciones, las palabras, las manos, el abrazo que los enreda cuando se curvan y se extienden el uno sobre el otro, hilos de seda envolviéndolos y brillando en un contraluz de mañana instantánea y a la vez remota, los hilos amarillos que tejían los gusanos de seda cuando empezaban a delimitar casi invisiblemente todavía su capullo, las hojas húmedas de las moreras, le cuenta Manuel, envueltas en un trapo mojado para que se mantuvieran lozanas, recogidas al pie de los grandes árboles que había en las calles próximas al cuartel: él era un niño cobarde y no los escalaba hasta llegar a la copa, él y su amigo Félix se quedaban mirando a los niños mayores y audaces que trepaban como simios y que alcanzaban las ramas donde habían brotado las hojas más tiernas. Ellos, Félix y él, recogían del suelo las que habían desperdiciado los otros, las alisaban una sobre otra como si fueran las estampas de una colección, verde oscuro y brillante, un verde húmedo con olor a savia y a jugo de mora machacada, tenían los gusanos de seda en cajas de zapatos que forraban por dentro con hojas de morera.

No les basta mirarse y saber quiénes son con una certeza y un orgullo que nunca hasta ahora habían conocido, como si fueran cada uno el único espejo posible de la cara del otro y también la única figura que sus ojos han deseado mirar: quieren encontrarse en el tiempo en el que aún no se conocían y en el mundo en que ninguno de los dos había nacido, y les parece que en todo lo que averiguan y se cuentan, lo que despierta tan simultáneamente en ellos como la intensidad casi dolorosa con que se les revelan reinos desconocidos de sus cuerpos gastados por el amor y revividos más allá del límite del entusiasmo, del miedo y del desvanecimiento, hubo desde el origen un impulso de predestinación o un azar que sin que ni ellos ni nadie lo supiera los protegía y los preservaba, los fortalecía en el infortunio, en la sole-

dad, en la equivocación y el destierro, nacidos cada uno en un extremo del mundo y sin la menor posibilidad no ya de conocerse sino
de poseer algo en común, tal vez sólo las tonalidades azules de los
paisajes que veían en la distancia de los días más claros: Nadia el
perfil de Manhattan al otro lado del East River, Manuel los picos de
la sierra de Mágina más allá de los olivares y del Guadalquivir.

Ésa fue la primera lejanía que vieron sus ojos: ahora se da cuenta
de que ha sido modelado y educado por ella en la misma medida que
por las voces de sus mayores, y que tal vez aprendió de ambas disci-
plinas ese desasosiego de descubrir siempre lo que está un poco más
lejos, de ir más allá de donde llega su mirada y de donde puede re-
montarse su propia memoria. De la mano de su padre, cuando empezaba a andar, bajaba por la calle Trece de Septiembre o Dieciocho de
Julio y llegaba hasta el terraplén desde donde se veía toda la amplitud
diáfana y azulada del valle. Le daba vértigo mirar las ventanas del
cuartel orientadas al sur y el gran depósito de agua, alzado sobre un
armazón de hierro, donde contaban que una vez se había ahogado un
recluta. Los muros del cuartel, que en su flanco sur se levantaban al
filo mismo de los terraplenes, eran tan altos como los de los castillos
que debían escalar los héroes de los cuentos, y tras ellos había vivido
o vivía aquel hombre de quien oyó hablar a sus mayores desde mucho
antes de tener uso de razón, el comandante Galaz, una figura imaginaria y poderosa con botas altas y pistola al cinto, tan mitológica
como don Manuel Azaña o como el general de bronce que había en la
plaza del Reloj. En las noches de invierno, a punto de dormirse, oía
entre los silbidos del viento la corneta del cuartel que tocaba a silencio. Ve a su madre muy joven, inclinada sobre él en el cuarto de la
viga, ve el techo de cañizo y de barro, como el de un pajar, la mesa
camilla junto a una ventana por donde siempre entra un sol amarillo
y estático de cuya claridad forman parte, como si estuvieran hechos
de la misma materia simultáneamente visual y sonora, el ruido de los

pájaros en las copas de los castaños de Indias y las canciones de las
niñas que saltan a la comba en los demorados atardeceres de abril y
de mayo, cuando al salir de la escuela aún quedan varias horas de sol.
Pero ahora no está siendo poseído por los recuerdos de otros: como
si se acercara nadando a una orilla y extendiera cobardemente el pie
hacia el fondo del agua y tocara la arena, pisa la primera tierra firme
que de verdad le pertenece, honda todavía, insegura, casi inaccesible,
dilatada y fiel como la extensión de un paraíso. Sobre un aparador, en
una cima horizontal que sus manos no alcanzan, hay tazas de café con
dibujos de peces de un color crema muy suave y pequeños animales
hechos con el cartón recortado de las cajas de medicinas. Inmóvil
contra la pared extiende sus alas un pájaro de porcelana y él pasa
horas mirándolo desde la cuna y extrañándose de que no emprenda el
vuelo como los otros pájaros que ve cuando está sentado en su sillón
junto a la ventana. Pero todo está muy alto y muy lejos, como sombras proyectadas sobre el techo que cruza en diagonal una viga, como
la cara de su padre cuando él abraza sus rodillas y extiende las manos
hacia arriba y apenas alcanza a tocarle el cinturón.

Lo que ha oído contar y lo que casi no recuerda se confunden en las
regiones más antiguas de su memoria como la tierra y el cielo en el
horizonte nocturno. «Tú naciste el año de los hielos grandes», le han
contado, y esas palabras, que se refieren a su propia vida, le parece
que aluden a un tiempo muy anterior no sólo a ella, sino a toda existencia humana, una edad tan oscura y tan deshabitada como los primeros siglos del mundo. En pleno día su padre está tendido en la
cama y él comprende que esa presencia es una irregularidad en el
orden inmutable de las cosas, igual que el olor a medicinas y a alcohol
quemado en un recipiente de metal que permanece en el aire cuando
ya se ha marchado ese hombre temible, gordo, calvo, con bigote
negro, al que llaman el médico, el doctor Medina. Bajo la cabecera de

la cama la cara de su padre es amarilla contra el embozo blanco, amarilla y gris en el mentón. Llega otro hombre y se queda sentado junto
a la cama. Le sonríe a él mientras lo coge en brazos, y él siente que no
pesa, lo sienta en sus rodillas, toma entre sus manos una caja de medicinas y unas tijeras y los dedos y las tijeras brillantes se mueven un
rato de manera confusa y al final hay en la palma de la mano del
hombre no una caja alargada de cartón sino un perro ladrando, con el
hocico tan agudo como el otro perro que el movimiento de los dedos
del hombre proyecta sobre la cal de la pared. «Primo, anímate», oye
decir, «yo esperaré a que te pongas bueno y te vendrás conmigo a
Madrid, aquí no hay más que miseria». El hombre sigue sonriendo y
de sus manos y de los filos agudos y brillantes de las tijeras surge otro
animal, ahora un burro con las orejas levantadas, con un serón y dos
cantaritos de papel. Él juega en el suelo con esos animales y luego
abre los ojos y se incorpora en la cuna y entonces es casi de noche y
las figuras blancas, azules y verdes de los animales de cartón están
alineadas inalcanzablemente sobre el aparador, desfilando entre las
tazas con dibujos de peces. Desfilan y no se mueven, igual que el
pájaro de la pared, que está volando y permanece siempre inmóvil.
Junto a la cama el aire es tan caliente como la cara de su padre. Había
caído malo, le dijeron después, y estuvo varios meses con fiebres, y
para pagar las medicinas y las visitas del médico tuvo que vender la
vaca que había comprado al casarse, y no pudo emigrar con su primo
Rafael, que había encontrado una colocación muy buena en Madrid.
El primo Rafael iba a verlo todas las tardes, cuando volvía del campo,
llegaba con los pantalones todavía manchados de barro y oliendo a
forraje y estiércol, no como el médico, que le daba más miedo aún
porque olía a medicinas y a colonias y a la llama azul del alcohol y
tenía las manos blancas y suaves como las de los curas. Mientras hablaba, sentado a la cabecera de la cama, el primo Rafael tomaba una
caja de la mesa de noche y unas tijeras y en la palma de su mano bro-

taba un animal de cartón: un perro ladrando, un gato con los bigotes erizados, un burro de aguador, un caballo al galope. Habían crecido juntos y ahora iban a separarse por primera vez, pero el primo Rafael retrasaba su viaje, encontrarían una colocación para los dos, y si compartían un cuarto en la misma pensión ahorrarían más rápido y podrían llevarse antes a la familia a Madrid. Era mentira que en Barcelona o en Alemania hubiera más trabajo: cómo iba a haberlo, si Madrid era la capital. En Madrid, si uno se ponía malo, le pagaba las medicinas el seguro, y seguía cobrando el jornal hasta que se curaba, y había grifos de agua corriente en todas las casas y cocinas de gas y los cuartos de baño tenían azulejos hasta el techo. En el mundo, muy lejos de Mágina, estaban ocurriendo cosas extraordinarias: había aviones a chorro, cuyo rastro en el cielo se volvía rosado en los atardeceres, máquinas de cavar, de segar el trigo y hasta de recoger la aceituna sin que cientos de hombres tuvieran que partirse la columna vertebral a cambio de una paga miserable, nada más que dándole a un botón, había satélites que daban la vuelta al mundo en un día y muy pronto ir a la Luna sería más cómodo y más rápido que ir de Mágina a la capital de la provincia en el coche de línea. Un día, en vez de con sus ropas del campo, el primo Rafael llegó vestido de traje y corbata, y él se fijó en que las muñecas peludas le sobresalían mucho de los puños de la chaqueta, y oyó que sus zapatos negros hacían un ruido raro cuando andaba. Esperó a que las manos y las tijeras empezaran a moverse, pero esa vez permanecieron quietas sobre las rodillas, sobre la tela a rayas del pantalón del primo Rafael, que era como el del traje de su padre que estaba colgado en el interior del armario. El primo Rafael le dio dos besos en la cara a su padre, que apenas pudo incorporarse sobre la almohada, y luego le estrechó la mano a su madre y le dio un beso a él, alzándolo vertiginosamente hasta que su cabeza rozó la gran viga del techo, y cuando volvió a pisar algo aturdido las baldosas la mano del primo Rafael puso algo en la suya: la abrió y no había en ella un animal diminuto, sino un caramelo de menta con su envoltorio de papel encerado.

Pero ese lugar sin tiempo, sin formas precisas, sin nexos de sucesión entre los objetos, los rostros, las palabras aisladas y las sensaciones, es a la vez un escenario en las vidas de sus padres que sin duda no se pareció al paraíso que él guarda. Quisiera preguntarles y sabe que no lo hará. Le pregunta a Nadia, mirando las fotos de su hijo: cómo será para él al cabo de los años este tiempo en el que nosotros dos vivimos, qué le quedará de este apartamento, para él sin duda ilimitado, cómo se acordará de los edificios oscuros al otro lado de la calle donde empiezan a encenderse poco a poco las luces. Tal vez tampoco se atreverá a pedir que le cuenten, por timidez o por miedo, por el pudor de imaginar la juventud de sus padres y el grado de deseo que había dentro de cada uno de ellos en el instante en que lo concibieron. Pues es posible que en el nacimiento de uno no haya intervenido el amor: al final de todo, en su origen, Manuel ve una gran boca de oscuridad, de desamparo y tal vez de sufrimiento, un dolor que le fue impreso para siempre en su alma al nacer, mucho antes, una de las primeras noches que pasaron sus padres en el cuarto de la viga, más raro aún de imaginar porque él no existía, y porque casi no quiere atreverse, qué pensaron o dijeron al quedarse solos del todo por primera vez desde que se conocían, después de subir en silencio las escaleras hasta el último piso y de cerrar la puerta de la buhardilla en la que habían almacenado a duras penas sus muebles recién adquiridos, olorosos todavía a barniz y a madera, el aparador, la cama nupcial, el crucifijo, las fotografías de la boda con la firma dorada de Ramiro Retratista, el relieve en estaño y no en plata de la santa cena, el armario de la ropa y el de la cristalería, la mesa grande y las seis sillas tapizadas que nunca usarían por una especie de respeto, como si correspondieran, igual que el juego de café y la vajilla de loza, al comedor de otros, de una familia de fantasmas.

No sabe o no quiere imaginarlo, se aparta de Nadia y va de nuevo a la habitación donde está el baúl de Ramiro Retratista, mira con indiferencia la luz atardecida tras las persianas, oye el estremecimiento del tráfico en las avenidas, lejano y continuo como una catarata, busca entre las fotografías la de la boda de sus padres y se queda un rato mirándola a la luz de la lámpara, sobre la mesa de trabajo de ella, la misma foto que está colgada ahora mismo en una pared de la casa de Mágina, en ese cuarto que llaman el salón y donde nunca entran, porque es allí donde siguen estando también el aparador y el mueble de la cristalería y la mesa rodeada por sus seis sillas solemnes. Examina de cerca las caras jóvenes de sus padres, que ya tienen ese aire abstracto de las fotografías antiguas de los desconocidos, como si al cabo del tiempo hubieran perdido su identidad singular para convertirse en figuras alegóricas de un pasado extinguido. Interroga a ese hombre y a esa mujer desde una distancia de treinta y seis años y quiere averiguar por la expresión de sus miradas y por el modo en que sonríen y se rozan las manos lo que ellos nunca le dirán, ni a él ni a nadie: inocencia, recelo, orgullo, soledad, temor, y tal vez también un poco de brutalidad y torpeza, un grito contenido y un jadeo violento en la oscuridad. Mira los ojos de su padre en la foto: cuando están juntos, las pocas veces que él ha ido a Mágina en los últimos años, los dos eluden mirarse abiertamente. Mira los ojos de un hombre de veinticinco años que en el día de su boda, en el estudio de Ramiro Retratista, erguido al lado de la novia, inmóvil en un escorzo artificioso ante un jardín francés, no concede descanso a la tensión de sus músculos ni suaviza la expresión de sus pupilas, fijas no en la cámara sino en los solitarios impulsos de su voluntad. Aprieta las mandíbulas, casi no sabe o no puede sonreír, igual que no sabe o no puede extender con naturalidad su brazo derecho sobre los hombros de ella, que está sentada como en el centro de su gran falda de raso brillante y quiere mostrar sin éxito una sonrisa de felicidad nupcial congelada en sus labios, imitando sin darse cuenta las sonrisas de las actrices de cine, de las mujeres que aparecen en las postales que se envían los novios el día de San Valentín y en las portadas de las revistas de modas. Ahora su padre tiene el pelo blanco y la cara más hinchada, y la edad le ha aflojado los rasgos, pero lo sigue reconociendo en esa foto de su juventud, igual que en las que ha visto de su adolescencia, por el modo en que miran sus ojos, por la pasión, para él desconocida, que brilla con una intensa frialdad en ellos, con un orgullo silencioso, disciplinado y sin esperanza: quién ha sido, quién es ahora de verdad, en qué medida siente fracasados o desperdiciados sus sueños, cómo es y qué piensa cuando está solo.

Apenas hablaba con ella, ni con nadie, salvo con su primo Rafael, se iba al mercado cuando todavía era de noche, regresaba hacia las dos de la tarde y comía en silencio, sin decirle nunca si le agradaba la comida que ella le había preparado en la cocina común, porque no tenían sitio ni para un infiernillo en su cuarto alquilado, se quitaba la chaqueta blanca de vender y se ponía la ropa vieja de ir al campo, y antes de que ella hubiera retirado los platos y el mantel encendía un cigarrillo y se marchaba de nuevo, y volvía muy tarde, después de haber llevado la hortaliza al mercado y repartido la leche de la vaca que había comprado con sus ahorros meticulosos de diez años, cenaba y volvía a marcharse, para beber un vaso de vino con su primo Rafael y visitar a su madre, y ni siquiera le dijo nada ni cambió la expresión indescifrable de su cara cuando ella le anunció, muerta de miedo, que estaba embarazada, cuando empezó a tener mareos y náuseas y le resultó intolerable el olor del pescado y el del agua sucia en los fregaderos, cuando empezó a pensar que no sabía tratarlo ni cocinar para él y que probablemente tampoco sabría parir un hijo sano y varón que le ayudara en su trabajo. Estaba siempre sola, en aquel barrio extremo donde no conocía a nadie, lejos de la plaza de San Lorenzo, de sus hermanos, de su madre, no se atrevía a salir por miedo a que él volviera inesperadamente y no la encontrara, y se avergonzaba de su propia desolación igual que de su vientre cada vez más hinchado, de sus andares tan torpes, de la dificultad con que subía las escaleras hasta su buhardilla, de las miradas y las risas de las mujeres en el lavadero y en la cola de la fuente. Miraba su foto de novia colgada en la pared y le daba tanta vergüenza como mirarse en un espejo, y procuraba no hacerlo para no verse como tal vez él la vería, la cara redonda y las cejas pronunciadas, la boca tan parecida a la de su padre, los dientes desiguales y débiles. Se comparaba con las otras mujeres, con su propia madre, cuya belleza lamentaba dolorosamente no haber heredado, pensaba que no sabía reír a carcajadas y hablar en voz alta y moverse como ellas, y lentamente se iba hundiendo en una desdicha que ella sentía como culpabilidad y amenaza de castigo y de desgracia inminente, igual que cuando estaba en casa de sus padres y tenía miedo de todo, de no hacer las cosas como se le habían ordenado, de que por un descuido suyo muriera uno de sus hermanos pequeños, de que llegara su padre y se quitara la correa y la emprendiera a golpes contra ella.

Pasaba el día esperándolo, pero cuando escuchaba y reconocía sus pasos en la escalera temblaba de miedo, miedo a su presencia, a sus palabras tanto como a su silencio, a su previsible frialdad y a su brusco deseo, incluso al olor a tabaco de su aliento y a forraje y a sudor de su cuerpo, pero sobre todo a la soledad impenetrable que lo envolvía como una niebla helada detrás de la cual ocultaba sus propósitos: comprar una huerta y una casa, abandonar la vejación de aquel cuarto alquilado, poseer vacas y olivos y vender más hortaliza que nadie en el mercado, aunque a veces, de pronto, parecía olvidarse de aquel porvenir que había calculado desde que a los once años les vendía yerbabuena a los moros de Franco y hablaba de dejarlo todo y de marcharse de Mágina, como estaban haciendo tantos otros que él conocía, que se iban a Barcelona o a Alemania o a Francia y ya no regresaban, como iba a marcharse su primo Rafael. Pero se quedaba en silencio, rehuyendo la mirada de ella, dejaba la cuchara en el plato que apenas había probado y miraba por la ventana única de su habitación hacia los tejados de Mágina, apretando los labios, fingiendo que no la oía cuando ella le preguntaba si era que no le había gustado la comida, estarían duros los garbanzos, les faltaría sal, estarían salados. Era incapaz de sostener ni la más débil certidumbre sobre sus propios actos, y pensaba con terror que él estaba arrepentido de haberse casado, que si estuviera solo, como su primo Rafael, se marcharía en seguida a uno de esos lugares donde ni la fatiga ni la penuria existían, deslumbrantes países y ciudades de edificios tan altos como las chimeneas de las fábricas que se veían a veces en los noticiarios del cine, donde los hombres vestían batas blancas y limpios monos azules y las mujeres usaban pelucas rubias y gafas de sol y fumaban impúdicamente cigarrillos con filtro mientras en sus cocinas tan blancas como las salas de los hospitales trabajaban para ellas las lavadoras y las neveras eléctricas y las hornillas de gas.

Empezó a tener miedo de que él no quisiera a su hijo. Su madre, Leonor Expósito, que había parido a siete, se quedó mirando las manchas pardas de su cara y le predijo sin vacilación que iba a ser un niño. Temió entonces que le naciera muerto, o tan débil que muriera al poco de nacer, o que su leche fuera escasa o de poca sustancia y no le bastase para alimentarlo. En los últimos meses del embarazo, si pasaba un rato sin notarlo moverse la aterraba la posibilidad de que se le hubiera muerto por culpa de una mala postura. La sospecha de una culpa adquirida involuntariamente y el temor a un castigo sin explicación actuaban sobre su alma como un perpetuo chantaje: desde antes de nacer el niño ya era un nuevo rehén de su desgracia. Él nunca la tocaba, incluso había dejado de mirarla, apartaba los ojos para no ver la hinchazón de su cuerpo. Tampoco hacía preguntas sobre los síntomas o las probables fechas del final. Seguramente no era cruel: tan sólo incapaz de cualquier gesto o palabra de ternura. Cerca de ella se replegaba en sí mismo y se le volvía más desconocido que cuando la rondaba por las noches en la plaza de San Lorenzo, más extraño y más inaccesible en la medida en que ahora estaba junto a ella y compartía algunas horas de su vida en aquella habitación en la que les era imposible no rozarse y se tendía a su lado en la oscuridad y se quedaba instantáneamente, casi brutalmente dormido, respirando con la boca abierta, con las piernas separadas, ocupando casi toda la cama, dejándoles a ella y a su gran vientre deforme en cuyo interior latía y se agitaba el niño apenas un filo sobre el que no podía descansar, todas las noches desvelada, por miedo a tenderse boca abajo durante el sueño y aplastar el cuerpo que se removía dentro del suyo con roces acuáticos como de aletas de peces, echada boca arriba, con los ojos tan abiertos que acababan doliéndole, fijos en los haces de cañas y en las manchas de yeso del techo abuhardillado, tan bajo que la sofocaba, como si se hubiera despertado en el interior de una sepultura, igual que aquella mujer de la que hablaba su padre, que la enterraron viva y se volvió loca al despertar arañando el forro acolchado del ataúd, o como aquel sordomudo que trabajaba de ayudante de Ramiro Retratista, al que encontraron vivo y con los ojos abiertos cuando retiraban los escombros de la casa bombardeada donde sucumbieron sus padres. Por la ventana sin cortinas entraba una difusa claridad que se iba acentuando con las horas de insomnio, y ella se encogía poco a poco y se sentía aplastada por el peso del vientre y procuraba no moverse, casi no respirar, por miedo a que él se despertara, y al ver primero la sombra y luego la mancha de su rostro en la almohada pensaba que si encendiera en ese instante la luz no reconocería sus rasgos, que por uno de esos errores monstruosos que son tan frecuentes en las pesadillas se había acostado con un hombre que no era su marido y ni siquiera alguien a quien ella hubiese conocido alguna vez, una figura sin facciones, una cara maleable de sombras, como la de la criatura que se escondía en su vientre, con ojos y miembros y dedos que no eran del todo humanos, pero que al menos no le daban miedo, había germinado en su vientre y se alimentaba de su sangre, tenía un corazón que estaba siempre latiendo al compás del suyo, mucho más tenuemente, pero sacudido por los mismos espantos y apaciguado a veces por la misma quietud, tan frágil que un movimiento brusco podía aniquilarlo, tan próximo a ella como una voz que le hablara al oído, como la de su abuelo Pedro, que ahora mismo, en el desamparo de la noche, bajo la tierra de aquel corralón al que su padre llamaba con ironía siniestra el cortijo de los callados, estaría muerto y podrido, reducido a huesos y a piel seca y a mechones de pelo blanco adheridos al cráneo, o inalterable, pensaba con más miedo aún, incorrupto, sólo que con las uñas extraordinariamente largas, como decían que estaba la mujer emparedada a la que encontraron en un sótano de la Casa de las Torres, tantos años atrás, se acordaba, cuando ella era una niña y su abuelo vivía y su padre estaba en el campo de concentración, cuando aún no conocía a este hombre silencioso y severo que ahora dormía junto a ella, con ese sueño tan profundo y tan ofensivo para los que no pueden dormir. El insomnio se le fue haciendo definitivo a medida que se acercaba la fecha del parto. Esperaba en la oscuridad como cuando era niña y se escondía bajo las mantas porque había escuchado el crujido de los peldaños y estaba segura de que un asesino o un muerto revivido subía por la escalera para degollarla, *ay mama mía, mía, mía, quién será, cállate hija mía, mía, mía, que ya se irá.* No eran pasos, pero sí latidos cada vez más fuertes, dolorosas patadas, protuberancias súbitas que tocaba en la lisa hinchazón de su piel, crujidos y roces de pequeñas patas en sus vísceras y también encima de su cabeza, sobre el techo de cañas, ruidos de cañas y silbidos del viento que levantaba las tejas y traía al amanecer redobles de tambores y toques de corneta, casi el eco de los pasos de los soldados sobre la grava del cuartel, el viento y la lluvia en las noches feroces de aquel invierno en el que con tanta frecuencia se iba la luz porque decían que el temporal derribaba los postes y los cables, y él dormido a su lado, indiferente como un fardo, o tal vez despierto y fingiendo que dormía, eso le daba más miedo aún, respirando y silbando con la boca abierta y las piernas separadas, vencido por un cansancio que no conocería en muchos años recompensa ni tregua. Un día su madre vino a verla desde aquella región lejana y añorada de la plaza de San Lorenzo, se la quedó mirando y le dijo con una aterradora naturalidad: «Se te ha descolgado el vientre. Ya mismo vas a parir.» Hubiera querido pedirle que se quedara con ella, pero no se atrevió, le dijo que se encontraba muy bien y que no tenía miedo, que él vendría en seguida, con el mal tiempo ya no iba por las tardes al campo. Y desde la alta ventana y la mesa camilla con el brasero recién removido que en la memoria de su hijo serán para siempre dos atributos indelebles del Edén vio a su madre caminar contra el viento y volverse hacia ella para decirle adiós, envuelta en uno de aquellos grandes chales de lana negra que usaban las mujeres para ir a la aceituna, encorvada, buscando el abrigo de las esquinas, vulnerable bajo los cables de los que pendían las lámparas del alumbrado público, bajo las ramas desnudas y estremecidas de los castaños de Indias, y se acordó de algo que le decían de niña y que ella misma habría de repetir a su hijo en los días de viento: «Ve por mitad de la calle, no vaya a ser que te caiga una teja.»

Pero él no venía, notaba relámpagos agudos de dolor en las ingles y una quietud no habitual en el vientre, si el niño ya no se le movía era porque estaba encajado, le había dicho su madre, oyó el toque de fajina en el cuartel y luego la sirena de las dos y media en la fundición y seguía sin verlo aparecer en las esquinas despobladas de la calle, se le habría hecho tarde en el mercado, y tal vez se había ido directamente a la huerta de su padre, sin pararse a comer, algunas veces parecía no necesitar ni la comida ni el sueño, como si fueran debilidades que a un hombre no le valía la pena permitirse. Pero adónde podía ir si el viento y la lluvia batían en aquella tarde prematuramente oscurecida las calles de Mágina con una furia que le hacía acordarse de las tormentas que provocaban naufragios en el cine, si las ramas más altas de los árboles se volcaban sobre los tejados y los cristales de la ventana temblaban como si fueran a romperse en astillas. Oía silbar el viento en el interior de la casa, en las junturas de las puertas, en los huecos de las chimeneas, y le parecía que el techo temblaba sobre su cabeza y que empezaban a moverse las baldosas que pisaba y también los muebles de la habitación, se movían girando, muy lentamente al principio, luego con el vértigo del ojo de un huracán, desvaneciéndose en manchas y en rápidas sensaciones de color, como las columnas de polvo que ascienden durante una tormenta de verano. Estaba de pie, junto a la ventana, con la cara apoyada en el cristal, vigilando la calle donde él no aparecía, y tuvo que aferrarse con las dos manos al filo de la mesa y que buscar casi a tientas una silla sobre la que se derrumbó muy despacio su cuerpo cada vez más pesado. No podía desmayarse ahora, si caía al suelo aplastaría al niño, si perdía el conocimiento estaría en una cama de hospital cuando se despertara y le dirían que su hijo había nacido muerto, por culpa suya, por la debilidad de sus miembros y su falta de coraje. Extendió las manos hasta tocar la moldura de los pies de la cama y logró incorporarse y llegar hasta ella, atravesada ahora de parte a parte por un dolor que le cortaba el aliento, incapaz de gritar, mordiéndose los labios que mojaban sus lágrimas y una saliva como de llanto infantil, se echó de lado en la cama y el dolor cesó durante unos segundos, logró tenderse boca arriba, hincando los codos y los talones en la colcha, se quedó inmóvil frente al techo tan bajo donde rugía ásperamente el viento, esperando que volviera el dolor, las dos manos en el vientre, como si quisiera contener el derrame de sus intestinos y la hemorragia caudalosa de su sangre. Notaba punzadas, mordiscos entre las ingles, relámpagos, cuchilladas lentas de dolor, imaginaba que el niño estaba abriéndose paso entre sus vísceras con arañazos de gato, que se ahogaba y se desesperaba y se detenía jadeando, igual que ella, anegado en sudor, impulsado de nuevo por una rabia más tenaz que la del viento, veía ante sus ojos el vientre como una montaña bajo cuyo peso iba a sucumbir y mordía gimiendo la colcha y hundía la cara en la almohada húmeda de sudor, de saliva y de lágrimas, de la sangre de sus labios heridos. El viento creció hasta convertirse en un grito no del todo humano que sonaba dentro de la habitación, un grito de mujer, pero nunca había oído gritar de ese modo y tardó en darse cuenta de que se estaba oyendo a sí misma. Advirtió como en sueños que decrecía la luz y que los muebles iban convirtiéndose en manchas oscuras, tanteó la cabecera de la cama hasta alcanzar la mesa de noche, el borde frío y agudo del cristal, el cable de la lámpara, pero sus dedos no tocaban el interruptor, derribaron algo que cayó al suelo con un estrépito de desastre, y entonces empezó a sonar un timbre que hería sus oídos con la misma crueldad que el dolor en el vientre, había tirado el despertador y cuando él volviera la reñiría, pero tenía que pararlo, era preciso que ese timbre dejara de sonar o ella se moriría o se volvería loca, se arrastró hacia el borde de la cama, con la misma sensación de peligro que si se asomara a un precipicio, extendió la mano derecha hasta tocar las baldosas, pero sus dedos se movían en el aire sin encontrar la superficie curvada y metálica del despertador, y era incapaz de volver la cabeza y de distinguirlo con sus ojos, ahora el timbre sonaba justo entre sus dos sienes, dentro de

ella, la atravesaba en línea recta de un tímpano a otro igual que las
agujas del dolor atravesaban de parte a parte su vientre: de pronto el
timbre se detuvo, se abrió la puerta y ya era de noche. Alguien la
miraba desde muy alto, una cara desconocida y muy pálida, alumbrada a rachas por la claridad convulsa que venía de la calle, y que al
inclinarse sobre ella, mientras repetía su nombre, se agrandó como si
la viera reflejada en una lente convexa: lo conoció por su aliento tan
cálido, por la aspereza de las manos que le acariciaban la frente y le
apartaban el pelo empapado, no por su voz, que tenía una tonalidad
extraña de cobardía, delicadeza y ternura. Tranquila, le oyó decir, no
te preocupes, mandaré a alguien que avise a tu madre y a la comadrona, estáte quieta, no te muevas, no tengas miedo, temblando él
también, despavorido, recogiendo del suelo el despertador, pulsando
en vano el interruptor de la lámpara, será posible, dijo, ahora se ha
ido la luz. Cuando él se incorporó quiso retenerlo a su lado, no te
vayas, repetía, no me dejes morirme, pero él se desprendió de sus
manos diciendo que volvería en seguida y al quedarse sola y extender
los brazos en su busca sintió que empezaba a hundirse en una tempestuosa oscuridad, como si las aguas y el viento la tragaran, arrastrada
hacia el fondo bajo el peso del vientre, hendida por el dolor como por
un hachazo certero que divide en dos mitades el tocón de un olivo,
sintiendo que se desangraba y que se le iba la vida entre los muslos
mientras la cama y el suelo y el techo y las paredes de la casa se estremecían con las sacudidas del viento que arrancó aquella noche árboles de raíz y derribó los postes y los cables de la luz dejando a la
ciudad entera en una oscuridad de terror y desastre que a muchos les
hizo recordar los apagones que seguían a las alarmas antiaéreas. Oyó
de nuevo voces, pero los latidos de su corazón las ahogaban, vio una
luz acercándose en el aire escarchado por las lágrimas e inundado por
un brillo de sudor, la llama de una vela sobre una palmatoria azul, y
una mano que la sostenía, reconoció la cara de Leonor Expósito y el

tacto de sus dedos, notó manos brutales que la abrían hundiéndose en ella como las manos de los matarifes en los lebrillos de sangre, empuja, le decían, casi le gritaban, pero estaba segura de que si seguía empujando la mataría el dolor, apretó los dientes, cerró los ojos, había algo que brotaba rompiéndola, que de una manera súbita empezó a deslizarse con una suavidad tan líquida que la empujaba al desvanecimiento, caras y cuerpos moviéndose en la penumbra, apareciendo y borrándose a la claridad escasa de la vela, confundiéndose con las sombras quebradas que se alargaban en el techo mientras ella cerraba otra vez los ojos y oía el crujido de sus dientes y seguía empujando hasta perder del todo el conocimiento en un delirio desgarrado y final. Cuando volvió en sí una cosa morada y sangrienta colgaba boca abajo suspendida delante de la luz, como un animal todavía palpitante al que le hubieran arrancado la piel, ínfimo, vulnerable, oscilando, no una cara con rasgos sino tan sólo una boca abierta como una desgarradura que emitía un llanto mucho más débil que los embates y los silbidos del viento en una noche invernal de hace treinta y cinco años.

Háblame, dice Nadia, al cabo de unos minutos de silencio en los que su respiración se hizo más suave y pareció que estaba quedándose dormida. La sacude un estremecimiento y se cobija desnuda contra mí y sus dedos rozan mi cara en busca de los párpados para saber si he cerrado los ojos: me ha dicho que al principio, las primeras noches, le daban miedo el silencio y los ojos cerrados, temía que si dejaba de oír mi voz o de ver mis pupilas me convirtiera súbitamente en un extraño, como cualquiera de los hombres borrosos con los que había estado en noches fugaces antes de encontrarme, y ésa era también la razón de que mientras nos abrazábamos siempre me mirara con una fijeza próxima a la alucinación y de que si yo cerraba mis ojos en la furia del deseo o en el alivio simultáneo de un placer que al principio tuvo algo de inmolación y de dolor ella me los abriera con las yemas de los dedos, acariciándome los párpados, lamiéndolos, alzándomelos casi con violencia para no dejar de ver mis pupilas y saber que era yo quien estaba en ese instante con ella. Háblame, dice, murmura en mi oído, abrazada a mi espalda, estrechándose contra mis caderas y enredando sus muslos en los míos como si mi cuerpo fuera el molde exacto del suyo, y luego, a la mañana siguiente, después del desayuno, me explica que anoche se dio cuenta de que al pedirme que le hablara lo estaba haciendo en el mismo tono de voz en que se lo pedía a su padre, y con la misma sensación de secreto y cobijo, y también de que no es la nostalgia lo que la ha inducido a repetir ese tono y a ovillarse contra mí como cuando era niña y no lograba dormirse y su padre se quedaba sentado junto a ella en la cama, sino un poderoso sentimiento de felicidad sobrevivido de entonces, intacto ahora en su alma y en el sosiego de su cuerpo y hasta en el modo en que las sábanas limpias y el edredón liviano y mi presencia envuelven su piel, más suave ahora que nunca, me dice, se toca y no se reconoce, como si el tacto de mis manos hubiera contagiado las suyas del mismo modo misterioso en que al verse a sí misma en los espejos se ve a través de mi mirada: no añora algo que tuvo y perdió, me dice, siente con estupor y gratitud que no ha perdido nada, que lo que ahora posee permaneció siempre con ella y la sostuvo sin que lo supiera y le ha permitido mantenerse a salvo de la dispersión y la locura y esperar sin saber qué esperaba y haber tenido la sagacidad y el instinto precisos para reconocer aquel don cuando ha aparecido de nuevo, cuando emergió de ella y se manifestó como un relámpago en la presencia de alguien.

Me pide que siga hablándole, no quiere dormirse todavía, aunque nada le gusta más, dice, sonriéndome, los labios entreabiertos y rojos y su ancha melena todavía despeinada, que presenciar casi en la oscuridad el modo en que me rindo al sueño: yo, tan nervioso siempre, tan tenso y al acecho, me vuelvo grande y pacífico junto a ella, desnudo, con las piernas abiertas, respirando muy suave, tan abandonado al acto de dormir como me abandono algunas veces a los halagos y a las indagaciones de su boca. La oigo medio en sueños, sonrío y abro los ojos, le aparto de la cara el pelo que me rozaba los muslos, me la quedo mirando y la atraigo hacia mí, le digo que he soñado con ella durante unos segundos, que he visto a mi padre subiendo a caballo por el camino de las huertas, que en unos pocos instantes he vuelto a la casa donde viví entre los tres y los ocho años, en una calle de Mágina cuyo nombre, para mí tan común, le da a ella una sensación de amplitud y verano, la Fuente de las Risas.

Oigo mi voz lenta y oscurecida por el sueño, y aunque he vuelto a despertarme del todo las palabras me traen poderosas sensaciones visuales que fluyen delante de mis ojos tan detalladamente como la figura del jinete colgada enfrente de nosotros. Las palabras no cuentan, invocan, la memoria es una mirada pura y arcaica que me convierte en un testigo inmóvil de lo que estoy diciendo, y me oigo hablar igual que me oye Nadia, abrazado a ella en la serenidad de un viaje que sólo ahora he sabido o me he atrevido a emprender, cobijado y en paz, abandonado entre la conciencia y el sueño, como cuando iba con mis padres al cine y me asombraban en la pantalla el tamaño y los colores de las cosas y a punto de dormirme mi madre me tomaba en sus brazos y yo me iba durmiendo con los ojos entornados mientras veía la película, como cuando salíamos tarde de casa de mis abuelos, una noche de invierno, el frío de la calle me daba en la cara, recién salido del calor del brasero, de tanto sueño que tenía se me doblaban las piernas, y mi padre me cogía en brazos y me envolvía la cara en una bufanda de lana y me decía, cierra la boca, no vaya a entrarte el frío, la lana suave y picante humedecida por el vaho del aliento, la felicidad de ser llevado y abrigado y de ir mirando las luces en las esquinas y en el interior de las casas, en los comedores de donde viene el rumor de platos y conversaciones de la cena, de programas de radio donde sonaban pasodobles taurinos, los pasos de mis padres resonando en la calle vacía mientras me conducen al refugio seguro, blando y caliente de mi cama, las casas más altas de noche, sobrecogedoras como siluetas de gigantes, y en el duermevela del niño que apoya la cara en el hombro de su padre las voces y las imágenes de la visita inmediata disgregándose ya en materiales de sueños, un hule donde está dibujado el mapa de España y Portugal, una habitación a oscuras donde arde una mariposa de aceite sobre el mármol de una mesa de noche en recuerdo de las ánimas del purgatorio, una alacena con rejilla de alambre cuyo interior huele a especias y a tajadas de lomo sumergidas en manteca y de la que saldrá un lobo con las fauces abiertas en el transcurso de una pesadilla. Era, igual que ahora, la delicia y la intriga de extrañarlo todo y de no ser casi nada y casi nadie, una presencia al margen de las vidas de los mayores, que hablaban en torno a la mesa camilla o a la lumbre en un idioma todavía muy poco conocido y en una dimensión inaccesible del espacio, la mesa donde apoyaban los codos y cuya superficie yo apenas alcanzaba a ver alzándome de puntillas, los aparadores donde ponían las cosas para que yo no las tirara, las estanterías más altas de la alacena, la repisa sobre la que estaba la radio, muy grande, iluminada de noche, con algo de capilla o de sagrario, el reloj de pared cuya puerta abría mi abuelo todas las noches para darle cuerda ceremoniosamente con una llave tan dorada como el péndulo que yo miraba hipnotizado a través del cristal, viendo durante un segundo mi cara borrosa en su bruñida superficie y escuchando el ritmo de sus engranajes. Era vivir una vida clandestina en un reino de gigantes, hecho colosalmente a la medida de su estatura, moviéndome por lugares que ellos pisaban y no veían, tan lejanos y altos, ceñudos, deshechos por el trabajo, complacientes conmigo o silenciosos de ira, incomprensibles, misteriosamente dignos de piedad, tan severos y enigmáticos en sus conversaciones que yo espiaba con la misma impunidad que un gato y sin comprender mucho más de lo que un gato habría comprendido, arrodillado en los rincones, persiguiendo una pelota o una bola de goma bajo las tarimas de los braseros, queriendo alzarme para abrir una puerta, colándome donde ellos no me veían, en los dormitorios con las cortinas echadas, en los graneros donde jugaba a nadar en un océano de trigo, en las cámaras con orzas olorosas a manteca y aceite y jamones crudos enterrados en sal, en las mismas habitaciones que ellos ocupaban y que para mí eran varias veces más grandes, con las paredes mucho más altas, con las oquedades de sombra mucho más temibles. Gateaba entre sus piernas, me introducía bajo las faldillas escuchando sus relatos sin fin sobre las cosechas y la guerra o una cualquiera de sus admoniciones, ten cuidado, no vayas a quemarte en el brasero, no te asomes a la puerta de la calle, no te acerques al gato, que te puede arañar, apártate de la lumbre, vete de la cocina, que puedes quemarte con el aceite de la sartén, no prendas papeles en la lumbre, que te mearás por la noche, no arrastres latas a patadas, que se morirá tu madre, no le des vueltas al paraguas, no dejes monedas en la mesa cuando vas a comer. Alzaba las faldillas, miraba en torno a la mesa el conciliábulo irreal de varios pares de piernas y de zapatos, veía los ojos fosforescentes del gato, que me miraba como si reconociera a un semejante y se frotaba contra las piernas de alguien, tal vez mi madre o mi abuela Leonor, y las brasas candentes bajo la ceniza tenían un resplandor de diamantes o de lava, sobre todo cuando alguien removía el brasero con la paleta y provocaba una incandescencia que me hacía acordarme de las erupciones de volcanes que había visto en el cine. Algunas mujeres se ataban a las piernas cartones con cintas de goma para que el calor del brasero no les llenara la piel de unos sarpullidos que llamaban cabrillas. Cerrando los ojos jugaba a que era invisible, escondiéndome en un baúl vacío del pajar jugaba a que estaba muerto o no había nacido o me había marchado de mi casa y podía oír sin embargo las conversaciones de mis mayores sobre mí, su angustia por mi muerte o mi ausencia, oía pasos acercándose, oía la voz de mi madre o de mi abuela Leonor que me llamaban por todas las habitaciones de la casa, desde el portal, subiendo por las escaleras, temblando yo al oírlas acercarse, igual que los héroes de las películas cuando estaban escondidos en la selva y los perseguían los malvados con cintas negras en el pelo, dientes apretados y blancos y espadas curvas de piratas malayos, o golpeando tambores febriles en las aventuras de Tarzán, que me gustaban sobre todo por las piernas blancas y desnudas y los pies descalzos de Jane, me daban ganas de levantarle la breve falda de piel, de introducir mi mano en su escote tan cálido. Espiaba y juzgaba a los mayores como a los habitantes de esos mundos muy lejanos de la Tierra en los que sucedían algunas novelas de la radio y películas en blanco y negro cuyo recuerdo no me dejaba luego dormir, decidía en secreto no atender sus llamadas porque me había cambiado de nombre, elegía ser un niño perdido en un bosque y amenazado por un lobo y unos minutos después yo era el lobo o el árbol de copa inalcanzable bajo el que el niño dormía, me transmutaba en un jinete, en una serpiente, en un juancaballo, me tendía debajo de la cama y cerraba los ojos y era aquella mujer a la que según mi abuelo habían enterrado viva en el cementerio, subía a las habitaciones más altas y al abrir una alacena era mi abuelo o el médico don Mercurio y la pistola de juguete o el almirez que llevaba en la mano eran una lámpara de petróleo con la que iba a alumbrar a la emparedada de la Casa de las Torres.

Nos habíamos mudado del cuarto de la viga y ahora vivíamos en una casa que se me antojaba inacabable, en otra calle que daba a los terraplenes de las huertas y al valle del Guadalquivir, pero yo casi nunca me asomaba a la puerta, y cuando lo hacía era para sentarme en el escalón a esperar a mi padre, quieto siempre, dócil, paciente, cobarde, mirando con envidia y terror a los otros niños desconocidos que jugaban, mordiendo un hoyo de pan y aceite rebosante de azúcar o una onza de chocolate. El chocolate había que comérselo muy despacio, bocados chicos y mucho pan, repetía mi madre, no sólo para que durara más, sino porque si uno se lo comía demasiado aprisa podía hacerle daño en el estómago. En todas las cosas usuales se escondían propiedades maléficas: el agua demasiado fría del botijo podía matarlo a uno de calenturas, entre el musgo de los tejados se criaban serpientes venenosas que algunas veces caían a la calle y a las que sólo podía inmovilizar y volver inofensivas el quinto hijo de una descendencia de varones, si uno era capaz de contar todas las estrellas en una noche de verano lo mataba Dios, si no se apagaba el brasero antes de irse a dormir la candela soltaba un humo que envenenaba a la gente dormida. Todos los niños de la calle me parecían más grandes que yo, y si me invitaban a jugar con ellos era para engañarme, decía mi madre, para quedarse con mis bolas relucientes de níquel o con los tebeos recién comprados del Capitán Trueno que miraba apasionadamente mucho antes de aprender a leer. Aún no conocía a Félix, que era casi tan callado y tan miedoso como yo, que vivía al fondo de un corral de vecinos, en unas habitaciones umbrías en las que nunca me atreví a entrar, porque en una de ellas estaba siempre acostado su padre, inválido, rígido sobre la cama, quejándose del dolor que le había paralizado los huesos y que lo estaba matando tan despacio que tardó veinte años en morir. Me asomaba a la puerta, esperaba sentado, notando el frío de la piedra en las nalgas, pero el tiempo era eterno, mi padre no venía nunca, cuando se encendían las luces en las esquinas y el aire estaba oscuro y olía a humo y se escuchaban las campanas de la oración en las iglesias y los balidos de las cabras que volvían del campo era que mi padre estaba a punto de volver y que iba a empezar la novela en la radio, entraba en casa, en el portal empedrado, me asomaba con miedo al corredor de sombra que daba a las cuadras y al corral, olía a piedra húmeda y a estiércol, era como la boca de aquel túnel por el que caminaba un niño en una película, y el suelo era de piedra, no de losas ni de adoquines, sino una superficie ondulada de piedra viva, eso le decían, nacida y crecida allí como una criatura mineral, brillante de humedad como el lomo de una ballena, saltaban chispas cuando la golpeaban los cascos del caballo, ya en la noche cerrada, cuando mi padre había venido y volcaba en el portal una carga de hierba que llenaba toda la casa de un olor a savia y a tallos segados. Había espigas que pinchaban las manos y unas flores verdes que llamaban panecitos o plátanos y que dejaban en la boca un jugo muy dulce, pero no era bueno comer hierba, ni los tallos más tiernos, al que comía hierba se le hinchaba el vientre y se caía muerto en mitad de la calle, como en el año del hambre, decían, y yo imaginaba inacabablemente todo un año angustioso sin comer, un año que entonces contenía el tiempo inmóvil de la eternidad. Exploraba la casa, invisible, sin que mi madre lo supiera, porque en realidad no era yo quien estaba allí ni ellos eran mis verdaderos padres, me deslizaba en la penumbra mientras mi madre, sentada junto a la ventana, cerca de la radio iluminada, cosía algo, el hilo tenso extendido hacia arriba y la punta de la aguja brillando entre sus dedos, la luz verdosa de la radio, la luz azulada de la hornilla de gas, el invento del siglo, había dicho mi abuelo Manuel cuando la vio, un adelanto prodigioso, ya no hacía falta levantarse al amanecer para traer leña de la cuadra ni soplar hasta quedar exhausto, y la casa no se llenaba de olor a humo, el olor de la pobreza, decían. Una mañana mi padre volvió del mercado antes de su hora de costumbre y con él venía un hombre vestido con un mono azul que traía una gran caja de cartón y de su interior salió aquella cosa blanca que resplandecía y que luego empezó a despedir fuego, no el fuego amarillo, naranja, rojo y violento de la leña, sino un fuego de color azul, una lumbre circular, domesticada, muy tenue, que se encendía aproximándole una cerilla, que silbaba antes de brotar y dejaba un olor muy pesado en el aire: había que tener mucho cuidado, les oí decir, que el niño no toque los mandos, que no se os olvide nunca apagarlo, porque nos envenenaríamos y nos moriríamos todos, como aquella mujer de la que contaban que había muerto mientras dormía por culpa de una hornilla de butano, se le olvidó apagarla y el gas estuvo saliendo toda la noche, silbando, como una serpiente, subiendo despacio por las escaleras, como esa niebla letal que mataba a los egipcios en *Los diez mandamientos*. Un día me llevaron de la mano a una casa en la que ya se habían congregado todas las vecinas y mi madre me tomó en brazos para que viera un mueble nuevo instalado sobre un aparador: una especie de radio, forrada de madera brillante, con botones blancos y una pantalla gris y convexa que de pronto se inundó de una luz que hería los ojos y en la que apareció, como en un cine diminuto, una mujer rubia que leía sin mirar las hojas de papel desplegadas ante ella y pronunciaba todas las eses. Se produjo un parpadeo de blancos y grises, la mujer rubia ya no estaba, se veía a un matador hincando el estoque en la cerviz de un toro y todas las vecinas aplaudieron.

Me gustaba esa palabra que tanto decían, los adelantos, aunque avisaban que todos ellos estaban llenos de peligros, pero el peligro parecía la condición más habitual del mundo, no acercarse a los gatos para que no arañaran, ni a los cascos de los caballos y los mulos, porque podían aplastarle a uno la cabeza, no ponerse bajo los aleros en los días de viento, porque una teja podía matarlo a uno o porque una víbora podía caer al suelo y picarle en el tobillo, o peor aún, introducirse en la casa e ir en busca del calor de un cuerpo dormido y esconderse entre las mantas y las tocas de lana de un niño, no beber el agua donde hubieran escupido las salamanquesas, no descansar a la sombra en invierno para que no le diera a uno una pulmonía, no exponerse a los pasos de aire, que lo dejaban a uno idiota y con la boca torcida y los ojos vueltos, no aceptar los caramelos de los desconocidos, que podían ser tísicos en busca de la fresca sangre infantil, no respirar el aire inundado de gas, no tocar los enchufes, no mirar demasiado tiempo hacia ese aparato que yo no había visto nunca, pero del que decían que estaba en la casa opulenta de Bartolomé, en la plaza de San Lorenzo, un aparato que era igual que el cine, aunque mucho más pequeño y sin colores donde se veían las corridas de toros y los discursos de Franco. La televisión, contaban, se veía gracias a unos polvos blancos y grises que había en el interior de la pantalla, y esos polvos eran muy dañinos para los ojos, como el azufre que hacía brillar de noche los números y las agujas del despertador que había en la mesa de noche de mis padres. Pero uno no estaba seguro de que esas cosas existieran, todo era conjetural e improbable, y cuando algo sucedía tenía un aire de excepción y al mismo tiempo de naturalidad, estar solo en la oscuridad de la noche y pensar en lobos y no poder dormirse y soñar luego con ellos, estar despierto y recibir la luz del sol en los ojos y escuchar los chillidos de las golondrinas que habían anidado en el balcón, ver las caras inmensas en la pantalla del cine de verano y escuchar las voces de las novelas de la radio, los cascos de los caballos, la furia del viento, las ruedas de un coche deslizándose entre la lluvia, y todo eso escondido en el interior del aparato de donde fluía una luz verdosa, tras las cortinillas de crochet, creciendo o apagándose según girara uno el mando del volumen o el de las emisoras, la aguja negra moviéndose entre palabras que poco a poco era posible descifrar sílaba a sílaba y en voz alta, Madrid, Londres, París, Lisboa, Andorra.

Oía siempre, espiaba sin comprender, aceptaba terrores y prodigios, me inventaba identidades maleables, nombres falsos, amigos que no existían, impunemente me aproximaba al círculo de los mayores y aprendía poco a poco a descifrar sus historias y a repetir palabras sonoras que decían, la aceituna, la televisión, la vaca recién parida, el acabamiento del mundo, los ciclones, la guerra, Azaña, el general Miaja, el comandante Galaz, don Juan Negrín, Franco, Ama Rosa, Juanito Valderrama, Guillermo Sautier Casaseca, Cinemascope,

Avecrem, gas butano, Madrid, la momia emparedada, los adelantos, la operación, el hospital. Algunas veces no existía para nadie y exploraba solo la casa y encontraba tesoros tras la puerta del pajar y llanuras blancas de polvo debajo de las camas y selvas incandescentes en el fuego y otras veces era arropado hasta la barbilla, llevado en brazos, alzado más alto que una cumbre hasta el lomo de un caballo, cobijado en un chal, contra el pecho caliente y blando de mi madre, guiado de la mano por calles en las que me perseguía siempre el miedo a los niños mayores o a perderme o a escuchar la voz de la Tía Tragantía o de la momia de la Casa de las Torres, despertado antes del amanecer para llevarme a alguna parte, a casa de mi abuela Leonor, donde la comida sabía de otro modo y las sábanas estaban más frías y tenían un olor distinto, para subirme a un coche negro y grande conducido por un hombre de huesos protuberantes en el cráneo pelado que se llamaba Julián y recorría durante un tiempo infinito una carretera entre olivares y se detenía ante un edificio de ladrillo rojo con corredores habitados por monjas que no ponían los pies en el suelo, que se deslizaban sobre las baldosas como una pluma empujada por el aire y abrían una puerta blanca al otro lado de la cual había una mujer desconocida, acostada, con el pelo húmedo a los dos lados de la cara y los ojos ansiosos, mi madre. Confusamente notaba que había pasado mucho tiempo sin verla, que estaba enferma, que la había olvidado, pero se incorporaba en la cama de barrotes blancos y fríos y me apretaba contra ella, y aunque su pecho era igual de blando parecía más caliente y olía de otro modo, como el cuarto de la viga cuando a mi padre le ponían inyecciones, olía a alcohol y a desgracia, olía a miedo, ahora lo sé, a terror y hospital.

No hay motivos, ni cronología, ni estados intermedios. Acostado junto a Nadia, a una hora de la madrugada que no sé precisar, porque me falta voluntad para volverme hacia la mesa de noche donde está el

despertador, a punto de dormirme del todo o de recobrar la conciencia, siento la misma pereza absoluta que cuando estaba un poco enfermo y con fiebre y no me mandaban a la escuela y me abrigaban
subiéndome el embozo hasta la nariz. Las fotografías que he visto en
el baúl de Ramiro Retratista se agregan a mis sueños como las imágenes de una película que estuviera viendo mientras me dormía, figuras inmóviles cuyos labios empiezan a moverse y adquieren una
voz que sin darme cuenta es la mía mientras le hablo a Nadia, sonám-
bulos los dos, rendidos hasta más allá del límite de la fatiga y el deseo,
buscándonos aún, acariciándonos con delicada cautela. Nunca he hablado tanto de mí mismo, como le hablo a ella, tan despacio, tan detalladamente, con la misma lentitud con que mis dedos le entreabren
la boca o el sexo o le untan los pezones de saliva, quiere saber cosas
de mí en las que ni siquiera yo he pensado, y entonces me doy cuenta
de que por primera vez en mi vida soy yo quien cuenta y no quien
escucha, quien cuenta no para inventar o para esconderse a sí mismo,
como cuando Félix y yo teníamos seis o siete años y me pedía que le
contara historias o como cuando estaba solo en la huerta de mi padre
y distraía las horas contándome en voz alta una vida falsa y futura,
sino para explicarme todo lo que hasta ahora tal vez nunca entendí, lo
que oculté tras las voces de otros. Ahora es mi voz la que escucho,
hablando durante horas, hablándole a Nadia, y tengo la sensación de
que la oigo yo mismo en una cinta grabada hace mucho tiempo o está
sonando sin que yo sepa de dónde viene en los auriculares de una
cabina de traducción. Yo soy, a través de Nadia, el testigo de mi
propia narración, es ella quien reclama mi voz y quien la revive con
la misma asidua ternura con que sus dedos rondan mi piel y quien
modela a mi alrededor un espacio y un tiempo donde no hay nadie
más que nosotros y en el que fluyen sin embargo todas las voces y
todas las imágenes de nuestras dos vidas.

• • •

Pienso en la extrañeza de entonces, en la desarmada inocencia con
que mis ojos presenciaban el mundo. El día es una eternidad vertigi-
nosa de luz en los terraplenes de la calle Fuente de las Risas y cuando
cae abruptamente la noche es para siempre, todas las cosas ocurren
en un presente sin vaticinios ni recuerdos. Estoy jugando solo en la
calle, ante la puerta entornada de mi casa, y de pronto sube un frío
húmedo de la tierra y cuando mi padre vuelva del campo traerá consigo la plenitud de la noche y el olor de la hierba. Me muestra una cicatriz que tiene en el cuello y me cuenta que se la hizo la espada de un
moro en una batalla de la guerra. Recorro las habitaciones de la casa
en busca de mi madre, que tal vez ha ido a la tienda, y como no la
encuentro supongo con angustia y resignación que no voy a verla
nunca más. Estoy con ella, en la sala oscura de un cine, no en Mágina,
sino en la capital de la provincia, y en la pantalla veo rostros de un
tamaño abrumador y cuerpos cortados por las piernas que sin embargo caminan. Veo o sueño a un niño dormido y desnudo sobre una
piel de oveja y una serpiente se desliza por un túnel de piedra arenosa
y el niño se revuelve sin despertar y yo cierro los ojos porque sé que
la serpiente va a picarle y que tal vez ese niño soy yo. Mi madre está
hablando con una vecina y de pronto me aprieta contra su pecho y
rompe a llorar y la vecina dice dos palabras que no entiendo: cometa
y fin del mundo. Mi padre está acostado, con la cara muy blanca, más
que la tela de la almohada, y sobre la mesa de noche hay frascos de
medicinas y pequeñas cajas de cartón que han sido recortadas hasta
adquirir formas de animales: un perro de orejas caídas, un burro con
su serón, un gato con los bigotes retorcidos. Estoy jugando en una
casa que no es la mía y de pronto extraño a mi madre y sé que no va
a venir si la llamo. Estoy acostado en una cama extraña, frente a una
puerta de cristales con visillos más allá de la cual hay una habitación
que me da miedo: una mesa muy larga, de madera brillante, y sobre
ella un perro de escayola con la lengua hacia afuera, y a su alrededor

seis sillas tapizadas de verde en las que se me antoja que hay sentados seis hombres invisibles. Alzo la cabeza al oír una voz y mi madre viene hacia mí, sonriente y cambiada, me estrecha en su regazo y me toca con las manos frías la cara llena de lágrimas. Un hombre que ha venido y se ha sentado junto a la cabecera de la cama donde está acostado mi padre aunque es de día abre su mano derecha y en la palma hay un caramelo envuelto en un papel de color verde, y el sabor del caramelo en la boca es más verde aún, picante, muy intenso, el aire se vuelve fresco al entrar en la nariz. Es de día y de pronto es de noche. Estoy en el cuarto de la viga y unos hombres sacan por la ventana los muebles y luego estoy en el corral de nuestra casa en la Fuente de las Risas, mirando una hilera de hormigas rojas que suben por el tronco de un granado. Los granos de las granadas son rojos como las cabezas de las hormigas. Las hojas de la higuera sueltan una leche blanca y picante que me escuece los ojos cuando los froto con los dedos manchados. Estoy jugando en la calle con un indio de goma que tenía mi madre en el bolsillo del mandil cuando apareció en la puerta donde un segundo antes no estaba y la sombra de alguien desconocido se inclina sobre mí y luego la cara y ya no tengo el indio. Veo a un niño flaco, parado frente a mí, con los ojos grandes y la cabeza pelona, con un mandil como el mío. Mi madre habla con la suya, que tiene las rodillas amoratadas y rojas bajo el borde de la falda, y dice: «Éste es el Félix, a ver si os hacéis amigos.» Veo una caja de lata con dibujos de puentes y de mujeres con moños y sombrillas y al abrirla descubro un tesoro en billetes de banco, y más al fondo, en el armario, toco un cinturón y una funda de cuero con forma de pistola, pero la abro y está vacía. Veo un caballo de cartón que tiene los ojos grandes y quietos como ese niño llamado Félix y cuando me acerco a tocarlo alguien grita, en broma, «¡que te muerde!», y aparto la mano y escucho las carcajadas de mi abuela Leonor, que luego se repiten en un sueño. Se ha ido la luz mientras subía las escaleras, y una voz desde

abajo, la de uno de mis tíos, murmura, ay mama mía mía mía, quién
será, cállate hija mía mía mía, que ya se irá. En el sueño mi abuela
Leonor y las vecinas de la calle ríen sin parar en la plaza de San Lorenzo y cada vez son más pequeñas y más gordas y tienen las bocas
más grandes. Me despierto y no hay nada en la oscuridad. Eso mismo
veía la mujer a la que emparedaron en la Casa de las Torres. Estoy de
pie, en la oscuridad, sobre una superficie muy alta, una mesa, y hay
contra mi pecho un cristal tan helado como el de las ventanas en los
días de invierno. Extiendo las manos y no hay nada, ni arriba ni
abajo, ni día ni noche. Una mano toca la mía y oigo las voces de mi
madre y de mi abuela, que hablan con alguien como si yo estuviera
dormido y dicen una palabra que no entiendo y que me da mucho
miedo: radiografía. Ahora hay tanta luz que tengo que cerrar los ojos
y un hombre de bata blanca que no huele como los hombres de mi
familia está mirándome y su cabeza tiene alrededor una cinta de goma
y en su frente hay un espejo redondo en el que veo mi propia boca
abierta. Tengo frío en el pecho y a veces tengo mucho calor y mucha
sed, una sed desesperada que me impide despegar la lengua del paladar y pedir agua. Mi madre me tiene en brazos junto a una puerta de
cristales escarchados, y una mujer vestida de blanco me sonríe y me
habla y yo sé que me miente y me arranca de los brazos de mi madre
y me lleva al otro lado del cristal, donde está el médico con esa lámina
de cristal o de acero en la frente que parece un ojo muy grande. En los
descampados de la Fuente de las Risas Félix y yo removemos la tierra
húmeda y grumosa buscando hormigas aladas. Alzan el vuelo y brillan en la mañana dorada y azul como fragmentos de cristal. Mi
madre me lleva de la mano y no sé hacia dónde y estoy muerto de
terror. En un escaparate hay una carroza de juguete, con cuatro caballos de color verde y un soldado que sostiene un látigo. He oído decir
que antes de que yo naciera había un carro de los muertos tirado por
caballos y que un jinete los hacía galopar a latigazos. El nombre de

ese carro me daba más miedo que la palabra tísico o la palabra hospital: la Macanca. Tengo en brazos a un gato pequeño y rubio que
jugaba conmigo bajo la mesa camilla mientras los mayores hablaban
muy por encima de nosotros y sin que nadie me vea lo encierro en un
cajón donde hay cuchillos y cucharas y un artefacto metálico con
mango rojo que sirve para batir huevos y que a veces uso yo como un
arma de película. Mi madre tira de mí por un pasillo muy largo y mi
mano sudada se escurre entre la suya y me quedo parado entre dos
baldosas, un pie en una baldosa blanca y otro en una baldosa negra.
No sé dónde estoy, pero no es en Mágina, y me va a ocurrir algo. En
el corral de una casa donde hay ruedas amontonadas de coches mi
amigo Félix come puñados de tierra oscura. La tierra sabe amarga y
se deshace en la boca como una onza de ese chocolate que tiene dibu-
jada a una Virgen. Bajo el envoltorio de colores algunas veces encuentro estampas de aventuras o de artistas de cine que huelen
intensamente a cacao. Abro cajones y están vacíos. Abro cajones
donde hay hojas amarillas de periódicos. Me gusta abrir cajones y
mirar debajo de la ropa doblada para encontrar fotografías. Mi madre
dice que ese hombre de pelo blanco que está sentado en un escalón y
acaricia el lomo de un perro era su abuelo: qué raro, ella no es una
niña y tiene o ha tenido abuelo, igual que yo, pero dónde está ahora,
se lo pregunto y no me quiere contestar. A veces los mayores se
quedan callados y no responden las preguntas. Abro un cajón y un
gato con el pelo erizado salta sobre mí y me araña las manos y la cara
y lo veo todo rojo, como cuando me oculto tras la cortina roja del
cuarto de mis padres y no contesto si me llaman. Estoy atado a un
sillón con correas y el hombre del espejo en la frente sostiene debajo
de mi boca una palangana de sangre. El suelo donde estoy sentado
junto a Félix mientras comemos tierra está frío y húmedo y sé que
dentro de poco se encenderán las luces y será de noche y oiremos la
trompeta del cuartel. Cuando la tierra está fría y huele a humo viene

mi padre montado sobre un mulo y es que ya es de noche. Algunas veces la noche es más grande y azul y la luna está en el aire y también en el agua de las albercas. En las noches azules se ven desde el terraplén luces que tiemblan en la lejanía, se oyen las voces y la música del cine de verano y en el cielo hay un camino blanco y una luna amarilla sobre los tejados que parece una cara. Estoy tendido en una cama cuando abro los ojos y no sé dónde estoy, pero sobre la mesa de noche hay una carroza de juguete con cuatro caballos y un soldado que maneja un látigo. Cerca de mí dice una voz: «ya está volviendo de la anestesia», y siento que me duermo pensando en esa última palabra, que tiene el olor del hospital y un sabor amargo de medicina. Cuando tengo sueño mi madre dice, vámonos al cine de las sábanas blancas, y yo la creo porque pienso en la sábana blanca y vacía que hay frente a nosotros cuando aún no se ha apagado la luz. En el cine todo el mundo está callado y huele a la superficie roja y suave de las butacas o a pipas de girasol o a galanes de noche y no se ve nada en la pantalla, que es una sábana blanca. Luego en la pantalla es de día y más arriba y a su alrededor es una noche de verano sobre la que permanece inmóvil la cara de la luna, que se parece a la cara de mi madre. Dicen operación, dicen hospital, dicen sanatorio, próstata, penicilina, radiografía, anestesia. Las piernas con medias negras de la madre de Félix aparecen junto a nosotros, su mano con la manga enlutada lo levanta del suelo, le golpea la cara y la boca abierta de Félix está manchada de saliva, de tierra y de mocos. Dicen palabras que poco a poco voy reconociendo y empiezo a comprender, aunque a veces tengan significados imposibles, dicen matar el tiempo y yo imagino a un hombre encorvado que maneja un cuchillo contra la oscuridad, dicen estrella de cine y veo en el cine a oscuras y en la pantalla negra una luz que la cruza en diagonal como las estrellas fugaces en las noches de verano, dicen tirar la casa por la ventana y veo la ventana de nuestra cocina en la calle Fuente de las Risas y a mi padre investido de una estatura hercúlea que arranca la reja y levanta en sus manos una maqueta de la casa y la tira a la calle donde se rompe sobre el empedrado con un estrépito de cristales y de tejas. Hablan entre sí, cuentan, no paran nunca de contar, mi abuelo Manuel me sienta en sus rodillas, junto al fuego, se quita la boina y su calva brilla bajo la luz como la panza de un cántaro, sonríe y me dice, quieres que te cuente un cuento recuento que nunca se acaba con pan y pimiento, y yo le digo que sí o que no y él repite una y otra vez lo mismo hasta exasperarme, no te he dicho que me digas que sí o que no, sino que si quieres que te cuente un cuento recuento que nunca se acaba con pan y pimiento, o se me queda mirando y mueve la cabeza y dice con aire pensativo, bueno, hombre, bueno, así que tú eres el guarda de don Juan Moreno, y si le contesto que no vuelve a decir, bueno, hombre, bueno, pues yo pensaba que eras el guarda de don Juan Moreno. Sueño voces, las oigo a todas horas en la radio, venidas de no sé dónde, del interior del aparato, me subo a una silla para alcanzar su repisa y trato de mirar bajo ese resquicio por donde fluye al anochecer su luz verdosa queriendo descubrir quién se oculta dentro, cómo es posible que baste mover suavemente el sintonizador para que se sucedan voces de hombres y mujeres, canciones que algunas veces no se entienden, como las palabras de las emisoras extranjeras, aventuras que tienen lugar en los mares del Sur o en las calles de París, para que suene el estrépito del mar con más fuerza que en el interior de una caracola y la lluvia y el viento y los truenos de una tormenta, para que relinchen y galopen caballos y aúllen los lobos como en los relatos que me cuenta mi abuelo. Oigo las voces, les atribuyo caras, oigo el mar y lo veo con el mismo color azul oleoso y brillante que tiene en las películas, y que ya para siempre me gustará más que el color de los océanos verdaderos, oigo nombres de ciudades y de mujeres y me conmueve un amor desconsolado y simultáneo por ellas, discos dedicados, a la señorita más guapa de Mágina de parte de su novio, al niño Paquito Puga en el día de su primera comunión, oigo pitidos y murmullos semejantes a los ecos que suenan en una iglesia desierta y distingo voces que no puedo comprender, en idiomas extraños que a mi abuela le dan mucha risa, hay que ver, dice, lo raro que habla esa gente, con lo fácil y lo claro que hablamos nosotros, aprendo a distinguir la ironía en la voz de mi abuela Leonor y el miedo y la ternura en la de mi madre, que me despierta todas las mañanas cantando romances y canciones de Concha Piquer y del negro Machín mientras friega los suelos y hace las camas en el dormitorio contiguo, abro los ojos, escucho su voz, que ya había estado oyendo en los últimos minutos de sueño, sé que cuando entre a mi dormitorio va a descorrer las cortinas y a decirme mientras me sacude suavemente, las mañanitas de abril, gustosas son de dormir, y las de mayo, ni fin ni cabo, mientras del otro lado del balcón viene una luz de un amarillo de polen y un aleteo de golondrinas. Oigo las voces de las niñas en la calle, los pregones de los buhoneros que pasan, las palabras en latín que resuenan en la penumbra cóncava y fría de la iglesia, descubro que las voces pueden sonar también en el silencio, estoy tendido de noche en la oscuridad e imagino que oigo mi propia voz contándome una historia que me ha contado mi abuelo o que se repite la letanía temible de la madre y la hija que escuchan los pasos de su asesino o la de la Tía Tragantía, esa giganta vestida de harapos que ronda las esquinas sin luces en las primeras noches del verano: *yo soy la tía Tragantía, / hija del rey Baltasar, / el que me oiga cantar / no vivirá más que un día / y la noche de San Juan.*

Me tapo los oídos por miedo a escuchar esa canción, pero el insomnio de la noche está poblado de rumores que parecen palabras susurradas en un idioma extranjero, me escondo bajo las sábanas, me tapo la cabeza con la almohada, oigo mi sangre y mi respiración, imagino que yo soy ese niño dormido al que va a picar una serpiente, que los pasos suben en mi busca y no puedo despegar los labios para llamar a mis padres, en el silencio de la calle permanece el eco de las últimas canciones que cantaron las niñas antes de retirarse a sus casas, ay qué miedo me da de pasar por aquí, si la momia estará escuchándome a mí. Cuando salimos de casa de mi abuela Leonor y estoy casi dormido en brazos de mi padre miro el volumen sombrío de la Casa de las Torres y su portalón cerrado y sus ventanales vacíos y pienso en el fantasma de la mujer a la que enterraron viva, y cuando subimos por la calle del Pozo en dirección al Altozano (me han tapado la boca con la bufanda de lana, y la chaqueta de mi padre y sus manos huelen a tabaco y a tierra húmeda y a hierba segada) oigo acercarse unos pasos y unos golpes de bastón que me obligan a cerrar los ojos como cuando estoy vislumbrando una pesadilla, porque sé que si los abro veré bajar por la acera a ese hombre ciego que lleva un abrigo muy grande y unas gafas negras y camina rozando las paredes con su mano extendida. Luego Félix me pide que le cuente una historia de miedo, sentados al atardecer en el escalón de su casa, mirando los juegos brutales de los otros, y yo le hablo de la mujer emparedada y del ciego al que le dispararon a los ojos dos balas de sal y del niño que dormía sin saber que se le estaba acercando una serpiente. Siempre quiere que le siga contando, y cuando se me acaban las historias que le he oído a mi abuelo las continúo inventando peripecias nuevas mientras hablo, acordándome de películas y de ilustraciones de libros: he descubierto que los libros están llenos de palabras y de voces silenciosas, lo sé porque mi abuelo abre de vez en cuando un gran volumen que guarda en la caja del reloj y es como si levantara la tapa de un baúl lleno de palabras. El libro tiene los cantos requemados, y mi abuelo me explica con orgullo que lo rescató de la hoguera adonde los milicianos habían arrojado todos los libros y los muebles del cortijo donde trabajaba cuando estalló la guerra. «Una gracia que hiciste», dice mi abuela Leonor, «que un poco más y te tiran también a ti a la lumbre». Cuando estoy solo busco el libro y lo pongo sobre la mesa igual que mi abuelo y recorro las páginas buscando las palabras que él dice en voz alta, pero yo sólo veo signos que no puedo descifrar, me humedezco el pulgar, como hace él, para pasar las páginas, sigo las líneas con el dedo índice de mi mano derecha, busco los grabados, que me impresionan más que las imágenes de una película, coches antiguos con los faros encendidos corriendo por una carretera al filo de un precipicio, mujeres vestidas con sombreros de plumas y abrigos de pieles, malvados con la nariz aguileña y la cara torcida que sostienen revólveres. Le hablo a Nadia en voz baja y miro frente a nosotros el grabado del jinete y aunque sé que es imposible tengo la sensación de que lo he visto hace muchos más años de lo que yo creía, en una de las páginas con los filos requemados de aquel libro que leía mi abuelo Manuel, la misma sensación de aventura y de sueño, de lejanía y viaje hacia la oscuridad por un sendero montañoso, mi abuelo atravesando la sierra de Mágina en una noche de tormenta estremecida por los aullidos de los lobos y los relinchos de los juancaballos, Miguel Strogoff perseguido por los tártaros en el primer libro que me compraron cuando supe leer, mi padre subiendo a caballo de la huerta cuando ya están encendidas las luces y apareciendo en una esquina de la calle Fuente de las Risas. Dejo a Félix, voy corriendo hacia él, descabalga de un salto, me levanta en sus brazos, noto su barba áspera en mi cara cuando me da un beso, me alza un poco más y me sienta sobre la albarda del caballo, me da miedo y vértigo, casi me caigo, soy un inútil y él seguramente lo sabe desde que nací, me dan terror los animales, hasta las lagartijas, pero él me sostiene y me pone las riendas en la mano y entonces yo también soy un jinete y me imagino que cabalgo por una película, perseguido por los indios, diciéndole adiós a Félix con la mano, un adiós muy rápido, para no caerme al suelo.

• • •

Y es ahora, mientras le hablo a Nadia, mientras las palabras vienen a mis labios tan involuntariamente y tan sin tregua ni orden como las imágenes de un sueño, cuando surge ante mí un recuerdo intacto y perdido, no un recuerdo, sino algo más poderoso y material, la sensación de ir montado en un caballo detrás de mi padre, abrazado a su cintura, apretando, porque él me lo ha dicho, las piernas y los talones contra el lomo, sintiéndome llevado y protegido por su fortaleza, dejando atrás las últimas cuestas empedradas de Mágina y descendiendo por un camino entre trigales verde claro y jaramagos: voy con él e imagino que cabalgamos hacia una aventura leída en los libros, sé que tengo ocho o nueve años y que dentro de poco abandonaremos la casa en la Fuente de las Risas y nos iremos a vivir con mis abuelos a la plaza de San Lorenzo, he visto a mi padre quedarse absorto por las noches delante de un papel en el que traza números de manera incesante, los he oído hablar de mudanza y de tierra y de miles de duros y he sabido que algo estaba a punto de sucedernos, algo más grande que la llegada de la radio o de la hornilla de butano. Bajamos por el camino, mi padre detiene el caballo junto a una casa pequeña que tiene hundido el tejado, baja de un salto, tiende la mano hacia mí y me dice que salte, no me atrevo, noto en su cara el desagrado, me ayuda a bajar, ata el caballo al tronco de un álamo seco. La casa está en ruinas, las veredas y las acequias están borradas por la hierba, el agua verde oscuro de la alberca apenas puede verse bajo las ovas y los juncos. Más allá de las terrazas abandonadas de la huerta se extienden los olivares que bajan hasta la orilla del río y en el sol de la tarde vibra el azul puro de la Sierra. Mi padre enciende un cigarrillo, pasa su mano derecha por mi hombro, me lleva por veredas umbrías bajo las copas de las higueras donde se agita con el viento suave un escándalo de pájaros. Ahora recuerdo el modo en que pisaba aquella tierra abandonada, el entusiasmo secreto con que arrancaba una mata de mala hierba y apretaba en su mano los grumos adheridos a la raíz, en cuclillas, con el cigarro en la boca, mirándome con una sonrisa de felicidad, de pasión e inocencia que hasta entonces yo nunca había visto en sus labios y en sus ojos: tenía treinta y dos o treinta y tres años y el pelo recio y ya casi blanco acentuaba la juventud de su cara cobriza. Tal vez si no hubiera visto en el baúl de Ramiro Retratista las fotografías que le hicieron cuando yo no había nacido no podría acordarme ahora de la expresión de su cara ni entender que aquel día, al pisar la tierra que había comprado y removerla con sus manos y dejarla escurrirse entre sus dedos estaba tocando la materia misma del mejor sueño de su vida.

II
JINETE EN LA TORMENTA

Puedo inventar ahora, impunemente, para mi propia ternura y nostalgia, uno o dos recuerdos falsos pero no inverosímiles, no más arbitrarios, sólo ahora lo sé, que los que de verdad me pertenecen, no porque yo los eligiera ni porque se guardara en ellos una simiente de mi vida futura, sino porque permanecieron sin motivo flotando sobre la gran laguna oscura de la desmemoria. Hasta ahora supuse que en la conservación de un recuerdo intervenían a medias el azar y una especie de conciencia biográfica. Poco a poco, desde que vi las fotografías innumerables de Ramiro Retratista y fui impregnándome del rostro y de la voz y de la piel y la memoria de Nadia igual que una cartulina blanca y vacía se impregna de sombras grises y luces sumergida en la cubeta del revelado, empiezo a entender que en casi todos los recuerdos comunes hay escondida una estrategia de mentira, que no eran más que arbitrarios despojos lo que yo tomé por trofeos o reliquias: que casi nada ha sido como yo creía que fue, como alguien, dentro de mí, un archivero deshonesto, un narrador paciente y oculto, embustero, asiduo, me contaba que era.

Todavía me desconcierta la extensión del olvido, la magnitud de todo
lo que he ignorado no ya sobre los otros, vivos y muertos, sino sobre
mí mismo, sobre mi cara y mi voz en el pasado lejano, en los días finales de la primera mitad de mi vida, cuando me creía, acobardado y
temerario, en las vísperas acuciantes de un porvenir que era falso y
que también se ha extinguido. Pero ahora imagino cautelosamente el
privilegio de inventarme recuerdos que debiera haber poseído y que
no supe adquirir o guardar, cegado por el error, por la torpeza, por la
inexperiencia, por una aniquiladora voluntad de desdicha abastecida
de excusas y hasta de fulgurantes razones por el prestigio literario de
la pasión. Le dije a Nadia: por qué no nos encontramos definitivamente entonces, cuando nada nos había gastado ni envilecido, cuando
todavía no nos había manchado el sufrimiento. Pero en realidad no
quiero modificar en su origen el curso del tiempo, sólo concederme
unas pocas imágenes que pueden no ser del todo falsas, que tal vez
estuvieron durante fracciones de segundo en mi retina y no llegaron
a alcanzar la conciencia y sin embargo permanecen en alguna parte
dentro de mí, en lo más hondo de la oscuridad y del olvido, avisándome de que lo que yo supongo invención en realidad es una forma
invulnerada de memoria, de modo que si ahora imagino una mañana
de hace dieciocho años en que la vi cruzar con su padre la puerta en-
cristalada del bar Martos, a contraluz, caminando sobre la mancha de
sol que brillaba en las baldosas y apenas reverberaba en la penumbra
donde mis amigos y yo estábamos oyendo una canción de Jim Morrison o de John Lennon o de los Rolling Stones en la máquina de discos,
si no logro definir su cara pero sí la orla deslumbrante de su pelo
rojizo, si me atribuyo la sensación de curiosidad y extrañeza que entonces provocaban siempre en nosotros los forasteros, tal vez actúo
como un adivino de mi propio pasado, y por eso me gana una emoción de verdad de la que hace mucho quedaron despojados esos recuerdos que ya no estoy tan seguro de que sean veraces.

Puede que yo estuviera allí el día que llegaron, porque pasaba una parte considerable de mi vida en el Martos, escuchando discos extranjeros, bebiendo cañas de cerveza con la necesaria lentitud para que durasen lo más posible, fumando cigarrillos, con Martín y Serrano, a veces con Félix, que silbaba por lo bajo alguna melodía barroca y estaba como de visita, recostados contra la pared húmeda, entornando los ojos para hacer más intenso el efecto narcótico de la cerveza, del humo y la música, mirando tras los cristales a las mujeres que pasaban, a los viajeros recién llegados en el autocar de Madrid, al que le decían la Pava, por lo lento que era, a los que estaban a punto de marcharse y entraban en el Martos para comprar cigarrillos o beber un café, excitados, imaginábamos nosotros, por la proximidad de la partida, nerviosos, mirando sus relojes de pulsera y vigilando al conductor, que conversaba con el dueño en una esquina de la barra y hacia las tres y veinticinco, cuando nosotros también debíamos marcharnos al instituto, apuraba su cigarrillo con una última calada, se frotaba las manos y decía en voz alta, vámonos, y yo pensaba, quién pudiera.

En Mágina, entonces, aún llamaba la atención la llegada de un forastero, y no porque nos conociéramos todos, pues hacia el norte habían crecido primero barrios de casas pequeñas, corrales ínfimos y calles empedradas, y luego bloques de pisos que tenían garajes y cafeterías en los bajos, y cuyos ascensores, en los que entrábamos alguna vez para subir a la consulta de un médico, nos producían una admiración indiscernible de la claustrofobia y del callado terror. A los forasteros se les identificaba sin vacilación, y no me refiero sólo a los turistas aislados que llevaban pantalón corto y cámaras fotográficas que usaban enigmáticamente para tomar retratos de burros con serones y de palacios viejos que a nosotros nos parecían irrelevantes y en los que ni los gitanos de la calle Cotrina habrían querido vivir. Hasta no hacía muchos años, la presencia de una pareja de turistas provocaba un alboroto de niños en la calle y de postigos abriéndose a medias para examinar esas figuras menos llamativas que ridículas, las mujeres con el pelo oxigenado y las picudas gafas de sol sobre las caras pálidas, los hombres, tan mayores, con las piernas blanquecinas y peludas al aire y cortos calcetines de colores brillantes, con camisas floreadas y abiertas que aquí parecían más propias de los payasos, de los maricones o de los idiotas detenidos en una infancia decrépita que de las personas en su juicio.

Alguna vez, en el barrio de San Lorenzo o en el de la Fuente de las Risas, donde quedaban todavía turbulentas cuadrillas de niños que emprendían feroces guerras a pedradas, una pareja de turistas acababa huyendo de una curiosidad silenciosa y hostil que inopinadamente se había convertido en persecución. Pero con el tiempo la ciudad fue acostumbrándose a ellos, en parte porque cada vez era más frecuente su llegada, y en parte también porque el exotismo de sus actitudes, de su vestuario y de las matrículas de sus coches se fue disolviendo en el cambio gradual de todas las cosas, que sólo a los muy mayores les pareció desconcertante e incluso amenazador. Había turistas igual que había coches en todas partes y a todas horas, televisores, semáforos, pollos gigantes, cocinas de gas, vajillas de duralex, cantantes de pelo largo y ademanes afeminados, como decían que era el hijo golfo del inspector Florencio Pérez, piscinas con trampolines olímpicos, camisas que nunca se arrugaban, edificios de ocho y hasta diez pisos y máquinas expendedoras de tabaco y de bolsas de pipas, que a más de uno le parecieron la señal de que estábamos viviendo en un mundo automático en el que muy pronto los robots suplantarían a los hombres.

Pero a los forasteros se les seguía distinguiendo con facilidad, aunque no tuvieran el pelo rubio ni llevaran cámaras al cuello ni usaran absurdos pantalones cortos. Ni siquiera hacía falta oírlos pronunciar las eses finales de las palabras: se les reconocía simplemente por la cara, pues alguien podía tener cara de no ser de Mágina igual que de estar enfermo o de haber bebido en exceso, y era fácil que se les atribuyeran vidas legendarias y fortunas cuantiosas, tal vez a causa de un vago sentimiento de inferioridad que nos inclinaba a suponer que más allá de nuestra colina y de la doble frontera del Guadalquivir y del Guadalimar se extendía un mundo ilimitado y próspero que a casi todos nosotros nos estaba prohibido, a menos que la suerte acompañara a la audacia o que aceptáramos cumplir en él tareas subalternas, no siempre más ingratas ni peor pagadas que las habituales aquí. A mi padre le rondaba la idea de vender la huerta y los olivos y emigrar a Benidorm o a Palma de Mallorca, donde consideraba posible encontrar un empleo de jardinero en algún hotel. Yo me colocaría de botones, decía, y en poco tiempo, con mi facilidad para los idiomas, perfeccionando mi habilidad para escribir a máquina con los diez dedos y sin mirar el papel, llegaría a convertirme en *maître*, palabra cuyo significado exacto él desconocía, pero que pronunciaba con reverencia, pues alguien, alguno de sus parroquianos del mercado, le había dicho que ser *maître* era hoy en día más que ser ingeniero o médico, con la ventaja de que no era preciso gastar la juventud y estropearse la vista estudiando en una capital. Me hablaba de gente que de tanto estudiar había caído enferma de palidez y acababa mirando el vuelo de las moscas en las celdas con azulejos blancos de los manicomios. Se acordaba de amigos y parientes suyos que se marcharon a Madrid, a Sabadell o a Bilbao cuando él era joven y que ahora vivían en pisos con calefacción y cuarto de baño, tenían paga segura y regresaban de vez en cuando a Mágina conduciendo sus propios automóviles. Hablaba con admiración y nostalgia de su primo Rafael, que había sido su mejor y casi su único amigo hasta el final de la adolescencia, y que ahora, veinte años después de salir huyendo del hambre y de la esclavitud del trabajo en el campo, era conductor de autobús en Madrid.

Pero se daba cuenta amargamente de la dificultad de triunfar fuera de Mágina. Salvo su primo Rafael y algún otro —porque la mayor parte de los que volvían a pasar las vacaciones aparentaban por vanidad o vergüenza una posición que nunca alcanzaron y se entrampaban para traer regalos a la familia y alquilar grandes coches que pasaban por suyos— sólo había triunfado de verdad un matador de toros, Carnicerito, torero más de arte que de valor, puntualizaba mi abuelo Manuel, que en unos pocos años había pasado de las capeas en las cortijadas a la vuelta al ruedo en Las Ventas, y a quien mi padre admiraba más aún porque era hijo de un carnicero que tenía en el mercado un puesto enfrente del suyo, de modo que lo había visto nacer, como quien dice, explicaba, halagado por el hecho de conocer a alguien muy célebre, y desde chico se le vio la afición. Ahora Carnicerito salía en la portada del *Dígame* —tenía la cara larga y el perfil grave y ensimismado, como Manolete— y algunas veces irrumpía en Mágina, en el paseo del León, en la calle Nueva, en la plaza del General Orduña, al volante de un Mercedes blanco y descapotado en el que se veía vibrar desde lejos la melena al viento de una rubia que sería, sin duda ninguna, forastera, y con la que a mediodía era posible verlo sentado en la terraza del Monterrey, una cafetería con barra de aluminio y paredes de moqueta azul recién abierta bajo los soportales, donde nosotros creíamos que sólo les estaba permitido sentarse a los ricos, a los forasteros y a las mujeres rubias que fumaban con las piernas cruzadas y descubiertas hasta más arriba de la mitad de los muslos.

Bajábamos del instituto y al vislumbrarlas desde lejos, en la mancha oblicua de sol que prolongaba la sombra del general hasta las losas de los soportales, se nos cortaba de antemano la respiración, y el vaticinio de sus piernas desnudas nos sumía en una fervorosa y desatada desdicha. Mujeres con grandes gafas oscuras, con un pañuelo a modo de diadema alrededor de la frente, con los labios pintados de rojo, de violeta, de rosa, con relojes de pulsera tan grandes como los de los hombres —no esos relojillos mínimos y medio hundidos en las mantecosas muñecas de las mujeres que conocíamos nosotros— pero con una correa muy ancha, de cuero negro, según una moda que resultó fugaz, pero que a nosotros nos parecía un signo de exotismo y de audacia. Fumaban cigarrillos extralargos con filtro, sosteniéndolos en el extremo de sus largos dedos con anillos y uñas rojas y ovaladas, muy largas también, como todo en ellas, los muslos, las melenas lisas y teñidas, las manos, los cigarrillos, hasta las sonrisas, las carcajadas que resonaban al mismo tiempo que el hielo tornasolado en los vasos y las pulseras en sus muñecas delgadas y casi frágiles, como sus picudos tobillos, en los que a veces relucía una tenue cadena de oro, como los curvados empeines que descendían hasta ajustarse al molde exacto de los tacones de charol.

En los veladores metálicos del Monterrey, a un paso de los hombres con oscuros trajes de pana que miraban el cielo en espera de lluvia y la estatua del general y el reloj de la torre con una paciencia mineral, parecían envueltas en una lujosa claridad de indolencia y de whisky, una bebida de la que hasta entonces sólo supimos que existía en las películas del Oeste, y si al pasar junto a ellas las mirábamos disimuladamente, con las cabezas bajas, con las carpetas de apuntes bajo el brazo, con la expresión ensombrecida por el deseo y el bozo, nunca encontrábamos sus ojos, ocultos tras las gafas oscuras, sino facciones tan rígidas como las de una esfinge, labios rectos y fríos, curvándose en el cristal de una copa o en torno al filtro de un cigarrillo que no olía sólo a tabaco rubio y a dinero, sino a jabón de baño y a piel no dañada por el trabajo ni el sol, dorada por la pereza en arenales junto al mar, en esas playas que se veían en las películas en tecnicolor y a las que la mayor parte de nosotros no habíamos ido nunca: incluso el mar tenía entonces en nuestra tierra de secano como un prestigio de invento reciente.

Sabíamos que eran forasteras no sólo porque fumaran en público y se sentaran en la terraza del Monterrey sino porque sus cuerpos parecían obedecer a otra escala, a una medida de longitud y de esplendor inaccesible para las mujeres de Mágina, a una calidad de indolencia y de tránsito, de provocación, indiferencia helada y aventura, como las mujeres del cine y las de aquellas revistas extranjeras de modas que compraban las madres de algunos de nuestros amigos. Que alguien de Mágina, Carnicerito, anduviera con ellas, que las mostrara como trofeos gloriosos en el asiento de piel de becerro de su Mercedes blanco, nos parecía oscuramente un desquite entre sexual y de clase, de modo que no lo mirábamos pasar con envidia, sino con orgullo, casi con la misma exaltación con que oíamos en los anocheceres de verano el estampido de los cohetes que anunciaban el número de orejas cortadas por él en alguna corrida. La gente se paraba en la calle y aplaudía, y hubo una tarde memorable en que se sucedieron cuatro cohetes y a continuación, después de un silencio en el que se extendía el humo y el olor de la pólvora, estalló por sorpresa un gran trueno que sacudió los cristales de todas las ventanas: Carnicerito, en La Maestranza, había cortado un rabo y lo habían sacado a hombros por la puerta grande. En la iglesia de San Isidoro, el párroco, don Estanislao, aguileño y huesudo como la estatua de san Juan de la Cruz que hay en el paseo del Mercado, vehemente taurino, interrumpió la misa al oír el último cohete, y cuando dio gracias a Dios por el éxito de Carnicerito, los fieles, desconcertados al principio, prorrumpieron en una cerrada ovación, según atestiguó Lorencito Quesada, corresponsal de *Singladura*, el diario de la provincia, en una crónica que al ser leída por el obispo le deparó al sacerdote entusiasta una sanción que hasta las personas más devotas de Mágina consideraron excesiva.

Ni que decir tiene, pensaban, que Su Eminencia era forastero, y que mal podía comprender lo que Lorencito Quesada llamaba lastimosamente la *indiosincrasia* de nuestra ciudad, tan volcada en su torero epónimo como en las procesiones de su Semana Santa y en su menesterosa artesanía del esparto y del barro, recién hundida por la invasión de las fibras y los cubos de plástico y el cristal irrompible, tan falta de celebridades y de relevancia en el mundo desde el siglo xvi, lejos del mar, de las carreteras nacionales y de las líneas importantes del ferrocarril, aislada entre los olivares como en medio del océano, tan inútilmente hermosa y tan ignorada que cuando se rodaban exteriores de películas en sus plazuelas y en sus callejones aparecía luego en el cine con otro nombre. Ni siquiera Carnicerito pudo escapar a la larga de ese maleficio que nos perseguía: al cabo de dos o tres temporadas triunfales, en las que no había domingo en que no se superpusieran a los toques de las campanas llamando a la última misa los cohetes que daban noticia de las orejas que cortaba, el número de sus corridas fue menguando tan paulatinamente como el de los estampidos, y dijeron que tenía mala suerte con los toros, que otros matadores, auxiliados por empresarios deshonestos, le tendían zancadillas, que había caído en manos de falsos amigos y de apoderados desleales. Se le seguía viendo en su Mercedes blanco, o recostado, con sus trajes de colores claros, su pelo húmedo de brillantina, sus patillas largas, en los sillones de reluciente aluminio del Monterrey, y las mujeres forasteras y rubias fumaban junto a él y sostenían en sus manos largos vasos con bebidas doradas, pero en su expresión severa, en su cara fina y pensativa que cada vez se parecía más a la de Manolete, había ahora, contaban, una permanente amargura, tal vez el desengaño o la fatiga del éxito, de las cámaras de los fotógrafos, de

la persecución de aquellas mujeres, a las que hasta de lejos se les veía
que eran notorias lagartas y sólo buscaban de él su fama y su dinero,
que lo debilitaban, decía mi padre, disipándole las fuerzas que le habrían sido tan necesarias para enfrentarse a los toros. Fuera de
Mágina, de nuestras calles y oficios usuales, de la complicidad urdida
por la sangre, el mundo era una selva cruel en la que sólo los canallas
y los forasteros alcanzaban a sobrevivir. Fuera de su casa y renegado
de los suyos un hombre en seguida se hundía en la depravación. En la
mesa camilla, por la noche, mi abuelo Manuel me miraba muy serio
y me decía: «A que no sabes en qué se parece un muchacho de bien a
un teatro.» Cómo iba a no saberlo, si me lo había repetido mil veces.
Pero me callaba, ya sin devoción, ya desdeñando aquella voz que no
muchos años atrás había contenido todas las posibilidades de la maravilla y el misterio. «Pues que nunca se te olvide: un muchacho de
bien se parece a un teatro en que se descompone con las malas compañías.»

El halago de los malos amigos, que sólo contarían con uno mientras
tuviera cinco duros en el bolsillo, el resplandor turbio de los bares, la
atracción de las mujeres que practicaban en los hombres incautos un
vampirismo que los enloquecía y los acababa consumiendo, como a
Carnicerito, la blandura que traían consigo la pereza y la comida no
ganada duramente, no disputada palmo a palmo a la tierra hostil y al
clima traicionero, los vicios que enfriaban la sangre, la temeridad de
desear lo que no estaba destinado a nosotros: nos relataban los horrores de los años del hambre como enunciando una profecía que vagamente nos amenazaba a nosotros, los que no conocimos esos tiempos,
los que no vivíamos el año cuarenta y cinco, el único de todo el siglo
del que se acordaban por su número, cuando las semillas no germina-
ron en la tierra y en las ramas de los olivos no llegaron a florecer los
racimos amarillos de las aceitunas, cuando a las recién paridas se les

agriaba la leche y hasta a los hombres más colosales les aparecían manchas pardas en la piel y se les hinchaba el vientre de comer hierbas amargas y caían fulminados al suelo con los ojos en blanco, reventados por el hambre. Un cuarenta y cinco es lo que hacía falta que viniera, decían, para que supierais agradecer lo que tenéis, pan blanco y carne de pollo y no boniatos y algarrobas, lo que os hemos dado con el sacrificio de nuestra juventud y nuestra vida y ahora desdeñáis. Pues no podían entender que nos importara tan poco todo lo que nos habían ofrecido, que nada de lo que fue su mundo tuviera que ver con nosotros, ni la tierra, ni los animales, ni siquiera las canciones que a ellos les gustaban ni su manera de vestir ni de cortarse el pelo. Mientras nos reprendían, en el comedor, a la hora de la cena, mirábamos con indiferencia la televisión. No ponen fe, decían, mirándonos a los más jóvenes trabajar en el campo con desgana, con torpeza, con irritación, viéndonos terminar de cualquier modo una tarea que hubiera requerido lentitud y paciencia para volvernos cuanto antes a Mágina, para despojarnos de las ropas viejas que olían a sudor y estaban manchadas de barro o de polvo y lavarnos con agua fría y vestirnos de domingo, o peor aún, con vaqueros, pues llegó un tiempo en que también despreciamos los severos trajes que nuestras madres nos habían encargado en el sastre o comprado a plazos en El Sistema Métrico y ya no quisimos volver a ponernos corbata, ni siquiera el Jueves Santo ni el día del Corpus, y andábamos, decían, como adanes, con vaqueros y zapatillas deportivas, con el pelo casi tapándonos las orejas, como los vociferantes maricones de los conjuntos de música moderna que salían en la televisión.

Eso buscábamos, cuando subíamos agrupados hacia la plaza del General Orduña con las manos en los bolsillos y los cuellos de los chaquetones levantados, como marineros o gangsters, mis amigos y yo, Serrano, Martín, Félix, todo lo que más miedo les daba a nuestros padres, miedo y una especie de aguda repugnancia física, buscábamos las malas compañías y el humo y las canciones en inglés que sonaban en el Martos, queríamos dejarnos el pelo tan largo que nos llegara a los hombros y fumar marihuana y hachís y LSD —suponíamos vagamente que el LSD también se fumaba—, queríamos viajar en autostop al otro extremo del mundo y hacia el fin de la noche oyendo con los ojos cerrados a Jim Morrison o subir una tarde a la Pava y no regresar nunca, o volver varios años más tarde tan cambiados que nadie nos reconocería, enmascarados por el pelo largo y la barba, con botas y chaquetones militares, con la cara de furia, experiencia y dolor de Eric Burdon, con camisetas como la que llevaba Jim Morrison en la portada de aquel disco que un día apareció en casa de Martín, llevado por su hermana, nos dijo, a quien se lo había prestado una amiga extranjera. Y nos sentíamos atrapados en la víspera interminable de la libertad y de la nueva vida, detenidos en un límite cuya oscuridad ulterior nos atraía tanto y nos daba tanto miedo como el olor y la cercanía de las mujeres, inaccesibles y próximas, sentadas junto a nosotros en una banca del instituto, tan cerca que nos rozaba el perfume limpio de su pelo y el aroma un poco acre a tenue sudor y a tiza que venía de ellas en las últimas clases, tan imposiblemente lejos como si pertenecieran a otra especie entre cuyas costumbres no estaba la de advertir que existíamos, al menos en el mismo grado que los tipos mayores que las esperaban al salir, los que las invitaban los domingos a gin tonics en la barra del Martos o entraban con ellas en la penumbra rosada de la discoteca que había al fondo del patio, cuya puerta acolchada nosotros nunca habíamos cruzado, no sólo por falta de dinero, sino porque no conocíamos a ninguna muchacha que quisiera acompañarnos.

Pero eran las vísperas, al menos para mí, sólo me faltaba un curso para irme de Mágina, si me daban la beca, si obtenía las notas muy altas que me eran necesarias para conseguirla, y de antemano me despojaba del miedo y de la nostalgia, me veía subiendo al amanecer hasta la acera del Martos, que a esas horas estaría cerrado, llevando en la mano derecha la maleta en la que guardaba mi ropa, mis libros y mi máquina de escribir, mirando con desdén al pasar las mismas calles y casas que había estado viendo durante tantos años para ir al colegio de los Salesianos y luego al instituto, despreciándolo todo, sintiendo casi piedad por los que no se iban, por los hombres cabizbajos que a esa hora salieran hacia el campo con la brida de un mulo echada sobre los hombros, por los tenderos de guardapolvos grises que estarían levantando cortinas metálicas o disponiendo cajas de frutas en la acera, igual que mi padre en el mercado. Me iría, antes de un año, calculaba, en octubre, y cuando volviera, si volvía, yo también sería un forastero, un renegado, un nómada. Y ahora descubro, al cabo de dieciocho años, media vida después, que yo soy en parte ese desconocido en quien soñaba convertirme entonces, que tal vez, si me he encontrado con Nadia, no he sido del todo infiel a la solitaria locura de aquel adolescente a quien ya no se le parece mi cara.

Llegaron un mediodía de principios de octubre, recién terminada la feria, de la que aún quedaba un desbaratado recuerdo en las filas de bombillas y de faroles y banderas de papel colgadas sobre algunas calles, en el cartel de toros con el nombre de Carnicerito en el centro que les llamó la atención —especialmente a ella, que aún encontraba esas cosas exóticas— en la puerta de cristal del Consuelo, junto al cocherón sombrío donde por fin se detuvo el autocar después de ocho horas interminables de viaje. Llegaron fatigados, sobre todo él, con sueño, porque habían salido de Madrid a las siete de la mañana, sin hambre, con un poco de náuseas por culpa de las últimas curvas de la carretera, que seguía siendo tan infame como en los recuerdos del comandante Galaz. Desde el segundo o el tercer día en Madrid, donde pasaron dos semanas, en un hotel más bien triste y oscuro de la calle Velázquez, ella había notado en su padre actitudes o síntomas que lo aproximaban a una vejez de la que hasta entonces lo consideró a salvo: tal vez, en parte, porque su manera tan anticuada de vestir, que era casi la norma en el suburbio universitario donde habían vivido hasta entonces, revelaba plenamente su anacronismo en España, donde observó con sorpresa que la gente obedecía la moda con una unanimidad desconocida para ella en América. Por primera vez se sorprendió a sí misma calculando cuántos años tenía, no porque hasta entonces lo hubiera creído más joven, sino porque lo veía fuera de tiempo e invulnerable a sus injurias, con esa edad invariable y heroica que los niños atribuyen a sus padres. Era un hombre alto, vertical, con el pelo gris y escaso en las sienes, con gafas de montura recia, y usaba todavía sombrero y pajarita y trajes oscuros que en el curso del viaje habían adquirido un punto de abandono. Desde la muerte de su mujer había empezado a beber de una manera discreta, pero también asidua y ostensible para ella, su hija, que a lo largo de la mayor parte de su vida había dedicado a él una atención pasional y exclusiva y advertía en su comportamiento, en su manera de mirar e incluso de mover las manos, turbulencias secretas de las que ni él mismo era consciente: veía en él el sentido y el peligro del mundo, la extensión del tiempo y el enigma de la simulación y el dolor. Había crecido a su lado, la educaron sus palabras, le dieron un país irreal y un idioma arbitrario y un pasado al que ella eligió pertenecer aunque no fuera el suyo. En los Estados Unidos nadie lo habría tomado por norteamericano: pero en España el laconismo de sus gestos lo distinguía radicalmente de sus ex compatriotas, de manera que ni en un lado ni en otro era soluble su figura en las apariencias comunes de la multitud. Que ella recordara, no lo había sido ni en su propia casa, no parecía visiblemente vinculado a nada ni a nadie, ni siquiera a los objetos de su cuarto de trabajo, en el que por lo demás ni ella ni su madre tenían idea de a qué se dedicaba, cuál era el motivo de que le diera ese nombre. Afilaba cuidadosamente lápices con una cuchilla de afeitar, los ordenaba sobre la mesa, de mayor a menor, leía el *New York Times* o la *Enciclopedia Británica*, o libros de exploraciones geográficas y de ciencias naturales escritos en inglés, nunca libros ni periódicos españoles.

• • •

Una mañana, a principios de septiembre, en su casa de Queens, ella estaba sentada en la cocina y miraba el desayuno que iba enfriándose, porque la noche anterior él había llegado muy tarde y bastante bebido —que ella recordara, nunca volvió tarde ni bebió de ese modo mientras vivía su mujer—. Salió del cuarto de baño envuelto en un albornoz y oliendo a jabón y a crema de afeitar, pero también, a pesar de la ducha tan larga, a alcohol transpirado durante la noche. Se detuvo junto a ella y le acarició fugazmente la cara, sin mirarla del todo, como pidiéndole perdón, se sentó frente a su plato de huevos revueltos y a su tetera enfriada, sacó las gafas del bolsillo del albornoz y se las puso con una especie de dificultad moral, tomó la taza entre las dos manos, sopló hacia ella, como si todavía humeara, volvió a dejarla en la mesa, con un aire súbito de desaliento y de vejez, casi de indignidad, sintió su hija, porque el albornoz le estaba demasiado corto, y le dijo (siempre hablaba con ella en español): «Qué te parece si nos vamos a España.»

Pero no fue una decisión repentina, un arrebato provocado por la culpabilidad o por un deseo íntimo de huida o de restitución: meses antes, sin decirle nada a ella, ni por supuesto a su mujer, que estaba ya internada en el hospital, había escrito a la embajada española para solicitar un pasaporte al que llevaba más de treinta años diciéndose a sí mismo que renunciaba para siempre. Tal vez ya lo tenía antes de que su mujer muriera, tal vez la proximidad de ese fin lo había animado a pedirlo. Pero eso pertenecía a una parte de él sobre la que su hija nunca quiso o supo hacerse preguntas, a una médula de soledad y al mismo tiempo de complicidad que a los dos les resultaba incómoda porque excluía a una mujer que había vivido tantos años con ellos sin dejar de ser una extraña, aunque fuera la esposa de uno y la madre de la otra, aunque los hubiera rodeado tan opresivamente como el aire en un día de calor y ocupado la casa en que los tres vivían con una eficacia y una capacidad de presencia que sólo descubrieron del todo cuando estuvo ausente y la casa se quedó como sepultada en un vacío abismal, y ellos dos incómodos en sus habitaciones de siempre, como huéspedes, como conspiradores remordidos por el éxito y la canallada de su confabulación. Que no fueran responsables de su enfermedad y de su muerte no los eximía de culpa sobre la estridente desdicha de su vida, hacia la que él mantuvo siempre la misma frialdad respetuosa que tal vez era su única forma de relación con el mundo, con los objetos y los seres humanos, a excepción de su hija. La enfermedad cardíaca que al final la mató se parecía en los últimos años a un lento y obstinado suicidio. Un día, muy cerca ya del final, la llamó a la cabecera de su cama y le dijo: «Él no quería que tú nacieras. Me pidió que abortara.» Murió, la acompañaron al cementerio, asistieron al funeral católico que ella había exigido en sus últimos días —con la sospecha desesperada y rencorosa de que ni después de muerta accederían a concederle un deseo— y desde que volvieron a la casa devastada para siempre por su ausencia ya no la nombraron más ni la recordaron en voz alta. La primera noche que estuvieron solos después de la muerte de su madre ella fue al dormitorio y lo encontró fumando en la cama. Se sentó a su lado y le quitó cuidadosamente el cigarrillo de los dedos porque ya estaba casi consumido y la columna de ceniza iba a caerle sobre las solapas del pijama. Se quedó un rato junto a él, oyéndolo respirar, mirándolo a veces sin encontrar sus ojos, le apretó la mano, lo hizo tenderse, y luego se acostó a su lado y apagó la luz, acordándose de cuando era una niña y él se acostaba con ella para salvarla de los malos sueños. A la noche siguiente volvió a dormir junto a él. No le hacía preguntas y casi no lo rozaba, se quedaba encogida bajo las mantas, con la cara en la almohada. Pero después él empezó a retrasarse por las noches, ella le hacía la cena y la dejaba tapada sobre la mesa de la cocina y se acostaba con un libro en las manos y mirando con frecuencia el despertador, inquieta sin motivo, sin preguntarse con detalle qué hacía, adónde iba ahora que se había jubilado en la biblioteca. Se dormía antes de que llegara, pero en cuanto la llave se introducía en la cerradura abría los ojos, no encendía la luz, se hacía a un lado para dejarle sitio, procuraba no moverse, no oler a alcohol, a perfume denso y barato algunas veces. Llevaba más de un mes durmiendo de nuevo en su propia habitación cuando él le propuso que viajaran a España.

Habían volado de Nueva York a Madrid: el silencio sobre la mujer hacia la que ninguno de los dos sintió nunca algo parecido al amor se contagió sin que se dieran cuenta a todas las cosas. Pasaron quince días de septiembre en un hotel y él apenas le mostró la ciudad de la que había estado hablándole desde que tuvo edad para comprender palabras, juzgar fotografías, interpretar mapas de continentes y países. Se limitó a pasear algunas tardes junto a ella en silencio, bajando por Velázquez hasta Alcalá y el Retiro, señalándole en los atardeceres, desde la plaza de la Independencia, la perspectiva levantada y lejana de la Gran Vía, de la torre del Círculo de Bellas Artes, del edificio de la Telefónica, del que le había contado que lo utilizaban como punto de referencia los artilleros de las baterías franquistas que castigaban la ciudad desde el primer otoño de una guerra más mitológica para ella y mucho más familiar que las de Vietnam o Corea. Madrid había sido un nombre dotado de esa sonoridad definitiva que tienen algunos nombres en la infancia y un paisaje del heroísmo y de un sentido de la felicidad que se encarnaba misteriosamente en la figura de su padre y al mismo tiempo lo aislaba de la realidad exterior. De modo que la belleza de la ciudad en aquellos días de septiembre, su luz fría, sus verdes y azules de acuarela, el violeta de sus atardeceres, estremecido por la intermitencia de los letreros luminosos, la conmovieron sin sorprenderla, ofreciéndole la sensación, para ella desconocida, de pertenecer a ese lugar, de estar más vinculada a él que si hubiera nacido, igual que su padre, en un primer piso del barrio de Salamanca, en una calle por la que sin duda pasaron más de una vez pero que él no quiso precisar, acaso muy cerca de una iglesia blanca y de cresterías góticas donde lo sorprendió una mañana de domingo, descubierto, respetuoso, arrodillándose en uno de los últimos bancos cuando sonó la campanilla de la consagración, inmovilizado de estupor cuando volvió la cara hacia un lado y la vio a ella, que lo había seguido sin que él lo advirtiera. Al verlo detenerse dubitativamente ante la entrada de la iglesia y quitarse el sombrero y avanzar unos pasos por el corredor central como no atreviéndose a una profanación había notado que en unos pocos segundos su padre se le volvía un desconocido, ese hombre mayor, vestido de oscuro, con cautelosos andares, con espaldas anchas y rectas, que se parecía tanto a cualquiera de los otros que a esa hora se acercaban a la iglesia, llevando del brazo a mujeres con tacones altos y vestidos de entretiempo y estolas de piel. Era tan joven e ignoraba tantas cosas sobre él que no le fue posible darse cuenta de que a quien se parecía su padre aquella mañana era al hombre que podía haber sido si no hubiera roto para siempre, en Mágina, en las primeras horas nocturnas de una confusión que velozmente se desbocaría hacia la guerra, con el destino que le fue asignado desde que nació.

Lo vio solo en la iglesia, envejecido, ridículo en su apariencia de devoción, las dos manos pálidas posándose en la madera gastada del banco, el anillo de boda que era el recuerdo inerte de una mujer a la que nunca había querido, los labios moviéndose como si fingieran una oración, y todo él tan extraño en aquella penumbra, entre aquella gente, obesos militares con fajines morados y mujeres con velos translúcidos, hombres de trajes a rayas, bigotes finos y caras embotadas, y en el altar un cura que daba la espalda a los bancos de la iglesia y recitaba en latín. Estaban en uno de los últimos bancos, pero cuando entró ella hubo caras que se volvieron para mirarla y reprobar su presencia, su pantalón vaquero, sus zapatillas, su pelo suelto y largo, con reflejos de oro y de cobre bajo el temblor de la claridad de las velas. Se quedó de pie junto a su padre con un sentimiento casi de protección y él tardó un poco en volverse y en verla, y cuando lo hizo le sonrió y le apretó un instante la mano. Una música de órgano y un murmullo unánime de alivio crecieron cuando la misa terminó, pero su padre, en vez de salir, se sentó en el banco y fue mirando una por una las caras de los que pasaban en dirección a la calle, y cuando pareció que no quedaba nadie más siguió sin moverse, las manos unidas y blancas entre las rodillas, la expresión atenta y abatida, como si a cada minuto que pasara fuese aceptando más desoladamente la vejez. «Vámonos», dijo ella, pero él, sin mirarla, negó con la cabeza, le hizo con la mano un gesto con el que solicitaba su paciencia. Siguió sentado mientras un sacristán recorría las naves laterales con un apagavelas. Entonces ella notó que su padre se ponía levemente rígido, que se contraía un poco, que sus dos manos se curvaban infinitesimalmente sobre sus rodillas, que retrocedía inmóvil a un círculo más escondido de su soledad: nadie más que ella habría podido notarlo, averiguaba las sensaciones de él tan simultáneamente como dicen que las perciben dos hermanos gemelos, pero lo veía alejarse aunque él le sonriera y le tomara otra vez la mano y la mirara con una expresión de fidelidad y gratitud que nadie más que ella pudo ver nunca en sus ojos. De la sacristía, al lado izquierdo del altar, estaba saliendo una lenta comitiva, el sacerdote que había dicho la misa vestido ahora con una sotana negra y reluciente, una mujer de pelo blanco y cabeza torcida en una silla de ruedas que empujaba un hombre de cara redonda, bigote y traje negro, y junto a la que avanzaba como montando guardia un militar más joven con la gorra de plato bajo el brazo derecho. Venían desde el fondo de la iglesia hacia la claridad del atrio con una solemne y opaca determinación, y a medida que avanzaban la luz del día daba un tono más blanco al pelo de la mujer en la silla de ruedas, como un halo de algodón que volvía más seco el rictus de su boca torcida, caminando con la acompasada lentitud de una procesión, agrupados, desafiantes, acorazados en sí mismos, como si posaran para una fotografía de familia y la individualidad de cada uno se cumpliera del todo en la manera en que caminaban sin separarse, el hombre del traje negro empujando suavemente la silla con las ruedas de caucho que se deslizaban con un rumor de ventosas sobre el pavimento, el militar a la derecha, ceremonioso y severo, con el brazo izquierdo doblado en ángulo recto y adherido al costado y la gorra tan perfectamente horizontal como una ofrenda, el sacerdote a la izquierda, sonriendo con una cierta abyección de criado, con la cabeza baja, murmurando tal vez palabras de despedida o de consuelo. La mujer parecía aislada por completo del mundo, no sólo de la iglesia, sino también de la compañía de los otros y del impulso que la conducía hacia la salida, como idiota, moviendo la boca en una especie de oración, con los labios pintados de rojo como una sonrisa superpuesta a su cara y al maquillaje blanco y rosado en los pómulos. Él, su padre, apenas volvió la cabeza cuando pasaron a su lado, y ella no pudo ver la expresión de sus ojos, pero olió a perfume eclesiástico y a loción de afeitar y a polvos de arroz y vio los ojos del hombre vestido de negro fijarse en ella y tal vez desearla con una mirada turbia y fugaz que había visto otras veces en desconocidos solitarios y de mediana edad, y condenarla al mismo tiempo sin posibilidad de absolución. Unos segundos más tarde ya no quedaba nadie en la iglesia y el sacristán daba una palmada desde el altar mayor que resonó en el espacio cóncavo y les ordenaba por señas que se fueran, sin miramientos, como un guardián atareado.

No le preguntó nada, se colgó de su brazo cuando salieron de la iglesia acordándose del orgullo con que hacía ese gesto a los doce o trece años, en mañanas de domingo más frías pero con una luz semejante, cuando acompañaban a su madre hasta la puerta de la iglesia y se quedaban paseando, hasta que ella salía, por avenidas de árboles que en otoño adquirían tonalidades azules y púrpura, llegando hasta un espacio abierto de marismas desde donde veían la silueta azulada de Manhattan, al otro lado de la lenta anchura marítima del East River, los tornasoles metálicos de las agujas de los rascacielos, las formas verticales de la ciudad alzadas sobre el agua como espejismos de la bruma. Se enganchaba de su brazo, apoyaba la mejilla en su hombro, rozándole la cara con la melena lisa y rojiza, y no necesitaba cruzar con él más que unas pocas palabras triviales en español para sentir que estaría a salvo de todo mientras siguiera formando parte de su alma. No le importaba saber tan poco sobre la vida que había tenido antes de llegar a América: lo veía como una figura sin pasado, solitaria y erguida en el vacío del tiempo anterior al nacimiento de ella, aislada de su trabajo en la biblioteca de la universidad y hasta de la figura simétrica pero distante de su madre, con la que hablaba durante las comidas sin mirarla a los ojos, educado y ausente, con un pliegue casi imperceptible de disgusto en un ángulo de la boca. Le traía regalos, juguetes de latón pintado, cuentos de Calleja, álbumes de cromos con las tintas gastadas, libros de fotografías en blanco y negro sobre un país que para ella fue hasta los dieciséis años tan íntimo e inaccesible, tan alejado de su experiencia diaria como las tierras por donde viajaban los héroes vagabundos cuyas aventuras le leía él para que se durmiera por las noches. Su imaginación se había educado en los recuerdos españoles de su padre: recuerdos detallados y asiduos, pero también impersonales, de los que él borraba cuidadosamente toda señal de emoción y toda referencia a su propia biografía, como si le mostrara un paisaje quedándose junto a ella para mirarlo, despojado de presencias humanas. Nunca le habló de sí mismo, ni siquiera cuando viajaron juntos a España, por un pudor o una timidez de los que sólo prescindió dieciocho años más tarde, en una residencia de ancianos de New Jersey, en los últimos días de su última vida, él, que tantas había tenido, que había transitado por ellas casi con la misma indiferencia con que se trasladaba de guarnición y de ciudad durante su juventud, cuando aún creía que a un hombre sólo le está permitido conocer una sola biografía, y que la suya estaba determinada ya hasta el día de su muerte: matrimonio, hijos, ascensos regulares en el escalafón, tedio, disciplina, retiro, decrepitud, aniquilación final tras la que no quedarían de él otras huellas en el mundo que unos cuantos diplomas y fotografías, algún rasgo en las caras envejecidas de sus hijos.

En el Retiro, aquel domingo, en un merendero a la sombra de los árboles, tan cerca del estanque que llegaba a la umbría donde ellos estaban una brisa húmeda, él la invitó a un vermú con berberechos y la observó, sin probar nada, con la misma atención con que la miraba inclinarse sobre las páginas ilustradas de un libro español cuando era una niña y estaba aprendiendo a leer y repetía dubitativamente cada sílaba rozando el papel con el dedo índice. Le gustaba el vermú, y como casi nunca había tomado alcohol la mareaba un poco, a pesar del sifón, y el sabor delicado de los berberechos le daba una felicidad en el paladar que desde entonces siempre asociaría a Madrid y a las mañanas indolentes de domingo. Untaba trozos de pan en el caldo tibio, se mojaba los dedos, se atrevía luego a chupárselos, imaginando la expresión de disgusto con que la habría mirado su madre, tomaba un sorbo más de vermú y se limpiaba los labios con una servilleta de papel y aunque no alzaba los ojos sabía que él la estaba mirando y que le sonreía. «¿Los conocías?», preguntó, y su padre, que había introducido un cigarro en la boquilla y se disponía a encenderlo, dejó el mechero sobre la mesa y le dijo distraídamente que no: a esa misma iglesia lo llevaban a él cuando tenía la edad de su hija, explicó, y se detuvo para encender el cigarrillo, había entrado en ella porque al pasar la reconoció de pronto y olió los cirios y escuchó las notas del órgano y fue por un instante como si tuviera diecisiete años y hubiera salido a pasear por la calle Velázquez con su uniforme de cadete. «Me pareció que los conocías», dijo ella, «y que te daba un poco de miedo que ellos te conocieran a ti». Su padre bebió un trago de vermú y sonrió antes de hablar, igual que hacía siempre cuando iba a mentirle y los dos lo sabían. «Soy muy viejo y hace muchos años que falto de Madrid. Ya no conozco a nadie.» Llamó con una palmada al camarero y tardó un rato en reunir las monedas que debía pagarle: le costaba aceptar y calcular el valor que ahora tenía el dinero en España, y le repugnaba tocar el perfil metálico y ennoblecido del general Franco, a quien había conocido en el casino de oficiales de Ceuta, comprobando que no le llegaba más arriba de los hombros.

«Quiero llevarte a Mágina», le dijo, en el mismo tono que si le hiciera una declaración impersonal. «Si te gusta la ciudad podemos quedarnos allí todo el invierno.» Tal vez necesitaba compensarla por algo, disculparse ante sí mismo por haberle mentido, por no ser ya o no haber sido nunca el héroe de su infancia. «Y qué haremos luego», dijo ella. «Podemos volver a América si tú quieres.» «Lo que yo quiero es vivir en tu país.» Él bebió un poco más de vermú y sacudió la ceniza de su cigarrillo con un gesto que pertenecía a una elegancia antigua, desconocida para ella, anterior a la guerra, y no hubo el más leve tono de tristeza en su voz. «Éste ya no es mi país. Ya no hay ninguno que lo sea.»

Eso había querido darle siempre a su hija: lo que él no tenía, todo lo que perdió sin saber cuánto iba a importarle, a pesar suyo: la transparencia del aire de Madrid, los azules de la sierra de Mágina, un golpe de viento con olor a barbechos mojados entrando por la ventanilla levantada de un tren, el habla de las mujeres en los mercados y de los hombres en los bares, los ojos de la gente, las miradas francas y hasta crueles de los desconocidos en las calles, la ropa colgada en los balcones desde donde llegaba la música de un programa de radio, el sabor del pan y el brillo crudo del aceite, todas las cosas banales y necesarias que a él nunca iban a serle restituidas y que ella echaba de menos sin haberlas conocido siquiera. Desde que llegó a Madrid estuvo huyendo de la sorda evidencia del desengaño y del fraude: nada más bajarse del avión todos los años de su vida en América se le desvanecieron como si hubiera pasado allí unas pocas semanas: pero poco a poco también se le fueron perdiendo los años más lejanos que había ido a buscar, y se vio despojado, tan absurdo como un turista al que le roban su documentación y su dinero y todo su equipaje, colgado en el vacío, sin expectativas ni nostalgia, sin más compatriota verdadera ni punto de referencia estable que su hija.

Tenía miedo cuando llegaron a Mágina: miedo a decepcionarla o a perderla, o a ser desenmascarado por su perspicacia. Bajó tras ella del autocar, viéndola moverse con una gracia fatigada entre los otros viajeros, más alta y más joven que ellos, intocada en su entusiasmo por el remordimiento o el dolor, con su pantalón vaquero muy ceñido y su pelo tan largo, los pómulos pecosos, el aire indudable de extranjera que le daban la forma del mentón y el tono de la piel, impaciente por recoger el equipaje y salir a la ciudad, atenta a él, enderezándole el lazo y limpiándole la ceniza de la chaqueta, haciéndole preguntas a las que él contestaba con una benevolencia que jamás había empleado en su trato con nadie. Pero sus ojos y su voz eran españoles, pensaba siempre con orgullo, el brillo de las pupilas y el acento de Madrid con que hablaba, heredado del suyo, y más ahora, cuando la excitaba tanto la inminencia de conocer la ciudad y le preguntaba cómo se sentía, si estaba cansado, si se acordaba de los paisajes que habían visto desde la ventanilla durante el viaje y de las calles por donde el autobús entró a la ciudad. Un hombre desaliñado y con aire de mansedumbre alcohólica que empujaba un carrito de mano se ofreció a llevarles el equipaje hasta un hotel que estaba muy cerca, el Consuelo, en la misma acera, apenas unos metros más allá. Salieron a la calle tras él y el comandante Galaz se quedó unos instantes desorientado por la intensidad de la luz y por la extrañeza de encontrarse en una ciudad que había recordado durante treinta y seis años y que ahora no reconocía: edificios altos, garajes, una avenida por la que discurría ruidosamente el tráfico. Era como haberse equivocado de ciudad, no tanto porque ésta no se pareciera a Mágina como por el hecho de que era exactamente igual a casi todas las que había atravesado el autobús desde que salieron de Madrid.

Pasó el brazo por el hombro de su hija y ella le estrechó la cintura. No me acuerdo de nada, le dijo, no sé ni dónde estoy. Un poco antes de que llegaran al Consuelo se abrió la puerta de un bar y desde el interior vino una ráfaga de música que a ella le resultó instantáneamente familiar, el estribillo de una canción de los Rolling Stones, *Brown sugar*: nunca había esperado oír una de esas canciones en España, acostumbrada desde niña a asociar el país de su padre a los discos de los años treinta que algunas veces él escuchaba como una concesión algo avergonzada a la nostalgia. Le gustó verse abrazada a él en las cristaleras del bar, en medio de la hiriente luz del mediodía, y notó que el borracho triste que les llevaba el equipaje los miraba de soslayo con expresión de intriga, inseguro tal vez de que fueran padre e hija o asombrado de que caminaran por la calle abrazándose: casi nadie lo hacía por entonces en Mágina, sólo algunas parejas de forasteros o de novios voraces que se enredaban escandalosamente en los parques como serpientes pitón, según denunciaba el párroco integrista y taurino de San Isidoro. Sentía que al cobijarse en él al mismo tiempo lo estaba protegiendo de algo. Lo había cuidado desde mucho antes de que muriera su madre, lo había esperado por las noches y le había preparado la cena y la ropa limpia para el día siguiente mientras su madre bebía cócteles y fumaba cigarrillos sentada frente al televisor o permanecía encerrada con llave en su dormitorio, le ordenaba los libros y los papeles en su despacho, iba a buscarlo algunas tardes a la biblioteca universitaria donde trabajaba y volvía con él tomada de su brazo. Había en ella como una sólida disposición conyugal que se acentuó tras la muerte de su madre: en Mágina, en el hotel Consuelo, cuando lo vio sentarse en la cama y dejar las gafas y el sombrero en la mesa de noche y frotarse los ojos con las manos abiertas, como queriendo ocultar tras ellas su cara de fatiga, lo sintió más frágil que nunca, más incluso que cuando lo sorprendió reclinado e inhábil en el último banco de una iglesia de Madrid. Mientras ella deshacía el equipaje e iba distribuyendo la ropa en los armarios y los objetos de aseo en el cuarto de baño con la misma atención reflexiva y el mismo aire de perennidad que si fueran a quedarse allí el resto de sus vidas, su padre se acercó a la ventana y sin descorrer los visillos se quedó mirando la avenida, las aceras sombreadas de árboles, el asfalto con un paso de cebra recién pintado y un semáforo que todavía no funcionaba, el edificio de ladrillo rojo de enfrente, con persianas de un verde suave y sanitario, que debía de ser una *high school*, pensó él, comprobando con desagrado que tardaba en acordarse de la palabra española. Al fondo, sobre las terrazas y los ángulos rectos de los bloques de pisos, vislumbró agujas de torres, y creyó escuchar entre el ruido del tráfico el reloj de la plaza del General Orduña: era como si aún no hubiera llegado de verdad a Mágina, como si el desaliento o la torpeza lo hubieran empujado a claudicar de su búsqueda cuando ya estaba casi en el fin del viaje: al emprender cada etapa, desde que dejó cerrada su casa de Queens y subió con su hija al taxi que los llevaría al aeropuerto Kennedy, se había sentido en el arranque definitivo del regreso, pero cada vez, en cada llegada, en cada nueva partida, no había encontrado la plenitud que se prometía a sí mismo sino una nueva postergación, una sequedad interior que jamás llegaba verdaderamente a conmoverse. Aeropuertos, estaciones de ferrocarril, hoteles, garajes donde arrancaban autobuses, ciudades entrevistas en una lejanía tan inalcanzable como la del horizonte. Ahora estaba en una habitación que podría encontrarse en cualquier ciudad, mirando una avenida y una fila de árboles y un edificio de ladrillo rojo que no podía asociar al nombre de Mágina, viendo sobre los tejados, como una línea azul de montañas remotas, los pináculos de algunas torres hacia las que ya no tenía empuje para caminar.

Cuando se volvió hacia el interior de la habitación el contraste con la luz de la calle le hizo verla casi a oscuras: le sorprendió que su hija estuviera allí, terminando de ordenar su ropa en un armario mientras cantaba por lo bajo una canción en inglés. No se acostumbraba a que hubiera crecido y madurado tanto en los últimos tiempos y a que hubiera en sus gestos y en la expresión de su cara una especie de gravedad jovial que estuvo siempre en ellos pero que se había acentuado tras la muerte de su madre. Sentía al mirarla una mezcla insensata de orgullo, incredulidad y pavor. Era inverosímil que esa muchacha hubiera sido engendrada por él, pero también lo eran casi todos los hechos de su vida desde una noche en que se abotonó serenamente el uniforme y se puso la gorra de plato delante del espejo en su dormitorio del pabellón de oficiales del cuartel de Infantería de Mágina y bajó despacio por las escaleras que conducían al patio y vio formado en él un batallón y escuchó las órdenes gritadas por otros hombres que hasta ese momento habían sido sus compañeros de armas y unos minutos después serían sus enemigos, sus víctimas o sus prisioneros. No había elegido arrebatadamente una causa, no lo habían cegado ni la pasión política, que le era indiferente, ni una voluntad de heroísmo heredada de sus mayores o inoculada en su inteligencia durante la guerra de África. Ni siquiera sabía entonces, en las primeras semanas de aquel mes de julio, en qué medida anidaba la desesperación en su alma como una enfermedad secreta. Tan sólo se dijo, mientras estaba afeitándose y oía en el patio las voces de mando y los taconazos de la tropa, que no podía tolerar que un grupo amotinado de capitanes y tenientes rompiera la disciplina desobedeciendo sus órdenes. Lo que ocurrió después no lo había previsto, y tampoco era responsabilidad suya: los disparos, los incendios, las multitudes, la sangre, los cadáveres con el vientre desgarrado y las piernas abiertas tirados por las cunetas y los terraplenes en los mediodías de bochorno, el entusiasmo y las esperanzas de vencer que nunca compartió.

«En qué estarás pensando»: su hija, parada frente a él, le alzaba la barbilla y le obligaba a mirarla. El color castaño claro de sus ojos era muy parecido al de las pecas de sus pómulos, y su pelo, negro en la penumbra, adquiría un resplandor de cobre cuando el sol lo alumbraba. «Si quieres podemos dar un paseo ahora mismo. Tengo ganas de enseñarte la ciudad, aunque quién sabe, a lo mejor me pierdo.» Sin decir nada ella le sonrió echando el pelo hacia un lado y lo besó en la mejilla, pero ya no tenía que alzarse sobre las puntas de los pies para hacerlo. Era tan raro de pronto que esa muchacha cincuenta años más joven que él fuera su hija y que ninguno de los dos tuviera otro vínculo perdurable en el mundo. El comandante Galaz se acordó sin remordimiento de la mujer con el cuello torcido que era empujada en una silla de ruedas sobre las losas de una iglesia, del hombre vestido de negro y del militar que sostenía en la mano izquierda su gorra de plato: se había fijado involuntariamente en las tres estrellas de capitán que había en su bocamanga. Cuántas vidas puede vivir un solo hombre, pensaba, cuántos azares, cuánto tiempo. Pero estaba seguro de que si en la más antigua de sus vidas no hubiera llegado a Mágina una tarde de abril ahora no existiría esa muchacha que él no había deseado que naciera y cuya sola presencia lo justificaba ante sí mismo. Comieron en el restaurante del hotel y luego, a media tarde, salieron a la calle tomados del brazo, dispuestos a caminar por la ciudad como una pareja de turistas excéntricos.

Sentado junto a la ventana, al final del aula, mirando hacia el patio donde hacían gimnasia las chicas, el libro de literatura abierto sobre el pupitre, porque estamos en la clase del Praxis, el deseo de salir de allí cuanto antes, el reloj que no avanza, el olor a tiza y a sudor de la clase, qué ganas de que este tipo sin corbata se calle o al menos no diga praxis cada cuatro palabras y deje de fingir que no es un profesor sino uno más de nosotros, qué urgencia por caminar despacio bajo los árboles que hay a la salida del instituto, con los libros en la mano, y encontrarme con Marina, no para mirarla casi de soslayo, no para intercambiar unas palabras que apenas puedo pronunciar y seguir caminando luego y estar solo y marcharme a la huerta de mi padre, sino para esperarla, como otros esperan a sus novias, hacia las seis, en el Martos, después de poner unos discos en la máquina y de pedirme un café con leche, o mejor un cubalibre, escuchar *Jinetes en la tormenta* entornando los ojos para no ver nada más que el humo y oír ese rumor de lluvia y cascos de caballos, esa voz de Jim Morrison, mirar desde el fondo de la barra hacia las cristaleras de la entrada, por donde ella pasará camino de su casa o de quién sabe dónde, con su

macuto de gimnasia y sus zapatillas de deporte, con el pelo recogido
en una coleta, pero no para acercarme al cristal y verla pasar y morirme de tristeza y ni siquiera atreverme a morir de deseo, sino para
saber que va a venir y esperar su llegada, oliendo a jabón de ducha y
a colonia de madreselva, viéndola entrar en el Martos y acercarse a
mí y besarme rápidamente en los labios con esa familiaridad de las
pasiones fortalecidas por la costumbre, la clase de pasiones que se-
guiré metódicamente esperando y perdiendo a lo largo de la otra
mitad de mi vida, la falda tan breve, las zapatillas blancas, los calcetines caídos de color malva que me gustan tanto, mostrando los tobillos, la piel morena de sus piernas, el verde húmedo de sus ojos tan
grandes en la penumbra del bar. Todo tan natural y tan imposible, yo
sentado en el último banco de la clase y ella abajo, en el patio, ahora
la distingo, con pantalón azul y camiseta blanca, la distingo con un
estremecimiento entre la hilera de las chicas que corren siguiendo el
ritmo que marca el silbato de la profesora de gimnasia y de hogar, a
la que llaman la Medusa, y de la que dicen que le gustan las mujeres,
veo sus pechos saltando bajo la camiseta, me van a sacar a la tarima
para que lea un trabajo de literatura que no he hecho y yo estoy teniendo una suave y sigilosa erección, pensando en ella, viéndola
correr por el patio de cemento, imaginando que estoy en el Martos y
viene hacia mí y se adhiere a mi vientre mientras suena en la máquina
de discos una canción bronca y golfa de los Rolling Stones, *It's only
rock'n'roll but I like it*, pero de cualquier modo me gustan mucho más
los Doors, no hay nadie como Jim Morrison, nadie que murmure o
grite o escupa esas palabras, *Riders on the storm*, los jinetes cabalgando en una noche de tormenta, yo mismo, solo, fugitivo de Mágina,
cabalgando en la yegua de mi padre, no hacia la huerta, sino hacia
otro país, viajando en un coche por una carretera que no termina
nunca, esa canción de Lou Reed, *fly, fly away*, márchate, vuela lejos,
o la otra, la de Jim Morrison, viaja hacia el fin de la noche, toma la

autopista hacia el fin de la noche, o esa que tanto le gusta a Serrano, desde que la oímos por primera vez en la máquina del Martos la está poniendo siempre, y pega el oído al altavoz porque dice que el bajo lo hipnotiza, la última que han traído de Lou Reed, *take a walk on the wild side*. Serrano y Martín me piden que les traduzca las letras, y cuando hay algo que no entiendo lo que hago es inventarlo, para que no sepan que mi inglés no es tan bueno como ellos imaginan y como yo mismo quisiera que fuese, y en cualquier caso la traducción casi siempre aniquila el misterio, porque lo que nos dicen esas voces no está exactamente en ellas sino en nosotros mismos, en nuestra desesperación y entusiasmo, y por eso muchas veces, cuando hemos fumado y bebido mucho, lo mejor es oír una canción que casi no tenga letra, una de Jimi Hendrix, por ejemplo, las distorsiones furiosas de la guitarra y esa voz lejana que está como perdiéndose siempre entre un vendaval, ese ritmo que nos excita y nos hace cerrar los ojos y olvidarnos de nosotros mismos y de la ciudad donde hemos nacido y adonde milagrosamente llega esa música que nació tan lejos, al otro lado de un mar que yo no sólo no he cruzado, sino que ni siquiera he visto.

Hablo de un extraño, de quien fui y ya no soy, del espectro de un desconocido cuya verdadera identidad sería lastimosa o ridícula si me encontrara frente a ella, si no hubiera extraviado, por ejemplo, los diarios que escribía entonces y pudiera leerlos otra vez, enrojeciendo de vergüenza, supongo, de lástima y piedad por él, yo mismo, y por su sufrimiento y sus deseos, por su amor absurdo y destinado al fracaso y su sentido tribal de la amistad. Es en la música donde tal vez lo encuentro, en las canciones de entonces que ahora vuelvo a oír y me conmueven igual que si el tiempo no hubiera pasado y aún fuera posible enaltecerlo o corregirlo, agregarle una sabiduría que nos fue inaccesible, una ironía y una felicidad que casi nunca, entonces y después, dejaron de ser imaginarias: jinetes en la tormenta, nosotros tres, imaginando que huimos, con nuestros sueños de San Francisco y de la isla de Wight y nuestras caras implacables de Mágina, jinetes en la tormenta que pasean los domingos por la plaza del General Orduña y la calle Nueva mirando a las muchachas con melancolía famélica y se gastan las pocas monedas que les dan jugando al futbolín en el salón Maciste, comprando Celtas cortos en los soportales, subiendo hacia el Martos para introducir en la ranura de la máquina nuestros últimos duros y cerrar los ojos bebiendo una cerveza e imaginando que fumamos marihuana y no un cigarrillo negro. A Félix no le gusta venir con nosotros al Martos, yo noto que se aleja de mí, le gusta el latín y la música clásica, y a mí el inglés y la música pop, cuando estamos agrupados junto a la máquina de discos como alrededor de un fuego que nos vivificara Félix pone cara de aburrimiento y lleva distraídamente el ritmo con el pie, no bebe cerveza, casi no fuma, no habla de mujeres, sólo piensa en sacar buenas notas para que le den la beca salario, porque su padre sigue inmovilizado en la cama y muy pronto morirá, y su madre los ha sacado adelante a él y a sus hermanos fregando suelos y escaleras en las casas de los señoritos. Félix va por la calle silbando tenuemente un adagio barroco y en seguida se despide de nosotros, se va a la biblioteca pública a traducir latín, parece que vive para eso, en su casa tiene siempre puesta la radio pero no oye «Los cuarenta principales» o «Para vosotros jóvenes», sino programas interminables de música clásica. A veces siento que es infiel a mí, a nuestro pasado en la calle de la Fuente de las Risas, cuando yo inventaba historias para contárselas únicamente a él, pero tal vez, me digo con remordimiento, la verdad es lo contrario, que yo le he sido infiel, que prefiero estar con Martín y Serrano, porque a ellos les gustan las mismas canciones que a mí y detestan ir a clase y vivir en Mágina y quieren dejarse el pelo largo

y vestir vaqueros gastados con inscripciones hippies y fumar marihuana y hachís.

El Praxis dice que no quiere ser el típico profesor que hace preguntas
y exige respuestas de memoria, que él busca otra manera de enseñar,
otra praxis, repite, infaliblemente, y también dice mucho «en tanto en
cuanto», si nos hace salir a la tarima es para entablar un diálogo de tú
a tú, pero pregunta, vaya si pregunta: abre el cuaderno donde tiene
apuntados nuestros nombres y yo me encojo instintivamente en la
última banca como para evitar que me alcance un disparo, pero por
esta vez hay suerte, porque ha caído otro, el de la banca que hay delante de la mía, Patricio Pavón Pacheco, que en los exámenes se
sienta siempre a mi lado para copiarme, que no tiene idea de literatura
ni de praxis ni de historia y ni siquiera de religión y falsifica certifi-
cados médicos para irse a fumar y a beber anís al Martos durante la
hora de gimnasia, que en las clases de dibujo usa la regla y el compás
para tocar una imaginaria batería mientras canta por lo bajo *Get on
your knees*, de los Canarios, o esas canciones infectas que empiezan a
sonar cuando se acerca el verano. Lleva el pelo largo y escurrido de
grasa y no se quita nunca en clase las gafas de sol con montura dorada
y cristales verdes, usa camisetas entalladas y pantalones de pata de
elefante y cinturones con ancha hebilla metálica y dice dedicar los
domingos a seducir marmotas y fuma rubio mentolado y enciende los
cigarrillos con un mechero de la Legión. Patricio Pavón Pacheco está
orgulloso de su nombre, dibuja las iniciales en el interior de un círculo con el emblema hippie, le importa un rábano el instituto porque
él lo que quiere es hacerse legionario y seducir extranjeras, dice que
los veranos los pasa de camarero en Mallorca y que no da abasto a
tirarse a tantas alemanas y suecas y holandesas como se le ofrecen, y
alguna vez, disimuladamente, debajo de la banca, me muestra un pe-

queño envoltorio de papel de plata y lo deslía y se lo pasa fugazmente
bajo la nariz y me invita a que lo huela, y ese olor dulce y penetrante
que no se parece a ningún otro me estremece de miedo y de curiosidad, chocolate, me dice por lo bajo, con su voz salivosa, le das una
calada a una mujer y se vuelve loca, sobre todo si lo mezclas con cubalibre y con rubio mentolado. El Praxis, en la tarima, ha dicho sus
dos apellidos mirando hacia el fondo de la clase, como si no supiera a
quién aludía, «Pavón Pacheco», y él, como si ya estuviera en la
Legión y sonaran las primeras notas de su himno, se ha puesto en pie
y ha levantado la mano y ha dicho, «Patricio», y ha salido contoneándose entre dos filas de bancas, más alto de lo que en realidad es gracias a la desmesurada plataforma de sus zapatos a la moda, con los
pulgares en la hebilla del cinturón, sin molestarse siquiera en llevar
su cuaderno de ejercicios, para qué, si no ha hecho la redacción sobre
un poeta olvidado de Mágina que al Praxis le gusta mucho. Se queda
de espaldas a la pizarra con los brazos cruzados y las piernas abiertas,
mirando de soslayo al profesor, sin quitarse las gafas, como un cantante en un escenario, y un minuto después, cuando ya ha cosechado
un sermón del Praxis sobre algo que él llama la responsabilidad au-
toasumida, vuelve a su banca y antes de sentarse me sonríe y me
parece que me guiña un ojo, petulante y feliz, con una desahogada
vanidad de proxeneta. Al Praxis se le nota mucho que ha venido
nuevo este año, se sienta en una banca cualquiera en vez de en la mesa
del profesor y dice que quiere ser amigo nuestro y que al final de
curso no haremos exámenes tradicionales, de todo lo cual obtuvo
Pavón Pacheco la temprana consecuencia de que es un piernas, un
botarate y un julái. Mientras el Praxis lee en voz alta unos versos
sobre la guerra que no terminan nunca yo miro a Marina haciendo
flexiones en el patio, y me marea la agitación de sus pechos debajo de
la camiseta blanca, me imagino acariciándoselos, tomándolos en las
palmas de mis manos, besando sus pezones, que en un sueño que tuve

eran de color verde oscuro, como el maquillaje de sus párpados, y me da vergüenza, la misma que me queda después de masturbarme, vergüenza y sobre todo un dolor tan perpetuo como el de un enfermo crónico. Veo las espaldas de mis amigos en las bancas anteriores, los hombros hundidos, los codos sobre el libro, imaginando que estudian, igual que yo. Serrano se vuelve hacia mí y me hace un gesto, le da un codazo a Martín, nos sonreímos un instante como juramentados, y cuando el Praxis solicita tímidamente silencio vuelven a interesarse por el libro de texto y yo también miro el mío y escribo en él el nombre de Marina. Voy a cumplir diecisiete años y desde los catorce estoy enamorado de ella, y aunque somos compañeros de clase apenas hemos hablado cuatro o cinco veces, casi nunca fuera del instituto, desde luego. Cuando nos cruzamos por la calle me dice adiós y si hay suerte me sonríe, se le nota que no acaba de verme, y casi lo agradezco, porque si me viera la indiferencia probablemente se convertiría en hostilidad, si me viera como yo me veo por las mañanas, en el trozo de espejo que hay colgado en la cocina, sobre la palangana donde me lavo con el agua que mi madre ha sacado del pozo antes del amanecer y calentado en el fuego, exactamente igual que lo hacían su madre y su abuela, qué pobreza, ni cuarto de baño tenemos. Me lavo a manotadas con la misma furia con que se lavaban cuando yo era niño mis tíos, me peino, procurando que el pelo me cubra las orejas, miro mi nariz, que según mi abuela Leonor se parece al asiento de una bicicleta, me hago la raya, me echo el flequillo sobre los ojos, es inútil, siempre tendré cara de palurdo, cara de hortelano, de mocetón de Mágina, quién pudiera parecerse a Jim Morrison, o a Lou Reed, con sus gafas oscuras, sus chaquetas de cuero, su cara chupada, y no la mía, que es una cara de hogaza, una cara irremediable que no mejoran ni el flequillo sobre la frente ni las solapas subidas de mi guerrera azul marino de la Guardia de Asalto, que rescaté del fondo de un armario y me pongo como un gesto de insumisión contra mis padres, y lo peor es que aún quedan señales del grano morado que me salió en la punta de la nariz. Es un tormento diario cuya virulencia luego no sabré recordar, el asco hacia uno mismo, la vejación de verse desnudo y saber que no se es deseado, la barba irregular, los granos en la cara, los cortes que me hago al afeitarme, las camisas a cuadros naranja y los jerseys de ochos que me hace mi madre, por no hablar de la vergüenza de los calzoncillos, cuando nos desnudamos para la clase de gimnasia, los calzoncillos blancos de tela que me llegan a la mitad de los muslos, cortados y cosidos por mi madre y mi abuela, enormes, como calzones de futbolista, hasta Martín y Serrano se ríen de mí, porque ellos usan calzoncillos modernos, de esos que en la televisión llaman *slips*, ceñidos a las ingles. Por no hablar de la humillación de no saber saltar el potro ni ese artefacto temible al que llaman el plinto, echo a correr temblando y cuando he de impulsarme para dar la voltereta me quedo inmóvil como un mulo asustado, los pies hincados en el suelo, las manos colgando a lo largo del cuerpo, es inútil, nunca me atreveré. El profesor de gimnasia, don Matías, que también nos da formación del espíritu nacional, me grita y me llama cobarde y hasta me empuja, pero no puedo, no sé, soy tan torpe como los más gordos de la clase, el pelotón de los torpes, nos llama don Matías, y entonces yo me acuerdo de cuando mi padre me dice que me monte de un salto en la yegua y yo lo intento y me quedo colgado a la mitad, cayéndome ignominiosamente por el lomo, queriendo asirme a la crin, volviéndome hacia él con la cabeza baja para que no vea que he enrojecido, para no ver la decepción en su cara. «Qué poca sangre tienes», me dice, cuando no sé hacer algo que él quisiera que hiciese, cuando no subo de un salto a la yegua o no tengo fuerzas para ajustarle la cincha o para cargarme un saco de hortaliza a la espalda. Sin duda me lo repetirá también esta tarde, cuando llegue a la huerta y lo encuentre enojado porque he tardado mucho. Sonará la campana del final de la clase, las chicas habrán desaparecido del

patio, ella también, estarán duchándose y saldrán desnudas y envueltas en toallas húmedas al pasillo de los vestuarios, el pelo mojado
sobre la cara, la piel reluciente, eso no sé imaginarlo, nunca he visto
desnuda a una mujer, ni siquiera en fotografías, se pondrán blusas
ligeras y pantalones vaqueros y zapatillas de deporte y saldrán a la
calle con sus bolsas al hombro camino de cualquiera sabe qué citas
con tipos mayores y más altos que yo, y si hay suerte me cruzaré con
ella y me dirá adiós, y si no la hay saldré de prisa con mis libros bajo
el brazo y ni siquiera esperaré a Martín y a Serrano ni me detendré a
oír un disco en el Martos, porque mi padre está esperándome. Tengo
que llegar a casa cuanto antes y cambiarme de ropa, me tengo que
poner botas y pantalones viejos y bajar lo más rápido que pueda hacia
el camino de las huertas para ayudarle a mi padre a cargar la hortaliza
en la yegua, para subirla luego al mercado, adonde él irá a vender
mañana, antes de que amanezca, con su chaqueta blanca y esa sonrisa
que para nosotros es desconocida, porque sólo la usa ante sus parroquianas, las mujeres que van todos los días a comprarle y le hacen
bromas y le dicen, parece mentira, lo joven que estás. Y es cierto, lo
pienso ahora, en el pasillo, cuando todavía suena la campana y se
abren las puertas de todas las aulas y el aire se llena de voces y de
olores femeninos, en el mercado mi padre parece mucho más joven
que en casa o en la huerta, será porque mira y sonríe abiertamente y
hay un timbre de jovialidad en su voz. Pero no sé quién es ni cómo es
y sólo empezaré a comprenderlo cuando pasen los años y el odio y la
necesidad de sublevarme contra él se extingan y empiece a descubrir
lo mucho que nos parecemos.

Al salir de la clase he perdido a Martín y a Serrano. Voy por el pasillo
mirando de soslayo las piernas desnudas de las chicas, las más valien-
tes, las que siguen desafiando el viento frío de las tardes de finales de
octubre, casi todas llevan ahora medias o calcetines altos. Bajo las

escaleras, arrastrado por un río de gente que irrumpe de las aulas en cuanto suena la campana, quiero ir más despacio para darle tiempo a que se vista y aparezca con su cara sin maquillar y su macuto al hombro pero los otros me empujan y en seguida estoy en el vestíbulo, busco a alguien, a Martín, a Serrano, que ya estarán esperándome enfrente del instituto, en la acera del Consuelo. En vez de marcharme hago como que me intereso por una lista de calificaciones clavada en el tablón de anuncios y mientras miro de soslayo hacia el corredor de los vestuarios de las chicas, salen algunas de las compañeras de Marina, con el pelo mojado, con minifaldas y calcetines blancos y zapatillas de deporte, pero no ella, tal vez ya se ha ido, y entonces tengo un acceso de miedo y de celos, habrá salido corriendo para encontrarse con alguien, ese tipo alto y mayor y vestido de negro con el que la he visto algunas veces. Tengo que apresurarme, si no salgo rápido ya no la veré, no está en las escaleras, tampoco en el paseo, bajo los árboles, puede que haya ido al Martos, cruzo la calle sin mirar el semáforo, no sólo por impaciencia, sino por falta de costumbre, porque los han puesto hace muy poco. Me asomo al bar del Consuelo, pegando la cara a la cristalera donde hay un cartel de Carnicerito de Mágina, pero Marina no está en la barra. Veo fugazmente a un hombre mayor que parece forastero, con gafas, con pajarita, con un traje oscuro. El viento de la tarde de octubre huele a lluvia, paso junto a los cocherones de la Pava, de donde viene un olor nauseabundo y también excitante a gasolina y a neumáticos, entro en el Martos y nada más empujar la puerta de cristales se me sobresalta el corazón y me contrae el estómago un nudo de inminencia, estará aquí, pienso, casi puedo reconocer su perfume igual que lo reconozco cuando entro tarde a clase y todavía no la veo. Pero no hay nadie en la larga barra de cinc, ni siquiera mis amigos, y las luces de la máquina de discos parpadean en la penumbra del fondo. Está sonando una canción, *Proud Mary*, no la versión de los Credence, sino la de

Ike y Tina Turner. En el aire vibran densamente la batería y el bajo. Camino hasta el final, donde está la puerta que da a un pequeño jardín y luego a la discoteca —Acuario's— en cuya casi oscuridad mis amigos y yo no nos hemos internado nunca, y en uno de los divanes que hay contra la pared veo a una pareja que se abraza al amparo de la soledad y de la sombra, una melena negra, tal vez la de Marina, unas piernas desnudas a pesar del frío de la tarde de octubre. Sin darme cuenta me quedo mirándolos besarse, con alivio porque la chica no es Marina y también con envidia, porque yo nunca he besado ni abrazado a una mujer, mirando los muslos anchos de ella y la mano avariciosa y experta que los va recorriendo desde las rodillas y se introduce debajo de la minifalda y luego sube rudamente para estrujarle los pechos. Es al fijarme en el anillo que hay en esa mano y en la esclava de plata que brilla en la muñeca cuando descubro quién es él, aunque su cara sigue oculta entre el pelo de la chica, reconozco los pantalones de campana y los zapatos de plataforma y la grasienta melena con flequillo de Patricio Pavón Pacheco. No se ha quitado las gafas de sol y cuando se aparta de la boca de ella limpiándose los labios seguramente le cuesta trabajo distinguirme en medio de su verdosa oscuridad. Me saluda, con su risa de mono, me invita a que me siente con ellos y pida algo de beber, un pippermint con hielo, me sugiere, señalando las dos copas de un verde translúcido que ni siquiera han probado, y me hace un gesto procaz de complicidad señalando a la chica, que tiene la cara basta y muy pintada y los pechos muy grandes y me sonríe de un modo que me desconcierta, como invitándome a algo y burlándose al mismo tiempo de mí. No es del instituto, seguro, ni tampoco extranjera, será una marmota, como dice Pavón Pacheco, que en los intermedios de las clases me muestra enigmáticos envoltorios de condones, me enseña palabras de tipo técnico, dice —nombres de posturas, de vicios o de enfermedades venéreas—, y me da consejos sobre las mujeres que debo elegir: las marmotas tragan, las putas tienen buen corazón, enamorarse es una debilidad de maricones, todas las extranjeras vienen a España buscando lo mismo, lo malo es que casi ninguna llega a Mágina, se quedan todas en Mallorca o en la Costa Brava o en la Costa del Sol.

Tengo que irme, le digo, no me atrevo a preguntarle si ha visto a Marina, porque sospecho que se reiría de mí, cuando miro por última vez a la posible marmota se ha inclinado hacia la mesa para tomar su copa y veo la camisa entreabierta y la hendidura entre sus dos pechos blancos y apretados. Casi enrojezco, menos mal que las gafas verdes y la poca luz no permitirán que Pavón Pacheco descubra mi torpeza, les digo adiós y ya no me ven, porque están besándose otra vez, hundiendo cada uno la lengua en la boca del otro, lamiéndose las barbillas y los labios y respirando muy fuerte y como sofocados. Ahora suena en la máquina una canción erótica que Pavón Pacheco me hizo traducirle y que según él es muy buena para arrimarse y meter mano, *Je t'aime, moi non plus*. Salgo a la calle acordándome de la cercanía y del olor de Marina cuando se sienta por azar a mi lado en alguna clase y no sé imaginar a qué sabrán sus besos. Doy una vuelta por el parque, donde ya no queda nadie del instituto. En el reloj lejano de la plaza del General Orduña dan las seis y empiezan a sonar campanas en todas las iglesias de Mágina. Apresuro el paso, resignado a no verla, *take a walk on the wild side*, pienso, imagino que ando como un lobo por una calle de Nueva York o de París, que vivo solo y tengo veinte años y no dieciséis. Bajo por el callejón de Santiago hacia la calle Nueva, donde es posible que ella esté paseando con alguien, tal vez la veré un poco más adelante, en la calle Mesones, donde hay una heladería en la que la he visto algunas veces, pero la heladería ya ha cerrado, o en la plaza, adonde puede haber ido para comprar cigarrillos en los puestos de los soportales. Compro un Celtas, lo enciendo y me quedo un rato fumando mientras miro las carteleras del Ideal Cinema, los libros y los cuadernos bajo el brazo, las manos en los bolsillos, mi figura solitaria y ansiosa reflejada en las cristaleras del Monterrey, mis ojos volviéndose con un reflejo de angustia hacia la torre del reloj, donde ya son las seis y cuarto: aún no sé que voy a vivir así la mayor parte de mi vida futura, caminando solo por ciudades que únicamente se parecerán a Mágina en su desolación, buscando a alguien, un amigo o una cara de mujer que seguirá siendo más o menos la misma aunque varíen sus rasgos o el color de su pelo y sus ojos, acuciado por relojes que señalan obligaciones y límites, perdido, igual que ahora, que esa tarde de finales de octubre, mirándome de soslayo en las cristaleras de los bares o en los espejos de las tiendas, inventándome a mí mismo como a un personaje de novela o de cine que nunca acaba de pertenecer plenamente a una historia.

Bajo por los soportales, y al llegar a la esquina de la calle Gradas tengo la tentación de asomarme al salón Maciste, donde tal vez están jugando al billar mis amigos, pero se me ha hecho tarde, intolerablemente tarde. Toda mi vida llevaré un cronómetro insomne en el interior de mi conciencia. Descarto la posibilidad de encontrarlos y enfilo la acera del Rastro camino de la Cava y del barrio de San Lorenzo, si me doy prisa aún puedo llegar a la huerta de mi padre antes de que sea de noche. Las barberías, las tabernas con su olor a vino fermentado y sus letreros en forma de televisor, los coches aparcados entre las acacias que serán cortadas dentro de unos años, los hondos solares de palacios derribados donde se levantan armazones de pilares de hormigón y vigas metálicas, el semáforo recién instalado en el cruce del Rastro y de la calle Ancha, junto al que mucha gente se detiene todavía no para cruzar sino para ver cómo parpadea el diligente hombrecillo verde y se convierte en un hombrecillo rojo que espera con las piernas abiertas, las aceras más anchas y los jardines de la Cava, que bajan hacia los miradores del sur costeando la muralla y por donde todas las tardes se pasean las parejas de novios: andaba siempre por la ciudad sin mirarla, odiándola de tan sabida como la tenía, renegando

de ella, creyéndola definitiva y estática y sin darme cuenta de que
había empezado a cambiar y que alguna vez, cuando volviera, ya casi
no la reconocería. Iba a doblar la esquina de la calle del Pozo cuando
miré sin atención hacia los jardines que rodean la estatua del alférez
Rojas y vi a un hombre y a una mujer que venían hacia mí caminando
entre los rosales y los macizos de arrayán. A la luz ya violeta y escasa
del atardecer el dolor me permitió distinguir a Marina con más precisión que mis pupilas: aún llevaba los pantalones del chándal y las zapatillas deportivas, y en vez de un bolso colgaba de su hombro el
macuto de gimnasia, pero se había dejado el pelo suelto y se cubría
los hombros con una cazadora. Junto a ella iba un tipo mucho más
alto a quien yo no había visto nunca. Andaban un poco separados,
sin tocarse, él muy atento a algo que Marina le decía, ella moviendo
las dos manos y mirándolas como para estar segura de la claridad de
su explicación. Conocía ese gesto porque se lo había visto hacer en
clase muchas veces. Me quedé inmóvil en la esquina durante unos
segundos, viéndolos acercarse, seguro de que no me veían, distraí-
dos por una conversación que de vez en cuando interrumpía la risa de
Marina. No me verían aunque siguiera sin moverme cuando pasaran
a mi lado, aunque ella detuviera un instante sus grandes ojos verdes
en mí y sonriera y me dijera adiós. Volví la cara, bajé aún más la
cabeza, caminé en dirección a mi casa sobre el empedrado de la calle
del Pozo, y cuando oí de nuevo, sin volverme, la risa de Marina, sentí
con un ensañamiento de celos y de humillación que estaba riéndose
de mí, de mi cara, de mi desdicha, de mi amor, del barrio donde vivía
y de la vida que llevaba.

En mi casa, en el comedor ya a oscuras, sentadas junto a la última
claridad de la ventana, mi madre y mi abuela Leonor cosían escuchando en la radio el consultorio de la señora Francis. Entré sin decir
nada, intoxicado de infortunio, dejé los libros en la mesa y no res-
pondí cuando mi madre me dijo que me diera prisa en cambiarme,

que iba a llegar tarde a la huerta. Subí a mi cuarto, puse en el tocadiscos una canción de los Animals, y mientras la oía y procuraba repetir la letra imitando el acento de Eric Burdon me quité los vaqueros y la guerrera azul y las zapatillas de deporte y me puse la ropa de ir al campo como si vistiera por obligación un uniforme indigno, las botas viejas y manchadas de barro seco, los pantalones de pana que olían a estiércol, un jersey grande y gris que había sido de mi padre. Gritaba en silencio, movía los labios como si la voz de Eric Burdon fuera mía. Delante del espejo procuré poner su cara torva y temeraria y me eché el pelo por detrás de las orejas y me lo aplasté con agua para que mi padre no pensara que lo tenía demasiado largo. Bajé corriendo las escaleras y salí a la plaza de San Lorenzo sin pararme ni a decir adiós. Pensaba, dentro de un año me habré ido, me prometía no regresar nunca, me juraba a mí mismo que si mi padre me preguntaba por qué había tardado tanto no le contestaría. Cuando llegué a la huerta ya era de noche, mi padre había terminado de cargar la hortaliza en la yegua y me miró sin decir nada cuando le conté que había tenido que quedarme hasta las seis y media en el instituto. Dentro de la casilla, alrededor de una lumbre de tobas de alcaucil, el tío Pepe y el tío Rafael y el teniente Chamorro liaban cigarrillos y se pasaban una botella de vino contándose historias de la guerra y acordándose del comandante Galaz. «Lo vi ayer», decía el teniente Chamorro, «os juro que lo vi». Pensé con desdén, con rencor, casi con odio, que estaban como muertos, que se pasaban así la mayor parte de sus vidas, impotentes, atados a la tierra, invocando fantasmas.

Despertó sin un solo residuo de fatiga o de sueño, un poco antes del amanecer, cuando aún había una oscuridad de noche cerrada en la ventana, y se quedó quieto, con los ojos abiertos, en una actitud de alerta sin motivo, escuchando tras la pared la respiración de su hija, que dormía en la habitación contigua. Pero estaba seguro de que lo había despertado algo, no un sobresalto del sueño sino un accidente de la realidad, y al moverse quería, como un cazador, que se repitiera ese mismo sonido ahora que él estaba en guardia y podía descubrir su naturaleza y su origen. Porque al despertar había notado un impulso de su juventud, la energía alarmada y súbita de los amaneceres de cuartel, y después el sosiego que tanto le complacía cuando era un cadete y al abrir los ojos comprobaba que aún no era inminente el toque de diana. Eso había soñado, que tocaban diana, que había vuelto al internado militar o a la academia y que si no saltaba rápidamente de la cama sería castigado. Encendió la luz de la mesa de noche, se puso las gafas y miró su reloj: eran las siete en punto. Y justo cuando el segundero alcanzaba la señal de las doce oyó un sonido muy lejano y muy débil que lo conmovió como si aún le durara el

impudor de los sueños: estaban tocando diana en el cuartel de Mágina, y el viento del oeste le traía esas notas tan debilitadas como si
sonaran al fondo de la distancia del tiempo. Había dormido con la
ventana abierta, porque antes de acostarse bebió más de lo que su hija
hubiera aceptado y no quería que oliera rastros de alcohol cuando
entrara a buscarlo: aún no circulaban automóviles, y en el silencio de
la madrugada los sonidos tenían una claridad nítida y estremecida,
como los colores de un paisaje a la luz de un día limpio de noviembre.
Los pájaros en el parque próximo, las primeras campanadas de las
iglesias, el reloj de la plaza del General Orduña, que dio las siete
un poco después, cuando ya se había extinguido el eco de la corneta
que tocaba diana y el comandante Galaz seguía inmóvil bajo las sábanas, imaginando el escándalo de pisadas de botas por las escaleras
del cuartel, las caras de miedo y sueño de los soldados que corrían
hacia la formación medio vestidos todavía, las gorras en la nuca, los
cordones desatados, los más torpes quedándose atrás o arrollados por
los otros, los gritos broncos de los cabos de cuartel y los sargentos
de semana.

Caras sin afeitar, cabezas despeinadas, cuerpos mal aseados con olor
a noche y a mantas y uniformes viejos, miradas de aburrimiento, de
miedo, de melancolía, de hambre. La formación se cerraba con un
ruido de botas y de manos abiertas golpeando los costados al unísono. En su dormitorio del pabellón de oficiales él también se levantaba a las siete, aunque no estuviera de servicio. Saltaba de la cama
como si fuera una íntima vejación permitirse un instante más de
pereza y hacía treinta flexiones rápidas y elásticas sin apoyar ni una
sola vez el vientre en el suelo y luego se erguía de un salto y se daba
una ducha de agua fría que lo incorporaba definitivamente a la lucidez cruel del despertar y la disciplina. A las siete y cuarto su ordenanza le servía el café, ardiente y sin azúcar, y solía encontrarlo

inmóvil ante la ventana abierta, tal vez sosteniendo todavía la navaja de afeitar, limpiando lentamente su filo en una toalla, como si la navaja fuera un arma y la luz del amanecer el indicio de un ataque enemigo. Corservaba una memoria infalible para los nombres, y todavía se acordaba del último ordenanza que tuvo: Moreno, Rafael Moreno, un soldado flaco, con la nariz larga y fina, con las orejas grandes, con una atemorizada lentitud campesina en sus gestos. Dejaba el servicio de café sobre la mesa de pino donde había siempre una pistola en su funda y un libro forrado con papel de periódico, y antes de salir daba un desmañado taconazo y se cuadraba echando muy atrás la cabeza. «¿Ordena alguna cosa más, mi comandante?» «Gracias, Moreno, tráigame en seguida las botas.» Las botas limpias, relucientes de grasa, las hebillas bruñidas, la gorra de plato con una ligera inclinación a la izquierda calculada frente al espejo. En el cuarto de baño se vio despeinado y en pijama, con un rastro de barba blanca y gris, con la piel del cuello pálida y un poco descolgada. Para afeitarse bien se puso las gafas y procuró que el ruido del agua en el grifo no despertara a su hija. El orden inflexible de los objetos, de las palabras y las horas, de cada gesto singular, la mirada interrogando en el espejo algún signo de debilidad o de sueño, las yemas de los dedos deslizándose sobre la piel del mentón para comprobar que no había una sola aspereza, un descuido mínimo en el afeitado, el libro forrado para que nadie leyera su título y guardado bajo llave antes de salir, la atención detenida durante los últimos segundos en el valle donde amanecía, al otro lado de la ventana, en la figura del jinete sin nombre que cabalgaba de noche y cuyos rasgos parecían rejuvenecer con la claridad de la mañana. El tubo de luz sobre el espejo del lavabo le daba a su piel una blancura excesiva y acentuaba las arrugas a los lados de la boca y las bolsas de los párpados. Le olía a alcohol el aliento: al expulsarlo el espejo se empañó y dejó de ver su cara. La barbilla alta, las mandíbulas apretadas, la mirada al frente, enconada y vacía como un grito de mando. Ahora sería por lo menos general de división, y los domingos por la mañana, al terminar la misa, con su uniforme de gala y su fajín y la pechera brillante de condecoraciones, empujaría devotamente el coche de inválida de aquella mujer de pelo blanco y boca caída que ni siquiera lo había mirado al pasar junto a él. Su cabeza oscilaba como si ya no la sostuvieran los músculos del cuello, y tenía un rosario enredado en las manos. Qué alivio, en el cuartel de Mágina, despertarse en una cama donde estaba solo, en una habitación donde no había más que una mesa desnuda y una pequeña estantería y un grabado en la pared y adonde no entraba nadie más que él y su ordenanza, porque no tenía la costumbre, como otros oficiales, de invitar a los compañeros a beber y a jugar a las cartas y a hablar zafiamente de mujeres después del toque de silencio. Nadie sabía su secreto: carecía tan absolutamente de vocación militar como de cualquier otra vocación imaginable. Era como si desde que nació le hubiera faltado un órgano interno que los demás hombres poseían, pero cuya ausencia no era perceptible y podía hasta cierto punto ser disimulada con éxito. En lugar de ese órgano, una especie de víscera que segregaba orgullo y coraje y honor, el comandante Galaz imaginaba desde la adolescencia que tenía una oquedad de aire, un espacio oculto y vacío, como un cofre sellado que no contiene nada. Pero también hay hombres que viven con un solo riñón y cobardes que se vuelven héroes en un rapto de pánico. Para no ser descubierto había pasado la primera mitad de su vida cumpliendo con una exasperada precisión hasta las normas más ínfimas de la disciplina militar. En el internado, en la academia, en las guarniciones de la Península y de África donde estuvo sirviendo desde los veinte años, veía a otros permitirse negligencias a las que él nunca accedió. Bebía muy poco, fumaba al día cinco o seis cigarrillos, y los fumaba siempre a solas, en su habitación, no porque temiera alentar en los otros alguna sospecha de debilidad, sino porque el tabaco le procuraba un efecto narcótico al que únicamente en la soledad le parecía prudente abandonarse. El jefe de la guarnición, el coronel Bilbao, que había sido compañero de su padre, lo animaba siempre a buscar una casa en Mágina: no podía quedarse en ese cuarto del pabellón de oficiales que era más bien la celda de un monje; le convenía, para no estar tan solo, traerse pronto a su mujer y a su hijo, teniendo en cuenta además que ella estaba embarazada. El coronel Bilbao tenía el pelo blanco y encrespado y el cuello inclinado hacia adelante como un ave al acecho y la cara morada de coñac y embotada de insomnio. Su despacho estaba en la torre sur, bajo la terraza de los reflectores, y la luz de las ventanas que daban al valle y al patio del cuartel no se apagaba en toda la noche. A las cinco o a las seis de la madrugada dormitaba en su sillón de madera labrada con la guerrera floja y un hilo de saliva colgándole del labio inferior, grueso y rojo en la cara tan pálida como la desgarradura de una herida. Su asistente llamaba a la puerta del dormitorio del comandante Galaz y le pedía de parte del coronel que tuviera la bondad de acudir al despacho. «Galaz, si no fuera porque usted es tan amable de venir a hacerme compañía a estas horas ya me habría pegado un tiro.» La noche de julio en que se voló la cabeza el coronel Bilbao también parecía dormitar en su sillón con la guerrera desabrochada y la cabeza caída sobre el pecho, pero el hilo de saliva que le colgaba de la boca era rojo y espeso y había manchado un pliego de papel con el emblema de la guarnición donde el coronel sólo había escrito el nombre de la ciudad y la fecha. El coronel Bilbao tenía en Madrid una hija divorciada a la que suponía perdida en el activismo político y el libertinaje y un hijo inepto al que odiaba porque a los treinta años no era más que un sargento sin porvenir ni vocación. El coronel Bilbao dedicaba una parte de su insomnio a escribir a sus dos hijos cartas insultantes que no siempre rompía al amanecer. Sentado frente a él, el comandante Galaz bebía café y cortos sorbos de brandy y lo escuchaba en silencio. «Galaz, ¿sabe usted por qué tenemos hijos? Para que nuestros errores duren más que nosotros.»

Apagó la luz del cuarto de baño y cerró la puerta suavemente, terminó de vestirse con el mismo esmero que ponía cuando llevaba uniforme y se preparaba para asistir a un desfile solemne. La camisa limpia, doblada por su hija y guardada en un cajón, el chaleco, la americana, el pequeño escudo de la universidad en el ojal, la pajarita, el sombrero. Las madrugadas ya eran frías, pero descartó el abrigo como una innoble concesión a la vejez. Entró a tientas en el dormitorio de su hija: dormía de lado, abrazando la almohada, con la boca entreabierta y el pelo en desorden sobre la cara, tenuemente blanca a la luz del amanecer. Se removió bajo las sábanas, dijo algo en voz alta, unas palabras indescifrables en inglés, y luego su cuerpo volvió a serenarse y se extendió un poco más sobre la cama. Hija mía, error mío, herencia mía no buscada ni merecida, que mirarás el mundo cuando yo esté muerto y llevarás mi apellido y una parte de mi memoria cuando ya nadie se acuerde de mí. Le dejó una nota en la mesa de noche: volvería antes de las nueve. Ahora los soldados estarían lavándose y haciendo las camas urgidos por los cabos de cuartel y dentro de unos minutos sonaría la corneta para la formación del desayuno, y luego vendría el aviso del cambio de guardia. En el bar del hotel bebió un té con leche. Su estómago ya no toleraba el café, pero le gustaba tanto olerlo que procuraba ponerse cerca de alguien que estuviera tomándose una taza. Pensó pedir una copa de aguardiente, pero temió que más tarde su hija le oliera el aliento. No le diría nada, pero lo miraría con un gesto de reprobación que era el único que había heredado de su madre: también había heredado de ella la forma de la barbilla y el color del pelo y de los ojos, pero no, por fortuna, la frialdad de su expresión. Vivió durante dieciocho años con una mujer en cuya mirada no había nadie, frente a dos pupilas tan objetivas como el cristal de un espejo, y ahora ni siquiera tenía que intentar olvidarla para no sentirse responsable de su desgracia, su enfermedad y su muerte. No era difícil olvidar, sino acordarse de ella. Algunas noches se despertaba creyendo oír los latidos de su corazón, que resonaban como golpes metálicos desde que le implantaron unas rudimentarias válvulas artificiales, como avisos de amenaza y chantaje. Luego los golpes se detuvieron en la habitación del hospital y fue como si alguien hubiera desconectado un televisor. Ni él ni su hija volvieron a encender el que ella siempre miraba, silencioso ahora e inútil como un mueble anacrónico, con su pantalla convexa y gris reflejando la sala que ella nunca más iba a limpiar con devoción neurótica y el sofá donde ya no estaba sentada, con su alto peinado rígido y su maquillaje excesivo, con una copa transparente en la mano.

Golpes metálicos resonando en el pecho de una mujer enferma como una torpe maquinaria que sostenía en ella el ritmo difícil de la vida: redobles de tambor y toques de trompeta a lo lejos, viniendo del oeste, traídos hacia él por el viento en el que había un olor a lluvia próxima. Frente a la entrada del cuartel ya se habría formado la guardia y un suboficial estaría izando la bandera. Salió del hotel y caminó despacio por la avenida, contra el viento, pasando junto a los garajes donde empezaban a levantarse las cortinas metálicas y los escaparates inmensos de las tiendas de coches y cruzándose con oficinistas madrugadores y ateridos, estudiantes que subían hacia el instituto, hombres del campo que llevaban de la brida sus bestias. En el lugar de la antigua estación ahora había un parque con una gran fuente en el centro: por las noches la veía iluminada desde su habitación, y el conserje le había explicado, con orgullo local, que no había en toda la provincia un chorro de agua que subiera tan alto o tuviera aquellos cambios de luces. Bajó hasta la calle Nueva, se detuvo en la esquina del hospital de Santiago, pensando continuar en dirección a la plaza del General Orduña, pero entonces vio frente a él una ancha calle con dos filas de castaños de Indias que descendía hacia el sur y parecía acabarse frente al mar. Las casas blancas a ambos lados eran más bajas que las copas de los árboles, y en lo más hondo, a la derecha, contra el perfil alto y brumoso de la sierra de Mágina, se veía sobre los tejados el depósito de agua del cuartel. «No tiene pérdida», le habían dicho una vez en la estación, «en cuanto llegue al final de la calle Nueva podrá ver el depósito». Vestía aquella mañana de hacía media vida un traje de lino gris claro que le daba, junto al bronceado de Ceuta, un cierto aire de indiano. Llevaba una maleta ligera en la que no guardaba más que su uniforme con la estrella de ocho puntas recién cosida a las bocamangas, su correaje y su pistola, unos pocos libros forrados con papel de periódico, una muda de ropa interior. Pero estaba cansado del viaje y no tenía ganas de llegar tan pronto al cuartel y empezar la ceremonia extenuante de presentaciones, parabienes y saludos, el probable encuentro con viejos compañeros, los brindis con mediocre jerez en la sala de oficiales. Parecía mentira, le dirían, con entusiasmo, con envidia oculta y rencor, treinta y dos años y ya era comandante. En Ceuta, su mujer, cuando supo la noticia, compró dos benjamines de champán y rompió a llorar mientras brindaban, se atragantó y manchó su amplio vestido de embarazada. En cuanto encontrase una vivienda adecuada mandaría a buscarla: quién sabe cómo sería esa ciudad perdida adonde iba destinado, Mágina, qué incomodidades deberían ella y el niño soportar si desde el principio se marchaban con él. En los recuerdos y en los sueños algunas veces las confundía a las dos: la hija y esposa y madre de militares españoles, la bibliotecaria americana con la que se casó veinte años después por la exclusiva razón de que la había dejado embarazada la única vez que se acostó con ella. Algo tenían en común: las dos eran católicas, hacia ninguna de las dos había sentido nada que se pareciera al amor. Incluso hubieran podido intercambiar sin dificultad los reproches que preferían hacerle, el hábito de las lágrimas en los dormitorios oscuros y tras las puertas cerradas y del vengativo silencio. Se recordó liviano y solo, en la mañana de abril de 1936, en una ciudad desconocida, sin necesidad ni nostalgia de nadie, sin la obligación perpetua de simular y asentir, caminando por calles empedradas donde verdeaba la grama al sol oblicuo, dorado y tibio de las once, sentado luego en un café, en los soportales de una plaza donde había una torre y la estatua circundada de acacias de un general a quien él conocía, porque sirvió a sus órdenes en la guerra de África. El perfil de la estatua era singularmente fiel a su modelo: en la plaza de Mágina, como en las barrancas peladas de Marruecos, el general Orduña miraba hacia el sur con la altanería estupefacta de quienes ganan batallas por casualidad y no llegan a comprender en qué momento ni por qué motivo un confuso desastre se convierte en victoria.

Pero ahora la calle que iba hacia el cuartel no se llamaba Catorce de Abril sino Dieciocho de Julio: la sórdida fecha tenía para él algo de conmemoración personal. Si no hubiera ido solo no se habría atrevido a bajar por ella: cómo explicarle a su hija que no tenía nostalgia de haber sido un militar, que lo que estaba buscando no era un escenario muerto y tal vez vergonzoso del pasado, sino la solución a un enigma imposible, el de su vida hasta los treinta y dos años, el de su entrega inflexible a una tarea que nunca le importó: la de llegar a ser lo que otros decidieron que fuese y aclimatarse desde el final de la infancia a la disciplina militar tan sin esfuerzo ni deseo como si no hubiera otro destino posible para él. Al cruzar la calle Nueva desde la esquina del hospital casi le arrebató el sombrero el viento que venía de las colinas de olivares del oeste. La pendiente le obligaba a caminar más aprisa y le concedía el sentimiento tranquilizador de no ser él mismo quien guiaba sus pasos. Parecía que la calle y el horizonte se ensanchaban y que eran más altos los castaños. Con las puertas de las casas abiertas de par en par las mujeres barrían y fregaban los zaguanes y algunos hombres con boinas y pellizas y pantalones de pana cinchaban mulos atados a las rejas y luego emprendían el camino del campo echándose sobre los hombros las riendas de cáñamo. Al bajar por la acera le llegaba el olor caliente de las cuadras y oía ráfagas de seriales y de canciones de la radio mezcladas con voces agudas de mujeres que apuraban a sus hijos porque se les estaba haciendo tarde para ir a la escuela. Niños con mandiles azules, con carteras al hombro, con el pelo mojado y aplastado, salían de los portales y se quedaban mirándolo con interés y recelo, igual que algunas mujeres que lo examinaban sin disimulo y sólo seguían barriendo cuando él había pasado. Pero ya no tenía aquel miedo absurdo a ser reconocido que estuvo inquietándolo los primeros días. Quién iba a conocerlo después de tantos años, a quién de los supervivientes de entonces podía importarle su regreso, si él mismo ya era otro, si ni siquiera tenía la sensación de volver. Tan desconocido como entonces, tan despojado, tan sereno, llegó al final de la calle, a la explanada desnuda frente al terraplén y al horizonte del valle, sumergido todavía en una niebla azul claro en la que se hundían como raíces colosales las estribaciones de la Sierra. A la derecha, al otro lado de las casas, se alzaba el volumen de piedra oscura del cuartel, con sus torreones en los ángulos, con los alféizares de ladrillo rojo, con el portalón abierto entre dos garitas con almenas y el escudo rojo y dorado del arma de Infantería. A la izquierda, hacia el este, se prolongaban por las laderas arboladas de las huertas las ruinas de la muralla antigua de Mágina, los tejados y las fachadas blancas de los miradores, las iglesias de los barrios del sur. Ésta sí era la ciudad que él había conocido, la que había ido descubriendo a lo largo de una mañana perezosa de abril, con las manos en los bolsillos de su pantalón de turista o de indiano, pues le habían guardado la maleta en aquel café de la plaza del General Orduña, con una secreta felicidad indolente que le era más valiosa porque hasta entonces apenas había sabido que existiera y no iba a durarle más que unas pocas horas. «Mi comandante, ya nos tenía preocupados, lo esperábamos a primera hora de la mañana, y el coronel Bilbao nos dijo que usted nunca se retrasa.» En cuanto vio a aquel teniente tan joven cuadrarse ante él y mirarlo con sus ojos fijos y fanáticos bajo la visera de la gorra supo que era un peligro. Pero eso fue más tarde, después de las siete, cuando ya anochecía. Se quedó dos horas sentado en el velador de los soportales, rodeado por el rumor de los grupos de hombres del campo que fumaban de pie y parecían esperar algo que no llegaba a suceder, se permitió, pues nadie iba a saberlo, una cerveza y un vermú, comió tranquilamente en una fonda de la calle Mesones, disfrutando de cada minuto memorable y trivial, mirando por la ventana a las mujeres que pasaban, bajó al azar por una calle con cafés y pequeñas tiendas de tejidos y se encontró de repente en una plaza que le pareció de una horizontalidad ilimitada, con palacios de piedra amarilla y escalinatas y patios con columnas de mármol y una iglesia al fondo que tenía una portada con bajorrelieves de centauros y estatuas de mujeres con los pechos al aire que sostenían escudos nobiliarios. Como en las ciudades marítimas, un abismo de azules se desplegaba al final de algunas calles orientadas al sur. De vez en cuando, entre el escándalo de las campanas, oía los toques lejanos de la trompeta del cuartel y un redoble de tambores monótonos. Pero, inexplicablemente para él, que había vivido siempre acuciado por los relojes y las obligaciones, no tenía prisa, y volvió hacia el centro de Mágina desviándose al azar por los callejones umbríos y las pequeñas plazas con acacias o álamos donde sólo escuchaba voces y ruido de cubiertos en el interior de las casas, cascos de caballerías, pasos igual de solitarios que los suyos. Al volver una esquina lo sorprendió una espadaña por donde la hiedra había trepado hasta alcanzar la cruz de hierro que la culminaba y la fachada de un palacio flanqueado de rudas torres medievales que tenía en el alero una fila de gárgolas. Luego no supo en qué lugar de la ciudad había encontrado la tienda del anticuario donde compró el grabado de Rembrandt que colgó aquella misma noche en su dormitorio del pabellón de oficiales. Andaba distraído y cansado, por culpa de la caminata tan larga y de la cerveza y el vermú, llevaba un rato queriendo orientarse y decidió que debía preguntar a alguien. La tienda ocupaba la planta baja de un palacio con los muros abombados y las piedras oscurecidas de humedad y de líquenes, y en el escaparate, tras la reja de una ventana, había un arcón viejo, un almirez de cobre, un jarrón agrietado de porcelana azul, un grabado sombrío, sin enmarcar, con los bordes gastados y curvándose hacia el interior como los de un pergamino. Un hombre joven cabalgaba sobre un caballo blanco por un paisaje nocturno. Había tras él la sombra boscosa de una montaña y el perfil de algo que parecía un castillo abandonado, pero el jinete le daba la espalda, con desdén, casi con vanidad, con la mano izquierda apoyada en la cadera, con una expresión de absorta serenidad y arrogancia en la cara tan joven. Era indudablemente un soldado, alguna clase de guerrero: llevaba un gorro que parecía tártaro, un arco y un carcaj lleno de flechas, un sable curvo y enfundado. El comandante Galaz, que no solía fijarse en la pintura ni en las antigüedades, se lo quedó mirando un rato en el escaparate y luego entró en la tienda y pagó por el grabado una cantidad mínima: él mismo se extrañó de hacerlo, porque carecía de la costumbre de hacerse regalos. Pero ya siempre lo llevó consigo y lo tuvo colgado frente a sí en todos los lugares donde vivió su vida futura y su destierro. Lo había traído ahora, en su equipaje escaso, guardado en un cilindro de cartón, lo desclavó otra vez y lo volvió a guardar en la misma funda el día en que decidió volver para siempre a América, y cuando su hija, dieciocho años más tarde, al día siguiente de su entierro, fue al almacén de la residencia de ancianos a recoger las cosas que le habían pertenecido, sólo encontró un baúl lleno de fotografías tomadas en Mágina, una Biblia en español y un cilindro de cartón en cuyo interior había media docena de diplomas militares y aquel grabado del jinete que cabalga temerario y sonámbulo en medio de la oscuridad.

No quiso continuar acercándose a la puerta del cuartel: ya oía, sobre la grava del patio, los pisotones de los soldados que hacían instrucción y las voces de mando de los suboficiales. A los sesenta y nueve años aún soñaba angustiosamente algunas veces que escuchaba el toque de diana y no tenía fuerzas para levantarse o carecía de una parte del uniforme, de modo que sería arrestado en cuanto el sargento de semana pasara revista. Pero se le hacía tarde, eran más de las nueve, cuando llegara al hotel su hija ya estaría cansada de esperarlo. Pensó mentirle cuando le preguntara adónde había ido. Volvió aprisa, por las mismas calles, mirando apenas a su alrededor, un poco asombrado por su indiferencia. En recepción le dijeron que su hija estaba desayunando en el bar. La vio detrás de los cristales, recién duchada, con el pelo húmedo y la cara de sueño, ajena a él, conversando en la barra con alguien. Iba a empujar la puerta y la curiosidad y los celos instintivamente le hicieron detenerse: su hija hablaba con un hombre a quien él no conocía, no muy joven, de treinta y tantos años, le sonreía y se inclinaba con atención hacia él.

Me rebelaba en silencio contra ellos, bajando la cabeza, procurando no mirar a sus ojos, no ver sus caras endurecidas por la obstinación del trabajo y de la voluntad, por el estupor de no entender y la decisión de no aceptar lo que no comprendían y les daba miedo. El mundo había cambiado a su alrededor, había en casa televisión y frigorífico y cocina de gas y hasta un grifo de agua corriente en el patio, había tractores en el campo y máquinas de cavar y segadoras, pero en ellos la única novedad era el asombro, porque el recelo que ahora sentían no era sino una derivación del miedo de siempre, del terror vivido, aprendido y heredado, del hábito de hablar en voz baja y con medias palabras y no poseer más garantía de supervivencia que la mansedumbre y la reclusión inquebrantable en los lazos de sangre. De qué manera había cambiado todo, qué rápido, como en esas películas en las que se ve a una pareja de granjeros pobres y recién casados que cortan y amontonan fatigosamente troncos en medio de un valle salvaje, y empiezan a construir una cabaña, y en seguida la cabaña está terminada y es invierno y sale humo por la chimenea, y en el interior, junto al fuego, la mujer amamanta a un niño rubio, y en un parpadeo de los ojos el granjero mísero va vestido con levita y sombrero blanco y conduce un coche de caballos por una alameda que no ha tardado ni dos minutos en crecer, y en el siguiente fotograma el niño que hace nada era amamantado es adulto y se despide de su madre para ir a la guerra, y vuelve de ella al cabo de varios años, y sus padres tienen el pelo blanco y lo reciben en el porche de una casa con columnas delante de la cual no hay un coche de caballos, sino un automóvil, y ya no hay manera de saber quién es el padre ni quiénes son los hijos ni de quién es el funeral que se celebra en un cementerio con césped unos segundos antes de que ascienda la música y aparezcan en la pantalla las palabras «*The end*». Pues a esa velocidad se transfiguraban las cosas, no ya en los relatos de los viajeros que venían de Madrid contando maravillas, sino en la misma Mágina, y a ellos les pasaba en la realidad igual que viendo las películas, que se les iba el hilo, que no reconocían los cambios de los personajes, que no alcanzaban a cubrir los tiempos eludidos entre los fotogramas ni a vincular el pasado inmediato con el vertiginoso presente. Que un niño de pecho se convierta en adulto en dos minutos de película ofendía el riguroso sentido de la verosimilitud de mis abuelos, pero no era más concebible que un guarnicionero al que habían conocido siempre cosiendo albardas y jáquimas en un portal fuera ahora un magnate de la ferretería, por ejemplo, o que un triste vendedor a comisión de máquinas Singer poseyera una cadena de tiendas de electrodomésticos y condujera un Dodge Dart. Todo era inverosímil: las familias en cuyos cortijos trabajaba mi abuelo en su juventud ahora estaban en la ruina, y sus palacios eran derribados para construir bloques de pisos. Los hijos desobedecían a los padres y abandonaban el campo para trabajar en la construcción, en los talleres de coches o de carpintería metálica; las mujeres fumaban en público y llevaban pantalones, los hombres se dejaban el pelo largo y parecían mujeres, a los cantantes no se les entendía, se estaba volviendo habitual el escándalo: contaban que un hijo del subcomisario Florencio Pérez, que iba para cura, abandonó de repente el seminario y se hizo comunista y ateo, y cuando vino a Mágina traía el pelo por los hombros y una barba sucia y enredada, así como una novia o amante extranjera con una falda tan corta que se le veían las bragas. «¡Casas de veinte pisos!», declamaba mi abuelo Manuel, «¡Cintas magnetofónicas! ¡Máquinas de varear los olivos!» Platos de duralex, muebles de formica que relegaron como una vergüenza a los pajares las pesadas mesas y aparadores y las sillas de anea en las que anidaban las chinches, neveras que enfriaban las cosas sin necesidad de cargarlas de hielo, estufas de butano, braseros eléctricos... Pero todo, en el fondo, era falso: la carne de los pollos gigantes sabía a paja, los huevos de las gallinas condenadas al insomnio en las granjas modernas tenían las yemas pálidas y no alimentaban, la leche de botella debilitaba a los niños, el butano era más venenoso que el humo de un brasero mal apagado y podía estallar como una bomba derrumbando casas enteras, la luz de los televisores podía dejarlo ciego a uno, los cantantes de la televisión en realidad no cantaban, sólo movían los labios y agitaban las caderas, la mitad de las noticias que daban en los telediarios eran mentiras, los americanos no habían llegado a la Luna, si se continuaba abandonando la tierra aquel simulacro de prosperidad se hundiría para devolvernos al año cuarenta y cinco, a los tiempos más negros del hambre.

Bajo el brillo como de technicolor que había adquirido el mundo ellos sospechaban la torva perduración de todas las viejas amenazas: no confíes en nadie más que en ti mismo y en los tuyos, no te señales nunca en nada, que no se te olvide lo que les pasó a tantos que se destacaron por ambición o imprudencia, o ni siquiera eso, que tuvieron mala suerte y fueron arrastrados cuando llegó la venganza como por una inundación: el vecino de la casa de al lado, o su hijo, aquel que vivía en Madrid y escribía en los periódicos y murió en un tiroteo con los guardias civiles, el pobre tío Rafael, que se pasó diez años en el servicio militar y volvió medio tísico y comido de piojos y de feroces sabañones que al cabo de casi treinta años seguían lacerándolo, el teniente Chamorro, asediado siempre por la policía, tan habituado como un ladrón a las humedades y a las humillaciones de la perrera. En la huerta, cuando el teniente Chamorro, en los descansos del almuerzo, hablaba de la revolución social y de la colectivización de la tierra, el tío Rafael lo escuchaba embobado y mi padre se quedaba mirándome de soslayo y yo lo notaba cada vez más incómodo. En invierno, hacia las diez de la mañana, comíamos embutidos y carne con tomate en la casilla, al calor de la lumbre, y en verano buscábamos la sombra fresca de un granado y mi padre me mandaba a buscar tomates, cebollas, pimientos y guindillas que yo lavaba bajo el chorro helado de la alberca y luego él cortaba en trozos menudos y aliñaba con aceite y sal en una fuente de barro, y el tomate carnoso y fresco y los trozos de pan untados en aceite tenían en el paladar un sabor inmediato de paraíso y de abundancia que otorgaba una sagrada materialidad a las invocaciones libertarias del teniente Chamorro: la tierra era pródiga y agradecía el trabajo honrado y cuidadoso, sólo algunos hombres rapaces la convertían en un infierno envenenado de necesidad y de usura, y alguna vez, en el porvenir, igual que en los primeros días de la humanidad, la única tarea noble sería el trabajo de las manos y el de la inteligencia, y el dinero y la explotación del hombre por el hombre se habrían olvidado. Mi padre, tan indiferente a la fatiga y a la somnolencia como al resplandor de aquellas profecías, se ponía en pie, limpiaba su navaja en el pantalón, daba una palmada. «Venga, a trabajar, que se os van las horas muertas diciendo tonterías.» El teniente Chamorro, viejo y digno, con su boina sucia y sus gafas graduadas, movía la cabeza mientras tapaba su fiambrera y respondía con palabras aprendidas en los ateneos de su juventud. «Protesto enérgicamente. El peor enemigo de la libertad y de la justicia no es la dictadura de Franco, sino la ignorancia de los pobres.» El teniente Chamorro había aprendido a leer y a escribir durante su servicio militar en el cuartel de Mágina, donde alcanzó el puesto de cabo mecanógrafo un poco antes de que empezara la guerra. Se enroló en las milicias que combatieron en la Sierra el avance de los facciosos desde la provincia de Granada, y con sorpresa suya descubrió que tenía aptitudes para la estrategia y el mando. Por iniciativa del comandante Galaz fue enviado a la Escuela Popular de Guerra de Barcelona, de donde salió con el grado de teniente de Artillería. Fue apresado en la retirada de Cataluña, pasó varios años en la cárcel y cuando lo soltaron volvió a Mágina para trabajar otra vez a jornal en el campo. Pero seguía leyendo cualquier libro que encontraba con la misma pasión con que había leído casi todos los de la biblioteca del cuartel, y tenía una máquina de escribir donde mecanografiaba con lentitud y paciencia recuerdos de su vida y prolijos tratados de economía libertaria cuyas hojas iba quemando por prudencia a medida que las terminaba. Algunas tardes y casi todos los domingos bajaba a la huerta con el tío Pepe y el tío Rafael para ayudar a mi padre. Si faltaba varios días seguidos era que lo habían llevado preso a la perrera, no porque hubiera conspirado, pues según decía ya le faltaban fuerzas y entusiasmo, y lo cansaban la inutilidad, la poca ventilación y el exceso de humo de las reuniones clandestinas, sino por costumbre, porque el general Franco iba a pasar cerca de Mágina camino de sus cacerías en la Sierra o porque se anunciaba la visita a la ciudad de un ministro o de un arzobispo. Entonces el subcomisario Florencio Pérez, que era amigo suyo de la infancia, iba a su casa con una expresión patética de contrición y de luto y le decía, sentado en la mesa camilla, tomando tal vez un dulce y una copa de aguardiente que la mujer del teniente Chamorro le ofrecía como a una visita de respeto: «Chamorro, no tengo más remedio, me veo en la triste obligación de cumplir con mi deber.»

· · ·

Tres patas para un banco, decían ellos de sí mismos, el tío Pepe, el tío Rafael y el teniente Chamorro, bajando por el camino hacia la huerta de mi padre, el tío Pepe y el tío Rafael, que eran hermanos y no se parecían en nada, montados en un burro grande y resabiado que al menor sobresalto echaba las orejas hacia atrás y descubría los dientes, señal de que tenía la intención de morder, el teniente Chamorro en una burra diminuta que se quejaba en las cuestas como un ser humano bajo el peso de su dueño, al que le arrastraban los pies calzados con unas abarcas de goma de neumático. El tío Rafael era flaco y pequeño, no tenía suerte en la vida, se quejaba, nada le salía bien, compraba un burro y lo engañaban, se iba al servicio militar y lo soltaban siete años después, lo llevaron a la guerra y combatió en las batallas más feroces, en la ofensiva de Teruel los pies se le helaron y estuvo en nada que se los tuvieran que cortar, como al cojo que vendía pipas y alquilaba novelas y tebeos en la plaza del General Orduña. El tío Rafael vestía chaquetas viejas y jerseys de pobre, con los puños deshilachados, y aunque era muy limpio parecía siempre que llevaba sin afeitar varios días, se mataba trabajando sin fruto, su único hijo varón se le había ido a Madrid, dejándolo solo. El tío Rafael hablaba poco y muy bajo, como pidiendo perdón. El tío Pepe era alto, vigoroso y seco como un álamo en invierno, bajaba a la huerta con traje y chaleco de pana, sombrero de fieltro y unas botas de orejas que jamás estaban sucias de barro ni de polvo, hablaba con circunloquios doctorales, se detenía tan minuciosamente en los pormenores de cada tarea que acababa siendo un perfecto inútil, nunca tenía aire de fatiga, de malhumor ni de amargura, le daba palmadas animosas al tío Rafael, venga, hermano, no te pongas así, que tampoco será para tanto, lo admiraba todo, me señalaba con un cuidadoso dedo índice la punta del primer brote en las ramas todavía peladas de una higuera o un tallo ínfimo de trigo recién aparecido en la tierra, fíjate, sobrino segundo, parece que está muerta pero las semillas se mueven por

dentro igual que las lombrices, consagraba horas de sosiego budista
a liar cigarrillos o a recortar un trozo de badana para adherirlo al interior de la bota y que no le rozara los juanetes, se ponía a contar algo
y nos exasperaba a todos, la más breve narración se le perdía en ramificaciones y en exactitudes, y cuando emprendía el relato de la noche
en que se volvió de la guerra éste duraba casi tanto como aquella
aventura: el tío Pepe se volvió de la guerra como quien se vuelve del
campo porque lo ha sorprendido la lluvia. Lo alistaron casi al final,
en Caballería, le dieron una sumaria instrucción, un fusil y un mulo
y lo mandaron al frente. Del mulo todavía se acordaba: alto, decía,
castaño oscuro, muy noble, con cara de bondad; iba montado en él,
se hacía de noche, oía retumbar cañonazos, veía en las cunetas cadáveres de mulos y de caballos con los vientres abiertos y gusaneras en
las vísceras, y él pensaba, hay que ver, con el apaño que me haría a mí
en Mágina un animal así; tan absorto iba pensando en sus cosas que
se fue quedando rezagado, y cuando quiso acordar era noche cerrada,
se puso a llover, pensó que corría el peligro de constiparse, detuvo al
mulo, le dio media vuelta y sin esconderse de nadie ni temer que lo
detuvieran o lo fusilaran por desertor tomó el camino de Mágina,
llegó al cabo de dos días, ató las riendas del mulo a la reja de su casa
y cuando su mujer salió y le preguntó que de dónde venía él le dijo
con toda naturalidad: de dónde voy a venir, pues de la guerra. «Por
eso la perdimos», decía el teniente Chamorro, «por aquel desbarajuste que había en nuestro bando». Yo me cansaba de oírlos, terminaba rápidamente de almorzar y me iba bien lejos para fumar un
cigarrillo sin que me viera mi padre. El teniente Chamorro no fumaba
ni bebía ni entraba nunca en las tabernas, que eran pozos abiertos por
el capital, decía, para ahogar en vino la rabia de los pobres. «¿Y qué
ha sacado usted de todo eso, de tantas palabras y tantas penalidades?» Mi padre lo desafiaba, de pie ante él, más fuerte y más joven,
con un orgullo íntimo que yo le conocía muy bien, el de haber adqui-

rido su tierra sin ayuda de nadie y haber convertido en pocos años aquella huerta abandonada en una de las más fértiles de Mágina. La primera vez que me llevó a ella era una vaga extensión de tierra yerma, con las acequias borradas por malezas secas, con la casilla y los corrales en ruinas, con la alberca densa de ovas y casi desaparecida entre haces de juncos. Durante años lo sacrificó todo, vendió la casa de la Fuente de las Risas, se entrampó con usureros, trabajó desde el amanecer hasta mucho después de la caída de la tarde y hasta tuvo que humillarse ante mi abuelo Manuel para que nos admitiera indefinidamente en su casa de la plaza de San Lorenzo. Pero ahora la tierra desaparecía bajo un verdor como de selva geométrica y el agua brotaba sin límite por el chorro de la alberca y cada tarde, fuera invierno o verano, subíamos al mercado una gran carga de hortalizas, y criábamos cerdos y vacas y era posible que muy pronto tuviéramos una máquina de cavar y un Land Rover. Él, mi padre, era el dueño, y el teniente Chamorro, con aquellos gestos ceremoniales y aquellas palabras que sonaban a sermones, un peón a jornal. Lo admiraba por saber tanto y haber leído tantos libros, pero no quería dejar que delante de mí prevaleciera su ejemplo. «Pues lo que he sacado, a mi edad, es una salud mucho mejor que la vuestra, porque no meto en mi cuerpo esos venenos que vosotros tomáis. Y lo principal de todo, que voy con la cabeza muy alta, y no he engañado a nadie en toda mi vida ni he abusado de nadie, y no escondo mis ideas aunque me lleven preso y aunque sepa que moriré sin ver instaurada en esta tierra ingrata la instrucción pública y la justicia social. He dicho.» «Qué palabras», murmuró el tío Rafael. «Chamorro, has sido siempre un pico de oro»; el tío Pepe hizo ademán de abrazar al teniente Chamorro, pero él lo apartó echando a un lado la cara, y me pareció que debajo de los cristales de las gafas se limpiaba una lágrima. Era un hombre pequeño y fornido, a pesar de la edad, con la cara aplastada, con una vigorosa y delicada eficacia en el trabajo de la huerta. «Tú estudia mucho», me decía, «lee todos los libros que puedas, aprende idiomas, hazte ingeniero o médico o maestro, pero si subes gracias a tu esfuerzo y al sacrificio de tus padres no les vuelvas la espalda a los que no han tenido las mismas oportunidades que tú. Tu padre es un poco raro, y parece muy serio, pero aunque no te lo diga se muere de orgullo cuando le llevas notas altas. Dice que escribes a máquina con los diez dedos, que entiendes a los extranjeros y que puedes leer sin mirar al papel, como los locutores esos de la televisión. Estudia mucho pero aprende también a cavar y a regar y a coger aceituna y a ordeñar las vacas. El saber no ocupa lugar, y todo lo que tenemos viene de la tierra y del trabajo, y nunca sabe nadie lo que le traerá el día de mañana».

Creía con inquebrantable candidez en esas cosas: que el saber no ocupaba lugar, que el mundo era un pañuelo, que preguntando se llegaba a Roma, que la mejor lotería era el trabajo y la economía. Yo trabajaba junto a ellos, desde el amanecer los domingos y en los días de vacaciones, con una mezcla de involuntaria ternura y enconado desdén los veía rudos, monótonos, ignorantes, pero también leales y dignos en virtud de un instinto que sólo ellos poseían y les era tan propio como el color cobrizo de la piel o la aspereza y el vigor de las manos. Cuando mis compañeros, en vísperas de Navidad o a finales de mayo, aguardaban con una impaciencia nerviosa a que acabaran las clases, yo contaba los mismos días con desconsuelo, pensando que no vería a Marina, que tendría que madrugar y quedarme en los olivares o en la huerta desde que saliera el sol, limpiando cuadras, echando el pienso a las vacas y a los cerdos, arrancando patatas o cebollas o cavando la tierra o arrastrándome sobre ella para recoger aceituna. Al principio me dolían todos los huesos y se me levantaba la piel de las manos, pero luego la cara se me ponía morena y los brazos musculosos y notaba una energía desconocida en mi cuerpo y las palmas de mis manos adquirían una dureza semejante a la del cabo de una azada. Y por las noches, cuando volvía exhausto y me lavaba a manotazos con agua fría en la cocina, cuando me cambiaba de ropa y salía a buscar a mis amigos o a rondar la calle donde vivía Marina, me sentía a la vez fuerte y distinto a los otros, mayor que ellos, con una plenitud física mezclada de furia y de amargura que ellos no podían conocer. Las clases, los exámenes, me parecían obligaciones pueriles: no estudiaba, como otros, para que mi padre me comprara una bicicleta o me llevara de vacaciones a la playa, sino para ganarme un porvenir no atado a la tierra, para irme pronto de Mágina sin morirme de hambre. Cada uno de mis amigos había elegido ya su vida futura, y hasta el réprobo Pavón Pacheco estaba seguro de su porvenir como proxeneta y legionario. Martín quería ser científico; Serrano, que hasta los quince años había aspirado a ingresar alguna vez en la mafia, en calidad de pistolero, ahora quería convertirse en poeta o en guitarrista de rock; Félix se preparaba a conciencia para estudiar clásicas y lingüística y hacerse profesor. Pero no había nada que yo quisiera ser exactamente el día de mañana, como decían con reverencia mis mayores: no quería ser algo, sino ser alguien, una figura solitaria y novelesca concebida en la infancia, hecha irresponsablemente de personajes de películas, de aventureros de novelas y de tebeos, de desconocidos que pasaban por la plaza de San Lorenzo y a los que yo me quedaba mirando como si prefigurasen mi apariencia futura, la identidad escondida y cambiante que yo deseaba para mí, y a la que en los últimos tiempos había añadido el pelo largo y la barba y los viajes no por el centro de África ni por los mares del Sur en busca de islas desiertas sino por las carreteras de Europa y de los Estados Unidos. Quería ser algunas veces como el dueño del Martos, que recibía del extranjero aquellos discos imposibles de escuchar en la radio o de conseguir en las tiendas de Mágina: había sido, se contaba, marinero en un barco mercante, había vivido en Amsterdam, se había dedicado al contrabando en fronteras y puertos tropicales y ahora, hacia los treinta años, retirado de todo, cansado de aventuras, regentaba su bar y su discoteca como un antiguo forajido que se resigna a la nostalgia y a la legalidad. Quería cambiar a mi antojo de nombre, de ciudad, de país y de idioma, y mientras caminaba solo por las calles de Mágina o trabajaba en silencio en la huerta, al lado de mi padre, estaba inventándome de manera incesante pasados y porvenires, y había días y semanas enteras que dedicaba a la invención detallada de una sola vida, en París, por ejemplo, con diecinueve años, con una novia nórdica, descargando frutas en los mercados y escribiendo piezas de teatro del absurdo en una buhardilla, o en San Francisco, de batería de rock, viviendo con Marina, que había dejado un matrimonio infeliz en España y había subido a un avión transoceánico arrebatada de nostalgia por mí, y me buscaba entre los hippies de la ciudad, y pasaba hambre hasta encontrarme, y al final me veía por casualidad y casi no me conocía con mi pelo tan largo y mi barba parecida a la del batería de los Credence... Pero en algún momento cualquiera de esas vidas empezaba a aburrirme, notaba un hastío de la bohemia y del sexo que era frecuente en algunas novelas, vislumbraba una desconsolada vejez, y sin salir de la huerta de mi padre ni de mi cuarto en la plaza de San Lorenzo cambiaba por completo de vida: ahora tenía veintisiete años, era corresponsal en Roma y bebía desengañadamente ginebra en una terraza de la Via Veneto, participando con fluidez y desgana en una conversación trabada en diversos idiomas, harto de mujeres cosmopolitas y de aventuras sexuales de una noche. Hubo temporadas en las que renuncié al rock y a las carreteras y fui comandante guerrillero en la sierra de Mágina, donde dirigía con éxito un atentado contra el general Franco, inspirándome con avidez plagiaria en las historias que contaba el teniente Chamorro, y luego entraba en la ciudad, por la calle Nueva, en un jeep descubierto, al frente de una columna de barbudos con estrellas rojas en las boinas y banderas rojas ondeando entre la multitud, sobre las torres de las iglesias, en el balcón de la comisaría, en el pedestal de la estatua otra vez derribada del general Orduña.

Te vas a quedar ciego de tanto leer, acabarás cazando moscas con la gorra, cómo pueden caberte en la cabeza tantas palabras, te quedarás sordo con esa música tan alta, qué piensas, que no te fijas en nada, que vas como alelado, se conoce que escribir a máquina te cunde más que coger aceituna. Vivía enfermo de palabras y voces, las palabras silenciosas de los libros y las voces de las canciones y de las emisoras extranjeras que sintonizaba después de media noche, atrapando a veces con un sentimiento de orgullo y de triunfo una frase entera en inglés o en francés, reconociendo nombres, imaginándome que era yo quien hablaba en un estudio iluminado, en el último piso de un rascacielos, imitaba sonidos y acentos con la felicidad de oírme convertido en otro, pero las voces que ahora más me trastornaban no eran las de las emisoras ni las de mis mayores, sino las que sonaban dentro de mí con la perpetua y sucesiva confusión de una radio cuyo sintonizador gira alguien buscando al azar. No quería ser algo, no quería tener una carrera y una novia y luego una esposa y dos o tres hijos y una oficina o un aula y una casa con televisión en color y cocina eléctrica y cuarto de baño, odiaba esa posibilidad con la misma furia con que odiaba quedarme en Mágina y trabajar en el campo, quería no estar atado a nada ni a nadie y no tener raíces, y vivir en la realidad de mi vida de adulto como vivía en las imaginaciones solitarias de la huerta. Ahora mis padres, mis abuelos y mis tíos eran sombras que murmuraban advertencias y recuerdos gastados por el tedio de su repetición. Sus horas de silencio y sus gestos de dolor me resultaban tan indiferentes como las carcajadas y las caras encendidas de sus celebraciones, y cuando llegaba el día del final de la aceituna y había en el campo grandes damajuanas de vino tinto y canastas de tortas de pimentón y las mujeres se morían de risa cantando coplas obscenas, o cuando terminaba la matanza o era el día de mi abuela Leonor y los portales y el corral de la plaza de San Lorenzo se poblaban innumerablemente de tíos y de primos, yo me quedaba al margen, con una botella de cerveza en la mano, emborrachándome con disimulo y suavidad, escapándome a mi cuarto del último piso para oír un disco en inglés y fumar un cigarrillo y para imaginarme que volvía a la ciudad muchos años después, barbudo y enigmático, al amanecer, con un petate de nómada al hombro, huraño y célebre, reconciliado en la distancia con ellos, acompañado por una amante rubia y extranjera con las piernas muy largas que provocaba el escándalo y la envidia en la vecindad.

Comía en silencio, me levantaba de la mesa en seguida, subía a mi cuarto como a la estancia más inaccesible de una torre. Si mi padre quería retenerme, mi madre intercedía en voz baja: «Déjalo, que tiene que estudiar.» «Pues no sé cómo puede estudiar con la habitación llena de humo y con el ruido de esa música.» Se quedaban sentados frente al televisor, en la habitación donde el reloj de pared al que solía darle cuerda por las noches mi abuelo llevaba años detenido, fijos en la fosforescencia azul de la pantalla, mirando con indiscriminado asombro el espectáculo continuo y fantasmal de los anuncios, de las películas y los noticiarios. Decían que no era bueno que el aparato se calentara y que esa luz podía hacer daño a los ojos. Mi padre durmiéndose en un sillón, agotado por sus madrugones inhumanos, mi abuela Leonor haciendo preguntas sobre el argumento de las películas o la identidad confusa de los personajes, mi madre con las manos siempre ocupadas en una labor de costura o de punto, mi abuelo Manuel adormilado, con ese aire de severidad y de agravio que se le iría acentuando a medida que se adentrara en la vejez. Mi abuela Leonor, cuando yo me levantaba de la mesa, me pedía que me quedara un poco a su lado, me cogía la mano para que me sentara junto a ella. Ya no hablas conmigo, me decía, ya no te acuerdas de cuando eras chico y me pedías que te leyera los tebeos, y yo qué iba a leerte, si casi no sé, y me lo tenía que inventar. Pero me agobiaba esa ternura porque recelaba en ella una trampa para devolverme a la docilidad de la infancia, y ya no me paraba a escuchar las historias de mi abuelo sobre la emparedada de la Casa de las Torres o la bravura de aquel batallón de la Guardia de Asalto que sucumbió entero en la cuesta de las Perdices. Me desprendía de ellos, subía de dos en dos las escaleras, sin ver siquiera aquellas habitaciones por las que había deambulado de niño buscando fotografías en el interior de los cajones y objetos misteriosos en las alacenas, sin acordarme del miedo que me daba cuando iba a acostarme y se apagaba la luz y uno de mis tíos me cantaba desde abajo, «ay mama mía mía mía quién será, cállate hija mía mía mía que ya se irá». Me encerraba en mi cuarto, que tenía dos balcones, uno que daba a la plaza de San Lorenzo y el otro a la calle del Pozo y al horizonte abierto del valle del Guadalquivir y de la Sierra, y allí casi lograba sentir la exaltación de estar solo. Ponía un disco muy alto, me tendía en la cama con una novela y un cigarrillo encendido, seguro de que nadie subiría a sorprenderme fumando, y ya estaba en mi buhardilla de París o en ese hotel de la frontera mexicana del que hablaba Eric Burdon en una canción: la alta cama de hierro, con los barrotes helados en las noches invernales, la mesa camilla, el baúl y el estante donde guardaba mis libros, mis cuadernos de ejercicios con tapas azules y mis diarios de monótona y exacerbada desdicha. Me asomaba al balcón y era tan intenso mi deseo de irme que de antemano lo veía todo como si estuviera recordándolo. La plaza ya sin árboles, con algunos coches aparcados, la luz amarilla del farol en la esquina de la Casa de las Torres, el pavimento de tierra apisonada donde tantas veces yo había jugado a las bolas o buscado insectos diminutos entre la grama. Pero algunas casas ya estaban deshabitadas, y no había parejas de novios hablándose en las puertas y acogiéndose a la penumbra de los zaguanes. Fumaba en el balcón y veía mi sombra proyectada en la plaza como la figura del héroe sin lealtades ni raíces en quien quería convertirme. En las noches de temporal, cuando el viento y la lluvia sacudían todos los cristales y los postigos de la casa, me imaginaba que vivía en un faro junto al mar, y me gustaba acordarme, encogido y caliente bajo las mantas y la piel de oveja que cubría la colcha, de la noche de invierno en que me contaron que nací. Llegaba al hotel de una ciudad fronteriza y nadie sabía mi nombre ni podía averiguar mi origen. No oía el tráfico ni las sirenas de la policía, como en la canción de Eric Burdon, sino los clamores de los pavos en los corrales de la vecindad y los llamadores en las casas de la plaza, no barrían el techo y las paredes los faros de los coches que pasaban como ráfagas por una autopista cercana, pero si cerraba los ojos y me dejaba adormecer por el tabaco y graduaba el volumen del tocadiscos podía escuchar truenos lejanos y un rumor de tormenta y cascos de caballos mientras surgía de la nada la voz de Jim Morrison cantando como una promesa y una letanía *Riders on the storm*.

Un nombre escrito en una cartulina, en la primera línea de un formulario, escondido entre docenas de nombres y apellidos y filiaciones y edades, en uno de los paquetes de fichas atados con una goma elástica que llevaba todas las semanas a la comisaría un botones del Consuelo, y que habría acabado en el incinerador o en las estanterías del sótano después de un examen reticente, aunque distraído, si el subcomisario Florencio Pérez no se empeñara en revisarlos aunque ya lo hubieran hecho sus subordinados. Decía subordinados por llamarlos de algún modo, porque en realidad vivía atemorizado por ellos, chuleado, ésa era la verdad, pensaba cuando la ira le permitía concederse una palabra innoble, encerrado en su despacho, asediado más bien, liando cigarrillos con mano un poco temblorosa frente al balcón que daba a la plaza del General Orduña y conjeturando endecasílabos que ya no iba a escribir, imponiéndose tareas monótonas y absorbentes, como aquella tan inútil de revisar una por una las fichas de los hoteles cuando ya las habían repasado los dos inspectores a sus órdenes, los de la secreta, les decían en Mágina, aunque no había nadie que no los conociera o que viéndolos por primera vez no dictaminara su condición de policías, policías modernos, eso sí, de nueva ola, como los curas de clergyman, pensaba el subcomisario con resentimiento y desdén, sin bigotes de cepillo, mirada ceñuda y trajes mal planchados y como de luto: los dos llevaban bigote, desde luego, pero eran bigotes feraces, caídos hacia la comisura de la boca, como los de un presentador de la televisión, con esa repulsiva y nada higiénica proliferación capilar que constituía para el subcomisario el signo más lacerante de los nuevos tiempos. Llevaban, al unísono, patillas largas y gafas de sol con los cristales verdes y en forma de pera, corbatas de lazo ancho, camisas con los picos de los cuellos monstruosamente largos, chaquetas de doble cruce con botones dorados y pantalones de pata de elefante, y en vez de los inveterados cafés con leche y carajillos de coñac que habían nutrido desde que el mundo era mundo o desde que el subcomisario recordaba las mañanas inhóspitas y las noches en blanco de los policías de Mágina, ellos cruzaban con arrogancia taurina la plaza del General Orduña y se acodaban en la barra de aluminio del Monterrey para tomar cañas con gambas a la plancha o cubalibres de ron, jugándose las convidadas a los chinos e intimando con las mujeres rubias que fumaban en los veladores de los soportales y con los hijos más perdidos de las mejores familias de la ciudad, entre los que también solía verse, con gran dolor del subcomisario, que aliaba a la afición taurina el patriotismo local y la preocupación por los desvíos de la juventud, a Carnicerito de Mágina, que había tenido una actuación más bien deslucida en la última feria de octubre y pasaba el invierno holgazaneando en los bares y dejando aparcado su Mercedes blanco en las zonas prohibidas, sin que los municipales se atrevieran nunca a ponerle una multa.

A él, al subcomisario Florencio Pérez, los inspectores le llamaban, con bochornosa franqueza, «el abuelo», le daban palmadas en la espalda, según la nueva moda de la espontaneidad, se interesaban afectuosamente por la fecha próxima de su jubilación: ¡había que dar paso a las generaciones jóvenes! Fumaban Winston de contrabando y redactaban impresentables informes enturbiados de siglas y de faltas de ortografía que el subcomisario ya ni siquiera se molestaba en subrayar con lápiz rojo. En la mesa camilla del teniente Chamorro, sentado frente a una copita de anís y un plato de borrachuelos, el subcomisario Florencio Pérez, excombatiente, ex cautivo, ex secretario de la Acción Católica de Mágina, daba salida a su amargura: «Chamorro, no se me obedece, no se me tiene consideración, no se respetan mis canas. ¿No fui yo siempre abanderado de todos los avances de la criminología? ¿No he dedicado con abnegación ejemplar mi vida entera al servicio del Régimen? Pues ahora me apartan como a un retablo viejo» (y al decir lúgubremente esta última frase se dio cuenta con satisfacción fugaz de que le había salido un alejandrino: célebre o desconocido, uno era poeta desde que nacía, lo llevaba en la sangre).

De modo que llegaba por las mañanas después de tomarse el primer café con leche en el Royal, al principio de la calle Mesones, tosiendo con solemnidad cavernosa por culpa del primer cigarrillo liado, y al pasar junto a la cola de pueblerinos que habían llegado en los primeros autocares de línea para hacerse el carnet de identidad gozaba de un breve preludio de orgullo recobrado cuando los veía apartarse a su paso y dejar libre la puerta de la comisaría, con un murmullo de respeto, algunos hombres hasta se quitaban las boinas o los arcaicos sombreros que se habían puesto para venir a la capital de la comarca, y las mujeres usaban todavía pañolones negros y refajos de luto y no sabían firmar: olían a campo, a sudor, a penuria, como las muchedumbres feroces que solían invadir la plaza muchos años atrás, pero eran dóciles y se acercaban a las ventanillas con el mismo recogimiento que al confesonario, y cuando él, por hacer algo, y a espaldas siempre de los inspectores, accedía a rellenarles a algunos de ellos la solicitud de carnet y les indicaba con seca amabilidad la esquina del impreso donde debían trazar una de aquellas firmas laboriosas, los veía maravillarse de lo que él mismo llamaba la sencillez de su trato con los inferiores y lo anegaba un modesto acceso de felicidad evangélica, bienaventurados los mansos, pensaba, bienaventurados los limpios de corazón. Pero pasaba junto al cuerpo de guardia y los policías de uniforme gris miraban hacia otro sitio para no cuadrársele, y en cuanto a los inspectores prefería no verlos, andaba por el pasillo sombrío husmeando su olor a colonia Varón Dandy como un animal pusilánime que olfatea sus depredadores, temiendo encontrarse con alguno de ellos y no ser saludado con el debido respeto. Con frecuencia, a primera hora de la mañana había suerte, porque los inspectores no llegaban, como él, en cuanto daban las ocho en el reloj de la plaza, ya que según decían dedicaban las noches a practicar informaciones oculares por los locales de esparcimiento donde tenían su refugio los malhechores de la ciudad y a vigilar con sigilo los domicilios particulares en los que había fundadas sospechas de que celebraban reuniones clandestinas los elementos subversivos de la localidad, entre ellos el teniente Chamorro, de quien le constaba al subcomisario, y a cualquiera, que a las once de la noche estaba puntualmente dormido, después de echarle a su burra diminuta un buen pienso de paja mezclada con trigo abundante, beber un gran vaso de agua para limpiar el organismo y leer durante media hora en la cama algún libro de enseñanza y provecho.

Tenía sobre la mesa, que seguía siendo su arqueológica mesa de roble, pues le negaba resueltamente la entrada a su despacho a los muebles metálicos, los paquetes de fichas de los últimos dos meses, ordenados por hoteles y fondas. Era verdad que el turismo progresaba en Mágina, aunque decayera tanto después del verano y de la feria de San Miguel. En un artículo de *Singladura* lo había expresado con vehemencia Lorencito Quesada: el turismo era el nuevo maná del siglo veinte para estas tierras secularmente retrasadas. Había encendido su estufilla eléctrica, que le calentaba los pies en aquella nevera donde nunca daba el sol, por culpa de la sombra húmeda de la muralla, aunque nunca podría compararse al calor familiar de un brasero de orujo. Había rezado un padrenuestro frente al crucifijo colgado entre las fotografías del Caudillo y de José Antonio, y luego, tras un examen rápido de la plaza, de los soportales y de la estatua impávida del general —«... eternizan el bronce tus hazañas...»— se frotó las manos como siempre que tenía por delante una tarea placentera y se dispuso a dedicar las horas más tranquilas de la mañana a la revisión de las fichas de los transeúntes. Desprendía las gomas elásticas, ponía un montón de cartulinas a su izquierda, junto al pisapapeles de la basílica de Montserrat, las golpeaba por los cantos como un mazo de naipes para que no sobresaliera ningún pico, se olvidaba de todo, hasta del paso del tiempo y de los campanazos estremecedores del reloj de la torre, ya no oía el ruido cada vez más molesto del tráfico que entorpecía la plaza, se humedecía el pulgar de la mano derecha, inspeccionaba reflexivamente la primera ficha de todas, como para asegurarse de que no era una falsificación, y conforme iba leyendo nombres y fechas de llegada y salida y lugares de origen la imaginación se le iba hacia las ciudades y países de donde procedían los viajeros, pensando a veces con un poco de remordimiento tardío que él no había estado casi en ninguna parte, aunque en el fondo tampoco le importaba, dónde se podía vivir más a gusto que en Mágina, la Salamanca andaluza, como escribía siempre Lorencito Quesada, con el embrujo de sus calles, la nobleza de sus palacios, el esplendor de su Semana Santa, a la que no le hacía sombra ni la de Sevilla, la acendrada devoción y la austera sencillez de sus gentes, la majestad de sus iglesias, de ese hospital de Santiago al que todos reputaban como segundo Escorial. Y al cabo de una o dos horas, ya fatigado de leer nombres de desconocidos, pasaba las fichas con menos atención —había una separada de las otras, con una indicación que decía: «¡ojo!»: era la de un profesor que había llegado a principios de curso al instituto, y del que se tenía información fehaciente sobre sus actividades de proselitismo en la Universidad de Madrid—, cuando vio de pronto aquel nombre escrito, y se subió las gafas sobre la nariz para estar seguro de que lo había leído correctamente. Al principio dejó la cartulina frente a él, sin mirarla de nuevo, aislada, tan singular al lado de las otras como la estatura de un hombre que sobresale de una multitud. Leyó de nuevo el primer apellido, Galaz, escrito a bolígrafo sobre una línea de puntos, con mayúsculas, como una arrogante afirmación, y comprobó que no podía tratarse de una coincidencia, porque el nombre y el segundo apellido eran los que él recordaba, y luego sus ojos se detuvieron en la firma y vio que no había cambiado mucho en los últimos treinta y siete años: era igual a la que había al pie de la orden mecanografiada que decretaba la puesta en libertad del detenido Florencio Pérez, y que él había guardado siempre en un cajón de su mesa de noche como recuerdo de los tiempos en que estuvo a punto de ser fusilado. La edad coincidía, y el lugar de nacimiento, Madrid, pero en el apartado de la profesión ponía bibliotecario, y su residencia actual era una ciudad de los Estados Unidos que se llamaba Jamaica, Queens: qué raro, él siempre pensó que Jamaica era un país del Caribe, pero cualquiera sabía, si el mapa del mundo no hacía más que cambiar, igual que todo, ahora los países variaban de nombre con la misma facilidad que los conjuntos de música moderna en los que cantaba su hijo menor, el que más disgustos le daba, el preferido en secreto, el hijo pródigo.

Pero más valía no seguir por ahí, pues la congoja le entraba en seguida, y luego no había modo de librarse de ella, era como un dolor de cabeza que no se quita en todo el día, como aquella obsesión por las rimas imposibles que lo trastornaba en su juventud. Fue hacia el balcón con la ficha en la mano, sin acordarse de encender de nuevo el cigarrillo que se le había apagado en los labios, oyó pasos cerca y con precaución instintiva la guardó en el bolsillo de la chaqueta, por miedo a que uno de los inspectores la viera, la misma clase de miedo que lo impulsaba en otro tiempo a esconder bajo llave sus versos. Miró una por una las figuras que cruzaban la plaza como si de un momento a otro fuera a aparecer en ella el comandante Galaz, alto y viejo, vestido de paisano, pero reconocible, seguro, acompañado por una hija de dieciséis años, tan sereno y distante como cuando ocupaba el despacho donde estaba ahora mismo el subcomisario. Así que no era un muerto, como tantos otros, ni un fantasma cada vez menos recordado: estaba en Mágina, pasaría más de una vez bajo aquellos balcones, confundido entre la gente de los soportales, quizá se habría cruzado con él en la calle Nueva, aunque era imposible que lo recordara, el subcomisario Florencio Pérez le había hablado una sola vez, recién salido de la prisión, cuando su amigo Chamorro le dijo que tenía el deber de ir a darle las gracias. Pero como había estado, daba por supuesto que el comandante Galaz seguía en Mágina, en el hotel Consuelo, y era posible que ya se hubiera ido, sacó la ficha y buscó en ella el día de salida, pero el espacio estaba en blanco: tenía que llamar al Consuelo, pero era preciso que lo hiciera sin identificarse, quién sabe lo que pensarían de aquel huésped si la policía se interesaba por él. Volvió a sentarse ante su mesa, se levantó para cerrar con llave la puerta, se arrepintió de hacerlo y la abrió otra vez, no fueran a despachar con él los inspectores y pensaran cualquier cosa al encontrarla cerrada, qué apocamiento y qué nervios, parecía mentira, el jefe de la policía de Mágina atribulado por el miedo a sus inferiores, toda la vida así, había cosas que no se remediaban con la edad, que iban a peor, como la falta de carácter. Levantó el auricular del teléfono, volvió a posarlo en la horquilla, de pronto tenía calor y apagó la estufa, lió con torpeza un pitillo, miró de nuevo el nombre y la firma y la fecha de llegada, hacía casi dos meses, lo normal era que el comandante y su hija ya se hubieran marchado, y de cualquier modo eso a él qué le importaba, después de tanto tiempo: seguro que no había venido para conspirar, así que él no faltaba a su deber si no ordenaba que lo siguieran, y tampoco podría decir nadie que amparaba a un enemigo del Régimen si separaba aquella ficha de las otras y la hacía pedazos muy pequeños y los tiraba a su papelera.

Buscó en la guía el número del Consuelo, y cuando lo había marcado y estaba oyendo la señal sacó un pañuelo y se lo puso delante de la boca, como los secuestradores en las películas, para que no pudieran reconocer su voz: si alguien entraba entonces colgaría inmediatamente y diría que estaba resfriado: valiente espectáculo, a su edad, en su despacho, imitando a los forajidos del cine. Una voz contestó, pero él hablaba tan bajo que el otro debió de pensar que se trataba de una broma o de una equivocación, y estuvo a punto de colgar. Dijo, tras aclararse la garganta y guardar el pañuelo, que era un amigo del señor Galaz. Al principio el recepcionista no se acordaba del nombre. Dijo que buscaría en el registro. El subcomisario Florencio Pérez, con el auricular humedecido por el sudor de su mano, miraba con desasosiego la puerta del despacho. Por fin volvió la voz: el señor Galaz y su hija se habían marchado del hotel hacía casi un mes, y no dejaron dicho adónde. Colgó con un sentimiento de alivio y de impunidad que a los pocos minutos y para su sorpresa se había convertido en desengaño, en apatía, en aburrimiento. En su papelera los trozos diminutos de cartulina lo sobresaltaron como una acusación. Rompió con desgana algunos formularios y los tiró encima. Sin duda estaba volviéndose irreparablemente viejo: ya tenía nostalgia hasta de los peores meses de su juventud, de aquellos días turbulentos de persecuciones y amenazas en que las turbas se apostaban a la salida de misa para apedrear a los fieles, cuando estalló el Movimiento, cuando parecía seguro que la guarnición de Mágina se sumaría a él, cuando de pronto, en unas horas de una noche de insomnio, todo se desbarató y él tuvo que empezar a esconderse sin haber cometido otro delito que la valiente proclamación de su ideario y de su fe, como escribió luego en sus memorias, aquellas que tan en vano se empeñó en publicar después de su muerte el incansable Lorencito Quesada. Qué habría hecho durante tantos años aquel hombre, por qué caminos inimaginables del destierro había llegado a convertirse en bibliotecario y a vivir en los Estados Unidos: por qué volvía ahora, por qué había tardado tanto.

Se acordaba de su estatura y de sus briosos ademanes militares, pero no de su cara: pensó inventar un pretexto y hacerle una visita a Ramiro Retratista, que sin duda guardaba en su archivo alguna foto del comandante Galaz. Pero le daba aprensión ir al estudio de Ramiro, y también un poco de remordimiento, porque cuando casó a su hija le había encargado el reportaje de bodas a un fotógrafo de la competencia, que los hacía en color. Además, desde que no era obligatorio el blanco y negro en las fotografías de carnet de identidad y se había instalado un fotomatón en una esquina de la plaza, el estudio de Ramiro se estaba quedando sin sus clientes más seguros, y el subcomisario, cada vez que se encontraba con él, sentía una mezcla atosigante de culpabilidad y compasión, muy parecida a la que le inspiraban los vendedores del mercado de abastos a los que nadie les compraba. Les compraba él, desde luego, los sábados por la mañana, y cuando volvía a casa y su mujer inspeccionaba las hortalizas mustias y la carne más bien averiada que había traído en el cesto lo llamaba inútil y le decía que si tuviera lo que tienen los hombres e hiciera valer su autoridad volvería al mercado a exigir la devolución de su dinero.

No fue al estudio de Ramiro Retratista: se le partía el alma con sólo ver el escaparate donde aún quedaban unas pocas fotos polvorientas de reclutas y de rancias parejas de novios, así como un retrato grande, pero también antiguo, de Carnicerito de Mágina, tomada el día de su alternativa: se había publicado en el *Dígame*, y aún podía verse su recorte amarillento en algunas tabernas de la ciudad. Ahora donde la gente iba a retratarse era a un establecimiento nuevo de los soportales que tenía un letrero luminoso, «Fotoimagen 2000», y un escaparate tan ancho como los de las tiendas de electrodomésticos en el que resplandecían audaces fotos en color, tomadas a veces desde ángulos tan raros que al subcomisario le daba mareo quedárselas mirando: las parejas de novios aparecían envueltas en una bruma rosada, o sonriendo en el interior de una televisión, o sobrevolando con los brazos extendidos la torre bulbosa del Salvador, entre las nubes, como en la portada de un disco de música moderna. «No entiendo nada», pensaba, y se lo dijo aquella noche al teniente Chamorro. «No entiendo la poesía que hacen ahora, si es que puede dársele ese nombre a lo que no respeta las sagradas normas del metro y de la rima, no entiendo los cuadros que pintan ni las canciones que cantan ni las palabras que dicen en los bares, por no entender no entiendo ni el lenguaje que ahora se usa en los informes policiales. Nada más que siglas, Chamorro. ¿No podíais simplificar un poco los nombres de vuestras organizaciones políticas? Yo creo que ni vosotros mismos os entendéis, y aunque me esté mal decirlo también nos confundís a nosotros. Y al fin y al cabo todos buscáis lo mismo, digo yo, que es derribar al Régimen...» El subcomisario Florencio Pérez, cuando iba a visitar a su amigo sin la obligación de detenerlo, lo hacía a escondidas, dando vueltas primero por los callejones del barrio de San Lorenzo, procurando que ya hubiera oscurecido y que nadie lo viese. «No me calientes la cabeza, Florencio, que te veo venir. Tú sabes que yo he repudiado siempre por igual la mentira de la política y la esclavitud de la religión.» El subcomisario tomó un bocado de borrachuelo, bebió un sorbo de anís y empezó a hablar con la bola dulce y harinosa en la boca, soltando pizcas de saliva y de azúcar. «¡No compares, Chamorro, y no sigas por ahí, que me voy a enfadar!» «¡Y tú no hables con la boca llena, que me pones perdido! Parece mentira, hombre, con lo fino que eres y lo bien que te criaron, y no puede uno acercarse a ti cuando estás comiendo.» La mujer de Chamorro entró de la cocina para poner paz entre ellos. Lo hacía siempre que oía levantarse las voces. «Venga, Florencio, una copita más y otro borrachuelo, que tienes mala cara esta noche.» «Y tráele un cenicero», dijo magnánimo el teniente Chamorro, «se está muriendo de ganas de fumar y no se atreve a pedirme permiso». Él bebía agua fresca: no le gustaba la del grifo, y la traía en cántaros de la fuente de la Alameda, en el pequeño serón de su burra quejumbrosa. El subcomisario Pérez se apresuró a sacar la petaca y el librillo automático de papel y lió ávidamente un cigarro. Pensaba que su amigo tenía rarezas de santo y austeridades de las que él no era capaz. Pero se había jurado que no le diría nada sobre su descubrimiento de aquella mañana: cuando él sellaba sus labios ni el suplicio más atroz lograría que quebrantara el silencio: como los mártires cristianos en las mazmorras de Nerón, como los cautivos en las checas. Pero el anís, los borrachuelos, el brasero tan caliente bajo las faldillas, la hospitalidad de aquella casa, infaliblemente despertaban en él la tentación de sincerarse. «No sé lo que me pasa, Chamorro», dijo, después de expulsar una bocanada que llenó de humo la habitación. «Pues qué te va a pasar, hombre —el teniente Chamorro tosía y agitaba las dos manos para apartar el humo—, que eres un beato.» «Lo que soy es un mierda, con perdón de tu mujer, que no me habrá oído. Lo que me pasa es que no tengo carácter, ni autoridad, ni nada. Mi hijo menor, que parecía tan bueno, que me iba a dar la alegría de abrazar el sacerdocio, ahí lo tienes, donde quiera que esté, con esas melenas y esas barbas de salvaje y drogándose y revolcándose en la promiscuidad, cantando a gritos como un pagano de la selva. Mi hija, cuando voy a su casa, me manda a por perejil, o a por vino, me pongo a mi nieto en las rodillas para jugar al caballito y se ríe de mí, o se aburre y se baja y me dice que lo deje ver tranquilo los dibujos animados. Mi hijo mayor, desde que es subcomisario y está destinado en Madrid, me mira por encima del hombro. Y si es mi mujer ni te lo cuento, Chamorro. Le pido que me acompañe a la novena de la Virgen y me contesta que con lo que tiene rezado ya le sobra, y que la humedad de la iglesia no es buena para su reuma.» Lo confortaba escucharse a sí mismo, cuidar con igual esmero su vocabulario que su flagelación. El teniente Chamorro se limpió las pizcas de borrachuelo de la cara y vertió un poco más de anís en la copa, alejando mucho de sí la mano que sostenía la botella, como por miedo al contagio. «¿Y qué me ha faltado a mí en la vida?», continuó el subcomisario: «lo tuve todo, con modestia, pero sin privaciones, con la estrechez de aquellos tiempos, estudios, suerte, hasta gané una guerra. Imagínate que hubieran ganado los tuyos en vez de los míos. Tú serías ahora general, o gobernador, algo muy grande. Y yo ¿qué soy?». «Un beato, Florencio, un beato tremendo.» «Católico, Chamorro, católico, apostólico y romano, a fuer de buen español.» El teniente Chamorro dio un golpe con los nudillos en la mesa: «Ya empezamos, hombre. Y yo entonces, porque no voy a misa ¿soy turco?»

No le diría nada: se lo había jurado a sí mismo, tenía tan sellados los labios como si lo obligara el secreto de confesión. Miró el reloj: ya eran las diez. A las diez y media como máximo tendría que estar de vuelta en su casa. Pero hacía frío y viento en la calle y en la mesa camilla del teniente Chamorro estaba uno en la gloria, con aquel brasero ardiente de candela, que cuando lo removían con la paleta envolvía la habitación entera en un calor tan dulce como el de las mantas, con aquellos borrachuelos tan en su punto y aquel anís que los empapaba en la boca y les ayudaba tan suavemente a deshacerse y a bajar al estómago. Pero si no se lo decía a su amigo Chamorro, que conoció al comandante Galaz, que sirvió a sus órdenes, que intercedió ante él para que soltaran de la cárcel a aquel joven policía devoto, pero inofensivo, atrapado por equivocación entre una gavilla de conspiradores falangistas, ¿a quién más se lo podría decir? Se puso tan serio que se le alargó un poco más la cara, miró en dirección a la cocina, donde fregaba platos la mujer de Chamorro, le hizo a éste una seña para que cerrara la puerta, para que se acercara un poco más a él. «Chamorro, júrame que si te cuento una cosa no se la repetirás a nadie.» «Yo no juro, porque no creo en Dios.» El subcomisario gesticuló de impaciencia y estuvo a punto de decirle a su amigo que aunque no lo creyera aún podía salvarse, y que él rezaba todas las noches para que volviera al seno de la Iglesia, aunque fuese en su lecho de muerte, como tantos ateos, como don Mercurio, aquel médico masón, pero se contuvo, porque ya era tarde, y porque se moría de ganas de romper su propio juramento. «Pues prométemelo por tu honor, Chamorro.» «Prometido.» El subcomisario había liado otro cigarrillo. Procuró echar poco humo, pero era inútil, su mujer se lo decía, echaba más humo que nadie, más que una locomotora, atufaba la casa. Puso voz misteriosa: «Alguien que tú y yo conocemos y que hacía muchos años que faltaba de Mágina ha estado aquí. Yo lo he descubierto. Y no me preguntes quién es, porque no estoy seguro de que deba decírtelo.» El teniente Chamorro apartó el humo como si fuera una cortina y se echó a reír. «El comandante Galaz. El que te salvó la vida cuando los tuyos armaron la que armaron. Y tú nos pagaste cruzando las líneas para pelear contra nosotros.» No podía creerlo: hasta su mejor amigo lo defraudaba, hasta un proscrito sabía tanto como el jefe de policía. Hizo lo posible por fingir que sólo había revelado una parte del secreto: «Ha sido difícil, pero estamos recobrándole la pista. Parece que al irse de aquí después de unas semanas continuó viaje hacia el sur...» El teniente Chamorro se puso en pie con un gesto terminante y fue a abrir la ventana: el humo azul y gris se agitaba y salía velozmente hasta perderse en la oscuridad, desplazado por el aire frío. «No te canses, Florencio, ni me cuentes embustes. No tenéis que buscarlo porque él no se esconde. Y además no se ha ido de Mágina. Vive en un chalet de la colonia del Carmen.»

Cómo es posible que ni siquiera ahora, cuando ella me lo cuenta, me acuerde de nada, que no me quede ni un indicio de lo que sin duda vi y olvidé, el jardín abandonado donde tomaban los gatos el sol en las mañanas de invierno, saltando entre las hojas secas que cubrían la grava o quedándose inmóviles como gatos egipcios en lo alto de la tapia junto a la que yo pasé tantas veces, cuando me atrevía a acercarme a aquel barrio donde yo pensaba que sólo vivían millonarios para rondar la casa de Marina, que estaba tan cerca. Era el barrio de los chalets, la colonia del Carmen, al noroeste de la ciudad, junto a la carretera de Madrid, en el límite de los descampados donde se alzó solitariamente durante muchos años el colegio de los Salesianos y donde después empezaron a construir bloques de pisos. Allí imaginaba yo que vivían misteriosamente los ricos, los médicos, como el padre de Marina, los abogados, los ingenieros, en casas ocultas detrás de tapias encaladas o de verjas de hierro y rodeadas de cipreses y setos de arrayán, casas con timbres y cuartos de baño y placas doradas en las puertas. Que esa gente invisible viviera tan lejos de mi barrio, en el otro extremo de la ciudad, era sin duda una prueba de la lejanía que les otorgaba el dinero: en los anocheceres de verano se oía el rumor de los aspersores y de las máquinas de cortar el césped, y si uno daba vueltas por allí olía a jazmines y a celindas y a hierba mojada y lo sobresaltaban los ladridos de los perros: risas y voces, conversaciones tranquilas en sillones de hierro pintados de blanco, olor de cloro y chapoteos de cuerpos en las piscinas que no podían verse desde la calle.

Nadia se ríe y dice que exagero: no habría ni tres piscinas en toda la colonia. Eran casas pequeñas, de una sola planta casi todas, con jardines modestos, muchos de ellos agostados por el polvo y el humo de la carretera. Las agrandaba mi imaginación acuciada por la extrañeza de aquellos lugares en los que sólo podía considerarme un buscador furtivo, y también, lo pienso ahora, un vago resentimiento de clase. De modo que no veía lo que estaba delante de mis ojos, pero tuve que verla a ella, seguro que la vi, y ni siquiera me fijé, cegado por la obsesión estéril de un amor que buscaba sordamente su plenitud en la imposibilidad y el fracaso, como tantas veces antes y después en mi vida: es mentira que uno, aunque esté despierto y camine y hable, vea las cosas, es mentira la certidumbre del recuerdo consciente. Me cruzaría con ella y con su padre, lo sé porque ella sí me vio, porque no iba con los ojos vendados, dice que me veía andar a solas por las calles de tapias bajas y acacias con mis pantalones vaqueros y mi chaquetón azul y mi flequillo negro y ondulado sobre la frente, y que le llamaba la atención mi manera tan artificiosa y literaria de fumar, el cigarrillo colgando de una esquina de la boca en mi cara redonda de diecisiete años, y la mirada oblicua y ansiosa de mis ojos, y que por eso, cuando volvió a verme, no tardó ni cinco minutos en recordar. Pero ella entonces, al contrario de mí, lo miraba todo con la fijeza ávida del deslumbramiento, estaba viviendo en la ciudad que había imaginado desde que era una niña, por primera vez en su vida había

cruzado en un avión el Atlántico y todo lo que veía desde que ate-
rrizó a este lado del océano era para ella un tranquilo prodigio, vivía
una indolencia perpetua, unas vacaciones que no parecía que tuvieran fin, en un presente que se prolongaba día tras día sin exigencias
ni amenazas, lejos de América, de la casa donde había agonizado su
madre con una válvula artificial en el corazón que sonaba como un
tambor en el silencio de las noches de insomnio, al otro lado de un
tabique. Veía por la ventana de su dormitorio las luces de Manhattan,
adonde la llevaron de niña muy pocas veces, tan pocas que sólo conoció bien la ciudad mucho más tarde y nunca dejó de sentirse en ella
forastera, igual que en todas partes: eso tenemos en común, una
mezcla perpetua de incomodidad y desahogo, una predisposición a
establecernos en los lugares durante media hora o diez días como si
fuéramos a quedarnos para siempre o de vivir en ellos muchos años
sin perder la sensación de provisionalidad ni la apetencia de nomadismo, de paréntesis entre viajes y vidas y tránsitos de un idioma a
otro. De niña sabía que a su madre y a las amigas de su madre tenía
que hablarles de una manera y a su padre de otra, pero no que algunas veces hablaba en inglés y otras en español. Sabía desde que fue a
la escuela y empezó a jugar con otras niñas y a visitar sus casas que
no era del todo idéntica a ellas, y sólo muy tardía y laboriosamente
descubrió que la médula de la diferencia radicaba en su padre, y eso
al mismo tiempo la desconcertaba y la hacía sentirse orgullosa de él:
su padre no tenía el pelo rubio y la cara colorada, no hablaba gango-
samente a gritos, no tomaba de la mano a su madre ni recibía a las
visitas con una sonrisa tan escandalosa como una carcajada. Su padre
no tenía amistad con ningún hombre del vecindario, ni les servía bebidas en el jardín, ni se ponía pantalones cortos las tardes de verano
para regar el césped o encender la barbacoa. Se parecía más bien a los
abuelos de otras niñas, sobre todo a los que hablaban inglés con un
acento extranjero muy fuerte, pero eso a ella le parecía un mérito y no

una desventaja, tal vez porque entonces distinguía muy vagamente la juventud de la vejez, y en cualquier caso prefería esta última. Su padre no iba en coche al trabajo, sino caminando, ni siquiera sabía conducir, y esto también lo distinguía de los otros padres, y algunas veces, desde que ella tuvo ocho o nueve años, la llevó con él en tren a Manhattan, a apartamentos de escaleras sombrías, en casas de ladrillo rojo, donde había otros hombres que eran como él, no sólo porque hablaban español, sino porque se vestían de manera parecida y tenían expresiones semejantes en sus caras y ponían discos que ella se sabía de memoria porque los escuchaba en su casa. Aún ahora no puede oír algunos pasodobles, *En er mundo*, o *Suspiros de España*, sin que se le humedezcan los ojos y se le ponga un nudo en la garganta: se ríe de sí misma, está segura de que la encuentro ridícula, pero no lo puede remediar, ni quiere, oye los arrebatos de la orquesta y la voz brava y oscura de Concha Piquer y no le hace falta acordarse de aquellos viajes en tren a Manhattan y de su mano oprimida por la mano caliente y grande de su padre para que la traspase una nostalgia impúdica y un sentimiento de felicidad y desamparo, aquellos apartamentos con muebles arcaicos y platos de cobre y fotografías españolas en las paredes, los tocadiscos donde sonaban himnos republicanos y canciones de Miguel de Molina, los hombres y las mujeres que estaban sentados ceremoniosamente en los sofás dejando en el suelo o sobre las mesas las tazas de té y las copas de jerez y saliendo a bailar, enlazándose por la cintura con una delicadeza que ella sólo había visto allí, nunca en los raros *parties* que celebraba su madre, sacándola a ella algunas veces y enseñándole a mover los pies mientras su padre, que jamás bailaba, la miraba sonriendo desde una esquina del salón, callado, orgulloso de ella, con un vaso intacto en la mano, siguiéndola con los ojos mientras asentía a las palabras de alguien.

Intuía con un orgullo precoz y sin necesidad de explicación que aquellos hombres y mujeres a los que visitaba con su padre no eran como los demás, y que sus casas tenían algo de islas cerradas y también inseguras en medio de una vasta realidad cotidiana que también para ella resultaba hostil, aunque era la única que conocía. Regresaban en el último tren y su madre ya estaba acostada, pero no había retirado la copa y la cubitera con el hielo derretido que estaba en una mesa baja enfrente del sofá ni había apagado la televisión. Se ponía con sigilo el pijama, se cepillaba el pelo, se lavaba los dientes. Acodado en la puerta del cuarto de baño, su padre tenía la misma leve sonrisa que le había brillado en los ojos durante la fiesta: una sonrisa que apenas le curvaba los labios, que tal vez sólo existía para que ella la viera. Le daba un beso, le decía en español buenas noches, se acostaba sin apagar la luz y esperaba con los ojos cerrados a que él entrara, se lo pedía en silencio. Él llamaba quedamente a su puerta y cuando se acercaba a la cama traía un libro español en las manos. Escuchaba su voz mientras iba durmiéndose y le parecía que estaba haciéndose cada vez más débil y que al mismo tiempo decrecía la luz hasta que un silencio rumoroso de voces y una oscuridad sin terror la envolvían. Ya estaba dormida, pero notaba en la cara el embozo que él le había subido y luego el beso que le daba en la frente y la mano en su pelo y por fin los pasos que iban alejándose y el ruido callado de la puerta. Soñaba con los dibujos de los cuentos que él le había leído: y algunas veces con el hombre a caballo y el bosque y el castillo en tinieblas de aquel grabado que él tenía en la pared de su estudio.

La imagino habituándose poco a poco a las calles y al invierno de Mágina, guiada al principio por su padre, aventurándose luego a caminatas solitarias que alguna vez la llevaron sin duda al barrio de San Lorenzo, a la calle del Pozo, donde se la quedarían mirando las vecinas, tal vez mi madre o mi abuela Leonor mientras barrían la puerta y rociaban el empedrado con el agua de fregar, cruzándose conmigo, subiendo luego, al volver, por la plaza del General Orduña y la calle Trinidad hasta la Torre Nueva, donde se encendía de noche la fuente luminosa, paseando por la acera del instituto, a la hora en que sonaba la campana y se abrían las puertas y mis amigos y yo cruzábamos la avenida Ramón y Cajal para oír discos y beber cañas en el Martos. La puedo distinguir entre las chicas que salen con bolsas de gimnasia a la espalda o cuadernos y libros abrazados contra el pecho, y no sólo por la forma de su cara y el color de su pelo, sino porque camina de otro modo, sin contonearse, como ellas, porque no lleva bolso y no va maquillada y parece más joven que las muchachas de su edad. Pero tal vez no la imagino, tal vez mi memoria es más lúcida que yo y la estoy recordando, no exactamente a ella, sino a una de las muchachas extranjeras que aparecían de vez en cuando en Mágina y que llevaban consigo el mismo aire de inaccesible libertad y promesas que me embargaba al oír canciones en inglés en la máquina del Martos. Marina y sus amigas usan zapatos de tacón, se ponen rímel en las pestañas y cremas en la cara, se sombrean los párpados, se depilan las cejas, van todos los viernes por la tarde a la peluquería: ella camina entonces igual que ahora, con una naturalidad indolente, deteniéndose a mirar cualquier cosa y olvidándose entonces de la dirección en la que iba, lleva botas vaqueras o zapatillas deportivas y una cazadora que le está un poco grande. Pasa junto a la puerta del instituto, tal vez me ve cruzar ante ella y le suena mi cara, piensa que se le está haciendo tarde y que ya es hora de ir a casa para prepararle a su padre la cena: anochecerá pronto y ha empezado suavemente a llover. Choca con alguien, se vuelve para disculparse y lo hace en inglés, es un hombre al que ha visto antes, pero ahora mismo no se acuerda, un hombre de unos treinta y tantos años, con chaqueta de pana, con corbata, con gafas, con una cartera negra de profesor. Y yo, que no la he visto y ni siquiera sé que existe, que en ese momento introduzco una moneda en la máquina del Martos y voy a sentarme junto a mis

amigos con una cerveza en la mano para escuchar una canción de
Jimi Hendrix —Martín empieza a mover rítmicamente la cabeza y
consulta unos apuntes de química, Serrano aspira un cigarrillo con
los ojos entornados y deja que el humo vaya saliendo despacio de su
boca, con ese gesto que según nos han dicho ponen los fumadores de
hachís, Félix está como en otro mundo, aburrido de esa música que
no llega a gustarle—, siento ahora celos al imaginar ese encuentro, y
quiero que ella no choque con ese hombre o se disculpe y no lo reconozca: nos vimos en el Consuelo, dice él, sonriendo, a principios de
octubre, los dos acababan de llegar a la ciudad y se hospedaban allí,
tú me dijiste que esperabas a tu padre, que temías que se hubiera perdido, porque había salido antes de que te despertaras y te dejó una
nota diciendo que volvería a las nueve, y ya eran las diez: estaban en
la barra, tomándose un café con leche, él nervioso, le dijo, señalando
por las cristaleras hacia el instituto, al otro lado de la calle, iba a ser
su primer día de trabajo y aunque ya tenía varios años de experiencia
siempre era difícil empezar un nuevo curso en una ciudad extraña,
con alumnos desconocidos, con profesores tal vez poco hospitalarios,
siempre le pasaba lo mismo, llegaba a un instituto y no se reprimía a
la hora de expresar sus opiniones y los compañeros le volvían la espalda. De modo que ahora se alegraba mucho de verla, porque en
estos dos meses se acordó muchas veces de ella, preguntándose si se
habría acostumbrado a la ciudad y al país, viniendo de tan lejos, de
los Estados Unidos, la capital del imperio, dijo, echándose a reír, repitiendo una broma que ya había formulado con una cierta cautela la
primera vez. Miró el reloj, tenía prisa pero le daba tiempo a invitarla
a un café, y ella se encogió de hombros y le dijo que sí, la aturdía un
poco la velocidad de sus palabras pero llevaba mucho tiempo sin
hablar más que con su padre y con las mujeres de las tiendas, y su
padre últimamente tampoco hablaba mucho, prefería pasear solo y
regresar cuando ella estaba acostada: pero no dormía, desde que era

niña no podía dormirse hasta que él no llegaba a casa, permanecía despierta, con la luz apagada, y miraba las agujas fosforescentes del despertador cuando oía abrirse la verja y luego la puerta de entrada, vigilando sus pasos, notando que él no encendía las luces y que chocaba con los muebles y se quedaba mucho rato en el cuarto de baño y luego caía sordamente en la cama.

Cruzaron la avenida, y ella propuso al azar que entraran en el Martos, pero él dijo que no, que en ese bar había siempre mucho ruido y además solía estar lleno de alumnos. Fueron al Consuelo, así repetirían su primer encuentro, dijo él, riéndose, el gran hijo de puta, el luchador ejemplar, el héroe de la praxis y de las condiciones objetivas, que nos dejaba fumar en los exámenes y usar libros y apuntes, con su olor a tiza en los dedos y sus campechanos paquetes de Ducados, desplegando su palabrería ante ella como la cola de un pavo real, considerando de soslayo sus muslos, sus caderas, sus pechos sin sostén, bajando el tono de la voz para confesarle que él era un represaliado político, que lo habían boicoteado en la universidad y por eso tenía que ganarse la vida en institutos de provincias, sin contar los años pasados en el exilio, desde el sesenta y tres al sesenta y nueve. «Mi padre ha pasado más de treinta», dijo ella: inmediatamente se arrepintió de confiar en un desconocido, y se sintió incómoda, insegura, un poco desleal, impaciente por irse. Pero la sonrisa del otro, José Manuel se llamaba, los amigos le decían Manu, se agrandó al escuchar esas palabras que ella, ahora apretando los labios, mirando con nerviosismo el reloj, hubiera preferido no decir, y se inclinó más hacia adelante, encaramado sobre un taburete, acodado en la barra, rozándole casi las rodillas, las manos, echándole el humo en la cara cuando encendió un cigarrillo negro. Miraba a un lado y a otro, se inclinaba hacia ella bajando la voz, pero el bar estaba casi vacío, con poca luz: ella tenía que contarle, tenía que presentarle a su padre, probablemente se sentirían solos en España, desorientados, aislados de la lucha que aquí seguía manteniéndose aunque muchos en el exilio creyeran que no, que todo el país estaba idiotizado por la televisión, los toros, el desarrollismo y la Iglesia: incluso sectores importantes de la Iglesia, a él le constaba, se estaban alineando en posiciones democráticas, y hasta algunos militares, y empresarios no monopolistas, de modo que muy pronto iba a producirse un cambio irreversible en la correlación de fuerzas.

Ella sonreía, nerviosa, sin atreverse, por cortesía, a mirar otra vez su reloj, sin entender nada, ninguna de esas palabras tan ajenas a su español antiguo, aunque advirtiendo, eso sí, las miradas de él que no iban a encontrarse con sus ojos, que descendían hacia sus ingles ceñidas por el pantalón vaquero o se instalaban en un punto indeterminado del aire para dirigirse con cautela a sus pechos. Le parecía guapo, tenía el pelo negro ya un poco canoso y más bien largo, los ojos oscuros y brillantes, las manos grandes, con las yemas de los dedos manchadas de nicotina y de tiza, pero no la atraía, aún no, me ha dicho, la desconcertaba, porque nunca había estado a solas con un hombre de esa edad, y porque estaba segura que a su padre no le gustaría si lo viera, no le gustaba la gente que hablaba y sonreía demasiado. Lo imaginaba solo y esperándola, sentado en el sofá del comedor, sin encender la luz, aunque estaba lloviendo y ya anochecía, mirando él también su reloj y el grabado del jinete colgado en la pared, y pensó que debía irse y no se movió del taburete, aturdida por las palabras del Praxis y por los movimientos de sus manos como por los pases magnéticos de un hipnotizador, así se recuerda todavía ahora, callada, fascinada, escuchándolo, y aunque se burla de su indulgencia de entonces no elude por completo el dolor, por qué no apareciste justo en ese momento, me dice, por qué tardé tanto en decirle que tenía que irme y no me negué a que me llevara a casa en su coche, un ochocientos cincuenta gris, de eso sí que me acuerdo, viejo y abollado, con matrícula de Madrid, con pegatinas de campings europeos en el cristal trasero, aparcado siempre frente al instituto. Salieron a la calle resguardándose de la lluvia bajo los aleros de las casas, ella con la cremallera de la cazadora abrochada hasta el cuello y las solapas levantadas, parada junto al coche mientras esperaba a que el Praxis le abriera, repitiéndole luego que no tenía que molestarse, porque su casa estaba muy cerca, queriendo evitar todavía que su padre la viera bajarse del coche de un desconocido, pero no podía hacer nada, igual que cuando estaba sentada en el taburete y pasaban los minutos y no se decidía a marcharse. Recobraba con un poco de halago y de satisfacción una potestad que hasta entonces le pareció irrisoria: la de atraer a los hombres, la de advertir, con una perspicacia de la que ellos carecían, la inseguridad que les deparaba el deseo, esas miradas oblicuas, esa especie de cobardía congénita que los encerraba en la timidez o los empujaba torpemente al descaro. El interior del coche olía a humo de tabaco y a la derecha del volante había un cenicero medio abierto y lleno de colillas. José Manuel, Manu, el Praxis, se disculpó por la suciedad, puso en marcha el motor, comprobó con irritación que las varillas del limpiaparabrisas apenas funcionaban, enfiló la avenida de Ramón y Cajal hablándole de un mes de mayo en París de hacía cuatro o cinco años sobre el que ella no sabía casi nada, pidiéndole detalles sobre sublevaciones y disturbios raciales y marchas contra la guerra de Vietnam en las universidades americanas, aunque parecía saber de todo mucho más que ella, la anonadaba, lo sabía todo, había estado en todas partes, había vivido ambiguas aventuras de conspiración en países del este de Europa, había regresado clandestinamente a España, y durante meses o años se movió con documentación falsa. Conducía distraídamente, con brusquedad y torpeza, volviéndose para mirarla, sin atender al tráfico escaso de la noche de invierno, rozándole los muslos cuando movía el cambio de marchas, y al indicarle ella que torciera a la derecha para llegar a la colonia ya era tarde, bajaban a toda velocidad

junto a la muralla de piedra del hospital de Santiago, y el coche sólo
se detuvo en la esquina de la lonja con un brusco ruido de frenos,
porque se había puesto roja la luz del semáforo. «Siempre me pasa lo
mismo, perdona, me pongo a hablar y se me olvida que estoy conduciendo.» Los focos que iluminaban la fachada y las torres del hospital
tenían entre la lluvia una tonalidad anaranjada y triste que es para mí
la luz de los domingos por la noche en ese extremo de Mágina, al final
de la calle Nueva, en esa zona desierta y definitivamente inhóspita
donde se daban la vuelta los matrimonios dignos y aburridos, las parejas de novios y los grupos de muchachas para regresar en dirección
a la plaza del General Orduña, para no seguir avanzando hacia el
desamparo nocturno de la carretera que llevaba a la capital de la provincia: sólo iban más allá parejas abrazadas que buscaban la sombra,
más allá de la piscina y de la gasolinera, cuyas luces blancas tenían
algo de límite entre la ciudad y lo desconocido. Ella le dijo que no
importaba, que la dejara allí, incluso buscó la palanca de la puerta y
quiso abrirla y bajarse, ya no llovía y con sólo caminar unos pocos
minutos llegaría a casa, pero no se bajó, habría bastado una palabra,
un movimiento de la mano, uno de esos gestos impremeditados y
vulgares que condenan o salvan la vida de uno. Pero entonces yo ya
estaba perdida, me ha dicho, y miraba la calle tras el cristal del coche
con la misma distancia con que la miraría alguien que ha sido rap-
tado, un preso con la cara adherida a la tela metálica del furgón celu-
lar. Focos anaranjados, faroles amarillos en las esquinas, parejas
lentas de novios bajo los paraguas, campesinos rezagados que volvían del campo llevando de la brida a sus bestias. Las manos grandes
del Praxis asieron con una especie de vehemencia el volante cuando
giró sin precaución a la derecha. «Indícame por dónde es, te dejaré en
la misma puerta de tu casa.» Las varillas del limpiaparabrisas habían
despejado un doble semicírculo en el sucio cristal y ahora veía frente
a ella la carretera y los últimos edificios, y tuvo miedo no de que el

coche continuara avanzando en línea recta más allá de la gasolinera, sino de desear que eso ocurriese, sentada en la oscuridad junto a un desconocido que le hablaba sin mirarla y le rozaba los muslos con su mano derecha, preguntándose qué hora sería, con la sensación de que había pasado mucho tiempo desde que salieron del Consuelo y de que se deslizaba vertiginosamente inmóvil hacia una clase de experiencia en la que no contaría con el abrigo de una voluntad anclada en la figura y en la sabiduría de su padre. Pero era eso, en el fondo, lo que más la atraía: no el hombre de treinta y tantos años que procuraba sigilosamente tocarla y se apartaba en seguida como si hubiera recibido una pequeña descarga eléctrica sino un poderoso sentimiento de riesgo y de soberanía en el que no contaba con nadie más que con ella misma. Señaló una de las últimas calles laterales, por aquí mismo, dijo, a la derecha, y el Praxis rápidamente obedeció, ahora sí subían hacia la carretera de Madrid y la colonia del Carmen, y al ver de lejos las tapias blancas de los chalets y las altas siluetas de los árboles sintió un alivio en el que había algo de decepción, el miedo le pareció de pronto pueril y el tiempo, en su reloj de pulsera, recobró su forma y su duración usuales, no era medianoche, no había huido ni perdido nada, eran apenas las ocho, la hora a la que regresaba muchas tardes, y posiblemente su padre no estaría en casa, o no le habría dado importancia a su retraso, abstraído en un libro o en un periódico, levantando un instante los ojos cuando ella entrara para mirarla por encima de las gafas, en el comedor con muebles viejos y alquilados entre los que se movía con una tranquila actitud de huésped satisfecho, casi de propietario, que no tuvo nunca en su casa de América.

Pero la luz estaba encendida, y los visillos descorridos, y la mancha de claridad se extendía a través del pequeño jardín inundado de hojas por los primeros vendavales del invierno hasta llegar a la verja. Vio a su padre de pie tras la ventana del comedor, y deseó que el Praxis no saliera del coche, aunque ahora no sentía desconfianza ni atracción hacia él. A ninguno de los dos se le ocurría una despedida convincente. Él apagó el motor y en el silencio incómodo que no sabían romper escucharon el rumor poderoso del viento invernal entre los árboles de la colonia. Vuelto a medias hacia ella encendió un cigarrillo y la llama del mechero iluminó una cara que ya no parecía joven: la cara de alguien dotado de la vida y la experiencia remota de los hombres maduros. Pensó que la iba a besar y que tal vez no se negaría: se acordó de otras despedidas semejantes, junto al porche de madera blanca de su casa de Queens, compañeros de la *high school* que la traían de una fiesta en los coches de sus padres y que al intentar ávida y confusamente besarla le dejaban en la boca un sabor agrio de cerveza y tabaco. «Bueno», dijo, sonriendo, con un exceso anglosajón de formalidad, tendiéndole una mano en el espacio angosto del coche, como si hubiera salido a despedirlo al vestíbulo, «ya sí tengo que irme». ¿Habría sido más correcto invitarlo a entrar, al menos para darle la ocasión de agradecer el ofrecimiento y rechazarlo con una disculpa? Pero sospechaba, dentro de su confusión, que si lo invitaba a entrar él aceptaría, y no podía imaginarse entonces el encuentro con su padre, el modo en que éste lo miraría de arriba abajo con un creciente desagrado por su desaliño y su locuacidad. Vagamente acordaron que volverían a verse: él estrechó su mano sin retenerla más de unos segundos y no puso en marcha el motor ni encendió los faros hasta que no la vio desaparecer al otro lado de la verja. Sabiendo que era observada cruzó la calle más erguida, consciente de su estatura y de su paso, del ritmo con que movía sus caderas, tan incómoda como si llevara zapatos altos de tacón. Mientras empujaba la verja pensó volverse hacia el coche que aún no se había movido para decir adiós con un gesto de la mano, pero entonces escuchó con alivio el motor y vio su sombra y los barrotes proyectados por los faros sobre la grava del jardín. De nuevo en la oscuridad, que olía a tierra húmeda y a hojas podridas, abrió la puerta de la casa y frotó las suelas de las botas contra la alfombra donde ponía «Bienvenidos». Al colgar su cazadora en la percha del vestíbulo comprobó que el abrigo y el sombrero de su padre aún estaban mojados: sin duda él también acababa de volver y no había tenido tiempo de inquietarse por su ausencia. Si él le preguntaba decidió no mentirle: pero su padre no le preguntó. Estaba sentado en el sofá, junto a una mesa baja donde había una lámpara encendida y dos copas de coñac, de espaldas a la ventana, con un libro sobre las rodillas y una pequeña estufa eléctrica cerca de los pies, y no parecía el mismo hombre cuya silueta oscura había visto ella unos minutos antes asomada al jardín. Pero ya conocía el modo rudimentario en que disimulan los hombres y se dio cuenta de que esa actitud era falsa: la había esperado de pie junto a la ventana, había visto el coche e intentado vislumbrar la cara del conductor, al oír que se abría la puerta de la verja se había apresurado a sentarse de nuevo en el sofá y a fingir que estaba tan absorto leyendo que ni siquiera advirtió su llegada. La luz de la lámpara acentuaba su perfil agudo y sus rasgos angulosos y enjutos, sus cejas espesas, la doble arruga vertical a los lados de la boca. En la penumbra de la habitación se hacía más cerrada la noche por la que cabalgaba el jinete del grabado. Su padre alzó los ojos del libro, por encima de las gafas, y como hacía siempre que ella llegaba se las quitó para esperar un beso, sonriéndole. Sentada muy cerca de él, en un brazo del sofá, le tocó la cara con sus dedos fríos y le dijo que en seguida iba a ponerse a prepararle la cena. Le preguntó qué estaba leyendo: había notado que al aproximarse ella su padre volvía el libro boca abajo y lo deslizaba hacia el ángulo más apartado de la mesa. Como en broma él retuvo su mano: no era algo que a ella pudiera interesarle. Ágilmente, riendo, como cuando era niña y jugaban a pelearse, alargó la mano libre y obtuvo lo que buscaba y se apartó de él hacia el otro extremo de la habitación. Pero no se trataba de un libro: eran dos fotografías con marcos de cartulina y protegidas con papel de seda, cada una de ellas con una firma en cursivas doradas en el margen inferior derecho, dos erres mayúsculas y enlazadas como en el emblema de los Rolls Royces, Ramiro Retratista, leyó. Su padre, serio de pronto, le pidió que se las devolviera. Ella encendió la luz del techo para verlas mejor y levantó el papel de seda que protegía la primera: un militar joven, retratado en escorzo, con la gorra de plato un poco ladeada y una estrella de ocho puntas sobre la visera, sonriendo apenas bajo un bigote muy fino. En la segunda, que era sin duda una instantánea, el mismo militar, mirando hacia arriba desde el tramo intermedio de una escalinata, permanecía en posición de firmes y tenía la mano derecha extendida junto a la sien. Tardó en reconocer a su padre porque era la primera vez en su vida que veía imágenes de su juventud.

Había sonado el timbre y al oírlo pensó que sería su hija quien llamaba, pero le extrañó, porque ella nunca se olvidaba las llaves, igual que no se olvidaba de recoger la ropa sucia del cuarto de baño ni de retirar cada noche antes de acostarse los ceniceros o las copas, con un sentido del orden natural e instintivo, que la circundaba en la casa como el olor de la colonia que usaba, sin esfuerzo, sin premeditación, del mismo modo que otras personas fomentan el desorden con su sola presencia. Entraba en su dormitorio cuando ella no estaba, no por esa turbia curiosidad policial de un padre hacia su hija adolescente, sino para complacerse a solas y sin las limitaciones del pudor en la ternura de que ella existiera. Veía su ropa en el armario, sus libros alineados en una estantería, sus discos, que él íntimamente detestaba, los pares de zapatillas deportivas y de botas, la ropa interior y las camisas y jerseys doblados en los cajones, y le gustaba el limpio olor femenino y el orden en el que parecían cobijarse todas las cosas, y cada pormenor le confirmaba su amor hacia ella y la gratitud por la fortuna que había tenido al engendrarla, al asistir a su crecimiento y a su aprendizaje, al haberla inducido tal vez, involuntariamente, a poseer una serena actitud de certidumbre que se manifestaba en la disposición de los objetos que le pertenecían tan indudablemente como en los rasgos de su cara o en su manera de mirar.

Pero había sonado el timbre otra vez, era posible que ella hubiera vuelto y que al detenerse ante la verja se diera cuenta de que olvidó las llaves al salir. Se levantó del sofá y pensó que nada más entrar vería el cenicero colmado y la botella de coñac sobre la mesa de la lámpara, reprobando en silencio esos indicios de desorden. Él mismo fue así en otro tiempo, aunque con una crispada obsesión de la que ella carecía, un maniático del lugar exacto de las cosas, de las superficies pulidas, de los uniformes abrochados sin una sola arruga, correas relucientes, botas charoladas, habitaciones desnudas, mesas sin un rastro de ceniza, papeles clasificados en los cajones, filas de soldados que revisaban sus ojos como la cinta métrica de un agrimensor. Desde lejos, desde la barandilla de la galería a la que se asomaba con desgana el coronel Bilbao, la formación era una especie de milagro geométrico, un rectángulo de cabezas y hombros y una oleada simultánea de brazos que se dirigían a las culatas de los fusiles y piernas que se ponían rígidas sobre la grava: pero de cerca se veían las caras, los rasgos de estupidez y de pobreza, la mugre y el desgaste de los uniformes, los ojos con legañas, con una inmóvil desesperación por huir de la que nadie más que él parecía darse cuenta. Pero también él lo olvidaba, o cerraba los ojos para no ver que el orden de la guarnición y de las filas de soldados era una maquinaria de sumisión y desdicha, como el de una oficina o una fábrica o un tajo de segadores. Se había acostumbrado a no saber, a no mirar más allá de cierto límite, a no imaginar que existía otro mundo a un paso del cuartel donde la gente no llevaba uniforme ni caminaba en línea recta y marcando el paso. Había conocido desde niño una sola forma de vivir y no se le ocurría que pudiera haber otras, que él pudiera no haber sido un militar. No amaba el Ejército, pero tampoco amaba a su primera novia el día que se casó con ella, y nada de eso le impidió ser un oficial modélico ni un marido escrupulosamente fiel. El mundo exterior lo desconcertaba. La mayor parte de los militares con los que trataba le parecían incompetentes o absurdos, pero podía distinguir grados en su nulidad o en su estupidez: al menos los entendía, mientras que a los civiles los encontraba incomprensibles, como si vivieran en otro país o tuvieran costumbres que sería preciso estudiar no para imitarlas sino para deducir las normas de su comportamiento. Durante años le pasó lo mismo con los americanos, y no sólo porque le costó habituarse a su inglés, sino porque no lograba predecir sus reacciones ni calcular con un poco de tranquilidad lo que estarían pensando mientras lo miraban a los ojos. Únicamente lo serenaba o lo disculpaba la apariencia del orden: un objeto fuera de lugar lo sobresaltaba como un ruido de carcoma en la noche o la primera grieta que anuncia la ruina de una casa, y por eso cuando pasaba revista a una dependencia o a una formación los oficiales inferiores se quedaban paralizados de miedo, en posición de firmes, pues no pasaba por alto ni la menor deficiencia y lo examinaba todo como si llevara una lupa o un microscopio, el polvo bajo las camas, la limpieza de las cocinas, el brillo y la eficacia de las armas. Como nunca anunciaba de antemano sus visitas de inspección los oficiales y los suboficiales del cuartel de Mágina perdieron desde su llegada la negligente rutina en la que habían vivido los últimos años, consentida por la misantropía alcohólica del coronel Bilbao: en la cantina de los soldados ya no había papeles ni restos de comida tirados en el suelo, el calabozo fue desinfectado y encalado, los camareros de la sala de oficiales usaron otra vez chaquetillas y guantes blancos, los jergones del cuerpo de guardia volvieron a tener sábanas limpias y los centinelas de descanso ya no se quejaban del olor a caballo de las mantas ni del martirio de las chinches. Pero no era, como sospechaban algunos de sus enemigos, un

militar filántropo, o uno de aquellos oficiales politizados que simpa-
tizaban abiertamente con la tropa: cuidaba del cuartel y de los hombres a su mando como se habría ocupado de mantener a punto un
automóvil si el azar lo hubiera destinado al trabajo de chófer, con la
misma indiferencia y perfección con que llevaba a cabo todos los
actos obligatorios de su vida, y jamás se le habría ocurrido un gesto
de familiaridad con un soldado, no por desprecio, sino por un sentido
de la jerarquía idéntico al que le inducía a abstenerse de la más mínima
falta de consideración hacia un superior. Cruzaba la puerta de una
compañía y el cuartelero rígido, que al oír el paso rápido de sus botas
se había apresurado a tirar el cigarrillo y a alisarse el uniforme, anunciaba con un grito su aparición, y en el interior se oía un rumor unánime de botas y de manos con las palmas abiertas golpeando costados,
y aparecía el capitán o el suboficial de más alta graduación y se le
cuadraba con un ímpetu olvidado hasta entonces en el cuartel. Él no
mandaba descanso en seguida, respondía tranquilamente al saludo,
veía el nerviosismo o el miedo del capitán o del sargento de semana y
lo dejaba firme casi un minuto entero, mirándolo a los ojos, compla-
cido por la brusca suspensión de todo movimiento que provocaba su
llegada, y luego exigía que se lo mostraran detalladamente todo,
desde las armas hasta el orden y la limpieza de la furrielería y los
libros de contabilidad de la oficina, con una actitud no amenazadora,
pero sí impenetrable, que desconcertaba a sus subordinados más que
un grito o que la promesa de un arresto, con una distancia sin altanería que descartaba de antemano cualquier posibilidad de confabulación o indulgencia. En la sala de oficiales y en la de suboficiales se
murmuraba sobre su dureza inflexible y su orgullo: se atribuía a des-
preciables influencias políticas la rapidez de su carrera. No confrater-
nizaba con nadie, no participaba en las murmuraciones usuales sobre
un próximo levantamiento militar, no visitaba el casino ni el prostíbulo, no se le pudo atribuir una querida, no entraba a la sala a tomar

una copa cuando salía de servicio: incluso no parecía que saliera nunca, ni que tuviera otra vida fuera del cuartel ni más aficiones que el cumplimiento neurótico de las ordenanzas y la lectura de enciclopedias sobre estrategia militar cuyos volúmenes alineados en la biblioteca del cuartel nadie había abierto en los últimos veinte años.

Hablaba con fluidez idiomas extranjeros, contaban, había pasado dos años en una academia militar de Inglaterra, la misma a la que asistió de joven, durante su destierro, el rey don Alfonso XII, explicó con orgullo, en un brindis celebrado en su honor, el coronel Bilbao. Salvo el día de su llegada, nadie recordaba haberlo visto de paisano. Estaba casado, tenía un hijo, esperaba otro, pero pasaban las semanas y su mujer no venía a reunirse con él. El coronel Bilbao, tan desdeñoso con todos, tan encerrado siempre en su despacho de la torre, lo mandaba llamar a cualquier hora del día o de la noche y se quedaban horas enteras conversando. Entre los oficiales su único defensor era el teniente Mestalla: joven, nervioso, entusiasmado, fanático, adicto a la gimnasia, a las marchas, a los ejercicios de tiro, a las duchas de agua helada. El tedio de aquella guarnición de tercer orden, la frustración y el alcohol no habían tenido tiempo de gastarlo. Castigaba con fría brutalidad a los soldados torpes o cobardes, los humillaba si no se atrevían a saltar el potro o eran incapaces de trepar por una cuerda, y ansiaba parecerse al comandante Galaz, salvar a la patria, combatir en una guerra para ascender en seguida o recibir a título póstumo una laureada. «Mi comandante, perdone el atrevimiento, pero debo decirle que antes de que usted llegara esto parecía más que un cuartel un balneario para viejos reumáticos.» Tan excesivamente joven, con su desprecio petulante hacia lo que él llamaba la vida civil, con ese temblor de las mandíbulas apretadas cuando se quedaba inmóvil ante una formación. No pestañeó cuando el comandante Galaz desenfundó tranquilamente su pistola y le apuntó al pecho, pero las mandíbulas le temblaban como si mordiera una presa. Disparó contra

él como contra un espejo que le devolviera una imagen monstruosa
de sí mismo: lo hizo apenas una hora antes de que le tomaran esa foto
que su hija no hubiera debido ver, una de las dos que le trajo, enmarcadas en cartulinas con un filo dorado, aquel hombre del impermeable azul marino, la bufanda y la boina, que dijo llamarse Ramiro y
haberlo conocido antes de la guerra y se quedó parado ante él, sin
atreverse a entrar todavía: sonó por segunda o tercera vez el timbre
una tarde de noviembre y al asomarse a la ventana del salón el comandante Galaz vio que era un desconocido y no su hija quien había
llamado.

Un cobrador tal vez, un vendedor a domicilio, con una especie de
boina de plástico que hacía juego con el impermeable y una flaca
cartera de plástico negro bajo el brazo, la clase de cartera donde se
guardaban facturas modestas o documentos de gestoría. Esperaba
debajo de un paraguas, aunque llovía muy poco, con un aspecto más
bien patético de docilidad y paciencia, como un cobrador infortu-
nado. Se enredó lastimosamente con el paraguas, la cartera y la boina
cuando quiso descubrirse y tenderle la mano al comandante y buscar
algo en sus bolsillos, todo al mismo tiempo, y el paraguas mal cerrado cayó al suelo y la mano que se dirigía hacia la boina se detuvo
y quiso rescatar la cartera que también se caía, sujeta por el codo.
Sacó la otra del bolsillo, pero tampoco pudo estrechar con ella la
mano del comandante Galaz porque tenía algo entre los dedos, una
pequeña tarjeta de visita. Su cara redonda, con una gran papada que
abrigaba cuidadosamente la bufanda, tenía una ajada desolación infantil, aunque sin duda no era mucho más joven que el comandante
Galaz, pero era una cara con blanduras femeninas, temblorosa, casi
imberbe, una de esas caras lunares que en vez de madurar se reblan-
decen y debilitan con los años. Como un viajero desesperado que no
acierta a subir su equipaje a un tren ya en marcha se quitó la boina y

la guardó arrugada en un bolsillo, abandonó el paraguas en el suelo, le entregó la cartera al comandante Galaz, como intentando poner método al desastre, buscó otra vez la tarjeta de visita, que se le había perdido, la encontró mojada y arrugada entre los pliegues de la boina de plástico, murmuró su nombre, acertó a sonreír, resoplando suavemente, como si en el último minuto hubiera alcanzado el tren.

«Claro que usted no se acuerda de mí, después de tantos años, tampoco es que habláramos mucho, la verdad es que hablar, lo que se dice hablar, sólo hablamos una vez, cuando usted fue a mi estudio para hacerse aquella fotografía de uniforme, bueno, tampoco era mi estudio, entonces yo trabajaba para don Otto Zenner, que en paz descanse, mi maestro, pero aquel retrato sí que me acuerdo de que se lo hice yo, cuando usted acababa de llegar a Mágina, le pregunté que si era un retrato oficial o familiar y usted me dijo que las dos cosas, que se lo iba a enviar dedicado a su señora, y al verlo el otro día por la plaza del General Orduña me sonó su cara y en seguida me acordé, será por mi trabajo pero yo tengo una memoria muy buena para las caras, y la de usted no ha cambiado mucho, lo natural, claro, con los años, y me dije, Ramiro, sería un detalle que le llevaras esa foto al comandante Galaz, y entonces me acordé de la otra, es mucho peor, claro que es una instantánea, yo me había comprado entonces una cámara portátil con mis ahorros, y un flash moderno, sin que don Otto lo supiera, don Otto decía que esa manera de hacer fotos era un insulto a nuestro arte sublime, y me iba por ahí a retratar a la gente que veía por la calle, como los repórters internacionales, y aquella noche en que estalló el Movimiento me tiré a la ciudad con mi cámara y me dije, Ramiro, ésta va a ser una noche histórica. Decían que los del cuartelillo de la Guardia Civil estaban sublevados, y que ustedes, los militares, iban a salir del cuartel para tomar el ayuntamiento. La plaza estaba llena de corros de gente y ya se veían armas y banderas, se había declarado la huelga general, y don Otto me ordenó que atrancara la puerta y cerrara los postigos, porque los bolcheviques intentarían asaltarnos de un momento a otro, yo lo obedecí, lo dejé en el laboratorio escuchando himnos alemanes en su gramófono, y me escapé por la puertecilla de atrás. Hacía un calor tremendo, ya era de noche y aún subía fuego de las piedras, me encaminé al cuartel a ver lo que pasaba y entonces vi un gentío que venía de allí, los militares ya han salido, me contaron, en una columna de coches y camiones, parece que van hacia el ayuntamiento, estaban abiertos los balcones de todas las casas y las luces encendidas y se oían muy alto las emisoras de radio, así que en lugar de al cuartel fui a la plaza de Santa María, y logré entrar en el ayuntamiento, rodeado de gente, todo el mundo hablaba a gritos y se oía una música muy fuerte en la radio, un desbarajuste, pero nos callamos todos al oír los motores de los camiones de ustedes, yo me asomé a una ventana de la planta baja, en una oficina que estaba llena de papeles tirados en el suelo, y vi llegar los camiones, se alinearon en la plaza, delante de la iglesia de Santa María, y empezaron a bajar los soldados. Yo estaba muerto de miedo, pero no paraba de hacer fotos, pensaba que si moría esa noche a lo mejor se salvaba por casualidad la película y me recordaban como a un héroe, y luego salí al patio y me asomé a la escalinata donde estaba el alcalde y lo vi subir a usted, solo, con la pistola al cinto, sin prisa pero con mucha energía, sin mirar a nadie, y el alcalde, a mi lado, temblaba de miedo, suponía que usted iba a detenerlo o a matarlo, y entonces usted se paró en el segundo o en el tercer escalón y se cuadró, y yo disparé la cámara y no oí lo que usted decía, pero aquí tiene la foto, una copia, y la otra también, la primera, en cuanto lo vi me dije, Ramiro, a lo mejor es una impertinencia de tu parte, pero seguro que al comandante Galaz le gustará tener estos recuerdos.»

• • •

Hablaba sin levantar los ojos, gordo y tímido, hundido en el sofá, sin quitarse el abrigo que llevaba debajo del impermeable ni la bufanda bien doblada para que le protegiera la garganta y el pecho de cualquier peligro de enfriamiento, con las rodillas juntas y la cartera de plástico en el regazo. Se había resistido a entrar, él no quería ser una molestia, tan sólo había venido para entregar aquellas fotos, pero el comandante insistió, no por verdadero interés, sino por cortesía, y Ramiro Retratista volvió a disculparse al entrar en el vestíbulo y dio profusamente las gracias cuando el comandante le ayudó a desprenderse del impermeable, era un honor para él ser recibido en aquella casa, pero no quería molestar, se sentaría nada más que un momento, y lo hizo al principio en el borde del sofá, con la cartera entre los brazos, disponiéndose a abrirla, no le parecía correcto aceptar una copa, pero negarse con insistencia era una falta de buena educación, así que bebió un poco de coñac, con aire de continencia, apenas mojándose los labios, y poco a poco se fue hundiendo en el sofá y bebía a tragos más largos, aunque protestaba cuando el comandante se disponía a servirle un poco más, no le sentaba bien la bebida, se le subía muy pronto a la cabeza y hablaba más de la cuenta, pero empezó a encontrarse más a gusto, sin miedo ya a las corrientes de aire, con el calor del coñac en el estómago y arrebolándole la cara y el de la estufa eléctrica tan cerca de los pies. No tenía costumbre de beber, y aún se acordaba con remordimiento de las feroces borracheras solitarias que le deparaba en otro tiempo el aguardiente alemán de don Otto Zenner, pero tampoco tenía costumbre de hablar y aquella tarde, casi sin darse cuenta, sació las ganas retardadas de hacerlo, y aunque el comandante no hablaba mucho más que el sordomudo Matías le sonreía de un modo que a él lo animaba a no detenerse, sirviéndole de vez en cuando un poco más de coñac, asintiendo a sus palabras con las manos enlazadas sobre las rodillas, en una actitud que a Ramiro le parecía la más propia de un caballero que él hubiera visto nunca, la cabeza erguida, la frente alta, los ojos claros y atentos bajo la sombra de las cejas, aquel aire tan viril que le daban las dos arrugas verticales a los lados de la boca, el traje de *sport*, la pajarita, los zapatos recios y elegantes: calculó que sería un poco más viejo que él, pero la vejez no lo había abatido ni le había desfigurado los rasgos, porque éstos, más que por la carne o por la piel, estaban definidos por los huesos, modelados en una dureza como de pedernal que permanecería indestructible hasta que se muriera. Las arrugas de la frente se le acentuaron cuando miró las fotografías, pero no sonrió con esa satisfacción automática de quien contempla su propia cara. Miró primero la foto hecha en el estudio, se pasó una mano larga y pálida por el mentón. No se acordaba de cuándo se la hizo, aunque sí del motivo: su mujer le había pedido una foto con el uniforme nuevo, con la estrella de comandante en la gorra de plato y en la bocamanga, y él quizá se la envió después de escribirle una dedicatoria en el margen, y luego supo, por una carta de ella, que la había enmarcado y la había puesto sobre el piano vertical del salón, y que se la mostraba al niño para que no olvidase la cara de su padre y le diera besos como a una estampa religiosa. Durante cuánto tiempo la habría conservado, qué habría hecho con ella cuando le dijeron que él había traicionado a los suyos y destruido su carrera, que estaba al otro lado, no sólo de las fronteras establecidas por la guerra sino también de las que trazaban implacablemente la decencia y el honor, la lealtad a la familia, a la religión y a la patria, a todas las palabras que él había obedecido sin fervor, pero con una entrega absoluta, con una dedicación sin fisuras, hasta aquella noche de julio en la que fue tomada la segunda fotografía, ya convertido, en ese mismo instante, en un desertor y un apóstata, en un renegado para el que no podría haber indulgencia o perdón. Imaginaba el llanto, los gritos, la mujer hinchada y sudorosa apartando la foto de todas las demás que había sobre el piano y tirándola al suelo y pisándola hasta romper el cristal en añicos, cortándose con una esquirla aguda cuando se inclinara para recogerla y mirar de nuevo la sonrisa invariable y desgarrarla o quemarla literariamente en la hornilla de la cocina, desmayada tal vez, víctima simultánea de su traición política y de su deslealtad sentimental, caída pesadamente al suelo con su vientre a punto de abrirse en el parto de un hijo al que él ya no conocería, el oficial de treinta y seis años que caminaba junto a una silla de ruedas por el pasillo central de una iglesia de Madrid.

Se puso las gafas para ver más claramente el rostro de su juventud. Oía hablar a Ramiro Retratista, lo miraba con asidua atención, sin hacerle caso, sin creer del todo que sus palabras aludían a él. No asociaba esa cara con ningún recuerdo, no la encontraba parecida a la que veía cada mañana y cada noche en el espejo, y no sólo porque fuera la de un hombre mucho más joven, sino porque lo consideraba tan extraño a sí mismo como un hijo cuyo comportamiento no supiera explicarse. El correaje, la guerrera con las condecoraciones de África, el bigote tan fino, la gorra de plato ladeada, la sonrisa tan preceptiva como las insignias del arma de Infantería cosidas junto al botón más alto que le ceñía el cuello. Pero ni siquiera entonces era él ese hombre de la fotografía, el que veían y admiraban o temían los otros, el que recibía las confidencias del coronel Bilbao y las vacuas novedades del teniente Mestalla, y menos aún el héroe a quien unos pocos vencidos siguieron recordando en Mágina muchos años después de la guerra, una sombra pertinaz y todavía no abolida, descubría con sorpresa, casi con fastidio, resucitada y alzada de nuevo desde el interior de una cartera de plástico por ese pobre hombre sofocado por la calefacción y el coñac que seguía hablando y se pasaba la mano blanda y sudorosa bajo la bufanda de lana. «Qué orgulloso estará de usted su padre, Galaz»: el coronel Bilbao, a las cuatro de la mañana, daba vueltas por su vasto despacho adornado con banderas y anaqueles de armas, con la guerrera desabrochada, con las manos atrás y la cabeza blanca abatida sobre el pecho, estremeciendo con los tacones de sus botas el piso de madera encerada. «Su padre, sobre todo, pero también su suegro el general, y su esposa, esa chica tan guapa. La conozco desde que era una niña. Cuando supe que se había comprometido con usted me alegré como si fuera mi hija.» El coronel Bilbao dejó de pasear y apoyó las dos manos en el respaldo labrado de un sillón, mirando al comandante Galaz tras un mechón de pelo blanco. «Le diré una cosa, Galaz, y le exijo que no la repita nunca, o mejor todavía, que la olvide en cuanto la oiga, porque es el dolor más grande de mi vida. Mi hija es una golfa y mi hijo un inútil, un sargento que por sus propios méritos no pasará de subteniente, si llega. Son mi vergüenza, Galaz. Y lo miro a usted y pienso, ojalá él fuera mi hijo. Lo he pensado siempre, desde que usted era un cadete y su padre me contaba sus calificaciones tan brillantes y su comportamiento ejemplar... Puede retirarse, Galaz, le estoy robando horas de sueño, y usted es joven y necesita dormir.» Él no se permitía ninguna familiaridad con el coronel, aunque éste lo alentara: se puso en pie, se cuadró junto a la puerta, dijo: «¿ordena usía alguna cosa más, mi coronel?», y volvió a su dormitorio por la galería que rodeaba el patio, conteniendo las ganas de encender un cigarrillo, postergando unos minutos el placer de fumar para permitírselo cuando estuviera solo, tendido en su estrecha cama militar, de espaldas a la ventana por donde se veía el valle azul oscuro del Guadalquivir, mirando en la penumbra el grabado del jinete, con el que había ido adquiriendo al cabo de unas semanas una especie de confianza secreta: tampoco sobre ese hombre joven sabía nadie nada, y la expresión de su cara era un enigma tan definitivo como el de su identidad y el de los lugares donde estuvo el grabado antes de que llegara al escaparate de aquel anticuario donde él lo encontró.

• • •

Se había olvidado de la presencia de Ramiro Retratista: lo oyó toser brevemente, pudorosamente, como una señora de visita, apartó los ojos de las fotografías y los alzó sobre las gafas enarcando las cejas pero no encontró los suyos, fijos en las dos manos gordas y enlazadas sobre la cartera de plástico vacía: desde que dejó de ser un militar no había advertido en ningún hombre esa actitud de sumisión, que ahora lo irritaba, y acaso entonces también, aunque no se permitiera a sí mismo la franqueza de reconocerlo. «Yo creo que en Mágina no sabe nadie que ha vuelto usted», dijo Ramiro, sin levantar los ojos, «nadie se acuerda ya de nada, pero yo sí, a lo mejor por mi trabajo, me paso los días mirando fotos antiguas y ordenándolas, porque me ha prometido un periodista, Lorencito Quesada, usted no lo conoce, que va a organizar una exposición de mi obra patrocinada por el ayuntamiento, y que lo publicarán luego todo en un libro, *Hombres y nombres de Mágina, del ayer al mañana*, o algo parecido. Bueno, Lorencito no es periodista de verdad, trabaja de dependiente en El Sistema Métrico, pero escribe mucho en *Singladura*, aunque se queja de que nunca le pagan, lo hace por vocación, y tiene muchas amistades en el ayuntamiento, y hasta en la policía, es íntimo del subcomisario Florencio Pérez, y yo le digo, pero hombre, Quesada, porque no le gusta que le llamen Lorencito, a quién le van a interesar esas fotos tan rancias, y él dice que son un tesoro, un documento histórico. Y lo que son es una amargura, imagínese que abro una caja y me pongo a mirar fotos y pienso, éste ya está muerto, y éste también, y el de más allá, y de la mayor parte de los nombres no me acuerdo ni yo mismo, aunque lo peor no es eso, lo peor es salir a la calle y quedarse mirando las caras de la gente y pensar, a éste lo retraté yo cuando era un niño, esa gorda con granos era una mujer escultural cuando fue a mi estudio hace treinta años, ese viejo que anda doblado sobre el bastón se hacía fotos para regalárselas a sus amantes. Una tristeza, se lo digo yo, y lo peor es que parece que nadie se da cuenta, que no saben que envejecen, que engordan, que se les cae el pelo, que se van a morir. Claro que usted es un caso excepcional, si me permite decírselo, por eso no me costó ningún trabajo reconocerlo en cuanto lo vi en la plaza del General Orduña, el otro día, que estaba usted mirando las carteleras del Ideal Cinema, lo vi de perfil y me dije, Ramiro, ese hombre es el comandante Galaz, no ha cambiado en tantos años, aunque tenga menos pelo, con perdón, y se le haya puesto casi blanco, y yo sé lo que me digo, me he pasado la vida fijándome en las caras de la gente». Rechazó una nueva dosis de coñac, ya sí que era verdad que se iba, claro que volvería, si al comandante no le molestaba, y no le diría a nadie que lo había visto, entre otras cosas porque hablar, lo que se dice hablar, no hablaba con nadie, es decir, le hablaba a su ayudante, Matías, que estaba sordomudo por culpa de una explosión, a lo mejor el comandante se acordaba, le pusieron de mote el Resucitado, y él no lo había despedido más que nada por caridad, pues aparte de ser más bien inútil ya entraban muy pocos encargos en el estudio, pero qué iba a hacer el pobre si él cerraba, pedir limosna o descargar hortalizas en el mercado de abastos.

Lo ayudó a ponerse el impermeable, le entregó el paraguas, que ya se le olvidaba, lo acompañó a la puerta, asintiendo sin desagrado a sus palabras, le estrechó la mano gorda y débil junto a la verja, animándolo a volver, y Ramiro Retratista se deshacía en expresiones rancias de gratitud y monótonas disculpas, cualquier cosa que necesitara no tenía más que pedírsela, el archivo estaba a su disposición, y si a su hija le apetecía encargarse un retrato él se lo haría con mucho gusto, la vio con él por la calle, era una muchacha muy guapa, un retrato de los de verdad, de los antiguos, en blanco y negro y con sus contraluces escultóricos, como los que hacía en sus mejores tiempos don Otto Zenner, como los retratos inmortales de Nadar. Volvió muchas veces a lo largo del invierno, con su impermeable y su paraguas y su boina de plástico, con la bufanda cruzada sobre el pecho y bien pegada al cogote, para evitar lo que él llamaba la resfrialdad del clima de Mágina, con su cartera vacía de cobrador: siempre anunciaba que no se quedaría más de media hora y que sólo bebería una copita de coñac y acababa yéndose de noche y consumiendo sorbo a sorbo media botella, y una tarde de abril trajo en la cartera una fotografía de una mujer muerta y emparedada hacía más de un siglo, bebió más de la cuenta y le confió al comandante Galaz el gran secreto de su vida: tal vez avergonzado, dejó de ir durante varias semanas, y cuando volvió, una tarde perfumada y calurosa de mediados de mayo, vino tras él un isocarro inverosímil de reparto de piensos compuestos de cuya cabina en forma de huevo emergió a duras penas un hombre rubicundo y casi esférico que sonreía con placidez vacuna y hacía gestos delicados y rápidos con sus manos de hércules. Matías, el Resucitado, ex ayudante ya de Ramiro Retratista, que había cerrado el estudio en cuanto pudo encontrarle esa colocación y gastado la mitad de sus ahorros en comprarle el isocarro, abrió la portezuela de atrás y sacó de ella sin esfuerzo visible un tremendo baúl y se lo cargó al costado para dejarlo luego en el vestíbulo del comandante Galaz. «Me voy de Mágina, amigo mío, me marcho para siempre de esta ciudad ingrata», dijo Ramiro Retratista, sentado otra vez en el sofá, mirándose las manos enlazadas sobre las rodilleras de un anticuado pantalón de entretiempo. «Pensaba quemar mi archivo, porque ni me van a hacer la exposición ni el libro ni nada, ya sabía yo que ese Lorencito era un bocazas, un simple, un botarate, pero me he dicho, Ramiro, el único hombre con sensibilidad que hay en Mágina es el comandante Galaz, por qué no le regalas a él la obra humilde de toda tu vida...»

Fue Pavón Pacheco quien lo contó en clase, quien primero difundió el rumor de que el Praxis tenía un lío, una extranjera medio pelirroja, poca cosa, decía con menosprecio de experto, torciendo la sonrisa, él los había sorprendido un martes por la noche en una de aquellas discotecas cimarronas de los pueblos próximos adonde iban paletos con el cogote rojo y agrietado por el sol, enfermeras lagartas, criadas golfas y casados adúlteros que bebían whisky, fumaban rubio americano y hacían un lamentable ridículo en la pista de baile, ya que no eran tan jóvenes como hubiesen querido y pertenecían a la generación del pasodoble y de las casas de putas con mesa camilla y palangana. Y allí estaba el Praxis, nos dijo Pavón Pacheco, teníais que haberlo visto, con esa cara de fraile que pone al recitar poesías, arrimándose a la pelirroja en un diván de eskai granate, tan engolfado en ella que ni siquiera le devolvió el saludo, o se hizo el loco, escondidos en el rincón más sombrío de la discoteca, un martes por la noche, cuando no había casi nadie, sólo ex peones de albañil y ex dependientes enriquecidos por el auge de la construcción, del comercio de coches o de electrodomésticos. Estaba claro que querían ocultarse, y a Pavón Pacheco no le extrañaba, la tía era menor de edad, seguro, él no le echaba más de diecisiete años, pocas tetas, la cara pecosa, el tipo de ligue que podía buscarse un pasmado como el Praxis. Pero nosotros no le dimos mucho crédito, en parte porque ya estábamos acostumbrados a no creernos sus embustes sobre proezas sexuales y orgías con grifa o con aspirina disuelta en Coca-Cola, y sobre todo porque casi nunca, a lo largo del curso, vimos al Praxis con ninguna mujer, salvo un lunes por la mañana en que llegó al instituto acompañado por una morena de pelo corto y gafas redondas con montura dorada que tenía todo el aire de una profesora de bachillerato, una de las relativamente jóvenes que se ponían pantalones y fumaban, a diferencia de las otras, las percheronas hacendosas de la Sección Femenina. «Iba a casarse con él», dictaminó Pavón Pacheco, «pero lo pilló en la cama con la pelirroja y lo ha mandado a hacer gárgaras. Las acostumbras mal y pasa eso, te escupen en la cara».

Al principio Nadia casi no se acuerda de aquella discoteca, dice que iban a muchos lugares parecidos, en el coche de él, donde a veces había, en el portamaletas, o debajo de los asientos, paquetes de propaganda clandestina que él debía entregar o recoger de noche en los sitios más raros. Así fue como todo empezó, me cuenta, por un fajo de octavillas o de periódicos oculto en una caja de galletas. Un sábado luminoso y frío de diciembre ella salió de casa para ir al mercado y cuando bajaba hacia la calle Nueva por el callejón de Santiago él apareció en su coche, bajó la ventanilla sucia, le preguntó que adónde iba y se ofreció a llevarla, muy sonriente, como la otra vez, pero también muy nervioso, fumaba sin parar y se impacientaba en los semáforos, no le miraba de soslayo los pechos y los muslos, y al llegar al mercado, cuando se bajaron del coche, miró con disimulo en torno suyo y comprobó que lo dejaba bien cerrado. Era muy viejo pero no tenía otro, le explicó, y había acabado por tomarle cariño, después de tantos viajes por las carreteras de Europa. Los sábados por la mañana, el día de la venta grande, el mercado de abastos de Mágina tenía un escándalo y un hormigueo de zoco, había almacenes de mayoristas de frutas y churrerías y tabernas en los callejones de alrededor, y puestos de vendedores ambulantes de hortalizas, de especias, de macetas, de cubos de plástico, de mantelerías de tejidos sintéticos y vajillas de duralex, y en aquella época también de zambombas y de figuras de belén, y cuando se entraba al interior de sus grandes naves con vigas y columnas de hierro y mostradores de mármol la luz de la calle se convertía en penumbra y los gritos del exterior se apaciguaban en un vasto murmullo de pasos y voces amplificado por la resonancia de las bóvedas. «Tanto que habláis de las obras de Primo de Rivera y de Franco», decía en la huerta el teniente Chamorro: «Pues ese mercado lo hizo para vosotros la República.»

Olía intensamente a pescado, a hortaliza fresca, a pimienta, a embutidos, a vísceras, a humaredas de churros, y la confusión de todos los olores adquiría a última hora de la mañana una ligera densidad de putrefacción. Él le abría paso entre la multitud tomándola del brazo, como guiándola por los callejones de una medina musulmana. Nadia se acordaba de la luz blanca, de los colores planos, de las superficies de linóleo y de plástico de los supermercados de América y notaba aquí una excitación de los sentidos que llegaba a aturdirla de felicidad: el rojo de las carnes sobre los mostradores, el verde oscuro y húmedo de los montones de cebollas y acelgas, el blanco intenso de las coliflores, el brillo de las escamas del pescado, la sangre de una cabeza de cordero recién cortada de un hachazo, la luz espesa y dorada en un chorro de aceite vertido en una botella a través de un embudo, el olor a vinagre y tomillo de una orza de aceitunas, y sobre todo la simultaneidad delirante de colores y olores, de gritos agudos o broncos de pescaderas y hueveras, de pregones de vendedores ambulantes, de aleteos de pájaros perdidos entre las vigas de las bóvedas, bajo las claraboyas opacas de suciedad. Me cuenta ese recuerdo que también yo poseo y quiero incluirla a ella en la galería de figuras que me quedan de entonces, como si trucara una fotografía de grupo para añadirle una cara, porque ahora sé que aquella mañana en que el Praxis la llevó al mercado yo estaba allí y pude verla y la he olvidado: con una chaqueta blanca de mi padre, de pie tras el mostrador de su puesto de hortalizas, atontado por las voces de las mujeres, pesando patatas o cebollas o coliflores en la balanza y no acertando a cobrar el precio exacto de cada cosa ni a dar el cambio con la rapidez de mi padre. Se te habrán ido la mitad sin pagarte, me decía él, te ven cara de poco espabilado y abusan de ti: mi padre estaba enfermo, le había dado un dolor en la columna vertebral y no podía moverse de la cama, y era tan raro verlo acostado que yo me acordaba de cuando vivíamos en el cuarto de la viga y su primo Rafael, sentado junto a su cabecera, me hacía animales de cartón con las cajas de las medicinas. Pero no quiero que ella interrumpa su narración, le pido que siga, que me cuente qué ocurrió en aquel encuentro con el Praxis, me pasa igual que a ella cuando me pregunta cosas sobre las mujeres con las que he estado y al principio me resisto a contestarle, que tengo celos y sin embargo quiero saber. Él le había pedido que no le llamara José Manuel, sino Manu, pero a ella le sonaba raro y excesivamente familiar, señalaba las cosas y él le iba diciendo sus nombres españoles y le ayudaba a pedirlas, y dice que vio una cara que le parecía conocida y se acordó de haberla visto varias veces por la calle, en la acera del Consuelo, o en la misma colonia del Carmen, cerca de su casa, un muchacho más o menos de su edad que iba siempre con un chaquetón azul marino, un pantalón vaquero, un jersey de cuello alto, que fumaba sin quitarse el cigarrillo de la boca y hundía las manos en los bolsillos del pantalón y tenía un flequillo de pelo muy negro y ondulado sobre la frente. Como suele sucederle a quien camina a solas por

una ciudad extraña, se fijaba mucho en las caras de los desconocidos,
y cuando volvía a verlos intentaba tenazmente acordarse de dónde los
había visto la primera vez: y le pareció tan raro, me dice, verme de
pronto en un puesto del mercado, con la chaqueta blanca de vendedor, pero con el mismo aire desvalido y sombrío que cuando daba
vueltas por la colonia del Carmen en busca de Marina, desesperado
de no verla, escondiéndome si aparecía por sorpresa, rojo de pronto,
acobardado, ridículo. Dice que el Praxis me saludó, supongo que con
una cierta campechanía solidaria, pues sabía el motivo de que yo hubiera faltado a clase en la última semana, y que luego le preguntó
quién era yo, un alumno excelente, hijo de trabajadores del campo, su
padre está enfermo y él no puede venir al instituto estos días, pero yo
he conseguido que el claustro le aplace los exámenes trimestrales.
Estaba anocheciendo en la huerta, habíamos terminado de recoger y
de lavar la hortaliza, los sacos y las canastas rezumantes de agua fría
estaban ordenados junto a la alberca, y el tío Pepe y el tío Rafael ya
liaban cigarrillos. Yo tenía las manos enrojecidas y heladas después
de haber ayudado a desprenderles el barro a las patatas y a las cebollas recién arrancadas de la tierra. Mi padre me dijo que le pusiera el
serón a la yegua y la bajara a la alberca para cargar la hortaliza,
abrazó un saco muy grande de coliflores y lo estaba levantando con
su brío temible para alzarlo hasta el lomo de la yegua cuando se quedó
doblado y encogido y empezó a chillar de una manera que yo no
había escuchado nunca, como si fuera un animal herido y no un
hombre. Tenía la cara roja y los dientes apretados, el tío Pepe y el tío
Rafael tiraron los cigarrillos y vinieron corriendo, y yo permanecí
inmóvil, muerto de miedo, paralizado de espanto, viendo a mi padre
doblarse bajo el peso del saco y caer sobre el barro, junto a los cascos
de la yegua, retorciéndose de dolor. Salí al camino y logré que un
Land Rover que volvía a los olivares en busca de una carga de aceituna lo llevara a Mágina. No paraba de chillar, con los ojos cerrados

y mostrando los dientes, yo le pasaba la mano por la cara congestionada y sucia de barro y él apretaba dolorosamente mi brazo y seguía gritando y retorciéndose. Pensaba que se iba a morir, que el dolor lo había abatido tan violentamente como un rayo, y la imaginación, como siempre, huía del presente y se me disparaba hacia el futuro: ya me veía a mí mismo en su entierro, con un brazalete negro en la manga del traje, condenado a seguir trabajando la tierra para sostener yo solo a mi familia, y me importaba más ese ciego porvenir que el sufrimiento y la muerte de mi padre. «Tiene las vértebras gastadas», dijo el doctor Medina esa noche, después de que el practicante le pusiera una inyección, cuando ya dormía y no chillaba, pero sus gritos seguían sonando como un eco en toda la casa, en mi imaginación despavorida. Aún cierro los ojos y los oigo y no puedo soportar tanto dolor, tanta vergüenza y tanta culpa. El doctor Medina hablaba en voz alta a su lado, seguro de que no podía despertarse: mi madre se retorcía las manos sobre el delantal y tenía los ojos empequeñecidos por el llanto. «Este hombre lleva trabajando como un animal desde que era niño. Es muy fuerte, pero no ha podido resistir, y el desgaste de las vértebras no tiene remedio. La única cura es que no siga trabajando en el campo, o por lo menos que no levante grandes pesos, y sobre todo que no vaya solo a trabajar. Puede que el ataque se repita mañana o que tarde cinco años, pero volverá. Y si está solo cuando vuelva el dolor imagínense qué será de él.»

Ya no podría irme de Mágina: ya no sería corresponsal, ni intérprete, ni guerrillero en Bolivia, ni batería de rock, ni escritor de novelas experimentales o de teatro del absurdo. De hecho ya ni siquiera podía ir por las tardes al Martos ni a los billares del salón Maciste ni veía en clase a Marina. Por la mañana, muy temprano, me despertaba mi madre, desayunaba rápidamente en la cocina, junto al fuego, y me iba al mercado, tiritando de frío por las calles desiertas, con la chaqueta blanca de vender doblada bajo el brazo. A mediodía, cuando regresaba a casa, entraba en el dormitorio de mi padre a enseñarle la recaudación: unos pocos billetes de veinte duros, monedas sueltas, ni la mitad de lo que él ganaba habitualmente. «A las mujeres hay que meterles las cosas por los ojos, hay que gastarles bromas y animarlas a comprar, y sobre todo hay que tener mucho cuidado, porque si pueden te engañan.» Pero me moría de aburrimiento y de vergüenza y me quedaba callado detrás del mostrador, y el puesto de mi padre, que cuando él vendía estaba siempre rodeado de mujeres con bolsas de la compra, ahora permanecía casi siempre desierto, y las mujeres se iban con otros vendedores, o me compraban muy poco. Lo que más vergüenza me daba era pensar que me viera Marina, un sábado por la mañana, cuando no había clase y ella iba con su madre al mercado, la madre teñida de rubio, vestida de colores claros, con ese aspecto de tardía juventud que a su misma edad ya habían perdido las mujeres de mi familia y de mi barrio. Creía verla de lejos y me entraban ganas de esconderme bajo el mostrador. Por la tarde, hacia las tres y cuarto, cuando mis amigos ya estarían oyendo discos en el Martos, yo terminaba de comer, me ponía la ropa del campo, aparejaba la yegua y me iba a la huerta, y por el camino abajo, montado en ella, murmuraba letras de canciones, *Riders on the storm, Hotel Hell, The house of the raising sun, Brown sugar*, pero no viajaba a cien kilómetros por hora y a través del desierto en dirección a San Francisco, sino que cabalgaba por una vereda entre las huertas y los sembrados de Mágina sobre una yegua vieja, y al final del camino estaba el cobertizo donde ya esperaban el tío Pepe, el tío Rafael y algunas veces el teniente Chamorro, y hasta que caía la noche era preciso trabajar sin sosiego para que a la mañana siguiente pudiera abrirse otra vez el puesto en el mercado y continuara mi suplicio secreto, el sentimiento de que un azar sin misericordia me negaba la vida que deseaba y merecía, la que otros gozaban con una naturalidad que a mí me hacía verlos muy lejanos, más felices que yo, dotados de un privilegio inalcanzable.

Pero sigue contando, le digo a Nadia, por qué me haces hablar siempre de mí: su presencia se cruza con la mía durante unos minutos y luego vuelve a apartarse, sin que los dos sepamos nada el uno del otro, sin que suceda la casualidad de que nos encontremos, tan próximos, casi rozándonos, y a una distancia de invisibilidad y de abismo, un adolescente de chaqueta blanca parado tras el mostrador de un puesto de frutas y una muchacha de pelo largo y rojizo que lleva una bolsa de compra y va acompañada por un hombre que le dobla la edad, que le descubre hermosas palabras españolas, que al salir del mercado le quita la bolsa de la mano y la carga en el maletero de su coche, donde hay una caja de cartón envuelta en hojas de periódico y atada con cuerdas. Ella nota que desconfía de algo, y sospecha que en sus maniobras de cautela hay mezclado un cierto instinto escénico, el mismo que le hace hablarle a ella siempre en un tono bajo de voz y contarle sus viajes y sus experiencias clandestinas dejando sin explicar algunos pormenores, de modo que la precaución de no decir más de la cuenta acaba convirtiéndose en una sugerencia de secretos mayores, demasiado graves para ser revelados. En ese mismo instante, en la plena luz de la mañana de diciembre, junto al mercado de Mágina, está ocurriendo algo que a ella la inquieta más porque no sabe lo que es: el Praxis, José Manuel (aún no se decide a llamarle Manu, ni se decidirá) ha comprobado los nudos del cordel que ata la caja de cartón, ha mirado a un lado y a otro antes de cerrar con llave el maletero, ha entrado en el coche con una naturalidad demasiado fluida para no ser falsa y ha esperado a que ella se siente para encender el motor. Fuma, tamborilea en el volante con los dedos mientras espera a que pase un burro cargado hasta una altura inverosímil de jaulas de pollos, sonríe sin contestar nada cuando ella le pregunta si está preocupado, si le pasa algo. Ahora advierte que no se ha afeitado esta mañana y que los puños y el cuello de su camisa tienen un cerco oscuro: no ha dormido, es posible que ni siquiera se haya acostado. Cruzan la Corredera, la plaza del General Orduña, la calle Mesones y la calle Nueva, pero en vez de girar a la derecha en el hospital de Santiago para llevarla a la colonia él continúa en línea recta, hacia la salida de la ciudad, y ella vuelve a sentir por un momento el mismo sobresalto que la otra noche. Pero ahora es de día y no tiene miedo de este hombre, ha pensado mucho en él desde la última vez que lo vio, aunque sin echarlo excesivamente de menos, ha descubierto que empezaba a aburrirse en Mágina y que a veces la irrita el ensimismado laconismo de su padre, quien ahora casi sólo habla con ese hombre de impermeable azul marino y boina de plástico que viene a visitarlo dos o tres veces por semana, y en los últimos días, sin proponérselo, sus caminatas han ido derivando hacia la acera del instituto y el parque de la fuente luminosa: incluso una tarde, hacia las seis, entró al Consuelo y se sentó a beber una Coca-Cola en un taburete junto a las cristaleras. Sonó una campana estridente y empezaron a salir grupos de alumnos con libros, carpetas de apuntes y bolsas de gimnasia, y luego profesores que se despedían en la entrada y se marchaban con aire cansino por la acera, pero a él no lo vio, puede que no tuviera clase esa tarde, las luces fueron apagándose en las ventanas del instituto y un bedel cerró la puerta y se alejó guardando un gran manojo de llaves en el bolsillo del abrigo. Ha creído ver varias veces su coche, pero no está segura, porque es de un modelo y de un color que se repiten mucho en la ciudad, y esta mañana, al encontrarlo por sorpresa, se ha conmovido mucho más de lo que ella misma podía imaginarse, ha descubierto que no se acordaba de su cara ni del metal exacto de su voz, le ha gustado ver de nuevo sus manos grandes y nerviosas sobre el volante y percibir ese olor a pana, a tabaco negro y a tapicería sintética que hay dentro del coche. Permanece más bien

indiferente, desde luego, como el otro día, pero esta mañana se acomoda con más familiaridad en el asiento y no piensa aún que debe
volver a casa cuanto antes para preparar la comida. Han dejado atrás
los últimos bloques de pisos, la piscina, las tapias del colegio de los
Jesuitas, la gasolinera: él disminuye bruscamente la velocidad y
tuerce en un desvío, detiene el coche entre un grupo de árboles. Para
el motor, se vuelve hacia ella, acodado en el volante, está segura de
que va a decirle algo, a contarle un secreto, el motivo de que no se
haya afeitado ni cambiado de ropa esta mañana. Enciende un cigarrillo y ella cree advertir que la mano le tiembla.

«Tengo un favor que pedirte. No debería hacerlo, pero me he
pasado la noche dándole vueltas y buscando otra alternativa y no he
podido encontrarla. A nadie puedo pedirle ayuda más que a ti. Verás,
es un poco difícil explicarlo pero me parece que estoy en peligro. Te
costará trabajo entenderlo, al fin y al cabo tú no has vivido nunca en
España, y en tu país, como decía Churchill, cuando alguien llama a
las cinco de la madrugada es el lechero. Afirmación muy discutible,
pero bueno. El caso es que anoche, cuando volvía a casa, un poco
tarde, porque había tenido que recoger algo en un pueblo de por aquí,
vi frente al portal a uno de los dos sociales que hay en Mágina. En
otras circunstancias habría actuado con normalidad: estoy fichado,
ellos me conocen, me vigilan de vez en cuando y ya está, incluso si
hay mala suerte pueden hacerme un registro y encerrarme unos días.
Pero ayer era distinto. Los documentos que llevo en el coche, en esa
caja de cartón, son extremadamente importantes. Por razones de seguridad no puedo devolvérselos a los mismos que me los entregaron
ni correr el riesgo de que la policía me los quite. Así que imagínate la
noche que he pasado, vine a esconderme aquí y no he dormido ni un
cuarto de hora, encogido en el asiento de atrás, con un frío de muerte.
Pensé quemar los papeles, pero sería una catástrofe. El favor que
quiero pedirte es muy sencillo, y no te lo pediría si creyera que te

pongo en peligro. A ti en Mágina no te conoce nadie, y no creo que mucha gente se acuerde de que nos ha visto juntos. Guárdame la caja en tu casa durante unos días. Recuerdo que me dijiste que detrás del jardín hay un aljibe seco. Guárdala allí, sin que la vea tu padre. Cuando haya pasado el peligro yo te avisaré. ¿De acuerdo? O, como decís vosotros: ¿O. K.?»

Se echó a reír forzadamente, afectuoso, pedagógico, como cuando nos explicaba a nosotros las trampas ideológicas de la literatura burguesa, la escritura como praxis, decía, y Pavón Pacheco agregaba un palote a la hilera donde llevaba la cuenta de las veces que repetía esa palabra. Ella asintió, excitada por la conciencia del peligro, por la proximidad de ese hombre que fumaba a su lado y sonreía y estaba jugándose la vida y confiaba tanto en ella que le había contado su secreto, poniéndose desde ahora en sus manos, aliándola a su destino de clandestinidad y persecución, pero no en una habitación oscura, en mitad de la noche, sino a plena luz del día, en una mañana transparente de invierno. Imaginó que la detenían y que no confesaba, que él la enviaba a un viaje con una maleta llena de documentos prohibidos: que iba a visitarlo a la cárcel y lo encontraba con una ceja partida, con barba de varios días, con la piel morada por los golpes. Volvieron a la ciudad y ya veía de otro modo las calles y los rostros de la gente, presintiendo amenazas en la tranquilidad diaria de la vida, en los coches que veía por el espejo retrovisor, en los conductores que se detenían junto a ellos en un semáforo y la miraban fugazmente desde el otro lado de las ventanillas. Cerca de la colonia, en un descampado, al amparo de una tapia en ruinas, se bajaron del coche y él guardó la caja en una gran bolsa de plástico y le dijo que no se preocupara, que no intentara ponerse en contacto con él ni se acercara al instituto. Le sorprendió que la caja fuese tan liviana: sacó del asiento posterior su bolsa de la compra, y con las dos manos ocupadas se quedó frente a él, sonriendo, sin saber qué decirle, imaginando que era necesaria una severa despedida. Él cerró de un golpe el maletero, luego la puerta de atrás, miró en torno suyo, despeinado por el viento, alto y casi heroico en la llanura baldía y atravesada de zanjas abiertas por las excavadoras, consultó su reloj, pareció que iba a ponerse en seguida al volante, pero dio unos pasos hacia ella, se detuvo, le puso las manos en los hombros, con un ademán de aliento y de orgullo, la atrajo hacia él, buscando con su mano derecha la nuca, recorriendo con las yemas de los dedos el nacimiento del pelo, y ella mientras tanto no se resistía ni se abandonaba, le llegaba su aliento, cercano y cálido en el aire frío de diciembre, echó a un lado la cabeza y la besó torpemente en la boca, con avidez y premura, agitando la lengua entre los labios separados de ella, y luego se apartó, mirándola como si estuviera arrepentido, como si lo desconcertara no haber sido rechazado o recibir un beso más rápido y sabio que el suyo, entró en el coche, lo arrancó y dio la vuelta para marcharse en dirección contraria, sacando la mano izquierda por la ventanilla en un gesto de adiós.

Estoy tendido junto a ella, me escuece que lo besara como si yo la hubiese visto hacerlo, la escucho con los ojos cerrados y la veo caminando de espaldas a mí por las calles silenciosas de la colonia del Carmen, con el pelo liso y tan largo que tenía entonces cayendo sobre los hombros de su cazadora de piel, con una bolsa en cada mano, apretando las asas hasta que le dolían los nudillos, sin volver la cara hacia atrás, hacia mí, con la humedad de la lengua masculina todavía en su boca, con una expresión de serenidad y cautela que tal vez es la misma que yo veré muchos años después. Deja las bolsas en el suelo, busca las llaves y abre la verja, ahora el corazón le late más aprisa, teme que su padre le pregunte por esa caja de cartón y no sepa inventar rápidamente una mentira, pisa con los tacones de sus botas vaqueras la grava del jardín, las hojas secas que se arremolinan con la huida de los gatos sin dueño que tomaban el sol. No ve a su padre tras la ventana del comedor, desea que no esté, pero no quiere confiarse, deja la bolsa de la compra en los peldaños de la entrada, y con la otra en la mano da la vuelta a la casa muy cerca de la pared. Abre la trampilla del aljibe, que chirría intolerablemente, la sobresalta un ruido a su espalda, es un gato salvaje que al volverse ella escapa con un bufido, esconde la bolsa, procurando que no pueda verse desde fuera, echa el cerrojo, asegura el candado, vuelve a la puerta de entrada y mientras cruza el vestíbulo llama a su padre en inglés, *Daddy*, advirtiendo entonces que es una expresión demasiado infantil y sin saber todavía que ya no volverá a usarla. Pero él no le contesta, su abrigo no estaba en la percha del recibidor, mira el grabado del jinete y piensa por primera vez que él también tiene cara de guardar un secreto, y cuando su padre llega una hora después ya está a punto de terminar la comida y ha preparado para él una coctelera de dry martini. Pero desde ahora los actos invariables de su vida en común, la ternura con que se besan en las mejillas al encontrarse o despedirse, el modo en que se miran mientras están conversando, la delicadeza con que ella le prepara una copa o le sirve la comida o retira de la mesa baja de la lámpara un cenicero lleno, contienen una parte de simulación, una médula de deslealtad y silencio que los dos intuyen y a la que ninguno de los dos aludirá sino después de muchos años. En la casa hay un teléfono que sólo suena cuando alguien llama por equivocación, y ella, que hasta ahora no reparó en su existencia, ahora lo mira como presintiendo la inminencia de un timbrazo súbito. Piensa en la caja de cartón escondida en el aljibe y se acuerda de esos asesinos de las novelas policíacas que viven con el desasosiego de que sea desenterrado el cadáver de su víctima. Por las noches no puede dormirse ni cuando ya ha oído regresar a su padre, da vueltas en la oscuridad, la agobia el calor de las mantas, enciende la lámpara, abre desganadamente un libro y lo cierra en seguida y siente la tentación de salir con sigilo a la parte trasera del jardín y de examinar a la luz de una linterna el contenido de la caja, que imagina maravilloso y temible, custodiado por una maldición letal, como los tesoros de los cuentos de Calleja que su padre le leía en América. Algunas veces percibe dentro de su boca un sabor crudo y masculino, distinto al que dejaron en ella los muchachos que de vez en cuando la besaron, mucho más fuerte, con una intensidad de deseo y peligro, con una plenitud que excluye el juego y afirma el deseo. Una mañana no puede vencer la tentación de subir hacia el instituto y delante del edificio silencioso y de las puertas cerradas se da cuenta de que han empezado las vacaciones de Navidad. Por la noche se encienden en la calle Nueva arcos de bombillas, y en la plaza del General Orduña hay un abeto iluminado y adornado con grandes bolas de colores metálicos, y un gran letrero de luz intermitente, con los colores de la bandera nacional, cuelga sobre los balcones de la comisaría. En la niebla de los anocheceres helados vuelven del campo cuadrillas de aceituneros, Land Rovers y tractores con las ruedas manchadas de barro, reatas de mulos cargadas con varas de brezo y sacos de aceituna. El olor que predomina en la ciudad a finales de diciembre es un olor a tela áspera de saco, a ropa espesa y húmeda, a aceitunas machacadas por las grandes piedras cónicas de los molinos de aceite, que permanecen abiertos hasta media noche, con reflectores encendidos que alumbran montañas de aceitunas entre un escándalo continuo de voces broncas de hombres, relinchos de animales de carga, motores de Land Rovers. Caminando por las últimas calles de la ciudad ella se cruza con los grupos de aceituneros que vuelven del campo con sus ropas viejas y embarradas y sus caras de fatiga, y tal vez ve entre ellas la mía, y se acuerda de la mañana en que fue al mercado con el Praxis. Yo vuelvo a casa con la cuadrilla de mi padre, con el tío Rafael, el tío Pepe y el teniente Chamorro, demasiado exhausto para recitarme letras de canciones en inglés y hasta para imaginarme vidas futuras, y cuando entro en la cocina, donde hierve en la lumbre el puchero de la cena, mi madre y mi abuela Leonor me cuentan que mi padre ya está mucho mejor, que el muy insensato se ha ido solo a la huerta. Estaba sin vida por volver al trabajo, ni siquiera se ha tomado hoy las pastillas que le mandó el doctor Medina, parece que tarda demasiado y ellas tienen un disgusto muy grande, mira que si le ha dado el ataque y está tirado como un animal sobre la tierra. Tengo prisa, tengo ganas de ir a buscar a mis amigos y de rondar por la calle Nueva y la colonia del Carmen a ver si hay suerte y veo a Marina, me lavo a manotadas de agua fría, la piel de la cara se me ha oscurecido y parezco mayor porque hace días que no me afeito, tengo las manos endurecidas por la vara con la que me he pasado todo el día golpeando las ramas de los olivos y me duelen intolerablemente los riñones y los brazos, pero no quiero pararme a descansar. Si fuera por mí ni siquiera cenaría, subo de dos en dos las escaleras hasta mi cuarto del último piso y mientras me pongo ropa limpia escucho un disco a todo volumen, la voz salvaje de Jim Morrison, *Break on through to the other side*, y la música acaba de revivirme, me desprende de la fatiga y de la realidad como si me arrojara al oírla a las aguas tumultuosas de un río. Entonces oigo el llamador, me sobresalta el miedo a que ese claxon que resuena en la plaza de San Lorenzo sea el de un coche donde traen a mi padre, me asomo a la escalera y escucho con alivio su voz, tan fuerte y rotunda como siempre, igual que antes de que el dolor lo derribara. De nuevo soy un proscrito y un vagabundo sin raíces ni vínculos con nadie, ceno en silencio, mirando la televisión, sin hacer caso de mi abuelo Manuel, que se queja de la poca aceituna que hay esta temporada y recuerda con las mismas palabras de todos los años cosechas antiguas de una abundancia mitológica, el año de la cosecha grande, dice, cuando las ramas de los olivos se quebraban y la aceituna duró hasta Semana Santa, los años feraces de antes de la guerra, cuando llovía de verdad, no como ahora, que de tanto ir a la

luna y trastear el cielo con cohetes habían estropeado el mecanismo
de las estaciones. Siempre la desesperante repetición de los mismos
embustes y los mismos recuerdos, como si vivieran uncidos a una
memoria circular en la que el tiempo no progresaba y en la que yo
también sería atrapado si no huía cuanto antes. Me levanto de la mesa
sin tomar el postre, mi padre me mira con reprobación, me dice que
mañana mismo tengo que ir a cortarme el pelo, que no vuelva tarde,
que hay que madrugar. No le contesto, salgo y cierro de un portazo
y lo oigo llamarme pero no me da la gana de volver, subo por la calle
del Pozo como si anduviera indolente y temerario por las aceras de
Nueva York, imitando en voz baja el acento de Lou Reed, *Take a walk
on the wild side*, aunque la verdad es que no entiendo ni la mitad de lo
que dice, y tal vez paso junto a Nadia y no la veo, no sé que ella también busca a alguien y que sin sospecharlo apetece la desdicha con
una determinación idéntica a la mía.

Noches de invierno, a finales de año, los escaparates de la calle Nueva
y del Real iluminados hasta muy tarde, altavoces con villancicos en
los soportales de la plaza del General Orduña, las acacias adornadas
con bombillas intermitentes, la estrella de Belén sobre la torre del
Reloj, los grupos de mujeres caminando muy aprisa con paquetes envueltos en papel de regalo, un brillo de luces en el asfalto húmedo y
en los adoquines, una fría oscuridad como alojada en las calles laterales, donde no había tiendas de juguetes ni hileras de bombillas, sino
los mismos portales cerrados y las tabernas sombrías donde se embo-
rrachaban los bebedores de siempre, los antiguos, los de vino blanco
y aguardiente a granel, boinas torcidas y faldones al aire. Buscaba a
mis amigos, iba al salón Maciste, subía hasta el Martos, pero tal vez
se habían ido al cine y esa noche ya no podría verlos. Caminaba por
la calle Nueva entre el agobio de la gente y de los villancicos, odiando
las caras que veía y la ciudad en la que estaba encerrado como un

preso en el patio de una cárcel, con los pasos medidos en cualquier dirección, con un hastío insoportable de rostros embotados por una felicidad tan nauseabunda como una cucharada de jarabe o de aceite de ricino, buscando a Marina, que tal vez se había ido a pasar las vacaciones a otra ciudad, alejándome hasta más allá de las últimas luces de la calle Nueva para subir a la avenida desierta de Ramón y Cajal y aventurarme en la colonia del Carmen y atreverme a llegar a su casa, donde no había luces encendidas ni ladraban los perros. Nos acordamos del mismo invierno en la misma ciudad y es como si una parte de nuestras dos vidas, la de Nadia y la mía, consistiera en una sola y duplicada desolación, y cada uno posee y cuenta los recuerdos del otro, la búsqueda de alguien que aparece y se pierde como un espejismo, la soledad en medio del gentío, la huida hacia las calles mal iluminadas y hacia los confines desiertos donde alcanzaba su insoportable plenitud la desdicha enfática de la adolescencia.

Igual que Marina, él volvió a Mágina cuando empezaron de nuevo las clases en el instituto. Ella estaba en su cuarto, tendida en la cama, sin ganas de leer ni de escuchar música. Sonó el teléfono en el comedor y se incorporó de un salto, su padre la llamó. Es para ti, le dijo, tendiéndole el auricular. Dejó sobre la mesa el periódico que había estado leyendo y desapareció tan discretamente que ella no se dio cuenta hasta que oyó cerrarse la puerta del vestíbulo. No había vuelto todavía cuando ella salió con una gran bolsa de plástico en la mano, repitiendo mentalmente, para tranquilizarse, el nombre de una calle, el número de una casa, la letra de un piso donde él ya estaba esperándola. Llamó al timbre, oyó un roce de pasos, él estaría viéndola, diminuta y cóncava, a través de la mirilla, más nervioso que ella tal vez, mucho más inseguro, necesitando fingir que tenía demasiada experiencia para ser vulnerable. Pero no quiero que Nadia me siga contando, incluso me niego a imaginar lo evidente, lo que esa tarde sucedió y volvió a repetirse muchas veces hasta mediados de junio, no sólo el temblor de los primeros abrazos y la impaciencia de manos y lenguas en el camino ya indudable hacia el dormitorio: tampoco el juego turbio y angustioso de una clandestinidad que no era únicamente política, ni las previsibles canciones que él le hizo escuchar, ni todos los sueños degradados por la palabrería y la mentira. La miro desnuda y reclamándome en la media luz de un anochecer o de una madrugada insomne y no puedo soportar la evidencia de que otros hombres han estado con ella y les ha sonreído al tenderles sus brazos separando los muslos igual que me recibe a mí. Hasta ahora nunca supe que el amor quiere prolongar su dominio hacia el tiempo en que aún no existía y que se pueden tener celos feroces del pasado.

Un acto, dijo, apretando la mano de ella sobre su pecho descarnado y hundido, áspero de vello blanco, agitado por una lenta respiración laboriosa, la cara vuelta hacia su hija desde la cabecera de la cama que ella misma había elevado con una manivela, postrado, inaccesible, tranquilo en su casi agonía, diciéndole ahora lo que debió o quiso decirle hacía diecisiete años, lo que entonces prefirió callar no porque lo hubiera decidido sino porque de todas sus costumbres la más arraigada era el silencio: también, a veces, las palabras son actos, decisiones brutales, gestos imposibles, y él podría cifrar la mayor parte de su vida no en lo que dijo o en lo que hizo sino en lo que calló y dejó de hacer. Ahora, tan a destiempo, tan demasiado tarde que hablar en voz alta era lo mismo que imaginar palabras o soñarlas, se abandonaba a una larga y borrosa declaración interrumpida a veces por la asfixia, confusa de delirio, como un manuscrito parcialmente ilegible por la dificultad de la caligrafía y las manchas que han desleído en algunas zonas la tinta, y todas sus vidas anteriores y cada uno de los hombres que había sido a lo largo de ellas confluían como corrientes de voces tributarias en su narración y en la figura ya póstuma con que se entregaría a la muerte. El descendiente ejemplar de una dinastía gloriosa de militares españoles, el joven oficial rápidamente ascendido a capitán en los últimos avatares de la guerra de África, el diplomado en la academia de Sandhurst, el yerno de un general con título nobiliario y esposo de la hija de militares más atractiva y distinguida de Ceuta, el austero comandante de treinta y dos años que apenas bebía y no fumaba nunca en público y consagraba sus horas fuera de servicio a la lectura de enciclopedias científicas en la biblioteca del cuartel, el renegado de los suyos, el héroe de los diarios republicanos de Mágina en los primeros meses de la guerra civil, el desterrado en Orán y luego en México y por fin en los Estados Unidos, el bibliotecario de una universidad modesta de Nueva York, el galanteador sin convicción de una compañera de trabajo ya un poco mustia, aunque diez años más joven que él, entristecida por un divorcio previo y una larga abstinencia sexual, católica, entregada confusamente una noche, embarazada, casi a los cuarenta, mordiendo el pañuelo con que se había secado las lágrimas en el café donde se lo confesó, donde habían bebido alguna copa al principio, por las tardes, al salir del trabajo, el esposo y padre ya tan maduro que su única hija americana parecía su nieta, el pulcro y todavía fuerte jubilado que alquiló durante menos de un año un chalet en las afueras de Mágina: su nombre invariable, el que le habían asignado cuando nació para otorgarle un destino, abarcaba una pluralidad de identidades casi del todo extrañas entre sí. La vida de cualquier hombre, le dijo a Nadia, podía llegar a ser tan larga que cupieran en ella varias biografías enteras, y sin embargo ahora, en el final, sólo era un viejo desaseado y tendido en una cama de hospital que aspiraba desesperadamente el aire con la boca abierta y hablaba en voz baja y creía seguir hablando cuando perdía el hilo de sus palabras igual que un hombre perezoso y dormido cree en sueños que se ha levantado y sale a la calle y camina con lucidez y determinación hacia el trabajo.

• • •

Apresada por su mano, ávida de oírlo, su hija se inclinaba sobre él, pero no siempre podía entender el murmullo monótono que le fluía de los labios, las palabras españolas pronunciadas en aquel hospital entre gritos lejanos de enfermos y ecos de nombres repetidos por los altavoces en inglés. Un acto, dijo, o soñó que decía, un solo acto verdadero, el más mínimo, el más desconocido, puede cambiar la rotación del mundo y detener el sol y hacer que se derrumben las murallas de Jericó: se quedaba callado, fatigado de hablar, y las palabras seguían brotando en su delirio, por fin asiduas, obedientes a su voluntad, no un ademán grandioso, no una palabra violenta que resuene bajo una cúpula, sino algo mucho más simple, tan simple como la química del agua o la vertical de la caída de un objeto, como la geometría que ordena en un cuadro súbito y perfecto tras un solo grito de mando a un batallón de soldados: un hombre que ha obedecido durante muchos años y en menos de diez segundos decide que ya no obedecerá, y no sólo lo decide, sino que lo cumple, con incertidumbre y terror, pero al mismo tiempo con una convicción invencible, o que está frente a una mujer y extiende esa mano que permanecía inmóvil y como paralítica y aprieta la mano de ella, así, como aprieto yo la tuya ahora mismo, ése es el misterio más grande, el único, y él sólo lo descubrió en Mágina y ya no fue nunca más quien había sido hasta entonces, el misterio de los actos no soñados o deseados o imaginados, prescritos en las ordenanzas, detallados en los manuales de comportamiento, sino los que irrumpen en medio de la realidad como la llamarada de un incendio, los inauditos, los inesperados, los que modifican para siempre la materialidad de las cosas. Le sudaba la mano y permitió que ella desprendiera la suya, la extendió abierta y alzada delante de su cara, como para cubrirse de la luz que entraba por la ventana: una mano abierta y untada en lodo rojo hace diez mil años que todavía mancha la pared de una cueva, eso es un acto para siempre, un espasmo de amor o de indiferencia o de odio que engendra a un ser humano, igual que yo te engendré a ti, dijo, y por un instante volvió a sonreírle con su cara indestructible y severa de veinte años atrás; actos, no palabras, no miserables deseos ni sueños ni libros ni películas, la mordedura de una hormiga en un pedazo de pan, el trabajo de alguien que arranca el fruto de la tierra, el coraje aterrado de un hombre que salta de una trinchera y no sabe que está siendo un héroe, la temeridad de no repetir nunca más una cadena de gestos que parecían minerales y eternos. Eso me importa, nada más, eso era lo que quería decirte, y hasta eso es ya inútil, pero me da lo mismo, tú no me puedes entender, ni nadie que no vaya a morirse dentro de unos días, aunque a lo mejor tú sí, tú has sentido siempre lo que yo sentía y lo has sentido al mismo tiempo que yo: lo único que yo decidí y cumplí hasta el final en toda mi vida, el único acto verdadero, el que la cambió definitivamente y para siempre, fue disparar contra un teniente fanático que había desobedecido mis órdenes, matarlo sin vacilación ni remordimiento mientras me miraba a los ojos y estaba tan cerca de mí que yo oía rechinar sus dientes apretados y notaba el temblor de sus mandíbulas.

Se quebró todo en una noche, en un solo minuto, una raya trazada en el tiempo, una hendidura al principio más delgada que un cabello en una superficie de cristal o una grieta invisible en la pared de una torre, en la fortaleza hermética de su disciplina y en la tensión nunca apaciguada de su manera de vivir obedeciendo día tras día y de la mañana a la noche un catálogo tan minucioso de gestos sin sentido que le permitían la sensación tranquilizadora de entregarse a una actividad sin resquicios de pereza o de duda, ajena a los azares y a las incertidumbres de la vida real, la que sucedía al otro lado de los muros del cuartel, donde la gente no marcaba el paso ni vestía uniforme ni ocupaba lugares y peldaños exactos en una jerarquía tan prolija como la de las castas en la India. Había al menos dos hombres dentro de él, uno que era, según le gustaba a él mismo imaginar, un autómata perfecto, una copia prodigiosamente culminada de un ser humano, con imitaciones de ojos que brillaban y parecían mirar y de cabellos y piel, una especie de doble o de ayuda de cámara más leal todavía que el soldado Rafael Moreno, el ordenanza, un modelo de caballero militar, como decía el coronel Bilbao, una figura hecha de materiales misteriosos que escondía en su interior mecanismos sutiles, simulacros de pulmones, de corazón, de vísceras, duplicaciones de estados de ánimo y de sentimientos y actitudes que tal vez eran reales en los otros, el valor, la obediencia, la bondad, el orgullo, el amor a la patria y a la familia y a los hijos, el respeto a los superiores, la franqueza con los iguales, la rectitud y la autoridad hacia los subordinados, la desconfianza hacia todo lo que procediera del exterior, del mundo turbulento y real, de la vida civil. Se despertaba por las mañanas y el doble hacía acto de presencia antes de que el ordenanza abriera la puerta y pidiera permiso para entrar con la bandeja del café: cobraba forma visible en el espejo del lavabo, revelado, como una cara impresa en un negativo, por el agua fría, por el jabón y la navaja de afeitar, que iban poco a poco dibujando sus rasgos sobre el óvalo en blanco de la otra cara que nadie veía. Pero aún quedaban zonas inseguras, un gesto de debilidad o de apatía en la boca, un brillo demasiado penetrante en los ojos recién salidos del sueño, y había que vigilarlo y que comprobar su perfección antes de salir, como comprueba un actor japonés los pormenores infinitos de su maquillaje, de su peluca y de su vestuario, y cuando a las ocho en punto el comandante Galaz cruzaba un tramo de pasillo y bajaba las escaleras hacia el patio, golpeando las baldosas con los tacones resonantes de sus botas, el doble ya había adquirido una identidad absoluta que nadie, ni su dueño, podría desenmascarar, y los soldados de guardia se cuadraban a su paso y los mandos inferiores se apresuraban a tirar sus cigarrillos y a ajustarse el correaje y revisar con algo de pánico el brillo de sus botas.

Sólo su padre desconfió siempre de él, le dijo a Nadia: de modo que también él tuvo un padre a quien acaso se parecía su cara en el final de su vejez y una inimaginable infancia a principios de siglo. Mi padre, tu abuelo, dijo, desconfiaba de mí porque había sido un niño introvertido y de mala salud y no me gustaba montar a caballo y me aburría en los desfiles y me hacían llorar los disparos de salvas. Y siguió desconfiando cuando ingresé en el internado militar y obtuve las calificaciones más altas, no sólo en historia, en geografía y matemáticas, sino también en gimnasia. Me abrazaba el día de final de curso cuando yo regresaba del estrado con mi diploma y las medallas de buen comportamiento prendidas en la pechera del uniforme de cadete, pero yo notaba en sus ojos, a veces húmedos de orgullo paternal, con esa caballeresca y contenida emoción que él llamaba, me acuerdo, laconismo castrense, que sospechaba algo oculto bajo mi comportamiento impecable, una tendencia vergonzosa que alguna vez se revelaría, más temprano o más tarde, cuando él estuviera más desprevenido, como un centinela que ha velado durante toda la noche y que al amanecer cierra los ojos un instante y ya está perdido. Me miraba muy fijo, aunque yo no lo viera sabía que estaba mirándome con una interrogación alarmada en los ojos, me miraba así desde la tribuna de honor de la academia durante un desfile y por encima de las botellas y los vasos en el comedor de nuestra casa, y cuando él mismo me entregó el despacho de teniente y nos cuadramos el uno frente al otro antes de estrecharnos la mano con un vigor idéntico al que él usaría con los otros alumnos sus ojos me escrutaron con más violencia que nunca, con pavor, como si a medida que yo cumplía paso a paso todos los episodios de mi educación para convertirme en lo que él había determinado y exigido fuera creciendo el peligro del desastre inminente: no imaginaba cuál, porque carecía por completo de imaginación, y la suplía con una capacidad febril de expectativa, era incapaz de creer que no hubiera ningún motivo que justificara su temor, pero esa misma falta le parecía ya un augurio, tanto más desesperante porque al no sospechar su origen no podría prever un remedio o un antídoto para cuando llegara el desastre. Lo que lo alarmaba era la falta de fisuras en mi obediencia, la pulcritud tan absoluta de mis actos, de mis palabras, hasta de mi uniforme, que sólo podía ser, pensaba él seguramente, la apariencia ocultadora de alguna perversidad, de algún desorden tan oscuro que su portador, yo mismo, su hijo, el primogénito del general Galaz, dedicaba todas las facultades y las astucias de su alma a esconderlo. «¿No te emborrachas nunca con tus compañeros? ¿No vas con mujeres...? Seguro que sí, no me mientas, yo también soy un hombre y he sido joven como tú. Lo único que sí te pido es que tomes precauciones higiénicas... ¿no serás un pervertido? Te conviene buscar novia, no digo yo que ahora mismo, porque eres muy joven todavía, sólo que lo vayas pensando, que te fijes, sin prisa, con mucho tiento, chicas no faltan por aquí, y que cuando la hayas elegido la respetes, pero eso no quita que de vez en cuando te permitas un desahogo, es ley de vida, una función corporal, necesaria, imprescindible para un organismo sano, tú me entiendes, para un hombre normalmente constituido, aunque todos sabemos que hay aberraciones, y en el ejército como en cualquier otro sitio, por desgracia, pero a eso no es a lo que yo iba, un poco de distracción, salir los sábados por la noche con tus compañeros. Una buena parranda alguna vez no hace daño, pero eso sí, como un reloj a retreta, ni una falta de puntualidad en tu hoja de servicios, ni una mancha, hijo mío...»

• • •

Involuntariamente imitaba la voz ruda de su padre, se oía a sí mismo y le parecía que la voz de aquel hombre muerto hacía más de medio siglo se encarnaba en la suya, desfigurándola tanto que su hija no la reconocía, igual que su cara olvidada volvía ahora a su memoria claudicante y se le presentaba en los espejos, en el que ella le ponía delante cuando terminaba de afeitarlo, el mismo que acercarían a su boca cuando su aliento ya no pudiera empañarlo. Pero por fortuna el general Galaz no vivió para conocer el cumplimiento de todos sus vaticinios, la irrupción del desastre y de la vergüenza que aniquilaron la carrera militar de su hijo y mancharon para siempre su nombre, y con él la gloria de todos sus mayores, los capitanes y coroneles y brigadieres Galaz, cuyas fotografías y retratos al óleo poblaban las paredes de su casa. El general Galaz murió, como había vivido, temiendo lo peor y al mismo tiempo enaltecido de orgullo, unos días después de que su hijo alcanzara el grado de comandante, cuando ya le había dado un nieto varón que haría perdurar su apellido y faltaban unos pocos meses para que le diera otro, y ahora no importaba que fuera una niña. Esa cosa creciendo en el vientre de ella, pensaba de vez en cuando el comandante Galaz en su retiro de Mágina, mientras mandaba una formación o leía en su cuarto tendido en la cama, concediéndose una claudicación secreta a la pereza, esa criatura innominada, sin sexo, sin rasgos humanos todavía, con membranas, con arborescencias de venas azules bajo el blando cráneo translúcido, con una forma indeterminada y acuosa de animal submarino, latiendo en la negrura y dilatándose en su concavidad, como un pulpo o un pez de grandes ojos idiotas, esa criatura extraña y temible que sin embargo había sido originada por él, en una sórdida noche conyugal de la que ni siquiera se acordaba, en un acto tan despojado de emoción o sentido como los acoplamientos ciegos de los animales inferiores, sangre de su sangre, decían con reverencia, sangre y vida que sin él no hubieran existido y de las que no podría renegar. Antes del amanecer, en el cuartel de Mágina, en el preludio ya sofocante del día de su deshonra y su heroísmo, el comandante Galaz se despertó estremecido de terror porque había soñado que una criatura acuosa como un pulpo lo estaba mirando, y el despertar no lo alivió: la criatura existía, aunque él no quisiera acordarse de ella, aunque hubiera encargado a su doble que escribiera cartas y enviara fotografías dedicadas y se interesara afectuosamente por la salud de su esposa y le mintiera que seguía buscando una casa adecuada en la ciudad, si bien tal vez era más razonable esperar a que pasaran los calores de julio, Mágina era un horno en verano, y ni siquiera había hospital militar. No se levantó aún, tenía abierta la ventana que daba al valle del Guadalquivir pero no entraba por ella ni un poco de brisa, en toda la noche no se había estremecido el aire quieto y caliente, y la luz de la luna sobre los barbechos y los olivares añadía al calor una consistencia caliza. Permaneció acostado, desnudo, contra su costumbre, con los ojos abiertos, fijos en el techo muy alto donde empezaba a notarse una cierta claridad sin origen preciso, pensando en la criatura, que no sólo había estado en su sueño, sino que verdaderamente existía en la realidad, acordándose del cuerpo hinchado y sudoroso que ahora mismo estaría revolviéndose en la gran cama conyugal de la que él desertó con alivio hacía tres meses: una mano posada en el vientre podría percibir ya los movimientos de la criatura, golpes bruscos, sinuosas ondulaciones de reptil: en el estetoscopio se oirían con seca claridad los latidos del corazón, muy rápidos, desacompasados, como un galope veloz o un tamborileo de los dedos nerviosos sobre una lámina de metal, como pequeños pasos, como si aquella cosa se le estuviera acercando desde tan lejos, de día y de noche, infatigable, igual que el jinete del grabado, desde la ciudad donde ella la sentía crecer y esperaba la previsible carnicería bendecida de su advenimiento, las rodillas flexionadas y los muslos abiertos sobre una camilla, las manos enguantadas y ensangrentadas del médico y sus antebrazos desnudos como los de un carnicero, la criatura roja y sucia brotando entre la sangre y las heces y levantada luego por los pies a la luz de una lámpara que exageraba el brillo del sudor y el rojo caudaloso y oscuro de la hemorragia. Se puso en pie de un salto, se tendió boca abajo en el suelo, se incorporó rígidamente sobre las palmas de las manos y las puntas de los pies y empezó a contar en voz alta las flexiones que hacía, sin descansar nunca el vientre en las baldosas. Y luego los abrazos ofuscados de la familia de ella, los parabienes del médico, con la frente todavía sudorosa y las tres estrellas de capitán cosidas en la bata blanca, las felicitaciones en el cuartel, el brindis por el recién nacido en la sala de oficiales, la caja de farias ofrecida a quien quisiera tomar uno, incluso a los camareros, que no obstante solicitarían permiso antes de hacerlo. «Con su permiso, mi comandante, pero un día es un día.» Y él, su doble, estrechando manos y recibiendo palmadas sonoras en la espalda y pensando, mientras miraba aquellas caras, que alguna vez la de su hijo recién llegado al mundo se parecería a ellas, que le aguardaba la misma vida y la misma corrupción y que nadie sino él mismo, su padre, habría sido cómplice y culpable de su existencia y su segura idiotez o desgracia.

Pero estaba todo tan lejos, era tan fácil quedarse imaginariamente tendido en la cama, con el cerrojo echado, con una noche graduada y propicia en la ventana abierta, en el valle blanco y azulado de luna, todo tan infinitamente lejano de él como los rastrojos incendiados y las luces diminutas que temblaban en la ladera de la Sierra y los faros de algún automóvil solitario que brillaban con destellos intermitentes en los caminos abiertos entre los olivares, como los silbatos de los trenes nocturnos que pasaban a la orilla del río y avanzaban más lentamente al emprender la subida de la colina de Mágina. Sería el otro, el autómata a cuya sombra él se acogía como a una vestidura que lo volviera invisible, quien bajaría al patio del cuartel unos minutos después de las ocho para recibir las novedades de los capitanes y pasar revista a las compañías formadas y volverse despacio y acercarse al lugar rezagado donde esperaba el coronel Bilbao y cuadrarse ante él y decirle, a la orden de usía, mi coronel, sin novedad en el batallón. Nada podía cambiar esa mañana, ni nunca, eso pensaba yo, le dijo a Nadia, y ni siquiera le hacía falta pensarlo para estar seguro de que todo se repetiría, del mismo modo que a nadie le hace falta pensar que el sol no se detendrá en medio del cielo o que los edificios junto a los que camina no van a caer derribados de golpe. A las siete y cuarto en punto su ordenanza le había traído el café caliente y las botas recién embetunadas, justo cuando él se estaba terminando de afeitar, a las siete y media examinó y firmó una relación exhaustiva de uniformes y armas que le había entregado la tarde anterior el cabo Chamorro, a las ocho y media, después de la formación del desayuno, tomó un segundo café en el bar de oficiales y fingió que no advertía el silencio que se había hecho cuando él entró ni la cobarde hostilidad en las mismas caras de todos los días, a las nueve abrió enérgicamente la puerta de las oficinas del batallón y caminó hacia su despacho sin mirar a los suboficiales administrativos y a los escribientes que permanecían de pie junto a las mesas llenas de papeles, a las nueve y cinco, frente a su escritorio, bajo el retrato oficial desde donde parecía mirarlo la cara triste y bulbosa del presidente de la República, abrió con llave un cajón y trató de reanudar la carta mediada que había guardado en él la tarde antes, pero el autómata se negaba aquella mañana a escribir y la pluma resbalaba en la mano húmeda de sudor.

Nada sucedería, pensaba, nada más que el calor y el tedio de la mañana del sábado, el ruido de las máquinas de escribir al otro lado de las mamparas de cristal translúcido que separaban su despacho de la oficina común, los papeles, las hojas de permisos que debía firmar, los toques de corneta a las horas prescritas, los gritos de los suboficiales que dirigían con desgana la instrucción, el sonido acompasado de las botas sobre la grava del patio y el de los fusiles al golpear el suelo o los hombros de los soldados. Se prohibía rigurosamente a sí mismo pensar en los posibles signos de alteración o desorden que había venido percibiendo en los últimos tiempos, reuniones a deshoras en la sala de oficiales, visitas de civiles notoriamente armados con revólveres bajo las chaquetas de verano que entraban en el cuartel por la puerta trasera, conversaciones interrumpidas en el comedor cuando aparecía él, rumores sobre una próxima huelga general, sobre quemas de cosechas y motines en los cortijos del valle: política, decía con desprecio cuando alguien se atrevía a preguntarle su opinión, bulos inventados por gente ociosa que no sabe atenerse a la neutralidad militar, le contestó hacía dos o tres noches al coronel Bilbao, que a las tres de la madrugada hizo que lo llamaran para preguntarle oblicuamente cuál sería su actitud si se produjera una intervención del Ejército. Pero también el coronel había cambiado, ya no daba vueltas por su despacho con la guerrera abierta, las manos a la espalda y la cabeza caída sobre el pecho, ya no lo miraba con aquella devoción de padre fracasado que a él le hacía sentirse tan incómodamente un impostor. En la formación general de las mañanas, cuando él se le cuadraba para darle novedades, el coronel Bilbao apartaba los ojos y respondía sin convicción a su saludo, y luego regresaba en seguida a su despacho y se encerraba en él y había veces en que el capitán ayudante no le permitía el paso al comandante Galaz, diciéndole que el coronel estaba hablando por teléfono o que tenía una visita de mucho protocolo.

Guardó de nuevo la carta en el cajón, sin saber aún que era la última y que nunca terminaría de escribirla, adormecido por el calor, por el ruido de las máquinas de escribir y de las aspas de los ventiladores, acordándose del sueño en el que había visto a la criatura. Decidió bajar por sorpresa a las cocinas para inspeccionar el orden y la limpieza del almacén. Necesitaba no interrumpir la cadena usual de los actos ficticios, no abandonarse a la pereza, no permitir que el doble o el autómata bajara la guardia, inmovilizado por el desconcierto y el pánico. Una figura borrosa apareció tras el cristal y vio moverse el pomo de la puerta: era el cabo Chamorro, pequeño y miope, con un portafolios bajo el brazo, con unas gafas redondas de montura barata, disciplinado y rudo, con una vulgaridad campesina en sus gestos y en su manera de llevar el uniforme. No era de fiar, le había dicho el teniente Mestalla, se le habían encontrado en su taquilla libros de propaganda libertaria, pero escribía a máquina más rápido que nadie y no cometía faltas ortográficas, a diferencia de la mayor parte no sólo de los oficinistas sino también de los mandos. El comandante Galaz simpatizaba vagamente con él, pero se había guardado siempre de manifestarlo, porque era tan incapaz de tratar espontáneamente a un inferior como de permitirle confianzas a un criado. El cabo Chamorro le presentó una relación minuciosa y seguramente imaginaria de soldados presentes en el cuartel y raciones de rancho y él hizo como que la revisaba y la firmó. Ésa era otra de sus tareas ficticias y ocupaba un lugar secundario pero no desdeñable en el equilibrio del mundo, los nombres copiados una y otra vez por orden alfabético, las cantidades exactas pero también falsas de carne o legumbres o aceite, el precio al céntimo de cada artículo y la suma detallada de todo, ilusoria y perfecta como la apariencia de disciplina y de valor de una columna de soldados en posición de firmes. Pero aquella mañana el cabo Chamorro no se marchó en seguida después de guardar los papeles en el portafolios. Se quedó parado frente al comandante, y éste lo notó y prefirió fingir que no se daba cuenta, y como el cabo no se decidía a salir y le daba vueltas nerviosamente a la gorra entre las

manos el comandante lo miró con frialdad y le dijo, gracias, Chamorro, con una entonación indiferente y a la vez imperiosa que abolía
sin posibilidad de discusión la presencia del cabo: así de educadamente se le ordena a un criado que abandone una habitación, y un
momento después, como si la orden lo volviera invisible, el criado ya
no está. Pero el cabo Chamorro seguía sin moverse. El cuello de su
camisa estaba sucio y él olía a sudor y a pobreza. «Mi comandante»,
dijo, «con su permiso de usted tengo una cosa que decirle, a lo mejor
usted pensará que es meterme en lo que no me importa, así que si
quiere arrestarme o mandarme a las cuadras estará en su derecho,
pero haga el favor de oírme antes, usted anda siempre en lo suyo y me
parece, con perdón, que no se da cuenta de muchas cosas, pero uno,
aunque no quiere, oye lo que no debe, o lo que otros no quieren que
oiga, y yo he oído hablar de usted al capitán Monasterio y al teniente
Mestalla, en la biblioteca, que ya es raro, aunque esté mal decirlo,
creían que estaban solos, pero yo los oí, ayer tarde, hablaban no sé
qué de un telegrama cifrado que había venido de Melilla, y dijeron
que el único del que no estaban seguros cuando llegara la hora de la
verdad era de usted, y que si hacía falta se lo llevaban por delante. Y
anoche no vea usted la que cogieron en la sala de oficiales, aunque
esté feo decirlo, mi comandante, oían lo que contaba la radio sobre lo
del ejército de África y brindaban, a lo mejor a usted le llegaron las
voces hasta su dormitorio, un camarero amigo mío me ha dicho que
el capitán Monasterio sacó la pistola y habló de subir a detenerlo a
usted mientras dormía. Muerto el perro se acabó la rabia, eso dijo, mi
comandante».

No dijo nada, no varió la expresión de su cara ni hizo una sola
pregunta. Desconcertado por su silencio, sofocado de calor, el cabo
Chamorro se atrevió a limpiarse la frente con un pañuelo sucio y permaneció firme ante él, mirándose las puntas de las alpargatas, con el
portafolios bajo el brazo y la gorra sudada entre las manos. Segura-

mente lo imaginaba invulnerable, o resignado a la capitulación o al suicidio, o aliado en secreto con los conspiradores. Después de un breve silencio en el que siguieron escuchándose las máquinas de escribir y las aspas de los ventiladores, el comandante dijo: «Gracias, Chamorro», y el cabo salió tan confundido del despacho que olvidó repetir la fórmula de despedida. Una hora más tarde lo vio cruzar serena y decididamente entre las mesas alineadas de la oficina, y creyó que cuando pasara junto a él lo miraría, pero el comandante Galaz salió como si no viera ni escuchara a nadie, con la cabeza alta y los ojos fríos y orgullosos de siempre, con su impecable uniforme de verano, su pistola al cinto y sus botas relucientes, dejando tras de sí un olor a cuero engrasado y flexible y a loción de afeitar. Va a hacer algo, pensó el cabo Chamorro, convencido de que aquella actitud de energía y eficacia ocultaba una determinación irremediable, va a contarle al coronel lo que yo le he dicho y dentro de unas horas el teniente Mestalla y el capitán Monasterio estarán arrestados en el cuarto de banderas. Pero cuando sonó el toque de fajina y los soldados formaron en el patio aún no había ocurrido nada, y el cabo Chamorro apenas vio de lejos al comandante Galaz: aquella tarde supo con alarma que estaban cancelados todos los pases de salida, y su amigo Rafael Moreno le dijo que no había visto al comandante y que la puerta de su habitación estaba cerrada con llave.

Se abrió a las diez y media de la noche. Las seis horas que permaneció encerrado en ella le parecieron luego al comandante Galaz tan largas como los treinta y dos años anteriores de su vida. Había entornado los postigos de la ventana y en la penumbra dorada y sofocante como polvo de trigo lo aplastaba el silencio de la tarde de julio, una quietud pesada y mentirosa de siesta, un deseo innoble de dormirse empapado en sudor. No haré nada, dijo en voz alta, no ocurrirá nada. Aprendió esa tarde que la suma de los hábitos repetidos por un hombre tiene la contundencia abrumadora de un glaciar. No sentía miedo, sino una ira sin objeto ni destinatario preciso que se volvía contra él mismo convertida en rencor. Fumaba acodado en la mesa donde había un libro y una pistola en su funda, y frente a él, en la pared, estaba el grabado del jinete polaco, la cara joven y tranquila, la sonrisa fría, la mano izquierda apoyada en la cadera, como en un frívolo ejercicio de equitación. Un acto, uno solo, los dedos que desabrochan la correa de la funda, la mano que avanza sobre la mesa y envuelve la culata, que levanta suavemente la pistola y sitúa el cañón en la sien y el dedo índice que busca el gatillo y lo oprime poco a poco hasta que retumba el disparo en el techo alto de la habitación. Recordó estampas de militares fracasados y heroicos, oficiales encerrados en una habitación a los que les era concedida la posibilidad de una muerte honrosa. Recordó la pistolera negra de su padre, más temible cuando estaba vacía, olvidada tal vez sobre un aparador. El último acto digno de un soldado, cuando lo ha perdido todo y no le queda una esperanza razonable de seguir viviendo con honor: oficiales condenados a muerte y despojados de sus insignias en ceremonias infames se negaban a que les vendaran los ojos y exigían el derecho a mandar el pelotón de fusilamiento. El comandante Galaz se imaginó firme y temerario frente a una línea de fusiles, o encerrado en aquella misma habitación y poniéndose en la boca abierta el cañón de la pistola, no en la sien, como en los libros, porque un disparo en la sien no siempre anula la posibilidad de la supervivencia o de una agonía miserable y ridícula. Los suicidas son torpes, le había dicho un médico de Mágina, el doctor Medina, la mayor parte de los suicidas mueren por equivocación o torpeza, con una indignidad de animales desangrados.

Palabras, le dijo a Nadia con desprecio medio siglo después, cuando por fin se disponía a enfrentarse a su muerte verdadera e invocaba con ironía y casi piedad al joven oficial que ya no estaba seguro de haber sido, literatura y cobardía, la tentación tan poderosa como el calor de julio de resignarse y aceptar, de quedarse cobijado en la sombra de su vida ficticia mientras el autómata o el doble cumplía su vocación abyecta de obediencia y los hechos exteriores seguían sucediendo con la misma fatalidad implacable con que avanza un glaciar o prolifera un cáncer o crece y va adquiriendo rasgos humanos una criatura en el interior de una placenta, igual que progresaba la tarde cegadora de julio hacia el anochecer y la sierra de Mágina, agigantada a mediodía por la vibración del aire y casi desleído su azul en el cielo blanco de calina, cobraba otra vez volúmenes y perfiles exactos. Se dio cuenta de que era como un paralítico, dijo, de que la tregua ilusoria que se había concedido al encerrarse con llave en la habitación no detenía el tiempo ni el curso de los actos de otros, y por primera vez en su vida lo desconcertaba la evidencia de que sólo había sabido ejercer su voluntad en el vacío. Un paralítico, repitió, tan incapaz de todo movimiento verdadero como ahora mismo, escuchando pasos por los corredores, estrépito de armas, de confusos partes radiofónicos mezclados con interferencias y ráfagas de himnos, de tachundas triunfales, motores de camiones que se ponían en marcha en los cobertizos, gritos en el patio, y yo inerte, igual que ahora, sentado en la mesa, con la pistola y el libro frente a mí, el minutero sonando perceptiblemente en su reloj de pulsera, las campanas de la torre dando las nueve en la plaza del General Orduña, los pasos acercándose y los golpes en la puerta de su habitación, y él quieto, en la penumbra, mirando la cara del jinete, observado por él, ya sin complicidad, con un tranquilo escarnio, cientos o millares de hombres en el interior del cuartel y en las calles de Mágina moviéndose como eficaces insectos en la maquinaria acuciante de la realidad y sólo él inmóvil, paralizado, no aniquilado por el peligro de morir ni por la indignación contra los conspiradores sino por la sorpresa de no ser de pronto quien creía que era, quien había sido imaginariamente tantas veces, alguien erguido sobre el esfuerzo ciego y permanente de la voluntad, dotado del privilegio de ordenar y regir sin más armas que el tono bajo y frío de su voz y la intensidad de su mirada.

Ya estaba oscuro cuando se levantó, sin creer del todo en lo que hacía, impulsado por una inercia en la que no había nada de decisión ni de orgullo. Se desnudó, cerró los ojos bajo el agua tibia de la ducha, se secó tan meticulosamente como si en ese acto único residiera la justificación de su vida. Afiló la navaja de afeitar, examinó luego la piel de su cara para estar seguro de que no quedaba ni un residuo de barba, pero en ningún momento pensaba en lo que haría después, como un hombre que camina por la cornisa de un edificio y sabe que si abre los ojos se precipitará en el vacío. Se puso un uniforme limpio, abrillantó las botas, el correaje, las hebillas metálicas, cargó con cuidado la pistola y se la ajustó a la cintura, se puso la gorra de plato delante del espejo, salió al corredor donde no había nadie y luego a la galería exterior que circundaba el patio. Brillaban luces eléctricas en todas las ventanas. Los soldados se estaban agrupando desordenadamente en compañías, con los cascos de acero y el armamento completo, y los cabos primeros y los suboficiales gritaban órdenes furiosas. En alguna parte redoblaba sin descanso un tambor y sonaba a todo volumen un disco viejo de marchas militares. Con el casco torcido sobre la cabeza y el fusil en las manos el cabo Chamorro vio a lo lejos al comandante Galaz, que caminaba hacia la torre donde estaban encendidas las luces del despacho del coronel Bilbao. Iba tranquilo, braceando despacio, con la mirada al frente, como si no viera lo que sucedía en el patio y no oyera los gritos ni el rumor de ganado de los hombres ni el estruendo de los camiones que calentaban motores en los cobertizos. Bajo la luz amarilla y violenta de los reflectores la figura solitaria del comandante Galaz tenía un aire más bien patético de fragilidad y obstinación. Sentía que cada paso que daba era una proeza y que caminaba anestesiado o en sueños y en realidad no estaba moviéndose. En la antesala del despacho, el capitán ayudante, que tenía inclinada la cabeza sobre un aparato de radio donde sonaba inequívoca y chillona una voz militar, se cuadró delante de la puerta y le dijo que el coronel no podía recibirlo. No hizo un ademán para apartarlo, tan sólo lo miró y el capitán ayudante se hizo a un lado, y la puerta se abrió sin que él tuviera conciencia de haberla empujado. Sobre la mesa del coronel había una botella mediada de coñac y un gran teléfono negro que ya estaba sonando cuando entró el comandante. Pero no parecía que el coronel escuchara el timbrazo hiriente y repetido cada pocos segundos, o que pudiera ver algo o escuchar cualquier otra cosa. Tenía desabrochada la guerrera y se le habían formado oscuras manchas de sudor en las axilas, le caía sobre la frente un mechón blanco y húmedo y olía a coñac y a transpiración. Durante un segundo parecía que el teléfono había callado: inmediatamente volvía a sonar, con estridencia monótona, casi con saña y desesperación. Pero el coronel no lo veía, ni veía tampoco al comandante Galaz. Miraba fijo la botella de coñac y la volcaba sobre un vaso de cristal opaco que se derramaba sobre los papeles de la mesa y las solapas abiertas de la guerrera cuando la mano morada e insegura lo acercaba a los labios. «Mi coronel», dijo, «mi coronel», en el mismo tono que si estuviera hablándole a un hombre medio dormido. El teléfono dejó de sonar. El coronel Bilbao lo miró, sorprendido por el silencio, y luego sus ojos se movieron tan lentamente como si se arrastraran sobre los papeles de la mesa hasta encontrar la botella y el vaso y luego la cara del comandante Galaz. Por un instante casi le sonrió como otras veces, con una avergonzada devoción de padre incompetente y beodo, y la cabeza se le volvió a descolgar sobre el pecho y la mano tanteó en busca del vaso vacío y lo volcó. «Una copa, Galaz», dijo, sin encontrar la suya, manoteando como un ciego, «déjelos que se maten entre sí, que no quede ni uno». El teléfono empezó a sonar otra vez, con una monotonía infatigable de cólera. Desde el patio venía un redoble de tambores. El coronel Bilbao derribó de un manotazo involuntario el teléfono y se escuchó en el auricular una lejana voz metálica y luego un pitido intermitente. Cuando el comandante Galaz salió del despacho ya no había nadie en la antesala. Arrancó el cable de la radio que el capitán ayudante había dejado encendida al marcharse. Nadie en los corredores iluminados ni en las oficinas, nadie más que él en la escalinata de mármol por donde bajó al patio oyendo resonar como ecos de disparos los tacones de sus botas. Ahora los redobles de tambor y el paso unánime de los soldados que maniobraban para alinearse frente al arco de salida ahogaban las órdenes y los insultos rutinarios de los oficiales. Sentía que avanzaba en dirección a una muralla en movimiento. Un capitán dio el grito de alto y el batallón se detuvo. El teniente Mestalla, con el sable al hombro, estaba al frente de una compañía cuyo capitán se había dado de baja por enfermedad unos días antes. Era el capitán Monasterio quien mandaba la formación. Ahora sólo se oían sobre la grava los pasos del comandante Galaz. Cientos de caras iluminadas por los reflectores y muy parecidas entre sí lo estaban mirando acercarse. «¡Capitán Monasterio!», dijo en voz alta y clara: nadie lo había oído nunca gritar. El capitán Monasterio se volvió lentamente hacia él, que seguía acercándose, los brazos oscilando junto a las caderas, la mitad de la cara tapada por la sombra de la visera de la gorra, los tacones de sus botas aplastando la grava con un ritmo metódico. «A la orden de usted, mi comandante, sin novedad en el batallón», el capitán Monasterio se cuadró, gordo y sudoroso, con una mirada fija de cobardía y de odio que era idéntica a la de todos los oficiales y suboficiales de la primera fila: el comandante Galaz, solo y firme frente a todos ellos, sin más defensa que su arrogancia y su pistola, recordó la sensación de saltar sobre una trinchera y oír a su alrededor silbidos

de disparos. «Capitán Monasterio», dijo, «ordene derecha y descanso
y luego rompan filas». El capitán Monasterio había dejado caer la
mano y volvió la cara hacia los otros oficiales, como pidiéndoles desesperadamente ayuda. La presencia inmóvil y compacta de las hileras
de soldados tenía el espesor de un muro contra el que chocaran las
voces. El teniente Mestalla salió de la formación y dio unos pasos
hasta llegar a la altura del capitán Monasterio. Era demasiado joven y
demasiado soberbio y ya no tendría tiempo de corromperse ni aprender. Su admiración fanática hacia el comandante Galaz se había
transmutado en odio con esa rapidez extrema con que cambia el sentido de los afectos en las adolescencias retardadas sin que varíe la
locura de su intensidad. «Nadie va a ordenar rompan filas», dijo, y el
esfuerzo del desafío y del grito le quebró la voz. «Póngase firme, teniente»: el comandante Galaz habló tan bajo que sólo el teniente Mestalla y el capitán Monasterio oyeron lo que decía. El teniente Mestalla
separó un poco más las piernas y se cruzó de brazos. «Yo no obedezco
a un traidor.» Mientras desabrochaba la funda de su pistola el comandante Galaz seguía mirándolo a los ojos. Apretaba los dientes y un
leve espasmo nervioso le estremecía las mandíbulas. El comandante
Galaz sacó la pistola, le quitó el seguro, vio una geometría inmóvil de
caras y miradas detenidas en él. Volvió a decirle en voz baja al teniente Mestalla que se pusiera firme, pero las piernas siguieron separadas y los brazos cruzados retadoramente sobre el pecho y el teniente
no miró ni una vez la pistola que se alzaba en dirección a él. Permaneció erguido unos segundos al recibir el disparo, que provocó en la
formación un sobresalto unánime, un movimiento parecido al del
agua de un lago donde se arroja una piedra. Cayó sentado, abrazándose el vientre, mirando al comandante Galaz con más sorpresa que
terror, y nadie se movió ni se acercó a él en los minutos larguísimos
que duró su agonía. Dos horas más tarde las tropas salieron en camiones del cuartel abriéndose paso entre los grupos de gente que lo

rodeaban, subieron por la avenida del 14 de Abril, cruzaron la calle Nueva y la plaza del General Orduña, donde el ruido de los motores ahogó en un silencio de expectación y acaso de miedo los gritos de una muchedumbre armada de hoces, palos y horcas y banderas rojas que retrocedía separándose ante la luz de los faros. Los camiones se detuvieron en la plaza de Santa María, ante la fachada del ayuntamiento, donde había gente en los balcones y estaban encendidas todas las luces. Mirando fríamente a los ojos al capitán Monasterio el comandante Galaz le ordenó que formara con rapidez el batallón y le diera novedades. Pasó revista luego a las filas inmovilizadas y tensas en posición de firmes tan lentamente como si el tiempo y la realidad no contaran. Les dio la espalda, corrigió con las puntas de los dedos la inclinación de su gorra de plato y abrochó la funda de su pistola, y mientras caminaba solitario y erguido hacia la escalinata del ayuntamiento se extrañó del silencio y le pareció el preludio de un balazo que le acertaría en la espina dorsal. Estaba seguro de que iba a morir, le dijo a Nadia, casi lo esperaba, con una oculta avidez sin temor. Hacia las seis de la madrugada, después de una noche de borrachera y de insomnio, todavía solo en el cuartel, el coronel Bilbao, que había escrito el encabezamiento de una carta dirigida tal vez a uno de sus hijos, se abotonó la guerrera, se ajustó el correaje y se disparó un tiro en la boca.

Está sonando una canción y no sé desde dónde me llega ni cuál es su título, una voz quejumbrosa y familiar aunque no sepa de quién es ni cuánto tiempo hace que no la oía. La he encontrado moviendo al azar el dial de la radio mientras conduzco de noche y en seguida reconozco el ritmo del bajo y repito la letra, ha empezado a oírse en la máquina de un bar, en una calle de Mágina, o en una habitación de la casa futura de Nadia, en una pluralidad de lugares y tiempos que la música vuelve simultáneos, y en los segundos que tardo en acordarme del cantante y del título revivo como a tientas una tarde de junio despojada todavía de su fecha exacta, pero no de una vigorosa sensación de entusiasmo y de pérdida, de pesadumbre de verano próximo, un dolor sin alivio hecho con los mismos materiales de la felicidad, un perfume de madreselva y unos ojos verdes sombreados de rímel, unas piernas morenas y desnudas, de tobillos delgados, un cuerpo acariciado en los sueños, vislumbrado de lejos en las calles de la ciudad o en el patio del instituto, rozado con fugacidad y deseo en una banca, o en el tumulto a la salida de la clase, con los pormenores que luego excitan el insomnio, la transparencia de una camisa que revela los tirantes del sujetador, esa cabeza inclinada sobre la que se derrama el pelo negro y esa penumbra de la blusa donde resplandece un temblor de carne blanca y cálida y apretada. Otis Redding, me acuerdo, y la canción es *My girl*, yo voy silbándola un domingo de finales de mayo o principios de junio, a la caída de la tarde, viendo al final de la calle Nueva un ocaso rojizo que brilla en los azulejos de las cúpulas del hospital de Santiago. He dejado a mis amigos jugando al billar en las honduras lóbregas del salón Maciste y he salido a la calle Gradas y luego a la plaza del General Orduña con el presentimiento imperioso de que voy a ver a Marina, y ellos ya ni se extrañan, acostumbrados a mis rarezas, aburridos de mi silencio: dice Martín, burlándose, que se me ha puesto cara de cantante melódico, y Félix que estoy en los sitios como si ya me hubiera ido de ellos, pero no puedo evitarlo, y menos ahora, que han acabado las clases y sólo veo a Marina en el instituto durante los exámenes. Procuro sentarme cerca de ella, algunas veces en la misma banca, y otras en la de atrás, le veo los muslos morenos y ceñidos por la minifalda y la blusa entreabierta y la dejo copiarme o le digo en voz baja las respuestas que ella no sabe, incluso una mañana, el viernes pasado, nos encerramos juntos en un aula vacía para preparar el examen de inglés. Le chocaba mi pronunciación americana, aprendida en los discos, se fijaba sonriendo en mis labios y curvaba golosamente los suyos, y de tenerla tan cerca y oler su perfume ligeramente ácido y ver su boca y su lengua tan húmeda apareciendo entre los labios pintados empecé a sentir una excitación parecida al mareo, vacío en el estómago y debilidad en las rodillas. Por miedo a que advirtiera la prueba evidente de lo que me sucedía crucé las piernas y me aproximé un poco más al filo de la mesa, pero eso fue peor, porque encontré las suyas, y en vez de echarnos hacia atrás las mantuvimos juntas, y entonces, más hondo que el perfume y que el olor del champú y del jabón de baño, noté otro olor que no sabía definir ni nombrar, aunque tuviera a mi disposición alguna burda palabra suministrada por Pavón Pacheco, y pensé con secreta avidez y vergüenza en lo que hallarían mis manos si se deslizaran muslos arriba y traspasaran el filo tenso de las bragas, y Marina, que hasta ese momento había sido poco más que una presencia intangible hecha a partes iguales de asombro, de onanismo y de literatura, como casi todas las mujeres a las que he amado después en mi vida, salvo una, la última, se convirtió para mi solivianto en una mujer verdadera y carnal, con pechos que podían acariciarse y apretarse, con bragas tal vez humedecidas y secreciones y olores que no procedían de un perfume de color dorado y nombre poético sino de la evidencia de un cuerpo que existía tan materialmente como el mío y podría ser tocado y besado y mordido si yo seguía acercándome a ella y ponía mis labios en su boca y derribaba los libros y las hojas de apuntes para estrecharla contra mí, para hundir mi cara en sus pechos y mi mano en sus muslos y perderme en la mirada de sus grandes ojos verdes, de un verde agreste y húmedo, como una umbría de agua y de vegetación en una tarde de verano, un verde transparente que brillaba más por el contraste con la piel morena de su cara, ese moreno suave de las piscinas y el dinero, el pelo negro y la sombra verde oscuro del maquillaje de sus párpados. Fue tan sólo un instante, el tiempo inasible que transcurre entre dos campanadas de reloj o dos timbrazos de un teléfono, el vértigo que precede a un salto que al final no se dará, y cuando terminó todo volvió a ser imposible y yo fui de nuevo aniquilado por la cobardía y la desdicha. La sonrisa aún duraba en los labios de Marina, pero había cambiado la expresión de sus ojos, y ahora me miraba otra vez como si no acabara de verme, como ve una mujer de diecisiete años a un tipo de su misma edad, con una naturalidad asexuada y tal vez compasiva, sus piernas ya separadas de las mías debajo de la mesa, su voz nasal, de hija de médico que vive en un chalet, pronunciando con descuido unas palabras inglesas, preguntándome qué iba a hacer cuando terminara el curso, adónde iría de vacaciones, por qué carrera me había decidido. Me pareció que había un tono de nostalgia en sus palabras al hablar de un futuro en el que seguramente no volveríamos a vernos, y pensé decirle que la iba a echar mucho de menos, que no podía soportar la idea de no encontrarme con ella todas las mañanas en el instituto, pero las cosas que imaginaba nunca cobraban el sonido de mi voz ni la consistencia de la realidad. Cuando sonó en el pasillo el timbre que anunciaba el examen de inglés salí con ella en silencio y me decía que iba a atreverme a invitarla a una cerveza en el Martos, pero no me atreví, tan fácil como hubiera sido, y no sólo por el miedo y casi la certeza de que me diría que no, sino porque era incapaz de concebir la posibilidad de que ocurrieran las cosas que más desesperadamente deseaba.

Y ahora me marcho como un sonámbulo del salón Maciste oyendo a mi espalda los golpes nítidos de las bolas de billar y el belicoso estrépito de los futbolines y la luz de la tarde y el olor de las acacias y del agua en la plaza del General Orduña se agregan al recuerdo de la mirada de Marina y a la voz de Otis Redding escuchada al pasar bajo un balcón abierto o en la radio de un coche para ofrecerme la seguridad insensata de que estoy a punto de verla y de que la habría perdido si me hubiera quedado unos minutos más con mis amigos. Me miro en el escaparate de esa tienda nueva de fotos que hay en los soportales, compruebo con satisfacción que el flequillo me cae sobre los ojos y que el pelo me tapa las orejas, me veo delgado y ágil con mi pantalón vaquero, mis zapatillas deportivas y mi blusa negra, casi me parezco de lejos a Lou Reed en la luna del escaparate, aunque me haría falta una cara más chupada y unas gafas oscuras. No recuerdo por qué razón llevaba más dinero que de costumbre aquel día: compro unos cuantos cigarrillos rubios en el puesto de ese hombre con las piernas cortadas que estuvo en la guerra con el tío Rafael, huelo uno de ellos, pasándolo despacio bajo la nariz, el papel tan suave, el olor penetrante y delicado del tabaco americano, el mareo que da. Ya lo dice Pavón Pacheco, la vida buena es cara, hay otra más barata, pero eso no es vida: me lo pongo en los labios, vuelvo a mirarme en el escaparate, vigilo a mi alrededor por miedo a que me vea algún conocido de mi padre, subo a la calle Nueva, sin encender aún el Winston, porque es un placer muy caro y hay que administrarlo, y presiento con emoción y pavor que cada paso que doy me aproxima a ella. La veré dentro de unos minutos, irá sola y me dirá que había salido en mi busca, que se ha pasado el fin de semana esperando una llamada de teléfono, le propondré con el desapego de los adultos que venga conmigo a tomar una cerveza y a oír algún disco, y cuando esté sonando *Take a walk on the wild side* en la máquina del Martos le iré traduciendo en voz baja la letra y me acercaré tanto a su cara que sin darse cuenta ya estará besándome. La imaginación se apresura por delante de mí, yo aún voy caminando por la acera de la calle Mesones donde acaban de abrir la heladería de Los Valencianos y una parte enajenada y ansiosa de mi alma ya ha entrado en el porvenir y está viendo la verja de la casa de Marina, viéndola a ella, perfeccionando los detalles de una de mis mentiras preferidas, las que no cuento a nadie más que a mí mismo: nos hemos citado por teléfono, he marcado sin nerviosismo ni error el número de su casa desde una cabina, he llegado a la colonia del Carmen silbando perezosamente *My girl* y en cuanto he tocado el timbre ella ha salido al jardín con una falda muy corta y una sombra verde oscuro alrededor de los ojos, con esa manera tan dispuesta de andar y esa mirada llena de promesas que tienen las mujeres cuando acuden a una cita. Tanto deseo en vano, hacia tantas mujeres, durante tantos años, tantas figuraciones y propósitos y fervores estériles, confinados a la imaginación, alimentados y envenenados por ella, derribados por el desengaño, el dolor y el ridículo, sobrevividos en canciones que devuelve intactas el azar, en páginas cuadriculadas de diarios, irrevocables decisiones que nunca se convirtieron en actos y perduran como fantasmas de la voluntad mucho después de que el sentimiento que las dictó se haya extinguido.

Pero hay algo en ese atardecer de domingo que antes no existía, una sensación de premura y despojo que ha ido creciendo a medida que se acercaba el final del curso. Se ha adelgazado la consistencia de las cosas y los colores son ahora más vivos bajo una luz ya de verano, y los olores más intensos. El tiempo discurre con una desconocida liviandad y parecen más breves los días y hasta las canciones, una moneda en la ranura de la máquina de discos y en menos de tres minutos se acaba la música, y con ella la exaltación de tanta ternura imaginada, la plenitud furiosa de las guitarras y la batería, tantas afirmaciones y huidas y búsquedas demasiado perentorias para que alguien o algo las satisficiera. Y en esa urgencia detenida, en la repetición de caminatas, canciones, exámenes, encuentros fugaces con Marina, días tachados en los calendarios, aprendíamos lentamente y por primera vez que nuestras vidas de siempre estaban a punto de cambiar, y había delante de nosotros fechas definitivas y pasos que ya no tendrían vuelta. Era, aquella tarde de domingo, con las heladerías ya abiertas y las muchachas vestidas de colores claros, con un azul de postal en el cielo de Mágina, sobre las casas de cal blanca y las torres doradas por el sol, el descubrimiento inaudito de que algunas cosas ocurren por última vez: en la semana siguiente habría un último examen en el instituto, y cuando pasara el verano y terminaran los días tibios de la feria de octubre ya no volveríamos nunca más a las aulas. Viviríamos otras vidas en ciudades lejanas, y el tiempo habría perdido su tediosa eternidad circular, la rotación de los cursos, de las cosechas, de los trabajos en el campo, hasta de los paisajes amarillos, ocres, verdes, azulados, que habíamos visto sucederse en el valle del Guadalquivir desde antes de tener memoria o uso de razón. Desde ahora el tiempo era una línea recta que se prolongaba en dirección al porvenir y al vacío, como en las canciones con ritmo de blues y velocidad de viaje en coche por una carretera que nos gustaban tanto, y yo sentía que acaso estaba repitiendo por última vez la caminata de siempre hacia el hospital de Santiago y la colonia del Carmen en busca de Marina: pensaba en el futuro tan próximo, en mi vida en Madrid, miraba desde el final de la calle Nueva la carretera sin misterio donde terminaba la ciudad y regresaban a mí el miedo y la excitación de mirar junto a Félix, cuando éramos niños, desde los terraplenes de la calle Fuente de las Risas, el valle ilimitado y los picos de la sierra de Mágina sabiendo que más allá de las montañas azules que una vez había atravesado a pie y muerto de fatiga y de hambre mi abuelo Manuel, y por las que se volvió tranquilamente de la guerra el tío Pepe montado en un mulo, había otras llanuras, otras ciudades mucho mayores que la nuestra, y después ríos cuyos nombres ignorábamos y cordilleras más altas y mares de un azul tan oscuro como el de los planisferios. Iba buscando a Marina aquella tarde y ya me veía solo y extraviado en una calle de Madrid y era como cerrar los ojos de noche y soñar que alzaba el vuelo y que veía en el fondo de la oscuridad luces de casas que temblaban como velas, bombillas encendidas en las últimas esquinas de ciudades sin nombre, boscosos archipiélagos iluminados por la luna con reflejos metálicos.

Era domingo, tenía dinero en el bolsillo, me imaginaba solitario y audaz. En un bar al que íbamos de vez en cuando porque en su máquina de discos había dos o tres buenas canciones pedí un cubalibre y estuve oyendo a Janis Joplin cantar *Summertime*. Sentado al final de la barra, junto a las cristaleras, veía al otro lado las casas de la colonia, la calle por donde salía Marina todas las mañanas para subir al instituto. Era un bar triste y más bien sucio, uno de esos bares inexplicables que permanecen abiertos en una zona poco frecuentada de la ciudad y en los que no entra casi nadie. Pero me gustaba oír allí a Janis Joplin, que en aquella máquina era una rareza, su voz furiosa y quemada entre los discos de Manolo Escobar, de Fórmula V o de Porrina de Badajoz, incluso había uno mucho más antiguo, *Soy minero*, de Antonio Molina, que nada más sonar me hundía en una congoja y en una felicidad inconfesables, como las canciones de Joselito, qué vergüenza y qué rabia. Me gustaba sobre todo estar solo y saber que no me conocía nadie en un barrio tan distante del mío, y labrarme, con la ayuda del cubalibre, del cigarrillo americano y de la música, una identidad misteriosa, arbitraria y futura: alguien que bebe y fuma acodado en una barra de cinc, que mira por la ventana con la misma curiosidad neutral de un forastero y cruza el bar en dirección a la máquina iluminada de naranja y de rosa y elige de nuevo una canción en inglés sin quitarse el cigarrillo de la boca. Agradecía como un grito de aliento y de complicidad la rabia póstuma de Janis Joplin, llegada a Mágina y a aquel bar y a mi vida quién sabe por qué suma de azares, venida desde otro mundo donde hacía mucho tiempo que dejó de escucharse, pues no me daba cuenta entonces de que la mayor parte de las voces que oía en los discos eran voces de muertos, y de que las promesas de libertad fulgurante que venían a ofrecerme se habían extinguido varios años atrás. Jimi Hendrix, Janis Joplin, Jim Morrison, Otis Redding, estaban muertos cuando a nosotros nos revivían sus discos. De Eric Burdon y de Lou Reed nos dijeron que eran muertos en vida, aniquilados por la heroína y el alcohol, las canciones de los Beatles que más nos gustaban pertenecían a un pasado lejano, que había existido cuando nosotros sólo oíamos las novelas de Guillermo Sautier Casaseca y esas canciones de Antonio Molina que me seguían deparando a traición una dulzura insoportable. Íbamos a llegar tarde al mundo, pero no lo sabíamos, nos preparábamos avariciosamente para asistir a una fiesta que ya había terminado.

Yo entornaba los ojos y aspiraba el humo del cigarrillo rubio y notaba el efecto del cubalibre y el remoto verano anunciado por Janis Joplin y desmentido por su desastre y su muerte se dilataba ante mí como un candente paraíso de desarraigo y de viaje, cabellos largos y guitarras y sexo: en Madrid, en Nueva York, en San Francisco, en un bar donde yo estaría acodado en la barra y escuchando a Janis Joplin, aparecería Marina, y el temple de la experiencia y la temeridad del alcohol me empujarían hacia ella, no hacia un noviazgo tímido y tedioso, no hacia el matrimonio, la estabilidad y los hijos, sino hacia una celebración salvaje y libertaria del deseo. Queremos el mundo y lo queremos ahora, decía una canción de Jim Morrison que me sobrecogía como un anuncio de apocalipsis.

Apuré el cubalibre. Pregunté cuánto valía, conté el dinero que llevaba y pedí otro más. Puse *Summertime* por tercera vez y cuando volvía a mi lugar de la barra vi a Marina al otro lado de la calle. Pensaba tanto en ella, era tan incapaz de recordar su cara, que cuando la veía tardaba un poco en reconocerla: con el pelo recogido cambiaban sus facciones, parecían más anchos sus pómulos y sus ojos más grandes, era otra y era ella misma, y esa modificación, como la que sucedía cuando llevaba pantalones después de varios días de ponerse una falda, agregaba al reconocimiento del amor el aliciente de lo inesperado, la codiciosa intuición de que en una sola mujer hay varias mujeres, un prisma sucesivo de perfiles y miradas que uno desearía distinguir y atesorar para que la monotonía no gastara nunca su atención insaciable. Aun de lejos advertí que iba muy pintada, que esperaba a alguien, que parecía menos joven que en el instituto. La vi quieta en la acera, con un bolso al hombro, tan inaccesible y súbita como una figuración de mi deseo, con los pechos altos y las caderas ceñidas y los muslos desnudos en el atardecer todavía luminoso de junio, y me gustó tanto que me quedé paralizado, igual que la otra mañana, cuando estaba como un idiota frente a ella en un aula vacía recitando verbos irregulares ingleses y me llegaba el olor denso de su cuerpo sin que yo me atreviera a sostener su mirada ni a adelantar un poco más mis rodillas. El personaje tan laboriosamente edificado por mí con el auxilio del alcohol y la música se desvaneció igual que arde un guiñapo de paja: ya era de nuevo yo mismo, nadie, *yo soy aquel que por la noche te persigue*, cantaba Martín burlándose de mí cuando me sorprendía merodeando por la colonia del Carmen, citando una canción sentimental y aborrecida. Miraba hacia donde yo estaba pero no me veía, tal vez se estaba viendo a sí misma en las cristaleras del bar. Bebí un poco más de cubalibre, mareado ya, casi borracho, invisible, espiando a Marina desde un bar sombrío donde ya era de noche, acordándome ahora de la voz de Otis Redding, de la manera dulce y terminante en que sonaban las trompetas, como si anunciaran la llegada de una mujer y la culminación de una cita, *My girl*.

Muy pronto ya no estuvo sola: el mismo tipo alto de otras veces, tan sólo tres o cuatro años mayor que yo pero a una distancia tranquila y humillante de mi adolescencia, de mis granos en la cara y de mi timidez sin remisión, sonriente, con los rasgos duros, como definitivos y forjados, no como yo, que tenía la cara y el cuerpo a medio hacer, según me decía mi abuela Leonor: los vi besarse, no en la boca, qué alivio, sino en las mejillas, un beso en cada una, como hacían los que regresaban en vacaciones de la universidad, seguro que el tipo estudiaba en Granada o en Madrid o había terminado ya la carrera y hasta tenía coche o una moto rugiente y llevaba a Marina abrazada a su cintura, su vientre y sus pechos adheridos a él y su pelo negro y largo al viento. Al menos no se cogieron de la mano. Los vi subir por Ramón y Cajal y sin que mediara una decisión de mi voluntad pagué los cubalibres y salí tras ellos. Ahora yo era el espía de la canción de Jim Morrison o un pistolero sentimental y despiadado que persigue por los callejones turbios y los clubes a la mujer sin escrúpulos que lo engaña con su peor enemigo. Iba por la otra acera, rozando la pared, no sólo por precaución, sino porque no tenía costumbre de fumar rubio americano y beber cubalibres, lejos de ellos, pero no tanto que no pudieran descubrirme si se volvían, aunque me daba igual, estaba algo borracho y era invisible, murmuraba imitando la voz de Jim Morrison, soy un espía en la casa del amor, conozco el sueño que estás soñando ahora mismo, conozco tu miedo más secreto y profundo, sé la palabra que anhelas escuchar, lo sé todo. Poco a poco me iba ganando la desolación de los anocheceres de domingo, más intensa en las calles anchas y despobladas de aquella zona de la ciudad, entre garajes cerrados, bloques de pisos y escaparates de tiendas de coches, una desolación sedimentada desde los domingos inacabables de la infancia y hecha de aburrimiento y de vacío, de miedo a las primeras clases de los lunes, agravada minuto a minuto por la declinación de la luz y la llegada de la noche. Ya se encendían las primeras farolas sobre la avenida y parpadeaba el ámbar en los semáforos, y cuando Marina y el intruso que caminaba junto a ella se internaron en el parque Vandelvira resplandecían en la claridad tenue del final de la tarde los chorros de agua luminosa de la fuente y venía hacia mí una brisa húmeda: los perdí entre los setos y los árboles, temí que estuvieran besándose en un banco, o que hubieran abandonado el parque sin que yo lo advirtiese, pero no, los vi muy cerca, sentados en la glorieta que circundaba la fuente, de espaldas a mí, un brazo del tipo sobre los hombros de Marina, su mano rozándole la nuca erguida y el nacimiento del pelo, con descuido, como sin interés, mientras ella, de perfil, le contaba algo y se reía: era un hijo de puta, desde luego, un hipócrita, se aprovechaba de su ingenuidad y de sus pocos años e intentaba abusar brutalmente de ella, que lo rechazaba despeinada y gritando, y entonces intervenía yo, lo golpeaba en la cara, le daba un rodillazo en las ingles, con una maniobra sucia él me echaba arena en los ojos y un grupo de amigos suyos que andaban rondando por allí se le unían para darme una paliza con las cadenas de sus motos, me resistía como un tigre, mordía, golpeaba, arañaba, caía sin conocimiento al suelo, y cuando volvía a abrir los ojos Marina estaba pasándome un pañuelo humedecido por la cara tumefacta y se abrazaba a mí con sus ojos verdes relucientes de ternura y de lágrimas, de arrepentimiento y gratitud. Al cabo de unos minutos ella se levantó y dio unos pasos hacia la fuente, contoneándose mucho, casi bailando, será puta, murmuré con rencor y vergüenza de mí mismo, se volvió hacia él y estuvo a punto de verme. Clandestino, ridículo, sin dignidad, encogido tras el tronco de un árbol, vi su silueta perfilada contra los chorros azules, verdes y amarillos del agua, que iluminaban su cara con tonalidades fugaces, la vi acercarse de nuevo a él, oscilando sobre unos zapatos muy altos, aquellos zuecos con la suela de corcho que llevaban entonces las mujeres, y extender las dos manos ante sí, como si interpretara una canción. Para mi dolor y mi escarnio distinguía su risa entre el ruido del agua, veía el brillo de sus pómulos maquillados y adivinaba la expresión de sus ojos, pensando que ninguna mujer me había mirado nunca así, que esa mirada me pertenecía y me estaba siendo robada por los ojos de otro.

Al levantarse él la abrazó. Caminaron tomados por la cintura, la cabeza de ella reclinada en su hombro, los rizos sueltos de su pelo acariciándole la cara, imaginé, con la misma exactitud que si tocaran la mía, oliendo su perfume como si fuera yo quien la estaba abrazando. Decidí que no la miraría nunca más: cuando llegara mañana al examen de literatura con el Praxis me sentaría en una banca alejada de ella, y si me pedía que me pusiera a su lado le contestaría lacónicamente que no. Me volveré ahora mismo, iré a buscar a mis amigos, beberé con ellos hasta perder el juicio y la memoria, volveré tambaleándome a casa, desengañado, cínico, sin esperar nada del amor ni de nadie, dispuesto a marcharme sin que nadie sepa adónde. Salieron del parque y ya era de noche: paseaban muy despacio por la acera del instituto, se besaron mientras esperaban que cambiara al verde el semáforo, y yo supe, todavía oculto, indigno como un merodeador, que cuando cruzaran la calle entrarían en el Martos y que yo no tendría voluntad para no seguirlos. Me engolfaba como en un éxtasis de sufrimiento en la humillación atroz de no ser deseado, en una ciénaga de novelerías y de versos de Bécquer y de estribillos masoquistas. Los vi entrar en el Martos y esperé unos minutos en la otra acera, dando vueltas junto a la verja del instituto, fumando mi penúltimo cigarrillo americano. Crucé la calle como si me dirigiera hacia la consumación de un acto inhumano o heroico que trastornaría mi vida: estaba menos borracho de alcohol que de palabras. Tras la barra, el dueño del Martos me saludó como a un cliente de confianza: haría como él, me enrolaría en un barco y buscaría el olvido en la ginebra y en las mujeres de los puertos. No miré hacia el fondo, hacia el lugar íntimo donde estaba la máquina de discos y desde donde venía ahora una pestilente canción sentimental, no sé si de Nino Bravo o de Mari Trini: seguro que el tipo la había puesto para ella, seguro que ésa era la música, por llamarla de algún modo, que a los dos les gustaba. Marina solía decirme que lo malo de las canciones en inglés era que no se entendían. Imbécil, pensé ahora, como si hiciera falta. Resuelto a todo, pedí otro cubalibre. Había mucha gente en la barra esa noche, parejas de novios que tomaban raciones y vermús cogidos de la mano y ruidosas pandillas envueltas en humo y en risas excitadas, pero al fondo, cerca de la máquina, sólo estaban sentados ellos dos, el tipo con su cara odiosa de chulería adulta y experiencia, Marina tan maquillada que le relucían los pómulos con un brillo de aceite, con las piernas cruzadas, sosteniendo un cigarrillo con los extremos de los dedos y bebiendo de un vaso con hielo: por un momento la vi desde fuera del amor, durante unos segundos dejé de quererla. Miraba en dirección a mí pero no me veía. El tipo se puso

4600

en pie, se acercó a la máquina, muy alto, con los hombros anchos y las manos en las caderas, un chulo de mierda. Se inclinó sobre el panel iluminado donde estaban los títulos de las canciones y echó una moneda, ya verás lo que pone, me dije: volvió junto a Marina y ella lo atrajo hacia sí extendiendo su mano con las uñas pintadas y entonces empezó a sonar una canción espantosa, de Demis Roussos, una canción que le taladraba a uno los oídos, *We shall dance*, pero a ella debió de gustarle mucho, porque siguió la melodía moviendo los hombros y echando a un lado la cabeza como si perteneciera a un coro bondadoso, estúpido y feliz, el que sonaba en el disco acompañando a aquel gordo de barriga opulenta bajo la túnica de flores. Ya casi no sentía celos, sino rabia, hacia ella y hacia el tipo y hacia Demis Roussos, y más que nada hacia mí, por estar enamorado de una mujer a la que le gustaban esas canciones y esa clase de seductores repulsivos, por estar espiándola y emborrachándome solo en la barra del Martos en vez de andar por ahí con mis amigos. Con razón se burlaban de mí y huían de mis confidencias tristes y de mi premeditado aire de desesperación.

Pero no me iba, no hacía nada, sólo beber y lacerarme con aquella música y con las torpes carcajadas que oía a mi alrededor como una niebla alcohólica, y encendía mi último cigarrillo y miraba de soslayo entre el humo a las dos figuras que se abrazaban en el rincón más oscuro del Martos: me sobresalté de pronto, se marchaban, Marina estaba en pie y se alisaba la falda, pasarían a mi lado y me sería imposible fingir que no los había visto, iba a ponerme rojo, seguro, colorado de humillación y de vergüenza, no me quedaba tiempo para huir. Pero no se iban, el tipo abrió la puerta de cristales que daba al jardín y a la discoteca Acuario's y la dejó pasar delante a ella, a quién pensaba engañar con galanterías semejantes, y desde el interior vino retumbando un ritmo de batería y de bajo. Era tarde, más de las diez, yo no iba a cruzar esa puerta, no me quedaba dinero para pagar la entrada, incluso no estaba seguro de poder sostenerme cuando bajara del taburete y perdiera el apoyo de la barra. Me veo a mí mismo entrando en aquel pequeño jardín con las plantas iluminadas desde abajo por tubos fluorescentes y empujando por primera vez en mi vida la puerta acolchada de una discoteca con el mismo temblor con que pisaría el umbral de un prostíbulo. No vi nada al principio, ningún portero me pidió que pagara una entrada, me envolvió un ritmo denso que golpeaba en la oscuridad rojiza como un corazón entre los blandos tejidos del pecho y cuando empezaron a oírse las trompetas reconocí la canción que estaba sonando: *My girl*, pero no la cantaba Otis Redding, sino los Rolling Stones. Vi divanes tapizados de un rojo muy oscuro, espejos, luces giratorias que me daban vértigo, camisas blancas que fosforescían, lentos cuerpos abrazados y en pie que casi no se movían. Di unos pasos sin ver el suelo ondulado que pisaba, vi a Marina durante menos de un segundo bajo una luz verdosa y luego roja, la sombra de su cuerpo confundida con la sombra del otro, los brazos colgados de su cuello, las caderas moviéndose muy lentamente contra él, la cabeza echada hacia atrás y los ojos cerrados. Una voz me llamó: «¡Pero qué sorpresa, madre mía, si es mi amigo el políglota! ¿Cómo es que no estás estudiando para el examen de mañana?» En una especie de cubículo, turbiamente alumbrado por una luz que fluía debajo de la mesa, Pavón Pacheco se arrellanaba con la suficiencia de un gangster, recostado como en un trono en la pared acolchada, rodeando con sus brazos a dos mujeres de pechos grandes y caras chupadas, de edad indefinible, con un aire al mismo tiempo de adolescencia enferma y depravada madurez, provocado sin duda por la ambigüedad de la luz, el maquillaje excesivo y el brillo vacuo y vehemente de los ojos. Había con ellos alguien más, un hombre, pero estaba medio oculto en la sombra, únicamente se veían sus dos manos, que manejaban con velocidad y sigilo un pequeño montón de tabaco y una hoja de papel de fumar. «Siéntate con nosotros, políglota, que te voy a presentar a estos amigos.» Yo no veía bien las caras, desfiguradas por la luz amarilla que subía del suelo. No alcancé a oír los nombres, tan sólo me fijé en que una de las mujeres no llevaba sujetador y en que el hombre que parecía estar liando un cigarrillo tenía una serpiente tatuada en cada uno de sus antebrazos, nervudos y pálidos. «Un lejía», dijo Pavón Pacheco con orgullo al presentármelo, «un caballero legionario recién llegado de Melilla». Las dos mujeres me miraban y se reían entre sí tapándose la boca y daban manotazos y mordiscos a Pavón Pacheco, cuyas dos manos se alargaban simultáneamente hacia los escotes. Una de ellas dijo: «pero si tiene cara de niño», y tardé un poco en darme cuenta de que hablaba de mí y en ponerme colorado, pero ya casi no me acuerdo de lo que ocurrió desde entonces. Empezó a oírse a Roberta Flack cantando *Killing me softly with his song* y yo miraba con disimulo inútil a Marina y al tipo que se abrazaba a ella y le hundía la cara en la nuca y le aplastaba las nalgas con sus dos manos abiertas y me sentía morir no suavemente sino con una lentísima crueldad. Las dos mujeres se reían simultáneamente abriendo mucho sus grandes bocas pintadas y dándose palmadas en las rodillas mientras los dedos incansables de Pavón Pacheco buscaban bajo sus faldas y sus blusas. Yo tenía en la mano un cubalibre que no recordaba haber pedido y que en cualquier caso no podría pagar. El legionario de los antebrazos tatuados me ofrecía un burdo cigarrillo muy ancho en un extremo y muy delgado en el otro, que ardía mal y despedía un humo resinoso. Pavón Pacheco me lo quitaba de los labios diciéndome: «pero no lo fumes así, hombre, que no es un Celtas», y me enseñaba cómo debía fumarlo, con una larga aspiración, igual que aspiraban sus pipas de opio los chinos de las películas, reteniendo mucho rato el humo, expulsándolo muy despacio, con los ojos cerrados, cobijándolo en el interior de la mano ahuecada. Pero yo apenas podía fijarme ya en nada, percibía una espesa aleación de música, de humo dulce, de carcajadas y alcohol y olores y penumbra, me moría de risa sin recordar el motivo y veía agrandarse frente a mí las bocas de aquellas dos mujeres, que mostraban unos dientes estropeados y mezquinos, y distinguía en la blancura temblona de sus pechos leves venas azules. Tenía el paladar estragado de tabaco y ginebra y cada vez que chupaba uno de aquellos cigarrillos notaba como un roce de lija en la garganta. Me atragantaba, hablaba rápidamente en inglés y las dos mujeres se reían y las palabras que yo mismo pronunciaba se alejaban vertiginosamente hacia atrás. De pronto noté que me sudaban las manos, que tenía gotas heladas de sudor en la frente. Sonaba una música rápida y violenta que me golpeaba en las sienes como los guantes de un boxeador encarnizado. Pavón Pacheco, el legionario y una de las mujeres habían saltado a la pista y bailaban como poseídos. Ya no oía a Roberta Flack ni veía a Marina, y la otra mujer estaba hablándome y sus palabras se me perdían una fracción de segundo antes de que llegara a entenderlas. Llevaba gafas graduadas, de culo de vaso, unas gafas atroces, y yo no había reparado en ellas hasta ese momento, o tal vez era que acababa de ponérselas. Me decía que a ella también le gustaba mucho leer libros, pero que no tenía tiempo, con aquella vida. Qué vida, le pregunté, pero iba a morirme, si no salía y respiraba aire fresco iba a vomitar, allí mismo, sobre la mesa y las copas, sobre la moqueta fluorescente en la que brillaban puntos rojos y amarillos de luz. Tenía que levantarme y me faltaban las fuerzas, pero ya estaba en pie, avanzaba tambaleándome y sin ver dónde pisaba entre un enredo de cuerpos que se movían en la oscuridad al ritmo de la música como una de aquellas gusaneras que aparecían en la huerta entre los grumos de estiércol. Iba a morirme de asco, imaginaba cualquier cosa y la veía, vi un instante a Marina retorciéndose entre unos brazos masculinos, crucé el jardín iluminado entre un rectángulo de muros tan altos como los de un pozo y luego mi mano se deslizó a lo largo de la barra del Martos y giró el pomo de una puerta y me encontré solo y extraviado en el aire frío de la noche, sin saber dónde estaba ni hacia dónde podría dirigir mis pasos, parado en medio de la calle, con las piernas abiertas, viendo mi larga sombra delante de mí, escuchando con un residuo último de lucidez las campanadas de las doce que sonaban en la plaza del General Orduña. Volví a oírlas, las conté otra vez y sonaron nada más que cinco. Pero tiritaba de frío y ya no estaba en la puerta del Martos, sino en un lugar que me costó reconocer, sentado en un escalón de piedra lisa y helada, apoyando la nuca contra la madera áspera de una puerta. Bombillas en las esquinas, un rumor de hojas de árboles movidas por un viento imperceptible, una casa con dos torres muy altas y un alero de gárgolas. Estaba en la plaza de San Lorenzo, echado contra la puerta de mi casa, acababan de dar las cinco de la mañana y yo no sabía cómo pude llegar hasta allí ni cuánto tiempo llevaba tiritando de frío en el escalón. Se me habían borrado de la memoria las cinco últimas horas, lo último que recordaba eran las campanadas de las doce y el terror a que mi padre me estuviera esperando levantado. Oí un ruido de pasos, un cerrojo que se descorría, los goznes de una puerta. Una luz amarilla proyectó mi sombra sobre la tierra apisonada de la plaza. Mi padre, muy alto frente a mí, con su pelo canoso, con su chaqueta de vender bajo el brazo, acababa de levantarse para ir al mercado y estaba mirándome con incredulidad y desprecio, como si no pudiera soportar el asombro por la vergüenza que sentía.

Nadia se echa a reír, desconcertada al principio, halagada por los celos retrospectivos de él, que se parecen tanto a los suyos, entorna los ojos castaños y se toca ligeramente los labios con las yemas de los dedos. Está queriendo acordarse con detalle de algo o encontrar unas palabras que sean tan exactas como el metal claro de su voz y sonríe en silencio, aprieta los labios, adelanta un poco el mentón, traga saliva. Él ya conoce esos gestos y sabe que preludian un tranquilo monólogo, y al mirar tan de cerca su cara pensativa y delgada entre la ancha melena que le llega a los hombros desnudos se pregunta cómo fue cuando tenía diecisiete años y llevaba el pelo largo y liso y partido por la mitad y la frente descubierta, en qué se parecían a los de la mujer de ahora los rasgos de la muchacha norteamericana que llegó a Mágina con la ilusión de que iba a descubrir el país perdido y la oculta biografía de su padre y acabó comprobando después de unos pocos meses que los lazos íntimos de su mutua lealtad se les habían extraviado a los dos en el viaje desde América y que era tan imposible su restitución como una marcha hacia atrás en el tiempo, hacia el momento no percibido por ella, aunque sí por él, pues llevaba años esperándolo, en que se bifurcaron sus dos vidas, no porque apareciera alguien, el hombre que le arrebataría a su hija, sino porque surgieran en ella los estigmas de la mujer futura en la que sin saberlo ya estaba convirtiéndose, la que permanecería soberana y joven en el mundo cuando él, su padre, declinara en dirección a la muerte y se perdiera en ella exactamente igual que si no hubiera vivido nunca.

Pero ella no podía imaginar entonces la intensidad desesperada y lacónica del amor de su padre. La descubrió mucho tiempo después, en una residencia de ancianos de New Jersey, durante cada uno de los días que tardó en llegarle una muerte serenamente deseada, cuando él le contó por fin las vidas que había vivido antes de que naciera ella y volvieron a mirarse como no se miraban desde aquel único invierno que pasaron juntos en Mágina. El hombre alto y enérgico de cuyo brazo iba ella por los aeropuertos y luego por los vestíbulos de los hoteles y las calles luminosas de Madrid le parecía ahora un jubilado monótono y más bien egoísta que pasaba las tardes sentado en un sofá con una chaqueta vieja, unas gafas de leer y una copa al alcance de la mano y mantenía desganadas conversaciones en voz baja con otro anciano prematuro, el fotógrafo gordo que hasta el mes de abril no se quitó el abrigo y la bufanda por miedo a las corrientes de aire. La incomodaba notar detenidos en ella los ojos claros e inquisitivos de su padre, alojados en la sombra de sus cejas espesas. Le hacía temprano la comida para poder irse cuanto antes, fregaba rápidamente los platos y ordenaba con descuido la cocina y el comedor, algunas veces se olvidaba de vaciar los ceniceros y salía a toda prisa, no sin pintarse antes los labios y los ojos, y su padre, sentado en el sillón, con las gafas caídas sobre la nariz aguileña y un libro o una copa en la mano, la miraba irse en silencio o le decía adiós con una pesadumbre mal disimulada por la sonrisa de siempre, la que los había aliado por encima de todo y sin necesidad de palabras hasta una noche cualquiera del invierno anterior, cuando ella volvió un poco más tarde de lo habitual y no le contó dónde había estado y él no hizo ninguna pregunta y supo con sólo mirarla que todo lo que había esperado y temido desde que ella alcanzó la pubertad estaba empezando a ocurrir. Alguna vez se iría para siempre como se iba ahora cada tarde, adulta, extraña, maquillada, transfigurada no por las formas de sus caderas y sus pechos sino por la posesión de un secreto que a él le era inaccesible y lo confinaba gradualmente en la impotencia asombrada y quejumbrosa de la vejez.

A las dos y media ya estaba en la calle, cuenta Nadia, muchas veces ni siquiera comía para alargar unos minutos más el tiempo de la cita, subía hacia el instituto, con la esperanza de verlo desde la otra acera o en el interior de algún bar adonde hubiera ido para beber una cerveza con sus compañeros, pero si lo veía por la calle no se acercaba a él, ni siquiera le decía adiós. Era una norma de seguridad, o una precaución de adúltero inhábil, pero a ella, sobre todo al principio, no le importaba obedecerla, le gustaba verlo entre los demás, singular y secretamente suyo, más alto que los otros, con su pelo rizado y canoso y sus grandes manos moviéndose en el calor de una charla trivial: incluso alguna tarde, a la hora de salida, había caminado en dirección contraria a los grupos de alumnos que abandonaban el instituto y lo había visto venir conversando con alguien y casi enrojecer apartando los ojos de ella. Le gustaba pensar que compartían una aventura tan clandestina como el activismo político, una intimidad hermética tras la puerta cerrada del piso que él tenía alquilado en un edificio nuevo al norte de la ciudad, en una calle fea y anónima que aún no estaba asfaltada, y donde no era fácil que se fijaran en ellos. Tenía una llave, la escondía por las noches debajo del colchón o en una bolsa de maquillaje recién adquirida, la llevaba bien escondida y apretada en la palma de la mano cuando subía en el ascensor y cruzaba el pasillo oloroso a pintura reciente y a madera nueva, y si él no había llegado aún se tendía a esperarlo en el sofá y fumaba uno de sus cigarrillos negros, escuchando con impaciencia el ruido del ascensor y los pasos de los vecinos, apagando el cigarrillo y poniéndose en pie cuando oía la llave de él en la cerradura para verlo en el umbral en cuanto la puerta se abriera, su pelo rizado y canoso, su chaqueta de pana, el aire de fatiga con que dejaba en el suelo la cartera negra, la sorpresa inagotable y la avidez con que la miraban sus ojos y le oprimían la cintura las manos que luego dejaban en su cara y en su boca un olor a tiza y a nicotina, una certeza delicada y absoluta de predilección. En América, el año anterior a su viaje, había estado con jóvenes de su misma edad que la besaban y la tocaban y se tendían sobre ella en el asiento trasero de un coche como si no tuvieran tiempo ni capacidad de verla, como si les diera igual que fuera ella o cualquier otra la muchacha a quien acariciaban con nerviosa premura: y a ella le ocurría casi siempre lo mismo, la empujaba una curiosidad abstracta, como ajena a su cuerpo, rápidamente borrada por la fugacidad y la decepción. Al abrazarla él decía su nombre y la miraba a los ojos. «No deberías venir a estas horas, seguro que te ha visto alguien»: pero ya estaba derribado y vencido por el deseo, pues nunca había creído que pudiera ofrecérsele sin condiciones ni límites un cuerpo como el que iba descubriendo codiciosamente al despojarla de la ropa, aquella resplandeciente desnudez vertical que se le había acercado la primera noche y que surgía cada vez como intocada y limpia de sus pantalones vaqueros caídos en el suelo y de las bragas y la blusa y los calcetines rojos de lana. Miraba de soslayo el reloj que había dejado sobre la mesa de noche, a las tres y cuarto como máximo tenía que levantarse, se daba una ducha rápida, se vestía angustiosamente mientras ella permanecía cansada e inmóvil en la cama, abrazando un almohadón, a las tres y veinticinco salía otra vez con su chaqueta de pana oscura y su cartera, y muchas veces, cuando volvía de clase, a las seis, ella estaba dormida, desnuda bajo las mantas, o intentando leer uno de sus libros de bolsillo y de aficionarse a las canciones sudamericanas y francesas que a él le gustaban, perezosa, sonriendo. Muestra siempre los dientes al sonreír, blancos y fuertes entre la curva roja de los labios, entorna los ojos brillantes bajo las pestañas y se le forman dos pliegues a los lados de la boca. Sus facciones adquieren una expresión de salud y de burla, dispuesta para el amor, con una franqueza sin duda desconocida para él hasta entonces y no siempre tranquilizadora. En las tardes y los anocheceres prematuros del final del invierno él le enseñó la lentitud, aunque es posible que también la aprendiera al mismo tiempo que la inventaba para ella: la persiana bajada, porque en el piso no había cortinas que graduaran la penumbra, la lámpara en el suelo, cerca de la cama, una canción de Jacques Brel en el tocadiscos y su voz en el oído de Nadia repitiendo la letra, con un acento impecable, imaginaba ella, y traduciéndosela luego mientras le ponía su cigarrillo en los labios y le besaba los hombros, el cuello, los pómulos pecosos, *ne me quitte pas*, y reanudaba muy lentamente las caricias, como si derramara sobre ella todos los saberes de la experiencia y de la admiración, cuidadoso, literario, devoto, recitándole letras de canciones francesas y versos de Neruda, con accesos de desvarío que la arrastraban a una violenta y estremecida revelación de sí misma y paréntesis de callada tristeza, al final, ya recostado en la almohada y fumando de nuevo, voluntariamente, sinceramente enigmático, dejándole entrever en sus palabras la sombra de la imposibilidad y la separación, un pasado de infortunios y peligros heroicos, de mujeres memorables encontradas y perdidas en el curso de una sola noche. Cuando ella miraba el reloj y empezaba a vestirse él ponía en el tocadiscos una canción de Joan Manuel Serrat: «Te levantarás despacio, poco antes de que den las diez...»

· · ·

«Era como una película», dice Nadia, riéndose, no de él, sino de sí misma, «como una de aquellas películas francesas que a él le gustaban y que yo no había visto». Al paso de los años se ha ido volviendo más cautelosa y más sabia, ya no confía igual que antes en su resistencia solitaria al dolor, pero ha afianzado su ironía y no ha perdido ni uno solo de los gestos de entonces, la costumbre de sentarse en la cama abrazada a un almohadón, su manera ensimismada de hablar, tocándose los labios con las yemas de los dedos cuando no encuentra la palabra o el giro exacto que busca, la indolencia gustosa, la falta absoluta de sentido del tiempo, la risa súbita que le ilumina los ojos antes de romper nítidamente en su voz. Se da cuenta de que Manuel lleva un rato callado y deja de reír y de hablarle del otro, le toma la cara entre las manos, aprieta contra él su vientre cálido y sus muslos. «Me recuerdas a mi padre», dice, «él también tenía celos y callaba, prefería no saber, igual que tú, celos y miedo a que me pasara algo malo, al fin y al cabo era un español a la antigua y quería preservar la honra de su hija, aunque él no le diera ese nombre, le llamaría juventud o inocencia y estaba seguro de que yo sola no sabría protegerme, y a ti te pasa más o menos lo mismo, te imaginas que fui deslumbrada y engañada por un seductor veinte años mayor que yo. Te lo cuento y quieres salvarme, subir a una máquina del tiempo como al corcel de un caballero medieval y rescatarme cuando estaba a punto de ser ultrajada. Pero nadie me engañó, y menos José Manuel, o el Praxis, como le llamabas tú, y si hubo alguna mentira la inventé y me la conté yo misma y me la creí porque yo quise creerla, porque me apetecía y me excitaba. Cómo iba a engañarme él, si era transparente, aunque él pensara lo contrario, aunque se sintiera culpable por no decirme la verdad y por estar siéndole infiel a su compañera y a sus principios. Se marchaba todos los fines de semana a Madrid y no me decía que allí estaba con otra mujer, como si yo no me diera cuenta nada más que mirándole la cara que traía los lunes. Pero me daba igual, por lo menos al principio, quería tenerlo y lo tenía, estaba segura de que si me comparaba con otra era yo quien salía ganando, y no me importaba que fuera la vanidad y no el amor lo que le hacía seguir conmigo. Iba a esperarlo a su piso y abría la puerta con mi llave, miraba sus papeles y sus libros, tenía cientos de ellos apilados en el suelo, contra la pared, pero a mí no me sonaban los títulos de casi ninguno de ellos ni los nombres de los autores, salvo dos o tres, y me abrumaban, me sentía un poco idiota, como si no hubiera leído ni un solo libro en mi vida, o al menos ninguno de los que eran imprescindibles para él. Usaba también ese adjetivo para referirse a las películas y los discos que le gustaban. Yo le registraba los cajones, aunque él me lo tenía prohibido, pero ya sabes lo curiosa que soy, hasta le encontré una foto enmarcada de su mujer que había escondido en el fondo del armario, a lo mejor volvía a ponerla en la mesa de noche cuando yo me marchaba, una cara carnosa, un poco mustia, ya sabes, con melena corta y gafas redondas, no su mujer, su compañera. Cuando por fin se atrevió a hablarme de ella decía esa palabra con reverencia, como para disuadirme de que yo la insultara. No estamos casados pero precisamente por eso mi compromiso con ella es más sincero y más fuerte, eso me dijo la última vez. Pero me gustaba mucho, aunque no fuera por las razones que él creía, me gustaba que me llamara por sorpresa a medianoche y me llevara a tomar una copa fuera de Mágina, en algún bar de la carretera, o a cenar con un grupo de camaradas suyos en una cortijada, algunas veces a la luz de un candil, les decía que yo era la hija de un militar republicano exiliado y yo me sentía orgullosa no sólo de mi padre, que estaría en casa esperándome sin poderse dormir, sino también de él, y pensaba que para aquella gente era una compatriota y no una extranjera, porque yo también les ayudaba, aunque él casi nunca me lo permitía, por miedo a comprometerme, se quedaba muy serio y me decía, cuanto menos sepas mejor para ti. Pero como actor era bastante malo, igual que la mayoría de los hombres, y poco a poco empezó a irritarme no que me mintiera, sino que lo hiciera tan mal. Cuando le daba el ataque de responsabilidad o de culpa se inventaba reuniones para no estar conmigo, me llamaba con mucho misterio para decirme que había peligro y que no fuera al piso, y cuando volvió de las vacaciones de Semana Santa estuvo varios días muy serio, me abrazaba con desesperación y luego se apartaba de mí con esa vergüenza que os da a los hombres si no estáis a la altura de vuestra vanidad. Le preguntaba qué piensas, y él decía que nada, vuelto de espaldas a mí, y a lo mejor al día siguiente ya parecía el mismo de antes y me llevaba en el coche a cenar en un merendero junto al río, pero en mitad de la conversación volvía a poner aquella cara tan seria, como de estar agobiado por problemas que yo no podía entender. A lo mejor se imaginaba que estaba actuando en una película sueca o francesa en la que pasan minutos y minutos sin que nadie diga nada y a mí me daban ganas de soltarle una bofetada y exigirle que me dijera de una vez lo que no se atrevía a decirme. Pero no, yo fingía que no me daba cuenta y él se quedaba ya toda la noche con aquella cara de víctima o de canalla atormentado, y entonces comprendí que si no había cortado ya conmigo era porque prefería esperar al fin de curso para que todo acabara sin necesidad de una ruptura abierta. No quería hacerme daño, claro. Nunca quieren hacerlo. Como si bastara una mentira para suavizar ese horror de que a uno lo dejen».

Y entonces fue cuando de verdad empezó a necesitarlo con una devoradora urgencia física y tuvo lucidez para medir el arrebato en que vivía, un fervor acrecido al transmutarse en insatisfacción y luego en sufrimiento, una agobiante incapacidad de no pensar en él o de cumplir las costumbres y las obligaciones diarias, la limpieza de la casa, el orden de su habitación, la compra, la comida, la conversación cada vez más difícil con su padre, que se convertía dolorosamente para ella en una figura inerte cuando no en un posible acusador. Era ella quien llegaba ahora después de medianoche y quien no encendía la luz al cruzar el comedor camino de su dormitorio, y él quien permanecía despierto esperándola y no hacía preguntas a la mañana siguiente. Tendida en su cuarto, con el pestillo echado, alguna tarde en que José Manuel le había avisado por teléfono para que no fuera a verlo, oía a su padre hablar en voz baja con aquel fotógrafo gordo que ahora llevaba, en vez del impermeable azul marino y la gorra de plástico, un lastimoso traje de entretiempo, y desplazaba hacia ellos una parte de la impaciencia y la rabia que le había provocado la cancelación de la cita. Se imaginaba hablándole fríamente al otro, burlándose de su cobardía, provocándole un deseo que ya no iba a satisfacer, viendo en sus ojos la incapacidad masculina de aceptar el rechazo. Se complacía amargamente en recapitular las pruebas de su vanidad, su palabrería, el gusto con que se escuchaba a sí mismo cuando creía estar maravillándola a ella, sus manías verbales, praxis, en tanto en cuanto, imprescindible, el desasosiego y hasta el miedo que se apoderaban de él si ella emprendía en el amor alguna imperiosa iniciativa. Sonó el teléfono y se puso en pie tan rápidamente como la primera vez que él la llamó. Pero tampoco ahora se dio prisa en salir: se miró en el espejo, esperando que su padre golpeara la puerta, tardó un poco en contestar, como si hubiera estado dormida. En el comedor le sonrió a Ramiro Retratista y le dijo buenas tardes antes de ponerse al teléfono. El fotógrafo hizo ademán de levantarse y se le cayó de las rodillas un libro muy grande que parecía una Biblia y una foto antigua de mujer. «... Y de ese modo descubrí que las palabras de aquella carta estaban sacadas del Cantar de los Cantares», le oyó contarle a su padre mientras ella aceptaba una cita para esa misma noche, no en el piso, sino en una taberna sórdida y proletaria de los Miradores, detrás de la iglesia del Salvador, un sitio con carteles de Carnicerito, cubas de vino bronco y anaqueles de botellas estriadas donde sonaban en una radio mugrienta confusos programas de flamenco que parecían estar siendo emitidos diez o quince años atrás. No había letrero en la puerta, pero la taberna tenía un nombre brutal, Nadia no logra acordarse, era el apodo del dueño, un apodo feroz, se pasa la lengua por los labios, Matamoros, dice, pero sabe que no, y es Manuel quien recuerda, Ahorcamonos, y los dos se echan a reír. Él también fue allí algunas veces con sus amigos, cuando entre todos sólo reunían el dinero suficiente para una botella de vino blanco y malo, y les llamaba la atención ver entre los albañiles de cara enrojecida y los borrachos lívidos y de pelo aplastado a algunos barbudos con libros bajo el brazo que se sentaban con las cabezas muy juntas en las mesas del fondo, detrás de una cortina sucia.

Cuando la levantó, con una pegajosa sensación de repugnancia en los dedos, él aún no había llegado. La primera vez que estuvo allí, una noche de invierno en la que el viento batía los árboles oscuros de los miradores, le pareció un lugar opresivo, pero también caliente y abrigado, casi novelesco, con aquellas caras sombrías que la miraban fijamente y que le hicieron acordarse de los guerrilleros de boina calada, cejas peludas y piel cobriza y aceitosa que le ayudaban a Gary Cooper en *Por quién doblan las campanas*. Ahora la taberna le pareció nauseabunda y patética y se enojó con él por haberla elegido y luego consigo misma por hacerle caso. En la radio Juanito Valderrama cantaba *El emigrante*. Olía a humo de picadura y de Celtas, a ropa sudada y a madera empapada en vino agrio. Cómo la mirarían, piensa Manuel, cuando la vieran sola y extranjera y tan joven en aquel lugar donde no entraban mujeres, donde las caras y las voces y hasta el sonido de la radio y la luz de las bombillas desnudas tenían una turbiedad rancia, un anacronismo de miseria antigua que tal vez ella no podía notar tan crudamente como nosotros, y que a los tipos recién venidos de la universidad, desertores transitorios del Monterrey y de los bares sólo para socios de la calle Nueva que frecuentaban sus padres, les resultaba proletario y exótico. Entró sin mirar nada más que un instante hacia la barra, atemorizada y resuelta, y las pupilas beodas que la siguieron mientras cruzaba hacia el reservado tenían la misma consistencia pegajosa que la cortina y la madera de la mesa donde se sentó, apoyando la espalda en la cal húmeda de la pared, frente a la puerta, como si vigilara la llegada de un enemigo. Él vino tarde, disculpándose, con la chaqueta bajo el brazo, con la cartera negra en la mano, abultada de libros y de hojas de examen, ya habían empezado los finales y se pasaba noches en blanco corrigiendo, aunque él no creía en el sistema, lo encontraba rígido y sobre todo injusto, pero a ver quién cambiaba la rutina de los profesores, y la de los alumnos, desde luego, acostumbrados a copiar apuntes y a repetir de memoria nombres y fechas. El próximo lunes tenía examen con los del último curso y había decidido permitirles que consultaran libros y animarlos a que expresaran sus opiniones personales. Movía las manos frente a Nadia, con ademanes rápidos de prestidigitador, echado hacia adelante, los codos apoyados en la mesa, como si estuviera en un aula. Pero no paro de hablar, dijo, advirtiendo el silencio indiferente de ella, incómodo ante su mirada, que ahora lo traspasaba como una mano que se extiende para descubrir la inconsistencia de una sombra. Encendió un cigarrillo, dio una palmada, llamó al tabernero por su nombre, le sonrió cobardemente a ella al preguntarle qué iba a beber: nada. Él pidió media de vino del país. Se puso muy serio y por fin la miró abiertamente a los ojos. Saber de antemano lo que estaba a punto de escuchar no lo hizo menos doloroso para ella, pero sí más humillante, porque asistía a una representación mediocre, en la que no había ni una sola palabra que no hubiera sido repetida y gastada muchas veces, por ese mismo hombre y por otros, en cualquier idioma y en cualquier lugar, palabras de cobardía masculina, de sinceridad embustera y tortuosa, de compasión indeseada, de arrepentimiento y consuelo y futura lealtad a pesar de todo. Eso era lo que distinguía ella al escucharlo, no frases que se enlazaban entre sí sino palabras aisladas y viles, dañinas como agujas, suaves, venenosas, comunes, y tras ellas un desasimiento de la realidad y un dolor tan pesado como un bloque de plomo, que volvía casi trivial el motivo que lo provocaba y también al hombre ahora educado y extraño que movía las manos ante ella o hendía nerviosamente con la uña del dedo índice la superficie áspera de la mesa, hablándole con una entonación condolida y un poco paternal mientras al otro lado de la cortina se oían voces lentas de borrachos y coplas flamencas y en el exterior, a unos pasos de ella, duraba un anochecer estático de principios de verano y en el aire tibio y tenuemente azul, sobre los muros con escudos y la cúpula de bronce del Salvador, se cruzaban en vuelos fulminantes los vencejos. No quería seguir viendo aquella cara de justificación y penitencia, de mentira y de culpa, no quería oír las palabras que él seguía diciéndole, con la cabeza baja y la mirada huidiza, como si confesara, nunca más, recuerdo imborrable, deber, arrebato, sinceridad, coherencia, compañera, en tanto en cuanto, vida por delante. Descubría que ni la lucidez ni el desprecio mitigaban el dolor y que seguía siendo intolerable aunque lo ocultara el instinto de la dignidad. Salieron de la taberna y se negó a que él la llevara a su casa en el coche. Parados el uno frente al otro, como aquel día de diciembre en que ella aceptó guardarle la caja de cartón, él le acarició la cara con una especie de temerosa vehemencia en los dedos y le repitió el estribillo de una canción que habían escuchado juntos muchas veces: «*On n'oublie rien de rien, on n'oublie rien du tout.*»

«Vete a la mierda», dijo Nadia, apartándose con un gesto ofendido y huraño que le devolvió por un instante el orgullo, y cuando lo miró otra vez vio una expresión de estupor o de lástima hacia sí mismo en sus ojos y en su boca, como si le suplicara, como si fuera él quien había sido abandonado, quien no podía soportar el dolor.

Nunca más volvió a verlo. Vio el ochocientos cincuenta con matrícula de Madrid pasar despacio a su lado y alejarse por la plaza de Santa María y siguió caminando con la mirada en las losas y los pulgares asidos al cinturón de sus vaqueros. Cruzó sin pausa ni fatiga la ciudad entera hasta la colonia del Carmen, sin ver nada ni pensar nada, diciendo en voz baja insultos en español y en inglés que surgían de sus labios con la misma fluidez sin voluntad con que avanzaban por delante de ella las punteras de sus zapatillas blancas, rítmicas, indiferentes, hipnóticas, llevándola por aceras y plazas adoquinadas que ella no veía, junto a escaparates iluminados y portales oscuros, entre un difuso rumor de figuras humanas y motores de coches, de canciones oídas al pasar en los bares, tras una niebla de carcajadas y voces. Se recuerda caminando siempre en la noche perfumada de junio, tendida en su dormitorio, la cara contra la almohada y los brazos colgando a los lados de la cama, saliendo al comedor para buscar cigarrillos cuando creía que su padre ya estaba dormido, odiándolo por su corrección anglosajona, por su apariencia de frialdad, mirándose al amanecer en el espejo, con las pupilas afiladas de insomnio y un cerco rojizo en los párpados, con una punzada en los riñones tan furiosa como un dolor de muelas, fea y pálida, muchos años mayor al cabo de una sola noche, revolviéndose, negando, decidida a no permitir la indignidad y a no dejar sin castigo la mentira. Fue a la tarde siguiente cuando revivió. Se acuerda de que era una tarde vacía y silenciosa de sábado y de que su padre no estaba. Se dio un largo baño caliente, sumergió la mano bajo el agua y la fue subiendo por los muslos y cuando los apretó sobre ella hasta que le dolieron las ingles ya era la mano de él la que estaba tocándola. Se cepilló el pelo, se puso las bragas y el sujetador que él prefería y se maquilló pensativamente antes de vestirse, apenas una sombra en los ojos y un poco de carmín en los labios. Eligió una falda y una blusa de colores vivos, unos tacones bajos. No quería seducirlo de nuevo, sino desafiarlo. Atravesaba en pocas horas varias edades de su vida futura, empujada por el vaticinio de una conciencia de sí misma que sólo poseería del todo diecisiete años después. No llevaba bolso: la llave del piso le hería la palma de la mano. Pulsó el timbre antes de abrir, y cuando empujó la puerta aún no había descartado la posibilidad de encontrarse con él. Sin encender la luz del pequeño vestíbulo lo llamó: por el modo en que sonaba su voz supo que no estaba y que seguramente no vendría. Recorrió el pasillo sin cuadros ni lámparas, el comedor, el dormitorio con las persianas echadas, con el tocadiscos en el suelo y un cenicero lleno de colillas sobre los libros apilados en la mesa de noche. En el cuarto de baño olió intensamente una toalla y un frasco destapado de loción de afeitar. Todo permanecía igual que la última vez, cinco o seis tardes antes, pero en la inmovilidad de las cosas ella notaba un cambio más definitivo porque era invisible. Sin que se modifique su apariencia exterior un lugar o un rostro pueden volverse desconocidos y hostiles. Iba por las habitaciones como anestesiada, con los ojos secos y el corazón sobresaltado cada vez que oía el ruido del ascensor o unos pasos, o el motor del frigorífico que se ponía en marcha en la cocina. Buscó en el armario la foto de la mujer de la melena corta y las gafas redondas, pero ya no estaba. La chaqueta de pana osciló levemente en su percha y ella buscó en los bolsillos y encontró un billete del Metro de Madrid, el capuchón de un bolígrafo y un paquete casi vacío de Ducados. Encendió uno y para aliviar el mareo se tendió en la cama, doblando bajo la nuca la almohada que olía fuertemente a él. Pensaba, repetía en voz baja: no siento nada, no estoy aquí, no he venido a esperarlo. Se quitó los zapatos y al flexionar las rodillas la falda amplia del vestido quedó recogida entre sus muslos. Lo veía aproximarse despeinado y desnudo, triunfal en su virilidad tan rápidamente recobrada, vanidoso, asombrado de ella, arrodillándose en la cama, ascendiendo, mientras en el tocadiscos sonaba a poco volumen una canción muy lenta y en un rincón ardía una vela que daba un brillo tembloroso de aceite al sudor de los cuerpos: ahora la cera derretida cubría el cuello de la botella y el disco de Jacques Brel tenía una leve capa de polvo, y un rastro ofensivo de sudor duraba en las sábanas que él no había cambiado.

Llevaba dos noches sin dormir. Cerró los ojos, se cobijó de cara a la pared, las rodillas en el vientre, los puños cerrados sobre el pecho, el oído atento a los ruidos de la calle, que le llegaban desde esa tranquila lejanía de las primeras tardes del verano, negándose a llorar, cruelmente obstinada en la inmovilidad y en la espera, minuto a minuto, aplastada por la lentitud gratuita y enrarecida del tiempo que sólo impone el insomnio con la misma eficacia que el dolor. Supo que iba quedándose dormida como habría notado gradualmente los efectos paralizadores de un veneno o de la inyección de un anestésico. Despertó en la oscuridad, distinguiendo poco a poco las rayas de luz eléctrica que filtraba la persiana. Era de noche y ya estaban encendidas las farolas de la calle. «*Te levantarás despacio*», recordó, «*poco antes de que den las diez*». Tenía mal cuerpo y le pesaba tanto la cabeza como si antes de dormirse hubiera bebido y fumado mucho. El olor de las colillas en el cenicero le dio náuseas. Encendió la luz inhóspita del techo, se quedó un rato sentada en la cama, conteniendo el mareo, los codos en las rodillas y la cara en las manos, moviendo de un lado a otro la cabeza, como si se meciera a sí misma, mirando las baldosas y sus pies descalzos entre la celosía de los dedos cruzados. Ponerse en pie, calzarse, oprimir el botón del ascensor y bajar a la calle era una secuencia de gestos imposibles. Entonces sonó el timbre de la puerta y ella apartó las manos de la cara con un acceso indeseado de temor y alegría que desbarataba todos los propósitos de su dignidad. Pero no era él, no podía serlo, él no llamaría al timbre de su propia casa. Decidió esperar: sin duda alguien llamaba por error. Cualquiera que fuese volvía a tocar el timbre, ahora muchas veces seguidas, con impaciencia o ira, golpeaba también la puerta con los puños. Salió descalza al pasillo escuchando el roce de sus pies en las baldosas y los breves crujidos de sus articulaciones. Ahora los golpes hacían temblar la madera de la puerta y no eran sólo golpes de puños, sino de algo más duro y terminante, un pesado objeto de metal. Levantó la tapa de la mirilla y no vio nada: una voz que murmuraba muy bajo le pareció durante una fracción de segundo la voz de él diciendo su nombre. La luz del corredor se apagó. Cuando volvió a encenderse apareció en la mirilla una cara diminuta y convexa, con ojos abultados y bigotes larguísimos, con una boca que se abrió desmesuradamente al gritar. «Abran», escuchó, y los golpes redoblaron en la puerta, «policía». Retrocedió en la oscuridad hasta que su espalda encontró la pared. Tenía de pronto unas ganas furiosas de orinar y todo su cuerpo temblaba inconteniblemente, las manos, el mentón, las rodillas. Se fue encogiendo contra la pared como si el terror la disminuyera de tamaño y los golpes vibraban en su nuca igual que en el tabique donde la apoyaba, y cuando la puerta se abrió violentamente después de un ruido de arañazos en la cerradura y la luz del corredor irrumpió en el vestíbulo los policías la encontraron acuclillada en un rincón, mirándolos con los ojos muy brillantes y abiertos entre el pelo en desorden que le tapaba la cara.

Se nos ha olvidado cómo eran aquellos cabrones de sociales, dice Manuel, o hemos preferido no acordarnos: eran jóvenes, eficaces, brutales, de una chulería calculada y grosera, tan estridente como el color de sus camisas y el tamaño de sus corbatas y de las pistolas que esgrimían. Mientras uno de ellos, el que parecía mayor y más cruel, registraba las habitaciones derribando a patadas las pilas de libros y pisando los papeles y los discos tirados en el suelo, el otro, más delgado, tal vez más joven, con el pelo castaño y las patillas un poco más cortas, la condujo a ella al sofá apretándole dolorosamente un brazo y sin dejar de mirarla guardó la pistola en la sobaquera y le preguntó por él. «Si te portas bien no vamos a hacerte nada. Mi compañero es un poco bruto, así que será mejor que procures no irritarlo. No tenemos nada contra ti, por ahora. Así que será mejor que nos digas dónde está tu amigo. Estás nerviosa, a que sí. ¿Quieres un cigarrillo?» Se lo estaba encendiendo cuando el otro salió del dormitorio. Los botones del chaleco parecían a punto de reventarle sobre el torso hinchado por la ira. Adelantó una mano en la que llevaba todavía la pistola, cogida por el cañón: todo su cuerpo se encogió en el sofá al sentir que iba a ser golpeada con la culata y casi percibir el sabor de la sangre en su boca. Pero no pueden hacerme nada, pensaba, yo no soy española: era como decirse «estoy soñando» en medio de una pesadilla y no lograr sin embargo que se desvaneciera el peligro. Los dedos blancos y crueles como los de un cirujano se cerraron en torno a su barbilla, hundiéndose en la piel, oprimiéndole las mandíbulas: la hizo levantar la cara y mirarlo tan de cerca que le rozaban los labios los pelos negros del bigote. La saliva le olía a tabaco rubio, y la piel a colonia. Le hablaba como escupiéndole, ella nunca había oído en español palabras tan obscenas, le daban tanto miedo como la boca húmeda del policía y el metal reluciente de la pistola. El pulgar y el índice de la mano que había levantado su cara ahora le mantenían torcidos los labios, y el hombre hablaba mirándola a los ojos, haciendo preguntas sucias que celebraba con una carcajada, eligiendo insultos que ella no había oído hasta entonces, amenazas precisas como una cuchillada. «No era nadie el tipo. Encima de rojo corruptor de menores. Y ahora se larga y si te he visto no me acuerdo, así que tú, además de puta, tonta.» «Venga, hombre, déjala ya, ni que fueras su padre.» El otro policía la ayudó a levantarse y le puso un nuevo cigarrillo en los labios. Se acomodó junto a ella en el asiento posterior del coche donde la llevaron a la comisaría. No pensaba en José Manuel, sino en su padre, con un sentimiento feroz de culpabilidad y lejanía lo imaginaba esperándola en la casa de la colonia del Carmen, acostado, sin poderse dormir, contando, igual que ella, las campanadas del reloj de la torre. No la llevaron a una celda, como había supuesto, a un lugar pequeño y lóbrego con un jergón y un ventanuco enrejado. La hicieron pasar a una oficina común, con una mesa y un archivador metálico y una silla de madera donde le ordenaron sentarse, en medio de la habitación, bajo una lámpara de luz muy blanca. En la pared había un retrato de Franco y un calendario con una fotografía en color de la Virgen del Gavellar, patrona de Mágina. La dejaron sola mucho tiempo, y cuando volvió a abrirse la puerta, a su espalda, el policía que entró fue el de las patillas más largas y el bigote más espeso, ahora con la corbata floja y en mangas de camisa. Usaba tirantes y no se había quitado la sobaquera, pero ya no llevaba la pistola. Se quedó de pie, junto a ella, apoyando un codo en el respaldo de la silla, repitiéndole metódicamente los mismos insultos y amenazas, ahora en voz baja, casi al oído, como si le hiciera una confidencia, una babosa proposición. Con el mismo gesto de la vez anterior, que sin duda usaba habitualmente con los detenidos, le oprimió la barbilla con el pulgar y el índice torciéndole el labio inferior y la obligó a levantar la cara hacia él. La voz fue de nuevo sonora y brutal: «Serás todo lo americana que quieras, pero como no cantes ahora mismo tú no te vas de aquí sin una manta de hostias.» Le soltó la cara y ella sostuvo su mirada. El terror se había ido convirtiendo en una especie de resignación o sorda indiferencia. Entonces se abrió la puerta y sin entrar en el despacho el otro policía le hizo una señal a su compañero. «El viejo ha venido», le oyó decir, «quiere que se la lleves ahora mismo». «¿El viejo? ¿A estas horas? No me jodas, hombre, dile que se vaya a dormir, que la tengo en el bote.» «No veas como se ha puesto, si parece otro. Me he hecho el loco y me ha amenazado con una sanción.»

De mala gana el policía más corpulento la tomó por la muñeca y la hizo cruzar un pasillo con puertas de cristales cerradas y subir una escalera. En un despacho con muebles envejecidos y oscuros un hombre de sesenta y tantos años, de pelo crespo y gris, con la cara cuadrada y el labio inferior grueso y caído, la invitó a sentarse frente a él y le dijo secamente al policía que los dejara solos. «Pero, jefe, si estaba al caer, si la hemos cogido como quien dice *in fraganti*.» El subcomisario Florencio Pérez tuvo por fin un rasgo de carácter y dio un puñetazo rotundo encima de la mesa: «Usted se calla y obedece y si quiere hablar me pide antes permiso. Y ahora hágame el favor de salir.» Ni un gallo en la voz, ni el más leve temblor en el labio. El policía se encogió ostensiblemente de hombros e hizo un gesto de desdén, pero cuando iba a salir sus ojos se encontraron con los del subcomisario y no se atrevió a cerrar de un portazo. «No se preocupe, hija mía, no le va a pasar nada. Son jóvenes y los pierde la imprudencia, pero lo que es a mí, con mis años, no les tolero que me falten al respeto. Puede irse ahora mismo a su casa. Es muy tarde, así que imagino que su padre estará preocupado por usted.» Se levantó y era más bajo de lo que parecía cuando estaba sentado. Con una galantería rancia y algo desmedrada le cedió el paso en la puerta y la tomó delicadamente del brazo mientras bajaban al vestíbulo. Al pasar junto al despacho de los inspectores irguió los hombros y alzó la barbilla. Hacía fresco en la plaza del General Orduña, y resonaban en ella el agua de la fuente que hay al pie de la estatua y las voces de los taxistas que conversaban frente al edificio de la comisaría. El subcomisario Florencio Pérez, llevando aún a Nadia del brazo, se acercó a uno de ellos, alto y nudoso, con los hombros muy anchos y una cabeza grande y pelada: «Julián, me va a hacer usted el favor de llevar a esta señorita a su casa. En la colonia del Carmen, ella le indicará el número.» Le abrió él mismo la puerta trasera, se inclinó un poco al dejarla pasar y ella pensó que iba a besarle la mano. «Señorita, disculpe por todo, y preséntele mis respetos a su padre.» Ni una duda, ni una palabra en falso, ni una concesión. «¿Lo conoce usted?», dijo Nadia, ya subida en el taxi. «Nos conocimos hace mucho tiempo. Pero seguramente él no se acordará de mí.» El taxi negro y grande arrancó y el subcomisario Pérez lo siguió mirando hasta que desapareció tras la esquina de la calle Mesones. A la luz del vestíbulo de la comisaría lió con el pulso firme un cigarrillo, sin perder ni una hebra, pasó golosamente la punta de la lengua por el filo engomado y echó a andar fumando camino de su casa, a pasos cortos, con las manos atrás, con la cabeza alta y el humo saliéndole a chorros por la nariz, calculando el embuste que iba a decirle a su mujer cuando se tendiera junto a ella en la cama y las palabras con que al día siguiente se lo contaría todo a su amigo Chamorro.

Fueron las vacaciones más largas, las más odiosas de mi vida, y no acabaron con el fin del verano. Un ministro lunático del general Franco había decidido que el curso no empezara en octubre, sino en enero, así que debimos postergar durante tres meses inacabables nuestra huida de Mágina. Sólo Serrano no esperó: ni siquiera había esperado a que terminara el curso. Para amargura de su padre, dejó de ir a clase y de cortarse el pelo a mediados de mayo, y en junio se marchó en autostop a una ciudad de la costa, dispuesto a hacerse barman, seductor de extranjeras y batería de rock. Martín y yo elaboramos vagos propósitos de unirnos a él, pero ni su padre ni el mío nos dieron permiso, y nuestro plan de escapar cualquier noche subiéndonos a un mercancías en la estación de Linares se fue quedando atrás a medida que el calor de julio progresaba y nosotros nos acomodábamos a las costumbres tediosas de las vacaciones: en el desván de su casa Martín pasaba los días haciendo tentativas de experimentos químicos y escuchando discos, y yo me iba por las mañanas a la huerta y volvía de noche, después de subir la hortaliza al mercado. El tío Pepe, el tío Rafael y el teniente Chamorro bajaban algunas veces a ayudarnos. El tío Rafael, que sólo en verano no vivía martirizado por los sabañones, acababa de comprarse, no sin graves quebrantos, un burro grande y fuerte, muy dócil, de pelaje castaño, y lo acariciaba y le hablaba como a un hijo y aseguraba que era la alegría de su casa, no como el otro que tuvo, el que mordía, el que le vendió un sinvergüenza aprovechándose de su candidez. Un domingo de julio, por la mañana temprano, cuando ya habíamos recogido con la fresca varias canastas de higos y tomates y estábamos almorzando a la sombra de una higuera, el teniente Chamorro nos contó que el comandante Galaz y su hija se habían marchado de la ciudad y tal vez de España. «País desgraciado», dijo, en el tono de voz que tanto admiraban el tío Pepe y el tío Rafael, «sus mejores cabezas acaban siempre en el destierro». «Y aquí no quedamos más que los melones», murmuró el tío Rafael, como si respondiera a una letanía. «Pues éste ya mismo se nos va a ir también», dijo el teniente Chamorro señalándome. «A ver, nene, háblanos en inglés.» Me daba vergüenza, pero en secreto era muy vanidoso de mi facilidad para los idiomas, y les recité lo más rápido que pude la letra de *Riders on the storm*. Dejaron de comer y me miraban con la boca abierta. «Qué mérito», dijo el tío Pepe, «qué mérito más grande». «Igual que nosotros», el tío Rafael movió tristemente la cabeza, «que no sabemos ni hablar en español». «No es lo mismo», dijo el teniente Chamorro, «su padre se ha sacrificado para que tenga estudios, y nosotros a su edad ni nos acordábamos del poco tiempo que fuimos a la escuela. ¿O es que se os ha olvidado de lo mala que estaba la vida entonces?». «Y tú por lo menos sabes leer bien y hasta escribes a máquina. Pero anda que yo, que es mirar un periódico y se me juntan las letras, y ya lo veo todo negro y me quedo dormido. Por eso me engaña cualquiera. Me dicen, Rafael, lee y firma, y yo hago como que leo y firmo sin enterarme de nada.» El tío Rafael ataba su burro a la sombra del cobertizo y le mezclaba mucho trigo a la paja del pienso. Lo cargaba muy poco, no fuera a quebrársele, y de vez en cuando abandonaba el trabajo para ir a verlo, como un padre reciente. Una tarde de septiembre fue a una viña por una carga de uvas y mientras las cortaba dejó al burro atado al tronco de un álamo. Estalló una tormenta y un rayo hendió el álamo por la mitad y carbonizó el burro. Cuando el tío Rafael llegó corriendo en medio de una granizada feroz sólo quedaban intactas la jáquima y las herraduras. Le dio un enfriamiento que se complicó en pulmonía y el tío Rafael se murió de fiebre y de tristeza unas semanas después. En el velatorio, el tío Pepe, con traje negro, con sombrero negro, con un gran brazalete negro en la manga derecha, dejaba correr las lágrimas por sus mejillas altas y huesudas y repetía sin consuelo: «Un santo, mi hermano Rafael era un santo.»

Por las noches, cuando dejaba a la yegua encerrada en la cuadra y me lavaba en el corral, iba a reunirme con Martín y Félix en una taberna próxima a la puerta de Granada que se llamaba La Cueva Árabe y tenía una terraza desde la que se divisaba todo el valle: ardían líneas amarillas de fuego en los rastrojos y se veían parpadear como estrellas lejanas las luces de las aldeas de la Sierra. Casi todos los discos que había en la máquina eran muy malos, salvo uno de Led Zeppelin, *Whole lotta love*, pero daban el vino muy barato y en la terraza corría fresco y se escuchaba el ruido del agua en las acequias de las huertas y el viento en las higueras y en los granados. Echábamos de menos a Serrano: le teníamos envidia, sobre todo Martín y yo, y en el fondo de nosotros mismos sentíamos vergüenza por no haberlo acompañado. Félix daba clases particulares de latín y de griego, desde las nueve de la mañana a las ocho de la tarde, sin otro descanso que el de la comida. Su padre llevaba diez años inmovilizado en la cama, y su madre sufría tales dolores en las piernas que ya le era imposible seguir fregando suelos y escaleras, y eso que desde que se inventaron las fregonas, decía, ya no era un trabajo tan arrastrado como antes. Pero

Félix parecía confortablemente adaptado a la adversidad y a la pobreza: nunca, y lo conocía desde los seis años, lo oí quejarse, nunca perdía aquella íntima y serena sonrisa que lo hacía parecer un poco lejos de todo, pero no extraviado, como yo, sino instalado en un reino apacible y exclusivamente suyo que sin duda se fortaleció con su devoción por el latín, la lingüística y la música clásica, tres saberes igual de impenetrables para mí. Me desconcertaba que no se hubiera enamorado nunca: no podía creerlo cuando me confesaba que desconocía la tristeza y el entusiasmo excesivo. Él también se marchaba en octubre, pero no a Granada, como Martín, ni a Madrid, como yo, sino mucho más cerca, al colegio universitario de la capital de la provincia. Decía juiciosamente que resultaba más barato y que así podía estar más cerca de sus padres. Fue el único de nosotros que no se desesperó cuando supimos que el curso empezaría en enero. Con curiosidad, con una cierta mirada de condolencia y de burla, me preguntaba por mi amor a Marina: qué siente uno, por qué elige a una mujer y no a otra. Al querer explicárselo yo me acordaba de cuando éramos niños y le contaba historias que iba inventándome a medida que hablaba. Pero prefería que mis amigos no me nombraran a Marina. Se había ido, como todos los veranos, a Benidorm, pero ya no volvería en octubre, y antes de irse la habíamos visto pasear por la calle Nueva del brazo de aquel tipo al que yo seguía odiando, y sentarse con él en la terraza del Monterrey, tomada de su mano, haciéndole cariños ridículos, casi domésticos, como si ya estuvieran casados y fueran felices.

No conseguía recordar dónde había estado aquella noche de domingo entre las doce y las cinco, pero ya no me preocupaba, aunque mi padre estuvo una semana sin hablarme. Al día siguiente, mientras esperábamos a que el Praxis llegara para entrar al examen de literatura, Pavón Pacheco me guiñó un ojo, como a un cómplice, y yo me puse colorado y procuré no acercarme a él. En cuanto al Praxis, no se presentó. Dijeron que estaba muy enfermo en Madrid y fue otro profesor el que nos puso el examen de literatura. Sin estudiar casi nada terminé el curso con notas muy altas: era seguro que me darían la beca. Ya no rondaba por la colonia del Carmen, y si alguna noche subía con Martín y Félix por las calles cercanas al instituto me daba la sensación un poco triste de que habían pasado años y no meses desde que acabó nuestro último curso. Veía llegar algunas noches el autobús de Madrid y notaba una emoción temerosa y ávida en la boca del estómago: yo también iba a irme, y Madrid y la universidad serían el primer paso de una vida entera de pasiones y viajes. Ni a mí mismo me lo confesaba, pero me moría de miedo. En el comedor de mi casa, mirando las catástrofes del telediario, mi abuelo Manuel, que tenía ya setenta años y seguía trabajando vigorosamente en el campo, suspiraba y decía: «Hay mucho malo por el mundo.» Veía reportajes sobre exploraciones espaciales y aseguraba que todo era mentira. «Muy bien», concedía, «han llegado a la Luna: ¿pero me quieres explicar por dónde han entrado?». Durante las transmisiones del Tour de Francia se lo llevaban los demonios: hombres como castillos, en lo mejor de su vida, y en vez de trabajar en algo de provecho se extenuaban como idiotas corriendo en bicicleta. Bebía en la comida algún vaso de vino más de la cuenta, se le encendía la cara y ya no paraba de hablar hasta que mi abuela Leonor, sentada junto a él, le daba un pellizco en el costado. «Manuel, que no te entra la lengua en el paladar, que te bebes un vaso de vino y te da por enhebrar embustes y ya no hay quien te pare.»

Aquel año, en la feria de octubre, no toreó Carnicerito de Mágina: se había estrellado con su Mercedes blanco contra un árbol, en una recta sin peligro de la carretera de Madrid. Iba solo en el coche, pero en la huerta y en mi casa se habló de la influencia de las malas mujeres, de la bebida, de los amigos golfos, y mi abuelo, muy serio, con los ojos azules empañados de llanto, porque a medida que envejecía se le agravaba la facilidad para las lágrimas, declaró: «Dime con quién andas y te diré quién eres», y me miró a mí, y yo supe en seguida lo que iba a preguntarme a continuación: «A que no sabes en qué se parece un muchacho de bien a un teatro.» Mi abuela Leonor le dio un pellizco fulminante y mi madre y mi hermana se taparon la boca para contener la risa y respondieron a coro al mismo tiempo que él: «¡En que se descompone con las malas compañías!» Lorencito Quesada escribió en *Singladura* que el entierro del diestro de Mágina había sido una imponente manifestación de duelo. Ofició el funeral don Estanislao, el párroco taurino de San Isidoro, y cuando salió el ataúd de la iglesia, cubierto con el capote y la montera del malogrado orfebre del estoque —fueron días de luctuosa gloria para nuestro reportero local, que sólo entonces vio en primera página una crónica firmada por él, si bien, por mala idea o por descuido, no figuraban más que las iniciales de su nombre—, repicaron al unísono todas las campanas de Mágina, y estalló una batería de cohetes, como si Carnicerito hubiera cortado juntas al morir todas las orejas que no logró en las corridas de sus últimos años. Se acordó erigirle por suscripción pública una estatua y el ayuntamiento convocó un certamen poético en su honor: para sorpresa de todos, no se llevó el premio ninguno de los autores consagrados de la ciudad (que, en opinión de Quesada, era vivero de poetas) sino alguien cuyo nombre no llegó a saberse, pero que ganó por unanimidad el entusiasmo del jurado con un soneto anónimo que luego fue inscrito al pie de la estatua en una lápida de mármol artificial. Los más celebrados fueron los dos últimos versos:

Desde Mágina alumbra las Españas
el brillo cegador de tus hazañas.

Lorencito Quesada comparó en *Singladura* el misterio del poema sin firma con otros enigmas insondables de la Humanidad: el de la autoría del *Lazarillo* y del *Romance anónimo*, el de la identidad del Soldado Desconocido y de los arquitectos posiblemente alienígenas que edificaron las pirámides de Egipto. En enero, el día de mi cumpleaños, mi padre me enseñó en Madrid la hoja del periódico donde aparecían el soneto anónimo y el artículo de Lorencito Quesada, junto a una foto muy borrosa del acto de inauguración del monumento a Carnicerito, en el que apenas hubo discursos y no llegó a tocar la banda de música, mi padre no sabía si por culpa de la desidia de las autoridades o porque les duraba todavía el disgusto que se habían llevado con la muerte del almirante Carrero Blanco. La estatua, aunque de cuerpo entero, tampoco era gran cosa, y mi padre no acababa de encontrarle el parecido ni aprobaba el lugar donde decidieron instalarla: un pequeño jardín casi en las afueras de Mágina, medio perdido en una de las anchas encrucijadas de asfalto que ya desbordaban la ciudad por el norte.

Yo llevaba tan sólo unos pocos días en Madrid, en una pensión modesta y aseada de la calle San Bernardino, muy cerca de la plaza de España, y ya me acordaba de Mágina como si hubiera pasado mucho tiempo desde que me marché: sentía, inconfesablemente, desamparo y nostalgia, sobre todo al anochecer, cuando me sentaba ante un libro de texto y miraba por la ventana las paredes de un patio de luces por donde subían voces de conversaciones familiares y olores de guisos. Llevaba patillas largas y bigote, y cuando mi padre llegó ya tenía las mejillas sombreadas de barba: una barba irregular, algo escasa, que tal vez se acabaría pareciendo a la de Che Guevara. Pensé afeitármela cuando mi padre llamó por teléfono a la pensión y me dijo a gritos que vendría a pasar conmigo el día de mi cumpleaños. La noche antes, delante del espejo, con la brocha espumosa en una mano y la cuchilla en la otra, me armé de valor y decidí que no me afeitaría. Mi padre llegó, me dio un abrazo largo y un beso en cada mejilla, me apartó de sí para ver si había adelgazado o si tenía ojeras y no me dijo nada de la barba. Traía un gran paquete de embutidos y borrachuelos preparado por mi madre y lo guardó él mismo bajo llave en mi armario: en Madrid había mucho sinvergüenza, y yo era un infeliz, de modo que debía ir con cien ojos abiertos para que no me engañaran ni me robaran.

Examinó la habitación: era pequeña, dijo, pero cómoda, aunque tuviera el inconveniente de recibir sólo aire viciado, mucho mejor que los cuartos de las pensiones donde él había dormido durante los viajes que había hecho a Madrid en su juventud. Lo impresionó el cuarto de baño: dijo que en cuanto él pudiera haría instalar uno parecido en nuestra casa de Mágina. Había llegado muy temprano, en el expreso, y yo me quedé dormido y no fui a Atocha a esperarlo. Inmune a la fatiga de la noche en el vagón de segunda y a la falta de sueño, apareció en la pensión con el mismo aire de fortaleza jovial y juventud con que llegaba todas las madrugadas al mercado de abastos, vestido tan cuidadosamente como cuando iba a un entierro, con su abrigo gris y su corbata, con unos zapatos grandes y negros que crujían al andar. «Pero hombre, a la hora que es y todavía tienes pegados los ojos.» Lo llevé a desayunar a la cafetería de abajo y me preguntó qué era lo que yo había pedido: era la primera vez que veía un *croissant*. Él pidió buñuelos, y yo le dije, corrigiéndolo, que en Madrid les llamaban churros. Juzgó que en cualquier caso no tenían comparación con los buñuelos de Mágina. Estábamos sentados el uno frente al otro, en una mesa pequeña de plástico rojo, y yo lo veía rudo, más bien incongruente entre los habituales de la cafetería, con su abrigo gris de hombreras tan anchas, sus modales inseguros y ceremoniosos y sus manos grandes y agrietadas, oscuras, con los dedos muy anchos, posadas sobre el plástico rojo de la mesa con un vigor lento y torpe. A los cuarenta y cinco años ya tenía el pelo blanco, pero muy fuerte todavía, ondulado, brillante, como en las fotos de su boda. Sonreía, se limpiaba los labios con una servilleta de papel, me miraba cortar el *croissant* con cuchillo y tenedor y se le notaba un cierto orgullo. «Hay que ver», dijo, «dieciocho años, si me parece que fue ayer cuando naciste. Hacía tanto frío en el cuarto de la viga y tú eras tan poca cosa que pensábamos que te nos ibas a morir. Tu madre, la pobre, ya sabes cómo es, te veía tan chico y se echaba a llorar. Me parece que te estoy viendo cuando te lavó la comadrona, a la luz de una vela. Hacía tanto viento que se habían caído los postes de la electricidad. Creíamos que el techo saldría volando. Fue el año de los hielos grandes. Se helaron la mitad de los olivos de Mágina. A la vaca que teníamos se le cortó la leche y el becerro murió de hambre».

Yo nunca lo había oído recordar nada en voz alta: sabía de memoria todo lo que estaba contándome, porque me lo habían repetido muchas veces mi madre y mi abuela Leonor, pero yo no pensaba que a él le importaran los recuerdos, o que pudiera invocarlos con aquella fijeza de ternura y de pudor en los ojos. Y sin embargo eso no me hacía sentirme próximo a él: me desconcertaba, instintivamente me retraía y lo dejaba hablar con la cabeza baja, incómodo, para no mirarlo. Era una mañana de domingo nublada y sin lluvia, y las fachadas de Madrid, oscurecidas por el humo de los coches, tenían la misma grisura monótona del cielo. Yo me acordaba de las paredes blancas de Mágina, del brillo del sol en las piedras color arena de los palacios antiguos. Bajamos a la plaza de España y mi padre dobló el cuello hacia arriba y se apoyó en mi hombro para admirar la altura de la Torre de Madrid. Me explicó con satisfacción los detalles de su viaje en el Metro, el transbordo en Sol, lo atento que iba a los nombres de las estaciones para no pasarse, el cuidado que tenía al subir y bajar de los trenes, la precaución necesaria de guardar la cartera en un bolsillo interior para que no se la robaran. Fingí interesarme por la huerta y por la cosecha de aceituna: me dijo, como decían todos los años, que la cosecha era un desastre porque ya no llovía como en otros tiempos. Se sorprendió al ver los olivos de la plaza de España: se acercó a ellos con el mismo asombro con que habría saludado a un paisano, tocó una rama, arrancó un cogollo de hojas curvas y afiladas y lo estudió con desdén en la palma de su mano: eran olivos enfermos, envenenados por el humo de la gasolina y la proximidad de la gente. Antes de que se inventaran los pesticidas, los olivos sólo podían plantarse a una cierta distancia de los lugares habitados. «Les pasa lo que a mí», dijo, se quedó mirando las estatuas de don Quijote y Sancho y tiró el cogollo al estanque, «que se ponen mustios donde hay mucha gente». La figura de Sancho le gustó: «¿A que se parece un poco al teniente Chamorro? Y la burra es igual que la suya.» Venía un viento muy frío del parque del Oeste. Se abotonó el abrigo, se frotó las manos, dijo que seguro que me iba a resfriar con los vaqueros y el anorak azul marino. «Por lo menos el cogote sí que lo llevarás caliente»: era una manera de decirme que tenía el pelo demasiado largo.

Subimos por la Gran Vía, casi desierta a aquella hora, con tan poco tráfico que parecía desolada y más ancha, ilimitada hacia lo alto, hacia los edificios de Callao y las marquesinas descomunales de los cines. «He pensado que voy a vender la huerta», dijo mi padre después de un rato de silencio. Sentía al mirarlo que se había modificado la escala del mundo: yo era más alto que él, pero sobre todo lo empequeñecían las dimensiones de Madrid, porque hasta entonces yo únicamente lo había visto en Mágina, en los mismos lugares que fueron magnificados por la mirada de la infancia. «Yo solo ya no tengo fuerzas para tanto trabajo, y dice el médico que cualquier día puede darme otra vez el dolor.» No me hacía un reproche por haberlo abandonado: se rendía melancólicamente a la evidencia del cambio de los tiempos, aceptaba que ya no era joven y que mi porvenir no iba a parecerse al que él imaginó. Pero yo no sabía qué decirle ni cómo pasar a solas con él un día entero, un domingo largo y vacío que iba a durar hasta que esa noche, a las once, lo despidiera en el tren. Era un andarín incansable: le propuse que fuéramos caminando hasta el Retiro. Junto a la boca de Metro de Callao se detuvo a mirar el mapa de Madrid y sacó del bolsillo un papel donde tenía apuntada una dirección: «A ver si eres capaz de llevarme a estas señas. Se me ha ocurrido que podemos hacerle una visita a mi primo Rafael.»

Conseguí no enredarme demasiado con los itinerarios de Metro y de autobús, y al cabo de dos horas una camioneta nos dejó en una plaza sin asfaltar de Leganés. Ahora sólo faltaba encontrar la casa. «Tú no te preocupes. Si no sabes ir podemos preguntar. Preguntando se llega a Roma.» El primo Rafael vivía en un bloque de diez pisos, rodeado de zanjas, de pilas de tubos de uralita, de huertos abandonados y devastados por las excavadoras. En medio de un lodazal había una casilla como la de nuestra huerta, con pesebres bajo un cobertizo, pero con las tejas hundidas y los marcos de las ventanas arrancados. «Séptimo B. Aquí es», dijo mi padre, y movió los hombros y se ajustó la corbata. Noté que había pasado miedo en el ascensor, y que disimulaba delante de mí. El piso del primo Rafael era pequeño y sombrío en la mañana invernal: el pasillo olía a comida, y en la pared había una imagen de Jesús Nazareno bajo un tejadillo de plástico con dos faroles diminutos. Él y mi padre se abrazaron, y luego su mujer, despeinada, con un mandil sucio, con zapatillas viejas y calcetines de lana, salió de la cocina y nos besó a los dos y nos dijo que si queríamos tomar una copa de anís y unos borrachuelos de Mágina. Un muchacho alto y con el pelo largo cruzó fugazmente desde la terraza a una habitación interior y el primo Rafael le ordenó que viniera a saludarnos. «Venga, hombre, dale un beso a los primos.» Era más o menos de mi edad, pero tenía el pelo más largo y más granos que yo. Nos rozó la cara sin mirarnos y volvió a desaparecer, y en seguida se oyó tras una puerta cerrada una canción bronca de Slade. En el comedor, sobre el sofá de plástico donde mi padre y yo nos sentamos, había un tapiz de ciervos, y a su lado una foto enmarcada del tío Rafael. «Primo, qué lástima de mi padre, con lo bueno que era. Miro el retrato y me parece que va a hablarme.»

El primo Rafael nos preguntó metódicamente por toda la familia, se interesó por los estudios que yo había empezado, dijo que para cualquier cosa que me hiciera falta ya sabía dónde estaba él, lamentó que su hijo no quisiera estudiar, se pasaba los días encerrado en su cuarto y oyendo esa música que lo dejaba a uno sordo. Me preguntó si me acordaba de cuando vivíamos en el cuarto de la viga y él iba a ver a mi padre y me hacía figuras de animales recortando las cajas de las medicinas. «Hay que ver, primo, con lo chico que era, y ya está hecho un hombre.» Se acordaron de cuando eran niños y cazaban ranas en las albercas de las huertas: había tanta hambre que ésa era la única carne que probaban. «Y no era nadie tu padre, ahí donde lo ves. Sembraba yerbabuena en las acequias y luego se la vendía a los moros de Franco para que hicieran té, y con lo que ganaba nos íbamos los dos a ver las compañías de revista.» Conservaba intacto el acento de Mágina. Miraba a mi padre con el mismo entusiasmo con que debía de mirarlo cuando la diferencia de edad, dos o tres años, lo convertía en un modelo y casi en un héroe. «Tenías que haberte venido a Madrid cuando me vine yo, primo, y dejarte del campo y de tanto sacrificio. Mira yo: ocho horas, y las extras aparte, vacaciones, paga de Navidad y del 18 de julio, y sin tener que mirar al cielo a ver si llueve o si no llueve.» Pero había en su voz, en su cara más ajada que la de mi padre, una tristeza como la del pasillo y los muebles de su casa y la luz nublada del domingo, un principio de malestar parecido al de alguien

que está pensando siempre en las molestias de una enfermedad sobre
la que no habla. Se ensimismaba, aunque siguiera atendiendo a lo que
nosotros decíamos, escuchaba con disgusto el volumen de la música
en la habitación de su hijo y en seguida se apresuraba a servirnos un
poco más de anís, y luego más cerveza, y patatas fritas, y aceitunas
machacadas de Mágina, aderezadas con tomillo. Teníamos que quedarnos a comer, y mi padre, en lugar de volverse esa misma noche al
sinvivir del mercado y de la huerta, podía pasar unos días en su casa,
nos enseñaría todo Leganés, nos llevaría a un bar que era de unos
paisanos, recorreríamos gratis todo Madrid en autobús, por algo él
era un conductor veterano en la empresa. «Primo, no veas el dinero
que ha hecho aquí la gente. Ríete tú de don Juan March y de la familia del general Orduña. ¿Has visto todos estos bloques de pisos? Pues
hace nada eran huertas, y no puedes figurarte los millones que les
dieron a los hortelanos. Pero ve uno esas máquinas llevándoselo todo
por delante y le da no sé qué.»

Comimos unos platos tremendos de arroz con pollo condimentado a
la manera de Mágina y luego fuimos a tomar café a un bar donde
había una estampa de la patrona, una gran fotografía de Carnicerito
y un cartel turístico en color en el que se veía la plaza del General
Orduña. Anochecía cuando el primo Rafael nos acompañó a la parada
de la camioneta. Le dijo orgullosamente al conductor que éramos familia suya y no tuvimos que pagar el billete de regreso a Madrid.
Siguió hablando mientras esperaba a que nos fuéramos, con su viveza
triste, con un aire de contrariada bondad que le hacía parecerse a la
foto de su padre, en la que yo había observado la firma de Ramiro
Retratista. «Primo, ¿a que no sabes que lo vi el otro día en la plaza de
España? Me acerqué a saludarlo, pero no me conoció. Estaba con una
de esas máquinas grandes de retratar a los turistas y a las parejas de

novios. ¿Te acuerdas cuando nos retratamos en la feria subidos a su moto?» Las puertas de la camioneta se cerraron y el primo Rafael se quedó en la parada diciéndonos adiós con la mano hasta que lo perdimos de vista. Mi padre se removía en el asiento, miraba el reloj, estaba ansioso por llegar a tiempo a la estación. Eran las seis, faltaban cinco horas para la salida del tren, pero la sangre le quemaba, decía siempre, no podía remediar el miedo angustioso a llegar tarde. Desde el otro lado del pasillo, en el autobús, yo lo veía de perfil contra la ventanilla por donde se deslizaba un paisaje abismal de construcciones de hormigón y barriadas nocturnas, inquieto, digno, reconocido y previsible en cada uno de sus actos, en su manera de consultar el reloj o de acomodarse los hombros del abrigo, mirando absorto los faros que venían en dirección contraria, los semáforos intermitentes en la charolada oscuridad del asfalto, las ventanas iluminadas en los pisos más altos de los edificios. Una vez estábamos viendo en la televisión un documental sobre la guerra de Cuba y apareció la fotografía de una multitud de hombres con uniformes rayados que se congregaban en el muelle de La Habana junto a las pasarelas de un vapor. «¿Tú ves a toda esa gente?», me dijo, y yo pensé que iba a hablarme de mi bisabuelo Pedro Expósito: «Pues todos están muertos.» Cuando avisaron por los altavoces la salida del tren nosotros llevábamos ya más de una hora en Atocha. Junto al estribo, muy nervioso, queriendo sin duda contener el miedo a que el tren se marchara sin él a pesar de todas sus precauciones, me abrazó y me besó, me pasó la mano por el pelo revuelto, me dijo que comiera bien, que estudiara, que me levantara temprano, que no me metiera en política. Luego abrió la cartera y me entregó dos billetes de mil. Lo hizo con discreción, pero no sin sugerirme, por la lentitud pensativa de su gesto y la gravedad de su cara, que yo estaba en Madrid contra su voluntad y que le había costado mucho ganar aquel dinero. Subió enérgicamente al estribo en cuanto oyó el silbato. Asido a la barra, seguro de que ya no perdería el tren, dijo que iba a pedirme un solo favor. «Por lo que más quieras, aféitate esa barba.» Seguí distinguiéndolo por su pelo blanco entre las cabezas asomadas a las ventanillas cuando el tren se alejó, y luego, aliviado y un poco remordido por su ausencia, salí a la noche y al frío y a las luces distantes de Madrid.

III
EL JINETE POLACO

Nunca he hablado tanto, durante tanto tiempo, te hablo en voz alta cuando estás mirándome o cuando apagamos la luz y te cobijas contra mí y me pides que no me calle, pero sigo hablándote cuando te has dormido y te oigo respirar, y cuando me despierto por la mañana y has salido para comprar el periódico y me sobresalta que no estés, casi vuelvo a dormirme, me extiendo en la cama y me parece que me envuelven no sólo las sábanas y el edredón sino el calor de tu presencia, y me gusta permanecer así, durmiendo todavía pero muy cerca del despertar, mezclando las sensaciones exteriores al sueño, oigo la llave en la cerradura, la cautela de tus pasos, el ruido del agua en el fregadero, el de las tazas y el exprimidor de zumo, huelo el pan tostado y el café, abro los ojos y te veo de espaldas al otro lado del pasillo, en la cocina con la puerta entornada, te apartas el pelo sujetándolo a un lado con los dedos extendidos y veo tu perfil ensimismado en la disposición de las tazas, los vasos de zumo y la cafetera sobre la bandeja, muy pensativa, como si no estuvieras segura de que no falta nada, pasas ante la puerta del dormitorio, tal vez creyéndome dormido, y sé que vas a poner un disco, te gusta comenzar las mañanas con Aretha Franklin o Sam Cook o los Beatles, aunque también a veces con Miguel de Molina o Concha Piquer, con una fuga cristalina de Bach, y mientras vienes sosteniendo la bandeja con miedo a que se te caiga yo estoy ya despierto y vuelvo a hablarte, te cuento perezosamente un sueño que he tenido, observo que añades la leche muy caliente a mi taza de café y que sin preguntarme le pones dos cucharadas de azúcar y me doy cuenta de que ya hemos adquirido costumbres, en tan pocos días, me extraña y lo agradezco, igual que me extraña oírme hablar tanto tiempo seguido, tan reflexivamente, tan despacio, con una precisión que he aprendido de ti, hablar en voz alta de mí mismo y de mi propia vida, nunca lo hice hasta ahora, tal vez porque nadie me ha hecho tantas preguntas como tú.

Prefería callarme, escuchar a otros, mirarlos y espiarlos, he usado mi voz para inventar o mentir o para enmascararme en las voces de los otros, para decir lo que ellos querían que dijera o lo que yo consideraba conveniente, he dicho palabras de amor y no he estado seguro de que fueran verdad, pero he procurado creérmelas mientras las decía, he vivido fuera de mí mismo, en una fronda de palabras, he salido de mí para perderme en ellas igual que salía de mi casa para no soportar la soledad y buscaba urgentemente a alguien, quien fuera, amigos o mujeres, bares donde las carcajadas y la música me aturdieran la conciencia, donde pudiera oír palabras a mi alrededor que yo perseguía sin motivo igual que persigo las que suenan velozmente en los auriculares cuando estoy encerrado en la cabina de traducción, fragmentos de conversaciones o discursos, cientos de miles, millones de palabras pronunciadas al mismo tiempo en cuatro o cinco idiomas, y ninguna tenía nada que ver conmigo ni con ninguna clase de verdad, dejaba de oírlas y volvía al mismo silencio del que había escapado, me desesperaban pero no era capaz de vivir cuando se extinguían, me daba miedo no escuchar, como un ciego que descubre que lo han dejado solo, ponía un disco, conectaba la radio, me quedaba quieto para escuchar las voces del apartamento contiguo, establecía diálogos prolijos con mi propia sombra, me daba órdenes y consejos, no vuelvas a ver más a esa mujer, no tomes otra copa, acuérdate de sacar la bolsa de basura, levántate, que son las nueve menos veinte, no te pierdas a la rubia que acaba de entrar en el comedor, o le hablaba imaginariamente a Félix por teléfono, le escribía cartas que nunca llegaron al papel, adoptaba otra voz, hablaba con alguien y se me contagiaba su acento, pero me pasa lo mismo con las opiniones o los estados de ánimo de otros, que se me contagian en seguida, por eso no soy capaz de sostener una discusión sin ponerme de parte del que está en contra mía ni me cuesta ningún trabajo aprender un idioma ni imitar una voz, Félix dice que podría haberme ganado la vida de ventrílocuo, es como viajar a otro país sin moverse, como cambiar de alma y de memoria, hasta de identidad, y a mí la mía se me escapa en cuanto me descuido, no sé quedarme en la primera persona del singular, y si es la del plural no la he usado casi nunca, creo que sólo ahora puedo decir yo y nosotros sin sentirme un falsificador o desear escaparme, sin inventar lo que digo y a quién. Pero me dan miedo esas palabras, nunca y ahora, a los amantes les gusta mucho repetirlas, seguro que tú y yo se las hemos dicho a otros, nunca he querido a nadie como a ti, ahora soy más feliz que nunca, nunca he gozado tanto, yo las odiaba cuando me encontré contigo, había decidido curarme del amor, más o menos como el que se quita del tabaco, me sublevaba su prestigio, su vacuidad, su omnipresencia, todas las canciones y todos los libros y todas las películas mareando el amor, en todos los idiomas, todos los amantes jurándose nunca y nunca más y sólo ahora y para siempre, todo el mundo esperando el amor, o fingiéndolo, o haciéndolo, o echándolo de menos, o sufriendo rabiosamente por él, por nada, por haber leído libros o escuchado canciones donde la gente se enamora, muriéndose por lograrlo cuando no lo tienen, pagando y mintiendo y humillándose para conseguirlo, asfixiándose de tedio, de desengaño o de simples ganas de huir o de quedarse solos en la cama cuando lo alcanzaban, falsificando caricias y orgasmos, qué palabra, deberían prohibirla, gimiendo como perros, disimulando la indiferencia o el asco en la oscuridad, fumando luego en la cama mientras guardan silencio porque no saben qué decirse o porque si abren la boca no podrán contener el bostezo, o peor aún, comentando juiciosamente las miserables peripecias para ennoblecerlas con la vaselina de la sinceridad, repitiendo posturas o palabras que han aprendido en un vídeo pornográfico, perversiones modestas, acuñando groseros diminutivos que los harían enrojecer de vergüenza ajena si se los oyeran a otros, imaginando con los ojos cerrados que abrazan otro cuerpo y dicen otro nombre.

Me negaba con una furiosa determinación, como un monje que se encierra bajo llave en su celda para no salir, me amputaba el deseo, me imponía el cumplimiento neurótico de mis obligaciones y mis comodidades más sórdidas, manías de hombre solo en una colmena de gente tan sola como él y en una ciudad lluviosa donde las calles se quedan vacías después de las seis, la vuelta a casa en autobús leyendo el periódico, la habilidad tan difícil de aprender a no rozar a nadie y no mirar a nadie a los ojos, la calefacción excesiva en el apartamento, el desorden semanalmente corregido por la mujer de la limpieza pero creciendo hora tras hora como la maleza de una selva, una toalla sucia en un rincón del cuarto de baño, los platos amontonados en el fregadero, la cena rápidamente calentada en el microondas y consumida delante de la televisión, el silencio cada vez más denso, intolerable hacia las diez o las once, sobre todo cuando no ponían alguna película que me interesara o a la que fuera fácil resignarse, la precaución de conectar el despertador, y como máxima recompensa del día la satisfacción de acostarme pronto y de no haber bebido demasiado, de no sufrir por nadie, de que nadie tuviera derecho a inocularme la culpa de su sufrimiento, un cigarrillo fumado a medias y un libro que abandonaba en seguida, el vaso de agua y la cápsula de valium, las graduales artimañas urdidas para sobrevivir sin entusiasmo, pero también razonablemente a salvo del horror, la solitaria mezquindad que lo va envolviendo a uno en una especie de caparazón quitinoso sin que se dé cuenta, tan escondido en su rincón como una cucaracha, con un sentimiento neutral de resignación y de pérdida que no impide la dedicación al trabajo, más bien la favorece, porque el trabajo es el único porvenir verosímil que puede imaginar y cada fin de mes rinde su beneficio indudable, y cada día sus dosis de intrigas enhebradas, de vanidad, aburrimiento y rencor.

Me habitué a hablar con muy poca gente y a ser un extranjero, y ya casi no tenía nostalgia de España, regresaba en las vacaciones y encontraba un país zafio y ruidoso donde todo el mundo fumaba en todas partes y hablaba siempre a gritos, y al cabo de una semana ya quería marcharme, iba a Mágina y me moría de tristeza viendo a mis padres envejecidos, a mis abuelos cada vez más decrépitos y torpes, a mis amigos enquistados sin un rastro de rebelión en su melancolía de provincias, más gordos, con menos pelo, con hijos y ocupaciones y amistades que ya no tenían nada que ver conmigo, recibiéndome cada vez que los veía con una hospitalidad atenuada por la desconfianza, como si íntimamente me echasen en cara una deserción que no era sino la consecuencia de una voluntad de huir que todos compartimos y que sólo yo cumplí hasta el final, no porque hubiera tenido más coraje que ellos sino porque la corriente que me empujó a mí fue más poderosa y no tuvo reflujo: me reprochaban que no hubiera asistido a sus bodas, que hubiera perdido el acento de Mágina, me hacían preguntas sobre mi trabajo y sobre las ciudades de Europa donde llevaba años viviendo y yo temía que mis respuestas los hirieran. Con qué alivio me marchaba de Mágina y subía al avión en Madrid, pero ahora descubro, lo supe el otro día, en ese hotel de las afueras de Chicago que parecía una casa embrujada, que tenía mucho más miedo del que yo pensaba, era como estar acercándome a un límite, si daba unos pocos pasos más ya no habría remedio, sería un extranjero para siempre, no habría un solo lugar en el mundo donde yo tuviera un motivo firme para permanecer. He conocido a mucha gente así, son como una estirpe, una raza aparte que vive en una diáspora sin persecución ni tierra prometida, nunca saben del todo dónde están, no terminan de acostumbrarse jamás al país donde se instalaron hace años pero vuelven al suyo y advierten que han pasado fuera demasiado tiempo, que han perdido las claves cotidianas de su propio idioma y no acaban de comprender, por ejemplo, las noticias de la televisión o los chistes del periódico, se marchan de nuevo y se resignan y saben que ya será inútil volver, que se les ha degradado la memoria y que de ahora en adelante vivirán como fantasmas parciales que no dejan huellas de sus pasos y carecen de sombra. Pero yo he querido ser así, te lo juro, estaba envenenado de palabras, he seguido estándolo mucho después de que terminara mi adolescencia, he creído que amaba el nomadismo y la soledad porque eran palabras prestigiosas, adornadas por las mayúsculas de la literatura. Lo único cierto entre tanta mentira que me he contado era el miedo a permanecer, a que me envolvieran los hilos de la dependencia y la costumbre, el veneno letal de los hábitos diarios, el amor, los bares, el trabajo, la complacencia en la repetición, segregando una baba que se vuelve sólida al contacto del aire, que lo recluye a uno en su casa y en el número creciente de sus objetos, sus muebles, sus electrodomésticos, sus hijos o sus animales de compañía y lo acaba atando no porque uno haya elegido sino porque ha ido perdiendo sin saberlo toda posibilidad de elección.

●   ●   ●

Me da rabia poseer cosas, libros, fotografías, discos, carpetas de recortes, colonias de insectos que se reproducen sin propósito en las
habitaciones sedentarias y hasta en los bolsillos, armarios llenos de
ropa sin usar, cartas inútiles que no serán contestadas pero que nunca
llegan a tirarse, libros que ya no serán leídos, cintas de música que
han perdido la etiqueta y la caja, cosas inertes, asediándolo a uno,
equipajes monstruosos, llaves de casas abandonadas hace tiempo, billetes de Metro con un número de teléfono escrito en el reverso, tarjetas de visita, pasaportes caducados, es como una selva en la que
hubiera que estar manejando sin descanso el machete para que no
vuelva a cerrarse la espesura, como una casa comida por las termitas
de la que hay que irse cuanto antes, dejándolo todo atrás, igual que
hacían los aeronautas de Julio Verne para que el globo se remontara
en el aire, abandonando el peso muerto, las costumbres, las cosas, la
ropa usada, los libros inútiles, incluso los recuerdos: una bolsa liviana de viaje, un billete de avión, un walkman que cabe en la palma
de la mano, el pasaporte y la tarjeta de crédito, nada más, nadie más,
ni siquiera yo mismo, el que he sido y ya no soy, el que permanece en
la casa abandonada como la piel seca y transparente de un reptil
mientras yo, libre de todo, ligero, casi flotante, subo a un taxi y me
dirijo al aeropuerto o a la estación, exaltado, neurótico, comprobando
que no olvido nada necesario, mirando el reloj por miedo a llegar
tarde, no sólo el mío, sino el que lleva el taxista en el salpicadero y los
que se ven al pasar en los edificios públicos o en los paneles digitales
de las calles, calculando minutos, acuciado por el tiempo, sintiéndolo
desgranarse con el mismo desasosiego con que oigo fluir las palabras
en los auriculares y las atrapo para ordenarlas en la sintaxis de otro
idioma, temiendo perder una sola de ellas, un verbo, una palabra
clave, y no encontrar ya el modo de contener su riada indescifrable.
Las sigo oyendo luego, cuando salgo de la cabina, cuando camino

solo por la calle o viajo en metro y me pongo involuntariamente a
traducir las palabras que suenan a mi alrededor, a usarlas como indicios de las que vendrán más tarde, las oigo en el silencio de mi habitación y en el duermevela que me conduce hacia el sueño, y a veces,
cuando he pasado todo el día trabajando, me duermo y sueño que no
he salido de la cabina de traducción, y las palabras me empujan, me
envuelven, me arrastran en cenagales de caligrafía, de discursos fo-
tocopiados, de libros que se van escribiendo a medida que yo los leo
e intento traducirlos, y cuando viajo, si no estoy oyendo música en
el walkman, me hablo a mí mismo, elijo un idioma como si eligiera
un país y adopto mentalmente un acento preciso, es la ventaja de vivir
siempre entre desconocidos, que uno, si quiere, se puede volver tan
maleable como un trozo de arcilla, contar su vida al mismo tiempo
que la inventa, modificar, tachar, atribuirse una memoria y una
forma de hablar que no le pertenecen, borrar meses, años enteros,
ciudades, historias de mujeres. Era tan fácil que no me daba cuenta de
que también era peligroso, porque la mentira, una vez inventada,
actúa por sí misma y es un ácido que carcome irreparablemente la
verdad, sobre todo cuando uno carece de puntos firmes de referencia
y sólo tiene puntos de fuga, de modo que hay años y ciudades de mi
vida de los que no me queda ni un recuerdo, nada, aunque te parezca
imposible, un espacio en blanco, como aquella vez que se me perdieron en Mágina cinco horas de una noche, como cuando se lleva algún tiempo bebiendo demasiado y faltan tramos de la noche última y
hay palabras que tardan en llegar a los labios y escalones habituales
que no están, y entonces viene el miedo, la alarma y la culpa sin
motivo, la sospecha de haber olvidado o dejado de hacer algo imprescindible, de haber cometido un error mínimo que traerá rápidamente
la catástrofe.

• • •

El miedo era entonces, hace unas semanas, en el pasado remoto en que yo no estaba contigo, una pasión asidua y exclusiva, la tonalidad y el color y la urdimbre con que se tejían las otras pasiones, la del deseo y la de la soledad sobre todo, un miedo envolvente como el aire y también invisible, a veces sin forma exacta, sin olor ni tacto ni sabor, y otras veces como una sustancia añadida a todas las cosas, un veneno perceptible, casi nunca demasiado amargo, tan fácil de ingerir sin náuseas que se había convertido en una costumbre, en uno de los jugos que mantenían en acción la química del cuerpo y de los estados del alma, como la nicotina y el alcohol y de vez en cuando, muy de tarde en tarde, los mínimos cristales blancos de la cocaína: el miedo acelerando los golpes del corazón y latiendo en el pulso, en el segundero digital del despertador iluminado en el insomnio sobre la mesa de noche, el miedo contrayendo los labios en una especie de sonrisa rígida y dando un brillo especial a las pupilas, un rojo demasiado intenso a los lacrimales, impulsando los dedos a tamborilear en el aluminio de las barras y en los manteles de los restaurantes, el miedo guiando la mano que repta hasta el paquete de tabaco o palpa la chaqueta buscándolo, el miedo a haberse quedado sin cigarrillos a una hora muy tardía de la noche en un país puritano donde ya no hay bares abiertos, a haber perdido el billete de avión o el pasaporte unos minutos antes de salir de viaje, a no encontrar un taxi, a no encontrar a alguien con quien regresar a la habitación del hotel o al dormitorio del apartamento, el miedo a los timbrazos del teléfono y al silencio demasiado largo del teléfono, el miedo a perder el trabajo por una razón desconocida y a caer despacio en la indignidad y volver a la pobreza, a las casas de comidas con manteles de hule y sopas de fideos en platos de duralex y a las pensiones con un olor retestinado a calcetines en los pasillos, el miedo cuando despega el avión o cuando se encienden de pronto, en un vuelo nocturno a través del océano, los indicadores rojos de alarma, el miedo a los camiones que vienen de frente por la carretera y crecen hasta ocupar el espacio entero del parabrisas y ciegan con los faros, el miedo a los atracadores, a los policías brutales, a las jeringuillas de plástico aplastadas en el rincón de un portal, a las bombonas de butano, a los errores judiciales, a las cartas con membrete oficial que aparecen en el buzón, el miedo a la devastación insensata del amor y a la devastación de la soledad, el miedo siempre, en todas partes, en cada circunstancia pública o íntima, el miedo a una infección venérea al respirar sobre los ojos cerrados de una mujer desconocida, al cáncer de pulmón, al viento que sopla desde el lago Michigan, a la punzada que atraviesa el pecho en una noche de mal sueño, a la vejez, a la decrepitud, a la muerte lenta, a la propia cara en el espejo, a la propia sombra que oscila en el epílogo indigno de una borrachera, el miedo silencioso y dócil como un gato adormecido en el sofá o encrespado y creciendo como un animal alojado al fondo de ese pasillo donde hay un indicador rojo, Exit, el miedo al miedo, el miedo a la locura que sólo puede conocer quien pasa solo mucho tiempo, al desvanecimiento instantáneo, a un peldaño que falta en una escalera, a ese intruso que aparece frente a mí cuando abro la puerta y soy yo mismo en el espejo del recibidor.

Así he vivido, enfermo y muerto de miedo, vivo de miedo y saludable, auscultando el miedo en mi piel y en los tejidos secretos de mi corazón y mis pulmones y reconociéndolo en otros con una perspicacia de homosexual o de adicto que distingue a los suyos en una multitud o entre los invitados a una cena respetable: el miedo como las normas de una cofradía, como un idioma común que todos hablan en silencio bajo el sonido inútil y tramposo de las palabras, la arqueología submarina del miedo, su aprendizaje y sus edades, las reliquias guardadas en la inconsciencia y en los sueños como fragmentos de estatuas sepultadas en el fondo del mar. Se me había olvidado la mayor parte de mi vida y sólo me quedaba su osamenta de miedo: el miedo a los sociales camuflados en la facultad y a los caballos de los grises, el miedo a los oficiales del cuartel, a los soldados veteranos, a las armas de fuego, a perder el paso durante la instrucción y recibir una bofetada era a los veintitrés años el miedo redivivo de la infancia, el miedo infantil a los niños más grandes y crueles y a aquellos huérfanos de la inclusa o de Auxilio Social que tenían las cabezas pelonas y bajaban por la calle Fuente de las Risas en manadas temibles, con sus alpargatas de cáñamo, sus chaquetas de hombres y sus boinas caladas hasta las cejas sobre torvas caras de posguerra, no infantiles ni adultas, únicamente desesperadas y feroces, los Gorras, les decían, y cuando circulaba el rumor de que se estaban acercando Félix y yo corríamos a escondernos en nuestras casas, porque llevaban navajas en los bolsillos y agudos guijarros que lanzaban con puntería homicida contra los perros de la calle, los niños cobardes como nosotros y los tontos de pantalones caídos que se sorbían los mocos y no se metían con nadie, que parecían existir nada más que para ser víctimas de la espontánea crueldad de cualquiera: el Primo, que tenía la boca sumida y la cabeza calva en forma de cebolla, que vestía grandes gabardinas con los bolsillos desgarrados y bramaba como un recién nacido cuando lo perseguían a pedradas riéndose de él; Manolo, que era grande y gordo, mongólico, con gafas de cadenilla, y le hacía muy bien los recados a su madre, aunque le gustaba arrimarse más de la cuenta a las niñas; Juanito, que tenía las cejas juntas y unas enormes encías rojas y caminaba siempre muy de prisa e inclinándose con devoción delante de todas las muchachas, a las que recitaba salivosos piropos de una perfecta castidad; Matías el sordomudo, que no era tonto del todo, sino más bien alelado, y que después de trabajar durante treinta años como ayudante de Ramiro Retratista se embutió en la cabina de un isocarro y se ganó muy bien la vida repartiendo piensos compuestos; y el otro Juanito, que vivía en el Altozano, al lado de la fuente, y era hijo de una mujer a la que llamaban en su cara y con toda naturalidad la Fea, porque lo era en extremo, y además desgraciada, su marido se fue a Barcelona y la dejó con seis hijos, el menor de ellos tonto, Juanito, con el que jugaba yo algunas veces, pues era casi el único en todo el barrio que no me pegaba ni me engañaba con los tebeos y las bolas, y cuando me veía acercarme manifestaba una alegría inocente y perruna. Lo vi la última vez que estuve en Mágina, creo que el año pasado, fui para quedarme unas semanas y me marché a los cuatro días, ahora vende pipas y chucherías para niños en un puesto de los soportales, en la plaza del General Orduña, y camina y mira igual que entonces, con los mismos ojos de ternura y desolación animal y la misma cara infantil, ni siquiera le ha salido la barba, me acerqué a comprarle tabaco y me conmovieron esos ojos que ya no me reconocen, no porque se haya olvidado de mí, sino porque sigue viviendo en un tiempo del que yo deserté o fui expulsado hace veinticinco años, el de nuestra infancia común que para él no ha terminado.

Pero quería seguir hablándote del miedo, y de lo que tal vez fuera su razón y su médula, la incertidumbre acerca de mí mismo, de mis deseos y mis sentimientos, la prisa cegadora y creciente por la que fui arrastrado, sin que participaran en ella ni mi voluntad ni mi conciencia, era como cuando uno va por una calle del centro a la hora de salida de las oficinas y aunque no tenga nada que hacer apresura el paso para igualar el ritmo de la multitud, embebido y tragado por ella, una velocidad que parece energía y es el vértigo de la caída libre, no detenerse nunca, no perder ni una de las palabras escuchadas en el auricular, no quedarse solo a una cierta hora de la noche, no llegar tarde al trabajo ni al mostrador de facturación del aeropuerto, añadir cada minuto al próximo sin mirar la delgada fisura de vacío que hay entre los dos, una copa tras otra, un viaje emprendido al terminar el anterior, una réplica instantánea en una conversación amenazada por el silencio, un bar nocturno y luego un taxi y otro bar que cierra un poco más tarde, la urgencia angustiosa de apurar la noche y de que la noche no se termine. No sé cómo he vivido los últimos años, cómo han podido perdérseme sin que me quede nada de ellos, sólo caras sin rasgos y lugares que no acierto a identificar, fotos movidas, mujeres y ciudades que se me confunden entre sí, todo alejándose siempre, como si lo viera desde un tren o tras la ventanilla de un taxi, como esas películas en las que el viento arrastra hojas de calendarios y se ven girar primeras páginas de periódicos y en dos minutos ha transcurrido una generación, se ha enamorado uno sucesivamente y para siempre de cuatro o cinco mujeres, ha repetido con cada una de ellas los mismos episodios de fervor y decepción y los mismos errores, como si en el fondo, bajo la apariencia de diversidad de los rasgos, se enamorara siempre de la misma mujer parcialmente inventada, ha visto en la plaza de Oriente la cola fúnebre de los que acuden a despedirse del cadáver de Franco, ha votado por primera vez, se ha afeitado para siempre la barba, ha salido una mañana hacia su trabajo en París y al abrir el periódico ha encontrado la foto de un guardia civil con tricornio, bigotazo y pistola que alza la mano en ademán taurino y ha querido morirse de rabia y de vergüenza, ha recibido con retraso la invitación para la boda de su mejor amigo, ha vuelto de vez en cuando a su país con el propósito de quedarse y se ha marchado con un sentimiento cada vez más intenso de extrañeza y de asco, aturdido por el tráfico, por las máquinas tragaperras de los bares, por el ruido intolerable de los martillos neumáticos en las aceras reventadas, por la codicia sin escrúpulos y la sonriente apostasía que han transfigurado las caras de muchos a los que conoció antes de irse. Aunque ahora sabe, lo descubre cada día, en cada país adonde lo lleva su trabajo, que si hay algo que no quiere ser es extranjero, y que si no regresa pronto lo será sin remedio al cabo de unos pocos años, por más que quiera uno tiene un solo idioma y una sola patria, aunque reniegue de ella, y hasta es posible que una sola ciudad y un único paisaje. Imagínate cómo será morir solo en un hotel o en un hospital donde nadie te conoce, yo lo he pensado muchas veces, o como esa gente que sufre un ataque al corazón en su casa y se queda una semana entera corrompiéndose delante del televisor encendido, hasta que los vecinos notan el olor y avisan a la policía.

Yo tenía en Bruselas un amigo con el que hablaba de estas cosas, era todavía más aprensivo que yo y había llegado desde mucho más lejos, de Colombia, pasando por Nueva York, se llamaba Donald Fernández y se ganaba la vida traficando en cocaína a pequeña escala, pero era un infeliz, era más vulnerable y más inocente que los tontos de Mágina, había viajado a Europa para hacerse pintor, pero su carrera artística progresaba tan desastrosamente como la de camello, así que volvió a América y me llamó al cabo de unos meses para decirme que había encontrado un empleo en la compañía telefónica de Nueva York y que estaba a punto de inaugurar su primera exposición. Vivía en el Bronx y continuaba traficando un poco, imagínate, un pobre tipo desmedrado y con gafas redondas que se asustaba de los perros, yo temía que lo aplastaran como a una hormiga y que no quedase rastro de él. Me envió el catálogo de su exposición, que era toda de paisajes inventados de África, porque él creía en la transmigración de las almas y soñaba en las alucinaciones del ácido que su origen estaba en una tribu de Kenia o del Zaire o en el coraje de un león, pero desde entonces no volví a tener noticias suyas, en esa época yo cambié de casa y de teléfono y empecé a trabajar para la agencia de intérpretes, de modo que viajaba mucho más que antes y le habría sido muy difícil localizarme. Pero pudo hacerlo, no sé cómo, una noche, al volver de Madrid, puse en marcha la cinta del contestador y oí su voz, que sonaba lejanísima, el mensaje era de cuatro días atrás y me llamaba desde un hotel de Nairobi. «Manuel, soy Donald, por fin he venido a África», pero no había dejado su número de teléfono, y yo estaba cansado del viaje y tenía tanto sueño que me faltaban ánimos para ponerme a indagar, y al día siguiente me olvidé, y no volví a acordarme de mi amigo Donald Fernández hasta que me llamó varias semanas después una hermana suya que vivía en Colombia: él quiso hablar conmigo y no pudo, me dijo, y le había pedido a ella que se encargara de hacerlo. «Él quería que usted supiera, señor, para mi hermano usted era muy importante.» Ganaba un sueldo razonable en la compañía telefónica, al fin estaba logrando que alguien se interesara en su pintura, tenía el proyecto de mudarse a Manhattan y casi había abandonado su trato pusilánime con el mercado siniestro de la cocaína, y un día, de pronto, todo se quebró, tal como él había temido siempre, lo despidieron del trabajo, unos traficantes le dieron una paliza, supongo que después de quitarle las gafas redondas y pisotearlas, no pudo pagar el alquiler de su casa y lo echaron, se fue a vivir a los túneles del Metro, empezó a mendigar, le salieron unas manchas muy raras en la piel y descubrió que había contraído el sida, era tan tímido y tan reservado que yo nunca noté su homosexualidad, sobrevivió de milagro a un invierno atroz y en primavera, no sé cómo, su hermana no me lo explicó, obtuvo de alguien el dinero suficiente para un billete de ida a Nairobi, quería morirse allí, y antes de morir intentó hablar conmigo, pero yo no hice caso, imaginé distraídamente que sería otra de sus locuras y ni se me ocurrió averiguar su teléfono, aunque es posible que cuando oí el mensaje ya estuviera muerto. Dijo su hermana que había abandonado el hotel y que encontraron su cadáver en una reserva de animales salvajes, sentado contra el tronco de un árbol, sonriendo, y que la policía tardó más de una semana en establecer su identidad, porque se había dejado el equipaje y el pasaporte en la habitación del hotel. Quién iba a decirle cuando era un niño en una casa con jardín de

Cartagena de Indias que acabaría treinta años después en el depósito de cadáveres de Nairobi, se para uno a pensarlo y parece increíble, pero también lo es que yo esté ahora contigo y me atreva a hablarte como si te conociera desde siempre, como si no hubiera sido prácticamente imposible que nos encontráramos. No salgo de mi asombro, me niego a salir de él, no quiero acostumbrarme, quiero vivir exactamente así el resto de mi vida, sin hacer nada ni desear nada más que lo que ya tengo ni a nadie más que a ti, agradeciendo que existas y me hayas elegido y que estés a mi lado cada mañana cuando me despierto, inmediata y carnal, no inventada, más verdadera y mía que yo mismo, haciéndome preguntas continuas, desafiándome a decir lo que he callado siempre, lo que ni recordaba, moldeada por el sufrimiento y la felicidad, frágil y sabia, deteniendo el tiempo para que duren como lentos días cada una de las horas y no empiece a remordernos la angustia del adiós.

La carretera en línea recta, dividiendo en dos mitades exactas la llanura, perpendicular al horizonte plano y nublado, no nublado, gris, de un gris pálido, casi blanco, sucio, aunque no tan opresivo como el gris de Bruselas, porque aquí el cielo no parece tan bajo, aunque tampoco sea posible deducir por la luz si es media mañana o media tarde. Dan ganas de morirse, así tienen todos esas caras, caras de aeropuerto, salvo las de los negros y los mendigos, pero en el aeropuerto casi no hay negros y desde luego no hay mendigos, casi no hay nadie, por el miedo a la guerra, el avión medio vacío y unas pocas maletas sin dueño girando luego en la cinta transportadora, bajo unas bóvedas de aluminio y de metacrilato que parecen las de una catedral concebida en el delirio de un arquitecto posmoderno, ciego de cocaína y de vanidad, como el lujoso inepto que inaugura mañana en la North Western University, en nombre del gobierno español, un simposio sobre la huella de España en América, o algo parecido, y que debería de haber tomado el mismo avión en Nueva York, pero ni rastro, se dormiría anoche durante *La Walkiria* y no habrán podido despertarlo aún, hecho polvo el hombre, sepultado de aburrimiento y de cultura bajo varias toneladas de Wagner, y por supuesto el chófer del consulado también brilla por su ausencia, así que no se ve a nadie con un amable cartel en el pecho y una sonrisa sintética de bienvenida en los labios, ni siquiera se oyen ecos de palabras humanas en los altavoces, ni pasos, ahogados por hectáreas de moqueta gris, tan sólo música ambiental, el ruido de una cisterna en los lavabos y *Proud Mary* reblandecido de coros y violines, estos cabrones son capaces de convertir en nata batida y sonrosada hasta *La Internacional*.

Pero al menos un respiro, un cigarrillo tras la puerta cerrada, como en los retretes del colegio, aunque a lo mejor se activa uno de esos detectores de humo y se enciende una luz roja y suena una alarma, frágil serenidad, volutas azules y grises saliendo despacio de los labios, con un placer fortalecido por la prohibición, y de pronto los zapatos y los calcetines negros de alguien que respira muy fuerte en la cabina contigua, en un silencio ártico, vacío, un silencio de lavabo de aeropuerto y tal vez de manicomio, qué miedo de repente a ese desconocido que corta un trozo de papel higiénico y se suena los mocos al otro lado de un tabique de plástico y murmura *Mein Gott* gimiendo igual que si se masturbara, a lo mejor es eso, a quién se le ocurre en un sitio como éste, pero él también percibirá la presencia de alguien que está a pocos centímetros y a quien no verá nunca y es posible que le dé el mismo miedo, un miedo de animal agazapado en la noche de la selva o de viajero con zapatos y calcetines negros encerrado en el lavabo aséptico y silencioso de un aeropuerto. Claustrofobia, el agua del grifo en la cara desfigurada de cansancio, el jabón líquido y el agua en las manos, la cara en el espejo que se extiende a lo largo de toda la pared reflejando las cabinas cerradas, debajo de una de las cuales se ven unos pies, como en las películas, cuando hay un ladrón detrás de la cortina y el protagonista ve las puntas de sus zapatos. Qué cabeza, siempre con lo mismo, la bolsa de viaje, un poco más y se queda olvidada, horarios de vuelos y nombres de compañías y ciudades apareciendo y sucediéndose en los monitores, anuncios de perfumes franceses y de islas tropicales en las paredes del corredor infinito por donde discurren unos pocos viajeros inmóviles sobre la goma deslizante del suelo, cuidado con perderse, si se pierde uno en el aeropuerto de Chicago no lo encuentran en varias semanas, se vuelve loco buscando de nuevo el letrero iluminado de BAGGAGE CLAIM y la flecha indicadora y el consulado de España tiene que enviar una expedición de rescate. Qué respiro, la maleta intacta por fin, la salida, nadie en la parada de los taxis, una hilera de descomunales taxis amarillos que tienen todo el aire de la comitiva de un entierro, y junto al primero de ellos una cara de piel oscura y brillante, un poco verdosa, de raza aceitunada, como decían antes las enciclopedias escolares, las razas humanas son cinco, blanca, negra, cobriza, amarilla y aceitunada, y unos ojos grandes, muy vivos, de mirada lenta y profunda, los primeros ojos indudablemente humanos desde no se sabe cuándo, el pelo negro, rizado, aceitoso, y un cigarrillo en los labios, lo cual es ya un prodigio, una exigencia de reconocimiento y gratitud, porque no sólo está fumando, sino que fuma con placer y pereza, sin ademanes furtivos ni miradas de soslayo, con un descaro tan extranjero como sus facciones, como la gran sonrisa blanca con que levanta la maleta y la guarda en el maletero que se cierra como la tapa de un sarcófago. No entiende la dirección, hay que enseñarle la tarjeta donde viene apuntada y asiente con aire meditabundo y rascándose la nuca, sonríe por fin, seguro que no tiene ni idea pero se arma de valor y pone en marcha el taxi, se aleja del aeropuerto, enfila una llanura de puentes de hormigón y cruces de autopistas por las que circulan los coches con una inquietante lentitud que parece más bien un efecto óptico. Así que esto es Chicago. En las paradas de los semáforos el taxista extiende sobre el volante las hojas de un periódico con titulares escritos en un alfabeto que se parece al hindú, pero seguramente es paquistaní, o bengalí, cómo sonará ese idioma, cómo se nombrarán en él las cosas comunes o las extraordinarias. Junto al salpicadero hay una tarjeta de identificación en la que está su foto y un nombre muy largo y desde luego impronunciable, y él habla inglés con la misma brusquedad dubitativa que usa al conducir, mira que si no ha entendido la dirección y se pierde y cae la noche antes de llegar a ese lugar del que no parece haber oído hablar nunca, Evanston, Illinois, un suburbio universitario de lujo a orillas del lago Michigan.

Frena, ha estado a punto de empotrarse contra el remolque de un trailer, suspira, vuelve a abrir el periódico, no se da cuenta de que el semáforo se le ha puesto en verde hasta que en otro camión más grande todavía que espera detrás suena un claxon tan brutal como el de la sirena de un transatlántico, como los de los camiones de bomberos de Nueva York, que más que a apagar incendios parecen dirigirse a provocar catástrofes. El corazón se encoge, tendría gracia morir aplastado bajo las ruedas de un camión en las afueras de Chicago, en compañía de un bengalí que suspira de nostalgia por su patria miserable y fangosa. «Qué lejos de casa», dice, y mira en el retrovisor, acepta un cigarrillo como si aceptara un pésame, suelta golosamente el humo haciendo roscos y cuenta que él tenía un trabajo muy bueno en Alemania, en Stuttgart, pero que sus padres le concertaron el matrimonio con una prima suya que vivía en América y tuvo que venir a casarse y se quedó. Cómo verán esos ojos el mundo, qué recuerdos tendrá del país donde nació y al que lo más seguro es que no vuelva, viajó desde Stuttgart a Chicago para casarse con su prima igual que un salmón cruza el océano para depositar sus huevos en el lecho de un río y ahora conduce un taxi y antes de hablar se queda pensando y se muerde los labios, tiene que traducir las palabras. Cómo será la casa adonde vuelve cuando termina el trabajo, después de trece o catorce horas al volante de un taxi por una llanura de autopistas, suburbios de casas de ladrillo rojo entre el césped, ferreterías inmensas, hamburgueserías rodeadas de aparcamientos tan ilimitados como los maizales, como el cielo gris que se está oscureciendo aunque no se sabe si va a anochecer o si son las diez de la mañana, y mirar el reloj no sirve de gran cosa, el sentido del tiempo está como anestesiado por los cambios horarios, igual que los tímpanos por la presión del vuelo. Las agujas marcan la hora de Nueva York pero en la conciencia y hasta en las costumbres del cuerpo permanece la hora de Europa, un cálculo automático, como el del valor de la moneda: en Madrid son ahora las once de la noche, en Granada Félix ya ha acostado a sus hijos y está viendo con Lola una película de la televisión, en Bruselas llueve y no hay nadie por la calle, en un salón de actos se ha prolongado interminablemente una conferencia sobre aranceles agrícolas o sobre las normas de fabricación de preservativos y los traductores soñolientos miran por el cristal de sus cabinas y buscan equivalencias instantáneas para las palabras absurdas que escuchan en los auriculares pensando en otra cosa, y en las afueras de Chicago, en una calle idéntica a todas las calles que ha cruzado el taxi desde hace una hora, césped, árboles, ladrillo rojo, ventanas iluminadas, nadie, un bengalí que tiene nostalgia de Stuttgart le pregunta a un tipo que corría en camiseta y con una gorra de béisbol puesta al revés por un hotel llamado Homestead que tiene todos los visos de no existir: el tipo suda, con el frío que hace, tiene los pectorales hercúleos, mira con reprobación la cara del taxista y con asco el humo de tabaco que sale por la ventanilla, señala algo con la mano derecha extendida, hay que ir hacia el lago: una calle larga, con hamburgueserías, con ferreterías, con muladares de coches desguazados, más casas de ladrillo rojo y jardines y árboles y ventanas iluminadas tras los visillos, mástiles de banderas hincados en el césped, lazos amarillos atados a los postes de los buzones, banderas colgando sobre los porches de casas miserables, aceras desiertas, tipos en camiseta y con gorras de béisbol al revés que saltan respetuosamente en los semáforos para no perder el ritmo de su carrera y sólo cruzan cuando la luz se pone verde, aunque no venga ningún coche, vaya mundo, y por fin el taxista se detiene tan bruscamente que la cabeza choca contra el plástico blindado e indica algo con una inmensa sonrisa, un edificio de ladrillo rojo, a la derecha, muy alto entre las casas de una sola planta con jardín, «Homestead Hotel», anuncia victoriosamente en su inglés catastrófico: en qué aldea nacería que ni siquiera aprendió en la infancia el idioma de los colonizadores.

En una mecedora del porche pintado de blanco hace equilibrios una ardilla. Cuidado, avisa el taxista antes de marcharse, puede transmitir la rabia, otra posibilidad estupenda, mejor incluso que la del choque de frente con un trailer, fallecimiento en el hospital de Evanston ocasionado por la mordedura de una ardilla que tiene los ojos dulces y húmedos como en una película de Walt Disney: la ardilla no escapa, observa, oscila en la mecedora, tal vez a punto de saltar hacia el cuello como un murciélago del Amazonas, y en el vestíbulo del hotel parece que tampoco hay nadie, aparece al cabo de uno o dos minutos de silencio un negro anciano y calvo, un botones decrépito como las ruinas de un coloso que se empeña en llevar la maleta aunque apenas puede levantarla, ni levantar del suelo los pies, calzados con unos zapatos arcaicos y magníficos, inmensos, amarillos y negros, correosos como la cara de su dueño, que debió de bailar claqué con ellos en el Cotton Club. Suelta jadeando la maleta a cambio de una propina, señala el mostrador de recepción, donde hay dos sobres con nombres escritos que contiene cada uno dos llaves, la de la puerta de la calle y la de la habitación, se ve que es un hotel de misántropos, o un hotel automático, el negro se derrumba con cara de moribundo sobre un sillón de mimbre y murmura cavernosamente un blues mientras sus zapatos, al final de las piernas larguísimas, relumbran en mitad del vestíbulo. Nadie en el ascensor, ni una voz ni un ruido, ni siquiera el de los pasos, en el pasillo alfombrado donde se vislumbra al final de una lejana perspectiva el letrero rojo de Exit. ¿No es ése el nombre de una especie de club anglosajón de suicidas, o de una sociedad de fomento de la eutanasia? Félix se complacería en una precisión etimológica: *exit, exitus*, salida. Félix desharía ordenadamente la maleta, guardaría la ropa en el armario, encendería la televisión y se tendería tranquilamente en la cama con un volumen de Tácito o un manual de informática para lingüistas. Qué cabeza la suya, qué mérito, jamás dejaría la maleta y la bolsa en un rincón ni se apresuraría a marcar otra vez un número de teléfono de Nueva York sabiendo por experiencia que es inútil, que de nuevo se oirá la misma voz de mujer que repite no un nombre sino otro número de teléfono y la educada invitación a dejar un mensaje y el pitido tras el que se oye el roce de una cinta en blanco. Pero es que Félix nunca habría cruzado un océano y luego medio continente para buscar a una mujer con la que hubiera pasado una sola noche en Madrid ni se habría ofrecido a sí mismo el pretexto de que en realidad no iba a buscarla, sino que bueno, ya que tenía que trabajar como intérprete en un congreso internacional, en Chicago, pues no le costaba nada intentar de paso un encuentro en Nueva York. Ya no hace falta consultar la hoja con membrete del hotel Mindanao donde ella apuntó su número antes de irse, el dedo índice se los conoce instintivamente de tanto repetirlos y la memoria desengañada anticipa cada palabra grabada y los matices extraños de la voz, cómo pronuncia esta gente, con qué perfección y qué desapego confían sus palabras a un auricular y a una cinta magnetofónica que ahora está deslizándose automáticamente en un contestador, sonando como la voz de un fantasma en un apartamento deshabitado donde ya será de noche, uniéndose al gorgoteo del motor de un frigorífico y a los crujidos de los muebles, y también a los sonidos que lleguen desde la calle a través de las persianas echadas, dónde, en qué parte de esa ciudad que tanto le gusta al vacuo inepto de *La Walkiria* y de la huella de España en América, cómo es la habitación donde ha sonado ya tantas veces el timbre del teléfono y el mismo mensaje, qué libros hay, qué cuadros y discos, qué fotografías, tal vez alguna de la mujer que ni siquiera dice su nombre en la grabación, sólo el número. Allison, ni siquiera un apellido, el nombre en una pequeña tarjeta plastificada y prendida en la solapa de su americana masculina, el pelo rubio, la sonrisa brillante como una carcajada, la cara ya imposible de recordar surgiendo en los pasillos del palacio de Congresos de Madrid y desapareciendo luego entre un gentío de fantasmas empalidecidos por las luces fluorescentes y recobrada por azar en un comedor por donde deambulaban los mismos fantasmas dotados ahora de bandejas de plástico con recipientes de ensalada, de pollo en salsa y de bebidas carbónicas, exhibiendo las sonrisas más comedidas y prefabricadas del mundo, las tarjetas plastificadas en las solapas, los dedos tan pulcros como pinzas quirúrgicas, las disculpas al rozarse levemente los codos. Las razas humanas no son cinco, sino seis, y la sexta es la raza lívida y mestiza de los asistentes a congresos, se les conoce porque llevan sus nombres en las solapas y carpetas de plástico negro bajo el brazo, así como un curioso abalorio cuyos extremos se introducen en los pabellones auditivos: y de pronto, en medio del aburrimiento y de la babel de voces que murmuran adormecedoramente en varios idiomas, aquella boca pintada de rojo con una sonrisa como una bandera desplegada, la mujer rubia, reconocida en un instante, tan desahogada y tan segura de sí que parece más alta, el perfume ya advertido la primera vez, cuando apareció en el pasillo, no un perfume, una colonia, se la imaginaba uno desnuda y recién duchada en un cuarto de baño, pintándose los labios de rojo delante del espejo, los labios más finos y rojos de todo Madrid aquellos días, el pelo más rubio, el cuerpo más feliz, porque son los cuerpos y las caras los que muestran la felicidad o la desgracia, no las palabras y ni siquiera los estados de ánimo. Uno puede sentirse feliz y descubrir en el espejo que su cara es desgraciada, uno puede estar muriéndose de desolación junto al teléfono en un cuarto del Homestead Hotel de Evanston, Illinois, y entrar entonces al cuarto de baño para lavarse los dientes y descubrir que en su cara hay una obstinación involuntaria de felicidad, o por lo menos de guasa, de guasa hacia sí mismo, hacia esa situación como de novela centroeuropea, como de preámbulo apacible de novela de terror, el hotel silencioso, el viajero perdido, el teléfono que repite una vez más su mensaje automático, y tras la ventana, al fondo, siete pisos más abajo, jardines traseros, corralones o muladares de neumáticos, y el cielo bajo y gris, confundiéndose en la distancia con la superficie ondulada y neblinosa del lago, más gris aún, con vetas verde oscuro, tan desolado como el Báltico en una tarde de invierno.

Actividad, cuanto antes, nada de dejar la ropa arrugarse y proliferar en el desorden de la maleta y de la bolsa, nada de tenderse en la cama a mirar los anuncios y los concursos de la televisión y volver de cuando en cuando la cara hacia la mesa de noche para buscar un cigarrillo o detener la mano en el instante en que ya levantaba otra vez el teléfono, y sobre todo prohibición absoluta de hablar en voz alta, porque en la soledad y el silencio la propia voz acaba volviéndose tan extraña como la propia cara. Método, actividad, el libro y el walkman en la mesa de noche, el valium en el cajón, la petaca de Glenfiddich sobre la cómoda, un solo trago, no muy largo, para entrar en calor, la ropa en el armario, el traje colgado en la percha, la espuma de afeitar y las cuchillas desechables en la repisa del cuarto de baño, el cepillo, el peine, la pasta de dientes, orden sobre todo, la loción otra vez en la cara, la camisa limpia, el jersey de lana, el pelo húmedo y echado hacia atrás, la inspección minuciosa y dolorida del peine, qué asco, la decadencia, los primeros indicios, cabellos en el peine y sobre la loza del lavabo, la cortina opaca de la ducha, un recuerdo a traición: la cortina apartada y la rubia Allison entreabriendo los ojos bajo el chorro humeante del agua, los párpados manchados de rímel, la cara desconocida sin la melena alrededor, más despojada y más adulta, los pechos oscilando y los pezones encogidos y la frente más ancha. Le dio un poco de vergüenza y cerró los muslos, la mano con la pastilla de jabón cubrió instintivamente el pubis moreno, y ese gesto de pudor y casi desamparo la volvía más excitante, a las cinco o a las seis de la madrugada, en un hotel de Madrid tan acogedor como un aparcamiento subterráneo, no como éste, que parece más bien una residencia victoriana, con su colcha blanca y bordada, sus grabados bucólicos con vistas del Chicago de hace un siglo, su gran bañera con los grifos de cobre donde el aire gorgotea como los bronquios cancerosos de un caballero intachable, la ventana con marcos de madera agrietada contra la que ruge y silba el viento del lago, a cada minuto más feroz, un viento como la tramontana que retuerce los olivos salvajes del cabo de Creus y como el levante africano de la bahía de Cádiz. El horizonte y el lago han desaparecido tras la niebla, se oye la furia metódica de las olas y la sirena de un barco y tiemblan los cristales de la ventana y crujen los postigos, pero el teléfono permanece en silencio y siguen sin escucharse voces humanas. Ya es de noche, habrá que salir a cenar algo, porque del servicio de habitaciones no contestan, se habrá producido una alarma nuclear y con las prisas han debido de olvidarse del botones negro y del único cliente, pero el botones negro tampoco está ya en el vestíbulo, ha corrido al refugio en el último momento, arrastrando los zapatones prehistóricos, aunque a su edad y en su estado ya le dará lo mismo. Sobre el mostrador de recepción todavía está el otro sobre con las llaves, de modo que el fanático de *La Walkiria* y del MoMA no ha llegado aún, andará perdido por las carreteras y los suburbios como cementerios opulentos a merced de un taxista lituano o malayo, o se habrá enterado a tiempo de la alarma nuclear y estará pronunciando su discurso sobre la célebre huella ante un auditorio de supervivientes futuros. A la derecha del vestíbulo hay un salón como de principios del siglo xix, con una chimenea neoclásica, molduras blancas en el techo, muebles de caoba y un piano con la tapa levantada y una partitura abierta sobre el teclado: Schubert, *La muerte y la doncella*. No parece el salón de un hotel, sino el de una casa cuyos dueños acaban de irse unos minutos antes de que llegue el invitado, el incauto, la posible víctima, incluso hay sobre la chimenea un retrato ovalado de una señorita con rizos en las sienes y escote ceñido, la señorita tísica que tocaba hace más de un siglo a Schubert en el piano mudo desde entonces, que vuelve a sonar sin que lo toque nadie en las noches de tormenta, puntos suspensivos.

El viento se lo lleva a uno como a una hoja de periódico, cuidado con los cables de la luz que pueden caerse y con las tejas desprendidas, están desiertas las calles y hay luces encendidas al otro lado de los árboles, en las ventanas con visillos por las que se vislumbran confortables interiores anglosajones, y las banderas extendidas en lo más alto de los mástiles restallan como velas de barcos: una iglesia neogótica, una especie de Partenón que debe de ser el ayuntamiento, un centro comercial, un McDonald's iluminado y casi vacío, todos con banderas, un coche de policía exactamente igual de grande y de azul que los de las series de televisión avanzando lentamente junto a la acera y casi deteniéndose junto al único insensato que parece caminar esta noche por la ciudad. Tranquilo, no lo mires, anda como si nada, por muy mala cara que tengas no das la pinta de violador o de ladrón o de árabe, hay que actuar como cuando aparecía a la vuelta de la esquina el jeep de los grises y sus faros proyectaban la sombra por delante de uno, los dedos buscando el pasaporte en el bolsillo, la cabeza alta, tras las solapas alzadas del chaquetón, la luz roja y azul que destella en el asfalto, en el escaparate de una armería cerrada, un policía mira interrogadoramente por la ventanilla. El coche patrulla cobra velocidad y gira en un cruce con un chirrido de neumáticos del todo familiar, hasta parece que va a oírse la música de una película y que de un momento a otro surgirán en la oscuridad los títulos de crédito: lo que se ve es el letrero de neón de una taberna irlandesa, Bennigan's, y en un lugar como éste eso casi es lo mismo que ver la luz de una casa en el bosque de los cuentos. Los cristales de las ventanas están empañados, el interior es cálido, denso de voces y de humo, la barra es larga, de madera oscura, con grifos dorados de cerveza, en la máquina de discos suena a todo volumen una canción de Aretha Franklin, los bebedores tienen caras rojas y golfas, el suelo es de madera y está sucio de colillas y serrín, una mujer muy erguida sobre un taburete sostiene un vaso de whisky y ríe a carcajadas sin quitarse el cigarrillo de la boca. Parece que se han refugiado aquí todos los sinvergüenzas del Medio Oeste, los que no se encierran en casa al oscurecer, los únicos que han desafiado la recomendación oficial de congregarse en los sótanos antinucleares. Los codos en la barra, tan agradecidos como si se afianzaran en el suelo de la patria, una cerveza negra, colmada de espuma densa y tibia, una gran hamburguesa que incita y sacia el hambre, y luego ese cambio repentino de ánimo que lo vuelve todo hospitalario en mitad de un viaje, las caras de los bebedores, los acentos, el instinto automático de averiguar sus orígenes, la apaciguada somnolencia frente a un vaso de whisky con el hielo picado, el placer tan antiguo de trabar una conversación en un idioma extranjero. A la entrada de los lavabos, junto a la máquina de cigarrillos, hay un teléfono público, y la cerveza y el whisky animan a la temeridad de llamar otra vez, ni siquiera hacen falta monedas, se puede usar introduciendo en una ranura la tarjeta de crédito: la yema del dedo índice oprime una tras otra las pequeñas teclas cuadradas de metal, y luego hay un breve silencio antes de que suenen los pitidos, el primero, más largo, irrumpiendo una fracción de segundo más tarde en el apartamento de Nueva York, otro silencio, Allison lo habrá escuchado desde la cocina y sonará dos o tres veces antes de que llegue al teléfono, dos pitidos más, está dormida y tiene el sueño tan profundo que no logra despertarse, o ha salido del ascensor y corre hacia la puerta y teme que deje de sonar un segundo antes de que ella lo coja, pero ese roce que empieza a oírse es el de la cinta del contestador, la voz de nuevo, serena, metálica, insultante, recitando los números tan pulcramente como en la primera lección de un curso de inglés, la señal para el comienzo del mensaje y el oído atento en vano al mismo silencio de las otras veces, al minuto y medio de silencio que interrumpe una señal aguda cuando se apaga el piloto rojo del contestador sin que la voz masculina haya dejado ni una sola palabra grabada en la cinta.

Pero no importa que no esté, olvidar es todavía muy fácil, lo más fácil, seguramente eso le ha ocurrido a ella, hace dos meses pasó una noche en Madrid con un desconocido y a la mañana siguiente regresó a América y no ha vuelto a acordarse, o si se acuerda es con la convicción de que no lo verá nunca más, con la tranquilidad de que no va a correr el riesgo de un encuentro mediocre, pues fue una especie de rápido milagro y los milagros no se repiten, incluso puede que no sucedan y que hayan sido espejismos. Pero entonces por qué la nota con el número de teléfono en la mesa de noche, por qué las últimas palabras, oídas ya desde la otra orilla del sueño: «No te pierdas», y aquella manera de decir adiós llevándose los dedos a los labios recién pintados de rojo, a las ocho de la mañana, cuando ya entraba la claridad en la habitación del hotel y aún no habían dormido. Mejor así tal vez, ni porvenir ni pasado, ni presentimientos ni recuerdos, no esas obsesivas genealogías de sí mismos que inventan los amantes, no la mutua vanidad de haberse poseído ni el rechazo fanático de las pasiones anteriores, la apetencia de dejar en blanco la memoria como se derriban las estatuas y se queman los templos de un culto abandonado para entregarse con furor de conversos a una nueva religión; gratitud nada más, soberanía íntima, la dosis de lucidez necesaria para darse cuenta de que es la ausencia inesperada de esa mujer lo que la vuelve tan imperiosamente deseable, pero no hasta el punto de extinguir el deseo hacia otras mujeres, la camarera irlandesa que pone en la barra el vaso con hielo picado y vierte en él una medida de whisky usando un cubilete de estaño, la bebedora solitaria y de ojos brillantes que se balancea un poco sobre el taburete y fuma Winston extralargo, mujeres desconocidas, instantáneamente deseadas, imaginadas luego en la habitación del hotel con una vehemencia en la que intervienen sobre todo la soledad y el alcohol, miradas en la calle cuando cruzan un semáforo, entrevistas con fugacidad tras el escaparate de una zapatería mientras apoyan en la alfombra un pie descalzo con las uñas pintadas, mujeres rubias y con gafas oscuras que pasan en los taxis, que viajan en el autobús con las piernas cruzadas, que esperan a alguien en el vestíbulo de un hotel, que aparecen sonriendo en un pasillo cualquiera del Palacio de Congresos de Madrid y llevan una amplia gabardina verde y una etiqueta plastificada en la solapa donde la mirada siempre atenta lee un nombre, Allison. Se habrá ido de Nueva York, se habrá mudado de piso, los americanos cambian de domicilio y de trabajo con una facilidad desconcertante.

A la una de la madrugada el contestador repite la misma voz educada y el mismo número tan sabido de memoria como las letras de ese nombre, Allison, pero ahora se habrá grabado en la cinta, durante el minuto y medio de silencio, el fragor del viento del lago Michigan, el silbido en los cristales de una ventana del Homestead Hotel, incluso la voz del predicador que recita en la televisión versículos del Apocalipsis y garantiza a los Estados Unidos de América la ayuda del Dios de los ejércitos en la guerra inminente. La petaca de Glenfiddich y los cigarrillos sobre la mesa de noche, la tentación de llamar de nuevo para repetir en el contestador el número del Homestead, por si acaso, pero será mejor apagar la televisión para no seguir viendo a ese tipo que invoca la protección divina y maneja la Biblia como un fusil de asalto, bajar las persianas que seguirá batiendo el viento durante toda la noche y recurrir al valium y a la oscuridad, seguro que mañana aparece el converso a la cocaína y a Wagner y se descubre dónde va a celebrarse el simposio y cómo son las caras de los empleados del hotel, incluso de alguno de los huéspedes, y hasta es posible que suene el teléfono y que se oiga una voz verdadera, no grabada en una cinta, la voz de Allison pidiendo disculpas y preguntando qué haces, dónde estás, si vas a tardar mucho en volver a Nueva York yo volaré a Chicago para encontrarme contigo en el séptimo piso de ese hotel que en la noche de tormenta sobre el lago Michigan parece el faro del fin del mundo, en la noche de viento, de extrañeza, de desamparo y de insomnio, la noche en que cuando uno logra dormirse sueña que todavía está despierto y ve la habitación y el televisor apagado y esconde la cabeza bajo las mantas para no oír la vibración de los cristales y el silbido del viento que arranca las tejas y derriba los postes de la luz, no sólo ahora mismo, sino también hace muchos años, en un tiempo y en una ciudad que han surgido en el sueño y que serán olvidados cuando la luz transparente del día y la calma del lago ofrezcan al despertar la sensación de que la tormenta, el hotel vacío y el insomnio fueron los atributos de una pesadilla.

Quiero contarte quién he sido y qué he hecho y es como si se me hubiera borrado de la memoria la mitad de mi vida, como si yo mismo estuviera ausente de mis propios recuerdos y me hubieran sido relatados por otro, porque veo con claridad lugares donde he estado pero no me veo a mí en ellos, o no me reconozco, soy la mirada neutra de una cámara, un oído que percibe palabras y un sistema de conexiones nerviosas adiestrado para identificarlas y convertirlas instantáneamente en las palabras de otro idioma, una voz acostumbrada a actuar como eco y sombra de otras voces, el desconocido con el que tú te cruzaste la primera vez sin reparar todavía en su cara, el extranjero a quien despierta el sol una mañana en el Homestead Hotel y tarda unos minutos en saber dónde está y en convencerse de que la tormenta de anoche no fue un mal sueño heredado de los terrores de la infancia. Se incorpora, cegado por la luz, insultado por ella en su pereza y en sus ganas de dormir, mira el teléfono y decide que no llamará para oír otra vez un contestador automático, baja al vestíbulo y no ve a nadie y en el salón del piano encuentra una máquina de café, un jarro de leche tibia, sobres de azúcar y vasos y cucharillas de plástico, y sacarina, por supuesto, y una prudente bolsa de descafeinado, amablemente dejados allí por los mismos fantasmas que mientras él desayuna se ocupan invisiblemente de arreglar su habitación, porque cuando vuelve a ella veinte minutos después la cama ya está hecha, y el cenicero vacío, y el tubo de dentífrico y el cepillo que él dejó cualquiera sabe dónde ya ocupan pulcramente un vaso de cristal en la repisa del lavabo.

Cuando se lo contara a Félix no lo creería, me gusta irle contando imaginariamente las cosas al mismo tiempo que me ocurren, y es posible que él no se las crea del todo y que ni siquiera las apunte en ese diario secreto que lleva desde hace años en el ordenador, pero tampoco yo acabo de creérmelas aunque es a mí a quien le han sucedido, la suma de azares que me llevaron a encontrarte, el miedo, las desgracias estériles, el hábito de la decepción, el presentimiento no de estar a punto de perderme sino de haberme perdido ya y desde hacía mucho tiempo, no sólo entonces, en aquel sitio absurdo junto al lago Michigan, sino unos meses antes, cuando volví a España sin pensar todavía en quedarme, cuando me deslumbraron los faros de un camión a la salida de una curva y pisé el freno y no disminuyó la velocidad. Cerré los ojos dispuesto a morir, mis manos dieron un giro desesperado y automático al volante y no vi nada más que oscuridad y cuando miré de nuevo a mi alrededor estaba en medio de la tierra endurecida por la helada y seguía vivo, oyendo en la radio del coche una canción de Otis Redding que había escuchado por última vez hacía diecisiete años. Ahora sé quién soy porque tú me miras y me nombras y me haces aprender cosas de mí que había olvidado, pero si pienso en el Homestead Hotel o en aquella noche de viaje sonámbulo a Madrid en la que estuve a punto de matarme sin cumplir treinta y cinco años ni saber que existías me parece que me acuerdo de una vida de nadie, o que leo un currículum, y me desconcierta comprobar las fechas para

celebrarlas contigo y descubrir que en realidad no ha pasado tanto
tiempo, algo más de dos meses, y que habría bastado una fracción de
segundo para que todo se extinguiera, este momento, tu cara de
ahora mismo, el modo en que me miras mientras te hablo de Félix y
de las ganas que me entraron de pronto de ir a verlo, un sábado de
noviembre por la tarde, recién llegado a Madrid, desde Bruselas,
recién instalado en una habitación del hotel Mindanao, preguntándome qué haría para sobrellevar las dos noches y el temible domingo
que faltaban hasta que en la mañana del lunes, a las nueve en punto,
empezara mi trabajo en el Palacio de Congresos. Me senté en la cama,
estuve mirando un rato las cortinas verdes y los dibujos animados de
la televisión, tranquilo, al menos algo más tranquilo que en las últimas semanas, disfrutando esa calma que nos deja un amor que ya
pasó, como dice el bolero, falto de sueño, confiando en las virtudes
del aburrimiento y del valium, y en menos de cinco minutos decidí
que si me quedaba iba a caérseme encima el edificio, o al menos el
cielo raso de la habitación, así que busqué en la agenda el número de
Félix, y cuando hablé con él oí al fondo gritos de niños y una fuga
barroca. Lo llamo un par de veces al año, desde los sitios más pere-
grinos, pero siempre coge el teléfono tan rápidamente como si hubiera estado esperando la llamada y me habla en el mismo tono de voz
mientras se oye de fondo a sus hijos y la música que invariablemente
ha preferido sobre cualquier otra desde que estudiábamos juntos en
el instituto de Mágina. Miré el reloj, calculé que me daba tiempo de
llegar a Chamartín y tomar un tren nocturno, guardé una muda de
ropa en una bolsa más bien humillante de la lavandería del hotel y a la
mañana siguiente, a las ocho, tambaleándome de sueño, tiritando de
frío, anduve al azar por las calles próximas a la estación de Granada,
buscando una cafetería abierta donde leer los periódicos, con mi bolsa
para ropa sucia en la mano, solo en una ciudad que apenas conocía y
en la que sólo dos o tres locos y unos cuantos mendigos estaban le-

vantados, esos mendigos que madrugan como oficinistas para ocupar un buen puesto a la entrada de las iglesias, algunos tipos en chándal, cómo no, y una vieja con los labios pintados y tacones torcidos que arrastraba una maleta enorme atada con cuerdas. La adelanté en una acera, porque caminaba con una lentitud de caracol, y se me ocurrió ofrecerle mi ayuda, abrumado de compasión y casi culpabilidad, aquella pobre mujer sola y jadeante tirando de un maletón inhumano, pero me arrepentí a tiempo y me alejé a toda prisa, temiendo que me llamara, joven, hágame el favor, igual me pedía que le llevara la maleta y tenía que cruzar a su paso lentísimo toda la ciudad, me han ocurrido cosas parecidas otras veces, y Félix se muere de risa cuando se las cuento, dice que es como si tuviera un imán para atraer la simpatía de los locos más desatados, de la gente más rara, y lo malo que tengo es que a poco que me descuide me pongo en la situación de cualquiera de ellos y me veo a mí mismo con ochenta años y arrastrando una maleta por una ciudad extraña, y si me cruzo por una calle de una barriada de Madrid, una mañana de agosto, con un africano cargado de alfombras que no tiene la menor posibilidad de vender ni una sola y entra en los bares y acepta con mansedumbre las bromas brutales de los parroquianos en seguida me imagino que yo soy él y me muero de pena, o que soy yo mismo y he acabado intentando vender alfombras en una ciudad del Camerún, por ejemplo, y me dan ganas de invitarlo a café y comprárselas todas, y hasta de hacerme amigo suyo para que el hombre no se sienta tan solo y rodeado de racistas.

Pues más o menos así iba yo aquella mañana por la ciudad vacía, preguntándome cómo ocuparía el tiempo hasta las once o las doce, una hora razonable para llegar en domingo a una casa de familia, mirando escaparates y con mi bolsa llena de regalos, naves espaciales con luces giratorias para los hijos de Félix, una botella de malta libre de impuestos para él, un frasco de perfume para Lola, desalentado, nervioso, porque llegar a los sitios me deprime tanto como me excita irme de ellos, cargando no alfombras, sino horas muertas de tedio: el tiempo es como un traje que siempre me cae mal, se me queda corto y ando desesperado, o de pronto me sobra y no sé qué hacer con él. Leí no sé cuántos periódicos, desayuné varias veces, vi familias madrugadoras que se dirigían a misa y caballeros de barriga opulenta bajo la chaquetilla del chándal que llevaban grandes roscas de churros, me pregunté, como de costumbre, qué estaba haciendo yo allí, me lo pregunto siempre y el charlatán neurótico que va conmigo a todas partes no suele ofrecerme una contestación satisfactoria, me lo pregunté más que nunca dos meses más tarde en el Homestead Hotel, mientras desayunaba sin poder quitar los ojos de la señorita fantasma que tocaba *La muerte y la doncella* en las noches de viento, y después en la fiesta que nos dieron en un salón de la universidad, cuando fui rescatado por los organizadores al fin visibles del simposo y me encontré sonriendo con una copa de jerez en la mano y hablando del tiempo con diversos profesores y autoridades que tenían la sonrisa tan envuelta en celofán como un sandwich de pepino y giraban de un grupo a otro con esos pasos de ballet que dan los anglosajones en los *parties*. Acabo mareándome, me quedo solo entre grupos que hablan, miro con atención el fondo de mi vaso y mi sombra se acerca para no dejarme solo y me hace en voz baja la pregunta, qué estás haciendo aquí, qué tienes tú que ver con nadie, eso era lo que me decía mi padre para alejarme de los malos amigos, qué hago yo en una cabina de traducción del Parlamento europeo, en el aeropuerto de Chicago o en el de Frankfurt, qué hago dando vueltas como un indigente en Granada, por la mañana temprano, bebiendo cafés que no me apetecen y fumando cigarrillos que me sientan como un tiro, mirando el reloj, haciendo hora, escuchando con perfecta educación los desvaríos de un taxista que seguramente tampoco ha dormido en toda la noche y le tiene rabia al mundo. Me deja cerca de las doce junto al edificio donde vive Félix y todavía no me decido a llamar, como si fuera un vendedor a domicilio, otro gremio que suele sumirme en la desdicha solidaria y culpable, se me parte el corazón cuando tengo que armarme de carácter para no comprar un acristalador de suelos o una enciclopedia de medicina familiar. Salí del ascensor y Félix ya estaba en la puerta del piso, con aquella sonrisa tan inalterable como su manera de hablar o de vestirse, cantándome la bienvenida de *Luisa Fernanda*. Nos dimos un abrazo sin demasiada efusión, porque los dos somos muy tímidos, y me dijo que por qué había tardado tanto, que ya temían él y Lola que hubiera perdido el tren, y nada más entrar en el pasillo de su casa empecé a notar la cálida sensación de que al menos durante unas pocas horas no estaría del todo fuera de lugar, aunque me intimidaran aquellas habitaciones tan vividas y tan ordenadas, los cuadros en las paredes, los muebles, las cortinas, la biblioteca llena de volúmenes y las estanterías de los discos de Félix, todo con una densidad algo opresiva, con un olor a limpieza, a ropa bien doblada en los armarios, a ambientador tenue en el cuarto de baño, y en medio, sentado frente a mí en el sofá, sirviéndome una cerveza sobre la mesa baja de cristal reluciente, mi amigo Félix, idéntico a mis recuerdos de los últimos diez o quince años, sólo un poco más gordo, hasta con el mismo peinado, fornido y grande pero con un cierto aire infantil en la cara, con una rebeca de lana que sin duda le había tejido su madre, en zapatillas, recostándose tan confortablemente en su discreta prosperidad como cuando éramos niños y se sentaba por las tardes en un escalón de la calle Fuente de las Risas a merendar un hoyo de pan y aceite o una onza terrosa de chocolate. Lola había ido a dejar a los niños en casa de sus padres, me dijo, para que comiéramos tranquilos, tú no estás acostumbrado y seguro que los niños te ponen nervioso: me pareció que lo decía con un poco de distancia o cautela, se levantó para poner un disco y cuando volvió a sentarse silbaba la melodía y llenó mi vaso de cerveza sin mirarme a los ojos.

Pensé con remordimiento y temor que en los últimos tiempos no había cuidado su amistad, que tal vez él y yo confiábamos demasiado en la permanencia de antiguas complicidades gastadas poco a poco por la lejanía y la desidia: qué sabemos ahora el uno del otro, qué tienen que ver nuestras dos vidas. Él da clases de lingüística en la universidad, lee griego y latín, investiga no sé qué codigos o misterios sintácticos para programar ordenadores y sus dos únicas devociones aproximadamente pasionales son su diario cifrado y los compositores del barroco, pasa las Navidades y la Semana Santa en Mágina, alquila todos los veranos un pequeño chalet en la costa. Me lo quedo mirando y lo veo tan distinto a mí y me pregunto siempre qué tenemos en común y por qué es mi mejor amigo desde hace casi treinta años. Sin duda él se hacía la misma pregunta aquella mañana, pero la cerveza y la música nos animaban lentamente, y recordábamos palabras como contraseñas, apodos tremendos, expresiones de Mágina, los disparates que sigue escribiendo Lorencito Quesada en *Singladura*. Nos mirábamos de soslayo echándonos a reír, pues nos bastaban uno o dos gestos o la entonación de una frase para reconocernos, y cuando volvió Lola ya teníamos los ojos brillantes, de risa y de cerveza, porque Félix acababa de recitarme de memoria el soneto anónimo a Carnicerito de Mágina, del que yo ya ni me acordaba. Había en toda la casa una luz limpia de mañana de domingo que me parecía dotada de una transparencia semejante a la de la música que escuchábamos, unos conciertos para oboe de Haendel, me explicó Félix, una música que lo llenaba todo de una felicidad delicada y enérgica y actuaba sobre mí como aquellas cervezas un poco prematuras que estábamos bebiendo y como el sonido de la risa. Félix preparaba unos aperitivos en el mostrador de la cocina y Lola nos miraba a los dos echada en la pared, sonriendo, con los brazos cruzados y un cigarrillo en la mano, con simpatía y un poco de indulgencia, dónde vives ahora, me preguntó, con quién vives, cuántos días vas a quedarte con nosotros, y cuando le contesté que me marchaba aquella misma noche Félix movió la cabeza mientras examinaba la disposición de los vasos y los pequeños platos de las tapas que había estado preparando y dijo sin mirarme: «Nunca cambiará. Yo creo que llega a los sitios nada más que para irse cuanto antes de ellos.»

Ya no tenía duda, estaba dolido conmigo, pero jamás me lo diría. Repetíamos las bromas de siempre, me hablaban de los niños y del trabajo y me preguntaban por el mío y Félix se me quedaba mirando como si no me oyera, como si buscara en mis ojos, en mi cara cansada, en los gestos nerviosos de mis manos, la respuesta a una interrogación que no era formulada con palabras y que las mías no iban a explicarle, y entonces me puse íntimamente en guardia y empecé a verme a través de sus ojos. En eso tampoco tengo remedio, puedo ser un extraño para mí mismo y observarme sin embargo desde el punto de vista de otro, no ya alguien que me conozca tanto como Félix, sino cualquier desconocido, y automáticamente tiendo a suponer que su dictamen será implacable y a darle la razón. Noté de repente que mis manos se movían con desasosiego y rapidez, que no sostenía mucho rato las miradas de ellos, que encendía un cigarrillo a los pocos minutos de apagar otro y se me acababa en seguida la cerveza del vaso, pero la atención de Félix no era reprobadora, sólo continua y minuciosa, como todos sus actos, como la manera que tiene de cortar el queso o de escribir los títulos de las piezas y los nombres de los músicos en las cintas que graba. Lo veo hacer algo y me acuerdo de cuando estábamos en un pupitre de la escuela y escribía en su cuaderno rayado pasándose por los labios la punta de la lengua, una concentra-

ción absoluta y tranquila. Así es como se ha edificado la vida, sin
variar nunca desde que lo conozco, pero también sin obstinarse en la
rigidez de un propósito con esa voluntad que se alimenta de rencor y
que tan justificadamente pudieron haberle inoculado las penurias de
su infancia, su padre inmóvil en la cama por una parálisis irreversible, su madre fregando suelos y vistiéndolos a él y a sus hermanos en
el ropero de Auxilio Social. De nada de eso habla, contra nada lo he
visto nunca rebelarse, ni siquiera en los tiempos en que casi todos
nosotros nos complacíamos en aspavientos de rebelión, pero tampoco ha claudicado ni se ha sometido, es el mismo de hace veinticinco
años y del verano pasado, y ella, cuando la veo junto a él, me da la
misma impresión de serenidad y permanencia, como si hubieran
nacido así los dos y se hubieran limitado a seguir una especie de instinto que los protegía y los mejoraba. No se han gastado, como tú y
yo, en años de extravío ni en amores estériles, no parecen haber conocido la desesperación ni la discordia, viven juntos y tienen hijos y
los cuidan y van a trabajar y ven películas en la televisión después de
haberlos acostado y seguramente luego se desean y se entregan, los
he visto mirarse y me he fijado en cómo se rozan por casualidad y se
sonríen, no con esa felicidad idiota a lo Doris Day de los recién casados permanentes que se exhiben delante de los matrimonios amigos
y acaban llamándose mamá y papá, los oigo y vomito, te lo juro, sino
con pudor y experiencia, como quien lleva toda su vida haciendo algo
y lo hace muy bien, como un hombre y una mujer habituados a un
vínculo que ha probado su eficacia a lo largo del tiempo. Tú y yo tenemos miedo, no hemos pasado juntos ni diez noches todavía, tenemos miedo de lo que el tiempo vaya a hacer con nosotros y cada hora
nos parece un regalo del azar, no hemos poseído nada que no fuese
frágil o que sintiéramos indudablemente nuestro, pero ellos no, yo
creo que carecen del sentido de la incertidumbre como carecemos
nosotros de cualquier idea de perduración. Se mudaron el año pasado

a este piso de ahora, porque el anterior, con los niños, se les había quedado muy pequeño, han firmado una hipoteca y han comprado muebles nuevos a plazos y no se sienten agobiados ni atrapados. Félix me lo enseñó mientras Lola hacía la comida, y yo pensaba en mi casa, en los apartamentos donde he vivido a salto de mata en los últimos diez años, sin más pertenencias que una radiocassette, unos cuantos libros y cintas, una maleta que me prestó alguien para una mudanza y no le devolví y una bolsa de viaje, lugares tan refractarios a cualquier presencia como habitaciones de hotel, sin cuadros en las paredes ni fotografías enmarcadas en los aparadores, sin una tarjeta con mi nombre bajo la mirilla de la puerta, edificios enteros habitados por gente que vive sola, por parejas con un perro, como máximo, tabiques delgados tras los que se oyen los ruidos de alguien pero que lo confinan a uno en una distancia de monasterio tibetano. Se muere uno de un colapso cardíaco mirando la televisión y tardan más tiempo en hallar su cadáver que si se hubiera perdido en el desierto de Australia.

«Y aquí mi santo santórum, como diría Lorencito Quesada», dijo Félix: su habitación, con una pared enteramente ocupada por los libros y los discos y una ventana por la que se veía una colina de casas blancas y jardines con cipreses, el equipo de música que sólo usaba él, acuarelas de Mágina y del valle del Guadalquivir desde los miradores, la mesa amplia y despejada, el ordenador donde escribe todas las tardes su diario, un almanaque de El Sistema Métrico con una foto antigua de la plaza del General Orduña. Había encontrado las acuarelas en Madrid, en un puesto del Rastro, y las consiguió por muy poco dinero, aunque el vendedor le aseguraba que eran de un pintor bastante célebre en los años treinta: acaso porque los colores estaban muy desleídos no se veía en ellas la ciudad tal como es, sino como uno puede recordarla cuando lleva fuera mucho tiempo. La conversación no se afianzaba, nos quedábamos callados y yo bebía un trago de cerveza o miraba a mi alrededor en busca de un cenicero y cuando Félix me lo ofrecía encontraba sus ojos y me parecía que estaba a punto de preguntarme algo, pero en seguida nos salvaba una broma, un juego de palabras sin demasiado éxito, casi una coartada para eludir el silencio. Él o yo empezábamos a hablar y nos dábamos cuenta de que la atención del otro era sobre todo un gesto de cortesía. Durante la comida la presencia de Lola nos tranquilizaba, y mirábamos las noticias de la televisión con el alivio de permanecer callados sin que se notara el silencio. Estaban entrevistando a un hombre de pelo rizado y gris que hablaba muy rápido y llevaba unas gafas de montura transparente. Félix dejó el tenedor, dio un golpe en la mesa y se echó a reír: «Pero míralo, si parece mentira, ¿no sabes quién es?» Yo estaba distraído y cuando miré otra vez la pantalla se veía una formación de carros de combate en el desierto. «¿De verdad que no lo has conocido? ¡El Praxis, hombre, el que nos daba literatura en el instituto! Es diputado, lo acaban de nombrar director general de no sé qué. También a él le ha entrado vocación de centinela de Occidente.» No me acordaba, y a los cinco minutos ya había vuelto a olvidarme, cómo iba yo a saber que al cabo de dos meses, ahora mismo, aquel nombre formaría parte de la trama de mi vida, y que el domingo en casa de Félix y mi secreta envidia y el peso de mi desarraigo eran al mismo tiempo los episodios de un punto final y de un preludio esbozado en la orilla del desastre. Había viajado en tren durante toda una noche para buscar a mi amigo y a medida que transcurría la tarde me ganaba la decepción de no haberlo encontrado, no por culpa suya, sino porque yo era incapaz de corregir la sensación de hallarme muy lejos y percibía gradualmente los síntomas del desasosiego, las miradas al reloj, el cálculo de las horas que me quedaban para llegar sin apuro a la estación, el deseo de estar ya en otra parte y de que Félix no se diera cuenta. Nos bebimos despacio más de la mitad de la botella de malta que yo le había regalado, y al anochecer, algo beodos, fuimos a buscar a sus hijos, y él sugirió que antes de recogerlos tomáramos una cerveza en un bar del vecindario. Saludaba a casi todo el mundo por la calle y el camarero lo llamó por su nombre. A la segunda cerveza se acodó en la barra y me habló tan serio que no reconocía del todo su voz. «No sé lo que te pasa, pero estás raro, conmigo no puedes disimular. Estás nervioso, tienes prisa, llegaste esta mañana y no ves la hora de irte. Lola también se ha dado cuenta. A lo mejor es que llevas demasiado tiempo viviendo en esos países donde no sale el sol más que en los anuncios. Yo que tú me volvía. ¿No dices que ahora trabajas por tu cuenta? Pues igual puedes ganarte la vida aquí que en Bruselas. Además hay otra cosa, y me da vergüenza decírtela. Casi no hablo con nadie, no me río con nadie. Soy el presidente de la comunidad de propietarios de mi bloque. Me acaban de reconocer el cuarto trienio. Y no debería decírtelo, pero te echo de menos. Tú a lo mejor no lo sabes, porque vives fuera y no te fijas, pero la gente que conocíamos está cambiando mucho. Es como en una película de marcianos que vi hace poco en la televisión. Los extraterrestres llegan a un pueblo y en lugar de conquistarlo con pistolas de rayos se apoderan del alma de la gente. Tú estás con tu mujer, o con algún amigo, y al principio no le notas nada, pero luego ves que tiene los ojos como vacíos y que anda un poco rígido y es que ya se ha convertido en marciano. Alguien que es todavía normal da una cabezada y cuando vuelve a abrir los ojos ya es otro, aunque sigue hablando igual y tiene la misma cara. Esta mañana, cuando te vi, me dio miedo de que tú también hubieras empezado a transformarte. Ahora me quedo más tranquilo, pero no me fío, ni siquiera de mí. ¿Vas a volver pronto?»

Se me hacía tarde, como casi siempre, a las diez y media de la noche ya me había despedido de Félix y de Lola y cruzaba de nuevo la ciudad en un taxi igual que veinticuatro horas antes en Madrid. Me palpaba los bolsillos en busca del carnet de identidad, del pasaporte, de la tarjeta de crédito, no confiaba en mi reloj y le preguntaba la hora al taxista. Llegué a la estación y me pareció que era mucho más temprano de lo que indicaban los relojes porque se veía muy poca gente en el vestíbulo, y el expreso de Madrid ni siquiera estaba en el andén. Habría que esperar, pero ya eran casi las once, qué raro, y la taquilla continuaba cerrada, y también el puesto de periódicos, y el bar, ya preveía la catástrofe, quién me mandaba fiarme de los trenes españoles. Un empleado con la gorra en la nuca y un cigarrillo en los labios me dijo, mirándome como a un idiota, que cómo era posible que no me hubiera enterado, que había huelga de maquinistas. Pero yo tenía que irme, tenía que estar en el Palacio de Congresos a las nueve de la mañana y no podía permitirme el gasto de un viaje en taxi. Alquilaría un coche, si es que encontraba en Granada una de esas agencias de alquiler que están abiertas las veinticuatro horas. Subí por la avenida de la estación buscando un bar donde hubiera teléfono y me crucé con la mujer que arrastraba la maleta, más despeinada y más vieja, con los zapatos más torcidos, hablando sola. Al verme se paró y me hizo una señal para que me acercara, es mi sino, no tuve el valor de pasar de largo y me detuve, aunque jurándome que por nada del mundo le llevaría la maleta. «Oiga, perdóneme, ¿podría usted decirme dónde está la cuesta Marañas? Yo no sé lo que han hecho con las calles, seguro que las han cambiado de sitio, o las habrán quitado, yo vivo en la cuesta Marañas pero no me acuerdo de dónde es, y lo malo es que tampoco me acuerdo de cuál será mi casa, así que como no encuentre a alguien que me conozca tendré que dormir en un portal. Su cara me suena. ¿Usted no me conoce?» Siguió hablando sola cuando escapé de ella y no quise ni volverme, pero no olvidaba su cara, pensé que se parecía un poco a mi abuela Leonor, y de hecho era la cara de mi abuela la que recordaba luego, después de medianoche, mientras conducía por la carretera de Madrid el Ford Fiesta que logré alquilar después de una serie de peripecias angustiosas y me preguntaba si aquella mujer habría encontrado a alguien que la guiara hasta la cuesta Marañas.

Tomé un par de cafés antes de salir, pero tenía sueño, me pesaban los párpados, me hipnotizaban los faros de los coches que venían de frente y las líneas blancas de la carretera, me dolían las vértebras de la nuca y los músculos del cuello y me daba miedo apoyar la cabeza en el respaldo, me mantenía rígido, apretaba muy fuerte el volante y pisaba el acelerador con una sensación de abandono y peligro, fijo en la línea blanca que parecía aproximarse velozmente hacia mí desde la oscuridad y se perdía luego en el retrovisor, cada minuto más aprisa y más lejos en la noche sin luna, entre colinas sombrías y rápidas hileras de olivos, tan fugaces como las imágenes que me provocaba el acecho del sueño, la mujer de la maleta caminando por los alrededores de la estación de Granada, el pelo blanco de mi abuela Leonor, aquella loca que subía al anochecer por la calle del Pozo con un adoquín escondido bajo la toquilla negra, las luces en las esquinas, las mismas luces que yo veía ahora delante de mí, casas de campo abandonadas junto a la carretera, mi abuelo Manuel caminando de noche por una serranía muy próxima a los paisajes nocturnos que yo atravesaba medio siglo después a ciento veinte kilómetros por hora, un jinete con el que soñaba algunas veces, el tío Pepe cuando se volvió de la guerra, Miguel Strogoff en la portada de un libro que me compró mi madre para un cumpleaños. Me daba cuenta de que iba a dormirme, sacudía la cabeza, reducía velocidad porque había visto delante de mí las luces traseras de un camión, me daba tiempo a adelantarlo, cambié la marcha y percibí en las plantas de los pies la vibración del motor y mientras adelantaba al camión me sentí suspendido entre la vida y la muerte, fuera del tiempo y de la realidad, como soñando que volaba, no volvía de visitar a Félix ni viajaba a

Madrid para trabajar a la mañana siguiente como traductor simultáneo, tan sólo era la silueta de un hombre que conduce un automóvil y es alumbrada por los faros de otro que se cruza con él, escuchaba voces y canciones en la radio y la tenue luz verdosa y la aguja del sintonizador moviéndose de una emisora a otra como si yo atravesara todas las voces de la noche me hacían acordarme del severo aparato con cortinillas bordadas que había en casa de mis padres, muy alto, sobre una repisa de ladrillo encalado, tenía que subirme al sillón donde me daban la comida para alcanzar los mandos, y se oía un rumor de lluvia y de cascos de caballos y era que empezaba el serial de «El coche número trece», o que un jinete cabalgaba en una noche de lluvia y de truenos lejanos. Cada vez más aprisa, de una emisora a otra, ráfagas de canciones abolidas por un leve movimiento de los dedos, luces deslumbrándome, un indicador en un desvío a la derecha, Mágina, 54 kilómetros, pero en seguida quedó atrás, y yo conducía despejado y eufórico, con esa lucidez peligrosa que se parece tanto a la de la cocaína y que le llega a uno cuando ha logrado resistir la primera oleada del sueño. Ahora me acuerdo y no estoy seguro de saber explicártelo, era una mezcla de cobardía y de temeridad, un entusiasmo sin propósito, tan vertiginoso y tan vacío como la carretera que se prolongaba en línea recta delante de mí cuando pasé Despeñaperros hacia las tres de la madrugada y la aguja alcanzó la señal de los ciento treinta kilómetros en los primeros llanos de La Mancha. Veía claridades rojizas en el horizonte y pensaba que ya iba a amanecer, pero eran luces de ciudades, había encontrado una emisora donde sonaba una canción de Otis Redding y repetía en voz alta la letra sin acordarme todavía de su título, levanté instintivamente el pie del acelerador al acercarme a la señal de una curva pronunciada a la izquierda y entonces vi los faros del camión que adelantaba a otro en medio de la curva y comprendí en un instante de verdadera claridad y terror que si no me apartaba iba a morir aplastado bajo sus ruedas, pero pisaba el freno y mi velocidad no disminuía, los faros amarillos me herían los ojos y el morro blanco del camión ocupaba todo el espacio del parabrisas, me estremeció el claxon y durante menos de un segundo una serenidad despojada y absoluta borró la angustia de morir. Tal vez giré el volante con los ojos cerrados. Cuando terminaron las sacudidas y volví a abrirlos el coche estaba parado, pero la radio aún seguía encendida y sonaba la misma canción que empecé a oír cuando entraba en la curva. Lo más raro no era estar vivo todavía, era que Otis Redding continuara cantando *My girl* como si en el último minuto no hubieran pasado años enteros.

Sube por la avenida Lexington abrigado como un esquimal y renegando de su suerte, del ruido y del humo del tráfico y del viento
mojado de aguanieve que lo sorprende en todas las esquinas. Hace
más frío aún que en Chicago, lleva guantes forrados, bufanda, un
chaquetón a cuadros rojos y negros, dos pares de calcetines, y como
aquí no lo conoce nadie, se ha comprado un gorro de lana y unas
orejeras, pero da igual, sigue muriéndose de frío, tendría que haberse
quedado mirando la televisión en el hotel, le sale de la boca un vaho
tan espeso como el que sube de las alcantarillas y de las resquebraja-
duras del asfalto, se le ha puesto roja la nariz y tiene una gota helada
en la punta, igual que el tío Rafael, que en paz descanse, quién iba a
decirle al pobre que alguien se acordaría de él en Nueva York tantos
años después de su muerte. Hace más frío que en la batalla de Teruel,
los mendigos inflados de hojas de periódicos y harapos y envueltos
en jirones de plástico caminan tan encorvados y lentos como las últimas tropas de Napoleón en la retirada de Rusia, como deportados a
Siberia, así iría el invierno pasado por estas mismas calles sin corazón
mi amigo Donald Fernández, con lo orgulloso que estaba cuando le

concedieron la nacionalidad norteamericana, y junto a las aceras hay un barro infame de nieve pisada y aplastada por neumáticos de coches. Se descuida uno y resbala al cruzar un semáforo y esta gente lo arrolla con menos miramiento que una manada de bisontes. Eso decía Donald, si te paras te aplastan, si tropiezas ya no te vuelves a levantar. Pues nada, hombre, piensa, aunque algunas veces olvida toda precaución y se le escapan palabras en voz alta, como a los negros orates que piden limosna agitando monedas diminutas de cobre en vasos de papel, ya has vuelto a Nueva York, como quien dice, ya estás de nuevo en la cima del mundo, en la Cloaca Máxima, te quejarás de la vida, a punto de celebrar tu trigésimo quinto cumpleaños, o treinta y cincoavo, como dirá sin duda el dinámico preboste gubernamental que te hizo viajar desde Madrid a uno de los lugares más perdidos de la tierra para servirle de intérprete y de duplicador en inglés de sus discursos. Está encantado el tipo, lo rejuvenece Manhattan, se ha inventado sobre la marcha un compromiso ineludible para no tomar el vuelo directo de Chicago a Madrid y quedarse unos pocos días más en Nueva York, pues Wagner sigue rugiendo en el Metropolitan tan implacablemente como las tormentas sobre el lago Michigan y él no quiere perdérselo, sobre todo ahora que ya no dice el Metropolitan, desde luego, sino el Met. Se ha aprendido todas las abreviaturas y los giros adecuados, habla con desenvoltura del MoMA y de Las Gemelas y al referirse al vestíbulo del hotel no dice el *hall*, sino el *lobby*, se ha hecho una autoridad en sobreentendidos neoyorquinos y en nombres de tiendas, de restaurantes, de discotecas, de clubes de jazz, de galerías del Soho. No descansa, y hasta asegura con suficiencia de experto que el Village ya no es lo que era, y como ha descubierto que gracias a la huella de España en América lo entienden casi todos los camareros, botones y taxistas, ha decidido prescindir de su intérprete, que ahora, libre como un pájaro, más solo que un perro, vestido de lapón, desconsolado y aburrido bajo los precipicios de ladrillo sucio de la avenida Lexington y los mástiles tremendos de las banderas, se arrepiente de haber regresado a Nueva York y a la tarea absurda de seguir llamando por teléfono a una casa que no sabe dónde está y en la que nunca hay nadie.

Antes de salir del hotel ha llamado de nuevo e incluso ha reunido el coraje suficiente para dejar en el contestador su número de teléfono y el de la habitación, así como una advertencia melancólica, Allison, soy yo, el pesado de siempre, me voy esta tarde a Madrid, a las seis y media, aunque más que la proposición de una cita era ya una despedida, ni siquiera eso, uno no puede despedirse de alguien con quien no se ha encontrado. Camina maldiciendo a Nueva York y a todas las ciudades donde sea invierno, riñe consigo mismo, con su sombra, piensa en inglés con un feroz acento americano, *I wanna fly away*, se acuerda de Lou Reed, que cuando canta parece que camina solo por estas mismas calles, y su sombra le responde en español, lo que tú quieres es salir pitando, lo provee de versos de canciones con una erudición desvergonzada que no hace ascos al bolero, ni a la canción española, ni a las rumbas más lumpen, tanto viajar y ver mundo y aprender idiomas para esto, para languidecer de abandono y melancolía en una habitación desde cuya ventana lo único que se ve de Nueva York son las armazones metálicas de un aparcamiento y mirar en la televisión abyectos concursos para matrimonios felices y películas de Imperio Argentina y Miguel Ligero que aparecen por sorpresa en el canal latino, más solo que un viajante: pues eso es lo que eres, se le burla la sombra, un viajante lunático de palabras, persiguiendo siempre como un galgo las palabras de otros, ebrio de sentimientos de películas y de canciones vulgares, asesinado suavemente por ellas, *dame veneno que quiero morir*, es como si llevara en la cabeza una radio donde las emisoras se confunden, Lou Reed, Juanito Valderrama, Antonio Molina, *adiós mi España preciosa, la tierra donde nací, bonita, alegre y graciosa, como una rosa de abril*, canta la sombra para abochornarlo de nostalgia en la esquina de la Quinta Avenida y Central Park, y entonces el aguanieve se hace más densa y la sombra sin escrúpulos adquiere la voz de Armando Manzanero y susurra con una dulzura repugnante, *ayer tarde vi llover, vi gente correr y no estabas tú.* Ni llueve ni es por la tarde, aunque para el caso da lo mismo, unas nubes oscuras, veloces, muy bajas, cubren los últimos pisos de los rascacielos y borran las perspectivas al final de las calles, y la gente, a las doce, ya tiene la cara agria y la prisa huraña que se desbocará cuando salgan a las cinco en punto, y efectivamente hay mujeres con botas de goma que corren hacia el abrigo de las marquesinas, y desde luego no estabas tú, piensa decirle si la ve, o si en el último minuto, cuando ya tenga la maleta y la bolsa preparadas, sucumbe a la debilidad de llamar otra vez y por fin la encuentra en casa. Imagina que le habla, o que le escribe una carta muy larga, pensó hacerlo pero no sabía su dirección, aunque la sombra escéptica le advierte que tampoco le habría escrito de haberla sabido, si te conoceré yo, podías llamarla y no lo hiciste, al principio por pudor, y luego por desidia, o porque iba olvidándola, sólo se acuerda del pelo rubio cortado a la altura de la barbilla y del carmín rojo de los labios, y de la ropa que llevaba, una gabardina verde oscuro, un traje como de hombre, rayado y gris, una americana con las solapas muy anchas, se le veía el filo bordado del sujetador cuando se inclinaba hacia él durante la comida, un olor fresco y ácido a colonia. Es ahora, en América, cuando la recuerda con más intensidad y la echa dolorosamente de menos, a pesar de la sombra irónica que le murmura al oído, no te importaría tanto si hubieras pasado estos días con ella, te conozco, habrías empezado a auscultarte como un enfermo pusilánime en busca de síntomas de imperfección o de tedio, y si no hubieras podido diagnosticarlos el miedo al desengaño se habría convertido en pánico al amor, y ahora mismo, en secreto, estarías deseando marcharte lo más lejos posible, al otro lado del océano, huyendo no del sufrimiento sino de la incomodidad de la pasión, las llamadas de teléfono, las cartas leídas muchas veces, la supersticiosa reducción del mundo a una sola presencia, la vida ordenada y trivial de pronto intolerable. Qué angustia, le dice la sombra aliviada, como un amigo en guardia contra sus peores costumbres, mejor así, soledad y confort y un pasaje de avión en el bolsillo, acuérdate de Félix, que dice no haber conocido nunca los trastornos sísmicos que tú llevas contándole desde los catorce años y seguramente ha gozado con Lola mucho más que tú con todo el catálogo de mujeres arrebatadoras y enigmáticas a las que has dedicado, en vano casi siempre, más energía y entusiasmo y dolor que a cualquier otro empeño de tu vida.

No ha llegado a nevar, afortunadamente, de Central Park viene un olor a bosque, a tierra húmeda y hojas empapadas. Ahora sube vigorosamente hacia el norte por una acera de viviendas de ricos en cuyos umbrales los porteros de uniforme con galones llevan bajo la gorra de plato orejeras tan ignominiosas como las suyas y se va fijando en los números de las calles y en las mujeres envueltas en abrigos de pieles que bajan de las limosinas y cruzan rápidamente hacia los portales con luces indirectas, molduras blancas y zócalos de caoba, dejando en el aire como un rastro dorado de los perfumes más caros del mundo. Por un momento cree oler la colonia de Allison y casi se acuerda de su cara, pero es imposible, ha sido como un espejismo del olfato, y por primera vez cae en la cuenta de que será muy fácil no verla nunca más y siente odio hacia las caras extrañas que pasan junto a él. A la altura de la calle Sesenta y Cuatro Este ya va desfallecido, desde hace más de una hora no ha parado de andar, tiene hambre, ese hambre sin consuelo y mezclada al desamparo que le dan siempre las ciudades hostiles, y en esta zona de viviendas como fortalezas donde sólo habitan millonarios no hay bares, ni puestos de hamburguesas que despidan humaredas pestilentes de grasa, nada más que porteros uniformados como mariscales hondureños y aceras limpias y anchas, sin socavones, sin mendigos ni vagabundos forrados en harapos de plástico que empujen carritos de la compra llenos de desperdicios. Allison, dice, Allison, Allison, como si de verdad estuviera enamorado de ella y repitiendo su nombre pudiera traerla hacia él desde el confín de Nueva York o de América en el que se haya escondido. Pero lo extraño no es no poder encontrarla, sino haberla conocido y confabularse tan rápidamente con ella en contra del cálculo de posibilidades, con la de gente que hay en el mundo, como decía el tío Pepe, si hasta da mareo pensar en el número de nombres ordenados por orden alfabético en la guía de teléfonos de Nueva York, millones de mujeres y hombres hablando en miles de idiomas y no hay manera de encontrar a un semejante cuando más falta hace, así que más vale agradecer la buena suerte de una noche y no ceder ni un minuto a la desesperación, volver a Europa, instalarse en Madrid, ahorrar para un piso e irse acostumbrando a la cercanía de los cuarenta años, qué asco de pronto, así que esto era la vida: pero agradece al menos que no se te ha caído el pelo todavía ni te ha salido barriga, dice la sombra, que no te has dado a la heroína ni al alcohol ni a la religión ni vistes pantalones abolsados ni suéteres de marca ni tienes un despacho ni un cargo político, que no llevas en el bolsillo un recipiente plateado para la cocaína, que no estás abrumado por la paternidad ni acomodado en el matrimonio y en el adulterio, que no te has quedado paralítico por culpa de un accidente de tráfico, que no te has vuelto idiota de nostalgia por un pasado heroico que nunca existió, que te has librado del cepo de las oficinas y has sobrevivido sin cicatrices mortales a los frecuentes naufragios del amor.

Pero se muere de hambre, le tiemblan las piernas, de tanto frío como hace le duele la nariz, menos mal que tuvo la precaución de comprarse el gorro de punto y las orejeras, ande yo caliente y ríase la gente, le decía su madre al ponerle cuando se iba a la escuela en los días de invierno un pasamontañas que a él le daba rabia porque se veía cara de verdugo. Ha llegado a la esquina de la calle Sesenta y Seis y continúa caminando hacia el norte con la tenacidad de una máquina, pero debiera volverse, no vaya a hacérsele tarde, su padre ya estaría temiendo perder el avión, y él también, uno se pasa parte de la vida queriendo no parecerse a su padre y un día descubre que ha heredado no lo mejor de él, sino sus manías más insoportables. Media vuelta, otra caminata de casi una hora, y luego el sandwich más grande que haya en la cafetería del hotel y una de esas cervezas tibias y oscuras, con la espuma blanca y muy densa, que son excelentes para emborracharlo un poco a uno y dejarlo dispuesto a dormirse en el avión. Ya lo excita la seguridad de que va a marcharse, le dan antojos inaplazables que sólo sería capaz de confesarle a Félix, porque cualquier otro, incluso él mismo, lo reputaría de palurdo, una tostada con aceite, un bocadillo de jamón, media de churros espolvoreados de azúcar, un café con leche, pero café con leche de verdad, bien cargado y quemando, no el aguachirle que beben éstos incluso en las comidas, un plato de arroz con conejo preparado por su madre, una orgía de colesterol. Casi se le saltan las lágrimas, de nostalgia, de frío, de un hambre tan furiosa como la que le entraba en la aceituna o en la huerta, y entonces ve frente a él en la esquina un edificio bajo que parece un palacete italiano y al darse cuenta de que es un museo piensa inmediatamente que dentro habrá calefacción, lavabos y posiblemente hasta cafetería, de modo que consulta el reloj, calcula que le queda tiempo, sube la escalinata y compra una entrada. El museo se llama The Frick Collection, por él como si fuera el museo de bebidas de Perico Chicote, aunque ahora cree recordar que alguien le dijo no hace mucho ese nombre, Félix, tal vez, que sabe tanto de pintura como de música barroca o de poesía latina o de lingüística, pero lo disimula con la misma eficacia, por un escrúpulo inflexible contra la pedantería. Le da pudor y oculta lo que sabe, igual que a veces entra en los sitios como si le diera vergüenza ser tan alto. Hace calor, en efecto, se quita con alivio los guantes, el gorro de lana y las orejeras, hay una flecha que indica la dirección de los lavabos, pero en el guardarropa le informan de que no hay cafetería, mala suerte, aunque el aire tan cálido y la penumbra silenciosa mitigan el hambre. Camina por un corredor enlosado de mármol y no tiene la sensación de estar en un museo, sino de haberse colado en la casa de alguien. Hay cuadros pequeños y débilmente iluminados en las paredes y no llega del exterior el ruido del tráfico, ni siquiera el del viento. Al cabo de unos pocos minutos el silencio adquiere la intensidad irreal que tenía en el Homestead Hotel, pero aquí no es amenazante, sino hospitalario, se oyen crujidos de pisadas prudentes sobre el suelo de madera bruñida y murmullos de voces, la carcajada de alguien invisible en una sala próxima, y un sonido de agua cayendo sobre una taza de mármol. En un patio cubierto por una bóveda de cristal donde hay una claridad gris y detenida una mujer solitaria fuma un cigarrillo y tiene un catálogo abierto entre las manos. Vigilantes aburridos conversan en voz baja al fondo de los pasillos y se tapan la boca para que no se escuche demasiado alta su risa. No parecía un museo, piensa contarle a Félix, todos los vigilantes tenían cara de complicidad y de guasa, sobre todo cuando veían a un extraño y se quedaban serios y firmes, como si estuvieran fingiendo que eran vigilantes y no pudieran aguantar las ganas de reír. Había un salón con una mesa de despacho, una biblioteca y una chimenea de mármol, y sobre ella el retrato de cuerpo entero del dueño de la casa, un señor de barba blanca y traje con chaleco que me miraba desde lo alto como si le disgustara mi presencia, aunque pavoneándose delante de mí de su palacio y de su colección de pinturas. Ve caras pálidas de hombres y mujeres de hace siglos y piensa con aprensión que está viendo retratos de muertos, que casi todos los cuadros y casi todos los libros y hasta las películas que más le gustan tratan únicamente de ellos, de los muertos. Descubre no sin patriotismo y algo de sorpresa un Goya y un Velázquez, un severo autorretrato de Murillo, la de lugares que habrán recorrido estos cuadros para llegar aquí, le da mareo imaginárselo, tiene ganas de irse, se le va a hacer tarde y lo asusta un poco el silencio, hasta la sombra se ha callado, es como si el silencio viniera hacia él desde el interior de los cuadros y fuera el espacio desde donde lo miran esas pupilas sosegadas de muertos, el espacio y el tiempo, el espacio intangible que rodea las figuras como el cristal de un acuario y el tiempo ajeno a las calles de Nueva York y a las agujas de su reloj de pulsera que se van acercando a la hora de la partida, años y siglos congelados en las salas y en los corredores del museo, en la claridad gris del patio donde fluye el agua sobre una taza de mármol, en las facciones de esa gente sin nombre que fue borrada por la tierra y cuyas figuras se yerguen con una sonrisa triste y una mirada fija contra la oscuridad del fondo de los cuadros. Detesta los museos porque le hacen acordarse de que va a morir y pensar, como dice suspirando su abuelo Manuel, que no somos nadie, le pasa lo mismo cuando ve una de esas películas en que los protagonistas envejecen y tienen la cara maquillada de arrugas y les tiemblan las manos, le da congoja por muy malas que sean, aunque los actores sigan pareciendo mucho más jóvenes de lo que quieren fingir y se note que las canas son tintadas. En el Museo Metropolitano, durante un viaje anterior, se vio la cara borrosa en un espejo egipcio de plata y apartó los ojos al preguntarse cómo serían las caras que se miraban en él hace cinco mil años. Cofradías de muertos, catálogos de muertos, facciones de muertos esculpidas en piedra o pintadas al óleo o conservadas en la cartulina de las fotografías. No tengo hijos y es posible que ya no los tenga, dentro de un siglo no quedará ni rastro de mi cara en la memoria ni en las facciones de nadie. Pero mi madre dice que me parezco mucho a mi bisabuelo

Pedro: cuando hayan muerto mis abuelos, cuando muera ella, nadie lo sabrá.

Tranquilo, interrumpe la sombra, vámonos de aquí, o como dice Félix cuando lleva unas copas y oscila, tan grande, y parece que va a caer al suelo como una estatua de la isla de Pascua: Max, no te pongas estupendo. Pero no se marcha todavía, deambula de una sala a otra como por las habitaciones de una casa recién abandonada, aturdido por la fatiga y el hambre, por tantas horas de soledad, con ese sonambulismo que lo gana fatalmente en los museos, en los aeropuertos y en los supermercados. Entonces ve, primero sin atención y de soslayo, luego deteniéndose, como cuando cree reconocer en una calle extranjera la cara de alguien de Mágina y tarda un segundo en darse cuenta de que es imposible, un cuadro más bien oscuro, que le da la inmediata impresión de no parecerse a ningún otro cuadro del mundo: un hombre joven, cabalgando sobre un caballo blanco, de noche, con un gorro de aire tártaro, delante de una colina en la que se distingue con dificultad la forma de una torre ancha y baja o de un castillo. Se acerca para mirar el título, Rembrandt, *The Polish Rider*, pero tiene que apartarse otra vez porque la luz se refleja en la superficie oscura y brillante del lienzo. Es el cuadro más raro que ha visto en su vida, aunque no sabe explicarse por qué, es muy raro pero también lo encuentra familiar, como si lo hubiera visto en un sueño olvidado, no hace mucho, pero uno no sueña con algo que verá dentro de unos meses, no reconoce y extraña al mismo tiempo y con la misma certidumbre, no es alcanzado de improviso por un sentimiento de pérdida y de felicidad que le forma un nudo en la garganta y que hasta ahora sólo le han deparado con absoluta plenitud unas pocas canciones: como si el tiempo y la realidad no contaran, como si no estuviera solo en Nueva York en una mañana helada de enero, a punto de volar hacia una ciudad inhóspita de Europa y de cumplir

treinta y cinco años y de seguir aceptando una vida en la que ya no se
reconoce y que le importa tanto como la del desconocido que habita
el apartamento de al lado. Está seguro, ha soñado con ese jinete, lo
hace feliz y le da terror, como las historias que su abuelo Manuel le
contaba, los juancaballos bajando de la Sierra en los amaneceres de
invierno, el regreso a Mágina desde el campo de concentración entre
montañas tan oscuras como las que se ven en el cuadro, las hogueras
lejanas en las noches de San Juan, porque detrás del jinete se vislumbra un fuego encendido, los cascos de un caballo resonando hondamente en la tierra. Quiere irse pero unos pasos más allá se vuelve y
continúa mirando, no puede tolerar la tensión imposible que le ha
agudizado la memoria, dónde lo he visto, cuándo: se acuerda de que
durante años le ocurrió algo parecido, veía un cesto o un baúl de
mimbre y le daba pavor, imaginaba en seguida espadas curvas atra-
vesándolo y manchas de sangre que brotaban de él, y de pronto una
noche, viendo medio dormido la televisión, descubrió que esa imagen
no era el recuerdo de un sueño, sino de una película a la que lo llevaron en la infancia, la misma que estaban poniendo ahora, *El tigre de
Esnapur*, y en su apartamento de Bruselas se le despertó todo el miedo
pero también toda la inocencia y la felicidad de entonces. Puede que
esté acordándose de una película o de la ilustración de un libro, esa
torre en la cima de la montaña, el castillo de los Cárpatos, el castillo
de irás y no volverás, el jinete ha golpeado las aldabas de bronce y no
le ha respondido más que el eco, o ha visto la torre mientras cabalgaba y ha renunciado de antemano a la posibilidad de buscar refugio
o de aceptar unas horas de descanso, pues no quiere interrumpir su
viaje, no quiere bajar del caballo ni despojarse del gorro tártaro ni del
carcaj que lleva a la espalda ni del arco colgado de su montura para
combatir quién sabe en qué guerra, para arrojarse a qué furiosa cace-
ría, en qué estepas tan ilimitadas como las que atravesaba sin detenerse nunca Miguel Strogoff, el correo del zar, que en el curso de su

viaje secreto conoció en un tren a una muchacha rubia y la perdió y la volvió a encontrar y fue salvado por ella cuando ya no podía verla porque unos tártaros salvajes le habían quemado los ojos con un sable candente.

Lo acucia el reloj, tiene que irse y le da la espalda al jinete polaco, y en el umbral de la sala piensa que quizá no lo vea nunca más y se vuelve por última vez, pero desde esa distancia la luz se refleja como una pantalla opaca sobre el cuadro y él no puede repetir en sí mismo la conmoción de unos segundos antes, de nuevo es el que era cuando aún no lo había mirado, y el regreso tan rápido a un estado anterior se parece un poco a la decepción sexual y al descrédito que la luz del día arroja sobre el entusiasmo de la noche pasada. Al salir se despide del autorretrato de Murillo como de un compatriota que permanecerá solo en el exilio. Vuelve a ponerse la bufanda, el gorro de lana, las orejeras y los guantes. Ya son las dos, en la calle hace menos frío y no sopla desde el East River ese viento homicida como un filo de navaja. Ha empezado a nevar. Se baja el gorro hasta las cejas, alza las solapas del chaquetón, se tapa la boca con la bufanda y los hilos de lana, húmedos de vaho, le rozan la punta de la nariz y le sugieren un confort de invierno antiguo, las nubes bajas y blancas han convertido Nueva York en una ciudad horizontal, parece Londres, pero se distinguen entre la bruma, sobre las arboledas de Central Park, las siluetas ahora ingrávidas y las luces encendidas de los rascacielos, y como sabe que va a irse se concede un poco de prematura nostalgia, acentuada luego cuando limpia de vaho el cristal de la ventanilla del taxi donde vuelve al hotel y mira a la gente vestida de invierno en las aceras, imaginando ya sin convicción, por una incrédula costumbre, que ve pasar a la rubia Allison con su gabardina verde oscuro y con esos andares tan poco neoyorquinos que tenía, una prisa desganada y escéptica o una tranquila dejadez, como de vivir a su aire y aparecer sonriendo

en el último minuto. Si aparecieras ahora, si estuvieras esperando
bajo la marquesina del hotel, con los hombros encogidos de frío y las
manos hundidas en los bolsillos y el pelo rubio y suelto alrededor de
la cara, si al entrar yo en el vestíbulo te levantaras del sofá donde has
estado esperando y vinieras hacia mí como he deseado desde hace no
sé cuántos años que se me acerquen las mujeres que me gustan. Pero
bajo la marquesina no hay más que un portero que procura quitarse
a pisotones el frío de los pies y en los divanes del vestíbulo se aburren
los preceptivos japoneses y nórdicos y algún gordo o gorda montañoso de piel rosada y boca rumiante. No hay ningún mensaje para él,
dice la chica colombiana o cubana del mostrador, de sonrisa irrompible, gradualmente ofensiva en su indiferencia, floreciente bajo la luz
cruda y dorada como una planta lujuriosa de plástico, y no ha tenido
que repasar su cuaderno de notas ni ha tecleado en el ordenador antes
de repetir su sonriente negativa, nada más verlo entrar quitándose las
orejeras y el gorro y sacudiéndose la nieve de los hombros se ha erguido en su traje de chaqueta color naranja eléctrico para decirle lim-
piamente que no, mirándolo de arriba abajo como si considerara
imposible que alguien deje un recado para él y le conceda así el privilegio de la existencia. Le da las gracias, sin embargo, con un residuo
de entereza, incluso responde a la espectacular sonrisa colombiana
con una deficiente sonrisa española, pero la chica, en vez de entregarle su llave, la deja desdeñosamente sobre el mostrador mientras
vira sonriendo hacia otro cliente, para quien sin duda sí que habrá
mensajes, telegramas cifrados sobre operaciones financieras, cartas
de amor, citas de negocios, un hombre mucho más alto y mejor vestido que él que lleva el abrigo como una túnica senatorial y ostenta
una figura de ángulos tan eficaces como los de su cartera de piel y los
de la tarjeta de crédito dorada que brilla sobre el mármol del mostrador. Ángulos y filos, pasos en línea recta y ademanes geométricos,
piensa mientras se dirige a los ascensores, gente grande y rubia que

se cruza en ángulo recto como las calles y los automóviles, hombres y mujeres tan seguros de ser obedecidos que no tienen un instante de duda ni ante las puertas automáticas, que avanzan fieramente y sin mirar ante sí porque van por su derecha y no conciben que nadie incumpla las normas de la circulación y choque con ellos, y si eso ocurre, si un incauto camina a menos velocidad o se descuida mirando un escaparate y ocupa el lado izquierdo, lo embisten sin misericordia, sin maldad, murmurando *excuse me* mientras le hunden en las costillas el ángulo del codo o de la cartera y lo miran con los ojos helados, como los marcianos de esa película que le contó Félix. Tienen figura humana y hablan como nosotros y sólo se distinguen por el fanatismo vacío de sus pupilas, o porque tienen un ojo oculto debajo del pelo del cogote o un meñique rígido, y poco a poco se apoderan del mundo, sin que se dé cuenta nadie, a quien los descubre lo eliminan o lo hechizan para que mire y sea como ellos. En todo Nueva York sólo queda un hombre que no haya sido contagiado, no puede confiar en nadie, nada más que en una mujer tan fugitiva y sola como él mismo, pero no sabe dónde está, se ha citado con ella y no aparece, le ha dejado docenas de mensajes en su contestador automático y nada, habrá tenido que escapar sin tiempo de avisarle, habrá sucumbido a los invasores, a la invasión de los ladrones de cuerpos, así decía Félix que se llamaba la película. Se mira en el espejo del ascensor, entre las caras anglosajonas y japonesas que lo rodean, y se pregunta si notarán los otros que no es como ellos, si detendrán el ascensor entre dos pisos y lo rodearán mirándolo sin parpadear con sus ojos de peces y le dirán *excuse me* antes de que uno de ellos abra su maletín y le administre una inyección somnífera. Pero no es su imaginación desatada y pueril, a quien se le cuenten las tonterías que está siempre pensando, es que lo miran, los diminutos japoneses desde abajo y los anglosajones desde las cimas albinas de sus estaturas, lo están mirando y la puerta del ascensor está abierta y nadie sale, pues fue él quien pulsó el botón del cuarto piso y los otros esperan a que salga. Cuando se da cuenta se pone colorado y procura abrirse paso diciendo *excuse me* y temiendo que la puerta automática se cierre cuando él vaya a cruzarla, atrapándole un brazo o una pierna. Le parece que los otros se hacen señas entre sí y cabecean lamentando los inconvenientes que les causa su estupidez española.

Se encierra con alivio en la habitación, enciende un cigarrillo y lo apaga en seguida. Hay que marcharse cuanto antes. Mira por la ventana las plataformas del aparcamiento que ha sido su paisaje más familiar de Nueva York en los últimos días y escucha el runrún perpetuo semejante a un émbolo o a un latido hidráulico que no le dejaba dormir por las noches. Ya tiene preparadas la maleta y la bolsa, cuenta el dinero, se asegura de que lleva el pasaporte y el billete de avión, pero qué susto, ha tardado casi un minuto en encontrarlos, entre tantos bolsillos, mira el teléfono, levanta el auricular y vuelve a dejarlo sin oír siquiera la señal, no hay tiempo, y aunque lo hubiera da lo mismo, lo único que quiere es marcharse de allí. En el ascensor un botones observa la maleta calculando su peso y no hace el menor ademán de ayudarle, y la chica de recepción sonríe cuando él le entrega la llave como si se felicitara a sí misma por no tener que verlo más, siempre pasa lo mismo en los viajes solitarios, que se ve uno rodeado de posibles enemigos. Pero la camarera que viene a atenderlo en la cafetería es una señora gorda y afable, con un acento de español del Caribe, y le pregunta qué va a tomar tan afectuosamente que le dan ganas de abrazarla. Mira la calle y la nieve tras el cristal empañado mientras espera la comida, más sereno ahora, como acogido transitoriamente por la actitud de la camarera, porque vive en el aire y depende sin remedio de la simpatía de los desconocidos. Mira con alarma el reloj y se vuelve hacia la barra temiendo que a pesar de todo se hayan olvidado de su plato, y en la puerta de cristales que separa la cafetería del vestíbulo hay una mujer que parece estar buscando nerviosamente a alguien, recién llegada de la calle, con la cara sudorosa o mojada por la nieve, con un sombrero marrón en la mano y una gabardina verde oscuro. La mira inmóvil unos segundos antes de que ella lo vea, pero hay algo que ha cambiado en su cara y no sabe lo que es, sólo está seguro de haber visto a Allison cuando ella lo descubre y cruza entre las mesas sin que él se haya movido todavía y le sonríe con sus labios pintados de rojo, con una sonrisa en la que participan no sólo su boca y sus pupilas, sino todos los rasgos de su cara, los colores de su ropa, su manera de andar, el olor a invierno y a colonia de su pelo y de sus mejillas frías, de todo el cuerpo que se estrecha contra el suyo mientras la camarera caribeña permanece junto a ellos con una expresión desconcertada y jovial y una bandeja entre las manos.

Me recuerdo mirándome los ojos en el retrovisor, un fragmento de mi cara ovalado como un antifaz, tocándome la barbilla áspera, primero inerte en el interior iluminado del coche, de espaldas a la carretera, de donde venía una trepidación de motores de camiones, en medio de una extensión de tinieblas punteada a lo lejos por las luces de un pueblo, bajo un cielo en el que la Vía Láctea resplandecía con un brillo de escarcha, y luego, poco a poco, temblando, temblando como yo no he temblado nunca. Al principio podía apretar las mandíbulas y contener el ruido extraño y mecánico de los dientes, que sonaban como una máquina de coser. Cerraba las dos manos sobre el volante para que no se agitaran, pero el temblor se extendía en oleadas por todo mi cuerpo. La calefacción del coche había dejado de funcionar y el frío estaba subiéndome desde las plantas de los pies. Veía mi cara en el espejo moviéndose de un lado a otro como si negara, sujetaba el volante hasta que me dolían los nudillos y se hacía más violento el temblor de los brazos, apretaba los párpados para no ver las sacudidas de mi cabeza y tenía que abrir en seguida los ojos porque me cegaban en la oscuridad los faros del camión. Busqué el tabaco y no lo encontraba, extraje un cigarrillo hincando las uñas en el filtro y me costó llevármelo a los labios, y cuando lo tuve en ellos no me acordaba de encenderlo, aproximar a él la llama del mechero requería una paciencia y una precisión imposibles. Alguien hablaba como si nada en la radio, una mujer, como si yo no existiera y no hubiera estado a punto de morir. En la guantera había guardado una petaca de whisky, me quemó los labios y el paladar, y cuando se mezcló en la saliva a la nicotina tuve náuseas. Abrí la puerta del coche y volqué medio cuerpo hacia el exterior, que olía a tierra helada, sin quitarme el cigarrillo de la boca, contorsionado en una postura que hacía más doloroso el temblor, sofocado por el humo, pero el filtro se me había adherido a los labios y no podía escupirlo. Me lo arranqué como desprendiéndome de una materia pegajosa, vi la brasa apagándose sobre un grumo de tierra. Ahora el temblor era más suave, pero todavía continuo, y el aire quieto y frío me aliviaba. Si yo hubiera muerto no habría sucedido la menor modificación en toda la amplitud de la noche, esa mujer que hablaba en la radio habría seguido presentando canciones, mis abuelos roncarían acompasadamente en su cama, mi madre se agitaría en sueños, porque duerme muy mal y tiene pesadillas, mi padre habría llegado al mercado de mayoristas, a las afueras de Mágina, y estaría cargando cajas de hortaliza en su furgoneta nueva. No pensaba estas cosas, las veía tan claramente como vi a mis padres, a mis abuelos y a mi hermana sentados alrededor de la mesa camilla cuando me acercaba en línea recta hacia los faros del camión y notaba un gusto amargo en la boca que debía de ser el sabor anticipado de la muerte, y más tarde, mientras el coche rompía la valla metálica de protección y daba tumbos sin gobierno sobre las crestas de los surcos, yo me aferraba al volante y me preguntaba con un residuo de lucidez y frialdad cuándo vendría una sacudida que me lo hundiera en el pecho y que arrojara mi cabeza contra el parabrisas, y otra parte de mí escuchaba la radio y notaba

en el cuello el roce del cinturón de seguridad. Tal vez en el instante
de morir ocurra eso, una disgregación de identidades que vuelva simultáneos el espanto y la serenidad, la lejanía absoluta y la mordedura física del dolor, la conciencia de todo lo que uno ha sido y lo que
va a perder, el tiempo abolido y a la vez rompiéndose como las apariencias firmes de la realidad y deshecho en esquirlas de angustiosos
segundos.

Pero es de la serenidad de lo que mejor me acuerdo: el accidente, el
miedo, las horas con Félix en Granada, la ebriedad suicida con que
había pisado el acelerador al salir de los túneles de Despeñaperros,
todo retrocedía hacia un pasado remoto, tan poderosamente como se
retira el mar en una noche de resaca violenta. Quedaba en mi conciencia y alrededor de mí un silencio vacío, sin imágenes ni deseos,
una quietud sin voluntad, indiferente al miedo y a la sorpresa de
haber salvado la vida. Cesó el temblor, apagué la radio, porque no
soportaba las voces ni la música, giré la llave de contacto y el motor
enfriado tardó un poco en arrancar. Las sacudidas del coche sobre los
surcos me afectaban como a un cuerpo muerto: yo era ajeno a ellas,
igual que al instinto recobrado de peligro que me estremeció al encontrarme de nuevo en la carretera y ver líneas blancas que se curvaban y desaparecían frente a mí y faros y luces rojas de camiones. No
tenía miedo de morir: ya estaba muerto, pero nadie más que yo lo
sabía. En Madrid, a las seis de la madrugada, yo era un muerto que
dejaba el coche alquilado en el aparcamiento del hotel y subía en ascensor a su habitación con una bolsa de lavandería en la mano y antes
de entrar en la ducha pedía el desayuno por teléfono, un muerto ex-
perimentado y sagaz que conoce cada una de las costumbres de los
vivos, igual que un espía en territorio enemigo, y que después de secarse se ata a la cintura una toalla de baño, abre la puerta al camarero
que empuja una mesa con ruedas y sabe la propina exacta que con-

viene darle para que no sospeche la impostura. Pero no era serenidad, sino una lucidez anestesiada, el pensamiento obsesivo de que yo no estaba verdaderamente allí y de que mis sentidos ya no me vinculaban a las cosas, sino a sus apariencias más frágiles, como si hubiera sido desterrado para siempre de ellas, del color, del tacto, de los sabores y las voces, de las presencias humanas. Todavía era de noche. Me acosté y cerré los ojos y cuando empezaba a dormirme despertaba con el sobresalto de que se me había hecho tarde o de que conducía de nuevo y estaba a punto de chocar con un camión. Vi amanecer sobre Madrid y pensé que ni esa luz ni esa ciudad tenían que ver conmigo porque serían iguales si yo hubiera muerto y no estuviera mirándolas. Pude no haber regresado a aquella habitación y casi todo sería idéntico a como yo lo veía. Lo más increíble no es morir, sino que a la mañana siguiente ilumine las calles el mismo sol de invierno de todos los días y circulen los coches y la gente desayune en los bares como si quien lo miraba todo aún existiera, como si ellos fuesen inmunes a la muerte.

Era una mañana de noviembre transparente y azul, dorada, muy fría, con esa frialdad luminosa de Madrid que vuelve nítidas las distancias y da una precisión de cristal tallado a las pupilas. Dócil, ajeno a todo, muerto, ocupé a las nueve en punto la cabina que me habían asignado en el Palacio de Congresos, comprobé el micrófono, los interruptores, los auriculares acolchados, salí al corredor para fumar un cigarrillo, deseando no encontrarme con nadie que me conociera, incapaz de urdir las dos o tres frases habituales de saludo. Los muertos no hablan, mueven los labios y ningún sonido fluye de su boca, entran en su cabina de traducción y se acomodan en ella como ante los mandos de un batiscafo y miran la sala que hay al otro lado del cristal como mirarían el espectáculo de las profundidades submarinas, las filas de butacas que empiezan poco a poco a ser ocupadas por cabezas idénticas, la mesa que se extiende de un lado a otro del escenario, con figuras semejantes entre sí, sobre todo en la distancia, hombres con corbatas oscuras y trajes grises y mujeres de mediana edad con el pelo cardado, guardaespaldas que se reconocen a la legua por sus gafas de sol y por su forma de mirar por encima del hombro, azafatas jóvenes y vestidas de azul, grandes ramos de flores en las esquinas, fotógrafos y cámaras de televisión al pie del escenario, disparos multiplicados de flashes, y luego un silencio como el que preludia la señal para el comienzo de una prueba atlética, el zumbido tenue en los auriculares, las primeras palabras, lentas todavía, protocolarias, previsibles, fotocopiadas en la carpeta que me entregaron cuando vine, la urgencia ávida de atraparlas en el instante en que suenan y convertirlas en otras unas décimas de segundo después, palabras de niebla que se extinguen una vez que han sonado como la línea blanca de la carretera en la oscuridad del retrovisor, abstractas, fugaces, repetidas mil veces, resonando en los altavoces de la sala y al mismo tiempo, vertidas a tres o cuatro idiomas distintos, en mis oídos y en los de cada uno de los hombres y mujeres que miran hacia el estrado con caras semejantes de monotonía o de sueño, igualadas en su palidez por esta luz de aeropuerto, tan diferente de la luz exterior como las caras con las que uno se cruza por las calles. Pero tampoco las voces ni las palabras se parecen a las que pueden oírse en un bar o en una tienda, son monocordes, civilizadas, metálicas, al cabo de media hora ya confunden sus sonidos y sus significados entre sí, en una pulpa neutra, como el rumor de los acondicionadores de aire. Cambian después, aunque no del todo, en los vestíbulos y en la cafetería, suenan más alto e incluso es posible distinguir unas de otras, asociarlas a la cara de quien las pronuncia, al color y a la expresión de sus ojos, como cuando en un autobús se escucha la conversación de dos desconocidos que ocupan los asientos de atrás y uno se vuelve para verlos, descubriendo entonces, casi siempre, que las caras y las voces no se corresponden, igual que una mujer vista de espaldas no parece la misma si uno la adelanta incitado por su figura o su manera de andar para verla de frente.

Aislado en la cabina, sobre el auditorio donde se celebraba un congreso internacional de turismo tan remoto como las vidas individuales de los hombres para un astronauta que sólo ve desde su cápsula las manchas azules de los continentes, más invisible y más ajeno que nunca, porque esa mañana estaba muerto, traducía como si escribiera a máquina sin mirar el papel ni el teclado, y mientras mi voz doblaba a otra mis ojos elegían mujeres en la distancia, facciones borrosas de azafatas, melenas oscuras o rubias, brillantes bajo los focos, perfiles cuyos rasgos exactos detallaba mi imaginación, piernas cruzadas sobre las butacas: buscaba y elegía sin deseo, escuchaba una voz de mujer en los auriculares e intentaba adivinar la cara a la que pertenecía, deambulaba luego, en el descanso, por los pasillos y el vestíbulo, aturdido por esa variedad inagotable y sin embargo uniforme que tienen los rostros en las dependencias de los organismos internacionales. Me fijaba en todos, especialmente en los de las mujeres, mujeres con trajes de chaqueta, carteras de piel y melenas cardadas, nórdicas altas y blancas, hindúes con un círculo rojo en la frente y un walkman ceñido a la cintura del sari, sudamericanas de caderas bajas y pómulos anchos, azafatas de piernas largas y medias oscuras, con pañuelos al cuello, con tacones de aguja, con un acento consentido y nasal del barrio de Salamanca, fotógrafas de hombros anchos, gesto de desdén y cigarrillo en la boca. Las miraba a los ojos y pasaban a mi lado sin verme o detenían en mí por un instante la mirada: yo creo que ésa es la única tarea en la que he perseverado sin desfallecimiento en mi vida, mirar a las mujeres, oler sus perfumes y observar cómo se visten o se calzan, cómo sostienen las copas o los cigarrillos, cómo cruzan las piernas o apoyan un codo en la barra de un bar, de qué color se han pintado las uñas o se han teñido el pelo. Miro a las muje-

res que van sentadas cerca de mí en el autobús, a las que suben justo
cuando el conductor ha cerrado la puerta y abandona la parada, a las
que pasan por la acera, a las que aparecen en las portadas y en los
anuncios en color de las revistas, a las que se apresuran por la mañana
temprano para llegar a los ascensores de los edificios de oficinas y a
las que miran perezosamente tras la ventanilla de un taxi parado
junto al mío en un semáforo, a las que entran descalzas en el escaparate de una tienda para cambiar la ropa de un maniquí y a las que me
sonríen como si de verdad se alegraran de verme cuando he subido la
escalerilla de un avión.

Miré a la rubia de la gabardina verde oscuro y la melena corta y despeinada con la misma atención rápida y exhaustiva con que las miro
a todas, preguntándome siempre si no será una de ellas la mujer de mi
vida. Era tan instintivo el hábito de mirar y elegir que ni siquiera esa
mañana me abandonaba, amores pasionales que no duran ni los tres
minutos de una canción, súbitos entusiasmos desbaratados por la solidez excesiva de unas piernas o la crueldad de una boca. Pero no
estoy seguro de que me fijara tanto en ella ni de que me gustara a
primera vista, no era espectacular ni más alta que cualquiera de las
otras ni tenía una de esas caras algo lánguidas de las que he tendido a
enamorarme desde los once o doce años, pero se distinguía desde
lejos por la pereza con que caminaba, no con lentitud, porque la vi
abandonar a toda prisa la sala de prensa y me pareció cuando venía
hacia mí que llegaba tarde a alguna parte, sino con desahogo, como
si la tranquilizara la seguridad de que los lugares no desaparecen
aunque uno tarde un cuarto de hora en irrumpir en ellos y que los
trenes no se marchan con medio minuto de antelación por la pura
perfidia de dejarlo a uno en tierra. No era una de esas mujeres que
dejan tras de sí un rastro agraviado de miradas masculinas, al menos
no entonces, no caminaba como si llevara sobre la frente la adverten-

cia enfática de que bastaría mirarla para que se convirtiera en una mujer inolvidable. Iba a su aire, a una velocidad esquiva, con la cabeza baja y las manos en los bolsillos de los pantalones de hombre y los faldones de la gabardina sueltos tras ella, como levantados por la prisa con que se movía, y tal vez lo único que me hizo retener su figura fue que me miró. Venía mirándome mucho antes de cruzarse conmigo, mientras hablaba con un fotógrafo y sonreía por algo que él le había dicho: ése fue luego el recuerdo más exacto, los labios rojos sonriendo y toda la cara transfigurada por la risa, vuelta hacia el hombre que iba con ella y atendiendo a sus palabras pero con la mirada fija en mí, los ojos castaños y joviales bajo las cejas oscuras, la etiqueta plastificada donde leí su nombre mientras se cruzaba conmigo y seguía mirándome como si estuviera a punto de preguntar si nos conocíamos, Allison, la sonrisa eligiéndome unas horas más tarde, en la cafetería, cuando la vi avanzar por el pasillo entre las mesas con una bandeja de plástico en las manos y buscar un sitio libre. Imposible, el comedor estaba lleno de congresistas disciplinados y voraces que movían angulosamente las mandíbulas sin separar los labios y manejaban cuchillos y tenedores como pinzas asépticas y ella había llegado tarde, la última, justo un minuto antes de que cerraran el autoservicio. Pero las circunstancias, que a mí tienden a serme meticulosamente adversas, a ella la obedecían, y apenas se dispuso a buscar dónde sentarse un directivo sueco de una agencia de viajes que había comido frente a mí se levantó. No sólo traía la bandeja en las manos, también un corto chal negro y la gabardina doblada bajo un brazo, una carpeta de prensa llena de fotocopias debajo del otro, y un cassette diminuto y una revista americana en equilibrio inestable sobre los dobleces de la gabardina, pero nada acababa de caérsele. A mí se me habría desbaratado todo y habría enrojecido de vergüenza mirando a mis pies un escandaloso desastre de platos derramados y botellas rotas mientras los congresistas dejaban de comer y se volvían para observarme. Me puse en pie, le dije en inglés que si podía ayudarla, y ella, sin soltar la bandeja, me señaló la carpeta y la gabardina que ya se le escapaban de la presión de los codos. Olía a colonia y a carmín cuando me incliné hacia ella y observé que no llevaba más que un sujetador negro bajo la americana de rayas grises y hombreras pronunciadas. ¿No le había visto antes una camisa blanca y una corbata? Dije su nombre para hacerle saber que ya me había fijado en ella y se quedó muy sorprendida. Me preguntó el mío y mi oficio. Hablaba inglés con un acento americano de la costa Este, aunque había en su pronunciación una ambigüedad que me impidió determinar con exactitud el sitio de donde procedía. Trabajaba ocasionalmente para una publicación especializada en turismo de lujo, pero no se creía autorizada a decir que era periodista. En realidad, dijo encogiéndose de hombros, con un gesto pensativo de incertidumbre, no estaba segura de ser nada. Calculé que tendría algo más de treinta años, pero algunas veces, sobre todo cuando se quedaba mirándome y me sonreía como si se hubiera olvidado del tenedor o del vaso de cerveza que tenía en la mano, parecía mucho más joven, acaso por la intensidad de su atención. Desde luego no era anglosajona, o no del todo, no al menos en los ojos ni en el metal de la voz. Llevaba el pelo cortado horizontalmente sobre las cejas y a la altura de la barbilla, extendido a los lados de la cara, muy abundante y un poco despeinado, de modo que a veces le cubría los pómulos y le hacía más delgadas las facciones. Quiso saber de dónde era yo, dónde vivía, cómo era mi trabajo, cuánto tiempo pensaba quedarme en Madrid. Me escuchaba muy seria, asintiendo, picoteaba con el tenedor en un plato de ensalada, con una inapetencia de mujer fumadora y nerviosa. Cambiaba muy fácilmente de expresión, se quedaba ensimismada un segundo, al limpiarse los labios o mirar la comida o la punta del tenedor, y desaparecía el brillo atento de sus pupilas, pero en seguida se echaba el pelo hacia un lado y sonreía de nuevo como si el gesto anterior no hubiera existido. Manifestaba casi simultáneamente urgencia y pereza, aburrimiento e interés, una doble actitud de mujer cansada y reflexiva que cumple su trabajo con una resolución sin fisuras y de muchacha predispuesta al asombro. Se pintaba los ojos y los labios, pero no las uñas, cortas y rosadas. Bebía un café y fumaba, escuchándome, el cigarrillo que yo le había ofrecido, un poco echada hacia atrás, entornando los ojos, como si estuviéramos solos y rodeados de silencio y no en un vasto comedor donde resonaban conversaciones en varios idiomas y ruidos de platos y cubiertos. La comida, el vino, el calor, la presencia y la mirada de esa mujer a la que había conocido menos de media hora antes, amortiguaban el sentimiento de exclusión y destierro, pero no la falta de sustancia real que había inoculado todas las cosas y a mí mismo la proximidad de la muerte. Le contaba algo y me oía la misma voz que cuando hablo a solas: le miraba los labios o el filo bordado del sujetador que sobresalía de su escote si se inclinaba hacia adelante para pedirme fuego y pensaba que era muy fácil desearla, pero no me trastornaba la posibilidad de acostarme con ella, la opresión interior que se afirma en el pecho cuando uno empieza a sentir que tal vez está siendo deseado por una mujer a la que ni siquiera ha besado todavía.

Vino el fotógrafo a buscarla y se despidió de mí tendiéndome la mano: tibia y suave, enérgica al estrechar la mía, con los dedos finos y la palma pequeña. No puedo tocar sin emoción la mano de una mujer, aunque sea un contacto rápido y casual, el de la mano de una cajera que me da la vuelta en el supermercado, el de una desconocida a la que ayudo a subir al estribo de un tren: un instante cálido, de cercanía franca y a la vez pudorosa de otro cuerpo, como si la palma de la mano fuera una oblea de ternura, una inmediata contraseña que no precisa de un sentido ulterior, que es en sí misma la promesa y el fruto. Recogió laboriosamente todo el arsenal que llevaba consigo, la carpeta, el bolso, el chal, la gabardina. Se le olvidaba el cassette, volvió por él y se le cayeron al suelo las fotocopias, le ayudé a recobrarlas, se echó a reír cuando nos encontramos a gatas debajo de la mesa, cada uno con un puñado de folios en la mano. La vi marcharse al lado del fotógrafo, un barbudo muy alto, con zamarra y coleta, y me sorprendí preguntándome con desagrado y casi hostilidad hacia él si serían amantes: no necesito estar enamorado de una mujer para sentir celos, con sólo que me guste un poco ya empiezo a concebir posibles agravios y a mirar con prevención y rencor a cualquier hombre que ande cerca de ella. No volví a verla en el auditorio durante las sesiones de la tarde, ni tampoco en el vestíbulo ni en la cafetería. Dos o tres veces la confundí con otra rubia que se le parecía desde lejos. Ya de noche, mientras abandonaba aturdido de sueño los corredores vacíos del palacio de Congresos, pensaba que las ganas de dormir eran más fuertes que el deseo de encontrarme con ella. Pero me había dicho que estaba alojada en el mismo hotel que yo: retirarse pronto, comer algo ligero en el bar y tomarse una sola copa antes de ir a la cama a una hora nórdica era también seguir buscándola sin necesidad de confesarme abiertamente la evidencia incómoda de que me apetecía mucho estar con ella. La oí reír en cuanto entré en el hotel, cuando subía las escaleras de mármol hacia la recepción. Me llamó por mi nombre, hice como que iba distraído y tardaba en darme cuenta y la saludé con un gesto de la mano que en seguida me pareció perfectamente estúpido: estaba con ella, desde luego, el fotógrafo, que le tenía echado un brazo odioso sobre los hombros y se apresuraba a darle fuego cada vez que cogía un cigarrillo, aunque él no fumaba, y también un gordo de pelo albino y modales opulentos que no se había quitado de la solapa la insignia plastificada del congreso y resultó ser una implacable autoridad en los viajeros norteamericanos por España, desde Washington Irving a Ernest Hemingway. Cuando llegué estaban cenando: Allison me los presentó y el gordo me propuso que me quedara con ellos. A los pocos minutos ya había descubierto dos cosas: que el fotógrafo era homosexual, lo cual no dejaba de ser un alivio, y que el gordo, un asesor o directivo de la revista para la que trabajaba ella, no tenía la menor intención de callarse en toda la noche, al menos hasta que no hubiera volcado sobre nosotros la última nota a pie de página de su aplastante erudición. Lo sabía todo, había estado en todas partes, incluso en Mágina, le sorprendió mucho enterarse de que yo era de allí, se había extenuado recorriendo todas las carreteras y los paradores de España y devorando todos los platos regionales y asistiendo a todas las semanas santas y sanfermines y fiestas de moros y cristianos sin enterarse de nada ni aprender más que dos o tres palabras españolas que repetía con un acento infecto, nos hablaba de su segunda y su tercera y su cuarta mujer con una repulsiva falta de pudor, llamaba *Papa* y *el Viejo* a Hemingway, como si hubieran sido amigos del alma y se hubieran apoyado codo con codo en las barreras de todas las plazas de toros, bebía vino, rojo y sofocado, y se reía a carcajadas con la boca abierta, dándome golpes brutales en la espalda, y yo veía a Allison atender sonriendo, con educación y tal vez fastidio, apoyando el codo en el filo de la mesa, delante del plato que apenas había probado, y el mentón en la mano que sostenía el cigarrillo muy cerca de las uñas sin pintar. Me miraba un instante, ladeaba la cara y alzaba las cejas, como pidiéndome disculpas. El fotógrafo, más bien borracho, se partía de risa con los exabruptos norteamericanos del gordo, que ahora fingía que mascaba un puro y hablaba entre dientes para imitar a Hemingway: yo pensaba con desesperación que aquel tipo no iba a callarse nunca, que estaba cansado y se me hacía tarde y a la mañana siguiente debía trabajar, que me había dejado coger para nada en un cepo absurdo, en una telaraña de palabras, dilaciones, cigarrillos y copas.

·   ·   ·

Hubiera querido tener el coraje de levantarme indignado y decirle a aquel bocazas que no siguiera enhebrando idioteces sobre mi país, que no éramos una tribu sanguinaria y exótica de matadores de toros ni una caterva de aborígenes entregados a la perpetua celebración de nuestras fiestas vernáculas. Tenía que irme pero no me iba. Con los codos pegajosamente adheridos al mantel imaginaba que me levantaba y les decía buenas noches aprovechando un resquicio de silencio en las explicaciones y las historias embusteras del gordo y que Allison me despedía sonriendo y se quedaba con ellos. Mejor así, mejor acostarse y descartar tranquilamente una aventura sexual que incluso podía ser inverosímil. Me armé de valor, me negué a aceptar otra ronda, miré el reloj y dije que me iba, furioso, enconado conmigo mismo, sonriendo, y hasta es posible que me hubiera levantado si Allison, con una naturalidad que me desconcertó, no hubiera puesto su mano sobre la mía para decirme que esperara un poco. La retiró en seguida pero el tacto suave de la palma y de las yemas de los dedos, que hicieron sobre mis nudillos una presión fugaz, se extendió a todo mi cuerpo en una cálida ondulación que por primera vez desde la madrugada anterior lo revivía. Extrañamente el gordo y el fotógrafo no parecieron advertir nada, y de hecho ella ahora no me miraba, dedicando una atención soñolienta a las carcajadas de los otros, pero la mano que había presionado sigilosamente la mía aún estaba posada en el mantel, como un secreto ofrecimiento, se alargaba para tomar un cigarrillo, sujetaba mi muñeca cuando yo le tendía el mechero encendido, los dedos finos y nerviosos rozaban migas diminutas de pan o hebras de tabaco sin que ella se diera cuenta de esos gestos que sólo yo percibía. Me había dicho que esperara, pero tal vez no era más que una actitud de cortesía. Desconfiaba de nuevo, me impacientaba, si nos levantábamos todos lo más probable era que subiésemos juntos en el ascensor y que ellos tuvieran sus habitaciones en el mismo piso, un educado *good night* y una pesadumbre de soledad y de estafa cuando caminara solo por el pasillo, con la llave en la mano, otra noche en balde, como casi todas, y mañana falta de sueño y dolor de cabeza, el aburrimiento del trabajo y la búsqueda nunca saciada de mujeres, no exactamente por una imposición invencible del deseo, sino por la sola costumbre de imaginar y elegir, por el miedo a volver sin compañía de nadie a la soledad de una habitación vacía. No podía creerlo, pero el gordo estaba llamando al camarero y extraía ampulosamente de su cartera una tarjeta de crédito haciendo el ademán de espantar con la mano el dinero que los demás ofrecíamos: así que no estaba alojado en el hotel, si hubiera tenido habitación se habría limitado a firmar la cuenta. Pero quedaba el fotógrafo, a lo mejor él no se iba y proponía otra copa. Ni muerto, me juré, y si se marchaban los dos qué haría yo con ella, tenía que decidirme en segundos, si tomábamos el ascensor estaba perdido, era incapaz de sugerirle que se viniera conmigo. Se acababa el tiempo, en unos minutos todo sería irreparable, el gordo me sacudía la mano y yo lo invitaba con una sinceridad calurosa y absurda a visitar de nuevo Mágina, y hasta le di el teléfono de la casa de mis padres. El fotógrafo me dijo adiós bostezando, se despidieron de Allison, faltaban segundos para que nos quedáramos solos y yo aún carecía de una estrategia razonable, el gordo la abrazó engulléndola como un oso polar, con su irrompible entusiasmo americano. Los pies de Allison, calzados con unas botas cortas, se alzaron del suelo, y cuando los vio subir a un taxi al otro lado de las puertas automáticas se pasó una mano por el pelo, dejó caer perezosamente los hombros y dijo que ya temía que no se fueran nunca. Está muy cansada, pensé, va a despedirme con esa afable indiferencia de los anglosajones y hasta es posible que con un beso en los labios que no significará absolutamente nada. Decidí que en realidad no me importaba no acostarme con ella y que no tenía nada que perder: dije que la invitaba a una última copa en el bar del hotel tan desalentadamente como si ya me hubiera contestado que no y me sorprendió la facilidad con que aceptaba. Pero volvimos al bar y el camarero ya estaba apagando las luces. ¿Me arriesgaría a proponer una salida a las calles desapacibles y hostiles de Madrid, a una búsqueda seguramente desengañada de bares que ya estarían cerrados o a punto de cerrar? Sin decir nada nos acercamos al mostrador de recepción y esperamos a que nos dieran nuestras llaves. Allison balanceaba mecánicamente el lastre de la suya mientras nos encaminábamos hacia el ascensor. Aventuré, por decir algo, que el gordo era muy simpático, pero que tal vez hablaba demasiado. Ella dijo que le parecía un individuo odioso, parodió con exactitud fulminante una de sus afirmaciones sobre España y los dos nos echamos a reír: la risa, el modo en que me miró cuando me hice a un lado para que entrara delante de mí en el ascensor, actuaron sobre mi estado de ánimo como la presión de sus dedos o el roce casual de sus pies con los míos mientras estábamos cenando. Me contaba algo a lo que yo no atendía y permanecíamos inmóviles y más bien separados entre los espejos del ascensor, procurando que nuestros ojos no se encontraran en ellos, mirando los números rojos que se sucedían para aproximarnos al final de la tregua. Yo miraba su escote y la hendidura de penumbra que separaba sus pechos y pensaba con incredulidad que tal vez me bastaría una palabra para acariciarlos y besarlos, para morder golosamente dentro de mi boca sus pezones mojados de saliva. Rígido, avergonzado, cerraba los ojos y apretaba los dientes rogando que mi excitación no se hiciera ostensible. Me correspondía a mí bajarme antes: me pareció que la puerta se abría con una cruda brusquedad y vi frente a nosotros el pasillo enmoquetado y una acuarela de veleros anclados en un muelle. Ahora fue Allison la que se hizo a un lado para que yo saliera. La opresión en el pecho, la ingravidez en el estómago, la conciencia aguda de cada segundo de indecisión y de silencio. Ya en el pasillo, mientras ella se recostaba en la pared de cristal, su pelo rubio deslumbrado desde arriba por la luz fluorescente, le dije sin premeditación ni esperanza que me gustaría que se quedara conmigo. Justo entonces la puerta se estremeció antes de cerrarse y extendí rápidamente la mano para evitar no sólo la catástrofe, sino también el ridículo. Echó a un lado la cabeza, con una lenta sonrisa en sus labios pintados de rojo, dijo que sí y salió del ascensor encogiéndose de hombros.

De modo que increíblemente lo que yo había deseado iba a suceder. Procuré que no me temblara la mano al introducir la llave en la cerradura. Ahora hablábamos los dos, nerviosos, impacientes, hipócritas, como si aún estuviéramos en una situación neutral. Sobre el televisor, la bolsa de lavandería que llevé a Granada me recordó en un relámpago que veinticuatro horas antes había estado a punto de morir. Abrí el minibar murmurando con aire despreocupado una canción y Allison, a mi espalda, la reconoció en seguida y cantó en voz baja el estribillo: *My girl*. Me volví hacia ella con dos vasos de cerveza espumosa en las manos: se había quitado los zapatos y se había sentado en la cama con las piernas cruzadas. Bebió un trago de cerveza, se limpió la espuma de los labios y siguió contándome tranquilamente no sé qué historia sobre el gordo que había empezado en el ascensor. Pensé con impaciencia, casi con espanto, que si uno de los dos no hacía algo continuaríamos hablando educadamente hasta el amanecer. Me senté junto a ella y las plantas de sus pies se apoyaron en mi costado: llevaba unos calcetines cortos, de colores vivos, con dibujos, más bien incongruentes, tan ajenos en apariencia a ella como sus cortas uñas sin pintar. Se quedó callada, incómoda, con el vaso en la mano, sin mirarme, oscilando ligeramente sobre la cama mientras repetía con los labios apretados la canción de Otis Redding. Su cara cambió cuando me incliné para besarla: se transfiguraba ella entera, me apartó de sí después de agitar su lengua en mi boca y se echó con un gesto brusco todo el pelo hacia atrás. Se le afilaban los rasgos, me miraba sin sonreír, con una desarmada seriedad parecida al abandono y al miedo. Se tendió de espaldas y el pelo dejó de cubrirle la frente y los pómulos y tuve la sensación de estar descubriendo las facciones de otra mujer, menos joven, mucho más deseable, aterrada, con las pupilas fijas, con una expresión de avidez y fatalidad en la boca entreabierta, en la cara manchada de saliva y carmín que se contraía en un gesto de expectación dolorosa cuando intentaba levantar la cabeza para mirar cómo iba siendo desnudada. Ya no hablábamos, ya no nos acogíamos a la mediación y a la mentira de las palabras. Nuestras respiraciones apuraban sin dilación ni ternura el aire que se enrarecía entre nosotros, no teníamos pasado ni nombres ni dignidad ni pudor, no estábamos en Madrid ni en ninguna otra parte del mundo, sino en la convulsión de nuestros cuerpos acoplados, enlodados de sudor, desconocidos y respirando el uno contra el otro, mi lengua lamiendo su boca y su nariz y sus párpados, sus dientes mordiéndome mientras desfallecía y rodeaba mis caderas apretando en mi espalda los talones. Pero ni siquiera al final cerró los ojos, los mantenía abiertos y sus pupilas ansiosas y espantadas seguían mirándome. Yo me contenía desesperadamente y vislumbraba en un confín de mi memoria los faros de un camión y las líneas blancas de una carretera, pero estaba vivo y me arrastraba un ímpetu solitario de entrega y de culminación. No quería rendirme, no quería que el deseo acabara. Ella se había tensado como un arco debajo de mí y me había levantado con la contundencia de un golpe de mar mientras se quejaba como en sueños con los ojos abiertos, pero ahora doblaba de nuevo las rodillas y me envolvía las caderas con los muslos y empezaba otra vez a moverse, con un ritmo lento y circular. Yo apoyaba en la almohada las palmas de las manos y me desprendía de su cuerpo y entonces ella intentaba levantar la cabeza para mirar hacia la sombra húmeda donde mi vientre chocaba con el suyo, el pelo húmedo en las sienes, la frente ancha que yo veía por primera vez y que modificaba la forma de su cara, los tendones del cuello y las clavículas sobresaliendo descarnadamente de la piel: ahora, decía avariciosamente, ahora, ahora, los huesos de sus caderas chocaban contra mí. Se hundían sus dedos en mi espalda, la domaba a mi ritmo, abría los ojos y los suyos estaban todavía mirándome, y hundía la cara en su cuello para no ver todo el sufrimiento de una vida de la que no sabía nada y no quería saber nada. Ahora, repetía en mi oído, dijo mi nombre, Manuel, y cuando yo dije el suyo muchas veces seguidas con una entonación que no tenía nada que ver con mi voz sentí la alegría y el miedo de haberme aliado a una mujer desconocida que era exactamente igual a mí, a lo mejor y a lo más inconfesable y despojado y desesperado de mí mismo. Era posible que todavía estuviera muerto, que mi cuerpo fuera un guiñapo sangriento incrustado en chatarra bajo las ruedas de un camión: incluso entonces esa mujer estaría conmigo, abrazada a mí, abierta, despeinada, desnuda, arrodillada entre mis muslos, enaltecida por el conocimiento y el dolor, desvergonzada y pudorosa, incorporándose para quitarse un pelo rizado de los labios, sabia y vulnerable, entregada y hermética, tapándose el vello denso y oscuro del pubis con la mano en la que apretaba una pastilla de jabón cuando descorrí la cortina de la ducha y la abracé de nuevo entre el vaho caliente, marchándose antes del amanecer para regresar a otro país y a otra vida de la que yo no sabía nada, apareciendo de improviso en la cafetería de un hotel de Nueva York, transfigurada, con su traje masculino y su gabardina verde oscuro, con la sonrisa como una mancha roja en la cara circundada por los rizos del pelo. Pero también ahora, en Nueva York, era otra, puedo pasarme toda la vida mirándola y nunca será igual que unos minutos antes: ahora no era rubia, hablaba un español de Madrid y ya no se llamaba Allison: no me había engañado, protestó, riéndose de mí, cuando nos conocimos yo no le pregunté cómo se llamaba, ella nunca me dijo que ése fuera su nombre.

Fue a descorrer las cortinas y cuando se volvió hacia él rompió a reír sonoramente al verlo parado todavía en el recibidor, sin dar un paso, tal vez queriendo acostumbrarse al hecho increíble de que estaba en el lugar adonde había llamado tantas veces por teléfono, con el gorro en la mano, sacudiéndose de nieve los hombros del chaquetón a cuadros rojos y negros, sofocado por la calefacción después del frío de la calle, con la maleta y la bolsa de viaje a los pies, como si aún no hubiera decidido quedarse, inmovilizado todavía por el estupor de haber descubierto al encontrarla que no sabía quién era y que estaba enamorado de ella: había venido a América en busca de una mujer rubia que se llamaba Allison y con la que pasó una noche dos meses atrás, y ahora, a la sorpresa inevitable del reencuentro y a las correcciones de la memoria, que le negó durante todo ese tiempo su cara, dejándole tan sólo las vívidas manchas de color de su pelo y sus labios, el presentimiento de la calidad trémula y ferviente de su piel en las yemas de los dedos y del sabor de su vientre y su boca en el paladar, tenía que añadir la evidencia súbita de un cambio que confinaba en el pasado y tal vez en la mentira a la otra mujer que conoció, no porque ella, al menos al principio, hubiera decidido ocultarse, sino porque él mismo prefirió verla e inventarla a la medida de sus deseos y sus distracciones de entonces. Lo desconcertaron su pelo rojo y su español tan puro que le resultaba arcaico: pero más aún lo desconcertó su propia actitud hacia ella, el desvanecimiento de ternura con que la miraba, atesorando detalles olvidados que se le convertían en signos del amor, sus manos, su manera de encogerse de hombros con una actitud de ironía o modestia, de invitación y desamparo, apareciendo y aproximándose a él como sin reclamar con su presencia la primacía sobre el mundo, como eligiendo por gusto el margen de las cosas.

No le había mentido sobre su vida porque él no le hizo ni una sola pregunta acerca de ella: no supo verla ni ver dentro de sí mismo porque estaba acostumbrado a enamorarse literariamente de mujeres que parecen llevar inscrita en la cara la sugestión de un misterio que resulta insoluble por la mediocre razón de que es inexistente. Tenía el pelo entre castaño oscuro y rojizo y se llamaba Nadia Galaz: Allison fue durante unos años de los que prefería no acordarse su apellido de casada. Meses atrás se había teñido el pelo de rubio como un antojo o un emblema de su decisión de empezar a vivir otra clase de vida. Yo te recordé y te elegí, le dijo con orgullo. Lo había visto antes de que él la viera, a las nueve menos diez de aquella mañana de Madrid ella estaba en la explanada del Palacio de Congresos y lo vio bajar angustiosamente de un taxi y pasar a su lado con una prisa de neurótico, pero no lo reconoció todavía, era imposible, llevaba casi dieciocho años sin verlo, se fijó en él porque le pareció guapo y porque desde hacía algún tiempo había vuelto a reparar en los hombres y a mirarse a sí misma sin hostilidad en los espejos. Más tarde, a las once, dijo con su hábito de exactitud, curiosamente compatible con su falta de sentido del tiempo, te sentaste a mi lado en la barra de la cafetería, y no me miraste, por supuesto, estabas como ido, como si no hubiera nadie a tu alrededor y sólo existieran tu café con leche, tu vaso de zumo de naranja y tu media tostada. En ese momento eras tan parecido a todos los demás que casi dejaste de gustarme, con el traje oscuro y la chaqueta y la insignia de traductor en la solapa y esa capacidad de mirar sin encontrarse con los ojos de nadie y de tocar las cosas como con guantes de goma, actuabas igual que un profesor norteamericano, como uno de esos europeos congelados en las oficinas del Mercado Común, o como algunos españoles que llevan mucho tiempo dando clases en universidades americanas. Estabas sentado con la espalda rígida y la cabeza inclinada, manejabas el tenedor y el cuchillo y bebías el café sin separar los codos de los costados, te lo juro, no me mires así, comías igual que ellos, muy rápido pero masticando con mucho cuidado, como si fuera un poco vergonzoso y lo hicieras con una finalidad exclusivamente sanitaria. Cortabas trozos pequeños de tostada y los hacías desaparecer en seguida dentro de tu boca, bebías sorbos de zumo o de café con leche y te limpiabas en seguida los labios con la servilleta de papel, y en ningún momento miraste a tu alrededor. Pero tampoco mirabas al camarero, ni las botellas de la estantería ni el espejo que había delante de ti, que era donde yo estaba viendo de frente tu cara: entonces te reconocí, casi seguro, has cambiado muy poco en todos estos años, lo que me hacía dudar era tu comportamiento, tu manera de estar, aquel traje que llevabas, tan serio, sólo que más bien arrugado, como de funcionario internacional de mediana categoría, un poco moderno, pero discreto, con zapatos negros y calcetines negros, y los dos pies muy juntos en el soporte del taburete. Me fijé en todo, incluso en que no llevabas anillo de casado y en que tus manos seguían siendo como yo las recordaba, aunque demasiado pálidas, no sabes cómo odio esas manos de hombres casados que parecen manos de curas, pienso que me tocan y me dan arcadas. Cuando te conocí las tenías morenas y fuertes: yo era muy sentimental entonces y me gustaron porque me parecían manos españolas. Estabas muy flaco, como a medio hacer, con aquellos granos en la cara, el flequillo sobre los ojos, las patillas tan largas que se llevaban entonces. A ti te iban fatal, y a cualquiera, pero tus manos ya eran las de un hombre, y también tu voz, muy oscura. Cuando llegué a casa esta mañana y la oí en el contestador sonó igual que aquella noche.

Qué noche, dice Manuel, extraviado todavía en la confusión de la sorpresa y el olvido, cuándo me viste tú con las patillas largas y granos en la cara. Pero ella sigue sonriendo y no le contesta, tiene el pelo mojado sobre los pómulos y la sonrisa resplandece en sus labios, en sus pupilas y en todos sus rasgos como una carcajada. No es posible que tenga algo que ver con aquel comandante Galaz del que hablaban las voces de su infancia, lleva un jersey gris y negro que resalta el tono canela claro de su piel y el brillo rojizo de su melena, más larga y rizada que hace dos meses, pero también parece haber adelgazado en este tiempo, ahora poseen sus facciones una claridad de rostro clásico que antes no tenían, como si la hubiera rejuvenecido una serenidad jovial. Se ha quitado las botas y ha saltado al sofá para descorrer las cortinas y alcanzar la manivela de la persiana y cuando volvía hacia él, que aún no se ha movido, paralizado en el recibidor con su chaquetón y su gorro y su pelo blanqueado de nieve como un explorador ártico, ha reparado en la mesa donde están el teléfono y el contestador y ha pulsado los mandos para oír de nuevo una sucesión de pitidos y mensajes cada vez más lúgubres, aunque pronunciados con una intención de puntillosa indiferencia, sobre todo el último, Allison, soy yo, el pesado de siempre, vuelvo a España esta tarde, a las seis y media, te llamaré desde Madrid cuando tenga teléfono. No reconoce su propia voz, pero inmediatamente se avergüenza de ella, sobre todo al oírse hablar en inglés, le pide que detenga la cinta, que no siga burlándose, retrocede cuando la mujer que no se llama Allison se acerca a él y lo retiene sujetando con las dos manos los extremos de la bufanda que aún no se ha quitado. Quién eres tú, le dice, por qué sabes tanto de mí. Pero ella no le contesta, se complace en seguir intrigándolo. Acuérdate del Martos, de las ganas que tenías de irte de Mágina. Respira con los labios rojos entreabiertos y tira de él no para abrazarlo, sino para conducirlo hacia el pasillo, lo mira muy fija, no sonríe, camina de espaldas, suelta un extremo de la bufanda para empujar una puerta detrás de la cual hay una habitación en penumbra. Lo lleva hasta los pies de la cama, se sienta en ella y empieza a desabotonarle el chaquetón con gestos terminantes, con la pericia de sus dedos que parecen tan frágiles y que fueron una vez audaces y sabios. Él termina de quitarse el chaquetón y busca educadamente dónde dejarlo, pero ella se lo arrebata de las manos y lo tira al suelo. Todavía de pie, apocado, nervioso, porque nunca se ha encontrado a gusto en las casas de otros, mira a su alrededor y ve un armario, una ventana cerrada, un baúl en el suelo, y junto a él un largo cilindro de cartón. Se desnuda pensando con reparo que ella descubrirá que lleva no sólo dos jerseys y dos pares de calcetines, sino también los pantalones del pijama, pero nunca ha presenciado en ninguna mujer un deseo tan imperioso e impúdico, una urgencia tan franca y despojada de reserva y preámbulos. La ancha sombra del pelo le rodea la cara y ha extendido la mano hacia atrás para encender la luz de la mesa de noche. Le ha cambiado la cara, como aquella vez, se le afilan los pómulos cuando está tendida, cuando dobla tanteando la almohada y se la pone debajo de la nuca para mirarlo arrodillado en el suelo frente a ella, despeinado, también él con un brillo de enajenación e impaciencia en los ojos, quitándole los calcetines y acariciando el empeine y los talones y la planta y los dedos de los pies, volcándose entre sus piernas abiertas para desabrocharle el cinturón y bajarle al mismo tiempo los pantalones y las bragas, levantado, enceguecido entre sus muslos, arrodillado y erguido sobre ella, con el pelo sobre la frente y la boca mojada, delicado y hosco, tendiéndose, buscando a ciegas con los dedos la manera de abrirla. Pero ella se niega, tensa y retadora, con las piernas rectas y juntas, le aparta el pelo de la cara y lo obliga a mirarla. Otra vez ha cambiado su cara, se han contraído sus rasgos como si esperara un golpe de dolor o no pudiera soportar la impaciencia. Aprieta los dientes y el carmín se ha borrado de sus labios, dice su nombre, le acaricia las sienes, le hunde los dedos en el pelo, mira hacia abajo, en el espacio entre los dos cuerpos, y curva las rodillas para obligarlo a adelantar las caderas, lo acomoda, lo conduce, lo atrapa, lo estrecha contra sus senos desbordados, le aparta el pelo de la frente, le alza los párpados, le toca las sienes percibiendo los golpes de su sangre. No quiere que deje de mirarla, que cierre los ojos y se convierta en una sombra jadeante y emboscada en su cuello. Quiere reconocer al hombre con quien estuvo hace dos meses y al adolescente de hace dieciocho años, huele su aliento y nota en la cara el calor de su respiración y la aspereza de la barba que él no se afeitó esta mañana. Sin conocerlo lo posee como no ha poseído a ningún hombre y se entrega a él desvaneciéndose en su deseo y en la rítmica y delicada violencia masculina como si su propio cuerpo fuera una sustancia blanda, traspasada, líquida, partida en dos, deshecha y luego recobrada, triunfal, agitándose cada vez más despacio, conmovida y serena.

No se movieron al final: él permaneció tendido sobre ella, todavía dentro de ella, sin querer desprenderse, desfallecido y tranquilo, regresando poco a poco a la realidad exterior tan perezosamente como se vuelve del sueño y se ven las paredes y las cortinas y la luz en la ventana y no se renuncia todavía a sumergirse unos minutos más en la inconsciencia. Ahondaba en ella suavemente, a un ritmo muy demorado, la halagaba con la persistencia de un deseo apaciguado pero no extinguido por la satisfacción, convertido ahora en gratitud y ternura, prolongándose en contracciones fugaces que aún los estremecían a los dos tan hondamente como si los límites de la piel no los dividieran. Dijo su nuevo nombre, el verdadero, Nadia, y le pareció al decirlo que sólo ahora estaba abrazándola y viendo de verdad su cara, limpia de miedo y de dolor, renovada o rejuvenecida por una certidumbre física de felicidad, con una sonrisa de complacencia y halago que también ahora estaba viendo por primera vez: apenas le curvaba los labios, se sugería en las comisuras de su boca y en las pupilas veladas por las pestañas como la sonrisa de alguien que duerme. Procuraba no moverse, levantado y atraído por su respiración con la quietud de un nadador que se abandona a un mar en calma, le acariciaba los costados con una cautelosa dulzura, al más leve movimiento se saldría de ella. Te tengo presa, le dijo, sujetando sus muñecas contra la almohada, pero Nadia apretó los muslos y se enredó a sus pies, soy yo quien te tiene preso a ti y no voy a soltarte, esta vez no te escaparás: tan fácil todo como si se conocieran desde siempre, como si no hubiera habido otros hombres ni otras mujeres, noches de soledad y de horror y caras familiares que se volvían hostiles y desconocidas, horas de asco y silenciosa tortura y ganas de acabar cuanto antes y de quedarse dormidos y muertos con sólo cerrar los ojos, aquí mismo, piensa Nadia, todavía no se atreve a decirlo, en esta cama y en esta misma habitación, tantas veces, empeñándonos en el suplicio de una tarea imposible, aplastados por años de insatisfacción y culpabilidad, y de pronto el más desconocido es quien mejor me conoce, quien sabe cómo y dónde tocarme y en qué instante y qué palabras me excitarán si me las dice al oído, como si estuviera dentro de mí y averiguara mis deseos justo cuando surgen, un poco antes, cuando ni siquiera me he atrevido a pensarlos. Lo vio incorporarse, arrodillado sobre ella, le tomó la cara entre las manos para que no se fuera, le ordenó el pelo acariciándole la frente, adivinando en sus ojos el asombro y la seguridad, la gozosa soberbia y la impaciencia de saber. Le dio la espalda y le pareció más desvalido y alto de lo que él creía, pero no era cierto, pensaba, es fuerte y no lo sabe. Lo oyó orinar en el cuarto de baño y abrir el grifo para lavarse la cara y durante unos segundos la alarmó el silencio, sus pies grandes y descalzos no se oían sobre la moqueta, estaba buscando los cigarrillos en el comedor, y como sus cinco sentidos se habían aguzado olió el humo del tabaco antes de que él apareciera de nuevo en el umbral del dormitorio y se acercara a ella tendiéndole un cigarrillo encendido, mirándola mientras soltaba el humo entre los labios, a la luz tenue de la lámpara, con una atenta devoción que la enternecía, las manos en la nuca, la melena extendida, las piernas abiertas, un pie oscilando a un lado de la cama, los labios rojos e hinchados como los bordes de una herida entre la sombra del vello, al final de los muslos. Le ofreció el cigarrillo —era tan pulcro que también se había preocupado de traer un cenicero— pero no se quedó sentado junto a ella, se atravesó sobre la cama, le separó un poco más las piernas acariciando sus tobillos y los dedos de sus pies, le besó las rodillas y el interior suave de los muslos y fue subiendo despacio, dejándole en la piel un rastro de saliva, le apartó el vello, cuidadosamente, con determinación y lentitud, y entonces empezó a besarla exactamente igual que si besara su boca, hundiéndole la lengua, moviéndola en ondulaciones circulares, arriba y abajo. Respiraba por la nariz, retrocedía para recobrar el aliento o quitarse un pelo de los labios y la miraba sonriendo, con la cara entusiasta y mojada, la veía fumar entornando los ojos, la horadaba, la olía. Su carne rosa se dilataba y contraía como un corazón. Cerró los ojos y respiró ella también con la boca abierta y el cigarrillo se le desprendió de los dedos, y mientras las manos de él subían para cerrarse alrededor de sus pechos las suyas descendieron y le acariciaron el desorden del pelo, la frente, las aletas trémulas de la nariz, buscaron su lengua y las comisuras de la boca y casi no podían distinguirlas del vientre y del vello empapado en el que se sumergían a un ritmo cada vez más sofocado y veloz. Se abrió ella misma más aún, hasta sentir dolor en las junturas de los huesos, más allá del ofrecimiento y la vergüenza, sin saber a quién de los dos pertenecían los labios que estaba acariciando, la respiración y las palabras que escuchaba, la gradual ebriedad que los arrebataba y los hacía aplastarse el uno contra el otro como para no perder un asidero en el delirio, los sudores y secreciones y olores que envolvían y lubricaban sus miembros igualándolos en un desfallecimiento fervoroso y común.

Al besarse de nuevo cada uno descubrió su propio sabor desconocido en la boca del otro. Casi no se atrevían a mirarse a los ojos. Se trataban con una atenta delicadeza conyugal, como si cada gesto que hacían contuviera una experiencia compartida de años, la manera de doblar la almohada, de dejar sitio al otro cuerpo para que se acomodara de costado, de entreabrir las rodillas para acoger una pierna entre los muslos, la precaución de subir el embozo hasta los hombros y de buscar a tientas una mano que se abrazase a la cintura. Cobijado en su cuello, rozándole con los labios la nuca, entre el pelo rizado, Manuel miraba de soslayo la habitación, en la que hasta ahora no se había fijado, las paredes blancas sin cuadros, las cortinas cerradas, la mesa de noche donde había un despertador digital que señalaba las cuatro y treinta y nueve. Pensó que esa misma hora se repetiría en todos los relojes del aeropuerto Kennedy como un signo de despedida y premura. Como si una parte de él no hubiese encontrado a Nadia se veía en un taxi cruzando bajo el cielo gris y la nieve los descampados industriales y las barriadas sórdidas de Queens, mirando con alarma el reloj y descubriendo a lo lejos las primeras terminales aisladas de las compañías aéreas, aproximándose con su maleta y su bolsa al mostrador de Iberia, casi desierto, como los pasillos y las escaleras mecánicas, porque era posible que empezara muy pronto una guerra y sólo unos pocos insensatos se atrevían a viajar en avión. Pero no iba a usar ese billete, no tenía prisa ni miedo a llegar tarde a ninguna parte, lo iba ganando una densa y apacible fatiga en la que no había ni un residuo de angustia, como en los tiempos en que no necesitaba cápsulas de valium para dormir. Se abrazaba desnudo, bajo el edredón liviano y cálido, a la espalda y a las caderas de una mujer a quien apenas conocía, en una casa extraña donde había notado, desde que llegó, hacía menos de dos horas, un aire de provisionalidad que la volvía más hospitalaria, igual que a ella, Nadia, que era más suya y más desconocida y nueva que ninguna otra mujer con la que hubiera estado hasta entonces y sabía cosas que él nunca le contó a nadie, que ni siquiera recordaba. Oía el ruido permanente y lejano del tráfico en las avenidas y no tenía conciencia de estar en Nueva York, en la misma ciudad por la que había caminado solo unas horas antes, deteniéndose más de una vez en la esquina de Lexington y la Cincuenta y Uno, a un paso del lugar donde estaba ahora mismo, tan lejano entonces como el polo sur, como la orilla brumosa del lago Michigan y los corredores alfombrados del Homestead Hotel. No sé dónde estoy ni quién eres, ni siquiera sé quién soy yo mismo, ni qué hora es, ni si es de día o de noche, ni qué va a ser de mi vida mañana, pero me da igual, no quiero saber nada, quiero quedarme abrazado a ti y esperar que me hables, quiero cerrar los ojos y dormirme sin esperanza ni angustia y comprobar al despertarme que no he estado soñando. Nunca me he sentido más definitivamente lejos que ahora, nunca he reposado como ahora mismo en el centro de mi vida, en la soledad y el vacío, en una isla como aquellas donde deseaba perderme a los catorce años. En Mágina son las once de la noche, mis abuelos dormitan en el sofá, mi padre lleva dos horas acostado, porque mañana es sábado y tendrá que levantarse a las cuatro, mi madre hace punto y mira una película en la televisión o se ha puesto las gafas de cerca e intenta leer un libro silabeando en voz baja, como si rezara.

Nadia lo oye respirar, percibe en la nuca la regularidad de su aliento y se desprende cautelosamente de él para no despertarlo. Se sienta en la cama, echándose el pelo con la mano detrás de las orejas, lo ve dormir y le cubre los hombros. Se ciñe a la cintura una bata de seda estampada y va descalza a la cocina para beber un vaso de agua. Sigue nevando en el patio interior y la nieve ha traído en el anochecer fosforescente un silencio que borra la ciudad igual que las nubes bajas ocultan los pináculos de los rascacielos y las distancias del East River y de las avenidas. Se sonríe en el espejo del cuarto de baño, examina sin disgusto la palidez de su cara, gastada por el amor, humedece la punta de una toalla para limpiarse del mentón un rastro de carmín y de semen. Se le ha abierto la bata y sus pechos sueltos y blancos oscilan mientras se lava los dientes. Se pinta los labios y los frunce como en una burla fugaz de sí misma, y luego corrige con el dedo índice la línea roja de carmín. Vuelve al dormitorio, le dan ganas de acostarse calladamente junto a él pero teme despertarlo. Duerme abrazado a la almohada, encogido, duerme como ella no ha visto dormir a nadie, paladeando el sueño, con una placidez en la cara que lo hace parecer mucho más joven. Se sienta a su lado, en el filo de la cama, aspira el olor caliente de su respiración y de todo su cuerpo abandonado pero no se decide a besarlo, la enternecen sus rudas botas en el suelo, sus dos pares de calcetines de lana, los pantalones del pijama que se quitó con tanta vergüenza. Habla dormido, ha dicho una o dos palabras en español que ella no entiende, le gusta tanto mirarlo que se pone en guardia contra su propia ternura y su resolución, pero sintió lo mismo la primera noche, en Madrid, cuando caminaban hacia el ascensor y pensaba con alarma que tal vez él no se atrevería a invitarla, cuando entró en su habitación y se quitó las botas en la cama sabiendo que cualquier cosa que pudiera ocurrir ya era irreparable. Lo deseaba tanto que se ofrecía sin defensa a la maravilla o a la decepción, a la probable miseria del azar, porque iba a acostarse con un desconocido y acallaba temerariamente no sólo la cobardía y el recelo, sino también el sordo chantaje de la experiencia y el dolor. Repara entonces en el baúl todavía cerrado, en el cilindro de cartón, se acuerda del sótano de la residencia de ancianos y de la antipática empleada de uniforme que le hizo firmar un recibo después del entierro, hace sólo dos días, ya de noche, cuando volvió del cementerio y empezaba a nevar. Pensó en su padre recién sepultado bajo la tierra húmeda y oscura y tuvo el sentimiento culpable de que lo abandonaba. Era la primera noche que él iba a pasar en la muerte.

Se quedó mirando su ropa colgada tras una cortina de plástico y alguien le sugirió que podía donarla a una institución benéfica, los dos trajes, el pijama, las zapatillas de un muerto, era una profanación pero también un alivio. Le dieron fríamente el pésame mientras le presentaban formularios, la acompañaron al sótano. Cuando su padre vino aquí no traía casi nada, le advirtieron, nada más que un baúl y aquel largo cilindro con tapas metálicas. Hizo que se los enviaran al albergue donde había dormido las dos últimas semanas, a unas calles de distancia del pabellón donde él estaba muriéndose, en un suburbio de New Jersey. Había pensado volver esa misma noche a Nueva York pero le pareció una deslealtad: se quedó en su habitación con el suelo de madera, vigas pintadas y visillos, recostada en la cama, incapaz de llorar, procurando no imaginarse el cuerpo solo y encerrado en el espacio hueco del ataúd, acordándose del modo en que él la miraba y le sonreía, de la presión de sus dedos en las muñecas, todavía la notaba. Se durmió un poco antes del amanecer y la despertó el frío. No había apagado la luz ni se había desnudado, y tardó unos segundos en recordar que su padre estaba muerto: una pequeña lápida con un nombre español y dos fechas lacónicas en el césped nevado de un cementerio norteamericano, un cilindro donde se guardaban un grabado y algunos diplomas militares expedidos hacía más de medio siglo y un baúl lleno de fotografías que su padre tal vez nunca abrió, que trajo consigo al regresar de España por la única razón de que había dado su palabra de custodiarlo. Sonríe al pensar en él, reconciliada y absuelta, agradecida a la entereza de la que él nunca abdicó, desamparada y sola por su muerte tan próxima, acogida a su sombra como cuando era niña y levantaba los ojos para admirar su estatura.

No tiene remordimientos, no se siente culpable por haber corrido en busca de Manuel y estar deseándolo ahora mismo de nuevo mientras lo ve dormir, a los dos días de que su padre haya muerto. Se alarma retrospectivamente al pensar que ha estado a punto de no encontrarlo. Cediendo a una tentación dolorosa destapa el cilindro y extrae de él los diplomas, atados con cintas rojas, amarillas y moradas, pero no llega a deshacer los nudos. Vuelve a guardarlos intactos con un escrúpulo de profanación y luego extiende sobre sus rodillas el grabado del jinete polaco. No lo veía desde que ella y su padre se marcharon de la casa de Mágina: se acuerda del jardín que nunca llegaron a cuidar, de los gatos que huían entre la maleza. Mira la cara indiferente y joven del jinete y le parece ver en ella un helado desafío que siempre le dio miedo, una solitaria determinación en la que ahora adivina el retrato espiritual de su padre: como si el grabado estuviera cubierto por una lámina de vidrio y viera reflejada en ella, fundida a la efigie del hombre a caballo y a la colina que hay tras él, la cara ya muerta y todavía vigorosa y severa del comandante Galaz. Llora sin darse cuenta al principio, viendo el grabado y la luz del dormitorio escarchados por las lágrimas, pero es un llanto sin duelo, que no le oprime el pecho ni le sofoca la garganta, tan silencioso y asiduo como la caída de la nieve, un acceso de compasión, de plenitud y nostalgia al que ahora puede abandonarse porque nadie la mira. En silencio, limpiándose la nariz y los ojos con un pañuelo de papel, cautelosa y enérgica, arrastra el baúl fuera del dormitorio. Ya es de noche en la calle y se escuchan a ráfagas sirenas de bomberos o de policías. Se arrodilla y levanta la tapa y lo primero que ve es una Biblia muy grande forrada de cuero negro que tiene entre las páginas la foto de una mujer como del siglo pasado, con el pelo negro, los pómulos anchos y los ojos rasgados y largos. Se acuerda después de mucho tiempo de aquel hombre gordo y manso que visitaba todas las tardes a su padre en el chalet de Mágina y de las historias que contaba, Ramiro, ése era su nombre. Lee al azar en las páginas donde estaba la foto, *aparta tus ojos de delante de mí, porque ellos me vencieron*. Piensa que algunos objetos, como algunas personas, son empujados a un largo destino de peregrinación, y que también sufren desarraigo y merecen lealtad. Cuántas manos antes que las suyas han tocado y leído esa Biblia, en cuántos lugares ha estado ese baúl antes de llegar aquí, quién miró la cara de esa mujer cuando todavía estaba viva y era joven y copió para ella el fragmento del Cantar de los Cantares que según le dijo Ramiro Retratista al comandante Galaz estaba oculto bajo el escote de su vestido. Vuelve a guardar la foto entre las páginas del libro. Ha escuchado algo, no la voz de Manuel, ni sus pasos, sino tal vez un cambio en su manera de respirar. Lo percibe todo con una agudeza muy parecida a la adivinación, con una claridad instantánea, los sonidos, los olores, incluso el tacto de su piel y las oleadas de su sangre, como si se hubiera despertado de una anestesia o despojado de un velo que durante años le amortiguó los sentidos. Desde el umbral del dormitorio, con los brazos cruzados y la bata suelta, la cabeza inclinada, echándose el pelo hacia atrás con los

dedos, lo mira sin que él la haya visto aún. Está sentado en el borde
de la cama, desnudo, con cara de pereza y asombro. Sostiene abierto
sobre las rodillas el grabado del jinete. No la ha oído entrar pero alza
los ojos trasladando hacia ella una apremiante interrogación sin palabras cuya respuesta busca en vano en su propia memoria y parece
decirle, no entiendo nada, me rindo, cuéntame quién soy.

No te desesperes intentándolo, dijo Nadia, no puedes acordarte, ni siquiera te acordabas al día siguiente, el lunes por la noche, cuando fui en tu busca al mercado porque me habías dicho a qué hora llevarías la hortaliza en la yegua de tu padre y yo tenía muchas ganas de verte. Ibas muy raro, te vi cruzar entre los coches tirando de las riendas de la yegua, con unos pantalones viejos y un sombrero de paja. Te esperé en la acera imaginando la cara de sorpresa que pondrías cuando te encontraras conmigo, pero me miraste al llegar frente a mí y no dijiste nada, como si no me conocieras, y pasaste de largo con la cabeza baja. Me quedé tan sorprendida que no pude reaccionar. No te acordabas de nada, ni siquiera parecías el mismo, me miraste igual que si no me hubieras visto nunca, o a lo mejor era que te avergonzabas de lo que había ocurrido, de la borrachera y el hachís y de todas las cosas que me dijiste. Fui un rato detrás de ti y hasta creo que te llamé, pero me veía ridícula, casi tan ridícula y tan humillada como cuando José Manuel me dijo unos días antes que seguía queriéndome y que no me olvidaría nunca, pero que iba a dejarme. Si tú vas a dejarme alguna vez por favor no me digas nada de eso, no digas que es mejor para los dos y que has sufrido mucho hasta decidirte, o que no me olvidarás, o que a pesar de todo a los dos nos quedará un buen recuerdo, di simplemente que te vas y no expliques nada ni tardes más de dos minutos en salir por la puerta, no me mires con cara de compasión, ni de tortura ni de sacrificio, vete y no vuelvas, líate con otra o hazte fraile o pégate un tiro pero no aparezcas nunca más delante de mí. Tardé muchos años en entender lo que te había ocurrido, y lo entendí aquí mismo, en esta casa, una mañana espantosa del invierno pasado. Me desperté con resaca y con ganas de vomitar y cuando fui al cuarto de baño había alguien que yo no conocía, un hombre que se estaba afeitando tranquilamente con una toalla atada a la cintura, con una cuchilla y un bote de espuma que mi marido no se había llevado cuando nos separamos, tan fresco, recién duchado, como si estuviera en su propia casa. Me sonrió al verme igual que en esos anuncios de colonias masculinas, yo no podía creérmelo, me dieron ganas de ponerme a gritar o de llamar a la policía, pero si ese hombre estaba aquí era porque yo lo había traído. Me hablaba con la cara llena de espuma y me preguntaba si me sentía mejor, y yo sin entender nada, disimulando, me acordé entonces de golpe de la noche anterior. Había ido a una fiesta con Sonny, el fotógrafo que tú conociste en Madrid. En esa época, los fines de semana, cuando no tenía conmigo a mi hijo, iba a cualquier parte y casi con cualquiera para no quedarme sentada en el sofá y mirando la pared, y ese hombre estaba allí, me lo presentó un amigo de Sonny, bebimos cócteles y por algún motivo acepté irme de la fiesta con él y acompañarlo a un bar de la Segunda Avenida. Me iba acordando en oleadas, a rachas, mientras seguía parada en la puerta del baño y lo miraba con una expresión que a él le parecería de arrobo: habíamos subido en taxi desde el East Village y los cócteles empezaban a hacerme efecto, le había dado dos o tres caladas a un porro de marihuana, y en aquel sitio continuamos bebiendo, me acordé de que estaba vacío y de que una pareja cantaba sobre un pequeño escenario, unos hippies limpios y bastante patéticos, él tocaba la guitarra y ella batía las palmas mientras cantaban *California Dreamin'* como si tuvieran delante a una muchedumbre de colgados de Woodstock, y cuando terminaron y les aplaudimos se doblaban por la cintura. Nos quedamos hasta el final porque me daban lástima. Seguramente dije luego que me retiraba y él se ofreció a acompañarme. Estábamos muy cerca de aquí, pero no sé quién de los dos tomó al final la iniciativa: el caso es que a las diez de la mañana yo me estaba muriendo de resaca y me arrepentía rabiosamente de algo que no recordaba, y él feliz, con una cara insultante de vanidad satisfecha, interesándose por mi salud, afeitándose con la cuchilla y la espuma de otro, aunque eso sí, me di cuenta, había escogido una cuchilla sin usar, el precinto de plástico estaba junto al grifo, y seguro que había traído sus propios preservativos. Cuando se marchó vi un envoltorio en la mesa de noche y me sentó como si hubiera visto una cucaracha. Lo miraba vestirse y no podía perdonarme a mí misma, aludía a cosas de las que probablemente habíamos hablado la noche anterior y yo hacía como que me acordaba, por mantener la dignidad, y antes de irse me dejó una tarjeta y me dio un golpecito en la barbilla, así, con las puntas de los dedos, como para animarme, qué cara me vería, y hasta me hizo un guiño, dijo que a pesar de todo había sido una noche maravillosa, a pesar de qué. Pero por lo menos se había ido. Yo creo que nunca he agradecido más la soledad. Tiré el envoltorio del condón a la basura, y también el bote de espuma y la cuchilla. Aunque era invierno abrí de par en par las ventanas, quité las sábanas de la cama y las metí en la lavadora con mi ropa de la noche anterior, que olía a bar y a tabaco, me preparé un baño muy caliente y me quedé una hora en el agua. Casi agradecía la amnesia, aunque me alarmaba mucho, porque ya me había ocurrido otras veces, pero no de ese modo, no hasta el punto de perder una noche entera. Y entonces me acordé de ti, me acordaba siempre que estaba

desesperada, y entendí con un retraso de quince o dieciséis años lo
que te había ocurrido, hasta me culpé un poco por haber sido injusta
contigo. Te parecerá mentira, pero en todos estos años nunca he llegado a olvidarte. He vivido unas veces en América y otras en España,
me he enamorado de cuatro o cinco hombres, he trabajado en los
oficios más raros, me he casado y me he divorciado, he parido un
hijo, no he vuelto a ir a Mágina, pero yo creo que no ha habido nadie
de quien yo me acordara más que de ti, ni siquiera mi padre. Cuando
fui a visitarlo y me vio rubia puso una cara muy seria y me dijo, antes
de morirme quiero ver el color de tu pelo, y esa misma tarde, en
cuanto llegué al albergue me lo desteñí. Si vieras cómo me sonrió a la
mañana siguiente, le subí la cabecera de la cama, le puse las almoha-
das debajo de la nuca, me senté junto a él y me acarició el pelo sin
decirme nada. Tenía ochenta y siete años y estaba tan lúcido como un
hombre mucho más joven. Sabía que se iba a morir y no le importaba.
Quiso ver a mi hijo y yo se lo llevé, sin que su padre se enterara. Lo
tuve que engañar, porque Bob, mi ex marido, consideraba que la
agonía de su abuelo materno podía ser una experiencia traumática
para el niño. En cuanto me quedé sola con mi hijo me lo llevé en taxi
a New Jersey para que viera a mi padre. Estuvo encantado todo el
tiempo, una enfermera le dio un juguete pedagógico al que no le hizo
ningún caso y se pasó la tarde oyendo los cuentos españoles que mi
padre me había contado a mí de pequeña y tratando de girar la manivela que levantaba la cama.

Pero siempre hago lo mismo, me pongo a hablar y se me va el hilo de
lo que estaba diciendo, no como tú, que hablas en línea recta, cuando
hablas. Te quedas callado y me parece que te burlas de mí, o que no
acabas de creerte lo que te estoy contando. Me acordaba de ti, estaba
tan segura de que no te vería nunca más que cuando viajaba a España
ni siquiera se me ocurría ir a Mágina para buscarte, pero volvías por

sorpresa, en las situaciones más absurdas o en las más dolorosas me parecía verte, o si escuchaba esa canción de Carole King que te puse en mi casa, y que te emocionó tanto porque entendías toda la letra, *You've got a friend*, ¿tampoco te acuerdas? Me dijiste que estaba en la máquina del Martos. Me hablabas en inglés, en un inglés de Mágina, muy rápido pero muy chocante. Para entenderte yo tenía que pensar en español. Hacías frases copiadas de las canciones de los discos, y como eras tan educado usaste el título de una canción de los Beatles para pedirme que te cogiera la mano: *I wanna hold your hand*. Íbamos por el parque Vandelvira, tú te apoyabas en mí, tenías escalofríos, trasudabas ginebra, te daban en la cara las luces de la fuente luminosa y estabas más pálido que un muerto, yo te sostenía para que no te cayeras. Te habrías caído a mis pies si no te hubieras apoyado en mí cuando nos encontramos, en la acera del instituto. Yo te había visto cruzar la calle dando tumbos, y como estaba oscuro me dio miedo porque me pensé que serías uno de aquellos borrachos que había entonces en Mágina, pero me detuve y te reconocí, con la de veces que te había visto por la calle Nueva o cerca de mi casa, en la colonia del Carmen, buscando a aquella chica de la que me estuviste hablando dos horas, la que te había engañado, decías. Rompías a llorar y te limpiabas los mocos con la mano, hablabas de ella como un cantor de tangos y eras completamente ridículo, pero yo era tan ridícula como tú, a mí también me habían despreciado, y si no me dio por beber no fue porque no creyera que sería lo más adecuado, sino porque entonces, lo mismo que ahora, no soportaba el gusto del alcohol ni el olor que queda en las habitaciones donde se ha bebido, me da miedo su poder sobre la voluntad y el daño que le hace a la memoria. En la casa de Mágina me levantaba por las mañanas y desde el pasillo percibía con asco el olor del coñac que había quedado en la copa de mi padre. Cuando volví de la comisaría y me lo encontré esperándome a las cuatro de la mañana junto a la verja del jardín lo primero que noté al abrazarlo fue el alcohol de su aliento. Luego he bebido muchas veces y me he emborrachado hasta perder la memoria o ponerme enferma pero siempre lo he hecho como si me impusiera un castigo, porque no quería recordar ni vivir. Como dicen en España, en el pecado llevaba la penitencia. Eso se lo oí por primera vez a unas mujeres que contaban chismes en una tienda de Mágina. Durante algún tiempo bebí por la única razón de que Bob lo encontraba reprobable. Él no bebe ni fuma. Bebe café o agua mineral en las comidas. Un poco antes de que nos separáramos le dije una frase que según me había contado Sonny es de Baudelaire: «El hombre que sólo bebe agua oculta algún secreto a sus semejantes.» Se quedó de piedra. Miró de soslayo al niño como si temiera que mis palabras fuesen a provocarle una deformación monstruosa en la cara. «Si alguien oculta un secreto eres tú.» Eso me dijo, tragó un sorbo de agua con un sonido discreto y dejó sobre el mantel el tenedor y el cuchillo, como si se preparara heroicamente para recibir una confesión vergonzosa. Cómo puede odiar uno tanto a quien ha querido, cómo es posible que la persona más próxima sea también la más extraña. Lo miraba y no comprendía cómo pude haberme casado con él, peor aún, cómo pude engañarme a mí misma hasta el punto de creer que estaba enamorada y de que quería un hijo suyo. Pero qué desastre, no sé lo que he hecho con mi vida, lo que he estado a punto de hacer. Volví de España hace dos meses y me estaba esperando en el aeropuerto con un ramo de flores y con el niño de la mano. Quería una segunda oportunidad: quería salvar nuestro matrimonio, como dicen en los consultorios de la televisión. Y soy tan débil o tan estúpida que de no haber sido por ti lo habría aceptado sabiendo que era un nuevo error. Me chantajeaba, no con crudeza sino muy suavemente, muy bondadosamente, con su mejor intención: no lo hagas por mí si no quieres, me decía, y me lo sigue diciendo cada vez que habla conmigo, hazlo por nuestro hijo, y yo me sentía tan culpable que se me desbarataban todas las decisiones que tanto trabajo me había costado tomar. Me rehacía poco a poco, recobraba mi vida, iba saliendo del aturdimiento de los años perdidos con él. Me gustaba vivir sola con mi hijo, pero los viernes por la tarde, cuando él venía a recogerlo y se derrumbaba en el sofá con cara de víctima y sin despegar los labios, todo volvía a ser igual, el remordimiento, la sensación de haber caído otra vez en una tela de araña que seguía asfixiándome aunque yo manoteara para desprenderme de ella, y si no me rendía era por pura obstinación, no contra él, sino contra mí misma, contra la certeza agobiante de que estaba haciéndole una canallada y permitiéndome el antojo de vivir sola a costa de su desgracia. Me preguntaba, dime qué te he hecho yo, dime en qué me he equivocado, casi suplicándome, y yo no podía darle una respuesta consistente, porque el mal o la equivocación no estaban en él, sino en mí. Él se había limitado a actuar de acuerdo con sus principios y su carácter, y cuando acepté casarme yo sabía exactamente cómo era y por qué nunca me acabaría de gustar. Estaba tan enamorado y confiaba tanto en mí que yo casi logré convencerme de que también lo quería. Él no tenía la culpa de no ser un amante que me trastornara. Nos deseábamos, pero no con locura, y a mí el deseo me importaba mucho más que a él. Era bondadoso, era atractivo, era honesto, compartíamos la mayor parte de nuestras opiniones y de nuestros gustos, pero había algo inconciliable entre nosotros. Yo lo notaba y él no, y fui tan desleal o tan cobarde que no se lo advertí. Era una insatisfacción sin motivo que se volvía más oculta y más amarga con el tiempo, una especie de despecho mezquino, no por algo que él hiciera sino por lo que no hacía, una irritación que se cebaba en cualquier detalle de su manera de hablar o de moverse, en pequeñas manías personales que no tenían nada de ofensivo, pero que me desagradaban como insultos. Algunas veces lo engañé. Pero volvía a casa por la noche y lo encontraba dándole la cena al niño y me moría de vergüenza al ver con qué naturalidad se creía el embuste que yo había inventado para justificar mi retraso. Era tan íntegro y tan feliz que no podía imaginarse que yo lo engañara. Pero no es un crimen no querer a alguien. Me ha costado años atroces aprender que el único delito es fingir y callar mientras crece el infierno, ese silencio al acostarse cada noche, ese horror de estar sentados en el sofá y hacer de vez en cuando comentarios sobre una película y pasar días enteros sin mirarse a los ojos, ni siquiera en la cama, ni en el cuarto de baño si se coincide en él para lavarse los dientes, un sentimiento de resignación y fatalidad que se reproduce dentro de uno como un cáncer, una desgana de vivir que es más venenosa porque no altera la superficie de las apariencias. No ocurre nunca nada malo, nadie grita, no hay lágrimas ni acusaciones rencorosas, nada más que silencio o palabras comunes. Se pone uno el pijama, se lava los dientes, va al dormitorio del niño por si se ha destapado, conecta el despertador mientras el otro se mueve como una sombra o dice algo o bosteza, ocupa su lado de la cama, incluso puede que haya un beso de buenas noches y una sonrisa antes de apagar la luz, o que en la oscuridad se anime un simulacro de deseo, los dos callados y jadeando sin verse las caras, por fin el alivio de cerrar los ojos y no tener que decir nada, quedarse quieto y encogido y respirar como si ya se estuviera durmiendo.

Cuando peor me sentía me acordaba de ti. Calculaba tu edad, porque me habías dicho que te faltaban seis meses para cumplir dieciocho años. Me preguntaba qué aspecto tendrías, si estarías gordo o calvo, si te habrías casado, si habrías sido capaz de llevar a cabo todos los propósitos que me contaste aquella noche: pensaba en los míos de entonces y estaba segura de que tú también los habrías abandonado. Me repetiste un verso de una canción de Jim Morrison: queremos el mundo y lo queremos ahora. Querías irte de Mágina y no volver nunca. Me pediste que te contara cómo era Nueva York y qué se sentía al volar de noche sobre el Atlántico. Tú no habías visto el mar y ni siquiera habías viajado en tren. Tenías diecisiete años, sólo habías salido de Mágina para ir a la capital de la provincia, no habías besado a ninguna mujer. Yo fui la primera que besaste. No sabías hacerlo, apretabas la boca cerrada contra la mía y respirabas muy fuerte. No me mires así, es verdad lo que te estoy contando. Venías por el corredor del Palacio de Congresos con los mismos andares que cuando te acercaste a mí en la acera del instituto. Me acuerdo hasta del nombre de la calle: avenida de Ramón y Cajal. Por un momento pensé que tú también me habías reconocido, porque me mirabas muy fijo, pero cuando llegué frente a ti desviaste los ojos. Aquella noche, al verme, procurabas caminar erguido, pero se te notaba desde lejos que no podías mantenerte en pie. Estabas muy despeinado, te brillaban mucho las pupilas. Acababan de dar las doce y no había en la calle nadie más que nosotros. Venías hacia mí al mismo paso que yo, íbamos a cruzarnos como otras veces, casi rozándonos, sin que tú me miraras. Te quedaste quieto y yo también me detuve. Ni se me había ocurrido hablarte. Vi que te apoyabas en una farola y que estabas muy pálido y me dio lástima de ti. Llevabas los faldones de la camisa fuera del pantalón y el sudor te brillaba en la cara. Me acerqué a ti sin pensarlo, te pregunté si te pasaba algo y si podía ayudarte. No era lástima lo que sentía, sino compasión, porque yo también estaba desesperada esa noche y me veía reflejada en ti. Era la primera vez que me mirabas a los ojos, pero yo creo que no reparabas en mi cara ni comprendías mi presencia. Me pasé uno de tus brazos por los hombros y estreché tu cintura: pesabas mucho, te daban escalofríos, no te podías sostener en pie. Olías a ginebra, pero por el brillo de tus pupilas y la expresión floja de tu boca me di cuenta de que también habías fumado hachís. Intentabas hablar y se te enredaba la lengua, repetías un nombre. Conseguí llevarte hasta el parque Vandelvira y te senté en un banco junto a la fuente luminosa. Me pedías que te dejara, te quedabas mirándome con los ojos vidriosos y me preguntabas en inglés quién era yo. Apoyabas los codos en las rodillas y la cabeza se te descolgaba poco a poco hacia el suelo. Ibas a vomitar. Mojé mi pañuelo en la fuente y te lo pasé por la cara: lo lamías con la boca abierta, me lamías las manos, pero te daban arcadas otra vez y yo te empujaba hacia adelante y te sostenía la cabeza para que no te vomitaras encima. Tardaste muchísimo en lograrlo, te quejabas, me apretabas contra tu cara la mano en la que tenía el pañuelo, y al final te quedaste gimiendo con la cabeza caída y yo te limpié un hilo de baba que te seguía colgando de la boca. Hice que levantaras la cabeza, volví a empapar el pañuelo para mojarte la cara y estuve abrazada a ti hasta que dejaste de temblar. Dijiste que no podías volver a tu casa, que no tenías la llave, que no te acordabas del camino. Mirabas a tu alrededor como si te hubieras despertado en una ciudad que no conocías. Hablabas muy bajo y muy seguido, medio delirando, y cuando te propuse que fueras a mi casa respondiste que no moviendo mucho la cabeza, estabas obsesionado con lo tarde que era, pero tampoco querías ir a la tuya porque tendrías que despertar a tus padres. Te ayudé a levantarte, te pasé el brazo por la cintura y me gustó la fuerza con que me estrechabas. Me decías que nunca habías abrazado por la calle a una mujer, ni por la calle ni en ningún otro sitio, y me apretabas la cadera con una mano muy abierta. Ya no me preguntabas que adónde íbamos, te dejabas llevar, muy dócil, borracho perdido, atontado por el hachís, con las pupilas muy dilatadas y una sonrisa como de estar soñando lo que veías y lo que me contabas en ese inglés tan raro que estaba hecho de zurcidos de canciones. Decías algo y se te olvidaba en seguida, dos o tres veces me preguntaste mi nombre, lo repetías como si te gustara mucho, me dijiste que me llamaba igual que la novia de Miguel Strogoff y a continuación empezaste a contarme el libro, pero se te olvidaba el argumento, decías que las palabras eran un hilo y que si dejabas de hablar el hilo se rompería y se te borrarían todas de la memoria, por eso hablabas tan rápido, tan angustiosamente, y era inútil pedirte que repitieras algo que yo no había entendido porque ya no te acordabas. Te llevé a mi casa, pero no querías pasar del vestíbulo, te daba mucha vergüenza y otra vez te volvía a obsesionar lo tarde que era, te hice entrar de la mano, te dejé sentado en el sofá mientras iba al dormitorio de mi padre, que ya tenía apagada la luz, pero que seguramente estaba todavía despierto. Cuando volví al comedor tú mirabas el grabado del jinete, decías que era Miguel Strogoff, y luego que te recordaba a los jinetes en la tormenta de Jim Morrison. Puse muy bajo un disco de Carole King y preparé café, y mientras lo bebíamos tú seguiste hablando, me contaste tu vida entera, lo que acababa de pasarte esa noche, lo que querías hacer cuando te marcharas de Mágina. No sabías nada y querías saberlo todo, no habías estado en ninguna parte y me hablabas de ciudades y países a los que querías ir como si ya hubieras regresado de ellos, no habías tocado a ninguna mujer y se te notaba en los ojos una predisposición para el deseo que era la misma de ahora, sólo que más escondida y más torpe. Ya no me rehuías la mirada, estábamos sentados en el sofá oyendo a Carole King y te quedaste callado. Vi que tragabas saliva, que sin darte cuenta te ibas inclinando hacia mí, pero no sabías besar, yo te pasaba la lengua por los labios y tú no los separabas, me rozabas la blusa y no te atrevías a apretarme las tetas. Yo tuve que empujarte con mis manos para que lo hicieras, y pensaba mientras tanto, estás loca, mi padre podía salir del dormitorio y sorprendernos, pero en ese instante me daba igual, no era excitación lo que sentía, sino una dulzura muy tranquila y al mismo tiempo llena de extrañeza, como la que me provocaban entonces algunas canciones, como si estando contigo no tuviera la obligación de fingir ni de temer nada. Te apartabas de mí para mirarme, pero volvías a encontrarte mal, era otra de esas oleadas angustiosas del hachís, de pronto parecías verme muy lejos, respirabas con la boca entreabierta, te tranquilizabas acariciándome la cara y el pelo.

Eran más de las cuatro cuando pasamos por la plaza del General Orduña camino de tu casa. Cruzamos abrazados toda la ciudad. Yo recostaba la cabeza en tu hombro y te hacía preguntas sobre tu vida y sobre tu familia. Te pedía que me explicaras cosas del trabajo en el campo, pero de eso no querías hablarme, te quedabas serio y cambiabas de conversación. En la esquina de aquel palacio que tenía cabezas de monstruos o de pájaros en los aleros me dijiste que te dejara solo. Qué miedo tenías, estabas muy pálido otra vez, apretabas las mandíbulas y te mordías los labios. Casi no me besaste, parecía que te daba vergüenza mirarme, me volviste la espalda y fuiste andando hacia tu casa muy cerca de las paredes. Tropezabas, estuviste a punto de caerte. Yo seguí esperando hasta que te vi decirme adiós: eso fue todo. Al otro día ya no me conociste. Me acordaba de esa noche y era como si hubiera ocurrido hacía mucho tiempo, o como si la hubiera soñado. Pero yo nunca he tenido sueños así. Mi padre y yo nos marchamos de Mágina a principios de julio. Él quería volverse a América, pero yo no. En Madrid encontré trabajo en una agencia de viajes. Mi madre me había dejado en su testamento unos miles de dólares. Para nosotros la vida en Madrid era entonces mucho más barata que en Nueva York, pero mi padre no quería quedarse. Me dijo que ya no soportaba España, que había tardado demasiado tiempo en volver. Todo lo irritaba, compraba un periódico y lo tiraba en seguida en una papelera, si yo ponía la televisión para ver las noticias se marchaba, decía que se estaba convirtiendo en un viejo intratable y me pedía que lo disculpara, y es verdad que ya no era el mismo de un año antes. Pero yo me negaba a aceptar que en el fondo prefería que me dejara sola. El día que mataron a Carrero Blanco tuvimos por primera vez una discusión a gritos: no me permitió que saliera a la calle. No aprendes, me decía, no te das cuenta de lo que pasa en España, no sabes que cualquiera de esos desalmados puede dispararte un tiro. Pero yo me quedé y él se marchó. Vendió la casa de Queens y se fue a vivir a una residencia de ancianos en New Jersey. Allí tenía un amigo, otro veterano del ejército de la República. Pasamos años sin vernos. Lo visité con Bob para invitarlo a nuestra boda. Se lo quedó mirando de arriba abajo, le estrechó la mano, le pidió que nos dejara solos unos minutos y me dijo que otra vez me iba a equivocar. Al nacer el niño me pareció que se reconciliaba un poco conmigo, o que se enternecía al acordarse de cuando yo era pequeña. Le hacía los mismos juegos que a mí y le contaba cuentos de Calleja, y a mi marido se lo llevaban los demonios, porque decía que eran cuentos demasiado crueles para la mente de un niño. Yo disimulaba delante de mi padre, igual que conmigo misma, pero en cuanto nos quedábamos solos me miraba con esa seguridad que siempre tuvo de adivinarme el pensamiento y me decía: te advertí que era un error. No quiso que yo supiera lo enfermo que estaba. El mes pasado me llamaron de la residencia para decirme que le quedaba muy poco tiempo de vida. Desde entonces no me separé de él. Le hablé de ti, se sonreía cuando yo le contaba la sorpresa de haberte vuelto a ver en Madrid, me pedía detalles, me dijo que iba a morirse con la tranquilidad de estar viéndome de nuevo como yo había sido cuando viajamos juntos a España, los primeros días, en Madrid, cuando bajábamos del brazo por la calle Velázquez y él me invitaba a berberechos y a vermú en los merenderos del Retiro. Tú no puedes saber cómo habías cambiado, me decía, lo demacrada y flaca que estabas estos últimos tiempos. Me sentaba a su lado en la cama y me pasaba horas escuchándolo. Los últimos días casi no hablaba, porque le faltaba el aire. Murió mientras dormía. Yo le dejé dormido una noche y ya no se despertó. La enfermera me dijo que tenía los ojos cerrados y una mano sobre el pecho, y la otra col-

gando fuera de la cama. Después del entierro me quedé dos días más
en el albergue. No lloraba, no me podía creer que mi padre estaba
muerto. Pensaba que si no fuera por mi hijo no habría nadie de mi
sangre en el mundo. Me acordé de la mujer en la silla de ruedas, del
hombre vestido de oscuro y del militar un poco más joven a los que
vi una vez en aquella iglesia de Madrid. Pero ellos no tenían nada
que ver conmigo, y ni siquiera con mi padre, al menos con el hombre
que yo había conocido. Acababa de llegarme la notificación del divorcio y yo me llamaba otra vez como él. No sabes qué orgullo sentí
al firmar los papeles que me presentaban en el hospital con mi verdadero apellido, Galaz. Me quedé muy sorprendida cuando me llamaste
Allison en el comedor del palacio de Congresos, hasta me dio rabia,
y estuve a punto de decirte que ése no era mi nombre, pero al mismo
tiempo me gustaba que te hubieras fijado con tanto disimulo en la
etiqueta de mi solapa, y estabas tan satisfecho de tu golpe de efecto
que preferí no romper el malentendido. Sería un modo de observarte
como si tú aún no me vieras, yo permanecería oculta para ir descubriendo qué había sido de tu vida en todos estos años y en qué te
habías convertido. Porque recelaba de ti, a veces eras exactamente el
mismo y otras me parecías uno de esos ejecutivos internacionales, y
lo peor era que no tenía tiempo, regresaba a América a la mañana
siguiente, no quería arriesgarme a una situación falsa o a un desengaño pero tampoco perder la ocasión increíble que se me estaba ofre-
ciendo, así que decidí en un instante cambiarme a tu hotel, y cuando
nos arrodillamos debajo de la mesa a recoger los folios que se me
habían caído y nos echamos a reír ya estaba segura de que me gusta-
bas. Pero tenía que ser prudente, parecías tan serio que me daba
miedo lo que pudieras pensar de mí si me mostraba demasiado dispuesta. Me iría rápidamente a trasladar mi equipaje, y si tú no me
proponías una cita buscaría el modo de encontrarme contigo por casualidad cuando acabara la sesión de la tarde. Pero todo se me torció,

quedé atrapada en un atasco, en el hotel tardaron horas en darme habitación. No me daba tiempo a llegar al Palacio de Congresos y me arriesgué a sacrificar la prudencia para llamarte por teléfono. Comunicaba siempre, decidí ir a buscarte, pero era la hora de cierre de los comercios y no pasaba ni un solo taxi libre. Pensé que lo más razonable sería quedarme esperando en el hotel, pero me faltó paciencia, así que cuando conseguí un taxi y llegué al Palacio de Congresos ya no quedaban más que las limpiadoras. Vuelta al hotel, toda la Castellana abajo, tenía los nervios de punta, me sacaba de quicio la lentitud del tráfico y habría sido capaz de amordazar al taxista para que se callara. Llamé a tu habitación, pero no estabas, me preparé un baño, acababa de meterme en el agua cuando sonó el teléfono, resbalé en las baldosas, ni me dio tiempo a pensar que podías no ser tú, era aquel pelmazo que hablaba de Hemingway, él y Sonny habían recorrido todo Madrid en mi busca y estaban encantados de invitarme a cenar. Lo habría estrangulado con el cable del teléfono. Le dije que estaba muy cansada: le daba lo mismo, cenaríamos en el hotel. Porque además se le notaban ganas y una cierta esperanza de acostarse conmigo: recién divorciada, pensaría, sola en Madrid, con un trabajo inseguro en una revista donde casualmente él tiene mucha influencia. Cuando tú apareciste en lo primero que pensé fue en pedirte socorro. Yo te veía mirarlo de lado durante la cena y pensaba, se va a ir, está a punto de salir corriendo. Buscaba tus pies debajo de la mesa y estaba tan aturdida que tropecé con los suyos, menos mal que me di cuenta, porque se quedó callado y empezó a sonreírme, hasta me guiñó un ojo, con mucho disimulo, levantando la copa para que ni tú ni Sonny lo advirtierais.

Ahora nos parece que todo esto tenía que ocurrir así, pero me da miedo pensar lo fácil que habría sido perderte esa noche, lo cerca que estuve de no cogerte la mano cuando dijiste que te ibas, y me pregunto qué habría hecho si no llegas a decirme que me quedara contigo. No se atreverá, pensaba, si no me ha dicho que salgamos a tomar otra copa fuera del hotel es que está muy cansado, o que no le gusto tanto como parecía. Estábamos esperando a que llegara el ascensor y tú lo único que hacías era jugar con la llave y mirar la flecha iluminada, como si tal cosa, sin prestar mucha atención a lo que yo te contaba. Empezamos a subir y a mí me faltaban ánimos para tomar la iniciativa, qué pensarías, tan correcto, tan serio, y cuando se abrió la puerta me dio un sobresalto en el estómago, si no me dice nada se lo diré yo, qué calma, esperaste al final para decidirte, y justo entonces va y se cierra la puerta, me eché a reír de nerviosa que estaba y tú enrojeciste, hacía años que un hombre no se ponía colorado delante de mí, me dieron ganas de abrazarte allí mismo, en medio del pasillo, y de llenarte la cara de besos y decirte en español que si no te acordabas de mí. Pero qué miedo tenía cuando entramos en tu habitación, me habías puesto la mano en la cintura al dejarme pasar y me excité de tal modo que tuve tentaciones de salir huyendo o de tenderme en la cama y reclamarte sin preámbulos, pero tú actuabas muy despacio, tu cigarrillo, tu cerveza, tus bromas suaves en inglés, esa manera de decirme que me pusiera cómoda, como si se lo hubieras dicho ya a otras mujeres en aquella misma habitación. No había sabido nada de ti en diecisiete años y me enfurecía de celos, desconfiaba, temía que fueras de verdad como me pareciste cuando te vi desayunando, que actuaras conmigo tan meticulosamente como cortabas el *croissant* a la plancha con tu cuchillo y tu tenedor. Pero cómo cambiaste en cuanto empezamos a besarnos, eras otro, no estabas rígido ni tenías miramientos, era como si al quitarte la ropa te hubieras quitado también una máscara o una armadura, no tenías vergüenza pero eras más delicado que nadie, me empujabas como queriendo partirme y al mismo tiempo me cuidabas, me apartabas el pelo para verme la cara y me sonreías mientras yo estaba corriéndome, y esperaste casi al final para unirte a mí, pero ni siquiera entonces te dejé que cerraras los ojos. Tú no sabes cómo miras en ese momento ni cómo estás mirándome ahora. Esa mirada es mía y no la ha visto nadie más que yo. Y ya no me da rabia que no recuerdes aquella noche en Mágina. Es mía también y me gusta que sólo puedas saber que existió porque yo me acuerdo y te la cuento.

Las dos voces en la penumbra y en el silencio del apartamento, enre-
dándose igual que los cuerpos y las manos, cálidas en la cercanía del
oído, amortiguándose en las orillas del sueño, tan solitarias y leales
como si fueran las dos últimas voces que aún suenan en el mundo,
enaltecidas por la risa, lentas y gradualmente sombrías cuando se
atreven a los pormenores de una confesión, disgregadas en una queja
larga y gozosa o en el arranque de un grito que sofoca la almohada,
sabias, habituales al cabo de unos pocos días, desvergonzadas y también pudorosas, aprendiendo a llamar por su nombre lo que al principio se callaba, los actos y los deseos, los lugares codiciados del cuerpo,
apropiándose de ellos al nombrarlos, las dos voces sumando su caudal
de palabras en una mutua revelación donde cada uno al descubrir al
otro se manifiesta tal como es delante de sí mismo y agradece la maravilla del misterio, de la pura existencia de alguien que se le parece
tanto y sin embargo esconde en su inviolable intimidad y en la superficie entregada de su piel un reino que no acabará nunca de ser explo-
rado. No hay pausas en la indagación ni fisuras en el curso del tiempo,
no saben o no quieren calcular el número de las horas y los días, las

lentitudes de la pereza y las urgencias súbitas de la excitación. Hablan, miran, escuchan, empiezan suavemente a tocarse, abren los ojos y se dan cuenta de que ha anochecido o de que está amaneciendo, recuerdan nombres de canciones, las buscan entre los discos, se esperan y se persiguen por las habitaciones del apartamento con la misma incertidumbre ávida con que se buscarían por las calles de una ciudad, en el espacio cúbico y cerrado que resume para ellos el tamaño del mundo igual que unos pocos días aislados del inmediato ayer y del porvenir que los separará muy pronto contienen toda la duración de sus dos vidas. Los alían sus voces, pero también el sonido de los pasos que vienen del comedor y el del agua en la ducha, al otro lado de la puerta del cuarto de baño, el chasquido de una lata de cerveza al abrirse, el olor a jabón o a colonia, a tabaco, a café recién hecho, a espuma de afeitar, los signos triviales y valiosos de la otra presencia, unos zapatos de tacón abandonados junto al sofá, cerca del baúl abierto y de las fotografías, una barra de labios en la repisa del lavabo, una chaqueta de hombre entre las prendas femeninas del armario, dos copas con restos de vino tinto en la mesa de la cocina, una mancha de carmín en un kleenex. Con la disculpa del invierno apenas salen a la calle. Desplazan hacia un futuro impreciso y cercano el cumplimiento de sus obligaciones, sin decirse nada se conceden treguas que van dilatando a medida que las apuran, una noche más, un día, unas horas. No hay principio ni fin en las historias que se cuentan ni límites exactos en el demorado ejercicio del deseo. Se interrumpen, confrontan fechas y recuerdos, fotografías, lugares donde los dos han estado y donde no se vieron, equivocaciones y entusiasmos, pierden el hilo de su narración y descubren imágenes o sensaciones laterales en las que les importa mucho detenerse, están ya casi dormidos y han apagado la luz y el roce peculiar de un pezón o de los dedos de un pie los despierta y revive más allá del cansancio y los empuja de nuevo a una búsqueda desfallecida y obstinada en la oscuridad, mojados, doloridos, exhaustos, averiguando matices particularmente golosos de la piel, hendiduras y pliegues que humedece la lengua y tenues latidos que auscultan con sagacidad y ternura las yemas de los dedos, el movimiento de los ojos velados por los párpados, el ritmo de la sangre en las sienes, en las venas azules de las muñecas, en la curva leve de un tobillo.

No saben en qué día viven ni lo que ocurre en el mundo. Encienden la televisión y la apagan rápidamente. Ha empezado una guerra muy lejos y cunde en los noticiarios y hasta en los anuncios una histeria de banderas, un patriotismo de exterminio que ellos pueden ilusoriamente abolir con el mando a distancia, fugitivos o supervivientes de un apocalipsis que no los alcanzará si permanecen en el refugio del apartamento, si procuran olvidar la indignación y la rabia y se ocultan más hondo, desnudos y abrazados, en el interior caliente de las sábanas, tras los cristales y cortinas y las puertas cerradas que los defienden del viento helado y atenúan los ruidos de la calle, conversando para no oír nada más que sus voces y aprender de nuevo lo que habían olvidado, intentando ordenar el archivo prodigioso y anárquico de Ramiro Retratista, las caras en blanco y negro, las fotografías desplegadas como una población de fantasmas, en un desorden caudaloso de cronologías y de vidas, amontonadas en el suelo, ocupando la mesa del comedor, alineadas en las estanterías, contra los lomos de los libros, examinadas a medianoche bajo la luz de una lámpara, inagotables en su multiplicación como los tesoros de los sueños, una sigilosa multitud de figuras de Mágina erguidas solitariamente en poses de estudio o agrupadas junto a una pared deslumbrante de cal, o caminando del brazo por la calle Nueva o entre las casetas de la feria, caras rancias y tímidas, solemnes, tempranamente envejecidas por la pobreza, rígidas, iluminadas por una felicidad indescifrable y arcaica, asustadas por el flash, desafiándolo con la barbilla alta, cha-

quetas oscuras, alpargatas de cáñamo con cintas blancas atadas a los
flacos tobillos, cintas o flores de trapo en melenas rizadas, miradas y
sonrisas de una espantosa lejanía, duros zapatos de charol y calcetines altos, caderas anchas y ceñidas por faldas estampadas, tacones
con la suela de corcho, bocas pintadas y dientes desiguales en caras
muy jóvenes, faldas acampanadas, bustos prominentes y zapatos de
aguja, frentes cetrinas bajo el pelo aplastado, pómulos oscuros, asiá-
ticos, endurecidos por la intemperie, trajes de domingo, de viernes
santo, de procesión del Corpus, vestidos de comunión y vestidos de
novia con los mismos rasos y bordados, pupilas de víctimas que aún
no saben que lo son y de vencedores insultantes, curas de gafas redondas y papadas brutales, fascistas paleolíticos, desconocidos que
sólo se distinguen por la tensión secreta de su cobardía, niños subidos
a un caballo de cartón, o sosteniendo al oído un teléfono falso y sentados delante de una falsa biblioteca, con uniforme azul marino y
cuello duro, con el flequillo húmedo y cortado sobre la frente, una
grisura de ropas viejas y de puños gastados, una monotonía patética
de mangas demasiado cortas, pantalones grandes atados con correas
y sonrisas malogradas por el miedo y la desnutrición, una semejanza
unánime y establecida no sólo por la distancia del tiempo, sino por la
objetiva piedad de quien presenció durante medio siglo todas esas
caras y vio formarse sus rasgos en la cubeta del revelado y fue guardando copias de cada una de las fotografías que tomaba, sin sospechar el destino que les estaba reservado, sin saber que era el único
testigo y depositario de aquellas vidas que luego no quiso nadie recordar y que surgen ahora como en una clandestina y universal resu-
rrección de los muertos en un piso de la calle Cincuenta y Dos Este
de Nueva York, durante ocho o diez días de enero de mil novecientos
noventa y uno, ante los ojos conmovidos de una mujer y un hombre
que oyen tras las ventanas cerradas el viento del invierno y el rumor
como de catarata de la ciudad a la que se asoman muy pocas veces y

encuentran en el baúl de Ramiro Retratista lo que nunca han buscado, lo que les perteneció siempre sin que lo supieran o lo desearan, las razones más antiguas de su desarraigo y de su complicidad.

Se les desbarata el orden de los días y la duración de las horas, se les desborda el tiempo en la crecida de un presente que abarca sus propias vidas y las de sus mayores, y las voces que llevaban años sin oír usurpan las suyas y les devuelven palabras y circunstancias olvidadas, anteriores a ellos pero cimentadoras de sus gestos, de su ebriedad de ternura, de conciencia y deseo, voces y canciones, recuerdos súbitos y obstinadas caricias, el gusto de desvelarse conversando y de dormir hasta las once de la mañana, la fatiga gozosa y absoluta que los empuja hacia el sueño, las expediciones en taxi para buscar cigarrillos o una cena tardía o una última copa, mirando tras el cristal una ciudad fugitiva y nocturna, de aceras nevadas y avenidas desiertas, de rascacielos iluminados en medio de la niebla, altos y solos como faros, y fruterías sin nadie reluciendo en las esquinas más oscuras, un Nueva York mucho menos real que la ciudad de la que están siempre hablando, Mágina, inaccesible en un futuro de seis horas más tarde, en un pasado donde los dos son extranjeros pero al que se sienten vinculados como al país de origen de sus padres. Regresan ateridos al apartamento, en el ascensor ya se van despojando de sus ropas de invierno y del frío y la hostilidad de las calles, abre tú, dice Nadia, le entrega la llave como un signo de que le ha entregado sin condiciones su vida, su cuerpo hermoso y castigado, lacerado y enaltecido por años de desgracia y minutos acuciantes de felicidad. Al abrazarla la posee a ella en ese mismo momento pero también a todas las mujeres que han sido, las que abrazaron a otros y temblaron igual que ahora mismo y les dijeron palabras que sólo ahora parecen cobrar su verdadero sentido, la muchacha que vivió unos meses en Mágina y la que se quedó sola en Madrid en el invierno de mil novecientos setenta y

cuatro y la mujer que notó en su vientre el latido cálido y extraño de
un hijo y se abrió desangrada para arrojarlo al mundo, la rubia que se
llamó Allison durante una sola noche en un hotel de Madrid y la pelirroja que apareció como casualmente y para siempre en la cafetería
del Doral Inn de Nueva York, la que sonríe con una camisa púrpura
y un pantalón vaquero en una foto tomada en Central Park, la que se
parece en la expresión de los ojos y en la forma de la boca a un militar
español fotografiado en Mágina hace cincuenta y cinco años y a un
niño americano y rubio que nació en mil novecientos ochenta y
cuatro: se abandona a ella hasta perder la conciencia y convertirse en
su sombra y su doble y sólo entonces se siente en posesión de sí
mismo, se cobija desnudo bajo el edredón de una cama donde meses
atrás aún dormía otro hombre y lo apacigua el sentimiento, exótico
para él, de encontrarse justo en su sitio, en la médula perezosa y tranquila de su biografía. Le habla a Nadia de su vida y le cuenta lo que
le han contado sus abuelos y sus padres y en el asombro y en la atención de ella reconoce sus propias ganas de saber, el ansia antigua de
escuchar a otros y descubrir en ellos su más oculta identidad.

Abre los ojos, no mira el reloj, intenta calcular la hora según la luz
ambigua de la ventana, ve en la pared el grabado del jinete polaco y
quiere acordarse con obstinación imposible de una noche de su vida
que sólo existe porque ella nunca la olvidó. Imagina al comandante
Galaz detenido frente al escaparate de un anticuario de Mágina, o
acodado en una mesa de madera desnuda, frente a una pared, un correaje y un revólver, o asomado a un paisaje que ya no pertenece del
todo a su propia memoria, el anochecer de julio en el valle del Guadalquivir, la Sierra azulada al otro lado del río. Deja a Nadia dormida
y sale al comedor para abrir de nuevo el baúl de Ramiro Retratista,
busca, entre tantas caras de desconocidos, las fotos de sus abuelos y
de sus padres, intenta agruparlas según un orden cronológico, y es

como subir de niño a las habitaciones prohibidas de la casa en la plaza
de San Lorenzo y buscar en los cajones, debajo de la ropa doblada, en
el fondo de los armarios, donde estaba el uniforme de la Guardia de
Asalto y la caja de lata llena de billetes con el escudo almenado de la
República, como mirar de nuevo las fotos de los bisabuelos con sus
caras de difuntos etruscos y los uniformes y los trajes de novia, procurando que no sonaran sus pasos en las baldosas sueltas y que su
abuela Leonor no sorprendiera su búsqueda, ajeno a la vida obligato-
ria del trabajo y de los juegos en la calle, inmune al peligro y fortalecido en la soledad, en una penumbra de habitaciones como salas de
museo, con muebles que nunca fueron usados, con vajillas intactas
tras los cristales de los aparadores, extraviado y feliz, abriendo armarios y levantando tapas de baúles que despedían el olor denso y tami-
zado del tiempo en el que aún no había él nacido, encontrando objetos
enigmáticos, un almirez de bronce, una sombrilla de seda desgarrada,
unos zapatos infantiles que tal vez fueron de su madre, una cartilla de
racionamiento, una funda de cuero con forma de pistola, un frasco de
colonia vacío, desdoblando cartas escritas por su abuelo Manuel
desde el campo de concentración y leyendo titulares sobre la muerte
de Hitler o la guerra de Corea en las hojas de periódicos mordidas
por la polilla que forraban el interior de los cajones, descubriendo
con estupor en las fotografías la juventud de sus abuelos y la infancia
de sus padres, viéndose a sí mismo tal como era a los tres o cuatro
años, la cara redonda, las piernas muy delgadas, el flequillo recto
sobre los ojos, una camiseta a rayas y un sombrero cordobés, sentado
en lo alto de un caballo de cartón que parece enorme, con una débil
sonrisa que tal vez al cabo de unos segundos se convertiría en llanto,
porque le daba miedo el tamaño del caballo y lo creía de verdad. No
recuerda, está viendo, se desprende del olvido como de unas escamas
que lo hubieran cegado parcialmente desde no sabe cuándo, ve las
caras y las luces de Mágina en un anochecer de invierno que sucede

simultáneamente en su memoria y en la inalcanzable realidad de la plaza de San Lorenzo y de los miradores, en el pasado y en el presente, en su propia vida y en las vidas de otros que están vinculados a Nadia y a él por lazos invisibles de casualidad o de sangre que ahora cobran la forma desconcertante de su doble destino: mira, éste sería el médico don Mercurio, y el libro que tiene abierto sobre la mesa es esta misma Biblia, mira a mi padre cuadrándose en la escalinata del ayuntamiento la noche del 18 de julio, mira a mi bisabuelo Pedro, el del pelo blanco, el que está sentado en el escalón y acaricia el lomo del perro. Ramiro Retratista tuvo que esconder la cámara detrás de una ventana para hacerles la foto, por eso se ve en un ángulo la sombra de un barrote. Mira a mi abuelo Manuel y a mi abuela Leonor, a mi madre, que no debe de tener aquí más de once o doce años. Te pareces a ella, dice Nadia, espera, quién es éste tan serio, con esa cara de pena, pues quién va a ser, el inspector Florencio Pérez en su despacho de la comisaría. Fíjate en ese objeto que se ve al lado de su mano, es un pisapapeles de la basílica de Montserrat, no había vuelto a acordarme desde aquella noche, cuando me detuvieron y él me salvó, pero esta foto se la hicieron muchos años antes, mira la cara de mi madre el día de su boda, y mi padre, con su chaqueta de smoking alquilada, a él te pareces en los ojos, míralo aquí diez años más joven, en la moto alemana de Ramiro Retratista, el que está a su lado en el sidecar es su primo Rafael, aparta con impaciencia una hojarasca de fotos de desconocidos para seguir buscando las caras de los suyos y mostrárselas a Nadia y contarle sus vidas, dudando a veces al identificarlos, yo creo que éste es el tío Rafael, ésta es la foto que había colgada en el comedor de la casa de su hijo cuando mi padre y yo lo visitamos en Leganés, y el que sonríe junto a Carnicerito de Mágina el día de su alternativa es Lorencito Quesada, míralo qué orgulloso, cómo le pasa la mano por el hombro, mira a mi amigo Félix con sus padres, una mañana de domingo, seguro, delante de la estatua del general Orduña, qué raro sería para él ver esa foto en la que su padre está de pie y es joven y no yace todavía pálido y sin afeitar en una cama de la que ya no volvió a levantarse.

Pero aquí falta alguien, dice Nadia, adivina quién: está echada en el sofá, descalza, con la bata abierta sobre los muslos y el pelo recogido hacia arriba por una ancha cinta elástica, con un puñado de fotografías en el regazo, sin maquillar, con un aire sexual e indolente de recién levantada que algunas veces, si no salen a la calle, le dura toda la mañana. Falta él, dice, Ramiro Retratista. Se pasó la vida haciendo fotos y guardando copias de cada una de ellas, pero ya las hemos visto todas y no hemos encontrado ninguna en la que él aparezca. Espió a otros, no sólo en su estudio y tras el objetivo de su cámara, sino también en las calles, en las tabernas y en los cafés de Mágina, los vio tal como eran en el instante en que se cruzaban con él y como habían sido en sus edades anteriores, vaticinando con su mirada adivinadora y experta en qué se convertirían cuando el tiempo pasara, estudiando como un naturalista las lentas transfiguraciones de los rostros y los episodios sucesivos del crecimiento y la decadencia y descubriendo con melancolía y un poco de horror que casi todas las vidas son más o menos iguales y no hay rasgos firmes en la cara de nadie, que varían y se destruyen tan fácilmente como reflejos en el agua o granos de arena. No hizo fotos de sí mismo, y si hizo alguna no la quiso guardar, prefirió quedarse al margen, observándolo todo desde la zona de sombra del estudio, bajo la cortinilla de felpa negra de aquella cámara antediluviana con la que fotografió a la emparedada de la Casa de las Torres, la mujer de su vida, le confesó a mi padre, dice Nadia. El pobre hombre estaba loco, hablaba de ella como si la hubiera conocido viva y fuera su viudo, con un sentimentalismo lloroso y pornográfico, recuerda, más de una tarde ella los escuchó hablar sin que se dieran cuenta. Ramiro se bebía la primera copa de coñac que el comandante Galaz había dejado frente a él y le mostraba la foto, mírela, mi comandante, dígame si en esos países por los que usted ha viajado ha visto alguna vez a una mujer como ella, imagínese cómo sería aquel amor culpable, qué sentiría el hombre que la perdió para escribirle esos versículos de la Biblia que yo encontré en su corpiño. *Ponme como un sello sobre tu corazón, como un signo sobre tu brazo,* lee Nadia en voz alta, y Manuel mira los ojos y los pómulos y la tranquila sonrisa de la mujer incorrupta y se acuerda de los terrores más antiguos de su infancia, del portalón cerrado de la Casa de las Torres y de las gárgolas de los aleros hacia las que levantaba los ojos temiendo que el muro de piedra labrada se derrumbara sobre él. Bajo las bombillas de las esquinas los niños mayores contaban la historia de la momia y él la imaginaba arañando los ladrillos que ahora cegaban las ventanas góticas, y una vez se unió a un grupo de golfos que se colaron en el zaguán con el propósito de bajar a los sótanos para ver el nicho tapiado y la guardesa surgió como una furiosa aparición maldiciéndolos a gritos y enarbolando con ademanes homicidas una gran porra de vaquero: se volvió loca, le cuenta a Nadia, la echaron de la Casa de las Torres y se fue a vivir a la otra punta de Mágina, pero regresaba todas las noches. El palacio estaba en obras y había delante de la puerta una pila muy alta de adoquines, y ella bajaba por la calle del Pozo arrebujándose en una toquilla de lana negra, mirando al suelo y con las manos unidas en el regazo, murmurando oraciones o delirios. Contaba que Nuestro Señor Jesucristo en persona iba a visitarla y se acostaba con ella, y que era muy cariñoso y muy limpio, y sobre todo muy hombre, alto, descalzo como un penitente, con una túnica blanca, una melena castaña hasta los hombros y una barba suave y recortada, igual que en *Rey de reyes*. En la media luz del anochecer, cuando aún no estaban encendidas las bombillas, se veía al fondo de la plaza la mancha blanca de su pelo. Se hacía la distraída, escondía la cara como para evitar que la reconocieran sus antiguas vecinas, alargaba velozmente las manos y se guardaba un adoquín debajo de la toquilla, y volvía a subir por la calle del Pozo con breves pasos asustados de pájaro, apretando el adoquín contra el pecho, como si fuera un animal desvalido o un tesoro que pudiesen robarle, o el cadáver amojamado del niño que se le murió en su juventud. No saludaba a nadie, y se perdía luego en la oscuridad del Altozano. Nunca supimos dónde almacenaba los adoquines ni para qué los quería, pero regresaba sin falta cada anochecer, incluso cuando era invierno y estaba lloviendo, sin abrigo ni paraguas, sólo con su toquilla de lana negra, con el pelo blanco despeinado o mojado, temblando de frío y murmurando jaculatorias.

Qué lejos y qué olvidado todo, piensa, con qué vívida fluidez vuelve ahora, qué puros los sonidos y qué intensos los olores, la tierra apisonada y fría y el humo de la leña, el viento húmedo de los atardeceres de septiembre que sacudía las copas de los álamos en el preludio de una tormenta, la monotonía de un rosario que alguien escucha y sigue en una radio de la vecindad, las campanas de las iglesias, las del reloj de la plaza del General Orduña, el toque de oración en el cuartel y la sirena de la fundición adonde iban a trabajar los hombres jóvenes que abandonaban el campo, los cascos de las caballerías y las pezuñas de las vacas sobre el empedrado, el ruido que hacía al golpear en las rejas de las ventanas el bastón del ciego Domingo González, que vivía junto a nuestra casa y llevaba unas gafas de cristales negros muy grandes para que no se vieran las cicatrices de los disparos de sal alrededor de sus ojos. Estaba aterrorizado, nos decía mi abuelo Manuel, llevaba una pistola del nueve largo en el bolsillo y no dormía nunca porque el hombre que lo dejó ciego le prometió que volvería alguna vez a matarlo. Quién lo dejó ciego, pregunta Nadia, por qué, eso no me lo has contado todavía: era falangista, pasó el primer año de la guerra escondido en un desván, y cuando lo descubrieron pudo escapar saltando por los tejados. Apareció de nuevo en Mágina dos años después, ascendido a coronel jurídico, y actuó de fiscal en casi todos los consejos de guerra, un carnicero, decía el teniente Chamorro, para quien Domingo González pidió dos penas de muerte. Salía antes del amanecer vestido de uniforme y montado a caballo, cabalgaba sin descanso por los caminos de las huertas y entre los olivares y a las diez en punto de la mañana ya estaba en los juzgados, pero un día no volvió. Lo encontraron tirado cerca del río, sin conocimiento, con la cara llena de sangre y el caballo parado junto a él, y luego se supo, al menos así lo contaba mi abuelo Manuel, que un hombre armado con una escopeta de dos cañones le había salido al camino apuntándole al pecho. Para el caballo y no tengas tanta prisa, le dijo, tira la pistola, bájate con las manos en alto, y Domingo González, muerto de miedo, con lo valiente que se hacía cuando solicitaba para un infeliz la máxima pena (a mi abuelo Manuel le gustaba mucho esa expresión), cayó de rodillas ante el desconocido y le suplicó que no lo matara: no te preocupes, que por ahora no pienso matarte, pero te voy a hacer que sepas lo que es el miedo a morir, ya volveré cuando menos lo esperes. Se echó la escopeta a la cara, disparó un tiro y luego otro, y la sal de los cartuchos quemó los ojos de Domingo González, que se pasó el resto de su vida aterrorizado por una oscuridad en la que creía oír los pasos y la voz de aquel hombre que volvería alguna vez a rematar su venganza. Qué habrá sido de él, le dice a Nadia, adhiriéndose a su espalda y a sus caderas desnudas bajo el calor del edredón, confundido en su sombra, en el dormitorio donde no hay más claridad que la de los números rojos del despertador, qué habrá sido de cada uno de ellos, del hombre que disparó los tiros de sal y tal vez se apaciguó con los años o se marchó de Mágina y se olvidó de Domingo González, dónde estará Ramiro Retratista, aunque lo más probable es que haya muerto viejo y solo en una pensión o en un asilo de Madrid, qué ocurre con la gente cuando desaparece, cuando es olvidada y ni siquiera deja tras de sí el testimonio de una fotografía.

Enciende la luz, le pide a Nadia que se vuelva hacia él, le aparta el pelo de la cara, se lo echa hacia atrás para descubrirle la frente, le roza con los dedos el mentón y los labios, que sonríen con el halago del sueño. Quiere aprenderse sus facciones tan imperiosa y detalladamente que ya no pueda olvidarlas, quiere imprimir en su propia mirada y en su memoria la forma de la boca y de la nariz y la barbilla de Nadia y el color de sus ojos igual que se imprime una figura en la cartulina blanca de la fotografía: nosotros no podemos desaparecer, le dice, no podemos perdernos como toda esa gente. Tiene miedo de pronto, lo domina una necesidad desesperada de seguir mirándola y estrechando su cuerpo y de no apartarse nunca de ella, como si bastara cerrar los ojos o quedarse solo unos minutos mientras ella va al cuarto de baño o baja a comprar algo para que ya no vuelva, para que se le pierda entre las multitudes de Nueva York como Ramiro Retratista en Madrid o su amigo Donald en los suburbios de una capital africana, como esos desconocidos sin nombre que aparecen por casualidad en el segundo plano de una foto, atrapados fugazmente en su viaje anónimo hacia la inexistencia, dotados sin embargo de minuciosas biografías y recuerdos que no permanecerán en la conciencia de nadie. Sigue despierto y abrazándola cuando ya se ha dormido, con una doble voluntad de cuidarla y de acogerse rendidamente a la protección de su coraje y su ternura, fuerte y vulnerable, orgulloso de ella y de sí mismo y también frágil y cobarde, al filo siempre de perderse en la atracción de la angustia. Apaga la luz, la oye respirar con la boca entreabierta y murmurar algo que no entiende, se revuelve en sueños para acomodarse más estrechamente a él y ahora su aliento sosegado y tibio le roza la cara. No puede dormirse aún, no quiere, siente que empieza a deslizarse inmóvil hacia una región más densa de la oscuridad donde ya no ve la mancha rojiza de los números del despertador ni la silueta blanca de la cabalgadura del jinete polaco. Se hunde primero lentamente con una sensación muy parecida a la de viajar de noche en un avión que va perdiendo altura al mismo tiempo que se ven todavía muy lejos las luces de una ciudad, cae de pronto, sacudido de vértigo, como si bajara a tientas unas escaleras y faltase un peldaño, advierte con sorpresa que ha estado a punto de dormirse y que el corazón le late muy rápido, descubre que no está solo, que Nadia sigue abrazada a su cintura, de nuevo vuelve a deslizarse suavemente hacia arriba y vislumbra luces al fondo, imágenes veloces que se suceden y se borran entre sí, calles nocturnas de ciudades, los edificios del Rockefeller Center iluminados por reflectores tras una niebla amarilla, los rascacielos a oscuras de Buenos Aires alumbrados por un relámpago en una noche de tormenta, el letrero luminoso del *Chicago Tribune* parpadeando a una altura de treinta pisos sobre una torre de cresterías góticas, la cúpula blanca del Capitolio y la extensión horizontal e infinita de las luces de Washington, o de Los Ángeles, o de Londres. Las ciudades se convierten velozmente en otras, pasa sobre ellas sin detenerse nunca, se le quedan atrás y muy pronto aparecen de nuevo luces más distantes sobre la oscuridad curva del mundo, al final del océano, en las orillas de Europa, al otro lado de serranías y llanuras punteadas por faros de automóviles que desaparecen y vuelven a brillar entre las filas de olivos: una ciudad al fondo, en lo alto de una colina, luces que tiemblan sobre las casas blancas de los miradores, bajo un cielo violeta en el que todavía no es definitivamente de noche, una plaza con tres álamos donde resuenan las voces y el metal de los llamadores, por donde pasa una mujer de pelo blanco que esconde un adoquín bajo la toquilla, hacia donde camina un hombre que regresa de una cautividad de dos años, de donde huye un adolescente que quiere vivir lejos de allí un destino inventado, que vuelve luego, media vida después, y se detiene frente a una casa cerrada, golpea el llamador, la puerta se abre y no hay nadie en el portal, ni en la cocina ni en el patio, ni en las habitaciones donde siguen estando los mismos muebles que veía de niño, la mesa de madera oscura y las seis sillas tapizadas en las que nadie se ha sentado nunca, las camas con espaldares de hierro y molduras de bronce en las que nadie duerme, los armarios y las cómodas donde aún se guardan las ropas de los muertos, las cartas que escribieron, las fotos en las que aún sonríen como si no hubieran sido desalojados de la vida. Abre los ojos, Nadia ha encendido la luz y se inclina sobre él, le pregunta qué estaba soñando, por qué movía tanto la cabeza como diciendo furiosamente que no, pero él no se acuerda, aún tiene miedo y no sabe de qué.

No me acostumbro, no sé medir la distancia que me separa de ti ni calcular el tiempo que me falta para volver a verte ni el que he pasado contigo, cien años o diez días, cuántas horas exactas, cuántas palabras hemos dicho, cuántas veces me he derramado en tu vientre o en tu boca o sobre tus pechos y te he oído gemir con los ojos abiertos como si agonizaras. No quiero olvidar nada, no quiero confundir unos días con otros ni resumir en un solo abrazo la singularidad de cada uno de los que nos hemos dado, porque olvidar y resumir es perder y yo me exijo ahora mismo la posesión imposible de todas las palabras y todas las caricias y de las variaciones que el dolor o la melancolía o la risa o los cambios de la luz imprimen a tu cara, de cada manera tuya de sonreír y mirar y de todas las modulaciones de tu voz. Quiero seguir viéndolo todo, con todos sus detalles precisos, la fachada de tu casa, los espejos del vestíbulo, el brillo metálico del ascensor, la hornilla de la cocina y los cubiertos guardados en los cajones y los platos y los vasos que hay en el armario sobre el fregadero, quiero acordarme para siempre de la disposición de los muebles y de cada uno de los objetos que hay en las estanterías de mimbre del cuarto de baño, tus frascos de colonia, tus paquetes de kleenex y de compresas, tu bata de seda con dibujos de flores colgada en una percha, las barras de labios y los estuches de polvos faciales que guardas en el bolso cuando vas a salir, el pequeño pincel que usas para ponerte el rímel y el lápiz con el que subrayas la línea de los párpados. Quiero que no se me olviden la ropa ni los zapatos que has llevado cada uno de estos días, el vestido rojo y ceñido y los zapatos rojos que te pusiste una noche como si ya fuera abril y pudiéramos ir a cenar a una terraza al aire libre, la gabardina verde oscuro de nuestro primer encuentro, el traje masculino y la corbata ancha y floja que te dan ese aire tan mentiroso y convincente de eficacia norteamericana, el ligero descuido que hay en todos tus actos, la negligencia falsa con que ordenas la cocina o los discos, la manera en que te instalas en el tiempo sin mirar los relojes, como si les correspondiera a ellos acompasarse a tu ritmo o estuvieras dispuesta a dedicar toda tu vida a cualquier cosa que haces, a la conversación o al amor o al acto minucioso de pintarte los labios, o a escribir esos artículos y traducciones que no me dejas ver y de los que sólo parece importarte el dinero que te pagan por ellos, aunque no me lo creo, me he acostumbrado a fijarme en ti con más atención que en cualquiera de las mujeres a las que he conocido y querido y descubro que tienes la peculiar aptitud de ser lo que no pareces y de parecer lo que no eres, o de sufrir en dos minutos una transfiguración inexplicable. Lo supe la primera noche, en Madrid, cuando empezamos a besarnos y tu cara cambió. Hasta ese momento parecías tan joven como si el dolor no te hubiera alcanzado nunca y te convertiste en una mujer vulnerada y solitaria que se entregaba sin defensa a un desconocido. Pareces desvergonzada y escondes una reserva inaccesible de pudor, usas un aire de fragilidad para ocultar instintivamente tu coraje y pareces más fuerte cuando tal vez eres más débil y prefieres sonreír y encogerte de hombros si estás desesperada. No miras nunca el reloj y no llegas tarde a ninguna parte.

Pero no finges, estoy seguro, eres todas las cosas y todas las mujeres que pareces, Allison y Nadia, te he conocido desde siempre y no sé nada de ti, he estado contigo una sola noche sin porvenir ni pasado y una vida entera, rabio de celos porque te has acostado con otros hombres y le has hecho a alguno de ellos las mismas cosas que me haces a mí y veo en tus ojos el deslumbramiento y la sorpresa de la primera vez, toda la sabiduría y también toda la inocencia, la certidumbre y el miedo, la cautela y la temeridad.

En el aeropuerto me abrazabas al despedirte de mí como si no fuéramos a vernos nunca más y me sonreías luego tan serenamente como si hubiéramos quedado para unas horas después. Me da miedo la imperceptible erosión del olvido pero no sé no acordarme de ti, no percibir el olor de tu cuerpo en el aire ni el tacto de tu piel cuando toco la mía, que se me ha vuelto más tensa y más suave, mucho más sensitiva, como si tú me tocaras a través de mis manos: no soy tuyo, como dicen los amantes, es que algunas veces me sorprende ser exactamente tú, al usar una expresión o una palabra que he aprendido de ti, al ver las cosas como tú las verías o acordarme de algo que tú me has contado y creer por un instante que es a mí a quien le pertenece ese recuerdo. Sin darme cuenta enciendo un cigarrillo como tú lo harías o le pido a la azafata del avión la marca de cerveza americana que tú prefieres, de modo que hay una conmemoración involuntaria en casi todos mis gestos, en las noticias que leo en el periódico, en las canciones de la radio, en la manera en que miro a la gente que pasa a mi lado. Hasta me fijo en los niños, en los que no había reparado nunca, me pregunto si serán mayores o menores que el tuyo, qué pensarán cuando caminan tan serios de la mano de sus madres, cuando se quedan mirándome con los ojos muy abiertos como si me temieran o me desafiaran, y eso me hace acordarme de mí mismo a esa edad y también de ti y de las cosas que me has contado de tu padre. Me parece que oigo a mi abuelo Manuel o al teniente Chamorro hablando del comandante Galaz y se me confunden los hilos de la imaginación y la memoria: no es posible que ese apellido heredado de las mitologías de mi infancia sea al mismo tiempo el tuyo, que esa mujer de la foto que me diste cuando ya me marchaba sea su hija y se haya enamorado de mí y esté ahora mismo recordándome igual que yo la recuerdo a ella en los corredores fantasmales y en las salas de espera vacías del aeropuerto John Fitzgerald Kennedy, después de haberle hecho un gesto último de adiós cuando he pasado el control de pasaportes y he sido interrogado y cacheado por un ingente funcionario con gafas de sol y chaqueta azul marino abultada bajo el hombro por la pistolera y examinado de arriba abajo por un guardia de uniforme negro, gorra negra de béisbol, metralleta montada y botas de montaña al que sin duda no acaba de agradar el color de mi pelo ni el de mis ojos. Ya he cruzado la frontera, ya he salido del refugio donde la guerra no existía. Ingreso en el pasillo estrecho y con el suelo de goma que me conduce hasta la puerta del avión y voy adentrándome en la geografía ilimitada de tu ausencia. Miro a mi alrededor y por primera vez en muchos días no encuentro tu cara. No me acostumbro a la forma ni al tamaño inhóspito del mundo ni me reconozco ya en mis destrezas de viajero habitual y solitario. Me paso los dedos por los labios para notar el olor todavía reciente de tus manos. Busco entre las páginas de un libro las fotos que he traído conmigo y las miro despacio mientras tiemblan los motores y el avión casi vacío va ganando velocidad sobre la pista y emprende el despegue. En la tarde soleada y transparente de invierno va quedándose abajo y muy atrás la extensión inclinada de las pequeñas casas con jardines de Queens. Veo a lo lejos el perfil de Manhattan en un brumoso contraluz de azules y reflejos metálicos sobre las aguas inmóviles y pienso que ahora mismo tú vuelves a la ciudad y te acuerdas de mí y sigues existiendo en algún punto preciso en medio de esas multitudes que pululan por los vestíbulos de los rascacielos y las estaciones y de las riadas de coches que cruzan bajo las armazones metálicas de los puentes y entran en los túneles y corren hacia el sur por la autopista de la orilla del East River. Tal vez estás viendo tu cara en el espejo del taxi tan nítidamente como yo la veo en una foto, o imaginas la mía, o te acuerdas de tu hijo, impaciente por encontrarte con él. Te mueves a toda velocidad a cinco mil metros por debajo de mí y a no sé cuántos kilómetros de una distancia que sigue creciendo devoradoramente a cada minuto, sin que yo perciba la menor sensación de movimiento, recostado en la butaca angosta del avión, mirándote sonreír en un banco de Central Park, ante un paisaje de árboles recién verdecidos tras los que se distinguen apenas, contra un cielo blanco y neblinoso, las siluetas azuladas de los edificios. La claridad del sol te vuelve rojo el pelo, que es castaño y casi negro en la penumbra, y la sonrisa se mantiene indomable y descarada sobre los ángulos firmes del mentón. Pero guardo la foto, no quiero que se me gaste de mirarla, igual que se gasta el influjo de una canción si uno la escucha demasiadas veces. Me da celos preguntarme quién te la hizo, a quién le sonreías esa mañana en Central Park, dónde estaba yo justo en ese momento, el año pasado, en abril. Cualquiera sabe, no me acuerdo de nada, y tampoco me importa, dónde estás tú ahora mismo, cuando el avión casi vacío e inmenso vuela sobre la oscuridad del Atlántico y yo repaso fotografías en blanco y negro de mi infancia y de la juventud de mis padres y trato de recordar lo que hacíamos anoche a estas horas, la última noche, la congoja invencible de la despedida y el tiempo remansado hasta entonces que se volcaba sin remedio hacia la pendiente del adiós, los minutos largos de silencio, la irrealidad súbita de todo y la enconada vehemencia de estar haciendo las cosas por última vez. Imposible resignarse a dormir y malbaratar en el sueño las últimas horas, la obstinación en el deseo, no sostenido ya por el instinto sino por la pura contumacia de la voluntad, la ficción de preparar el desa-

yuno igual que todas las mañanas y de comentar los belicosos titulares del periódico como si nada sucediera, como si nada estuviera a
punto de ocurrirnos. De nuevo estaba nervioso, en poco más de una
semana se me ha olvidado mi habilidad para marcharme y mi vocación inexistente de nómada. Se me ponía un nudo en la garganta al
descolgar mi ropa de tu armario, me castigaban otra vez todos mis
temores de viajero neurótico: todo perdido, como de costumbre, el
pasaporte, las tarjetas de crédito, el billete de avión, es como perse-
guir a pequeños animales que se esconden debajo de los muebles y
que vuelven a escaparse cuando uno ya los creía seguros en la jaula,
el dinero en efectivo, los cheques de viaje, y tú mirándome tranquila
y seria mientras bebías un café y repasabas el periódico, o apareciendo sonriente con mi pasaporte en la mano cuando ya lo daba yo
por perdido.

Me serena tu calma, me alivia de la prisa y de la desesperación, como
si establecieras alrededor de tu presencia un espacio cálido de ironía
y quietud que a mí también me circunda y en el que permanezco
aunque esté ahora tan lejos de ti, adormilado en la cabina a oscuras
del avión, tendido sobre una fila de asientos y cobijado en una manta,
viendo pasar ante mis ojos como sombras proyectadas en una pared
todas las caras que hemos visto en el archivo de Ramiro Retratista,
vislumbrando lugares de Mágina que ya no sé ni dónde están, habitaciones de techos altos con vigas en las que he dormido de niño, alacenas y bodegas donde huele a aceite y a humedad, callejones en los que
resuenan de noche los pasos de alguien. Vuelvo casi a la realidad
como un buceador que de un talonazo sube hacia aguas menos oscuras y profundas y emerjo al pasado más próximo, a Nueva York y a tu
casa, excitado por recuerdos que se hacen más vívidos al convertirse
en ráfagas de sueños. Cierro los ojos y estoy sentado en el filo de tu
cama y te veo desnuda y arrodillada entre mis piernas y hundo mis

dedos en el nacimiento espeso de tu pelo, alzas la cara y me sonríes con los labios mojados antes de inclinarte otra vez. Te tiendes de espaldas y separas los muslos y entro en ti muy despacio o en un relámpago que nos traspasa a los dos y nos deja luego sobrecogidos e inmóviles. Sin que me diera cuenta una de mis manos imita a las tuyas o es guiada por ti y se introduce con delicada cautela bajo la camisa y el cinturón, me despierto del todo, han encendido las luces, una voz desagradable y nasal anuncia para casi nadie que faltan dos horas de vuelo y que nos van a servir el desayuno. Pero qué desayuno, pienso con esa rabia que me entra cuando no me dejan dormir, si hace un rato era medianoche. De pronto la hora de mi reloj ya no sirve y son las seis de la mañana. No sólo no estoy en el mismo continente que tú sino que además me obligan a vivir seis horas más tarde y dan la luz para inducirme a comer igual que a una gallina en una granja modelo. Definitivamente he vuelto, he despertado a un absurdo amanecer hostil de claridades fluorescentes y malas caras de sueño, mujeres despeinadas y gordas que van en dirección al lavabo con sus bolsas de aseo y se apoyan medio dormidas todavía en los respaldos de los asientos, hombres sin afeitar que bostezan, igual que yo, degradados por la noche en blanco y el viaje, desconcertados por la luz del alba que surge cuando se levantan las persianas de plástico de las ventanillas, con esa familiaridad huraña de los vuelos nocturnos que se acentúa porque somos muy pocos en un avión tan grande y compartimos la modesta audacia de viajar a Europa en tiempos de guerra. Qué aturdimiento, qué pocas ganas de llegar y de ser atrapado de nuevo por los horarios y las obligaciones. Me duele la cabeza por culpa del tabaco y del valium y tengo un gusto amargo en la boca. Me miro en el espejo del lavabo tambaleándome por las sacudidas de la cola del avión y me parece que ya no soy el mismo que ha estado contigo, que vuelvo a ser el que volaba hacia América quince días atrás. Pero no me rindo, no quiero, no puedo dejarme llevar por el abatimiento de

todos los viajes. Me lavo la cara y los dientes y me afeito como si al
salir de esta cápsula vibrante de aluminio y de plástico fuera a encontrarme contigo. Me revive el olor del jabón en mis manos y el de la
colonia en mi cara. Desde ahora he de cuidar el amor con toda la sagacidad de mi inteligencia y toda la energía de mi voluntad, como un
fuego sagrado que puede apagarse si no velo junto a él. He de defender el amor y su entusiasmo y su orgullo no contra la distancia y la
desmemoria, sino contra mí mismo, contra mi desaliento, contra la
debilidad de mi coraje y el veneno de mi desarraigo y de mi dispersión, contra mi formidable estupidez de tantos años y la inercia de
tantos amores tan prediciblemente fracasados. Era mentira todo, yo
estaba intoxicado, no quiero vivir solo ni ser un apátrida, no quiero
cumplir cuarenta años buscando mujeres por los bares últimos de la
noche o quedándome dormido frente a la televisión. Puede que te
pierda o que no vuelva a verte, o que el avión se incendie dentro de
quince minutos sobre las pistas del aeropuerto de Bruselas, pero me
da igual. Dog, Elohim, Brausen, apiádate de mí, si he de morir quiero
morirme vivo y no muerto de antemano, de algo ha de servirme
haber cumplido junto a ti treinta y cinco años y llevar en mi conciencia y en mi sangre todo el amor y el sufrimiento y el impulso de vivir
que me legaron mis mayores. No estoy solo, ahora lo sé, ni estamos
solos tú y yo cuando nos entregamos tan codiciosamente que el
mundo exterior queda abolido, no soy una sombra que pueda perderse entre los miles de millones de sombras y caras hacinadas o dispersas que transitan en este mismo momento debajo del océano de
niebla blanca donde se ha sumergido el morro del avión. Miro tu foto
antes de guardarla en la bolsa, compruebo neuróticamente que no me
dejo nada y que los indicadores me autorizan a desprenderme del cinturón de seguridad. Camino por los pasillos del aeropuerto escuchando en el walkman las canciones que tú has grabado para mí, las
que nos gustaban a los dos sin que yo lo supiera, las que yo no habría

conocido si no llegas a descubrírmelas tú. No hay viajeros en las salas de espera, sólo extensiones de linóleo vacío, paneles iluminados de anuncios, soldados y policías armados que nos vigilan uno a uno apoyando los codos en las metralletas. Parece que la guerra no es nada más que eso, una vigilancia omnipresente y fría y una extraña dilatación del espacio y del tiempo. Estudian con mucho cuidado los pasaportes, esperan armados en las esquinas más distantes de los pasillos, apartan a un lado a un grupo de viajeros que parecen árabes. Las letras tabletean como fichas de dominó en los paneles de horarios y no hay casi nadie que aguarde la salida o la llegada de un vuelo. Como desbaratados por el viento cambian en unos segundos los nombres de las ciudades, Karachi se convierte en Los Ángeles, Madrid en Delhi y Rabat en Moscú. Un punto rojo parpadea al lado del anuncio de una salida inmediata hacia Nueva York. Me quedo siempre hechizado mirando esos paneles, como si viajara visualmente a todas las ciudades a través de sus nombres, como cuando era niño y movía la aguja del sintonizador de la radio a lo largo de la banda iluminada, Andorra, Bucarest, Belgrado, Atenas, Estambul, las voces extranjeras y las rachas de músicas perdiéndose entre pitidos y estrépitos como los oleajes del mar que se escuchaban en las caracolas, las voces que hablan por teléfono desde los extremos del mundo y dejan mensajes de náufragos en los contestadores. Manuel, soy yo, te llamo desde un hotel de Nairobi, Allison, soy el fantasma del hotel Mindanao, estoy en Nueva York, acabo de llegar a mi apartamento de Bruselas. He abierto la puerta después de buscar angustiosamente las llaves en todos mis bolsillos y se me ha caído el alma a los pies, justo al lado de la maleta y de la bolsa, en el vestíbulo ruin donde me recibe como un perro insoportable y leal el olor a polvo, a cocina sucia y a casa cerrada. He recogido del buzón un puñado de cartas de bancos y de folletos de publicidad. He descubierto como un arqueólogo que pasea su linterna por una cripta lamentable el desorden congelado que dejé aquí hace quince días y en el que ahora encuentro señales de la vida de otro, yo mismo, mi antepasado más reciente, el gandul solitario y más bien autista que no se molestó en retirar una lata vacía de cerveza ni en limpiar el cenicero ni el tazón de su último desayuno, que ahora tiene un fondo endurecido de color terroso. Mira que eres desastre, pensarías, el suplemento dominical de un periódico tirado junto a la cama deshecha, un vaso largo y opaco con un residuo amarillento de whisky, olor a leche agria y a goma en el frigorífico, un tubo de dentífrico que se quedó abierto y se ha derramado sobre la loza del lavabo, la negligencia un poco turbia de alguien que vive solo y no recibe visitas, el frío húmedo y desapacible de las habitaciones en la mañana prematura, inhóspita, nublada, la primera mañana inhabitable del regreso. Dan ganas de cerrar de un portazo y sin llevarse nada y de tirar las llaves en la alcantarilla más próxima, de marcar tu número de Nueva York y despertarte a las dos de la madrugada pidiendo auxilio. Me echo rendido y nervioso en el sofá apartando hojas de periódicos del mes pasado y me quedo mirando la llovizna y el cielo bajo y gris. Suena el teléfono y me da un salto el estómago maltratado por comidas de avión y cafés de aeropuerto, serás tú quien me llama, pero antes de que mi mano se alargue hasta el auricular se activa el mecanismo del contestador automático. Me reclaman para un trabajo urgente, oigo hablar a la directora de la agencia conteniendo la respiración y sin moverme, como si estuviera escondido. Parece furiosa, me exige que dé señales de vida o que le comunique la dirección del monasterio adonde me he retirado, me llama encanto, lo cual quiere decir que le apetece estrangularme. Qué alivio, ha colgado, me armo de valentía y devuelvo al principio la cinta del contestador, dispuesto a oír un catálogo de mensajes amenazantes y avisos de desastres que se habrán cumplido en mi ausencia, voces en inglés, en francés, en alemán, en español, gente usual hasta hace muy poco que se me ha vuelto desconocida o remota, la directora de la agencia deslizándose desde la simpatía rutinaria a la desconfianza y luego a la ira, una mujer alemana que me invita a una copa y de la que ni siquiera me acuerdo, alguien que me propone la firma de un manifiesto en cinco lenguas en favor de la paz, a estas alturas. Me decido enérgicamente a deshacer el equipaje, aunque lo único que hago es poner tu foto delante de los libros, al menos tú permaneces inalterable en ella, sonriendo en Central Park como en un banco del paraíso, con un pantalón vaquero y una camisa roja y escotada, sonriéndome a mí y no a quienquiera que disparase la cámara.

Continúan sonando las voces en el contestador pero ya no les hago caso. Por mí como si se declara el diluvio universal. Muera Sansón con todos los filisteos. Empiezo a sacar la ropa de la maleta y huelo en una camisa tu perfume. Te la ponías algunas veces al levantarte de la cama, sin abrocharte más que uno o dos botones, te descubría por abajo el vértice del pubis y cuando te inclinabas para recoger algo se te abría sobre los pechos, otra palabra despreciable, sobre las tetas blancas y grávidas como esos racimos de los que habla el Cantar de los Cantares, *tu estatura es semejante a la palma, y tus tetas a los racimos*, parece mentira que eso me haya ocurrido a mí, yo recostado en la almohada y tú leyéndome la Biblia protestante que don Mercurio le dejó en herencia a Ramiro Retratista y Ramiro a tu padre y él a ti, a nosotros dos, sin saberlo, tú desnuda delante de mí y yo celebrándote con las hermosas e impúdicas palabras españolas que nos legó un fraile hereje del siglo xvi y que sin duda escucharía la mujer empare-dada en la Casa de las Torres. *Cuán hermosos son tus pies en los calza-dos, oh hija de príncipe, los cercos de tus muslos son como ajorcas, tu ombligo como una taza redonda que no le falta bebida, tu vientre montón de trigo cercado de lirios, tus dos tetas como dos cabritos mellizos de gamo.* Y ahora este destierro, esta vuelta sin misericordia a lo peor de mi vida, a las palabras neutras y a los días estériles. Hace diez horas que no te veo y ya me resulta físicamente imposible tolerar tu ausencia. *Las muchas aguas no podrán apagar el amor ni los ríos lo cubrirán*, eso me leíste, pero tengo miedo, estás al otro lado de las muchas aguas del Atlántico y de las seis horas con que nos separan los relojes. Busco tu olor en mi ropa y en mi piel y ya casi no lo percibo, voy a llamarte, voy a marcar tu número de teléfono y un cable sumergido bajo el mar o tal vez un satélite en órbita sobre la Tierra me concederán el privilegio instantáneo de oír tu voz. Si estás dormida te despertaré, y si te ha desvelado la extrañeza de acostarte sola te hablaré al oído como cuando me pedías que no me callara. Me siento al lado del teléfono, todavía no se ha detenido la cinta del contestador y ahora suena una voz española, muy familiar, con acento de Mágina. Tardo unos segundos en reconocer la voz de mi madre, dubitativa, temerosa, porque los teléfonos y los contestadores la asustan. He perdido las primeras palabras del mensaje. Paro la cinta y la hago retroceder, el corazón me late más aprisa, vuelvo al principio, hay un silencio y luego una señal. Mi madre empieza a hablarme en un tono muy raro, como desde muy lejos, dice mi nombre, se interrumpe, respira. En torno a mí todo se queda suspendido mientras oigo el roce de la cinta y el ruido leve del motor. Conozco en seguida esta forma del miedo, la más antigua y la más pura. Me dice, no sé cuándo, cuántos días atrás, que mi abuela Leonor se puso muy mala ayer, que la llevaron al Clínico, que acaba de morir y la entierran esta tarde, me han buscado y no saben dónde estoy.

Sólo ahora te entiendo. Hasta ahora la muerte no había entrado en mi vida, no se había cebado en nadie a quien yo quisiera, era una cosa habitual y abstracta que ocurría siempre muy lejos de mí, en los márgenes más imprecisos de la realidad. Incluso cuando estuve a punto de matarme aquella noche de noviembre en la carretera, me quedé frío, sin sentir nada, y cuando me acordaba más tarde tenía una sensación de inconsistencia, o de aislamiento, no este horror de haber perdido irremediablemente algo y de saberlo mucho después, de establecer maniáticamente el día y la hora y querer acordarme de lo que yo hacía y pensaba en ese instante en que ella se volvía hacia la pared, encogía las piernas bajo la colcha blanca de la Seguridad Social y se abrazaba a la almohada como disponiéndose a dormir. Mi madre estaba a su lado y tardó un poco en darse cuenta. Me ha dicho que notó una breve sacudida, como un escalofrío, como el sobresalto de la entrada en el sueño, nada más, ni un espasmo, ni siquiera un gemido. Tenía el corazón muy débil, dijeron los médicos, gastado después de ochenta y siete años de latir, y al final ya se movía muy despacio, rozando las paredes con sigilo de ciega, humillada en su dignidad tan lúcida por el asedio miserable de la vejez. Le dio un mareo cuando se levantó de la mesa después de comer y el médico que fue a verla ordenó que la llevaran inmediatamente al hospital. Pero no estaba asustada o no lo parecía, bajó por última vez las escaleras tomada del brazo de mi madre y lo miraba todo como despidiéndose, vestida con la misma ropa de luto que se ponía para asistir a los funerales y a las bodas, lenta y desvalida, pero no decrépita, con un resto de su antigua hermosura en la perfección inalterada de los pómulos y la barbilla y en la calidad de la piel, tan blanca y lisa todavía en los brazos, con un lustre amarillento de marfil gastado en las manos sensitivas y fuertes que me acariciaron largamente la cara la última vez que la vi, cuando me despedía de ella y pensaba sin verdadera convicción en la posibilidad de no verla nunca más: por qué te vas tan pronto, si hace nada que viniste, ya no quieres cuentas con nosotros, seguro que no te acuerdas de cuando eras chico y me pedías que te leyera pulgarcitos. Le gustaba que me sentara a su lado en el sofá y me cogía las manos como para calentármelas. Mira que eres callado, me decía, en eso sí que no le has salido a tu abuelo, y ahora fíjate, con lo que hablaba, y lo único que hace es dormir, y encima se lamenta de que no pega ojo. Lo pellizcaba bajo las faldillas, pero Manuel, despiértate, es que no piensas ni despedirte de tu nieto. Se empeñó en levantarse y en salir a la puerta y al marcharme en un taxi la vi parada en el rincón de la plaza de San Lorenzo, con su pelo blanco y un poco despeinado, una rebeca negra sobre los hombros, las manos juntas en el regazo y las piernas lentas e hinchadas, sonriéndome aunque casi no me veía. Tenía un ojo nublado por una catarata y no quería operarse porque le daba miedo que la dejaran ciega del todo. Qué lástima, decía, para qué nos dejará Dios llegar vivos a esta edad. El taxi dobló la esquina de la Casa de las Torres y por la ventanilla trasera los vi agrupados ante la puerta como si posaran para una fotografía cruel, ella y mi abuelo Manuel apoyándose el uno en el otro y mis padres también envejecidos, varados los cuatro en el rincón de la plaza, en la otra orilla de un tiempo clausurado muchos años atrás del que yo estaba desertando de nuevo.

En el hospital preguntó varias veces por mí y mi madre le dijo que me habían avisado y que llegaría muy pronto a Mágina, pero ella no se lo creyó. Nadie fue nunca lo bastante mentiroso o sagaz para engañarla. Jamás dio crédito a ninguna de las palabras retumbantes que tanto le gustaban a mi abuelo Manuel ni hizo el menor caso de las fábulas chismosas que se contaban las vecinas en los lavaderos públicos o en las colas de la fuente. Se acordaba todos los días de la bondad silenciosa de su padre, de un hijo que se le murió con diez meses de unas fiebres, de la noche de lluvia en que corrió entre los camiones llenos de presos y con los faros encendidos que se alineaban trepidando junto a los muros de una cárcel buscando a mi abuelo Manuel, y de otra noche, la primera de la guerra. Estaban en la plaza del General Orduña viendo pasar los camiones con soldados que se dirigían al ayuntamiento y mi madre, que tenía seis años, se desprendió de su mano y se le perdió entre la multitud. Usaba su inteligencia y su ironía como armas secretas para defenderse de la sinrazón y el embuste y le bastaba siempre mirarme a los ojos para saber si yo le decía la verdad y para adivinarme el pensamiento: aun ahora, cada vez que digo una mentira me parece que oigo su voz avisándome de que se pilla a un embustero antes que a un cojo. Reservaba íntegras su indignación y su credulidad sentimental para las novelas de la radio y más tarde para los culebrones sudamericanos de la televisión. Los malvados la sacaban de quicio, sobre todo los malvados con bigote, o los que tenían un lunar o se aplastaban el pelo hacia atrás con fijador. Míralo, decía, que parece que le ha lamido el pelo una vaca. Se revolvía nerviosa en el sofá, porque escuchaba las voces pero casi no distinguía las imágenes, se enfurecía, los llamaba canallas y traidores, y

mi madre apenas lograba tranquilizarla diciéndole que todo era mentira, que la pobre chica inocente no estaba embarazada de verdad o
que el cajero injustamente acusado de desfalco no iría a la cárcel y
que la sangre de los asesinados era falsa. Pero no había modo de que
se convenciera, y ella, que nunca se fió de las evidencias de la realidad, no podía entender que lo que aparecía en la televisión fuese
mentira unas veces y otras no. Inventaba comparaciones que eran
retratos fulgurantes: ése tiene ojos de flor de haba, decía, o cara de
mulo blanco o de Juan Veintitrés, la boca descolgada como una puerta
vieja, o tan grande como el desgarrón de una manta, y cuando me
enfadaba me reprendía burlándose de mí, no pongas esa cara, que
se te puede atar el hocico con una soga. Miro ahora sus fotos, las
que se extraviaron en mi casa cuando yo era niño y he recobrado por
mediación tuya y del azar en el baúl de Ramiro Retratista. He llamado a la agencia, he solicitado un permiso de quince días alegando
una enfermedad imaginaria y no me ha importado el riesgo de perder
el trabajo. Siento con una tranquilidad desconocida que no puedo
perder nada, que no tengo ni necesito nada. Me acuerdo serenamente
de ti en el avión donde vuelo hacia Madrid y dejo a un lado tu foto de
Central Park para mirar las caras que tuvo mi abuela Leonor en dos
instantes que resumen su vida, el día que se casó, severa y joven,
menos alta que mi abuelo Manuel pero desafiadora en su belleza, con
el pelo corto, las facciones anchas y una diadema sobre la frente, en
una fotografía que aún lleva la rúbrica de don Otto Zenner, y luego a
los cuarenta y tantos años, ya vestida para siempre de luto y con el
pelo recogido en un moño, rodeada de sus hijos, con las cabezas rapadas, rodillas torcidas y huesudas y pantalones cortos, de pie en la
puerta de la casa de San Lorenzo, al lado de su padre, mi bisabuelo
Pedro, que está sentado en el escalón y tal vez sabe que van a hacerle
una foto y simula que se deja engañar.

• • •

Cruzo Madrid sin verlo. Es una tarde soleada y fría de finales de enero y yo me dejo llevar del aeropuerto a la estación tan livianamente como si no pesara, como si no existiera este momento. Oigo en la radio noticias sobre la guerra y me deshago de los periódicos apenas hojeados con la sensación de que nada de esto va conmigo, ni la ciudad que se despliega ante mí ni los avisos ni los motores de los trenes, ni las hirientes voces españolas que hablan a mi alrededor mientras espero mi turno para comprar un billete. Qué acento, pienso siempre que vuelvo, qué dureza campechana y brutal. Mis pies no arraigan en ninguna parte, no siento debajo de sus plantas la solidez del mundo. Todo es fugaz y retrocede al otro lado de una ventanilla, con una rapidez de mareo ilusorio, como se deslizan los puntos de destino y los horarios de los trenes a lo largo de los indicadores electrónicos. Miro el reloj, calculo que todavía tengo tiempo, compro cigarrillos, bebo un café y como un sandwich junto a la barra de la cafetería. Pago inmediatamente, por supuesto, no vaya a ser que tenga que salir corriendo. Sólo fumo hasta la mitad los cigarrillos, no termino el café y me dejo el sandwich casi entero, actos inacabados, decisiones que no llego a cumplir. Veo un teléfono público que funciona con tarjetas de crédito y se me ocurre llamarte. Ahora son en Nueva York las once de la mañana. Tu vida transcurre ya en una dirección del todo ajena a la mía: anoche —o lo que es anoche para ti— fuiste a buscar a tu hijo, y mientras yo volaba hace dos horas de Bruselas a Madrid lo llevarías de la mano a la parada del autobús escolar, y ahora has vuelto a casa para terminar a toda prisa una traducción que debiste haber entregado hace días. Te has sentado a la máquina, te has sujetado el pelo hacia lo alto con una cinta elástica para que no se te caiga sobre la cara mientras escribes con esa terminante rapidez que ocultas tan cuidadosamente detrás de tu aire de pereza. Es imposible que te acuerdes de mí, y aunque te acuerdes el ahora mismo nos separa en dos reinos herméticos porque no sabes dónde estoy. No puedo soportarlo, me decido a llamarte aunque sólo sea para escuchar tu voz en el contestador automático y suena el aviso de la partida de mi tren. No queda tiempo, cuando estaba contigo los minutos y las horas se dilataban en una dócil lentitud no enturbiada por la angustia, y ahora huyen, se me deshacen, me arrastran como sobre una balsa a punto de romperse. Subo al Talgo y me echo de costado en el asiento, mirando hacia el cristal, viendo mi cara reflejada cuando pasamos un túnel, aletargado por los golpes suaves y metódicos de las ruedas sobre los raíles. Me acuerdo con una nitidez absoluta de la voz y de las facciones de mi abuela Leonor. Como si me auscultara busco dentro de mí el sufrimiento por su muerte y no llego plenamente a sentirlo, tal vez porque desde hace años y sin darme cuenta no pensaba en ella como en una persona real. Era una sombra de mi infancia, una figura invariable que yo encontraba siempre en el mismo lugar, con una bata negra y las manos cruzadas sobre las faldillas del brasero, adormilada o mirando la televisión, detenida en una eterna vejez, como si hubiera sido siempre así y vivido en su esquina del sofá igual que la estatua del general Orduña en el centro de la plaza del Reloj y nunca hubiera tenido juventud ni sentimientos ni deseos parecidos a los míos.

Sólo ahora puedo entenderte. Veo tus ojos brillantes de lágrimas cuando me estabas hablando de los últimos días de tu padre y te quedabas callada y tragabas saliva y luego movías la cabeza y te limpiabas la nariz con un pañuelo de papel. Sólo ahora entiendo lo que me dijiste, que el llanto no era un signo de dolor, sino de reconciliación y consuelo. Lo noto subir desde el pecho y la garganta y llegar a los ojos, en oleadas cada vez más intensas. Disimulo y me limpio las lágrimas para enseñarle mi billete al revisor, pero no quiero que nada me distraiga ni me aparte de ella ahora que me ha anegado por fin la certidumbre no sólo de su presencia y de su muerte, sino también de

toda mi gratitud y desamparo. Imagino que tú viajas a mi lado y que
me acaricias los pómulos con las yemas de tus dedos, que me abandono contigo al impudor del llanto. Abro los ojos y es de noche y mi
cara tiembla en el cristal. Falta muy poco para llegar a Mágina. Aún
no hace ni veinticuatro horas que me separé de ti y sólo han pasado
dos días desde la muerte de mi abuela Leonor. Tal vez el frío aún
preserva su hermosa cara de la corrupción. Está tendida y helada en
la oscuridad, con los ojos cerrados y la boca sumida y entreabierta.
Muevo instintivamente la cabeza y me niego a pensarlo, ya no está
en un ataúd ni en ninguna otra parte, sino en la dulzura de la nada
y en la lealtad de mi memoria, en los grises y sepias de las fotografías,
en las imágenes de un vídeo de bautizo o de boda que haya grabado
alguno de mis primos innumerables, recién salida de la peluquería,
íntimamente orgullosa todavía de la salud de su pelo y de la perfección de sus manos, cantándole por lo bajo a mi hermana, que se sienta
a su lado, alguna de las canciones procaces de los carnavales y los
lavaderos de su juventud, *aire y más aire, mi marido en la era y yo con
un fraile, panza con panza, y el monaguillo en danza*. Me veo sonreír en
el cristal, me acuerdo de su risa y se me ocurre como un descubrimiento que la anciana torpe y casi ciega en la que se convirtió al final
mi abuela Leonor no es exactamente ella, que seguramente conoció
igual que tú y yo la urgencia del deseo y la ebriedad de su gloria y su
culminación: en la fotografía de su boda ella y mi abuelo Manuel eran
más hermosos y más jóvenes que nosotros. Qué vanidad imbécil nos
hace sentirnos superiores a los muertos, qué luto nos espera cuando
nos vayamos volviendo como ellos, cuando no podamos ver lo que
haya delante de nuestros ojos y nos encontremos perdidos en un porvenir al que somos extraños y no acertemos a adelantar un pie sin
temor para bajarnos de un tren, cuando la realidad de siempre se nos
deshaga en sombras y se nos pueble de fosos y muros imposibles.

· · ·

Me da en la cara el aire frío y por el altavoz anuncian la salida inmediata del Talgo, que sólo se detiene uno o dos minutos en la estación.
Como en ningún otro lugar el aire huele a noche y a invierno, a la
noche y al invierno de Mágina, a tierra calma y a leña húmeda de
olivo. Me gusta más ese olor porque tú también lo reconocerías si lo
percibieras. El tren se aleja entre destellos de luces verdes y rojas al
final de los andenes y el eco de los altavoces se pierde en la hondura
cóncava de los olivares. Mi padre viene hacia mí desde la claridad del
vestíbulo: sonríe ante mi cara de sorpresa, cuando hablé con él desde
Madrid no me dijo que iría a la estación a recogerme. Lleva una pe-
lliza con solapas de piel y un jersey de cuello altò que fue mío hace
años y que acentúa la juventud de su cara. El pelo blanco y fuerte ha
adquirido una consistencia translúcida, ya sólo gris en las sienes. Me
abraza con la efusión lacónica y ceremoniosa de siempre, pero esta
vez me estrecha un poco más y al separarse de mí nombra a mi abuela
y se le humedecen los ojos. Con un ademán indiscutible me quita la
bolsa de viaje, que parece menos pesada en su mano, y me dice que
me encuentra más delgado: quién sabe cómo vivo, qué comidas me
darán en el extranjero. Baja delante de mí las escaleras de la entrada
y me espera sonriendo junto a la fila de los taxis. Me doy cuenta de
que ha venido a la estación para mostrarme con orgullo su furgoneta
nueva, y también que no está seguro de que yo repare en ella, tan
indiferente hacia los coches como lo fui de niño hacia los olivos y los
animales. Pero no le miento al decirle que me gusta mucho ni simulo
una educada atención mientras me explica lo fácil que le resulta con-
ducirla, la capacidad de carga que tiene, lo poderoso que es el motor.
Me gusta ver su satisfacción cuando arranca a la primera y gira con
suavidad y pericia el volante, lo atentamente que mira un semáforo
esperando que cambie al verde, la rápida seguridad con que tuerce a
la derecha en la carretera para dirigirse hacia Mágina, cuyas luces se
distinguen al fondo, sobre la colina. Conducir lo rejuvenece, tal vez

porque aprendió después de los cincuenta años. El interior de la furgoneta huele a hortaliza, a tela húmeda de saco y a aceitunas reventadas. Con el torso rígido e inclinado sobre el volante mi padre vigila la línea blanca de la carretera y me habla de la muerte de mi abuela Leonor. No sufrió nada, debió de ser como quedarse dormida. Fue tanta gente al velatorio que no se cabía en los portales y en las habitaciones de la planta baja. Imagino ese rumor solemne de los entierros que me intrigaba en la infancia, la plaza de San Lorenzo poblada de hombres y mujeres vestidos de oscuro, el gran silencio quebrado por accesos de llanto cuando la puerta se abriera del todo y saliera el ataúd a hombros de mis tíos, la severidad arcaica de las duras facciones congestionadas por los cuellos de las camisas, las ventanas entornadas en el vecindario, el redoble lento de las campanas de Santa María. Y tú tan lejos, me dice, en América, como para venir corriendo. Siempre me pide que le explique cómo es mi vida y mi trabajo y yo apenas sé contestarle, porque las palabras que tendría que usar no pertenecen del todo a su idioma ni al mundo de indelebles evidencias materiales y convicciones inmóviles donde él creció y del que nunca ha salido. Su aguda inteligencia acepta pero no acaba de creer que en Nueva York siga siendo de día cuando en Mágina ya es de noche o que el avión que tomé esta mañana en Bruselas haya tardado dos horas en llegar a Madrid. Cuando yo era niño me decía que en los confines del horizonte el cielo estaba sostenido por horcones semejantes a los de las chozas de los melonares y que los vientos ábrego y solano soplaban desde el interior de dos cuevas abiertas en las montañas de los extremos de la tierra. Pero tampoco acaba de entenderme a mí y se ha acostumbrado, aunque todavía me reprende como hace veinte años: le extraña que no tenga coche, que no me haya casado, que lleve anárquicamente los documentos y el dinero en los bolsillos, en vez de guardarlos, como él, en una cartera, que no me haya comprado un piso, a pesar del tiempo que llevo trabajando.

Yo repito por costumbre, casi con dulzura, las respuestas de siempre, fumo mirando por la ventanilla las hileras negras y fugaces de los olivares, lo oigo decirme que debería quitarme del tabaco, invertir mis ahorros en Mágina, en una buena casa o una finca en el campo. Los bancos se chupan el dinero, lo aburren, y al final a uno no le queda nada. Habla muy serio y recalcando las frases. Aparta un instante los ojos de la carretera para mirarme de soslayo, no termina de fiarse de mi improbable sensatez, a lo mejor no está seguro de no haberse equivocado cuando renunció a los propósitos más ambiciosos de su vida para permitirme que estudiara: aún tendríamos la huerta, habríamos construido una nave con luces fluorescentes, pesebres de aluminio y ordeñadoras eléctricas para las vacas. Yo le habría dado dos o tres nietos, manejaría un Land Rover y un tractor, me sentaría frente a él en las noches lluviosas de febrero para ajustar las cuentas de la cosecha de aceituna, no habría salido de Mágina más que en el viaje de novios, no me habría encontrado contigo.

Entramos en la ciudad, que siempre tarda en parecerse a mis recuerdos. Hay demasiados edificios altos y escaparates iluminados de tiendas de ropa, de cuartos de baño, de automóviles. Los tractores y los Land Rovers cargados de aceituna interrumpen el tráfico. En las aceras del hospital de Santiago y de la calle Nueva se ven grupos de muchachas con medias oscuras y chaquetones invernales. Me llega una música idéntica a la que se oía en las emisoras de Nueva York desde un bar con letrero de neón que no existía la última vez que estuve aquí. Pasan lentos matrimonios tomados del brazo que ya recorrían la misma calle en la misma actitud cuando yo era un adolescente, hombres de barbilla levantada y pesados abrigos y mujeres teñidas de rubio, con esa coriácea tranquilidad de la clase media de Mágina, parejas con un aire de prematura madurez que empujan cochecitos de niños. Los escaparates lo iluminan todo con una intensidad que antes sólo brillaba en las noches de feria y la furgoneta de mi padre avanza muy lentamente, la calle Mesones, la plaza del General Orduña, con la esfera amarilla del reloj en la torre y los pasadizos sombríos de los soportales, donde ya no hay hombres del campo con las manos en los bolsillos y el cigarro en un ángulo de la boca, mirando el cielo en espera del final de la lluvia o de la sequía, sino corros charlatanes de jóvenes que acaban de ingresar en una desconcertante adolescencia ya muy lejana de la mía, más descarada y menos sórdida: no habían nacido cuando yo me marché por primera vez de la ciudad, y ahora compran bolsas de pipas y cigarrillos sueltos en los mismos tenderetes de los soportales y se pasean por las mismas aceras donde nos aburríamos y nos desesperábamos mis amigos y yo en los luctuosos anocheceres de domingo y de los siniestros viernes santos franquistas en los que ni siquiera abrían los cines, aplastados por el tedio y remordidos por cobardías y culpabilidades sexuales, mirando a otras muchachas de juventud tan reciente y labios tan pintados, mujeres tal vez irreconocibles ahora, con maridos e hijos y caderas opulentas, con chaquetones de piel y melenas cardadas.

Siento que vuelvo a Mágina por primera vez porque he llegado desde un lugar donde no estuve nunca. No vuelvo de la huida ni del rencor, sino de ti, no veo la ciudad únicamente a través de mi memoria, sino también de la tuya, y una muchacha con tejanos, cazadora de cuero y pelo largo que parece estar esperando a alguien junto a una cabina de teléfono, en la acera de la comisaría, me hace acordarme de quien tú fuiste entonces. Veo luz en el balcón de la comisaría de donde cuelga la bandera y pienso en el subcomisario Florencio Pérez, que juega con su pisapapeles de la basílica de Montserrat y te habla con timidez y afecto la noche en que te detuvieron los sociales. La furgoneta de mi padre enfila el Rastro y luego los jardines de la Cava y la ciudad se va despoblando y se vuelve más oscura, cada vez más parecida a mis recuerdos, el Altozano, la esquina de la calle del Pozo, las puertas cerradas de las casas, la plaza de San Lorenzo, mezquinamente alumbrada por un farol rojizo. A medida que nos acercábamos a ella me iba aproximando a la evidencia de la muerte de mi abuela Leonor. La furgoneta se detiene y mi padre apaga el motor y las luces. Me quedo inmóvil un instante, miro la Casa de las Torres, el resplandor del cielo nocturno sobre los tejados, los portales clausurados y las ventanas a oscuras. En ninguna parte como aquí es tan densa la noche ni tan puro el silencio. Mi padre abre la puerta trasera de la furgoneta y saca mi bolsa y yo permanezco todavía sentado, aturdido por la fatiga de veinticuatro horas de viajes, inseguro del lugar donde estoy y del tiempo en que vivo, como si recordara este momento o imaginara una noche de mi porvenir y quisiera detener la ficción justo en el preludio de un hecho doloroso, igual que se aprietan los párpados y las mandíbulas para que no prosiga un sueño.

La plaza es mucho más pequeña desde que cortaron los árboles y empezaron a aparcar coches en ella. Ahora el suelo es de cemento y no de tierra apisonada y han desaparecido las aceras con bordillos de piedra. Miro la fachada de mi casa y espero instintivamente oír el sonido metálico del llamador, pero mi padre ha pulsado un timbre. Nos quedamos callados y sin mirarnos el uno frente al otro y desde el interior viene una voz que dice, ya va. Oigo unos pasos suaves y luego un cerrojo, veo una raya de luz debajo de la puerta y mi madre pregunta quién es con una voz muy joven. Nos abre y al principio no me atrevo a abrazarla, ancha, demacrada, con los ojos apagados y enrojecidos tras las gafas, con un jersey y una falda de luto que definitivamente la envejecen, con ese aire de lentitud y estupor de quien acaba de asistir a la muerte de alguien. Observo que mi padre también la besa y que se hablan con una dulzura que yo no conocía o era incapaz de advertir. Las voces suenan de otro modo en el portal de mi casa, sobre todo esta noche, parece que la hubiera agrandado la ausencia de mi abuela Leonor. Extraño las baldosas, la pintura sintética de las paredes, los pequeños cuadros adquiridos al azar en alguna tienda de muebles, pero esos cambios existían desde hace mucho tiempo y yo no los notaba ni era íntimamente injuriado por ellos. Se me olvidó el empedrado húmedo del portal y el olor de la cuadra donde ahora está la cocina. Miro el cielo raso y me acuerdo por primera vez en no sé cuántos años de los racimos de uvas pasas y de las ristras de embutidos que colgaban de las vigas, pero también es como si sólo ahora advirtiera que mi madre va a cumplir sesenta y un años y que su pelo teñido de negro es blanco en las raíces, que la he visto siempre inalterablemente joven por la única razón de que no me detenía a mirarla. Si supieras cuánto se acordaba de ti, me dice, con la voz quebrada, la pena que le daba no volver a verte. Mi abuelo Manuel está sentado en el sofá, frente al televisor apagado, adormecido y solo con su bata azul marino y su ancha boina negra. Entreabre los ojos al oír que ha llegado alguien. Me inclino sobre él para darle un beso en cada mejilla y no estoy seguro de que me reconozca. Sus lentas pupilas azules se detienen en mí, dice mi nombre, sonríe muy débilmente con su boca descolgada, hunde de nuevo la cabeza en el pecho pero no cierra los ojos, y su cuerpo vasto y pesado se estremece en un escalofrío. Esconde las manos bajo las faldillas, vuelve a mirarme y emite una especie de gemido animal o infantil que suena como una nota demasiado aguda en el jadeo lóbrego de su respiración. Ya casi no puede con su cuerpo. Mi madre le dice que se levante del sofá, que es hora de acostarse, y él se encorva y enrojece con los labios apretados por el esfuerzo, asiéndose con las dos manos al borde de la mesa, pero vuelve a hundirse pesadamente en los cojines de eskai y se queda quieto y con una expresión ausente de injuria y abandono. Le ofrezco la mano y tiro de él como intentando sacar del agua un fardo de barro. Se apoya en el respaldo de un sillón y en la repisa de la chimenea. Le doy su bastón, tan delgado en contraste con el volumen de su cuerpo que temo que se rompa cuando descargue su peso encorvado sobre él. Mi madre lo toma del brazo y cruzan el comedor y el portal con una interminable lentitud. Empiezan a subir una por una las escaleras, oigo luego el roce de sus pasos en las habitaciones de arriba, la caída del cuerpo sobre los muelles de la cama donde hasta hace dos noches durmió mi abuela Leonor, pero antes un ruido de grifos en el que no quiero pensar. Ahora estará limpiándolo, me explica mi padre sentado frente a mí, las dos manos grandes, agrietadas y oscuras unidas sobre la mesa, ya no se sabe contener, le da vergüenza pedir que lo lleven al water y que le desabrochen la bragueta o le bajen los pantalones y se lo hace todo encima. Tu madre le pone unos pañales como los de los niños, pero grandísimos, imagínate, se los receta el médico. Con la cabeza baja mi padre suspira mirándose las manos enlazadas: sin duda piensa que él tampoco es invulnerable, que tiene sesenta y tres años y se le está acercando insidiosamente la vejez. Me cuenta que duerme muy poco, que cada vez le cuesta más levantarse a las cuatro de la madrugada para ir al mercado, que le duelen mucho la columna vertebral y las articulaciones de las rodillas. Tiene la cara un poco hinchada, las mejillas rojas, los lacrimales irritados por la fatiga y el insomnio. Sólo le faltan dos años para jubilarse. Lo pienso y me niego a aceptarlo. Se pone en pie y me pide que lo disculpe porque debe acostarse y me dan ganas de acercarme a él y de besarlo, pero no hago nada, le digo buenas noches y al mirarlo de espaldas sigo viéndolo fuerte y erguido, cansado pero todavía invencible, mucho más joven que cualquier hombre de su edad.

Mi madre me ha preparado la cama en mi habitación de siempre, en el último piso. En cuanto supo que venía dejó encendida en ella una estufa para mitigar el frío de esta casa tan vieja y tan grande. Es una cama alta, con barrotes de hierro que transmiten a las manos toda la honda frialdad de los inviernos antiguos, con dos colchones de lana que ceden bajo el peso de mi cuerpo como si fueran el sueño que me traga, con una piel de oveja extendida a los pies. A pesar de la estufa hace un frío denso, agudo, olvidado, un frío que hiela las baldosas e invita a esconder la cabeza y los hombros y a no sacar las manos del embozo, que vuelve rígidas las sábanas tan limpias de algodón y obliga, en los primeros minutos, a quedarse muy quieto, con las rodillas encogidas y los pies helados, tiritando. En esta habitación adonde nunca suben las visitas no ha cambiado nada en veinte años: las paredes encaladas, las vigas curvándose bajo el peso del tejado, la gran cómoda de asas doradas sobre la que cuelga una foto de los padres de mi abuelo Manuel, un hombre calvo y maduro que tal vez sólo se le parece en la corpulencia y una mujer mucho más joven, con la boca y la barbilla idénticas a las de mi abuelo, con un vestido de bordados negros en el cuello cerrado. Se llamaba igual que mi madre, enviudó cuatro veces y tuvo dieciocho hijos, de los cuales mi abuelo Manuel es el único que vive todavía. Posee el mismo aire absorto de indiferencia y ruda rectitud de una cabeza romana, la misma mezcla de misteriosa proximidad y absoluta lejanía. Apago la luz y me alivia no verla, percibo bajo las sábanas el peso de las mantas y la colcha y la piel de oveja, la hondura del colchón, la lentitud con que van envolviéndome el calor y el sueño, tan cansado como cuando me apartaba de ti al amanecer resbalando sobre la humedad de tu vientre, como cuando tenía catorce o quince años y subía a acostarme en esta misma habitación después de un día interminable de trabajo en el campo y nada más apagar la luz me quedaba dormido. Entonces imaginaba lo que ahora recuerdo: en la oscuridad, en la quietud y la tibieza, un cuerpo blanco y caliente de mujer, hecho con la materia dúctil del deseo y del sueño, se cobijaba a mi lado, conducía sabia o desesperadamente la mano solitaria que rozaba mis ingles, tenía el pelo, los labios, la cara y los muslos que yo había decidido, aprendía conmigo

las sagacidades y enigmas de aquel arte inconfesado, las secretas efu-
siones de un placer que dejaba luego en las sábanas un rastro amarillo
de culpa. Ahora eres tú esa mujer que deseo e invento mientras derivo
a una dulce inconsciencia, y el cuerpo futuro que imagino tan detalladamente como entonces me concede los atributos, los dones, las
suavidades y olores que esperé tantos años y que no se habrían cumplido si no llego a encontrarte.

Nunca paro de hablarte, te voy contando las cosas a medida que las veo o que me suceden, te escribo en silencio una larga carta instantánea que fluye y se desvanece como las palabras dichas en voz alta y las que sólo se pronuncian en la imaginación. Mi pensamiento es ahora el hábito de conversar contigo. He llamado a tu casa, he marcado el número de la conexión internacional y se escuchaba en el teléfono un rumor como el de la distancia del océano, al oír tu voz en el contestador me he acordado de cuando creía que eras rubia, que tu nombre era Allison y que no te vería nunca más. He dicho que estoy en Mágina y he dejado en la cinta el número del teléfono de mis padres, y al colgar he advertido que el corazón me latía muy rápido, como cuando me costaba horas decidirme a llamar a Marina y al final no obtenía más fruto de mi tortuoso heroísmo que una educada negativa.

La muerte en paz de mi abuela Leonor ha dejado en la casa un fatigado abatimiento de resignación y vacío y una penumbra como la de esas capillas iluminadas por mariposas de aceite donde casi nadie se detiene a rezar. Arde el fuego en la chimenea, mi abuelo dormita con las manos bajo las faldillas del brasero o mira la pared con una expresión inescrutable, y algunas veces, cuando más fijas tiene las pupilas, se le ponen vidriosas y le rueda sobre la mejilla una lágrima que él tarda en limpiar con el dorso áspero de la mano. Hablamos en voz baja y nos sobresalta a todos el timbre de la puerta o el del teléfono. No se encienden la televisión ni la radio, por el luto. A la caída de la tarde mi madre y mi tía, vestidas de negro, rezan el rosario y concluyen cada misterio con una letanía en memoria de mi abuela Leonor: Virgen del Consuelo, envuélvela en tu manto y llévala al cielo. Para no hacer ruido yo me muevo por la casa con la cautela de una sombra, mi antigua sombra agraviada con la que no he vuelto a tratar desde que sólo hablo imaginariamente contigo. Me quedo horas sentado frente al fuego, hipnotizado por los amarillos, los púrpuras y los azules de las llamas, mirando hervir los globos de resina en los cortes todavía fragantes de la madera de olivo, oliendo luego sin disgusto el humo en mi ropa. Olor de humo, olor de pobres, decía mi abuela. De vez en cuando viene una visita a dar el pésame y se repiten las caras de aflicción, los suspiros, las lágrimas, las palabras rituales de añoranza y aliento, mujeres de manos gruesas y romas que sostienen anticuados bolsos negros en el regazo y han acabado adquiriendo una rutinaria familiaridad con las condolencias y los funerales, que tal vez son, en sus vidas encerradas, iguales a las de mi madre, las únicas ocasiones de actividad social. Era tan buena, se mantuvo tan bien de la cabeza hasta el final que se dio cuenta de todo, le falló el corazón, Dios se la ha llevado. Mujeres de oscuro sentadas con mi madre alrededor de la mesa, parientas lejanas a las que yo había olvidado y dicen acordarse de cuando era chico, palabras idénticas a las que yo oía sin comprender hace treinta años: los conciliábulos de los mayores, sus costumbres enigmáticas espiadas desde un ángulo inadvertido de la realidad por la atención infantil, en la que había algo de presencia

invisible. En otro tiempo, cuando este comedor era una vasta cocina, los hombres se reunían en las mañanas de temporal alrededor
del fuego y asaban en las ascuas lonchas de tocino y orejas de cerdo,
y mi abuelo Manuel, el jefe de la cuadrilla que por culpa de la lluvia
no iría ese día a la aceituna, era el más alto de todos y tenía la voz
más sonora que nadie. Se hacía a su alrededor el silencio y no se oía
más que el rumor del viento y de la lluvia en la chimenea y el crepi-
tar del fuego cuando empezaba a contar el sacrificio heroico de un
batallón entero de guardias de asalto que sucumbieron ante las ametralladoras enemigas en un lugar próximo a Madrid que se llamaba la
cuesta de las Perdices o las palabras que le dijo el comandante Galaz
al alcalde después de cuadrarse ante él en la escalinata del ayuntamiento: «La guarnición de Mágina permanece y permanecerá leal a
la República.»

Pero me oprime el silencio, tan despoblado ahora de voces como una
hoja en blanco de la que se han borrado las palabras que parecían
indeleblemente escritas en ella. Venzo el miedo a la posibilidad de
que tú me llames y no esté y salgo a la calle, a la plaza vacía en la que
ya no vive casi nadie, tan desolada en el gris de las mañanas de invierno desde que cortaron los árboles. Subo por la calle del Pozo y
algunas vecinas asomadas a las puertas me reconocen y me dan el
pésame. Recorro los miradores desde los jardines de la Cava hasta el
ábside del Salvador y distingo los verdes brillantes y los azules suaves
y los grises de niebla del valle del Guadalquivir, la alta silueta de la
sierra de Mágina, borrosa tras la lluvia, los caminos blancos que des-
cienden entre las huertas, hacia los olivares y el río, las columnas de
humo. En los jardines de la Cava, alrededor de la estatua del alférez
Rojas Navarrete, que mira en línea recta hacia el norte igual que el
general Orduña mira al sur, las rosaledas y los macizos de arrayán
entre los que se paseaban en las mañanas de domingo de hace veinti-

cinco años las parejas de novios han sido devastados, y al caminar crujen bajo los pies cristales rotos de botellas de cerveza y agujas hipodérmicas machacadas. Cubierta por la hiedra hasta la cruz de su pináculo la espadaña de la iglesia de San Lorenzo sigue manteniéndose imposiblemente en pie, pero el pilar de la muralla, junto a la puerta de Granada, está infestado de botellas y latas y recipientes de plástico, y de los tres caños por donde brotaba siempre un agua transparente y salobre sólo uno no ha sido cegado, y de él mana un hilo muy débil, que se pierde entre el musgo y las ovas. Aquí venían a lavar las mujeres desgreñadas y chillonas del arrabal al que llamaban las Casillas de Cotrina, y cuando yo volvía de la huerta me excitaba mirar sus escotes y sus pechos blancos y temblones desde lo alto de la yegua: aquí me contaban que venían a lavar su ropa los moros de Franco después de la guerra, y al atardecer extendían sus mantas sobre el empedrado sucio de estiércol y se arrodillaban para rezarle a gritos a su dios, a la misma hora en que sonaban las campanas de Santa María y el toque de oración en el cuartel. De las Casillas de Cotrina no quedan más que escombros, ventanas sin postigos, tejados de cañizo hundidos sobre muebles viejos y testimonios arqueológicos de un simulacro de bienestar que nunca prosperó: la carcasa enorme de un televisor, un barreño de plástico con lunares azules. Ya no hay empedrado, sólo charcos y hondonadas de barro en las que se señalan las huellas de neumáticos de los tractores. En la mañana nublada y húmeda de finales de enero me detengo junto a las últimas esquinas de Mágina, donde se encenderán para nadie turbias bombillas cuando caiga la noche. El camino de los miradores se ciñe a la curva de la muralla y traza en dirección al este un arco desde el que se domina toda la amplitud del valle y de las sierras distantes: sobre los terraplenes y las huertas, Mágina parece edificada en la orilla de un acantilado, en cuyo extremo occidental se yerguen los muros del cuartel, desde donde trae el viento ábrego la estridencia dispersa de una banda de cornetas y tambores.

No tengo la sensación de recordar, sino de ver. La mirada abarca desde aquí los paisajes ondulados y extendidos del tiempo hasta más allá de los perfiles azules que hace veinte años limitaban el porvenir y la forma del mundo. Bajo por los caminos, entre las tapias hundidas de las huertas, y no sé distinguir la felicidad del dolor ni los sentimientos de quien yo soy ahora mismo de los que pertenecían a quien fui en el último invierno de mi vida en Mágina. Tal vez al acordarme de ese muchacho de diecisiete años que es en gran parte un desconocido lo estoy inventando en la misma medida arbitraria en que él me inventaba a mí: pero su imaginación no llegó a tanto, no era capaz de vaticinar nada que le ocurriera después de los treinta años, no se atrevía. Y sin embargo yo soy ahora el forastero en que él deseó convertirse, y me intriga pensar que alguna vez imaginó un regreso parecido a éste y que de algún modo me posee por haberlo previsto, igual que mi bisabuelo Pedro temía que le robaran la figura y el alma si le tomaban una foto. Previó a los diecisiete años, por estos mismos caminos, que cambiaría él, y que cuando volviera todo seguiría inalterado: ahora comprendo que se equivocó. Ya no soy quien fui, y por eso puedo hablar de mí mismo en tercera persona, pero aun siendo otro he cambiado mucho menos, para mi fortuna o mi desgracia, que la realidad exterior. Casi todas las huertas están abandonadas: no fui yo el único de mi generación que renegó de la tierra. Las tapias se han desmoronado y la maleza borra las acequias. En las laderas y en el valle hay un silencio cóncavo, como si los cubriera una campana de cristal, y a través de él viajan sin desvanecerse los sonidos más lejanos y tenues, el del agua en una poza, el del viento en los cañaverales del río, los silbidos de un pájaro o los golpes secos de una vara que sacude las ramas de un olivo. El silencio, como el aire frío y limpio, me afila los sentidos, pero también me abruma y me da miedo, porque no estoy acostumbrado a él. Veo y oigo y huelo de muy lejos, noto bajo mis pisadas la poderosa densidad de la tierra, huelo los tallos dorados que ha corrompido la humedad en los barbechos, la hierba mojada, las hojas empapadas entre los grumos oscuros, las cortezas desnudas de los granados y las higueras, las ovas en las albercas, el calor del estiércol, el vaho de los animales en las cuadras. Veo el color rosado de las raíces de las espinacas, el blanco húmedo y deslumbrante de las coliflores en el interior de las anchas hojas enceradas, el morado del jugo de las aceitunas que manchaba las manos y mezclaba su olor al de la grasa de tocino asada en las hogueras y al de los sacos de yute y las sogas de esparto.

Te hablo de otro mundo en el que los atributos de las cosas eran siempre tan indudables como las formas de los cuerpos geométricos que venían dibujados en las enciclopedias escolares, pero tampoco ignoro que sin la furia de la huida no habría existido esta dulzura del regreso ni que el agradecimiento sólo fue posible después de la traición. A un lado del camino está la huerta de mi padre. Desde lejos todo parecía idéntico: la casilla, el cobertizo de uralita, el álamo donde ataba tan amorosamente el tío Rafael aquel burro que le mató un rayo. Pero han desaparecido las veredas y las acequias, el tejado de la casilla está hundido, el agua de la alberca no puede verse bajo la espesura de los juncos y las malezas que ahora lo cubren todo. Lo único que reconozco de entonces son las iniciales de mi padre grabadas en una pared de cemento: F. M. V. 1966. Me acuerdo de las iniciales que dejaban los náufragos en la corteza de algún árbol de una isla desierta adonde llega un buque tantos años después que ya no sobrevive nadie. Me acuerdo del tío Pepe, del tío Rafael y el teniente Chamorro cortando lechugas una mañana de diciembre y guardándolas bien apretadas en un saco que yo mantenía abierto con las dos manos rojas de frío. Las manos nudosas, las flacas mejillas y la nariz aguileña del tío Rafael tenían en invierno una tonalidad violácea. El tío Pepe se había confeccionado un impermeable cosiendo sacos de plástico que llevaban estampado el jinete negro de los nitratos de Chile y paseaba orgullosamente bajo la lluvia explicándonos su admiración por aquella materia impenetrable y liviana a la que él llamaba *presislás*. En la casilla, junto al fuego, cuando llovía tanto que era preciso interrumpir el trabajo, el tío Pepe, partidario entusiasta del progreso, liaba cigarros con una maquinita dotada de un rodillo y de una manivela diminuta y nos decía que alguna vez todas las obligaciones que tanto esfuerzo nos costaban las harían las máquinas: el tío Rafael miraba el aparato de liar cigarrillos como una prueba de que no eran insensatos los vaticinios de su hermano, y el teniente Chamorro, que ya estaba cansado de reprenderlos por el lamentable vicio de fumar, decía serio y escéptico que cuando sólo hubiera máquinas en el mundo aún seguiría habiendo explotadores y explotados. Ahora la casilla tiene una puerta metálica pintada de verde y asegurada con una cadena y un candado, como si dentro quedara algo más que escombros. Un día, durante las vacaciones de Navidad, cuando yo estaba a punto de cumplir once años, esperábamos los cuatro a que mi padre volviera del mercado trayéndonos la comida, y se retrasó tanto que a mí las piernas ya me temblaban de hambre. Mira que si le ha pasado algo, decía el tío Rafael levantando los ojos hacia el camino por donde mi padre no bajaba. El tío Pepe, cuya templanza de carácter nunca fue interferida por ningún contratiempo, ni por el de la guerra, calculaba que se habría distraído tomando unas copas para celebrar las pascuas. Pero oímos que daban las tres de la tarde en el reloj de la torre del Salvador y mi padre no llegaba. Atontado por el hambre yo miraba el camino y notaba crecer dentro de mí el miedo a las desgracias que mis mayores ya me habían inoculado para siempre: mi padre se habría matado, le habría dado un dolor, ya no iba a verlo nunca más. Contaban que en otro tiempo eso le pasó a mucha gente: salían una mañana para trabajar y ya no regresaban, oían golpes a medianoche en la puerta de la calle, bajaban a abrir descalzos y sujetándose los pantalones a la cintura y no les daban ocasión de volver ni para ponerse los zapatos. Asomado a la puerta de la casilla, confundía de lejos a mi padre con cualquier hortelano que bajara por el camino de Mágina. Tal vez era un día muy parecido a éste, nublado y húmedo, con rachas de viento ábrego y olor a hierba reciente y a cortezas empapadas. Desde la esquina de la casilla donde están grabadas en el cemento las iniciales de mi padre (él la reconstruyó, él limpió el cieno y las ovas de la alberca y trazó de nuevo las acequias e hizo construir el cobertizo de uralita que con los años debería convertirse en una gran nave moderna para las vacas) me parece que al fin lo veo en lo más alto del camino. Casi me desmayo de alegría y de hambre. Ya viene, les digo a los otros, y echo a correr en su busca, subiendo una breve ladera embarrada, pero al acercarme a él noto con alarma y espanto que ha debido ocurrirle algo que no puedo comprender. No está vestido con la ropa del campo, sino con la que usa en la ciudad, sus zapatos negros y las perneras de su pantalón están manchados de barro, no anda erguido, como siempre, ni en línea recta, tropieza, se apoya en mí para no caerse y me habla con una voz muy rara, se le traba la lengua, está muy colorado y tampoco reconozco la mirada de sus ojos, el abrigo se le descuelga de los hombros, el aliento le huele a vino agrio y anís, lleva la boina torcida y una colilla apagada y salivosa en los labios: no lo conozco, me da miedo y todavía no sé que lo que más siento es lástima. Me aparto de él, salgo huyendo, tropiezo con el tío Pepe, lo odio porque se ha echado a reír cuando ha visto a mi padre, pero sobrino, hay que ver como vienes. No puedo soportar la congoja en el pecho, corro vereda abajo, me oculto detrás de una higuera y miro hacia la casilla. El tío Pepe sostiene a mi padre, el tío Rafael y el teniente Chamorro lo miran desde la puerta. No puedo aceptar la vergüenza y la lástima, mi padre no puede ser ese hombre que se tambalea y murmura con la lengua pastosa de aguardiente igual que los borrachos que salen a trompicones de las tabernas de Mágina. No quiero verlo, pero no puedo apartar la vista de él y lo sigo mirando a través de las lágrimas. Su abrigo gris se le ha caído al suelo y el teniente Chamorro lo recoge sacudiéndole el barro y el estiércol, su abrigo de ir a vender y de asistir a los entierros. Mi padre se inclina como si se doblara dolorosamente, ya no tiene puesta la boina, se apoya en el tronco del álamo, me parece que va a desplomarse y quisiera subir corriendo para sostenerlo, pero no se cae, ahora no puedo verle la cara, quiero ir hacia él o cerrar los ojos pero permanezco inmóvil, oculto tras las ramas peladas de la higuera, una materia blanca y amarilla surge a borbotones de su boca abierta, echa los pies hacia atrás para que no le salpique los zapatos, el tío Pepe le pasa un brazo por los hombros y el teniente Chamorro está limpiándole la cara. Me llaman y no acudo. Bajo a esconderme en lo más hondo de la huerta. Ha empezado a llover muy fuerte y oigo que gritan a lo lejos mi nombre. Vuelvo a subir resbalando por las veredas encharcadas, tiritando de frío. Sale un humo muy blanco de la chimenea de la casilla. El teniente Chamorro me llama desde el cobertizo como a un animal abandonado y huraño y yo no quiero acercarme. Ven, me dice, que tu padre ya está mejor, no ha sido nada, comió algo que no le sentó bien, pero por el modo en que me pone una mano en el hombro y me la pasa luego por el pelo mojado comprendo que sabe que no me he creído su mentira. Me guía hacia el interior oscuro y cálido y enrarecido de humo, alumbrado por el fuego. Mi padre está sentado en una silla de anea, la nuca contra la pared, despeinado, muy pálido, a pesar del brillo rojizo de las llamas. Me hace una señal para que me acerque y yo retrocedo con un gesto instintivo. Noto detrás de mí al teniente Chamorro que me empuja con suavidad. Me arde la cara y se me ha hecho un nudo en la garganta que sólo se me aliviará esa noche cuando me tienda boca abajo en la cama y pase horas llorando. No te preocupes, me dice, ya se me ha pasado, me da un beso y la boca le huele a aguardiente y a tabaco.

Es como si el recuerdo hubiera estado esperándome aquí todos estos años, igual que las iniciales grabadas en el cemento y el paisaje estéril de la huerta en la que ya no queda en pie ni un testimonio del trabajo ni de los sueños de mi padre. Empiezo a subir por el camino en dirección a la ciudad, apresuro el paso, por temor a que me sorprenda la lluvia. Me da en la cara el aire frío y me niego a la tentación de volver la cabeza. Voy cada vez más aprisa, como cuando subía en las tardes de domingo para lavarme a manotadas, ponerme ropa limpia y salir en busca de mis amigos o de Marina y cruzarme contigo sin reparar en tu existencia. Por la barandilla de piedra de los miradores del Salvador una pareja se asoma a las laderas de las huertas y a los olivares del valle. Aunque no llevaran cámaras fotográficas al hombro se les notaría en seguida que son forasteros. Se me ocurre que seguramente es falso el paisaje que ellos ven, porque no saben en qué medida está modelado por el trabajo y la tenacidad de los hombres: ven grises y ocres tamizados por la niebla y azules marítimos, como si miraran un cuadro, no advierten las pruebas del esfuerzo y de la paciencia ni los signos materiales de la fertilidad. Tras la ventana de una casa de la plaza de Santa María una mujer se me queda mirando y sospecho que me toma por uno de esos forasteros que se hospedan en el parador y hacen fotografías de las iglesias.

Pero es hora ya de volver. Tal vez tú estás a punto de llamarme y si me retraso unos minutos no podré hablar contigo. Subo por la plaza de los Caídos, donde han cortado las acacias e instalado unas farolas con globos blancos de plástico, paso por el callejón de Santa Clara, donde está la casa en la que vivió Félix muchos años, salgo a la plaza de San Pedro, de cuya fuente central ya no asciende el chorro de agua que antes se desbordaba en una taza de piedra. En el callejón donde estuvo el cine Principal tengo que arrimarme a la pared para evitar los coches. Desde alguna parte me llegan los timbrazos de un teléfono y me da un vuelco el corazón. Vas a llamarme, estoy seguro, preguntarás por mí y colgarás justo cuando yo doble la esquina de la plaza de San Lorenzo. Me detengo frente a la puerta de mi casa, tardan en abrirme, oigo los pasos suaves de mi madre y su voz que dice, ya va. Me acuerdo de que cuando era niño uno decía ave María purísima al entrar en las casas y desde el interior le contestaban, sin pecado concebida, entonces las puertas sólo se cerraban al oscurecer. Anda y cierra ya, me decía mi abuela, no vaya a colarse algún tonto, y yo, con aquella imaginación literal de la infancia, veía a alguno de los tontos de Mágina escondido en la oscuridad del portal, y me preguntaba por qué los tontos tienden a colarse al anochecer en los portales. Me abre mi madre, en seguida descubre el barro en los bajos del pantalón y en mis zapatos y me pregunta dónde he estado. Me toca la cara fría, no te has abrigado para salir, caliéntate en la lumbre. Así que no has llamado, si lo hubieras hecho ella me lo diría en cuanto me viera. Miro con rencor y esperanza el teléfono, entro en el comedor y mi abuelo Manuel permanece en la misma posición en que lo dejé antes de irme, quieto en el sofá, con la boina sobre la frente y los hombros hundidos, indiferente a la luz del día y al paso de las horas. Me sonríe al verme, como si despertara de un sueño, y tal vez no me reconoce o me confunde con otro, con alguno de mis tíos, conmigo mismo hace veinte años. Mi madre me dice con una solicitud casi angustiosa que me siente al brasero y me eche por encima las faldillas, no vaya a coger un resfriado. Me doy cuenta de que apenas sabe cómo tratarme. Espía el más leve de mis movimientos para averiguar de antemano cualquier posible deseo, si tengo hambre, si quiero un vaso de leche caliente, si me apetece que avive la lumbre o que remueva la candela del brasero, si me ha gustado la comida. Hago además de levantarme y me pregunta si me voy. Le pido que se siente un rato a mi lado y me habla de las últimas horas de mi abuela Leonor. No sabe vivir sin ella, no se acostumbra a su ausencia. Cuando está en la cocina le parece oír su voz en el piso de arriba, el roce de sus pasos. Me cogió la mano, dice, me la llevaba cogida en la ambulancia y no quería soltarme cuando llegamos al hospital. Hija mía, le dijo, un poco antes de volverse hacia la pared, qué pena me da dejarte sola, con lo que yo te quiero. No tenía cara de muerta, dice mi madre con un orgullo melancólico, no se puso morada, ni se le desfiguró la boca, parecía dormida. No sabes cuánto se acordaba de ti, hay que ver, me decía, lo lejos que estará ahora mismo mi nieto, lo que le gusta viajar, con lo cobarde que era de chico, ni se asomaba al escalón de la puerta, hasta para ir a la esquina tenía yo que llevarlo de la mano, lo tardío que fue para hablar, y mira ahora todas las palabras extranjeras que sabe. Mi abuelo Manuel abre muy despacio los ojos sin pestañas, con una pesada lentitud como de animal rugoso y arcaico. Tal vez sabe de lo que estamos hablando, tal vez no ha perdido la conciencia ni la memoria y lo que hace es ocultarse, para que nadie descubra su humillada soledad y su vergüenza por no poder valerse. Nos mira con la boca abierta y su voz, que fue tan sonora, ahora es poco más que un gemido. Dice una o dos palabras, acaso el nombre de mi abuela, se le tuerce el gesto y rompe a llorar con una expresión insoportable, de sufrimiento infantil. A la hora de comer mi madre le ata al cuello un largo paño blanco, porque le tiemblan las manos y lo derrama todo, y entonces parece un voluminoso idiota y yo aparto los ojos de él para que al menos la piedad no lo injurie. No comes nada, dice mi padre, esos extranjeros te han estropeado el estómago, no paras de fumar.

· · ·

En medio de un silencio de monasterio o de pozo irrumpe el timbre del teléfono y estoy tan ensimismado por la ausencia de voces y la sensación de lejanía que me cuesta un poco recordar la posibilidad de que seas tú quien llama. Es para ti, dice mi padre: no me acordaba de tu voz, se me estaba olvidando el gusto de escucharla, digo tu nombre y me suena extraño, Nadia, lo repito para estar seguro de que alude a ti. Nadia, te oigo tan cerca, con tanta claridad, que en una décima de segundo imagino que no estás en Nueva York, sino aquí mismo, en Mágina, que acabas de llegar a la estación de autobuses y me llamas desde una cabina. Con una mezcla insensata de entusiasmo y de incredulidad te escucho y no puedo creerme que tus palabras se refieran a mí, pero eres tú, sin duda, y aunque no reconociera el metal de tu voz me lo revelarían el acento de Madrid con leves inflexiones sajonas, tu serenidad irónica, tu inmediato descaro. En Nueva York es mediodía y no para de nevar. Te imagino sentada junto al teléfono, de espaldas a la ventana, tu melena rojiza extendida a los lados de la cara y posada en los hombros. Te pregunto cómo estás vestida, me voy excitando muy sigilosamente, tu voz despierta el deseo aletargado, un pantalón negro y ceñido a los tobillos, una de las camisas que te dejaste olvidadas, tanta urgencia por preparar el equipaje y se te quedó la mitad. Estás riéndote de mí, te quedas callada y te imagino seria de pronto porque tienes algo que decirme y has de calcular con exactitud cada palabra, igual que cuando enumeras los detalles precisos de un recuerdo. Me desespero al oírte tan cerca y saber que estás al otro lado del mundo. No dices nada, temo que se haya interrumpido la comunicación. Sigues ahí, te pregunto. Pero no por mucho tiempo, si tú quieres que vaya. Eso es lo que me has contestado, aunque no estoy seguro, las palabras suenan con una ligera reverberación, y tú las dices como si te diera un poco de miedo que al pronunciarlas se volvieran enfáticas, como si consultaras mi opinión sobre un asunto indiferente. He pensado que podría aceptar por unos meses un trabajo que me ofrecieron en Madrid. A mi hijo le vendría bien vivir algún tiempo en España, y yo he vuelto a hartarme de Nueva York y de América, a ti qué te parece. La misma timidez nos paraliza a los dos a seis mil kilómetros de distancia, la incertidumbre cobarde de cada uno sobre los sentimientos del otro al cabo de dos días. Te digo imitando involuntariamente el tono neutro de tu voz que yo también había pensado instalarme de manera provisional en Madrid, me acuerdo en oleadas de deseo del olor de tu piel, del brillo de tus ojos y el gusto de tu boca, de tus piernas ceñidas por el pantalón negro y de tus pies descalzos. Te pido impúdicamente que vengas, no dentro de un mes ni de ocho días sino mañana mismo, ahora, que suene el timbre de la puerta y yo salga a abrir y te encuentre tan a pesar de todas las imposibilidades como cuando alcé los ojos en la cafetería de mi hotel de Nueva York y te vi en el umbral detenida y buscándome, con ese aire de tranquilidad en la sonrisa, como si nunca hubieras dudado de llegar a tiempo ni de lo que nos iba a suceder.

Cuento las horas y los días, me acomodo esperándote a la morosidad del tiempo, que parece no discurrir y sin embargo se mueve en dirección a tu llegada a la misma velocidad con que progresan desde el mediodía las sombras de los tejados sobre el pavimento de la plaza de San Lorenzo, sin que ningún ojo perciba la lentitud de su ritmo, igual que crece la penumbra en las habitaciones interiores de mi casa mientras mi madre y mi tía rezan el rosario vestidas de luto y no encienden todavía la luz y se escucha el trepidar de los motores de los Land Rovers y las furgonetas que vuelven del campo cargados de aceituna, en los atardeceres de frío estático y neblina violeta, cuando el cielo permanece liso y azul sobre las torres y en las calles ya es casi de noche: a última hora pasan algunos aceituneros que han vuelto de los olivares a pie, algún hombre que lleva de la rienda un mulo cargado de sacos y de haces de varas, pero ya son muy pocos, ya no se oyen sobre el empedrado los pasos de las cuadrillas, las ruedas de madera de los carros ni los cascos de los animales, ni suenan voces de niñas que canten romances saltando a la comba ni letanías de juegos, ay qué miedo me da pasar por aquí, si la momia estará esperándome a mí, no suben del pilar lentos rebaños de vacas ni queda nadie que les cante su conjuro, bao, bao, tírate a lo negro y a lo colorao, a lo blanco no, que está salao. Rompen a doblar las campanas de las iglesias y entre sus sones claros y distantes suenan las campanadas más graves de la hora en el reloj de la plaza del General Orduña, que ahora se llama de Andalucía, aunque la estatua permanece en el mismo lugar, igual que los carrillos de pipas y de cigarros sueltos de los soportales, y el reloj de la torre y la fila de taxis y la comisaría con la bandera en el balcón adonde ya no se asoma el subcomisario Florencio Pérez, que murió, me han dicho, el pasado diciembre, mereciendo en *Singladura* un artículo necrológico de Lorencito Quesada que ocupaba una página entera, y en el que se explicaba con un retraso de dieciséis años que fue el subcomisario el autor del soneto anónimo grabado al pie de la estatua lastimosa de Carnicerito, tan perdida como la fama de nuestro matador en un mezquino cantero de césped esquilmado entre bloques de pisos y cruces de avenidas, al norte de Mágina. He pasado por allí cuando iba al cementerio a ver la tumba de mi abuela Leonor y me parecía que estaba en otra ciudad. No conocía las calles, buscaba los descampados adonde nos íbamos mis amigos y yo para fumar sin peligro de que nos viera algún pariente y sólo he encontrado urbanizaciones sin aceras, garajes, talleres de coches, incluso whiskerías con nombres invitadores y dotados de genitivo sajón, una fealdad definitiva y monótona de extrarradio, de bar de carretera, una infamia de solares estériles donde no quedan rastros de las hileras de olmos que yo recordaba, de chalets adosados en mitad de un desierto y de muladares industriales y broncos cocherones de ladrillo con tejados de uralita.

De modo que esta barbarie que ha venido creciendo como un tumor sin que yo supiera o quisiera advertirlo es mi ciudad y mi país, la residencia privilegiada y única de mi memoria, el lugar adonde tú has elegido venir para encontrarte conmigo. Lo miro todo y te lo cuento y me gana la rabia, las calles sucias, intransitables por el tráfico, los caminos del campo cegados por el abandono y la basura, frigoríficos viejos y lavadoras y televisores rotos en astillas, cristales de botellas, envoltorios desgarrados de plástico, una epidemia de zafiedad y de mugre, de malos modos y avaricia, tiendas de lujo y jardines devastados, garabatos de spray en las fachadas de casas en ruinas, letreros de tenebrosos videoclubes en callejones desiertos, latas aplastadas de Coca-Cola flotando en el agua podrida de aquella fuente del parque Vandelvira que ya no se ilumina por las noches ni alza más arriba de los tejados sus chorros amarillos, azules y rojos para asombro y orgullo de las familias de Mágina y gloria de las modernas postales en color que aún se exhiben en algunos estancos. He caminado por la acera del instituto, a la salida de clase, entre grupos de adolescentes que me intimidan un poco porque me hacen sentir mi verdadera edad y el tiempo que me separa de sensaciones y recuerdos tan engañosamente próximos. He pasado junto a la puerta de cristales del Martos y no me he atrevido a entrar. En la calle hace sol pero el interior es umbrío. No se ve desde fuera el rincón donde estaba la máquina de discos, sólo la forma de la barra y una cara envejecida y pálida tras ella, tal vez la del mismo dueño de entonces, el que fue marino y dio la vuelta al mundo en un carguero y recibía de países lejanos aquellos discos a los que mis amigos y yo les debimos el entusiasmo y la vida. Me he detenido un instante, he pasado de largo, he visto el letrero vertical del hotel Consuelo, que nos parecía tan cosmopolita y novelesco y es un edificio deslustrado de los años sesenta, he bajado por la avenida de Ramón y Cajal y me he internado en las calles breves y silenciosas de la colonia del Carmen. Parece mentira que sean tan pequeños los chalets. Los veo simultáneamente desde tu mirada y la mía. Sigue habiendo una placa dorada junto a la verja del chalet donde vivía Marina, pero ya no está inscrito en ella el nombre de su padre.

Busco la casa que tú recuerdas y yo no, la del jardín donde sesteaban los gatos al sol del invierno, pero no logro encontrarla, o ya no existe o la han restaurado. Se multiplican los ladridos de perros que asoman los hocicos y las patas entre las rejas y un hombre en chándal que se inclinaba sobre el motor de un BMW con el capó levantado se me queda mirando. No se fía de mí, o tal vez me ve cara de forastero. Tiene el pelo escaso fijado en las sienes con gomina, tan liso como si se lo hubiera lamido la lengua de una vaca, y una discreta barriga, y masca el filtro de un cigarrillo rubio. Mira con la embotada soberbia que tanto miedo me daba percibir de niño en los abogados y en los médicos, y cuando ya me he alejado de él estoy a punto de volverme porque lo he reconocido. Se sentaba dos o tres bancas delante de la mía en un aula de los Salesianos, así que tiene la misma edad que yo. Pero me alarmo, no es posible, yo soy mucho más joven que ese tipo apoltronado de antemano en la madurez, nunca me he visto en los espejos esa barbilla apoyándose con suficiencia o crueldad sobre un principio de papada. Yo me sigo moviendo tan azarosa y tan furtivamente como si aún tuviera por delante todas las incertidumbres de mi vida, no tengo una casa ni un coche ni estoy seguro de lo que vaya a ser de mí no ya en los próximos años, sino dentro de unos meses, pero quizá sólo se trata de un efecto óptico o de una tentación de vanidad. Uno no sabe nunca cómo es de verdad su cara, le añade un velo de indulgencia, igual que esos filtros que les ponen a las cámaras de cine para difuminar los rasgos demasiado duros de una actriz cuarentona.

Me descubro desde lejos en el escaparate de una tienda de cuartos de baño. Me veo caminar con la cabeza baja y un poco ladeada y las manos en los bolsillos del chaquetón a cuadros que compré en Chicago para defenderme de aquel viento homicida y me acuerdo de cuando iba por estas mismas calles con la guerrera azul marino de mi abuelo Manuel que me daba, creía yo, un aire entre aventurero y maoísta, recitando canciones de Jim Morrison o de Lou Reed, buscando a una mujer que no solía reparar en mi presencia a menos que le hicieran falta mis apuntes de inglés y pasando muy cerca de otra a la que no veía y que ahora mismo prepara su equipaje en un apartamento de Manhattan y da vueltas de una habitación a otra o baja a comprar a una frutería coreana de la Segunda Avenida consciente de que cada uno de sus pasos está abreviando la distancia y la aproxima a la hora del viaje: tus pasos y los míos, nuestros dos relojes avanzando en dos tiempos, la nieve en Nueva York y el sol frío y resplandeciente en Mágina, una claridad tan pura que deslumbra los ojos, exalta la belleza maltratada de los palacios con escudos y torres y de las casas blancas con dinteles de piedra y revela sin engaño posible la magnitud de las injurias que me han desfigurado esta ciudad que yo supuse inalterable. Voy derivando de nuevo hacia los barrios del sur, lo miro todo con más ávida atención y extrañeza porque tú vas a verlo dentro de muy poco. En la avenida que se llamó Trece de Septiembre y Dieciocho de Julio y ahora Constitución han cortado los castaños de Indias. Qué saña con los árboles. En los bajos de la casa donde yo nací (veo en el último piso las ventanas cegadas del cuarto de la viga) ahora hay un pub que se llama Lony. Las calles cercanas a la fundición parecen más anchas porque están asfaltadas y ya no queda ni una sola de las grandes moreras que nos abastecían en mayo de hojas tiernas para los gusanos de seda. Qué pensará Félix cuando venga por aquí, cuando pase por la calle Fuente de las Risas y llegue al terraplén que nos sobrecogía como un acantilado y ahora es sólo un vertedero: hacia la mitad se abría el arco de piedra de una cloaca y los niños mayores nos asustaban diciéndonos que aquello era la cueva de una bicha que se tragaba entera a la gente y luego se dormía con los ojos abiertos en la oscuridad para hacer la digestión de los cadáveres. Sobre la tierra húmeda y feraz de las huertas y el verde limpio de los

sembrados el sol levanta un tenue vapor azul que se disuelve al avanzar el día como la niebla del Guadalquivir.

Ya estás viniendo, hacia cualquier dirección que encamine mis pasos
me acerco a tu llegada, cualquier gesto que haga es la señal de un
preludio, se disuelve rápidamente en el pasado para que tú vengas
antes, y hasta Mágina se vuelve una ciudad prometida y futura porque
dentro de unos días estaré en ella contigo. Vendrás sola, pero no
quieres que vaya a esperarte a Madrid, llegarás por la tarde en el autobús al que siguen llamando la Pava, como cuando viajaste en él con
tu padre, y yo estaré esperando en el vestíbulo de la estación con los
nervios de punta, y la seguridad de verte se me irá desvaneciendo a
cada minuto que tarde en aparecer el autobús. Pensaré que lo has perdido, o que me he equivocado de hora o de lugar. Pediré un whisky en
la cantina para templarme el ánimo y no beberé más de dos tragos, por
miedo a que llegue el autobús sin que yo me dé cuenta. Me desfallece-
rán las piernas cuando vea salir a los viajeros cargados de bolsas y de
maletas y no te distinga inmediatamente entre ellos. Me sorprenderá
tu cara, tan poco parecida al principio a las fotografías y al recuerdo,
me iré acostumbrando a tu voz y a la realidad de tu presencia mientras
bajemos en un taxi a la plaza de Santa María, más bien intimidados, tú
aturdida aún por el cambio de hora y la fatiga del viaje tan largo, pei-
nándote el pelo con los dedos cuando salgas del taxi y te quedes mirando los balcones y la escalinata del parador con una sonrisa diáfana
y cansada. Uno de esos balcones corresponde a la habitación que ya he
reservado para ti: al pronunciar ante el recepcionista tu nombre y el
mío y ver que anotaba con indiferencia una fecha muy próxima me ha
parecido que mi deseo y nuestro encuentro perdían toda imprecisión
imaginaria para ingresar en la objetividad de los hechos reales. No soy
yo solo quien sabe que vendrás, no te he inventado como inventé a
otras mujeres incluso después de haberlas conocido: tu nombre y el

día en que vas a venir los ha dicho en voz alta alguien que no te ha visto nunca y los ha tecleado en la consola de un ordenador. He subido a la habitación, grande y blanca, con vigas oscuras en el techo, he abierto el balcón y he visto lo que verás tú, lo que posiblemente no recuerdas, la fachada del Salvador, la torre con saeteras y la cúpula bulbosa de color de bronce, los tejados del barrio del Alcázar, y más allá, a una distancia de horizonte marino, las cimas de la Sierra. Qué impaciencia, qué ganas de no moverme de aquí hasta que tú llegues, de tenderme en la cama y quedarme dormido soñando que te abrazo y de verte en cuanto abra los ojos, como cuando me despertaba en Nueva York el ruido de una llave en la cerradura y escuchaba tus pasos y aparecías tú en la puerta del dormitorio, con cara de frío, con los labios pintados, con una gran bolsa de papel en las manos, madrugadora y diligente, como quien nunca se rinde a la pereza. Una punzada de excitación, este lugar tan neutro que tú no has visto todavía será dentro de poco una de las habitaciones memorables de mi vida. En el espejo que hay frente a la cama se reflejará tu cuerpo desnudo cuando te levantes con la melena revuelta sobre los hombros para ir al baño o a buscar tu bata de seda. En la mesa de noche donde ahora sólo hay un cenicero limpio de cristal y una lámpara estarán tus cigarrillos, tu reloj de pulsera, tu barra de labios. En el suelo enmoquetado y en la butaca que ahora tiene un aire tan respetable y circunspecto habremos tirado de cualquier modo nuestra ropa. Estoy de pronto tan seguro que puedo recordar lo que aún no me ha sucedido. Será igual que cada una de las veces anteriores y no se parecerá del todo a ninguna de ellas. La sorpresa se aliará a la costumbre y el descubrimiento a la confirmación, veré todas las caras tuyas que he conocido y vislumbraré alguna que no sospechaba, y cuando nos quedemos serenados y exhaustos y nos volvamos el uno hacia el otro sentiremos que por fin estamos empezando a reconocernos después de la separación.

· · ·

Cruzo del porvenir hacia el pasado. El presente inmediato de mi espera y de mis caminatas por Mágina es como una puerta giratoria que me lleva de uno a otro. En menos de un segundo, en la distancia de un paso, salgo del parador excitado de antemano por tu presencia futura y unos metros más allá, en la acera del hogar del pensionista, donde hay una fila de ancianos que toman el sol envueltos en bufandas y pellizas, oigo voces que conversan sobre los temporales y las cosechas de hace medio siglo y veo caras friolentas y figuras arrasadas por la vejez que me resultan familiares. A casi todos estos hombres los conocí yo cuando eran fuertes y ágiles, y es la incesante comparación entre lo que recuerdo y lo que miro la causa de que sólo en esta ciudad pueda cobrar una conciencia tan clara y obsesiva del tiempo. Casi nadie me es aquí completamente extraño, y cualquier camino que elija en mis paseos sin rumbo es la conmemoración involuntaria de algún episodio de mi vida. Ese hombre grande y gordo, con orejas largas y expresión alelada, que ha bajado de la cabina de una camioneta en la plaza de los Caídos y se dirige por señas a un municipal que hace guardia en la puerta del ayuntamiento es Matías el sordomudo: me parece raro que tenga una existencia real fuera de mi imaginación y de mis conversaciones contigo. Por el paseo del Mercado vienen hacia mí dos ancianos calmosos que se detienen charlando cada pocos pasos y uno de ellos, el más bajo y fornido, el que lleva una chaqueta de pana, una camisa abotonada hasta el cuello, boina ancha y gafas con cristales de aumento, es el teniente Chamorro, con sus ademanes pedagógicos y su carpeta azul de gomas bajo el brazo. Guardará en ella recortes subrayados de periódicos o fragmentos a máquina de las memorias que ya pensaba escribir cuando iba a la huerta de mi padre. Sigue teniendo un aspecto inquebrantable de dignidad y de salud, que atribuirá orgullosamente a su puritanismo libertario, agua fresca y no aguardiente, nos decía, y bibliotecas y escuelas en vez de tabernas. Pasa a mi lado sin verme, gesticulando con un dedo acusador mientras habla de la corrupción de los tiempos, y un acceso de timidez me impide acercarme a él, aunque me ha contado mi padre que siempre le pregunta por mí. Hay que ver, tu hijo, le dice, desde chico se le vio que valía para algo más que para el campo: me conmueve cómo reverencian lo que ellos nunca tuvieron, el saber y los libros, la posibilidad de los viajes, el uso de palabras que para ellos pertenecen a un tesoro inaccesible. No las pronuncian por miedo a equivocarse, tal vez incluso por desconfianza hacia ellas, pues no ignoran que son palabras de otros y que con frecuencia propagan la mentira y sirven para afirmar la primacía de sus dueños. Yo escucho las palabras de Mágina, las de los hortelanos y los aceituneros, las que aprendí de mis padres, y me doy cuenta de que muy pronto desaparecerán porque ya casi no existen las cosas que nombraban, igual que han desaparecido los romances de saltar a la comba y las cantilenas amenazadoras de los juegos porque ya no quedan niños en el barrio de San Lorenzo que se asusten de la Tía Tragantía o de la momia de la Casa de las Torres: también en las palabras soy un extranjero y un advenedizo, he perdido las que me legaron y el acento con que me enseñaron a decirlas y no acabo de aceptar como mías las que aprendí después. Vivo entre ellas y de ellas pero me son ajenas y no pueden explicarme y tal vez me rechazan igual que las miradas claras y frías de la gente que se cruza conmigo en las ciudades adonde quise huir cuando tenía quince años. En casa de mis padres y en las calles de Mágina siento que habito en el reino de las palabras y que vuelvo a ser habitado por ellas, como una casa donde no ha vivido nadie durante mucho tiempo y en la que suenan con ecos excesivos las voces y los pasos de los recién llegados: voces que salen del interior de una tienda o de una barbería, palabras hermosas o brutales que atrapo al pasar como si me inclinase para recoger del suelo una moneda, miradas y rostros que me devuelven a las fotografías de Ramiro Retratista, a las historias que tú y yo nos contábamos en los días ya lejanos de Nueva York tan ávidamente como solíamos contarnos Félix y yo las películas o las novelas de la radio sentados en algún escalón de la calle Fuente de las Risas. Caras en las ventanas, detrás de los visillos, mirando a la gente que pasa con una curiosidad inmemorial, caras embrutecidas o desfiguradas por los años recorriendo al anochecer la calle Nueva con lentitud de procesión, facciones prematuramente reblandecidas y aflojadas por el confort doméstico y el ufano aburrimiento de Mágina, pálidas cataduras de yonquis que conservan tras las gafas una dureza rural, caras de mancebos de botica que ya estaban detrás del mismo mostrador donde ahora los veo cuando iba de la mano de mi madre a comprar medicinas, las caras rancias y las suaves manos clericales de los inveterados dependientes de los almacenes de género y confección que se han quedado vacíos y anacrónicos por culpa de la devastadora modernidad de los últimos años, Lorencito Quesada saliendo como un bólido de El Sistema Métrico y saludándome al pasar como si me conociera de algo, dinámico, ávido de noticias, con un leve temblor en las mejillas carnosas, con dos o tres periódicos bajo el brazo y un pequeño cassette en la mano. Tal vez se dirige a entrevistar al que fue hijo pródigo del subcomisario Florencio Pérez, que ahora es un cantante célebre y ha venido a pasar unos días a su patria chica, según informaba esta mañana *Singladura* en un suelto anónimo donde se ofrecía la cálida bienvenida de toda la provincia a este paisano nuestro que ha triunfado en el mundillo de la canción ligera tan justamente y tan a pesar de todos los pesares como triunfó el llorado Carnicerito en el planeta de los toros. Guardo la hoja del periódico para enviársela a Félix, que tal vez es el lector más leal a la prosa de Lorencito Quesada. En los soportales de la plaza del General Orduña le compro un paquete de tabaco a mi antiguo amigo Juanito, el tonto, que está sentado junto a su tenderete de chucherías ínfimas y nunca se acordará de mí. Se queda mirando las monedas en la palma de la mano y frunce las cejas con un aire casi doloroso de concentración para calcular la vuelta que ha de darme. Tiene unos ojos grandes e infantiles de idiota, las esquinas de la boca húmedas de saliva y un poco de bozo oscuro sobre el labio superior. Se ha olvidado de darme el tabaco o no recuerda la marca que le he pedido, y cuando vuelvo a decírselo alza sus lentos ojos asustados hacia mí y yo aparto los míos para no intoxicarme de lástima y de ternura, porque me está mirando desde el estupor de la infancia que compartí con él y no sabe quién soy.

Vivo en suspenso, esperándote. Camino por la ciudad imaginando que te hablo y que tú vas conmigo. No hago nada, no me decido a ir en busca de Martín o de Serrano, te llamo por teléfono desde un locutorio y gasto una fortuna contándote cómo es la habitación que he reservado para nosotros. Me aflijo en los anocheceres con la misma tristeza puntual de los inviernos de hace veinte años. Me levanto tarde y desayuno junto al fuego. Como en silencio con mis padres y mi abuelo Manuel. Recorro sin propósito las habitaciones altas de la casa. No entro nunca al dormitorio de mi abuela Leonor. Encuentro en un armario arrumbado en el pajar mis libros de texto de cuando iba al instituto y los cuadernos de apuntes donde escribía mis confesiones patéticas de insumisión y desdicha y no quiero abrirlos. Suena el teléfono a medianoche, oigo tu voz, me muero de deseo, mañana mismo a estas horas subirás a un avión. En cuanto tengas casa en Madrid volverás para traerte a tu hijo. Yo no me atrevo a decirte que quiero vivir en esa casa contigo. Apago la luz y no puedo dormirme. Pienso en mi abuela muerta, en lo que sentiría en el instante justo en que murió, pena y alivio tal vez, no terror, extrañeza. No sé cómo voy a atravesar las dos noches que faltan para que tú vengas. Escucho en el insomnio los ruidos olvidados de mi casa, la carcoma, el viento en el tejado, ese crujir de las vigas que suena exactamente igual que los pasos de alguien sobre mi cabeza. Dan las campanadas de las cuatro en el reloj de la plaza. Mi abuelo Manuel tose y gime dormido, mi padre se levanta y baja pesadamente las escaleras, arranca la furgoneta para ir al mercado de los mayoristas a comprar hortaliza. Sueño que ya has llegado a Mágina y que por un malentendido trivial no logro encontrarte. Veo al despertar las rayas del sol en la persiana y me acuerdo de que en mayo anidan siempre golondrinas en el hueco del balcón. Bajo a la cocina, mi madre está inclinada sobre el fregadero y un llanto contenido le sacude los hombros. Ha dejado pasar mucho tiempo desde la última vez que se tiñó el pelo y lo tiene blanco en las raíces. Me besa, me pregunta si he dormido bien, no me atrevo todavía a hablarle de ti. Salgo a la calle a pasear al sol de los gandules y los jubilados, calculo que tú estarás durmiendo y que cuando abras los ojos pensarás que éste es el día de tu viaje. La espera se me ha convertido en una acuciante necesidad sexual. Te echo de menos como un adicto, descubro con alarma que no puedo vivir sin ti, si me besara de besos de su boca, leías en la Biblia, porque más dulces son tus amores que el vino. Voy por la esquina del Real y veo una cara detrás de una reja, una cara familiar, ancha y lívida, que me estaba mirando antes de que yo la viera, una cara imposible, con un lunar junto a los labios, con el pelo negro partido sobre la frente por una raya recta y unos pesados tirabuzones negros que circundan sus pómulos, con un escapulario al cuello. Ya pasaba de largo y me vuelvo y no lo puedo creer aunque la estoy viendo tras el cristal de la ventana, rodeada de cuadros sin valor, de muebles viejos y cacerolas y almireces de cobre. No es una ventana, pero por un segundo la mujer ha sido real, es el escaparate de un anticuario, y al fondo, medio oculta en la sombra, está la momia incorrupta que encontraron en un sótano de la Casa de las Torres hace cincuenta años, la que enajenó a Ramiro Retratista y tenía escondido en el seno un papel con unos versículos del Cantar de los Cantares.

• • •

Pero no puede ser, vas a decirme que soy un embustero cuando te lo cuente. Empujo la puerta de la tienda, suena una campanilla y no viene nadie. La mujer que tú y yo hemos visto en una fotografía que fue tomada setenta años después de su muerte está sentada y rígida contra una pared, en una especie de hornacina de cristal que tiene una diminuta cerradura dorada y una llave parecida a las de los relojes de péndulo. La hago girar con una audacia sonámbula. Hay alguien más en la tienda. Abro la puerta de cristal y la momia sigue mirándome con sus ojos claros, encogida, muy digna, tan ominosa como las figuras de monaguillos desdichados que había antes en las iglesias y que nos daban más pena y más miedo todavía al descubrir que eran de escayola. Alguien se acerca a mi espalda entre el desorden de la tienda y yo no me vuelvo. La momia no es mayor que una niña, los botines afilados que sobresalen del bajo de su vestido cuelgan a unos centímetros del suelo. Toco su cara y resbalan sobre ella las yemas de mis dedos. Es de cera, por eso brilla de ese modo, y sus pupilas son de evidente cristal. El dueño de la tienda está a mi lado, un hombre de unos cuarenta años, con una expresión de despierta codicia, de simpatía, de afable interés. «¿Verdad que a primera vista impresiona? A mí también me pasaba al principio. Abría la tienda y antes de encender las luces ya veía sus ojos. En la oscuridad son como los de los gatos. Luego uno se acostumbra, y aunque le parezca raro acaba tomándole cariño. El negocio es el negocio, pero a mí no me agradaría desprenderme de ella. Un tesoro, créame, más valioso aún por su rareza, estatuaria en cera del siglo xix, aunque a usted no me hace falta decírselo, se le nota que entiende. Habrá venido a Mágina en plan turismo, me figuro. Es lo que yo digo siempre, las cosas que tenemos aquí sólo sabe apreciarlas la gente de fuera.» No lo oigo, sigo mirando a la momia, a la estatua de cera, miro los tirabuzones de pelo natural y las pupilas de vidrio azulado que permanecen fijas en mí, en el vacío, las manos pequeñas y unidas en el regazo, el escapulario de Nuestro Padre Jesús, me dan ganas de comprobar si tiene por el otro lado el retrato de un caballero con bigote y perilla pero no me atrevo a volver a tocarla. Se me ha quedado en los dedos el frío y la suavidad un poco pegajosa de la cera, su consistencia neutra. Es como estar mirando a una enana muerta y bellísima, abominable, patética, con ojos alucinados de muñeca y bucles postizos, cautiva en el interior de la urna que parece una vitrina de museo. Por decir algo pregunto el precio: el anticuario sugiere después de un minuto de reflexión una cantidad insensata. Finjo que la considero, me intereso por la identidad de la dama de cera, pero él no sabe nada, me dice, lo llamaron para peritar los muebles y los cuadros de una casa que iba a ser derribada y se llevó un susto al encontrar la hornacina dentro de un armario. Imagínese, me dice, un caserón donde no había ni luz eléctrica, nada más que polvo, muebles viejos y cuadros sin valor, lo de siempre, y muchos libros, eso sí, guardados en cajones, libracos tremendos de anatomía del siglo xix, puede verlos si quiere, los tengo por ahí. Incluso había un estetoscopio muy primitivo, con un tubo de caucho y una trompetilla de cuerno. Se lo vendí a un médico, excelente amigo mío y muy aficionado a las antigüedades, a ver, como toda persona de gusto con posibles; bueno, pues como le decía, me dejan las llaves y entro solo en la casa, que era muy grande, voy abriendo todos los balcones para ver bien los muebles y las pinturas y para que no me sofoque el polvo y llego a lo que parece un dormitorio principal, con puerta de doble hoja, una cama con dosel y un armario muy alto, pero como no tiene ventana enciendo la linterna, y digo yo que por la corriente de aire el armario se abre solo, y allí la vi, me iba a dar algo, no es que uno crea a pies juntillas en los fenómenos sobrenaturales, pero en mi oficio se entra en casas muy viejas y se oye contar cosas, así que me quedé helado, se lo juro, pensé que podía ser una aparición, o un cadáver, y ganas me dieron de salir corriendo y de tirar las llaves, menos mal que yo, en el fondo, soy hombre de recursos, así que volví a enfocar la linterna y al descubrir que la figura estaba hecha de cera me tranquilicé, pero tampoco mucho. En esa casa yo notaba algo, una presencia, un aura, como dice en sus artículos un escritor que tenemos aquí, usted no lo conocerá, claro, se llama Lorenzo Quesada, aunque en Mágina todo el mundo le dice Lorencito, lleva en el periódico de la provincia una sección muy interesante de ufología y parapsicología que se titula «Más allá»; por cierto que le he mandado aviso para que venga a ver la estatua pero todavía no ha podido, usted no sabe lo ocupado que está ese hombre, siempre de un lado para otro con el bloc y el cassette, entre El Sistema Métrico y *Singladura* yo creo que ni le queda tiempo de dormir, y eso que en el periódico no cobra, pero le da igual, es lo que él me dice, Guillermo, el periodismo es mi vocación, para qué quiero yo más pago que la fidelidad de mis lectores y el realce que le doy a Mágina en todos mis artículos.

Al anticuario no le entra la lengua en el paladar, habría dicho mi abuela Leonor, de quien tal vez heredé yo la nerviosa impaciencia que le producía la gente charlatana: no sabe con exactitud a quién perteneció antiguamente esa casa, a un médico que fue muy célebre, le han dicho, pero él no lo conoció, la verdad es que se siente tan hijo de Mágina como el que más pero no es de aquí, vino hace veinte años y está dispuesto a morir en la ciudad, me recomienda vivamente su alfarería artística y su Semana Santa, únicas en el mundo, sugiere de pasada que en atención a mi interés por la estatua de cera podría hacerme una rebaja. Pero entonces quién le dio las llaves, logro decirle aprovechando que ha callado un instante para respirar, quién se lo vendió todo: un matrimonio joven, contesta, bruscamente elusivo, casi ofendido, acaba de entender que no le pienso comprar nada, la habían heredado y no sabían qué hacer con ella, bueno, sí que lo sabían, vendérsela a una inmobiliaria, se notaba a la legua que la mujer era quien mandaba de los dos, la que cortaba el bacalao, como si dijéramos, es la hija o la nuera de un hombre muy conocido aquí, que fue taxista muchos años, espere que me acuerde, Julián, le dicen, Julián el del taxi, un señor corpulento, más alto que usted, ya muy mayor, desde luego, la edad no perdona, como yo digo, se ve que el hijo y la nuera o la hija y el yerno querían librarse de él y en cuanto le heredaron, antes de morir, para ahorrarse los gastos de testamentaría, lo mandaron al asilo, el de toda la vida, el de las monjas, pero ahora creo que se llama residencia de la tercera edad, y allí seguirá el pobre, si es que no se ha muerto. El anticuario mueve la cabeza, suspira, cierra la hornacina con su llave diminuta y se la guarda ostensiblemente en un bolsillo. Sin mirarme a los ojos me pide que lo disculpe, ha sonado la campanilla de la puerta y se dirige agraviado y solícito hacia una pareja de indudables forasteros.

Me parece que vivo en dos lugares a la vez, en dos tiempos simultáneos, que al caminar me muevo en dos direcciones y a dos velocidades que ya han empezado misteriosamente a confluir y mañana por la noche te habrán traído a mi presencia. Aún no has salido de tu casa y ya estás viniendo, ya te apresura el viaje inminente, igual que a mí, que he mirado el teléfono y te he imaginado en el mediodía de Nueva York, sola en el apartamento, terminando de revisar el equipaje y comprobando que has guardado en el bolso el pasaporte y el billete, preparando tal vez una comida rápida. He marcado tu número no tanto para estar seguro de que vas a venir como para que irrumpa cerca de ti una señal de mi existencia: suena el primer timbrazo y lo oyes desde la cocina, mientras yo estoy sentado en el portal de la casa de mis padres. Al entrar en el comedor escuchas el segundo, me has dicho que te ponen nerviosa los teléfonos y que sólo ahora has empezado a aceptarlos, porque cuando suenan cabe la posibilidad de que sea yo quien te llama. Me impaciento al oír por tercera vez la señal, quién sabe si a última hora has renunciado al viaje y te has ido de casa para no hablar conmigo. Descuelgas inesperadamente, digo

tu nombre pero no es tu voz la que me contesta en inglés. Con los
nervios me habré equivocado de número. Es una voz infantil, la de tu
hijo, me doy cuenta cuando iba a colgar. Te parecerá absurdo pero
me intimida hablar con él. Me pregunta quién soy, un amigo, le contesto, con una sensación ridícula de clandestinidad. Te llama a voces
—qué raro que tú seas la madre de alguien— y respiro más tranquilo cuando se aparta del teléfono. Oigo tus pasos, le dices algo al
niño en español y luego me hablas a mí en un tono que me alarma,
más bajo de lo habitual, más educado y frío. Creo distinguir al fondo
una voz masculina, suena una puerta al cerrarse y tus palabras reco-
bran su tonalidad transparente y cálida de siempre. Te mueres de
ganas de venir, Bob ha ido a recoger al chico y se ha ofrecido para
llevarte en su coche al aeropuerto Kennedy. Tú le has dicho que no,
pero me dan celos de que otro hombre se mueva con naturalidad por
tu casa, con un sentido inevitable de posesión, al fin y al cabo le es
mucho más familiar que a mí, porque ha vivido en ella años, no días.
Te burlas de mí, noto el halago y la excitación en tu risa, cuando ya
vamos a colgar me haces un impúdico ofrecimiento que piensas cumplir dentro de veinticuatro horas y los celos y el miedo se extinguen,
los desbarata la mutua seguridad del deseo. Con quién habrás estado
hablando, me dice luego mi madre, que se te ha puesto cara de que sí
y ojos de no negarlo: también esa expresión pertenecía a mi abuela
Leonor, y mi madre al repetirla lo sabe, es como si su presencia y su
influjo nos hubieran quedado sobre todo en las palabras que los dos
aprendimos de ella y la conmemoran sin nombrarla.

Por la noche, muy tarde, cuando ya ha acostado a mi abuelo, mi
madre apaga la televisión, limpia la mesa, remueve el brasero, saca un
libro de texto y un cuaderno de hojas rayadas y escribe en él, a lápiz,
con una lenta aplicación, los ejercicios que deberá llevar mañana a la
escuela de adultos. Tiene una letra insegura, grande, infantil, duda y

se muerde los labios y usa la goma de borrar, luego sopla el papel para dejarlo limpio. Ha vuelto a sentarse en un pupitre y a mirar un encerado cincuenta y cinco años después de que cerraran las aulas por el comienzo de la guerra. A mi edad, dice, con una satisfacción un poco avergonzada, aprendiendo cuentas y tomando dictados. Ahora en lugar de hacer punto se pone las gafas de cerca para leer junto a la lámpara y murmura muy lentamente las palabras de los libros. Estoy sentado frente a ella al calor del brasero y no se detienen los minutos, corren casi tan veloces en dirección a tu llegada como huyeron hacia la despedida. En la acera de la calle Cincuenta y Dos Este tú abrazas y besas a tu hijo, el niño rubio de las fotos que sonríe y mira igual que tú. En una calle apartada de Mágina yo me detengo ante la fachada del asilo y oprimo un timbre de latón que suena en el interior de un patio igual que una campanilla eclesiástica. Subes en el ascensor donde nos acariciamos tantas veces, miras tus maletas y tu bolso ya preparados en un rincón del vestíbulo, la cama en la que esta noche no vas a dormir, el grabado del jinete polaco, lo ves todo como si ya te hubieras ido. Pones un disco de los Animals o de Miguel de Molina y lo escuchas fumando tranquilamente un cigarrillo en el sofá. Una mujer madura, con aire de monja a pesar del jersey de lana y los vaqueros, me abre la puerta de cristal escarchado y le digo que soy el que habló con ella por teléfono hace un rato. En los pasillos del asilo huele a hospital y a vejez, a cloroformo y a orines. Debajo de la tierra a mi abuela Leonor le siguen creciendo en la oscuridad el pelo blanco y las uñas. Bebes una cerveza y comes algo en la cocina, miras tras el cristal la nieve o la claridad opaca de las dos de la tarde. Te acuerdas de la cara de afligida reprobación con que te ha mirado al despedirse de ti el padre de tu hijo, como si te vaticinara afectuosamente un desastre. La mujer gorda y hombruna, posible monja con vaqueros, me pregunta si soy familia de Julián. Digo que sí, un pariente lejano. Se encoge de hombros, qué raro, desde que está aquí es la primera visita que recibe, aunque él no se queja, ojalá todos los ancianitos dieran tan poco tormento como él. Me gustaría saber cómo me echas de menos, si tu manera de añorar es semejante a la mía, si cuando estás acostada cierras los ojos para imaginar que me inclino sobre ti y que no es tuya la mano que sube por tus muslos y te ronda suavemente las ingles. En la puerta del salón que ahora me franquea la monja mientras reincide en sus diminutivos repugnantes, ancianitos, pobrecitos, recogiditos, hay un letrero donde pone «Área lúdica y de convivencia», escrito a mano en una hoja rayada, y al otro lado un escándalo de voces, de fichas de dominó y golpes secos y expertos de nudillos que descubren naipes, y dominándolo todo la música y los aplausos de un programa de televisión. No queda más remedio que ponerla tan alta porque los pobrecitos están sordos, pero casi ninguno la mira, al menos casi ninguno de los varones, las mujeres hacen punto o reposan las manos en el vientre y tienen las viejas caras levantadas hacia la repisa donde parpadea la pantalla en color. Tal vez sientes miedo, igual que yo, miedo de entregarte, de romper con todo y fracasar, de repetir inevitablemente conmigo errores de los que abjuraste cuando aún no me conocías, la clase de errores que uno lleva en sí mismo como su olor o sus huellas digitales aunque procure atribuirlos a la mala suerte o las deslealtades de otros.

Pues ahí lo tiene usted, señala la monja, el pobrecito es muy bueno pero hace poco que llegó y todavía no se ha integrado a nivel de convivencia. Siempre les pasa lo mismo, que no les gusta reconocer que son tan viejos como todos los demás y protestan callándose: solo, en una mesa de formica, delante de un periódico abierto, Julián el taxista, que nos llevaba siempre en nuestros viajes de médicos a la capital de la provincia, conserva su gallardía adusta, su cráneo calvo y anguloso, del que parece formar parte la montura negra de sus gafas. Lo saludo, la monja le da una palmada maternal en la espalda y él le dirige una rápida mirada de odio. En cuanto le digo quiénes son mis padres y mis abuelos me indica con soberana deferencia la silla que hay frente a él. Pues claro que se acuerda de mí, me parece que te estoy viendo de chico cuando tu padre te llevaba de la mano a vender leche, hay que ver, cómo pasa el tiempo, unos para arriba y otros para abajo, igual que en la noria. De joven fue muy amigo de mi abuelo Manuel, estuvo a punto de echar también los papeles para la Guardia de Asalto, como automovilista, pero no lo hizo porque le daba reparo dejar a don Mercurio. No era nadie tu abuelo, me dice sonriendo, no había quien le hiciera sombra cuando se arrancaba a cantar por Pepe Marchena, y qué bien se le daban las mujeres, con perdón, aunque tu abuela Leonor, que en paz descanse, era la más guapa de Mágina. Había que verla cuando iba a la fuente con el asa de un cántaro en cada brazo, hasta los curas la requebraban, aunque esté feo decirlo. Pero ya ves cómo acabamos todos, para que nos saquen a tomar el sol en una espuerta, y por lo menos tu abuelo ha tenido la suerte de no perder el calor de su casa. Le ofrezco un cigarrillo y lo rechaza melancólicamente. Ya no gasto, dice, con lo que me gustaba, el difunto don Mercurio me regalaba siempre su ración de picadura, pero me afeaba el vicio, Julián, me parece que lo estoy viendo, el tabaco es una de las peores consecuencias del descubrimiento de América. Yo no lo entendía, pero le daba la razón, a ver, si era una eminencia, una espiga, el mejor médico que ha habido nunca en Mágina, no como estos oficinistas del seguro que lo marean a uno a base de píldoras y de recetas, y nunca le cobraba a los pobres, anda que no lo llevé yo pocas veces en su coche de caballos a los corralones que había antes y a las Casillas de Cotrina. Salía la gente de las casas a besarle la mano, como si fuera un santo, y bien que lo era, aunque los niños golfos de las calles le sacaron una copla. Seguro que tú llegaste a oírla de chico, la siguieron cantando mucho después de que se hubiera muerto. Y no te creas eso que dijeron los curas, que pidió los sacra-

ANTONIO MUÑOZ MOLINA

mentos cuando ya estaba a punto de morir: bien que se le acercaron, como buitres, como esas monjas de paisano que tenemos aquí, pero menudo era él para que lo trasteara nadie, ni médicos quiso, a nadie más que a mí le permitió quedarse con él hasta el final. Me pidió que le leyera unos versos de aquella Biblia tan grande que tenía, la que le dejó en herencia a Ramiro Retratista, y leyéndoselos estaba yo cuando se quedó más encogido que un pájaro, igual de chico, que ni le abultaba el cuerpo debajo de la colcha. A Julián se le escapa una lágrima, sorbe y se limpia los ojos y la nariz con un pañuelo, luego los cristales de las gafas. Se las vuelve a encajar en los grandes huesos pelados de las sienes y al verme la cara otra vez con claridad recuerda que lo llamé por teléfono hace unas horas y que le dije que quería preguntarle algo: pero dime qué quieres que te cuente, que yo no paro de hablar y te estaré mareando. Vacilo, he de elegir con mucho cuidado las palabras y el tono para que no desconfíe o se retraiga. Hábleme de don Mercurio, le digo, de aquella momia que encontraron en la Casa de las Torres, justo enfrente de donde vivían mis abuelos y mi madre. He oído las cosas que se dijeron entonces, he visto las fotos que hizo Ramiro Retratista y sé a través de otros lo que don Mercurio le contó, pero no entiendo nada, esta mañana la he visto en la tienda de un anticuario y no es un cuerpo incorrupto, sino una figura de cera. Julián asiente con la cabeza y sonríe, murmura por lo bajo, así que también han vendido la momia, cría cuervos. Ahora me mira de otro modo, tal vez con menos simpatía o con más atención. Y tú para qué quieres que te cuente esas cosas, dice, intrigado, como si adivinara un motivo que yo no le explicaré, una intención oculta: para nada, le digo, por gusto de saber, cuando era chico mi abuelo Manuel y mi madre me contaban historias acerca de la momia, los niños de la plaza de San Lorenzo cantaban coplas de miedo sobre ella, incluso más de una vez apareció en mis pesadillas, y ahora que la he visto no puedo creerme que no fuera más que una muñeca de cera guardada en un armario. Julián me escucha y parece más tranquilo, hasta un poco decepcionado. Las voces y los aplausos de la televisión retumban en la sala y se confunden con los golpes agudos de las fichas de dominó. Al principio Julián habla bajo y me cuesta entenderlo. Le sorprende que yo tenga noticia de la conversación entre Ramiro Retratista y don Mercurio unas semanas antes de la muerte del médico, pero no me pregunta quién me la ha contado, y en cualquier caso el testimonio de Ramiro no le merece mucho crédito. Dice que era muy bueno, pero algo tonto, y que siempre estuvo ido, como don Otto Zenner. Se creía cualquier embuste, de modo que a don Mercurio no le costó ningún trabajo engañarlo con aquel folletín que le contó para que no siguiera molestándolo: los enmascarados en la noche del martes de Carnaval, el coche de caballos, la dama parturienta en la habitación de una criada, el niño que nació muerto, nada de eso era verdad. Julián se ríe de mi asombro, como si pensara que al recibir yo esa historia mentirosa se me hubiera contagiado la crédula estupidez de Ramiro Retratista. Lo único que era verdad es lo que tú supones que era falso, la momia. Lo que has visto esta mañana no es lo mismo que encontramos nosotros en el sótano de la Casa de las Torres, sino una copia exacta. Fue don Mercurio quien encargó que la hicieran, y no a cualquier imaginero de retablos y figuras de tumbas de los que había entonces, sino a un artista que poco después se hizo muy célebre, el que volvió a esculpir casi todas las imágenes de Semana Santa que ardieron en la guerra, Eugenio Utrera, no sé si tú llegaste a conocerlo. También hizo el monumento ese que hay en la plaza de los Caídos. Tenía el taller detrás de la plaza de San Pedro. Don Mercurio le pagó un dineral en duros de los de entonces y le exigió que guardara el secreto para siempre, continúa Julián, excitado él mismo por su narración, se lo quedó mirando con aquellos ojos de águila que tenía y le dijo, entiéndame bien, para siempre, hasta el día de mi muerte y hasta el de la muerte de usted, y Utrera le juró asustado que callaría eternamente. Por mí no se preocupe, don Mercurio, que lo que hemos hablado no saldrá de esta habitación. Yo creo que tenía miedo de que don Mercurio siguiera vigilándolo después de muerto.

Me inclino hacia Julián para no perder ni una palabra y no puedo graduar el orden de las preguntas que se me ocurren. Ya no oigo las voces de los otros viejos a nuestro alrededor ni el estrépito de la televisión. Estoy sentado frente a ese hombre como cuando escuchaba hablar a mi abuelo Manuel en la mesa camilla y no oía el péndulo ni las campanadas del reloj de pared ni veía nada más que su cara y las imágenes tan vívidas como fragmentos de sueños que me sugería su voz. Pero por qué robó don Mercurio la momia, si es que fue él, qué hizo luego con ella, por qué se le ocurrió encargar una copia. Julián chasquea la lengua en el paladar de la dentadura postiza y se la pasa luego por los labios, frunce el duro mentón y roza con los dedos los cañones blancos de la barba. Hay que ver, dice, que seas tú quien viene a preguntarme al cabo de tantos años. No fue don Mercurio, fui yo quien se la llevó de la Casa de las Torres, porque él me lo había ordenado, desde luego. Les atamos unos trozos de fieltro a los cascos de los caballos, *Verónica* y *Bartolomé*, y bajamos en el coche por la calle del Pozo sin hacer ningún ruido, a las cuatro de la madrugada. Don Mercurio me esperó dentro, con las cortinillas echadas. Mientras yo saltaba por una tapia medio derribada y me colaba en la casa. Levántela con mucho cuidado, Julián, me había dicho don Mercurio, con el sillón y todo, no vaya a deshacerse. Para alumbrarme por los sótanos cuando la trajera en brazos yo me había provisto de uno de esos gorros con candil que usan los mineros, pero no veas el susto que me llevé cuando iba a bajar los peldaños del sótano, vi una luz y oí a alguien que subía, me pegué a la pared, en el hueco de las escaleras. Yo pensaba que sería la guardesa y que iba a perseguirme a gritos con su porra de vaquero, pero mira por dónde el que apareció en la trampilla fue Ramiro Retratista. Andaba como borracho, pasó a mi lado y ni me vio, aunque me rozó los pies la luz de su linterna. Bueno, pues bajé al sótano y levanté la momia, con el sillón y todo. No pesaba más que un vilano. La saqué de allí alumbrándome con mi candil de minero y por poco se me cae cuando tuve que saltar otra vez la tapia, menos mal que yo estaba entonces muy ágil. La encajé dentro del coche al lado de don Mercurio, que parecía que se estuvieran hablando, y volvimos a casa sin que nadie nos viera. Don Mercurio, le dije, con la momia en brazos como una paralítica, dónde quiere usted que la ponga. Pues por ahora en mi gabinete, Julián, y más adelante ya le buscaremos mejor acomodo. Quería disimular, porque le daba vergüenza, estas locuras a mis años, Julián, me decía, pero estaba muy raro, más viejo que nunca pero como con maneras de chiquillo, sería lo que él llamaba la demencia senil. Le preparé un vaso de leche caliente, porque se había destemplado. Encendí la lumbre y me dijo que tuviera mucho cuidado, no fuera a saltarle una chispa a la momia y ardiera en un minuto igual que la yesca. Pobre don Mercurio, le eché una manta sobre las rodillas y seguía temblando de frío. Me pidió su Biblia, él ya no tenía fuerzas ni para levantarla. Miraba a la momia con los ojos húmedos, se limpiaba una gotita que le brillaba en la punta de la nariz. Procure no juzgarme, Julián, eso me decía, pero yo quise mucho a esta mujer cuando los dos teníamos veintitantos años y hasta ayer por la mañana no supe qué había sido de ella. Figúrate la escena, al amanecer, a la luz de un quinqué y de la lumbre, un viejo de casi un siglo lloriqueando con una manta en las rodillas y leyendo unas cosas muy verdes en aquella Biblia, que no era como las nuestras, sino una Biblia protestante, y una mujer de carne momia que casi parecía estar viva y mirándonos a los dos cuando le daba en los ojos la claridad de la lumbre. ¿Que yo qué hice? Pues qué iba a hacer, lo que don Mercurio me mandaba, cerrar bien todos los postigos, limpiarle el polvo con un plumero a aquella señora, que se lla-

maba Águeda, por cierto, y procurar no mirarla a los ojos para que
no me diera un escalofrío, oír a don Mercurio y atizar la lumbre y
menear el brasero mientras él me hablaba, y si lo mismo que me dijo
que me colara como un ladrón en la Casa de las Torres para robar
un cadáver me llega a decir, Julián, tírese usted a un pozo, pues me
habría tirado, no ves que era para mí un padre y un abuelo, mi conse-
jero y mi maestro, todo junto, si me daba no sé qué oírle ese llori-
queo. Tenía que parar de hablarme para sonarse los mocos y no
fatigar demasiado el corazón, y yo le decía, venga, don Mercurio,
vamos a dormir, que ya está clareando, pero él nada, Julián, déjeme
seguir, déjeme acordarme de lo que me decía al oído esta mujer
cuando el ultramontano de su marido se iba a visitar cortijos y san-
tuarios y nos quedábamos solos en sus habitaciones, con la disculpa
de que yo era el médico de la familia, ella en camisa, Julián, con las
carnes más blancas y más suaves que yo he visto nunca. Le caía el
pelo por los hombros cuando se soltaba los tirabuzones. Exíaname,
doctor, eso me decía mordiéndome la oreja, que me está quemando
un mal muy grande. Nos moríamos de gusto, Julián, nos escocía
todo, y cuanto más nos dolía disfrutábamos más. Yo iba por la calle y
me temblaban las piernas. Bebía leche y huevos crudos para fortale-
cerme el organismo, porque tenía miedo de quedarme tísico, y si pa-
sábamos un día sin abrazarnos carnalmente al menos una vez nos
entraban sudores y sufríamos insomnio, como los morfinómanos.
Llegaba de visita a la Casa de las Torres y nada más abrirse la puerta
del salón donde ella y su marido estaban esperándome la olía con
más finura de olfato que un perdiguero. Entiéndame, Julián, no olía
su jabón de tocador, ni el agua de rosas ni los polvos de arroz que
se ponía en la cara, sino el flujo que le mojaba los muslos en cuanto
me veía.

· · ·

Qué cosas, dice Julián, mirando de soslayo hacia las mesas cercanas, con un poco de desdén por la vejez aceptada de los otros y la puerilidad de sus juegos, si la monja me oyera. Pero no creas, que yo también me ponía colorado con lo que me contaba don Mercurio, tenía entonces unos treinta años pero sabía menos de mujeres de lo que sabe ahora cualquier chiquillo de catorce, a ver, con la vida tan negra que llevábamos. Lo más que había hecho era ir a una casa de trato, ya me entiendes, de putas, así que esos delirios de los que me hablaba don Mercurio me sonaban a cosa de película, o de aquellas novelas verdes que alquilaban en los soportales de la plaza antes de la guerra. Y me dio envidia, vaya si me dio, con ochenta años que tengo todavía no se me ha pasado, aquel viejo que se podía desmadejar con un soplo había disfrutado mucho más en su juventud de lo que disfrutaría yo en toda la vida, y leía su Biblia y se acordaba, qué palabras, lástima que no tenga yo memoria para poder repetírtelas. Me dijo que cuando no estaba el marido se las leía a ella, que sus tetas eran racimos y su ombligo una copa y su vientre un puñado de trigo, cosas así. Cerraba el libro, se miraban y se volvían locos. Una vez tuvieron que esconderse dentro de un armario y se las arreglaron para desahogarse sin que los criados ni el marido oyeran nada. Pero al final los cogieron, no me preguntes cómo porque don Mercurio no me lo quiso contar. Lo que sí me dijo es que por entonces ya sabía que ella estaba preñada. A él por poco lo degüellan, tuvo que poner agua por medio y acabó en Filipinas y después en Cuba, cuando la guerra de entonces. Curó de la malaria a no sé cuántos miles de soldados, y se vino a España con ellos en el último vapor que salió de La Habana. Le faltó tiempo para volver a Mágina, recién desembarcado en Cádiz, y cuando llegó a la plaza de San Lorenzo con el corazón en un puño, ya puedes figurártelo, vio la Casa de las Torres sin más ocupantes que una guardesa, la madre de la que tú conociste, y nadie supo darle razón de adónde habían ido los señores, ni se acordaban ya de ellos después de tantos años. Preguntó en todas partes, viajó por no sé cuántos sanatorios de España, porque alguien le había dicho que la señora estaba débil de los pulmones y que su marido se la llevó de Mágina para que el clima no la perjudicara, incluso escribió en francés y en alemán a los mejores sanatorios de Suiza, y lo único que pudo averiguar, por mediación de una partera vieja que tenía medio perdida la memoria, fue que su amante había dado a luz un hijo, y que nada más nacer lo echaron a la inclusa. Mire lo que ha sido mi vida, Julián, me decía aquella noche, con aquella manera de hablar tan adornada que tenía, primero una página del Cantar de los Cantares y luego una miserable novela por entregas...

¿Que si encontró al hijo? Digo si lo encontró, como don Mercurio se empeñara en algo no había nada ni nadie que se le pusiera por delante, pero a mí no quiso decirme quién era, sólo que vivía en Mágina y que se había negado a conocer a su padre, las rarezas de entonces. Yo le seguía preguntando, pero él me cortó en seco, moviendo así la mano, como si espantara una mosca. Me pidió que me acercara, que me parece que lo estoy viendo, más amarillo que la momia, con su gorro de terciopelo, y me dijo, Julián, antes de morirme debo decirle algo. Tuve un hijo en mi juventud y lo perdí, y no lo culpo porque no quisiera conocerme ni recibir de mí ningún beneficio, pero en la vejez encontré a otro, usted, así que a lo mejor he podido remediar una parte del daño que hice engendrando a alguien que estaba destinado a la humillación y a la pobreza. Eso me dijo, con las mismas palabras. La gente ya no habla así, ni en las películas antiguas que ponen en la televisión, y si es entonces, en mis tiempos, tampoco, yo no le entendía a don Mercurio la mitad de las cosas, y menos desde que robamos la momia y empezó a no salir ni para sus paseos higiénicos. Había que estar siempre con los postigos cerrados, porque la luz del día la dañaba, y el aire libre, hasta el calor, de manera que don Mercurio no me permitía encender la lumbre ni ponerle brasero bajo las faldillas. El pobre tiritaba de frío envuelto en sus mantas, que daba pena verlo, cada día más consumido y más callado, hasta que se dio cuenta de que la momia, Águeda, empezaba a echarse poco a poco a perder, como las momias egipcias, se le agrietaba la cara, se le caían rizos de pelo. Entonces fue cuando me hizo llamar al escultor, Utrera. Lo esperaba igual que esperan a un médico en una casa donde hay alguien muy malo, y lo tuvo trabajando allí no sé cuántos días, hasta por la noche, no lo dejaba irse a dormir, y qué bien que la sacó aquel hombre, con todos sus detalles, como a esas vírgenes y santos que hacía para las iglesias, que parece que van a hablarle a uno, y todo a contra reloj, como dicen ahora en las noticias, porque a la pobre Águeda ya no había quien la conociera, te lo puedes figurar. Don Mercurio ni entraba a mirarla, se le caía todo, se quedaba calva a pegotes, como esos que tienen cáncer, se le deshacía la nariz, una lástima. Con el reparo que me daba al principio yo hasta había empezado a tomarle cariño. Le rozaba el vestido con la mano y se me quedaba llena de una cosa como la ceniza que me sofocaba la garganta, igual que el polvo de la trilla. Don Mercurio volvió a entrar en el gabinete cuando Utrera ya había terminado su trabajo, y ya no se movió de allí. Algunas noches ni me dejaba que lo llevara a acostarse. Leía su Biblia con la lupa y me advertía siempre que añadiera mucha ceniza a las ascuas del brasero, para que el calor no dañara a la nueva Águeda, y no me preguntó qué había hecho con la antigua, con lo poco que quedaba de ella. Me da escrúpulo acordarme, lo recogí todo con una escoba lo mejor que pude, lo guardé en un saco y prendí una hoguera en el corral, y hasta le recé un padrenuestro mientras subía el humo, más que nada por educación, porque ya entonces era yo tan ateo como don Mercurio...

• • •

Sin darnos cuenta nos hemos ido quedando solos. El televisor todavía encendido retumba más en el salón casi desierto. Una mujer de
bata y cofia blancas lleva del brazo a un anciano que arrastra las zapatillas de goma sobre las baldosas y tiene un continuo temblor en el
mentón y en las manos. Su cara no me resulta desconocida, pero me
niego a saber quién es, a recordar cómo fue y dónde lo he visto otras
veces. Suena un timbre como los que señalaban el final de las clases
en el instituto. La cena, dice Julián con asco y resignación, sopa de
sobre, jamón york a la plancha y croquetas congeladas. Me pide que
lo disculpe, aquí ha perdido la costumbre de hablar y se le va el santo
al cielo, aquí no hay más que muertos que todavía respiran, y la mitad
de ellos ni andan. Hace ademán de levantarse, le tiendo una mano y
la rechaza, se pone en pie con un simulacro difícil de energía. Es más
alto que yo, pero camina de una manera extraña, con el torso ligeramente inclinado y las rodillas demasiado abiertas. Me pregunta por
mi trabajo, ha oído que tengo una colocación muy buena en el extranjero y que hablo más lenguas que un ministro. En la puerta del comedor, de donde viene un vaho hediondo, como el de los cuarteles, me
aprieta muy fuerte la mano al despedirse de mí y me da recuerdos
para mi abuelo Manuel. Dile que de parte de Julián el taxista, el de los
coches. Le explico que probablemente no se acordará y ladea la
cabeza, seguro que sí, tú díselo y verás como por lo menos se sonríe,
con la de aventuras que corrimos juntos por las tabernas de flamen-
cos. Me da la espalda, se cierran tras él las puertas batientes, con
marcos blancos y cristal esmerilado. Vuelven a abrirse y lo veo avanzar en medio de un pasillo, muy alto, con su nuca ancha y pelada, con
los brazos colgando separados del cuerpo y las piernas abiertas, más
frágiles que el torso. Entre el humo de la sopa me miran viejas caras
alineadas, de una ruinosa fealdad. Suena en los altavoces una moderna canción litúrgica acompañada de guitarras. Hay en los muros

de los corredores, sobre los azulejos sanitarios, pósters de amaneceres con frases poéticas y de cristos melenudos y afables. Paso junto a
un banco donde una mujer sumida en la decrepitud aferra con sus
dedos artríticos las cuentas de un rosario. Quiero salir cuanto antes
de aquí, no seguir percibiendo este olor ni escuchando de lejos esas
voces y esas canciones blandas con guitarras, el sonido de los cubiertos sobre los platos de duralex, el roce de pasos lentísimos y solitarios
en las baldosas. Miro el reloj, son las nueve de la noche, las tres de la
tarde en Nueva York. Aún faltan intolerablemente varias horas para
que tú subas al avión y una eternidad para que llegues a Madrid y
tomes el autobús hacia Mágina.

Salgo a la calle y agradezco el frío, el ruido y las voces de los bares,
las caras jóvenes, las luces de los escaparates. Me doy cuenta de que
camino más aprisa de lo que tengo por costumbre. Estoy todavía escapándome del asilo. Miro a mi alrededor y nada de lo que allí he
dejado parece existir. Esos hombres y mujeres no son de este mundo,
sobreviven ocultos como leprosos, como refugiados en un país indiferente y extranjero, arrojados de la ciudad que hace dos generaciones fue suya, incapaces ahora de reconocerla si pudieran salir, de
cruzar a la velocidad necesaria un paso de peatones, aliados de antemano a los muertos, mucho más semejantes a ellos que a los vivos. Yo
oigo sus voces, pero no quiero que me atrapen. Ahora advierto el
peligro de aventurarse demasiado en la memoria o en las mentiras de
otros, incluso en las de uno mismo. Cuando éramos niños nos asegu-
raban que si llegábamos a oír cantar a la Tía Tragantía la noche de
San Juan estábamos perdidos, porque nos llevaría embrujados tras
ella. De pronto no quiero escuchar otra voz que la tuya y no tener
más patria que tú ni más pasado que los últimos meses. Veo en un
escaparate un vestido negro y ajustado a los muslos de plástico de un

maniquí que tiene puesta una peluca roja y me excita imaginarte con él una noche tibia y futura de mayo. Te nombro, pienso en tu nombre igual que intento acordarme de tu cara, lo repito en voz alta, Nadia, Nadia Allison, Nadia Galaz, y al decir sus sílabas casi paladeo el gusto de tu boca, de tus labios mojados, de tu lengua lamiéndome la cara cuando me ciego tendido sobre ti y ya no sé quién soy, ni quién eres tú, en ese momento en que perdemos la singularidad de nuestros rasgos y nombres y hasta la gravitación de nuestras vidas sobre la conciencia y no somos más que una hembra y un varón que sudan y aprietan los dientes y chocan entre sí, ajenos a las dilaciones y rodeos de la ternura y a los sonidos del lenguaje humano, primitivos, voraces, con besos que apetecen convertirse en mordiscos y caricias detenidas en el límite del arañazo, con las pupilas idas y las facciones trastornadas, emitiendo gruñidos y quejas, huyendo la mirada del otro o mirándonos con una intensidad en la que tal vez haya una dosis de espanto, creyendo morir, lentamente revividos unos minutos más tarde, recobrando poco a poco el aliento y el uso de las palabras, la facultad de sonreír con una apaciguada sensación de conjura y algo de vergüenza, porque hemos ido más lejos de lo que nos parecía posible y dejado atrás en el desvarío de ese trance todas las justificaciones, las moralidades y las prudentes reservas del amor y nos da miedo y orgullo habernos ofrecido e inmolado, bebido y lamido el uno al otro en una especie de sacrificio humano. Te reirías de mí si me vieras ahora, si bajaras la mirada hacia la cremallera de mi pantalón, como cuando estábamos en un restaurante y te habías descalzado para acariciarme con el pie y yo te pedía que no te levantaras aún, que ni siquiera me rozaras la mano. Qué bochorno, en Mágina, yo solo, por la calle Nueva, mirando vestidos de mujer en los escaparates que ya anuncian a finales de enero la moda del verano, esa enigmática y prometedora estación que tú y yo no hemos conocido juntos, acordándome de ti. Menos mal que los faldones del chaquetón ocultan el descaro. A don Mercurio le pasaría lo mismo en su juventud cuando entrara en la Casa de las Torres, aunque a él lo protegería la levita, o la capa. Me imagino contándotelo todo, te lo iba contando mientras escuchaba a Julián, te veía a mi lado, orgulloso de ti, muy atenta, acodada en la mesa, apartándote el pelo que se te viene a la cara, próxima y real, a seis mil kilómetros de distancia, bajando mañana noche, tomada de mi brazo, por la plaza del General Orduña, perezosa, cansada, impaciente por volver a la habitación, y yo observando con vanidad secreta las miradas que se detienen en ti mientras sigo contándote lo que Julián me ha contado, lo que le contó a él don Mercurio hace medio siglo, las cosas que me contó mi madre de mi bisabuelo Pedro. Tantas voces, a lo largo de tantos años, y casi ninguna dijo la verdad, pero tal vez en eso se parecen a las nuestras e importa más lo que callaron, no los deseos ni los sueños, sino el puro azar de los actos olvidados o secretos que perduran en las ramificaciones de sus consecuencias. Oigo mis pasos en la calle del Pozo, el toque de silencio en el cuartel, las campanadas de las once, veo la luz en la esquina de la plaza de San Lorenzo. Ya vas camino del aeropuerto. El taxi corre hacia el norte junto a la orilla del East River, tal vez se queda parado en un atasco, pero eso a ti no te inquieta, si fuera yo me mordería las uñas, nada más que de pensarlo me pongo nervioso. Tú miras con calma por la ventanilla, te pintas los labios, lees un periódico o hablas con el taxista, tan convencida de que vas a venir que ni se te ocurre la posibilidad de perder el vuelo, tan serena que muy probablemente apurarás el último minuto deambulando sin prisa por la tienda libre de impuestos y serás la última pasajera que suba al avión, sonriendo siempre a un paso del desastre que no llega a ocurrir, como un personaje distraído y miope de los dibujos animados que se inclina admirativamente sobre una mariposa justo a tiempo de eludir por milímetros la trayectoria de una bala. En el comedor de mi casa mi madre hace punto mirando una película en la televisión y mi abuelo Manuel se ha dormido o finge que duerme al calor del brasero y sueña un recuerdo de su juventud que habrá olvidado cuando abra por un instante sus ojos y no sepa dónde está. En un avión medio vacío que sobrevuela de noche el océano Atlántico a diez mil metros de altura una mujer de pelo rojizo y ojos adormilados y castaños reclina la cabeza en el borde curvado de la ventanilla por la que no ve nada más que oscuridad y calcula cuántas horas le faltan para llegar a Madrid. Julián el de los coches respira tendido boca arriba en una cama del asilo, oye ronquidos brutales, llantos agudos y seniles, jadeos quejumbrosos de enfermos o de moribundos. Piensa en el hombre joven que lo visitó esta noche, se acuerda del modo en que resonaban los cascos de los caballos y las ruedas del coche de don Mercurio en los callejones de Mágina y en la fachada de la Casa de las Torres. Tras la ventana ancha y enrejada de una tienda que hace esquina a la calle Real la luz de una farola se refleja muy débilmente en las pupilas de una estatua de cera. En un museo de Nueva York los bedeles van apagando cansinamente los focos y dejan en penumbra un cuadro de Rembrandt en el que apenas puede verse ya la silueta de un caballo blanco a galope y la cara pálida del jinete que lleva un gorro tártaro. En Mágina, en la plaza del General Orduña, cuya estatua fusilada de bronce se inclina ligeramente hacia el sur, sigue encendida la luz eléctrica en uno de los balcones de la comisaría, suenan pesadamente las campanadas del reloj y alguien que no logra dormir no acierta a contarlas. En un apartamento de Bruselas donde vibra ruidosamente el motor de un frigorífico vacío la claridad sucia del alba ilumina una lata de cerveza consumida hasta la mitad y un periódico abierto que tiene fecha de hace más de un mes. En el interior de un baúl arrinconado contra la pared de un dormitorio de Manhattan hay guardados varios miles de fotografías en blanco y negro y una Biblia traducida al español en el siglo xvi por un clérigo fugitivo y hereje, editada en Madrid en 1869, encuadernada en cuero negro, carcomida en los márgenes. A dos metros bajo el césped helado de un cementerio de New Jersey yace rígido y pudriéndose el cuerpo del comandante Galaz, y en otro extremo del mundo, en los ficheros de una oficina de Nairobi, están archivadas las fotografías y las huellas digitales de un colombiano de treinta y cuatro años que se llamaba Donald Fernández y fue enterrado hace meses en una fosa común. Para soportar la última noche de la espera, la noche doble de los amantes solitarios, alguien ingiere dos pastillas de valium y un vaso de agua y cierra los ojos, oye igual que en su infancia ruidos de carcoma, cantos lejanos de gallos y ladridos de perros, cree dormirse escuchando el motor de un avión. Un piso más abajo una mujer de sesenta y un años se desvela junto al marido que ronca y considera un deber y un gesto de lealtad que no se le mitigue el dolor por la muerte de su madre.

Soy yo quien te habla, quien se acuerda de ti, yo el que despierta con el sol en los ojos y piensa que hoy mismo habrás venido, que ya aguardas aturdida de sueño en una sórdida estación de autobuses, vestida de viaje, con una cazadora negra, un pantalón ajustado y unas cortas botas puntiagudas, quien una hora antes de que llegues ya ha subido a esperarte, para evitar toda incertidumbre. Comprueba el panel de horarios, interroga angustiosamente a un empleado, te ve buscarlo tras la ventanilla del autobús que acaba de irrumpir en la estación con diez minutos imperdonables de retraso, le parece que el corazón se le ha alojado en el estómago, se adelanta hacia ti entre borrosos viajeros y al ver tu melena despeinada y la tranquila felicidad con que ya le sonríes al reconocerlo piensa, dice en voz baja, un segundo antes de que te abraces golosa y desesperadamente a él, como si rezara una letanía, Dog, Soid, Brausen, Elohim, quienquiera que no seas y dondequiera que no estés, señor de las bestias y de los gusanos, legislador de océanos y muchedumbres aniquiladas de hombres, dueño insensato de la ironía y de la destrucción y del azar, tú que la hiciste a la medida exacta de todos mis deseos, que modelaste su cara y su cintura y sus manos y tobillos y la forma de sus pies, que me engendraste a mí y me fuiste salvando día a día para que me hiciera hombre y la necesitara y la encontrara, que la llevaste una mañana a una hora precisa a un lugar de Madrid y luego me concediste el privilegio de que apareciera en la cafetería de un hotel de Nueva York, no permitas que ahora la pierda, que me envenene el miedo o la costumbre de la decepción, guárdala para mí igual que guardaste a sus mayores para que la trajeran al mundo y sembraste el coraje una noche de julio en el corazón atribulado de su padre y lo enviaste al destierro con el único propósito de que ella naciera para mí veinte años después, y si a pesar de todo me la vas a quitar, no permitas la lenta degradación ni la mentira, fulmíname en el primer segundo del primer minuto de rencor o de tedio, que me quede sin ella y sufra como un perro pero que no me degrade confortablemente a su lado, que no haya tregua ni consuelo ni vida futura para ninguno de los dos, que las manos se nos vuelvan ortigas y tengamos que mirarnos el uno al otro como dos figuras de cera con ojos de cristal. Pero si es posible, concédenos el privilegio de no saciarnos jamás, alúmbranos y ciéganos, dicta para nosotros un porvenir del que por primera vez en nuestras vidas ya no queramos desertar. Recuerdo lo que aún no he vivido, tengo miedo de ser plenamente quien soy, en el vestíbulo de la estación de Mágina un altavoz anuncia la llegada del autobús procedente de Madrid, abrevio el tiempo para estrechar ahora mismo tu cuerpo ávido y delgado, vienes hacia mí con una bolsa al hombro y una maleta en la mano, apareces delante de la cama en la habitación del hotel con el pelo suelto sobre los hombros desnudos, no me acuerdo de nada, no me he dado cuenta de que empezaba a anochecer, no sé si estoy contigo en Mágina, en Nueva York o en Madrid, dice Nadia, pero me da lo mismo, no sienten más que gratitud y deseo.

Reflexiones

Una breve biografía de Antonio Muñoz Molina

Antonio Muñoz Molina ha sido consagrado por la crítica como uno de los más destacados narradores de la literatura española contemporánea. Nacido en Úbeda, Jaén, en 1956, su ciudad de origen será la inspiración para una ciudad ficticia llamada Mágina, que aparece en varias de sus obras, entre ellas *El jinete polaco*. Proveniente de un mundo agrícola, de labradores de la tierra al que Muñoz Molina no sentía pertenecer, la vida le abrió un nuevo camino cuando un maestro convenció a su padre de que lo llevara a estudiar en vez de al campo con él. Así ingresaba el futuro escritor al mundo de los estudiantes, un mundo ajeno en el cual sentía que se había "colado". Eran los primeros pasos, dados en el Colegio Santo Domingo, de Jaén, hacia la que sería una brillante carrera literaria.

Cursó estudios de periodismo en Madrid y se licenció en Historia del Arte en la Universidad de Granada. Una vez concluida su formación se desempeñó como auxiliar administrativo en el Ayuntamiento de Granada, una experiencia triste que lo afectó profundamente ya que su servicio público se dio en un momento en el que los socialistas en el poder decidieron crear una Administración "clientelar" en la que, según las propias palabras de Muñoz Molina, "preferían un ex fascista dócil a un demócrata independiente".

Fue por esta época que colaboró como columnista en diversos periódicos, entre ellos el diario *Ideal*. De estos artículos surgió en 1984 su primer libro, una colección de artículos titulado *El Robinsón urbano*. Al año siguiente, también de una colección de artículos surgió *Diario de Nautilus*. Años más tarde reuniría artículos en los volúmenes *La huerta del Edén*, *Las apariencias*, *Pura alegría* y

La vida por delante. Su labor como articulista fue reconocida con los premios González-Ruano de Periodismo y Mariano de Cavia, ambos en 2003.

Su primera novela fue *Beatus Ille*, obra que llevó varios años de gestación y que finalmente vio la luz en 1986. En ella aparece por primera vez la ciudad ficticia de Mágina. En esta novela cuenta la historia de Minaya, un joven estudiante que se refugia en un cortijo a orillas del Guadalquivir para escribir una tesis doctoral sobre Jacinto Solana. La investigación biográfica le permite a Minaya descubrir la huella de un crimen. *Beatus Ille* fue galardonada con el Premio Ícaro.

En 1987 ganó el Premio de la Crítica y el Premio Nacional de Narrativa por *El invierno en Lisboa*. Esta historia es un homenaje al cine *noir* americano y a los tugurios en donde los grandes músicos inventaron el jazz, una evocación de las pasiones amorosas y el resultado de la fascinación por la intriga que enmascara los motivos del crimen. *El invierno en Lisboa* confirmó plenamente las cualidades de un autor que se contaba ya por derecho propio entre los valores más firmes de la actual novela española. Esta novela fue llevada al cine, con la participación del trompetista Dizzy Gillespie.

El jinete polaco le valió el prestigioso Premio Planeta 1991 y, una vez más, el Premio Nacional de Narrativa en 1992. Una novela soberbiamente escrita, considerada no sólo la mejor y más decisiva obra en la trayectoria literaria y vital de su autor, sino una de las más ambiciosas y logradas de la narrativa española actual.

Otras obras de este prolífico y premiado escritor son *Beltenebros*, *Los misterios de Madrid*, *El dueño del secreto*,

625

Nada del otro mundo, *Ardor guerrero*, *Plenilunio*, con la que consiguió el Premio Femina Etranger a la mejor novela extranjera publicada en Francia en 1998, *Carlota Fainberg*, *Sefarad*, *En ausencia de Blanca*, *Ventanas de Manhattan* y *El viento de la Luna*.

Muñoz Molina es miembro de la Real Academia Española, a la que ingresó con apenas 39 años y en la que ocupa el sillón "u". Además de su tarea de escritor, colabora con importantes periódicos. En 2004 fue nombrado director del Instituto Cervantes de Nueva York, mandato que concluyó a mediados de 2006. Al año siguiente fue nombrado Doctor Honoris Causa por la Universidad de Jaén en reconocimiento a su trayectoria.

En la actualidad reparte su residencia entre Nueva York y Madrid, ciudades en las que vive con su esposa, la escritora Elvira Lindo.

El gusto de escribir

POR LUIS GARCÍA, JUNIO 2002*

En la siguiente entrevista, Luis García hace un recorrido por la obra de Antonio Muñoz Molina, en una charla amena que incursiona en el proceso creativo del escritor.

Antonio Muñoz Molina es uno de los grandes escritores españoles contemporáneos. *El invierno en Lisboa* le proporcionó el Premio Nacional de Literatura y el de la Crítica y lo descubrió como un narrador de gran hondura y de enorme capacidad de fabulación. Su primera novela *Beatus Ille*, supuso su descubrimiento, y desde entonces su obra no ha dejado de suscitar expectación y entusiasmo. En 1991 obtuvo el Premio Planeta por *El jinete polaco*. La misma obra obtuvo el Premio Nacional de Literatura al año siguiente. Otras obras suyas son: *Las otras vidas, Beltenebros, Nada del otro mundo, El dueño del secreto, Ardor guerrero*. En

*Esta entrevista aparece publicada en el sitio www.literaturas.com

1995 fue elegido miembro de la Real Academia Española. En 1997 apareció *Plenilunio*. Su último libro *Sefarad* fue publicado en el 2001 y en *Ausencia de Blanca* en el 2002.

Acaba de publicar *En ausencia de Blanca* (novela que ya circulara en edición del Círculo de Lectores) cuando aún no se han apagado los ecos ni las polémicas por *Sefarad*. ¿No parece obedecer esta publicación a un efecto catártico?

La fecha de aparición de *En ausencia de Blanca* responde a un simple azar editorial. Yo quería que apareciera en una edición normal de librerías, porque es el único modo de que un libro tenga una existencia plena, aunque en el Círculo de Lectores alcanzara una difusión gigantesca. En cuanto a los ecos de *Sefarad*, me gustaría que tardaran mucho en apagarse. Mi admirado y muchas veces leído Cyril Connolly aseguraba que la primera prueba de la consistencia de un libro es que dure al menos diez años. Yo tengo la suerte de que libros míos que se publicaron por primera vez hace ya quince aún sigan estando en las librerías. Ésa es la clase de presencia a la que aspiro.

Todo libro nuevo suyo levanta expectación, y ciertamente no suele decepcionar. Intento hacer una secuencia de los mismos desde aquella maravillosa novela *El invierno en Lisboa* —sin menospreciar *Beatus Ille* y *El Robinsón urbano*— y sus obras se cuentan por éxitos. *Beltenebros*, *El jinete polaco*,... ¿Cuál es su secreto?

No hay ningún secreto, tan sólo la afición por la literatura, el gusto de escribir, la ilusión permanente y siempre aplazada de lograr algo de verdad bueno y nuevo. Y también algo que me parece cada vez más valioso, que es el *no escribir*, el retirarse de vez en cuando, tomar distancia espiritual e incluso física hacia la vida normal de uno y su condición de escritor. En esos períodos en los que no se escribe, en los que no se planea nada, en los que uno puede hasta olvidarse felizmente de su oficio, creo que es cuando más intensamente se aprende, cuando mejor se renueva uno.

¿Guarda buen recuerdo del proceso de elaboración de *Beatus Ille*? No es la primera vez que se queja, y que se refiere a dicha novela como a un ejercicio de iniciación...

No es que me haya quejado, exactamente. Lo que he contado algunas veces es que escribir esa novela era al mismo tiempo aprender a hacerlo y saber si uno sería capaz de llegar al final. El mejor recuerdo que tengo de ese libro es que por primera vez me dejé arrastrar por un proceso de invención más fuerte que mi voluntad, y más rico que las operaciones voluntarias de la conciencia. Ahora miro la fotocopia que conservo de la primera versión recién terminada, y lo que me extraña es haber tenido el impulso necesario para escribir tantas páginas en una soledad absoluta, sin ninguna esperanza de publicación. También me acuerdo de la felicidad incomparable de recibir en Úbeda la llamada de Pere Gimferrer en la que me decía, después de un largo mes de espera, que la novela iba a publicarse.

Unas palabras

Sorprende que tras *Plenilunio*, novela dura donde las haya, entregara un nuevo registro, *Carlota Fainberg*, una hermosa historia que se inicia en los andenes de un aeropuerto. Pero sorprende aún mas la génesis de dicha novela, en la que homenajea de algún modo a la que fuera Jefa de Prensa de Seix Barral en los años de sus comienzos —Mónica Fainberg— y una de las personas que creyeron en usted desde el principio. ¿Es cierta dicha historia o forma parte de la leyenda?

Mónica Fainberg es para mí una mujer inolvidable. Leía de corazón los libros, llamaba uno por uno a los periodistas para que se fijaran en mí, para que me leyeran, para que asistieran a la primera presentación de una novela mía en Madrid. Incluso daba excelentes opiniones literarias. Siempre me acuerdo que, durante la promoción de *Beltenebros*, una mañana, en Barcelona, le pregunté su opinión sobre el libro, y me dijo, con toda franqueza, y con su mejor sonrisa: "Está muy bien, pero se nota que tú no has sido espía". Nos vimos por última vez en Buenos Aires, un poco antes de que ella muriese. Creo que le hizo ilusión saber que yo había puesto su apellido a una *femme fatale* porteña. Sinceramente, fue de esas personas que influyen decisivamente en los comienzos de alguien nada conocido.

La historia que narraba en *Plenilunio* nos era demasiado cercana en su tragedia. De algún modo podíamos percibir la mirada del asesino y el dolor de las víctimas. ¿Le gustó la adaptación cinemato-

gráfica de Imanol Uribe? La crítica no fue precisamente benévola con ella.

La película me gustó mucho en unas zonas y menos en otras. Creo que si se hubiera seguido más de cerca el guión original muchas cosas habrían quedado mejor en ella. En cuanto a la falta de benevolencia de una cierta crítica —en modo alguno toda— me da la impresión de que, más que con la película, algunas personas querían ajustar cuentas personales e incluso familiares conmigo. Me dolió que para hacer eso agredieran a quien era más frágil y a quien había hecho un excelente trabajo de adaptación, que fue Elvira Lindo. Es revelador, mirado retrospectivamente, que el director de la película, que hizo algunos cambios decisivos en el guión, prefiriera no firmarlo. Y también que las críticas más virulentas contra la película se publicaran en el mismo periódico en el que yo escribía entonces.

Quizás el error está en que la novela fue encasillada dentro del género negro. Sin ser dicha apreciación un error en sí misma (seguro que propició que las ventas se disparasen), ¿no le parece que se merecía algo más que una mera etiqueta?

¿Fue encasillada la novela en un género? No estoy seguro, ni había mucho motivo. En cuanto a las ventas, fueron excelentes, también en algún otro país aparte de España, pero no muy superiores a las de otros libros míos. Yo siempre tengo la esperanza de que los libros, con el tiempo, se vayan leyendo mejor.

631

Unas palabras

Soy de la opinión de que una buena obra debe tener un buen comienzo. En ese sentido, *Beltenebros* es poco menos que perfecta. En una sola frase, *Vine a Madrid a matar a un hombre al que no había visto nunca*, condensa 270 páginas y le da sentido a la historia. ¿Cómo nació *Beltenebros*, por otra parte tan verosímil?

Sin darme cuenta, en el principio de *Beltenebros* introduje un eco de *Pedro Páramo*: "Vine a Comala para buscar a mi padre, Pedro Páramo" (cito de memoria). Juan Carlos Onetti me hizo observar que también resonaba en ese principio el de una novela policial que a él le gustaba mucho, "La bestia debe morir". Quizás, visto a distancia, ese comienzo peca algo de demasiado novelesco, no sé. Lo más importante para mí fue que esa primera frase me sirvió para ordenar materiales muy dispersos, y para dar un tono a la historia entera, que en tentativas anteriores, y fracasadas, era en tercera persona. Las primeras ideas para la novela las encontré leyendo un libro de Gregorio Morán "Grandeza y miseria del Partido Comunista de España", donde se contaban las historias de algunos supuestos traidores, como Luis León Trilla o el llamado Heriberto Quiñones. Hablé con algún militante de aquellos tiempos, pero quizás en la novela hay una falta de encarnadura humana e histórica y un exceso de convenciones de género. Por otra parte, yo quería darle un tono de fábula abstracta, más que de narración histórica.

¿No es cierto que sin ser una práctica habitual dentro la oposición a la Dictadura, sí que existió el perfil del militar tipo Darman, el involuntario protagonista de la novela?

Hubo gente muy peculiar, en muchos casos muy admirable, y también burócratas cerriles que se especializaban en arriesgar las vidas de los otros, o en amargárselas. Pero en conjunto, la herencia heroica de la resistencia contra el franquismo no se ha querido rescatar, lo cual me parece un desastre político, moral y hasta literario.

Mantiene usted en el Epílogo a la novela que una historia se encuentra a menudo en pequeños acontecimientos triviales (un viaje, una foto envejecida, un titular de un periódico...) pero también en un nombre, y no cabe duda que el de *Beltenebros* reunía todos los ingredientes para que alguien lo convirtiera en obra literaria. ¿Cómo se le ocurrió adoptarlo, porque de adopción habría que hablar?

A mí con los nombres de los libros y de las historias me pasa una cosa, y es que muchas veces tengo un título mucho antes que la novela o el relato que le corresponden. Un título es una cosa muy rara, y en cierto modo mágica, como una clave que ha de ser descifrada. Un título puede nombrar algo que ya existe, pero también ayudar a que surja y se defina algo que permanecía indeciso y ambiguo, o simplemente confuso. El nombre puede ser el ábrete sésamo de una historia. En este caso, parte de su aire sombrío y gótico le viene a esa novela precisamente de que se titule *Beltenebros*.

633

¿Y qué le pareció la adaptación que hizo Pilar Miró?

Más bien gélida. Creo que subrayaba sobre todo los defectos considerables del libro. Pero ella trabajó con mucho entusiasmo, cosa que yo agradecí.

Con *Ardor guerrero* saldó una vieja cuenta y estigmatizó sus temores. ¿Tan necesaria la veía a pesar de ser la novela menos *moliniana*?

No creo que el motivo principal de *Ardor guerrero* fuera saldar cuentas. Y, de todos mis libros, creo que es el que ha motivado mayores malentendidos, empezando por su calificación como novela. NO es, de ninguna manera, una novela, sino lo que en América llaman una "memoir", en singular, que tampoco debe confundirse con unas "Memorias". Una "memoria" es el relato de una experiencia concreta, de un período bien delimitado en la vida de alguien, que tiene en parte una intención confesional y en parte una de crónica. Se trataba de hacer literatura narrativa sin hacer ficción, y la experiencia militar, más que la materia del libro, era el ámbito espacio-temporal de un relato en el que se entrecruzan varios temas, entre ellos la formación de un escritor, el envilecimiento de las organizaciones jerárquicas, el testimonio nítido de un cierto tiempo en la transición española, de un cierto lugar en el que ese tiempo se vivió de un modo aún más agitado e inseguro... El libro se me ocurrió en Estados Unidos, y allí escribí también su arranque, y no habría existido sin el efecto doble de la lejanía de España y de la inmersión en modos de contar que eran nuevos para mí y que me apasionaron.

Sefarad **arrastrará para siempre el estigma de ser una novela de novelas, "para algunos", escasamente documentada. ¿Le parece justa la apreciación?**

No me parece un estigma, y si lo fuera, en cualquier caso, sería el estigma elegido por mí, que le di al libro ese subtítulo, en el cual la palabra novela alude sobre todo a la condición novelesca de cualquier experiencia humana recordada o contada, y al entrelazamiento de azares, relatos, recuerdos, invenciones, etc., del que está hecha nuestra percepción de la realidad, que es mucho más compleja de lo que suele reflejarse en las novelas canónicas. En cuanto a lo de la escasa documentación, no seré yo quien me defienda. Al final del libro viene una lista de lecturas: la puse por honradez intelectual, y también como una invitación a que el lector siguiera alguna de las pistas que yo mismo había indagado. *Sefarad* no es un libro histórico, pero no me parece que los detalles históricos que se dan en él abunden en equivocaciones.

¿Por qué *Sefarad*? ¿Qué le llevó a escribirla?

Influyó mucho la ocurrencia del título, que me llegó muy al principio, con algo de revelación. Un hilo conductor entre varias historias muy dispersas que yo estaba deseando contar.

Sefarad **es una obra llamada a resistir el paso del tiempo, que ha levantado polémica desde el mismo día de su publicación. ¿Cómo vivió la polémica que se suscitó desde algún medio de comunicación?**

Las polémicas en España son una cosa muy triste. Se les quita la malevolencia y las ganas de hacer daño y se

635

quedan en casi nada. Me molestó que una revista con la que yo creo haberme portado generosamente, dándole a cambio de nada un cierto número de originales, consintiera en publicar un ataque que desde el mismo título ya era amarillista. Hablo, claro, de la revista *Lateral*. Yo jamás me quejo de una crítica negativa, aunque me duelan, como a cualquiera. Lo que no acepto es la mala leche, o la descalificación personal. Creo que en ese libro, sin proponérmelo, pisé dos minas más peligrosas de lo que yo imaginaba: la propensión antisemita de una cierta progresía española, y también el rechazo en esa misma izquierda fósil a confrontarse con los horrores del estalinismo, que no fueron menos graves que los de los nazis.

Releyendo una vieja revista literaria, me encontré con una faceta suya que desconocía. En su momento cultivó el relato hiperbreve, como lo atestigua la serie de ellos que forman *Escrito en un instante* (aunque me figuro que con escaso éxito, ya que de lo contrario quiero creer que habría incidido en ese camino). ¿No le atrae dicho género, o se considera más un creador de mundos novelescos?

Todos los géneros, todas las formas, tienen su atractivo, presentan su desafío peculiar. Un artículo de quince líneas no tiene nada que ver con uno de setenta, y un relato breve no se parece nada a una novela. Es cierto que llevo demasiado tiempo sin escribir relatos, pero espero remediarlo enseguida, porque justo ahora mismo el cuento es la forma literaria que me tienta más.

El jinete polaco se alzó con el Planeta y lo refrendó para mayor gloria de la Editorial el Nacional de Literatura. ¿La escribió pensando en el Premio?

¿Cómo voy a escribir pensando en un premio un libro de más de seiscientas páginas, y cuya primera frase ocupa página y media? La posibilidad de presentarme al premio Planeta surgió con el libro ya muy avanzado, y el motivo, claramente hablando es que en aquel momento necesitaba con urgencia el dinero. Mucha gente se preguntó entonces por qué me presentaba yo al Planeta —y hasta hubo una o dos personas que se ofendieron conmigo, que se sintieron traicionadas y me retiraron el saludo— pero no veo que nadie se hiciera la pregunta contraria, por qué los responsables de Planeta eligieron una novela como ésa. A mí me vino muy bien ganarlo entonces, por las razones que he dicho antes, pero ya me he olvidado de todo aquello, y creo que los lectores también. Los que se acercan a esa novela a estas alturas lo hacen por razones simplemente literarias.

¿Qué tiene *Mágina* que no tenga Úbeda?

Que me pertenece, que la moldeo con arreglo a mis antojos y a mis recuerdos, que es como una maqueta de una ciudad con la que a veces me gusta entretenerme, inventando historias que transcurren en sus calles.

¿Y que le falta?

No le falta nada. Es un mundo cerrado y completo, que a mí me gustaría seguir explorando.

¿Qué queda de aquel Antonio Muñoz Molina de su Úbeda natal? Sus sueños, sus días de actor de teatro en el Instituto... Porque usted fue actor en sus años de estudiante, lo sé de buena tinta. ¿Nunca ha dirigido su pluma hacia el teatro?

Hay una corrección que hacer: no fui actor de teatro, sino autor. Mi primera vocación, aparte de la poesía, fue la de escribir teatro, y llegué a hacer algunas cosas que se estrenaron y que tuvieron una cierta vida escénica por aquellas tierras. El teatro me parecía algo grandioso, pero el problema fue que yo empecé a escribirlo justo cuando la figura del autor estaba desapareciendo, en beneficio de los directores de escena y de la llamada creación colectiva. Con toda deliberación, a los 20 años, después de leer unos cuentos de Borges, decidí que iba a dedicarme a la prosa narrativa, y que en el teatro no había porvenir.

¿Que está preparando en estos momentos?

Preparo una biografía de Juan Carlos Onetti, y le doy vueltas a la idea, todavía en estado gaseoso, de un libro de cuentos.

LUIS GARCÍA es colaborador de diferentes medios escritos con críticas literarias, artículos y entrevistas. Estos medios incluyen las revistas literarias *Clarín* y *Lateral*, *El Diario de Ávila* en su edición dominical, *El Diario de Córdoba*, en su suplemento literario *Cuadernos del Sur*, entre otros. Durante varios años mantuvo la sección *Cartas del Norte* en el suplemento literario *La Mirada*, del *Correo de Andalucía*, y en *El Mirador*, de *El Diario de Andalucía*.

Actualmente, es *Director de Contenidos* del portal www.literaturas.com. Sus artículos, reseñas y entrevistas se pueden leer en las revistas www.espacioluke.com, vinculada a la *Editorial Bassarai*, y diferentes publicaciones de México *(La voz de la esfinge)*. Es autor de una amplia obra en prosa y verso, y sus relatos y poemas se pueden leer en las revistas *Fábula*, editada en La Rioja, *El Cobaya*, editada en Ávila, *La Pluma y el Tiempo*, editada en Málaga por el *CEDMA*, *Texturas* editada en el País Vasco, *Barcarola*, editada en Albacete, *Galerna*, Revista Internacional de Literatura editada por Columbia University, y en los mencionados suplementos *La Mirada y El Mirador*.

Unas palabras

639

Preguntas para profundizar

1. *El jinete polaco* recrea las vidas de variados personajes a través de las generaciones. Sin embargo, a lo largo de un relato que abarca décadas, es casi nula la referencia a fechas o años. ¿Qué elementos, recursos, se utilizan para marcar el paso del tiempo?

2. El relato no sucede necesariamente en orden cronológico. ¿Afecta esto la tarea del lector? ¿Por qué cree que los hechos no siguen un orden cronológico? ¿Surte esto algún efecto?

3. ¿Cómo se representan las perspectivas de las diferentes generaciones? ¿Qué diferentes tipos de "choques" generacionales se dan entre personajes?

4. Dice Manuel sobre su identidad: "a mí la mía se me escapa en cuanto me descuido, no sé quedarme en la primera persona del singular" y agrega más adelante, "soy... una voz acostumbrada a actuar como eco y sombra de otras voces". ¿Qué relevancia, si es que alguna, tiene esta reflexión en cuanto a la profesión de Manuel y, más aún, al desarrollo de las historias evocadas por él en el relato?

5. Cuando Manuel conoce a "Allison", se intercala a este suceso la descripción de su accidente en la ruta camino a Madrid. ¿Por qué cree que se intercalan estos dos episodios?

6. En su estadía con Nadia en Nueva York, Manuel tiene un sueño que termina en Mágina: "Abre los ojos, Nadia ha encendido la luz y se inclina sobre él, le pregunta qué estaba soñando, por qué movía tanto la cabeza como diciendo furiosamente que no, pero él no se acuerda, aún tiene miedo y no sabe de qué". ¿A qué le tiene miedo Manuel?

7. ¿Cómo repercuten en Manuel la angustia de no perdurar, el agujero negro que representa la muerte, el olvido? ¿Cambia esto cuando conoce a Nadia? ¿Tiene algún efecto en Manuel, a nivel conciente o inconciente, el hecho de que Nadia tenga raíces en Mágina?

8. ¿Cambia la perspectiva de Manuel sobre su ciudad natal a partir de su nueva relación?

9. Dice Manuel al final del relato: "ahora advierto el peligro de aventurarse demasiado en la memoria o en las mentiras de otros, incluso en las de uno mismo". ¿Qué es la memoria según la vive Manuel, según lo representado en el relato?

10. ¿Cómo se relacionan los títulos de cada una de las tres partes de la novela con lo que se relata en cada una de ellas?

11. ¿Por qué cree que el autor eligió el título *El jinete polaco*?